L'enfant de tous les silences

KIM EDWARDS

L'enfant de tous les silences

Traduit de l'anglais (États-Unis)
par Évelyne Jouve

ÉDITIONS
FRANCE
LOISIRS

Titre original : *The Memory Keeper's Daughter*
publié par Viking Penguin, a member of Penguin Group (USA) Inc.

Ce livre est une œuvre de fiction. Les noms, les personnages, les lieux et les événements sont le fruit de l'imagination de l'auteur ou utilisés fictivement, et toute ressemblance avec des personnes réelles, vivantes ou mortes, des établissements d'affaires, des événements ou des lieux serait pure coïncidence.

Une édition du Club France Loisirs,
avec l'autorisation des Éditions Belfond.

Éditions France Loisirs,
123, boulevard de Grenelle, Paris.
www.franceloisirs.com

ISBN :
Version reliée : 978-2-298-01118-0
Version brochée : 978-2-298-01119-7

Pour Abigail et Naomi

1964

Mars 1964

I

La neige commença à tomber en fin d'après-midi quelques heures avant le début du travail. D'abord quelques flocons timides qui tournoyèrent dans le ciel gris et maussade, puis de véritables tourbillons que les rafales de vent rabattaient contre le porche. Dans la rue, les maisons s'allumèrent une à une et les branches dénudées des arbres blanchirent.

Après le dîner, il prépara une flambée dans la cheminée, puis affronta la tempête pour aller chercher un peu du bois empilé contre le mur du garage. Le froid lui mordit le visage tandis qu'il progressait dans l'allée, de la neige jusqu'aux mollets. Il rassembla une brassée de bûches, les tapant les unes contre les autres pour les débarrasser de leur calotte poudreuse avant de les rapporter à la maison. Le feu prit tout de suite. Il s'assit sur le tapis, devant l'âtre, ajoutant progressivement du bois, les yeux fixés sur les flammes bordées de reflets bleus qui léchaient l'écorce dans une danse hypnotique. Dehors, la neige continuait à tomber, lumineuse et dense comme de la poussière en suspension dans le halo de lumière des réverbères. Quand il se leva pour jeter un coup d'œil au-dehors, leur voiture n'était plus qu'une petite colline d'un blanc duveteux dans la rue. Ses empreintes de pas dans l'allée avaient disparu, déjà recouvertes par une couche de neige toute fraîche.

Il frotta ses paumes l'une contre l'autre pour retirer les traces de cendre et rejoignit sa femme sur le canapé. Elle était allongée sur les coussins, les pieds surélevés afin de soulager ses chevilles enflées et douloureuses, un ouvrage du Dr Spock reposant en équilibre sur son ventre énorme. Absorbée par sa lecture, elle se mordillait la lèvre, humectant machinalement son index chaque fois qu'elle tournait une page. Une bouffée d'amour mêlée d'émerveillement l'envahit – elle était sa femme, et dans trois petites semaines elle donnerait naissance à leur bébé. Leur premier enfant. Ils s'étaient mariés voilà tout juste un an.

Elle leva les yeux et sourit quand il borda tendrement la couverture sous ses jambes.

— Tu sais, j'ai essayé d'imager à quoi ça pouvait ressembler, déclara-t-elle. Je parle de la vie avant la naissance. C'est trop bête qu'on ne puisse pas s'en souvenir.

Elle ouvrit son peignoir et souleva le pull qu'elle portait en dessous, dévoilant un ventre aussi rond et dur qu'une pastèque. Elle passa la main sur sa surface lisse : la lumière du feu dansait sur sa peau, allumant des reflets cuivrés dans ses cheveux blonds.

— Tu crois que c'est comme si on se trouvait à l'intérieur d'une grosse lanterne ? L'auteur du livre dit que la lumière traverse ma peau et que le bébé a déjà la faculté de voir.

— Je ne sais pas, répondit-il.

Elle se mit à rire.

— Vraiment ? Je croyais que j'avais épousé un médecin ?

— Je suis chirurgien orthopédiste, lui rappela-t-il. Je peux te décrire étape par étape le processus d'ossification du squelette d'un fœtus, mais mes connaissances s'arrêtent là.

Il s'assit auprès d'elle, et saisit l'un de ses pieds dans ses mains – si délicat et si douloureusement enflé dans la socquette bleu pâle – et le massa tout doucement. D'abord le tarse et le calcanéum, puis le métatarse, les phalanges, et le réseau de muscles puissants courant sous la peau comme un éventail prêt à s'ouvrir. Elle poussa un petit soupir d'aise comme son pied se réchauffait entre ses paumes, et il visualisa la symétrie secrète et parfaite de ses os. De fines veines bleutées à peine visibles couraient sous sa peau pâle. Jamais elle ne lui avait paru si belle et fragile que depuis qu'elle était enceinte.

Une grossesse parfaite, sans la moindre restriction médicale. Mais par précaution, il s'était abstenu de lui faire l'amour pendant des mois. Il ne pensait qu'à une chose : la protéger. Il la portait dans les escaliers, l'emmitouflait dans des couvertures, lui apportait des tasses pleines de crème anglaise.

— Je ne suis pas handicapée, protestait-elle en riant. Je ne suis pas un oisillon tombé du nid que tu as trouvé sur la pelouse.

En réalité, elle était secrètement ravie de ses attentions. Parfois, il se réveillait au milieu de la nuit et la regardait dormir ; le frémissement de ses cils, sa respiration paisible, sa main abandonnée sur le drap, si minuscule qu'il pouvait l'engloutir tout entière dans la sienne.

Elle avait onze ans de moins que lui. Il l'avait rencontrée un an plus tôt, par un lugubre après-midi de novembre, dans un grand magasin du centre-ville où il était entré pour s'acheter une cravate. Il avait trente-trois ans, venait d'arriver à Lexington, dans le Kentucky, et elle avait surgi de la masse indistincte des clients de ce magasin comme une apparition, ses cheveux blonds rassemblés sur sa nuque en un chignon élégant, des perles scintillant à son cou et à ses oreilles. Elle portait un manteau en laine vert sombre, et sa peau était pâle et lumineuse. Il s'était élancé vers l'escalator, se frayant un passage à travers la foule, bataillant pour ne pas la perdre de vue. Elle était montée jusqu'au quatrième étage, celui de la lingerie féminine. Il s'efforçait de la suivre dans les allées où se mêlaient des nuages de combinaisons en dentelle, de soutiens-gorge, de déshabillés vaporeux et de sous-vêtements délicats, quand une vendeuse en col blanc et robe bleu marine s'était dressée devant lui.

— Puis-je vous aider ? demanda-t-elle en souriant.

— Un peignoir, répondit-il tout en scrutant fébrilement les rayons, à l'affût d'un chignon, d'une épaule vert foncé, d'un visage incliné dévoilant la courbe d'une nuque pâle et gracieuse. Je cherche un peignoir pour ma sœur qui vit à La Nouvelle-Orléans.

Il n'avait ni sœur, à La Nouvelle-Orléans ou ailleurs, ni aucune famille encore de ce monde.

L'employée s'éloigna puis reparut quelques instants plus tard, brandissant trois peignoirs en tissu éponge. Il en choisit un au hasard, le premier du lot.

—Il existe en trois tailles, expliquait-elle. Mais nous aurons un plus grand choix de coloris le mois prochain...

Trop tard : il était déjà loin, un peignoir couleur corail drapé sur le bras, ses souliers crissant sur le carrelage tandis qu'il se frayait avec impatience un passage jusqu'à elle.

Elle choisissait des bas, les couleurs délicates apparaissant derrière les petites fenêtres de cellophane : taupe, marine, brun foncé. La manche de son manteau vert effleura la sienne et il respira son parfum – une fragrance subtile et cependant entêtante qui lui rappela les grappes pâles du lilas derrière la fenêtre de sa chambre d'étudiant, à Pittsburgh. Les vitres étaient perpétuellement opaques, asphyxiées par la suie et la cendre que recrachaient les aciéries, mais, au printemps, les fleurs mauves et blanches se pressaient contre les carreaux, et leur parfum s'immisçait dans la pièce comme un rai de lumière.

Il s'éclaircit la gorge – si serrée qu'il pouvait à peine respirer – et leva le peignoir couleur corail pour attirer l'attention de la vendeuse, de l'autre côté du comptoir. Mais elle riait en racontant Dieu sait quelle plaisanterie et ne lui prêta aucune attention. Il toussota de nouveau, et cette fois elle se tourna vers lui avec agacement, désignant d'un petit signe de tête sa cliente, qui serrait maintenant trois fines pochettes de bas dans sa main. On aurait dit des cartes à jouer géantes.

— Je regrette, monsieur, mais Mlle Asher était là avant vous, déclara-t-elle d'un ton froid et hautain.

Il croisa son regard et resta saisi : ses yeux étaient du même vert sombre que son manteau. Elle le jaugea – l'épais pardessus en tweed, le visage fraîchement rasé, rougi par le froid, les ongles taillés avec soin. Elle sourit, amusée, vaguement indifférente, puis avec un geste en direction de la robe de chambre :

— C'est pour votre femme ?

Il reconnut l'accent distingué du Kentucky ; dans cette ville où de vieilles fortunes étaient installées, de telles distinctions avaient leur importance. Six mois seulement après son arrivée, il en avait déjà conscience.

Elle se tourna de nouveau vers la vendeuse.

— Il n'y a pas de mal, Joan. Occupez-vous de monsieur. Il doit se sentir mal à l'aise et perdu au milieu de cet univers féminin.

— C'est un cadeau pour ma sœur, bredouilla-t-il, anxieux de rattraper la mauvaise impression qu'il venait de produire.

Ce n'était pas la première fois. Son attitude trop directe et autoritaire froissait parfois les gens. Le peignoir glissa de son bras et il se baissa pour le ramasser, les joues écarlates. Sa gêne évidente dut attendrir la jeune femme car, lorsqu'il croisa de nouveau son regard, celui-ci s'était adouci.

Il fit une nouvelle tentative.

— Désolé. Je suis un peu maladroit. Et je suis pressé. Je suis médecin. Mes patients m'attendent à l'hôpital et je suis en retard.

Son sourire se fit grave.

— Je comprends, acquiesça-t-elle.

Elle se tourna vers la vendeuse.

— J'insiste, Joan, occupez-vous de monsieur avant moi.

Elle accepta de le revoir, nota son nom et son numéro de téléphone de cette écriture parfaite que lui avait enseignée en CP une institutrice, ancienne religieuse. « Chaque lettre possède une forme spécifique, unique au monde, martelait-elle sans répit à ses élèves, et il est de votre devoir de la reproduire parfaitement. » À huit ans, la fillette pâle et gracile qui allait devenir un jour sa femme avait serré ses petits doigts autour du stylo et s'était entraînée à bien former ses lettres, toute seule dans sa chambre, pendant des heures et des heures, jusqu'à ce que les mots coulent sur la page, aussi fluides et vifs que l'eau d'un ruisseau. Plus tard, quand elle lui raconterait cette histoire, il imaginerait la tête blonde inclinée sur le papier dans la lumière de la lampe, les doigts douloureusement crispés sur le stylo, et il s'émerveillerait de sa ténacité, de sa foi dans la beauté des choses et dans la voix autoritaire de l'ancienne religieuse. Mais ce jour-là, dans le rayon lingerie de ce grand magasin, il ignorait tout cela, bien sûr. Il garda précieusement le papier où elle avait écrit son nom dans la poche de sa blouse blanche, pendant ses consultations de l'après-midi. Le soir même, il lui téléphona ; le lendemain, il l'emmena dîner et, trois mois plus tard, ils étaient mariés.

Maintenant, au dernier mois de sa grossesse, le fameux peignoir couleur corail lui allait à la perfection. Elle l'avait déniché au fond d'un placard et l'avait tenu à bout de bras, perplexe.

— Je ne comprends pas : ta sœur est décédée depuis si longtemps, comment as-tu pu lui acheter ce peignoir ? lui avait-elle demandé.

Pendant un instant il n'avait rien trouvé à lui répondre, un sourire figé aux lèvres, tandis que le mensonge proféré un an plus tôt voletait dans la pièce comme un gros oiseau noir. Puis il avait haussé les épaules, penaud.

— Il me fallait un prétexte pour te suivre dans le rayon, avait-il avoué. Je voulais à tout prix connaître ton nom.

Elle avait souri et l'avait embrassé.

Il neigeait toujours. Ils passèrent la soirée à lire et à bavarder. À plusieurs reprises, elle lui prit la main et la posa sur son ventre pour qu'il sente le bébé bouger. De temps à autre, il se levait pour remettre une bûche dans le feu, jetant un coup d'œil par la fenêtre. Le tapis de neige s'épaississait au fil des minutes – d'abord dix centimètres, puis douze et bientôt quinze. Les rues étaient ouatées et silencieuses, les voitures rares.

À vingt-trois heures, elle monta se coucher. Il resta en bas lire le dernier numéro du *Journal de la chirurgie des os et des articulations*. Il était un excellent praticien. Tout le monde saluait son talent de chirurgien, l'exactitude de ses diagnostics. Il était sorti premier de sa promotion. Et cependant – même s'il le cachait soigneusement –, il doutait de ses compétences au point de passer tous ses moments de liberté à étudier, considérant chaque succès comme une nouvelle petite pierre à porter à son crédit. Il avait le sentiment d'être une aberration, un enfant né avec la passion d'étudier dans une famille où survivre était un combat quotidien. Si pauvre que pour consulter un médecin, ils allaient jusqu'au dispensaire de Morgantown, à soixante kilomètres de chez eux. Il conservait un souvenir très précis de ces expéditions, ballotté à l'arrière d'un vieux pick-up prêté pour l'occasion, un nuage de poussière derrière eux. La route qui danse, disait sa sœur, installée à l'intérieur de la camionnette, avec leurs parents. À Morgantown, les salles de consultation étaient sinistres, les médecins expéditifs et brusques.

Même après toutes ces années, il y avait encore des moments où il sentait sur lui le regard de ces médecins, et se faisait l'effet d'un imposteur sur le point d'être démasqué. Le choix de sa spécialité reflétait cette crainte : à d'autres, la diversité excitante de la médecine générale ou les interventions à haut risque de la chirurgie cardiaque. Lui, il réparait le squelette : il réduisait des fractures, posait des broches, modelait des plâtres, étudiait les radios et observait les membres se ressouder, lentement mais de façon quasi miraculeuse. Il aimait la robustesse de l'os, son aptitude à résister même à la chaleur incandescente de la crémation. Sa fiabilité.

Il lut bien après minuit, jusqu'à ce que les mots vacillent sur le papier glacé, dépourvus de sens. Il jeta alors la revue sur la table basse et se leva pour s'occuper du feu. Il tisonna les bûches calcinées pour les réduire en cendres puis déploya le pare-étincelles en cuivre. Quand il éteignit les lumières, des éclats de braise rougeoyaient timidement sous une épaisseur de cendres aussi douces et blanches que la neige amoncelée sur la balustrade du porche et les buissons de rhododendrons.

Les marches de l'escalier grincèrent sous son poids. Il s'arrêta devant la chambre du bébé, contemplant le berceau et la table à langer dans l'obscurité, les peluches alignées sur les étagères, les murs vert tendre. Sa femme avait confectionné elle-même la longue tapisserie inspirée des *Contes de ma mère l'Oye*, brodant chaque personnage à petits points, défaisant des pans entiers si elle remarquait la moindre imperfection. Une frise de nounours au pochoir – également son œuvre – dansait une sarabande le long du plafond.

Sur une impulsion, il traversa la pièce et s'approcha de la fenêtre, écartant le voilage pour contempler la neige qui formait maintenant une couche épaisse sur les réverbères, les grilles et les toits. Il était rare d'assister à une telle tempête à Lexington, et ces flocons qui n'en finissaient pas de tomber, compacts et silencieux, l'emplissaient d'un sentiment de paix. C'était l'un de ces moments où les morceaux de sa vie semblaient se ressouder, où la tristesse et les déceptions passées, les angoisses secrètes et les incertitudes disparaissaient, ensevelies sous ce tapis immaculé. Demain, le jour se lèverait sur un monde lisse, apaisé, jusqu'à ce que les enfants surgissent de chez eux, brisant cette quiétude de leurs bonds et de leurs cris joyeux. Il se remémorait son propre émerveillement, petit garçon, quand il pénétrait dans la forêt, le son de sa voix comme aspiré par le matelas neigeux qui courbait les branches et tapissait les chemins. Son univers, pour quelques heures, totalement transformé.

Il regarda la neige tomber jusqu'à ce qu'il entende sa femme bouger doucement dans la pièce voisine.

Il la retrouva assise au bord du lit, tête baissée, ses mains agrippant le matelas.

—Je crois que le travail a commencé, souffla-t-elle en levant les yeux vers lui.

Ses cheveux étaient dénoués, une mèche collée à ses lèvres. Il la repoussa derrière son oreille. Elle secoua la tête tandis qu'il s'asseyait à ses côtés.

—J'ai une impression bizarre. Comme une crampe qui revient sans cesse.

Il l'aida à s'allonger sur le côté, puis s'étendit contre elle et lui massa le dos.

—C'est certainement une fausse alerte, la rassura-t-il. L'accouchement n'est prévu que dans trois semaines, et le premier enfant est généralement plus lent à venir au monde.

C'était vrai et il était tellement sûr de lui en cet instant qu'il glissa peu à peu dans le sommeil. Quand il se réveilla, elle le secouait par l'épaule, penchée sur lui. Son peignoir et ses cheveux reflétaient dans des nuances laiteuses la lumière étrangement blafarde qui flottait dans la chambre.

—J'ai compté. Il y a cinq minutes entre chaque contraction. Elles sont très fortes et je suis très inquiète.

Un frisson le parcourut. Un mélange d'excitation et de peur le submergea comme de l'écume charriée par les vagues. Mais on lui avait appris à conserver son calme dans les situations d'urgence, à maîtriser ses émotions : il se leva donc sans précipitation et marcha avec elle de long en large dans le couloir, lentement, posément, surveillant sa montre. À chaque nouvelle contraction, elle agrippait sa main si fort qu'il avait l'impression que ses phalanges allaient se briser. Elle ne s'était pas trompée : cinq minutes d'intervalle, puis quatre. Il sortit la valise du placard, comme anesthésié par la portée d'un événement attendu depuis des mois, mais qui survenait néanmoins comme une surprise. Tandis qu'il l'aidait à s'habiller, il éprouva une sensation étrange, comme si son corps lévitait dans la pièce, à côté du lustre, et qu'il observait la scène d'en haut : elle haletait à chaque contraction, ses pieds enflés entrant difficilement dans ses vieilles chaussures, les seules qu'elle supportait encore, il voyait son bras entourer les épaules de sa femme pour la soutenir, et la neige qui tombait imperturbablement derrière la fenêtre.

Il lui mit son manteau en laine vert foncé, que son ventre énorme rendait désormais impossible à boutonner. Il trouva également les gants en cuir qu'elle portait le jour de leur rencontre. Il lui semblait important de respecter tous les détails. Transis, ils se tinrent quelques instants sur le perron, stupéfaits par l'univers blanc et cotonneux qui se dessinait sous leurs yeux.

— Attends-moi là, dit-il.

Il descendit les marches et se fraya un passage au milieu des bourrasques. Les portières de la vieille voiture étaient gelées. Il lui fallut plusieurs minutes pour en ouvrir une, et il se pencha tant bien que mal par-dessus le siège pour attraper le grattoir à neige et la brosse, à l'arrière. Quand il se redressa, sa femme était appuyée contre l'un des piliers du porche, le visage enfoui dans ses bras repliés. La réalité le frappa soudain de plein fouet : le bébé était en route. Il allait naître, là, cette nuit même. Il mit toute son énergie à dégager la voiture, réchauffant l'une après l'autre ses mains nues sous ses aisselles quand le froid devenait trop douloureux, mais sans jamais relâcher son effort, dégageant le pare-brise, les vitres et le toit, regardant la neige tomber en miettes et se fondre dans l'océan de blancheur dans lequel il s'enfonçait jusqu'aux mollets.

— Tu ne m'avais pas prévenue que ce serait aussi douloureux, grimaça-t-elle quand il la rejoignit sur le porche.

Il glissa un bras autour de ses épaules et l'aida à descendre les marches.

— Je peux marcher seule, protesta-t-elle. C'est juste au moment des contractions.

— Je sais, acquiesça-t-il, mais il ne la lâcha pas.

Quand ils atteignirent la voiture, elle lui toucha le bras et désigna leur maison, emmitouflée sous la neige, qui scintillait comme une lanterne dans la nuit.

— À notre retour, nous aurons notre bébé avec nous, souffla-t-elle. Et notre univers ne sera plus jamais le même.

Les essuie-glaces étaient gelés et des flocons étoilaient la vitre arrière quand il démarra. Il conduisit très lentement, émerveillé par le spectacle que leur offraient les rues sous la neige. Comme il tournait pour accéder à l'artère principale, les pneus mordirent sur une plaque de glace et la voiture glissa, sans heurt, de l'autre côté de l'intersection, avant de s'arrêter doucement contre une congère.

— Tout va bien, annonça-t-il, le sang battant à ses tempes.

Par chance, il n'y avait aucun autre véhicule en vue. Le volant était froid et dur comme de la pierre sous ses paumes. De temps à autre, il frottait la buée sur le pare-brise du dos de la main et se penchait pour scruter la route à travers la petite lucarne qu'il venait de dégager.

— J'ai appelé Bentley avant de quitter la maison, l'informa-t-il.

Le Dr Bentley était l'obstétricien qui travaillait avec lui à la clinique.

— Je lui ai dit de nous rejoindre au cabinet médical. C'est plus près que l'hôpital.

Elle garda le silence pendant un moment, sa main agrippant le tableau de bord pendant qu'elle respirait par à-coups, gênée par une nouvelle contraction.

— Du moment que... je ne mets pas mon bébé au monde dans ce vieux tacot, articula-t-elle enfin en essayant de plaisanter. Tu sais combien... je détesterais... ça.

Il sourit, mais son inquiétude était réelle, il le sentait, et il la partageait.

Méthodique et prudent. Même dans une situation d'urgence, il ne pouvait pas changer sa nature : il s'arrêta à chaque feu rouge, mit son clignotant avant de tourner dans chaque rue déserte. Toutes les deux ou trois minutes, elle agrippait le tableau de bord en haletant, et il lui lançait des regards en coin. Jamais il ne s'était senti aussi nerveux. Même lors de son premier cours d'anatomie, face au cadavre d'un jeune garçon allongé sur la table d'autopsie, les entrailles à l'air. Ou le jour de son mariage, quand la famille de la mariée occupait tout un côté de l'église, tandis que de l'autre s'éparpillaient juste quelques collègues à lui. Ses parents étaient décédés, sa sœur aussi.

Il n'y avait qu'une seule voiture dans le parking de la clinique : la Fairlane bleu pastel de l'infirmière. Il lui avait également téléphoné avant de quitter la maison. Il se gara devant l'entrée puis aida sa femme à descendre. Le soulagement d'être arrivés à bon port les rendait euphoriques, et ce fut en riant qu'ils franchirent la porte du cabinet médical.

L'infirmière vint à leur rencontre. En la voyant, il comprit tout de suite qu'il y avait un problème. Ses grands yeux bleus éclairaient un visage sans âge qui aurait aussi bien pu être celui d'une femme de quarante ans que de vingt-cinq. Chaque fois qu'il y avait un souci, un pli vertical se creusait sur son front, juste entre ses sourcils. C'était ce pli qu'il contemplait tandis qu'elle leur annonçait la mauvaise nouvelle : la voiture du Dr Bentley avait dérapé sur la petite route de campagne qu'il avait empruntée pour venir de chez lui. Il avait effectué un tête-à-queue sur la glace avant de finir sa course dans le fossé.

— Vous voulez dire que le Dr Bentley ne viendra pas ? demanda sa femme.

L'infirmière hocha la tête. Elle était grande, si mince et si anguleuse qu'on s'attendait presque à voir ses os lui transpercer la peau. Ses grands yeux bleus solennels brillaient d'intelligence. Pendant des mois, la rumeur avait couru qu'elle était secrètement amoureuse de lui. Il n'y avait pas attaché d'importance, considérant qu'il s'agissait de simples bruits de couloir, agaçants mais presque inévitables quand deux célibataires, comme eux, étaient amenés à travailler ensemble près de dix heures par jour. Puis, un soir, il s'était endormi à la clinique, harassé de fatigue, la tête sur son bureau. Il avait rêvé de la maison de son enfance et de sa mère posant des pots de gelée de groseille, aussi luisants que des joyaux, sur la table recouverte d'une toile cirée, près de la fenêtre. Sa sœur, âgée de cinq ans, la regardait faire, une poupée à la main. Une image fugitive, peut-être un souvenir, mais qui le remplit simultanément de tristesse et d'un regret poignant. La maison lui appartenait désormais, mais les pièces désertes n'abritaient plus personne. Seul le bruissement des souris et des écureuils peuplait encore leur silence.

Ses yeux étaient remplis de larmes quand il s'était réveillé. L'infirmière se tenait sur le seuil de son bureau, son visage sévère adouci par l'émotion. Elle était très belle en cet instant, un demi-sourire flottant sur ses lèvres, si différente de l'austère collaboratrice qu'il voyait travailler tous les jours à ses côtés, efficace, compétente. Leurs regards s'étaient croisés, et il avait soudain eu l'impression qu'il la connaissait – qu'ils se connaissaient mutuellement, par-delà les apparences, d'une façon profonde et authentique. Ce fut un moment d'une telle intimité et d'une telle intensité qu'il resta figé, comme paralysé. Puis elle avait rougi violemment et détourné les yeux. Elle s'était éclairci la gorge, expliquant qu'elle aurait dû partir depuis près de deux heures et qu'elle rentrait chez elle. Pendant plusieurs jours, elle avait évité de croiser son regard.

De son côté, il avait mis un terme aux plaisanteries et aux sous-entendus amusés qui circulaient à leur sujet.

— C'est une infirmière remarquable, tranchait-il, rendant hommage au moment de complicité qui les avait réunis. La meilleure collaboratrice que j'aie jamais eue.

C'était la vérité, et il se félicitait de sa présence à leurs côtés ce soir.

— Vous pourriez peut-être essayer de l'emmener aux urgences, déclara-t-elle. Pensez-vous avoir le temps d'arriver là-bas, docteur ?

Le médecin secoua la tête. Les contractions étaient beaucoup trop rapprochées.

— Trop tard, le bébé est en route, répondit-il en regardant sa femme.

La neige avait fondu sur ses cheveux et scintillait comme une tiare de diamants.

— Cela nous fera une belle histoire... à lui raconter quand il sera grand, haleta-t-elle, stoïque. *Il* ou *elle*, bien sûr.

L'infirmière lui sourit. La petite ride entre ses sourcils s'était estompée mais n'avait pas totalement disparu.

— Venez. Je vais vous aider à vous installer.

Il passa dans son propre cabinet pour enfiler une blouse, et quand il entra dans la salle de travail du Dr Bentley, sa femme était déjà étendue sur la table, les pieds dans les étriers. La pièce était d'un bleu pâle, équipée de meubles en chrome et en émail blanc et de fins instruments en acier scintillant. Le médecin s'approcha du lavabo et se lava les mains. Il se sentait parfaitement réveillé, alerte, et tandis qu'il accomplissait ce petit rituel tout simple, le sentiment de panique provoqué par l'absence de Bentley reflua. Il ferma les yeux, s'obligeant à se concentrer sur sa tâche.

— Tout se déroule normalement, annonça l'infirmière quand il se retourna. Le col est dilaté de dix centimètres.

Il prit place sur le tabouret bas et se pencha. La poche amniotique était toujours intacte, et il pouvait sentir le crâne du bébé à l'intérieur, lisse et dur comme une balle de base-ball. Son enfant. Il aurait dû être en train de faire les cent pas dans une salle d'attente. De l'autre côté de la pièce, les stores masquaient l'unique fenêtre et il se demanda si la neige continuait à tomber, ensevelissant la ville sous une chape silencieuse.

— Exact, acquiesça-t-il. Dix centimètres.

— Phoebe, déclara sa femme.

Il ne pouvait pas voir son visage, mais sa voix était assurée. Ils avaient discuté du prénom du bébé pendant des mois sans parvenir à arrêter leur choix.

— Si c'est une fille, Phoebe. Et si c'est un garçon, Paul, comme mon grand-oncle. Qu'est-ce que tu en penses ?

— Ce sont de très jolis prénoms, approuva l'infirmière avec un sourire.

— Phoebe ou Paul, répéta machinalement le médecin – mais il se concentrait déjà sur une nouvelle contraction.

Il fit signe à l'infirmière, qui prépara le gaz anesthésiant. À l'époque où il était interne, l'usage était d'accoucher sous anesthésie générale, mais les temps avaient changé. On était en 1964 et Bentley, il le savait, recourait à l'anesthésie de façon plus contrôlée. Mieux valait que sa femme soit consciente pour pousser ; il l'endormirait seulement au plus fort des contractions, et au moment de l'expulsion du bébé.

Elle se raidit, cria, et l'enfant descendit, déchirant la poche amniotique.

— Maintenant, ordonna-t-il.

L'infirmière appliqua le masque sur le visage de sa femme. Ses poings crispés se desserrèrent : le gaz faisait effet. Elle resta immobile, inconsciente, tandis qu'une nouvelle contraction survenait, puis une autre.

— C'est rapide, pour un premier bébé, observa l'infirmière.

— En effet, acquiesça-t-il. Pour l'instant, tout se passe bien.

Une demi-heure s'écoula ainsi. Sa femme se réveillait, gémissait, poussait et lorsqu'il la sentait à bout de forces – ou quand elle criait que la douleur était trop forte –, il adressait un signe à l'infirmière qui appliquait le masque sur son visage. Hormis un bref échange d'instructions, ils ne parlaient pas. L'infirmière serrait la main de sa femme à chaque poussée. Pour le médecin, concentré sur sa tâche, elle n'était plus simplement la femme qu'il aimait, mais aussi et surtout une patiente à laquelle il devait offrir tout l'arsenal technique dont il disposait. Plus que jamais, il se devait de garder ses émotions sous contrôle. Comme les minutes défilaient, l'étrange sensation qu'il avait éprouvée chez eux, dans leur chambre, l'envahit de nouveau. Il eut l'impression de se dédoubler, d'être là, et, en même temps, d'observer la scène à distance. Il se vit pratiquer l'épisiotomie d'un geste précis, hochant la tête quand le sang s'écoula d'un jet net et fluide. Parfait. Absolument parfait.

La tête du bébé apparut. Encore trois poussées et elle émergea complètement, puis le corps tout entier glissa dans ses mains ouvertes et le nourrisson cria, sa peau fripée rosissant peu à peu.

C'était un garçon, le visage rouge et les cheveux sombres, les yeux alertes, rendus méfiants par l'agression des lumières et de l'air froid. Le médecin noua le cordon ombilical, puis le coupa. *Mon fils*, s'autorisa-t-il à murmurer en lui-même. *Mon fils*.

— Il est magnifique, commenta l'infirmière.

Elle attendit qu'il ait fini d'examiner le bébé, écoutant les battements de son cœur, rapides mais réguliers, scrutant ses petites mains aux longs doigts, ses cheveux bruns avant de prendre le nouveau-né dans ses bras et de l'emporter dans la pièce voisine pour le baigner et lui mettre une goutte de nitrate d'argent dans chaque œil. Ses pleurs lui parvinrent tandis qu'il restait à sa place pour recueillir le placenta. Il respira profondément. *Mon fils*, songea-t-il à nouveau.

— Où est le bébé ? murmura sa femme en ouvrant les yeux et en repoussant ses cheveux de son visage en sueur. Est-ce que tout va bien ?

— C'est un garçon, lui annonça son mari en souriant. Nous avons un fils. Tu le verras dès qu'il aura été nettoyé. Il est absolument parfait.

Le visage épuisé de sa femme se détendit, puis se crispa soudain sous l'effet d'une contraction, et le médecin reprit place sur le tabouret. Il lui appuya doucement sur le ventre pour l'aider à expulser le placenta, mais elle cria au même instant et il comprit tout à coup ce qui se passait. Il n'aurait pas été plus stupéfié si une fenêtre était apparue tout à coup dans un mur en béton.

— Infirmière ! appela-t-il comme une nouvelle contraction survenait.

Elle apparut aussitôt, portant le bébé, enveloppé dans une couverture blanche.

— Il a obtenu un neuf au score d'Apgar, annonça-t-elle. C'est excellent.

Sa femme tendit les bras vers le bébé et voulut parler, mais la souffrance l'en empêcha et elle retomba en arrière.

— J'ai besoin de vous. Tout de suite, déclara-t-il d'une voix brève.

Après un instant de confusion, l'infirmière installa deux coussins par terre, déposa le bébé, et s'approcha.

— Redonnez-lui du gaz, ordonna-t-il.

Il perçut son mouvement de surprise, mais elle se reprit aussitôt et obtempéra. Elle avait compris. Il avait laissé sa main sur le genou de sa femme et il sentit ses muscles se détendre tandis que le gaz faisait effet.

— Des jumeaux ? murmura l'infirmière.

La tension était retombée après la naissance de son fils. Il se sentait fébrile, maintenant, et ne s'autorisa qu'un hochement de tête. *Du calme,* s'admonesta-t-il tandis que la tête du bébé se présentait. *C'est une naissance comme une autre.*

Celui-ci était plus petit et venait facilement. Il glissa si rapidement dans ses mains gantées qu'il se pencha en avant, utilisant son torse comme rempart pour l'empêcher de tomber.

— C'est une fille, dit-il.

Il la tenait serrée contre lui, face au sol, et lui tapota le dos jusqu'à ce qu'elle crie. Puis il la retourna.

Sa peau délicate luisait de fluide amniotique et de traces de sang. Ses yeux étaient bleu marine, ses cheveux d'un noir de jais, mais il ne vit rien de tout cela. Ce qu'il regardait, c'était ce visage caractéristique : les paupières fendues obliquement, comme si elle riait, le nez aplati à la base. *Un cas typique*. Il lui sembla entendre la voix de son professeur quand ils avaient examiné un nourrisson identique, il y avait de cela bien des années. *Un mongolien. Pouvez-vous me décrire les conséquences de la malformation ?* Il était interne, alors, et avait récité les symptômes tels qu'il les avait appris dans le manuel : diminution du tonus musculaire, développement psychomoteur retardé, complications cardiaques possibles, déficience intellectuelle, espérance de vie limitée. Le professeur titulaire avait hoché la tête, appliquant son stéthoscope sur le torse nu du bébé. *Pauvre gosse. Ses parents ne peuvent rien pour lui. Le mieux à faire, c'est de le placer dans un foyer : ils s'épargneront ainsi bien des souffrances.*

En entendant ces mots, il avait eu la sensation de revenir des années en arrière : sa petite sœur était née avec une malformation cardiaque. Toute sa croissance en avait été affectée. Incapable de courir, elle s'essoufflait au moindre effort. Pendant des années, jusqu'à leur première expédition au dispensaire de Morgantown, en fait, ils avaient ignoré la nature du problème. Puis ils avaient su, mais ils n'avaient rien pu faire et elle était morte à douze ans. Il se rappelait le désespoir de sa mère, sa silhouette gravissant la colline tous les matins pour se recueillir sur la tombe de sa petite fille disparue, ce chagrin inconsolable qu'elle avait porté en elle jusqu'à la fin de ses jours.

L'infirmière s'était approchée et contemplait à son tour le bébé.

— Je suis désolée, docteur, murmura-t-elle.

Il souleva le nourrisson, oubliant dans son trouble les gestes à accomplir. Les petites mains étaient parfaites. Mais l'espace entre le pouce du pied et les autres orteils était là, aussi béant qu'une dent manquante et, en scrutant ses yeux, il décela les taches de Brushfield, comme de minuscules flocons de neige, sur ses iris. Il se représenta son cœur, à peine plus gros qu'une prune, mais peut-être déjà atteint d'une malformation incurable. Il songea à la chambre, décorée avec amour, ses animaux en peluche et son petit berceau. Il revit sa femme dans l'allée, se retournant pour regarder leur maison enfouie sous la neige et disant *: Notre monde ne sera plus jamais le même.*

La main du bébé effleura la sienne et il sursauta. Mécaniquement, il effectua les gestes familiers. Il coupa le cordon ombilical, vérifia la fréquence cardiaque, la respiration. Pendant ce temps, il ne cessait de songer au blizzard, à la voiture gris métallisé du Dr Bentley basculant dans un fossé, au silence qui régnait dans le cabinet médical désert. Durant les mois et les années à venir, chaque fois qu'il repenserait aux événements de cette nuit fatidique, ce qui lui reviendrait à l'esprit, c'était cette neige dehors, et ce silence autour de lui. Un silence si dense, si étanche, qu'il avait la sensation de flotter loin, loin, très haut, dans les cimes, et d'assister à toute cette scène en spectateur, comme quelqu'un qui se promène dans une rue la nuit et jette un coup d'œil inquisiteur vers une fenêtre illuminée.

— Nettoyez-la, je vous prie, déclara-t-il en déposant le nourrisson dans les bras de l'infirmière. Mais gardez-la dans l'autre pièce. Je ne veux pas que ma femme la voie. Pas pour le moment.

L'infirmière acquiesça. Elle disparut puis revint pour installer son fils dans le couffin qu'ils avaient apporté. Le médecin était occupé à récupérer les placentas, sombres, épais, et de la taille d'une petite assiette. Des jumeaux, un garçon et une fille. L'un parfait, l'autre porteur d'un chromosome supplémentaire. Quelles étaient les chances de mettre au monde un bébé atteint de cette malformation ? Il injecta un sédatif à sa femme, puis se pencha pour recoudre le périnée. L'aube approchait, une vague lueur commençait à poindre derrière les fenêtres. Il regardait ses mains s'activer avec efficacité, songeant que sa suture était parfaite, les points aussi minuscules et réguliers que ceux que sa femme faisait en cousant.

Quand il eut terminé, il partit à la recherche de l'infirmière. Elle était assise dans la salle d'attente, la petite fille dans ses bras. Elle leva les yeux vers lui sans un mot, et il se remémora le soir où elle l'avait observé pendant qu'il dormait.

— J'aimerais que vous la conduisiez dans cet endroit, dit-il en notant un nom et une adresse au dos d'une enveloppe. Quand il fera jour, bien entendu. Je vous remettrai le certificat de naissance et je les appellerai pour les avertir de votre arrivée.

— Mais... votre femme ?

Il perçut clairement la surprise et la désapprobation dans sa voix.

Il songea à sa sœur, pâle et frêle, luttant pour retrouver son souffle, à sa mère se tournant vers la fenêtre pour cacher ses larmes.

— Vous ne comprenez donc pas ? demanda-t-il tout doucement. Cette pauvre enfant sera probablement atteinte d'une grave malformation cardiaque qui la condamnera à court terme. J'essaie seulement de nous épargner à tous une souffrance insupportable.

Il s'exprimait avec conviction. Il croyait sincèrement à ce qu'il disait. L'infirmière le regardait, stupéfaite. L'idée qu'elle puisse refuser ne lui traversa même pas l'esprit. Il ne songea pas non plus qu'il était en train de mettre toute sa vie en péril. La seule chose qu'il ressentit à cet instant, c'était de l'agacement devant la lenteur de sa réaction, et une immense fatigue. Le cabinet médical, pourtant si familier, lui paraissait étrangement cotonneux, comme s'il évoluait dans un rêve. L'infirmière continuait à le dévisager, énigmatique. Finalement, elle hocha la tête d'un mouvement presque imperceptible.

— La neige, murmura-t-elle en baissant les paupières.

Vers le milieu de la matinée, le blizzard s'était calmé et les chasse-neige étaient entrés en action. Par la fenêtre du premier étage, le médecin vit l'infirmière dégager les vitres et les portières de sa Fairlane bleu pastel puis se glisser derrière le volant et s'éloigner dans un monde blanc et ouaté. Le bébé n'était pas visible, endormi dans une boîte en carton tapissée de couvertures, sur la banquette arrière. La voiture bifurqua à gauche dans la rue et disparut. Le médecin retourna s'asseoir auprès de sa famille.

Sa femme dormait, ses cheveux dorés étalés sur l'oreiller. Il somnola un peu sur sa chaise, se levant de temps à autre pour jeter un coup d'œil dans le parking désert, observant les volutes de fumée qui montaient des cheminées, de l'autre côté de la rue, préparant avec soin les mots qu'il prononcerait tout à l'heure. Ce n'était la faute de personne. Leur fille serait en de bonnes mains, avec d'autres enfants comme elle. On lui prodiguerait tous les soins dont elle aurait besoin. C'était la meilleure solution, pour tout le monde.

En fin de matinée, alors que la neige s'était totalement arrêtée, son fils pleura et sa femme se réveilla.

— Où est le bébé ? demanda-t-elle en se redressant sur un coude.

Il s'assit près d'elle et déposa l'enfant dans ses bras.

— Voilà notre fils, dit-il. Il est magnifique. Tu as été très courageuse.

Elle pressa doucement ses lèvres sur le front du bébé, puis ouvrit son peignoir et le posa contre son sein. Son fils téta immédiatement, et elle leva les yeux en souriant. Le médecin prit la main libre de sa femme dans la sienne, se remémorant la force avec laquelle elle s'était agrippée à lui, et le désir qu'il avait eu de la protéger.

— Est-ce que tout va bien ? demanda-t-elle. Chéri ? Qu'est-ce qu'il y a ?

— Nous avons eu des jumeaux, articula-t-il lentement.

Il se représenta les cheveux noirs, les petits corps glissant dans ses mains l'un après l'autre. Ses yeux se remplirent de larmes.

— Un de chaque sexe.

— Oh, souffla-t-elle. Une petite fille aussi ? Phoebe *et* Paul ? Mais où est-elle ?

Ses doigts étaient si délicats, songea-t-il. Comme les os d'un oisillon.

— Ma chérie…

Sa voix se brisa et les phrases qu'il avait préparées si soigneusement s'évanouirent. Il ferma les yeux. Quand il put de nouveau parler, d'autres mots glissèrent tout seuls de ses lèvres.

— Oh, mon amour, c'est terrible… Notre petite fille est morte à la naissance.

II

Caroline Gill s'engagea sur le parking d'un pas prudent. Elle s'enfonçait dans la neige jusqu'aux mollets, jusqu'aux genoux même par endroits. Elle transportait le nouveau-né, emmitouflé dans des couvertures, à l'intérieur d'un carton qui avait contenu un jour des échantillons de lait en poudre pour nourrissons. Des inscriptions en lettres rouges et des visages de chérubins étaient imprimés sur la boîte dont les rabats tressautaient à chaque pas. Un calme étrange régnait dans le parking désert, un silence qui semblait se nourrir du froid lui-même, et se propageait comme les ondes à la surface d'un lac. La neige lui piqua le visage quand elle ouvrit la portière de la voiture. Instinctivement, elle se courba pour protéger le bébé, puis déposa le carton sur la banquette arrière. Les couvertures roses tombèrent mollement sur le revêtement en vinyle blanc. La petite fille dormait d'un sommeil profond, intense, de nouveau-né – le visage contracté, les yeux dessinant deux petites fentes, le nez et le menton, de minuscules bosses. On ne pouvait pas deviner, songea Caroline en contemplant le bébé endormi. Si on ne savait pas, il était impossible de soupçonner quoi que ce soit. Caroline lui avait donné un huit au score d'Apgar.

Les rues étaient grossièrement déneigées, la circulation très difficile. La voiture dérapa à deux reprises, et Caroline faillit faire demi-tour deux fois. Les conditions s'améliorèrent néanmoins sur l'autoroute, et elle put alors rouler à une allure régulière, traversant la zone industrielle de Lexington puis la campagne vallonnée parsemée de fermes d'élevages. Des kilomètres et des kilomètres de barrières dessinaient des ombres pâles sur la neige, et la silhouette sombre des chevaux se découpait dans les champs – noir sur blanc. De gros nuages gris dérivaient dans le ciel bas. Caroline alluma la radio, chercha une station au milieu d'une pluie de grésillements, et l'éteignit. Le paysage défilait, monotone et cependant totalement métamorphosé par la neige.

À la minute même où, d'un hochement de tête, elle avait accepté la mission effarante que lui avait confiée le Dr Henry, Caroline avait eu la sensation de tomber dans le vide sans savoir où cela la mènerait. Ce qu'il avait exigé d'elle – qu'elle emmène le bébé sans rien dire à sa femme – lui paraissait monstrueux, inconcevable. Mais elle avait vu la souffrance et le désarroi sur son visage quand il avait examiné sa fille, la torpeur qui semblait peser sur chacun de ses gestes, et elle avait été bouleversée. Il allait sûrement reprendre ses esprits. Pour l'instant, il était sous le choc, on le serait à moins. Il avait mis au monde ses propres enfants, en plein blizzard, et puis *ça*.

Elle appuya légèrement sur l'accélérateur pendant que des images de la nuit défilaient devant ses yeux. Le Dr Henry s'activant avec calme et compétence, ses gestes attentifs et méthodiques. Les cheveux noirs du bébé apparaissant entre les cuisses blanches de Norah Henry, son ventre énorme frémissant à chaque contraction comme un lac ridé par le vent. Le sifflement du gaz, et le moment où le Dr Henry l'avait appelée d'une voix ferme mais tendue, le visage si changé qu'elle avait cru tout d'abord que le second bébé était mort-né. Elle avait attendu quelques secondes, persuadée qu'il allait lancer une procédure de réanimation, mais comme il ne bougeait pas, elle l'avait rejoint afin de pouvoir témoigner plus tard : *Oui, le bébé était bleu. Le Dr Henry et moi avons tout tenté, mais c'était trop tard.*

Au même instant, le nourrisson avait crié. Caroline l'avait regardé, et elle avait compris.

Elle concentra son attention sur la route, poussant ses souvenirs de côté. Sur la banquette arrière, le bébé dormait toujours. Elle lui lançait de temps à autre un regard par-dessus son épaule, soulagée et un peu inquiète aussi de voir qu'elle ne bougeait pas. Mais venir au monde était épuisant et ce sommeil profond n'avait rien d'extraordinaire. Avait-elle dormi si profondément pendant les heures qui avaient suivi sa propre naissance ? Elle n'en saurait jamais rien : ses parents étaient morts depuis longtemps, et ne pouvaient plus répondre à ses questions. Sa mère avait quarante ans passés, son père plus de cinquante quand elle était née. Tous deux avaient renoncé depuis longtemps à donner la vie. Ils avaient cessé d'y croire et même d'éprouver des regrets. Leur vie était paisible, organisée, et ils étaient très heureux comme ça.

Jusqu'à ce que Caroline vienne tout bouleverser, de la façon la plus inattendue qui soit, une fleur éclose dans la neige.

Ses parents l'avaient couvée d'un amour inquiet et étouffant, ponctué de cataplasmes, de grosses chaussettes de laine et de cuillerées d'huile de foie de morue. L'été, par temps de canicule, ils la confinaient à la maison par crainte d'une épidémie de polio. Elle passait ses après-midi à lire sur la banquette du couloir, au premier, la sueur perlant à son front. Des mouches bourdonnaient contre la vitre et tombaient mortes sur le rebord de la fenêtre. Dehors, le paysage ondulait sous la chaleur, et elle entendait des enfants jouer et rire dans le lointain, des enfants de son âge avec des parents plus jeunes, qui n'imaginaient pas constamment que des drames pouvaient surgir à tout moment. Caroline rêvait de rejoindre ces enfants, le front collé à la vitre. L'air était irrespirable. Son chemisier et sa jupe, trempés de sueur, lui collaient à la peau. En bas, dans le jardin, sa mère arrachait les mauvaises herbes, équipée d'une paire de gants, d'un long tablier et d'un chapeau de paille. À la fin de la journée, son père rentrait à pied du cabinet d'assurances où il travaillait. Il poussait la porte de la maison silencieuse, aux volets fermés, suspendait son chapeau au portemanteau. Sous la veste, sa chemise blanche était mouillée de transpiration.

Caroline franchit le pont qui enjambait la Kentucky et la tension de ces dernières heures s'apaisa. Elle jeta un coup d'œil au bébé. Norah

Henry aurait sûrement souhaité serrer sa fille dans ses bras, quand bien même elle ne l'aurait pas gardée.

Et tout aussi sûrement, cela ne regardait pas Caroline.

Elle alluma de nouveau la radio – cette fois, elle capta une station diffusant de la musique classique – et continua à rouler.

À vingt-cinq kilomètres de Louisville, elle se reporta aux instructions que le Dr Henry avait notées de son écriture énergique, et quitta l'autoroute. Les branches des aubépines étaient recouvertes d'une pellicule de gel, alors que les routes étaient sèches et dégagées. Des barrières clôturaient des champs poudrés de neige où s'ébrouaient des chevaux, leur souffle formant des nuages de vapeur dans l'air glacé. Caroline s'engagea sur une route plus étroite encore. Après avoir roulé un bon kilomètre au milieu de la campagne vallonnée, elle aperçut au loin le bâtiment de brique rouge, édifié au début du siècle et flanqué depuis de deux ailes modernes, à l'aspect incongru. Il disparut au gré des caprices de la route de campagne, puis se dressa tout à coup devant elle.

Caroline se gara dans l'allée circulaire. Vue de près, la bâtisse paraissait vétuste. La peinture des volets en bois s'écaillait et, au troisième étage, une fenêtre était condamnée par des planches, les carreaux cassés recouverts de contreplaqué. Caroline descendit de voiture. Elle portait de vieilles bottines en caoutchouc, à semelles de crêpe, enfilées en hâte au milieu de la nuit. Le gravier pointait sous la neige et elle eut immédiatement les pieds glacés. Elle hissa sur son épaule le sac qu'elle avait préparé (des couches et une Thermos de lait maternisé), puis souleva le carton où dormait le bébé et monta les marches du perron. Des lanternes en fer forgé, crasseuses, ornaient l'entrée. La porte en verre dépoli s'ouvrit sur un hall aux boiseries de couleur sombre. Une bouffée d'air chaud, saturé d'odeurs de cuisine – carottes, oignons et pommes de terre – l'assaillit. Elle fit quelques pas hésitants, le parquet grinçant sous ses pieds, mais personne ne vint à sa rencontre. Une longue bande de tapis élimé traçait un chemin jusqu'à une salle d'attente percée de hautes fenêtres drapées de lourdes tentures. Caroline s'assit au bord d'un canapé en velours fatigué, posa le carton sur les coussins, à côté d'elle, et attendit.

La pièce était surchauffée. Elle déboutonna son manteau. Elle portait toujours son uniforme d'infirmière, et quand elle toucha ses cheveux, elle se rendit compte qu'elle avait également conservé sa coiffe amidonnée. Habillée à la hâte dès que le Dr Henry lui avait téléphoné, au beau milieu de la nuit, elle était partie en voiture sous la neige, et elle ne s'était pas arrêtée une seconde depuis. Elle ôta sa coiffe, la plia soigneusement et ferma les yeux. Au loin, des couverts s'entrechoquaient et des voix bourdonnaient. Elle entendait des pas au-dessus d'elle.

Au loin une cloche sonna deux coups. *J'ai besoin de vous, tout de suite,* avait dit le Dr Henry, la tension perceptible dans sa voix. Et Caroline s'était précipitée, improvisant un lit à l'aide de deux coussins, posant de nouveau le masque sur le visage de Mme Henry tandis que le deuxième jumeau, la petite fille, venait au monde, bouleversant leur univers à tous.

Oui, même en cet instant, assise sur ce canapé, Caroline avait le sentiment étrange qu'un mécanisme s'était mis en marche que rien ne pourrait plus arrêter. *Est-ce que c'est* ça ? lui soufflait comme un leitmotiv une petite voix intérieure. *Après toutes ces années ?*

Caroline avait trente et un ans, et elle attendait depuis longtemps que sa vraie vie commence enfin. Bien sûr, elle ne formulait pas les choses exactement de cette façon, mais elle avait toujours eu la conviction que son destin ne serait pas ordinaire. Un jour, il se produirait « quelque chose » – elle saurait quoi le moment venu – et alors tout changerait. Enfant, elle avait caressé un instant le rêve de devenir une grande pianiste, mais elle perdait tous ses moyens quand on allumait les projecteurs, lors des spectacles de fin d'année, au lycée. À vingt ans, alors que ses camarades de l'école d'infirmières sortaient avec des jeunes gens et se mariaient les unes après les autres, Caroline avait croisé elle aussi quelques garçons séduisants, en particulier un : brun, le teint pâle, un ensorcelant rire grave. Pendant un moment, elle s'était prise à rêver que c'était *lui*, l'homme qui allait transformer sa vie... Mais non. Ni lui ni aucun de ceux qu'elle avait rencontrés par la suite. Les années passant, elle avait fini par se faire une raison et elle s'était consacrée à son métier, sans la moindre amertume. Elle avait foi en elle-même et en son destin. Elle avait donc continué à travailler. Et à attendre.

Et à lire aussi, beaucoup. D'abord des romans de Pearl Buck, puis tout ce qu'il lui fut possible de trouver sur la vie quotidienne en Chine, en Birmanie et au Laos. Parfois, elle laissait le livre lui glisser des mains et regardait rêveusement par la fenêtre de son modeste petit appartement. Elle s'imaginait, menant une vie rude, exotique, mais riche de satisfactions. Le dispensaire serait modeste, implanté au milieu de la jungle, peut-être à proximité de la mer. Ses murs seraient d'un blanc lumineux. Il scintillerait comme une perle sous le soleil. Les patients attendraient à l'extérieur, accroupis à l'ombre des cocotiers. Caroline les accueillerait tous ; elle les soignerait et les guérirait. Elle transformerait leurs vies et la sienne.

Habitée par cette vision, elle avait postulé pour devenir infirmière humanitaire. Et un samedi, vers la fin de l'été, elle avait pris le bus pour Saint Louis afin de passer un entretien. Son nom avait été inscrit sur une liste d'attente pour la Corée. Mais le temps avait passé, la mission avait été reportée puis annulée. Caroline avait été placée sur une autre liste, cette fois pour la Birmanie.

Elle guettait le courrier avec ferveur, rêvant des tropiques, quand le Dr Henry était entré dans sa vie.

C'était un jour ordinaire. L'automne touchait à sa fin, une période de l'année propice aux rhumes, et la salle d'attente bondée retentissait d'éternuements et de quintes de toux. Caroline elle-même avait senti une gêne au fond de sa gorge quand elle avait appelé le patient suivant, un homme d'un certain âge dont le rhume dégénérerait au fil des semaines, jusqu'à se transformer en pneumonie qui finirait par l'emporter. Il s'appelait Rupert Dean et était assis dans le fauteuil en cuir, le sang lui coulant du nez. Il se leva en entendant son nom, enfonçant dans sa poche son mouchoir maculé de taches écarlates. Devant le bureau, il tendit à Caroline une photo dans un petit cadre en carton bleu foncé. Un portrait de femme en noir et blanc, vaguement coloré. Des cheveux ondulés, des yeux d'un bleu foncé. L'épouse de Rupert Dean, Emelda, était décédée depuis vingt ans.

— L'amour de ma vie ! expliqua-t-il, d'une voix si forte que plusieurs personnes levèrent les yeux.

— Elle est très belle, acquiesça Caroline.

Ses mains tremblaient légèrement. Parce que cette histoire d'amour l'émouvait, mais aussi parce que personne ne l'avait jamais aimée avec une telle passion. Elle avait presque trente ans, et si elle mourait demain, il n'y aurait personne pour la pleurer comme Rupert Dean pleurait encore sa femme, vingt ans après. Pourtant, Caroline Lorraine Gill méritait sûrement d'être aimée autant que la femme de cette photo ?

La porte de la clinique s'ouvrit à cet instant. Un homme vêtu d'un pardessus marron en tweed marqua une courte hésitation sur le seuil, son chapeau à la main, tandis qu'il enveloppait d'un seul regard le papier peint jaune pâle, la fougère ébouriffée dans l'angle, les magazines périmés dans le porte-revues en métal. Ses cheveux bruns avaient de légers reflets cuivrés, son visage était mince, son expression attentive, réfléchie. Il n'avait rien de particulièrement remarquable, et cependant un je-ne-sais-quoi dans son attitude – sa vigilance tranquille, sa qualité d'écoute – le mettait immédiatement à part. Le cœur de Caroline battit plus vite et un petit fourmillement la parcourut, délicieux et irritant à la fois, comme le frôlement d'une aile de papillon. Leurs yeux se rencontrèrent – et elle sut. Avant même qu'il ne traverse la pièce pour lui serrer la main, qu'il n'ouvre la bouche pour prononcer son nom, « David Henry », Caroline comprit que celui qu'elle attendait depuis si longtemps lui était enfin apparu.

Il n'était pas marié, alors. Ni marié ni fiancé, et apparemment sans attaches. Caroline l'avait écouté avec attention, non seulement ce jour-là, lorsqu'il avait fait le tour de la clinique, mais aussi plus tard, pendant les différents pots de bienvenue et les réunions de travail. Elle avait entendu ce que les autres, pris par le flot de la conversation, distraits par son accent singulier et ses éclats de rire aussi soudains qu'inattendus, ne remarquaient pas : hormis quelques allusions à ses années d'internat à Pittsburgh (une information figurant déjà en toutes lettres sur son CV et ses diplômes), le Dr Henry n'évoquait jamais son passé. Pour Caroline, cette réticence à parler de lui-même lui conférait une aura de mystère, et faisait d'elle, qui l'avait perçue, la seule capable de le comprendre vraiment. Chacune de leurs rencontres paraissait chargée d'une intensité particulière, comme si tout en discutant d'un patient, en le suivant dans ses visites et en l'assistant dans ses soins, elle lui criait : « Je vous connais ; je sais qui vous êtes ; je vois ce que les autres n'ont pas su voir. » Quand elle entendait dans les couloirs des collègues plaisanter sur son béguin pour le nouveau médecin, elle rougissait de surprise et d'embarras. Mais en même temps, elle était secrètement ravie parce que ces rumeurs risquaient de parvenir jusqu'à lui et il comprendrait alors ce que sa timidité lui interdisait d'avouer.

Un soir, deux mois après son arrivée, Caroline l'avait trouvé endormi à son bureau. Il respirait lentement, le visage appuyé sur ses bras repliés. Elle s'était adossée au chambranle pour le regarder, et tous les rêves qu'elle nourrissait depuis des années s'étaient brusquement cristallisés. Ils allaient partir ensemble, tous les deux. Ils s'installeraient dans un lieu éloigné de toute civilisation où ils soigneraient de pauvres gens, la sueur mouillant leur front, leurs instruments glissant dans leurs paumes moites. Le soir, elle jouerait pour lui sur un vieux piano qui leur serait expédié de par-delà les océans, les fleuves bouillonnants et la jungle inextricable. Caroline était si profondément immergée dans son rêve que, lorsque le Dr Henry avait ouvert les yeux, elle lui avait souri sans retenue, de toute son âme, comme jamais elle n'avait souri à personne.

La surprise qu'elle lut dans son regard la ramena brutalement sur terre. Elle se redressa, toucha ses cheveux en balbutiant une excuse, le visage cramoisi. Puis elle s'enfuit, mortifiée et excitée à la fois. Maintenant, il savait. Maintenant, il la verrait enfin comme elle le voyait. Pendant plusieurs jours, son cœur battit si fort à l'idée de ce qu'il allait lui dire qu'elle évita de se trouver dans la même pièce que lui. Et quand les jours se succédèrent sans qu'il ne fasse la moindre allusion à ce fameux soir, elle n'éprouva pas de déception. Elle inventa toutes sortes d'explications à son silence, et continua à attendre sereinement.

Trois semaines plus tard, Caroline tombait sur la photo de son mariage, à la rubrique société du journal. Norah Asher, devenue Mme David Henry, apparaissait de profil, la nuque gracieuse, les paupières délicatement bombées, comme des coquillages...

Caroline sursauta. La salle d'attente était surchauffée : elle avait failli s'endormir. À côté d'elle, le bébé n'avait pas bougé. Elle se leva et s'approcha des fenêtres. Le plancher grinçait sous le tapis élimé. De lourdes tentures en velours tombaient jusqu'au sol, vestiges d'une époque où ce lieu était une élégante propriété privée. Elle toucha le bord du voilage jauni, en dessous : un vrai sac à poussière. Dehors, dans un champ immaculé, une demi-douzaine de vaches cherchaient de leurs mufles des touffes d'herbe sous la neige. Un homme, veste écossaise rouge et gants sombres, se dirigeait lourdement vers une étable, un seau dans chaque main.

Aujourd'hui la poussière, hier la neige… Ce n'était pas juste. Non, ce n'était pas juste que Norah Henry possédât tout : l'amour, le bonheur, une vie aisée et sans soucis ! Choquée par cette pensée, par la virulence de son amertume, Caroline laissa retomber le voilage, tourna les talons et sortit dans le couloir.

Elle suivit un corridor où des lumières fluorescentes bourdonnaient au plafond. Une odeur de produits nettoyants, de légumes bouillis et d'urine flottait dans l'air. Des chariots grinçaient ; des voix s'interpellaient. Caroline tourna une première fois au bout du couloir, puis une deuxième, descendit une marche et accéda à une aile plus moderne, aux murs turquoise. Elle passa devant une série de portes, chacune lui livrant de petits moments de vie : ici, un homme sans âge regardait par une fenêtre, le visage dans l'ombre ; là, deux infirmières déployaient un drap, bras tendus, le rectangle de coton blanc flottant près du plafond comme une voile ; deux chambres vides au sol bâché, des pots de peinture entassés dans un coin; une porte fermée; une dernière chambre, ouverte: une frêle jeune femme vêtue d'une chemise de nuit en coton blanc, assise au bord d'un lit. Ses mains étaient jointes sur ses genoux, sa tête baissée. Une infirmière en uniforme se tenait derrière elle, armée de ciseaux argentés. Les longs cheveux noirs tombaient en pluie sur les draps blancs, dénudant une nuque pâle et gracile. Caroline s'arrêta.

—Elle a froid, s'entendit-elle dire.

Les deux femmes la dévisagèrent. La patiente avait de grands yeux sombres et lumineux. Ses cheveux grossièrement tailladés lui arrivaient maintenant au menton.

—Je sais, répondit l'infirmière.

Elle épousseta de la main des cheveux accrochés à la chemise de nuit blanche.

Ils glissèrent sur les draps puis sur le linoléum gris.

—Mais il faut le faire.

Elle observa l'uniforme fripé de Caroline, sa tête nue, les paupières plissées.

—Vous êtes nouvelle ici? demanda-t-elle.

Caroline hocha la tête.

—Oui. Nouvelle.

Plus tard, quand Caroline se remémorerait cet instant – l'infirmière armée de ciseaux, la jeune femme assise au milieu de ses cheveux saccagés, dans sa petite chemise de nuit en coton, la scène se déroulerait en noir et blanc dans sa tête, et ce souvenir l'emplirait d'un sentiment de tristesse et de regret, sans qu'elle parvienne à savoir pourquoi. Des voix retentirent dans un autre couloir, et

Caroline se rappela soudain le bébé, endormi dans sa boîte en carton, sur le canapé en velours élimé de la salle d'attente. Elle se détourna et revint rapidement sur ses pas.

Rien n'avait bougé en son absence : la boîte décorée de chérubins rouges était toujours sur le canapé, le bébé profondément endormi, ses petits poings serrés près de son menton. *Phoebe*, avait déclaré Norah Henry, juste avant que le gaz lui fasse perdre conscience. *Si c'est une fille, Phoebe.*

Phoebe. Caroline ouvrit doucement les couvertures et la souleva avec précaution. Elle était minuscule, deux kilos cinq cents, plus petite que son frère jumeau, même s'ils avaient les mêmes cheveux bruns. Caroline retira sa couche – humide et souillée par du méconium –, la remplaça par une propre, puis l'enveloppa de nouveau dans la couverture. Elle ne s'était même pas réveillée, et Caroline la garda quelques instants dans ses bras. Si petite, si légère, si chaude. Même dans son sommeil, une succession d'expressions fugitives passaient comme des nuages sur son visage minuscule. Ici, Caroline reconnut le froncement de sourcils de Norah Henry, là, l'écoute attentive de David Henry.

Elle recoucha Phoebe et la borda tout en songeant à ce dernier avalant un sandwich dans son bureau, finissant une tasse de café froid, puis se levant pour rouvrir les portes du cabinet, comme tous les mardis soir, afin d'accueillir gratuitement les malades nécessiteux qui ne pouvaient pas payer une consultation chez le médecin. La salle d'attente était toujours pleine ces soirs-là, et il était souvent encore là à minuit quand Caroline se résignait à rentrer chez elle, tellement épuisée qu'elle n'avait même plus la force de penser. C'était pour cette raison qu'elle était tombée amoureuse de lui. À cause de sa compassion. Et pourtant, il lui avait demandé d'emmener son bébé ici, dans cet endroit horrible où une jeune femme grelottait en chemise de nuit sur un lit pendant qu'on lui coupait ses magnifiques cheveux noirs.

Cela l'anéantirait, avait-il dit en parlant de Norah. *Je ne le supporterais pas.*

Elle entendit des pas approcher, puis une infirmière aux cheveux gris, vêtue d'un uniforme identique à celui de Caroline, apparut sur le seuil.

— Puis-je vous aider ? demanda-t-elle. Vous attendez depuis longtemps ?

— Oui, répondit lentement Caroline. J'attends depuis très longtemps.

La femme secoua la tête avec agacement.

— Désolée. Nous travaillons en effectif réduit à cause du mauvais temps. C'est incroyable. Il tombe deux flocons, et la vie s'arrête. Enfin bon, que puis-je faire pour vous ?

— Êtes-vous Sylvia ? demanda Caroline d'une voix hésitante.

Elle essaya de se rappeler le nom que le Dr Henry avait noté sur le papier, sous l'adresse. Elle l'avait sottement laissé dans la voiture.

— Sylvia... Patterson ?

L'infirmière fronça les sourcils d'un air mécontent.

— Absolument pas. Je suis Janet Masters. Sylvia ne travaille plus ici.

— Oh, dit Caroline – puis elle se tut.

À l'évidence, cette femme ignorait qui elle était. Elle n'avait pas parlé avec le Dr Henry. Caroline tenait toujours la couche souillée dans sa main : elle la cacha subrepticement dans son dos.

Janet Masters posa les poings sur ses hanches, elle avait les paupières plissées.

— C'est ce fournisseur de lait en poudre pour bébés qui vous envoie ? demanda-t-elle d'un air soupçonneux.

Elle désigna le carton décoré de chérubins rouges, sur le canapé, au fond de la pièce.

— Sylvia avait des actions dans cette société, nous le savons tous. Si vous travaillez pour eux, vous pouvez repartir tout de suite !

— J'ignore de quoi vous parlez, répondit Caroline. Mais vous avez raison, je vais m'en aller. Soyez sans crainte, je ne vous ennuierai plus.

Janet Masters n'en avait pas terminé.

— Permettez-moi de vous dire que vous ne manquez pas de culot ! Déposer des échantillons gratuits et nous envoyer la facture une semaine plus tard ? Cet établissement accueille peut-être des personnes mentalement déficientes, mais il n'est pas dirigé par des simples d'esprit contrairement à ce que vous avez l'air de penser !

— Je comprends, souffla Caroline. Je suis sincèrement désolée.

Une cloche sonna, au loin. La femme se détourna.

— Je vous donne cinq minutes pour déguerpir. Et ne remettez jamais les pieds ici !

Elle disparut.

Caroline resta pétrifiée. Un courant d'air s'enroula autour de ses jambes. Au bout d'un moment, elle posa la couche souillée sur la table basse, à côté du canapé, chercha ses clés de voiture dans sa poche, puis souleva le carton, Phoebe toujours endormie à l'intérieur. Très vite, avant de se laisser une chance de réfléchir à ce qu'elle était en train de faire, elle sortit dans le couloir, remonta jusqu'au hall et franchit la porte. Une bouffée d'air glacé lui sauta au visage.

Elle redéposa Phoebe dans la voiture et démarra. Personne ne tenta de l'arrêter ni ne lui prêta la moindre attention. Caroline accéléra, les mains crispées sur le volant. Pendant les trente premiers kilomètres, elle débattit avec elle-même, parfois à voix haute. *Tu te rends compte de ce que tu as fait ?* s'interpella-t-elle avec sévérité. Elle dialogua également avec le Dr Henry, l'imaginant les sourcils froncés par l'incompréhension, la mâchoire crispée, comme chaque fois qu'il était perturbé. *Mais qu'est-ce qui vous est passé par la tête ?* lui demanderait-il – et Caroline devait bien reconnaître qu'elle était incapable d'apporter une réponse à cette question.

La tension retomba subitement, et quand elle atteignit l'autoroute, elle conduisait de façon mécanique, secouant la tête de temps à autre pour se tenir éveillée. L'après-midi touchait à sa fin ; Phoebe dormait maintenant depuis près de douze heures. D'ici peu, elle se réveillerait et il lui faudrait la nourrir. Caroline espérait sans trop y croire qu'elles seraient rentrées à Lexington à ce moment-là.

Il lui restait une quarantaine de kilomètres à parcourir. La lumière déclinait déjà – le soleil n'était plus qu'un disque blanchâtre dans le ciel couvert. Elle venait de dépasser la dernière sortie sur

Frankfort, quand la voiture devant elle ralentit peu à peu. Caroline en fit autant, puis comme elle parvenait au sommet de la colline, le trafic s'arrêta complètement. Un immense ruban de feux de stop serpentait jusqu'à un fouillis de lumières rouges et blanches clignotantes. Un carambolage. Caroline faillit fondre en larmes. L'aiguille de la jauge d'essence indiquait qu'il lui restait un peu moins du quart du réservoir, assez pour rentrer à Lexington, mais pas davantage, et cette file de voitures interminable… Ils étaient peut-être coincés ici pour des heures. Elle ne pouvait pas prendre le risque de couper le chauffage en arrêtant le moteur, pas avec un nouveau-né à bord.

Elle resta paralysée pendant un long moment, paniquée. La dernière rampe de sortie se situait trois cents mètres en amont, séparée d'elle par une chaîne ininterrompue de véhicules. Une colonne de chaleur montait du capot bleu pastel de la Fairlane, ondulant doucement dans le crépuscule, liquéfiant les quelques flocons de neige qui s'étaient remis à tomber. Phoebe soupira sur la banquette arrière. Son petit visage se crispa brièvement puis se détendit. Avec une audace qui la sidérerait chaque fois qu'elle y repenserait, Caroline tourna brusquement le volant, escalada l'accotement gravillonné et manœuvra pour faire demi-tour. Puis elle roula lentement à contresens, remontant toute la file de voitures immobilisées. C'était étrange, un peu comme si elle doublait un train : une femme en manteau de fourrure, trois enfants en train de faire des grimaces, un homme allumant une cigarette…

Elle atteignit la bretelle de sortie sans incident, s'engagea sur la route 60 et put accélérer de nouveau.

Ici, les arbres étaient encore alourdis par la neige. Des maisons apparaissaient çà et là au détour d'un champ immaculé. Les habitations se firent peu à peu plus nombreuses, leurs fenêtres éclairées se découpant dans la pénombre. Bientôt, Caroline se retrouva dans l'artère principale de Versailles, et chercha des panneaux indiquant la direction de Lexington.

L'enseigne bleu marine d'un magasin Kroger apparut au loin. Le logo familier et les vitrines illuminées réconfortèrent Caroline, lui faisant prendre conscience qu'elle mourait de faim. C'était samedi soir, tous les magasins seraient fermés le lendemain, et son réfrigérateur était quasiment vide. En dépit de sa fatigue, elle se gara sur le parking et coupa le moteur.

Phoebe dormait à poings fermés. Caroline hissa le sac contenant les couches sur son épaule, souleva le bébé dans ses bras et l'abrita sous son manteau. Un vent glacé balayait le parking, dispersant les quelques flocons qui tombaient de-ci de-là. Elle progressa prudemment dans la neige fondue, terrifiée à l'idée de tomber avec le bébé, tout en songeant combien il lui serait facile de l'abandonner – dans une benne à ordures, sur les marches d'une église, n'importe où. Elle avait un pouvoir absolu sur cette petite vie fragile. Elle fut prise de vertige à la pensée de l'énorme responsabilité qui pesait sur ses épaules.

La porte vitrée du magasin coulissa, laissant échapper une bouffée de lumière et de chaleur. Il y avait foule à l'intérieur. Des clients convergeaient vers la sortie, poussant des caddies remplis à ras bord. Un employé distribuait des sacs, près de l'entrée.

— On ferme dans une demi-heure, à cause des prévisions météo, avertit-il Caroline comme elle passait devant lui.

— Mais il ne neige plus, s'étonna-t-elle.

Le garçon lâcha un éclat de rire incrédule.

— Vous n'avez pas entendu les informations ? On attend une deuxième offensive cette nuit, et cette fois, ce sera du sérieux.

Caroline installa Phoebe dans un caddie et parcourut les allées du magasin. Elle prit le temps de la réflexion devant les différents laits, les chauffe-biberons, les biberons eux-mêmes avec leur assortiment de tétines, les bavoirs. Elle se dirigeait vers la caisse quand elle songea qu'elle ferait bien de prendre aussi du lait pour elle, un autre paquet de couches, et de quoi manger. Des gens souriaient avec attendrissement en apercevant Phoebe. Certains se penchaient pour contempler son petit visage.

— Oh, qu'elle est mignonne ! Quel âge a-t-elle ?

Caroline mentait sans l'ombre d'une hésitation :

— Deux semaines.

— Vous n'auriez pas dû sortir votre bébé par un temps pareil ! la gronda une vieille dame aux cheveux gris. Vous devriez le ramener tout de suite à la maison.

Caroline était dans la partie alimentation du magasin, en train d'attraper des boîtes de soupe à la tomate quand Phoebe remua ses petites mains, et se mit à pleurer. Caroline hésita un instant, puis la prit dans ses bras, hissa le grand sac en toile sur son épaule et se dirigea vers les toilettes, au fond du magasin. Elle s'assit sur la chaise en plastique orange, dans le coin, et berça le bébé sur ses genoux tout en versant un peu de lait de la Thermos dans un biberon. Il s'écoula plusieurs minutes avant que Phoebe se calme : elle était très agitée et son réflexe de succion était maladroit. Elle finit néanmoins par comprendre, et téta comme elle avait dormi : intensément, ardemment, les petits poings serrés près de son menton. Le temps qu'elle se détende, rassasiée, ils annonçaient la fermeture du magasin. Caroline se dirigea très vite vers les caisses, où une seule employée, fatiguée et impatiente, l'attendait. Elle paya rapidement, puis souleva le sac en papier d'un bras, cala Phoebe de l'autre. Ils fermèrent les portes du magasin derrière elle.

Le parking était presque vide – les dernières voitures démarraient ou s'éloignaient dans la rue. Caroline posa le sac de provisions sur le toit de la Fairlane puis recoucha Phoebe dans la boîte en carton, sur la banquette arrière. La voix étouffée des employées résonnait au loin sur le parking. Des flocons de neige épars tourbillonnaient dans le halo de lumière des réverbères, ni plus denses ni plus clairsemés que tout à l'heure. Mais les météorologues se trompaient si souvent. La preuve : personne n'avait annoncé les abondantes chutes de neige qui s'étaient produites pendant la naissance de Phoebe. Caroline plongea la main dans le sac en papier et arracha un morceau de pain. Elle n'avait rien mangé de toute la journée et mourait de faim. Elle avala une bouchée avant de refermer la portière arrière, songeant avec envie à son petit appartement modeste mais confortable, son lit d'une place recouvert d'un plaid en chenille blanche, chaque objet bien à sa place. Elle faisait le tour de la voiture pour se glisser derrière le volant quand elle se rendit compte tout à coup que ses feux arrière étaient allumés.

Elle s'immobilisa, les yeux rivés sur leur lumière agonisante. Pendant tout le temps où elle avait fait ses courses, hésitant dans les rayons, pendant le temps qu'elle avait passé dans les toilettes pour donner le biberon à Phoebe, pendant tout ce temps cette lueur rouge avait brillé dans la pénombre.

Quand elle tourna la clé de contact, la batterie était tellement à plat que le moteur ne toussa même pas.

Elle descendit de la Fairlane et resta plantée là, bras ballants. Le parking était complètement désert, à présent ; il n'y avait plus âme qui vive. Elle se mit à rire. Ce n'était pas un rire agréable à entendre, plutôt une sorte de hoquet éraillé, presque un sanglot.

— J'ai un bébé avec moi, articula-t-elle tout haut, étonnée d'entendre sa voix résonner dans le silence. J'ai un bébé dans ma voiture.

Le parking s'étirait tout autour d'elle, désert, indifférent. Les lumières du magasin traçaient de grands rectangles jaunes sur la neige fondue.

— Il y a un bébé dans cette voiture ! cria Caroline, ses mots se volatilisant presque instantanément dans la nuit glacée. Un bébé !

III

Norah ouvrit les yeux. Dehors, le ciel pâlissait à l'approche de l'aube, mais la lune était toujours là, accrochée aux arbres, répandant dans la pièce une lumière opaline. Dans son rêve, elle cherchait quelque chose sur le sol gelé, quelque chose qu'elle avait perdu. Des brins d'herbe, aussi tranchants que des lames de rasoir, se brisaient sous ses doigts, lui entaillaient la peau. Norah contempla ses mains, l'esprit confus : aucune trace de coupure. Ses ongles étaient propres, soignés, parfaitement limés.

Près d'elle, son fils pleurait dans son berceau. D'un geste doux et assuré à la fois, elle le souleva et le prit dans le lit avec elle. La place à côté d'elle était vide, les draps froids, d'un blanc polaire. David était parti, appelé à la clinique pour une urgence pendant qu'elle dormait. Norah blottit son fils dans la courbe chaude de son corps, ouvrit le haut de sa chemise de nuit. Les petites mains du bébé palpitèrent comme les ailes d'un papillon contre ses seins gonflés et douloureux ; il comprit tout de suite. Une douleur aiguë la transperça, avant de refluer comme une vague avec la montée du lait. Elle caressa ses cheveux fins, son crâne fragile. Étonnants, les mystères du corps humain. Les mains du bébé s'immobilisèrent, posées comme de petites étoiles sur ses aréoles.

Norah ferma les yeux, flottant entre éveil et sommeil. Une source enfouie au plus profond de son être jaillissait, libérant un petit torrent nourricier. Norah eut la sensation de devenir elle-même fleuve ou vent et de posséder tout l'univers : le bouquet de jonquilles sur la commode, l'herbe tendre, dehors, les feuilles nouvelles qui se dépliaient sur les branches ; les larves minuscules, blanches comme des semences de perles et cachées dans le sol, qui deviendraient des vers puis des mouches, les oiseaux qui se répondaient d'un arbre à l'autre. Tout cela était à elle. Paul ferma ses petits poings sous son menton. Ses joues remuaient en rythme pendant qu'il tétait. Autour d'eux, le monde bourdonnait, magnifique et exigeant.

Le cœur de Norah se gonfla d'amour, de joie et de tristesse.

Elle n'avait pas pleuré tout de suite la mort de leur petite fille, contrairement à David. *Un bébé bleu*, lui avait-il dit, des larmes s'accrochant aux poils de sa barbe d'un jour. Une petite fille qui n'avait jamais respiré. À ce moment-là, Norah tenait Paul dans ses bras et le dévorait des yeux : le visage minuscule, si serein et fripé, le petit bonnet de laine à rayures, ses doigts de nouveau-né, roses, délicats et incurvés. Ses ongles tout petits, petits, transparents comme la lune en plein jour. Ce que lui disait David, Norah ne pouvait pas vraiment l'assimiler, pas à ce moment-là. Ses souvenirs de la nuit étaient tour à tour très précis et flous : elle revoyait la neige, puis cet interminable trajet jusqu'à la clinique à travers les rues désertes, et David qui s'arrêtait à chaque feu pendant qu'elle essayait de résister à cette pulsion irrésistible, venue du plus profond de son être, de pousser. Ensuite, il lui revenait des flashs intermittents, bizarres : le silence inhabituel de la clinique, la douceur d'un tissu bleu sur ses genoux. Le froid saisissant de la table d'accouchement sous son dos nu. La montre en or de Caroline Gill scintillant chaque fois qu'elle se penchait pour lui faire respirer le gaz. Puis elle se réveillait, Paul était dans ses bras et David pleurait à ses côtés. Elle le dévisageait avec une inquiétude mêlée de détachement. Le contrecoup de l'accouchement, des sédatifs. Un second bébé, un bébé bleu – comment était-ce possible ? Elle se rappelait la nouvelle contraction qui était survenue brutalement, la tension dans la voix de David, comme des rochers en eau vive. Mais qu'importe : le nouveau-né dans ses bras était parfait, magnifique, elle était comblée. *Tout va bien*, avait-elle dit à David en lui touchant le bras. *Tout va bien*.

C'était en quittant la clinique, le lendemain, alors qu'elle sortait d'un pas hésitant sur le perron froid et humide, que le chagrin l'avait transpercée. Une odeur de neige fondue et de terre mouillée flottait dans l'air. Le ciel laiteux rôdait derrière les branches nues des sycomores. Elle tenait Paul dans ses bras – il était si léger, pas plus lourd qu'un chaton – en songeant que c'était vraiment très étrange de ramener ainsi un être tout neuf à la maison. Elle avait mis tant de soin à décorer sa chambre, choisissant le petit berceau et la commode en bois d'érable, collant toute seule le papier peint sur les murs, réalisant elle-même les rideaux et la jolie tapisserie brodée. Tout était en ordre, fin prêt pour accueillir son petit garçon. Et cependant, la porte de la clinique à peine franchie, elle se statufia entre les piliers en béton, incapable d'avancer.

— David…

Il se tourna vers elle, pâle, les cheveux sombres, tel un arbre contre le ciel.

— Oui ?

— Je veux la voir.

Sa voix était à peine un chuchotement, et cependant elle résonna avec une calme détermination dans le parking silencieux.

— Juste une fois. Avant de partir. Il faut que je la voie.

David enfonça ses mains dans ses poches, le regard rivé au sol. Toute la journée, des stalactites de glace étaient tombées de la corniche du toit. Elles gisaient, là, éparpillées au pied des marches.

— Oh, Norah, dit-il doucement. Je t'en prie, rentrons à la maison. Nous avons un fils magnifique.

— Je sais.

Il était son mari et elle l'avait toujours laissé prendre toutes les décisions. Et cependant elle ne pouvait pas se résoudre à faire un pas de plus, pas avec cette sensation terrible d'abandonner une partie d'elle-même derrière elle.

— Oh, s'il te plaît… Juste quelques instants, David. Pourquoi non ?

Elle croisa son regard, et y lut un désespoir qui lui fit monter les larmes aux yeux.

— Parce qu'elle n'est plus ici, voilà pourquoi.

La voix de David était rauque.

— Il y a un cimetière sur les terres de la famille du Dr Bentley. Dans le comté de Woodford. Je lui ai demandé de la faire enterrer là-bas. Nous pourrons nous y rendre plus tard, au printemps. Oh, Norah, je t'en prie. Tu me brises le cœur.

Norah ferma les yeux. Quelque chose en elle se liquéfia à l'idée que son bébé, sa petite fille, allait être ensevelie dans la terre si froide de mars. Ses bras, qui faisaient un berceau à Paul, étaient fermes et solides, mais tout le reste de son être était anéanti, comme si elle allait, elle aussi, se liquéfier de la même façon que la neige et ruisseler sur le sol avant de disparaître. David avait raison, elle n'avait pas besoin de savoir. Quand il monta les marches pour la rejoindre et passa son bras autour de ses épaules, elle hocha la tête et ils traversèrent ensemble le parking vide, jusqu'à la voiture. Il installa le couffin sur la banquette arrière puis les ramena prudemment à la maison. Ils franchirent le seuil avec Paul, puis le déposèrent, toujours endormi, dans son petit lit. Norah avait puisé un certain réconfort dans la façon dont David avait pris soin d'elle et s'était occupé de tout. Elle n'avait plus émis le souhait de voir sa petite fille.

Mais depuis, elle rêvait toutes les nuits qu'elle avait perdu quelque chose.

Paul s'était rendormi. De l'autre côté de la fenêtre, les branches du cornouiller, constellées de jeunes bourgeons, se balançaient dans le ciel blêmissant. Norah souleva Paul, le lova contre son autre sein, et ferma les yeux. Elle fut réveillée par des pleurs. Le soleil inondait la chambre et sa poitrine était gonflée par une nouvelle montée de lait: trois heures avaient passé. Norah se redressa dans le lit avec une grimace. Elle avait l'impression d'être lestée de plomb. Ses articulations douloureuses se ressentaient encore de l'accouchement. Dans le couloir, les lattes du parquet grincèrent sous ses pas.

Les pleurs de Paul redoublèrent quand elle l'installa sur la table à langer, son visage rouge et marbré sous l'effet de la colère. Norah lui ôta ses vêtements mouillés, sa couche souillée. Sa peau était si fragile, ses jambes aussi maigres et rouges que les ailes d'un poulet plumé. Dans un coin de son esprit, sa petite fille disparue observait la scène, attentive, silencieuse. Norah tamponna le cordon ombilical de Paul avec un morceau de coton imbibé d'alcool, jeta la couche sale dans le seau pour la faire tremper, puis lui passa des vêtements secs.

— Bébé d'amour, murmura-t-elle en le soulevant dans ses bras. Petit trésor.

Elle l'emporta en bas. Au salon, les stores étaient encore baissés, les rideaux tirés. Norah s'installa dans le fauteuil en cuir, à l'angle de la pièce, ouvrit son peignoir pour lui donner le sein.

La maison était paisible. La chaudière s'arrêta avec un claquement sec; le feuillage des arbres bruissait au-dehors. À l'étage, la porte des toilettes s'ouvrit et se referma, elle entendit un chuintement d'eau. Sa sœur Bree descendit l'escalier d'un pas léger, vêtue d'une vieille chemise dont les manches, trop longues, lui couvraient les mains. Ses jambes pâles et ses pieds nus contrastaient avec le bois sombre des marches.

— N'allume pas, lui dit Norah.

— D'accord.

Bree s'approcha et caressa tout doucement le crâne du bébé.

— Comment se porte mon adorable neveu ? demanda-t-elle. Comment va le gentil petit Paul ?

Norah baissa les yeux sur son fils, surprise, comme chaque fois, d'entendre prononcer son prénom. Il ne l'avait pas encore fait sien. Pour l'instant, il le portait comme un bracelet identitaire, une petite étiquette qui pourrait aisément se détacher et disparaître. Elle avait lu quelque part que certains parents refusaient de donner un prénom à leurs enfants plusieurs semaines après leur naissance : ils avaient le sentiment qu'ils n'appartenaient pas encore tout à fait à cette vie, qu'ils flottaient toujours entre deux mondes.

— Paul.

Norah répéta son prénom à voix haute, solide et définitif, chaud comme une pierre au soleil. Une ancre.

Silencieusement, pour elle seule, elle ajouta : *Phoebe*.

— Il a faim, ajouta-t-elle. Il a tout le temps faim.

— Ah, il tient de sa tante. Je vais me préparer des toasts et du café. Tu veux quelque chose ?

— Un verre d'eau, peut-être, répondit Norah en regardant les longues jambes de Bree quitter gracieusement la pièce.

C'était étrange. Sa sœur cadette avait toujours été son contraire, sa Némésis, et pourtant elle était la seule personne dont elle souhaitait la présence à ses côtés.

Bree n'avait que vingt ans, mais un caractère si trempé que c'était à se demander, parfois, laquelle des deux était l'aînée. Trois ans plus tôt, alors qu'elle était encore lycéenne – et mineure –, Bree avait fait scandale en s'enfuyant avec le pharmacien. Un célibataire qui avait le double de son âge. Tout le monde avait unanimement condamné le commerçant qui n'avait pas l'excuse de la jeunesse. Quant au coup de folie de Bree, on l'avait expliqué par le décès de son père, disparu quand elle était adolescente, un âge terriblement vulnérable, comme chacun sait. Ils avaient tous prédit que ce mariage ne durerait pas, et ils avaient eu raison.

Mais s'ils avaient pensé que cet échec l'assagirait, ils s'étaient lourdement trompés. Loin de revenir à la maison contrite et repentante, elle s'était inscrite à l'université, et avait annoncé sa résolution de ne plus s'appeler Brigitte, mais Bree. Un prénom qui évoquait à la fois « la brise et la liberté – comme moi ! ».

Encore sous le choc de ce mariage scandaleux et de ce divorce plus scandaleux encore, leur mère, remariée à un pilote de ligne travaillant à la TWA, avait décidé de partir s'installer à Saint Louis.

— Au moins, sur deux filles, j'en ai une qui sait se tenir ! avait-elle déclaré tout en empaquetant sa vaisselle dans des cartons.

C'était l'automne, des feuilles jaunes virevoltaient dans l'air sec et froid. Elle avait relevé ses cheveux blond pâle, presque blancs, en un nuage vaporeux sur le dessus de sa tête, et une soudaine émotion avait adouci ses traits délicats.

— Oh, Norah, je suis si heureuse d'avoir une fille dont je puisse être fière, tu ne peux pas imaginer ! Même si tu ne te maries jamais, ma chérie, tu seras toujours une lady.

Norah, qui rangeait une photo encadrée de son père dans un carton, avait rougi de colère et de frustration. Elle aussi, elle avait été choquée par le culot de Bree, par son audace, et elle rageait que Bree s'en soit tirée aussi facilement après avoir semé une telle pagaille derrière elle – le mariage, le divorce, le scandale.

Elle détestait Bree de leur avoir imposé ça.

Elle était furieuse de ne pas avoir eu l'audace d'en faire autant.

Mais cela ne lui serait jamais venu à l'esprit. Norah avait toujours été la gentille ; c'était son rôle. Elle avait été proche de leur père, un homme affable, désordonné, expert en moutons, qui passait ses journées enfermé dans son bureau au premier étage, à lire les journaux, ou bien dehors, dans la bergerie, au milieu des bêtes. Norah adorait son père et, toute son enfance, elle s'était sentie obligée de compenser – pour le peu d'attention qu'il accordait à sa famille ; pour la déception de sa mère d'avoir épousé un homme dont le caractère était si opposé au sien. À sa mort, ce besoin viscéral de contenter tout le monde, tout le temps, s'était accru et elle avait continué à faire sagement ce qu'on attendait d'elle. À la fin de ses études, elle avait travaillé six mois à la compagnie du téléphone, un emploi qui ne lui procurait aucune satisfaction et qu'elle avait quitté sans regret quand elle avait épousé David. Leur rencontre dans le rayon lingerie du Wolf Wile, puis leur mariage éclair, en tout petit comité, était ce qui, pour elle, s'apparentait le plus à un coup de folie.

Pour Bree, en revanche, la vie de Norah était aussi ennuyeuse qu'un feuilleton à l'eau de rose.

— C'est tout à fait ton style, aimait-elle à répéter en rejetant ses longs cheveux en arrière, de gros bracelets en argent cliquetant à ses poignets. Personnellement, je ne pourrais pas le supporter. Je deviendrais folle au bout d'une semaine. Que dis-je ? À la fin du premier jour !

Norah rongeait son frein en silence, faisait mine d'ignorer sa sœur, l'enviait, se mordait la langue. Entre-temps, Bree partit s'installer à Louisville avec le gérant d'un restaurant diététique sans plus donner aucune nouvelle après ça. Puis Norah tomba enceinte et, curieusement, sa relation avec sa sœur changea du tout au tout: Bree se mit à lui rendre de fréquentes visites, apportant chaque fois de menus cadeaux, comme ces fines chaînes de cheville en argent importées d'Inde, dénichées dans une petite boutique de San Francisco. Norah lui ayant laissé entendre qu'elle n'avait pas l'intention de nourrir son bébé au biberon, elle lui fit ronéotyper un tas d'articles et de conseils sur l'allaitement au sein – sujet tabou à l'époque. Leur mère refusait catégoriquement d'en parler et la documentation était rare.

Norah lui était reconnaissante de toutes ces attentions, même si, par moments, le franc-parler de sa sœur la mettait mal à l'aise. Dans l'univers de Bree (qui partageait apparemment son temps entre la Californie, Paris et New York), les femmes déambulaient chez elles la poitrine à l'air, se faisaient photographier, leurs bébés collés à leurs seins énormes, et écrivaient des articles vantant les qualités nutritionnelles du lait maternel.

— C'est la nature, affirmait Bree en haussant les épaules. Nous sommes des mammifères.

À la seule idée d'être assimilée à un mammifère, gouverné par ses instincts, et donc amenée à laisser son petit la *téter* (un mot affreux qui évoquait dans son esprit un veau sous sa mère et des scènes de vie à la ferme !), Norah avait rougi violemment et s'était retenue de quitter la pièce en courant.

Bree rentra au salon, un plateau dans les mains. Ses longs cheveux blonds ruisselèrent sur l'une de ses épaules quand elle se pencha pour poser un verre d'eau fraîche sur la table, à côté de Norah. Elle installa son chargement sur la table basse et se lova sur le canapé, ses longues jambes pâles repliées sous elle.

— David est parti ? demanda-t-elle.

Norah hocha la tête.

— Dans la nuit. Je ne l'ai même pas entendu se lever.

— Tu penses vraiment que c'est une bonne chose qu'il travaille autant ?

— Oui, répondit fermement Norah. Oui, j'en suis sûre.

Le Dr Bentley en avait discuté avec les autres médecins du cabinet. Ils avaient proposé à David de prendre un congé, mais il avait refusé.

— Pour lui, peut-être, mais pour toi ? demanda Bree en mordant dans sa tartine.

— Moi ? Je vais bien.

Bree agita sa main libre.

— Écoute, tu ne crois pas que… ?

Norah l'interrompit avant qu'elle critique David une nouvelle fois.

— Tu sais, je suis contente que tu sois là. Personne d'autre ne me parle.

— Qu'est-ce que tu racontes ? Tu n'as pas cessé d'avoir des visites.

— Je portais des jumeaux, Bree, déclara calmement Norah.

Des images de son rêve lui revinrent – le paysage désert et gelé, ses recherches désespérées.

— Tout le monde évite le sujet. À les entendre, je devrais m'estimer heureuse d'avoir Paul. Comme si une vie devait consoler la perte d'une autre vie. Mais je portais des *jumeaux*. J'avais aussi une petite fille...

Elle se tut, la gorge trop serrée pour continuer.

— Ils ont de la peine pour toi, murmura Bree d'une voix douce. Ils sont tous heureux et tristes en même temps. Ils ne savent pas quoi dire, c'est tout.

Norah souleva Paul, qui s'était endormi contre son épaule. Elle sentait son souffle chaud dans son cou ; elle caressa son dos, à peine plus large que sa paume.

— Je sais, soupira-t-elle. Je sais, mais quand même.

— David n'aurait pas dû te laisser aussi vite. Pas au bout de trois jours.

— Il puise du réconfort dans son travail. Si j'avais un emploi, j'agirais de la même façon.

— Ce n'est pas vrai.

Bree secoua la tête.

— Je suis désolée de te dire ça, mais David se replie sur lui-même, il verrouille ses émotions. Et toi, tu essaies de combler le vide. De compenser. Mais c'est impossible.

Norah observa sa sœur en se demandant quels sentiments le pharmacien avait refusé de partager avec elle ; malgré sa franchise, Bree n'avait jamais évoqué son bref mariage. Pourtant, même si elle était tentée d'admettre que Bree n'avait pas tort, Norah se sentait obligée de prendre la défense de David, qui s'était occupé de tout malgré son chagrin : l'enterrement du bébé, les explications aux amis, la gestion du quotidien...

— Il faut le laisser faire son deuil à sa manière, murmura-t-elle en tendant la main vers les rideaux pour les ouvrir.

Le ciel était d'un bleu éclatant, et les bourgeons semblaient avoir doublé de volume en l'espace de quelques heures.

— J'aurais voulu la voir, Bree. Les gens pensent que c'est macabre, mais j'aurais voulu la toucher, rien qu'une fois.

— Ça n'a rien de macabre, affirma Bree d'une voix douce. Je trouve cela tout à fait normal.

Il y eut un silence, que Bree tenta gauchement de briser en proposant à Norah la dernière tartine de pain beurré.

— Je n'ai pas faim, mentit Norah.

— Il faut que tu manges, insista Bree. Tu retrouveras ta silhouette d'avant, c'est l'un des avantages méconnus de l'allaitement.

— Je suis heureuse que tu sois là, soupira Norah en tendant la main vers le verre d'eau. Tu n'imagines pas à quel point.

— Hé, grommela Bree, un peu embarrassée. Où voudrais-tu que je sois ?

La tête de Paul était une petite boule de chaleur contre son épaule, ses cheveux tout doux contre sa nuque. Sa sœur jumelle lui manquait-elle ? s'interrogea Norah. Avait-il conscience de la disparition de celle qui avait partagé sa vie jusqu'à leur naissance ?

Ressentirait-il à jamais cette absence ? Elle caressa son crâne velouté, le regard tourné vers la fenêtre, et aperçut au-dessus des arbres le disque fantomatique de la lune dans le ciel bleu.

Plus tard, pendant que Paul dormait, Norah prit une douche puis essaya plusieurs tenues sans en trouver une seule qui lui convienne. Les jupes faisaient ressortir son ventre, les pantalons lui tombaient sur les hanches. Elle avait toujours été petite, mince, bien proportionnée, et son corps épais, lourdaud, la déprimait. Faute de mieux, elle se rabattit sur son ancienne robe de maternité : une chasuble en jean, ample et confortable, qu'elle s'était pourtant juré de ne plus jamais remettre. Les pieds nus, elle erra de pièce en pièce. Tout comme sa silhouette, la maison ne ressemblait plus à rien, elle était négligée, chaotique. Il y avait des vêtements partout, les lits n'étaient pas faits, une trace toute fraîche apparaissait sur la poussière qui recouvrait la commode, là où David avait déposé un bouquet de jonquilles, aux pétales déjà brunis ; les vitres étaient sales. Dans vingt-quatre heures, Bree partirait, et leur mère arriverait. À cette pensée, Norah se laissa tomber au bord du lit, accablée, une cravate de son mari dans les mains. Le désordre de la maison pesait sur elle, comme si la lumière du jour avait voulu l'écraser. Elle n'avait pas l'énergie de lutter. Pire : ça lui était égal.

La sonnette de la porte d'entrée retentit. Elle entendit Bree traverser le hall.

Norah reconnut immédiatement les voix : c'étaient celles des bénévoles de sa paroisse qui apportaient des cadeaux, impatientes d'admirer le bébé. Deux autres groupes d'amies étaient venues, déjà : celles de son club de couture et celles de son atelier de peinture sur soie. Elles avaient rempli le réfrigérateur de nourriture et elles s'étaient passé Paul de main en main comme un trophée. Norah avait rendu visite à de jeunes mamans dans les mêmes circonstances, mais à cet instant elle n'éprouvait aucune gratitude, seulement du ressentiment : pour leur intrusion, la corvée des remerciements qui s'ensuivrait, et cette nourriture dont elle n'avait que faire.

Bree l'appelait. Norah redressa le menton et descendit l'escalier sans se soucier de se mettre du rouge à lèvres ou même de se brosser les cheveux. Elle était pieds nus.

— Je vous préviens : je suis affreuse, lança-t-elle sur un ton de défi en entrant au salon.

— Mais non, pas du tout, protesta Ruth Starling en tapotant le canapé à côté d'elle.

Norah reconnut néanmoins avec une certaine satisfaction la nature des regards qu'échangeaient les visiteuses. Elle s'assit docilement et joignit les mains sur ses genoux, comme à l'école quand elle était petite.

— Paul vient juste de s'endormir, déclara-t-elle. Je ne veux pas le réveiller.

Il y avait de la colère dans sa voix. Une réelle agressivité.

— Bien entendu, nous comprenons, acquiesça Ruth.

Elle avait soixante-dix ans et de fins cheveux blancs, toujours impeccablement coiffés. Son mari était décédé, l'année passée. Que lui en avait-il coûté, alors, et que lui en coûtait-il, aujourd'hui, de rester élégante et enjouée en toutes circonstances ? se demanda Norah.

— Vous avez traversé des moments si difficiles, poursuivit Ruth.

Norah sentit de nouveau la présence de sa fille flotter dans la pièce, tout près, et faillit se précipiter à l'étage pour vérifier si Paul allait bien. *Je deviens folle*, songea-t-elle, et elle regarda fixement le sol.

— Et si j'allais préparer du thé ? proposa Bree avec un entrain forcé.

Elle s'éclipsa sans attendre la réponse de ces dames.

Norah fit de son mieux pour se concentrer sur la conversation : l'épineux problème des taies d'oreiller de l'hôpital – quel tissu choisir : coton ou batiste ; le jugement que portaient les paroissiens sur le nouveau pasteur ; la question des couvertures pour l'Armée du Salut : fallait-il ou non en distribuer ? Et combien ? Puis Sally annonça que Kay Marshall avait accouché d'une petite fille la nuit dernière.

— Elle pèse trois kilos dix, exactement, précisa-t-elle. Kay est folle de joie. Et le bébé est magnifique. Ils l'ont appelée Elizabeth, comme sa grand-mère. Il paraît que l'accouchement s'est déroulé comme dans un rêve.

Il y eut un silence affreux tandis que tout le monde prenait brusquement conscience de ce qui venait de se passer. Sally se tourna vers Norah, rouge d'embarras.

— Oh mon Dieu, Norah… je suis désolée.

Norah aurait voulu dire quelque chose pour dissiper le malaise. Simplement, elle ne parvenait pas à retrouver sa voix. Alors elle resta muette et le silence devint un lac, un océan, dans lequel elles auraient pu toutes se noyer.

— Bien, déclara finalement Ruth d'un ton bref. Vous devez être épuisée, ma pauvre chérie. Aussi…

Elle souleva un paquet volumineux, enveloppé dans du papier coloré et orné d'une petite rosette de ruban frisotté.

— Nous avions bien pensé vous offrir un lot d'épingles à couches, mais à la réflexion nous avons préféré innover un peu…

Les femmes rirent, soulagées. Norah sourit, elle aussi, et déchira le papier cadeau : un trotteur, identique au modèle qu'elle avait un jour admiré chez une amie.

— Bien sûr, il va lui falloir attendre quelques mois avant de pouvoir profiter de son cadeau, déclara Sally en souriant, mais après, il ne pourra plus s'en passer !

— Et voici un petit complément, poursuivit Flora Marshall en se levant, deux paquets plats dans les mains.

Flora était la doyenne du groupe, ce qui ne l'empêchait pas de rester très dynamique et active. Elle tricotait des couvertures pour chaque nouveau bébé de la paroisse. Suspectant à son tour de taille que Norah pourrait bien attendre des jumeaux, elle en avait confectionné deux – l'une jaune et vert, l'autre mêlant le bleu et le rose. Pas question de lancer des paris sur le sexe des futurs bébés, avait-elle plaisanté.

Mais ce seraient des jumeaux, elle en était certaine. Personne ne l'avait prise au sérieux à l'époque.

Norah saisit les deux paquets, au bord des larmes. La laine douce glissa sur ses genoux quand elle déchira le premier papier, et il lui sembla que sa petite fille disparue se tenait à côté d'elle. Elle fut profondément reconnaissante à Flora qui, avec la délicatesse infinie des grands-mères, avait su ce qu'il convenait de faire. Elle défit le second emballage, impatiente de découvrir l'autre couverture, aussi duveteuse et fine que la première.

— C'est un peu grand, s'excusa Flora comme la barboteuse tombait sur ses genoux. Mais ils poussent si vite à cet âge-là…

— Où est l'autre couverture ? demanda Norah.

Elle entendit le son strident de sa voix, comme le cri d'un oiseau, et en fut stupéfaite. Depuis toujours, on vantait son calme, et elle s'était toujours flattée d'être quelqu'un de raisonnable, de posé, quelles que soient les circonstances.

— Où est la couverture que vous avez tricotée pour ma petite fille ?

Flora rougit violemment et lança un regard paniqué à ses camarades. Ruth prit la main de Norah et la serra dans la sienne. Ses doigts avaient une force étonnante. David lui avait énuméré les noms des os de la main, un jour, mais elle les avait oubliés.

— Allons, allons, murmura Ruth. Vous avez un petit garçon magnifique.

— Il avait une sœur, chuchota Norah en regardant fixement les visages qui l'entouraient.

Ces femmes étaient venues la voir par gentillesse. Elles étaient tristes pour elle, et elle était en train de faire une scène affreuse qui gênait tout le monde. Pire, voilà qu'elle pleurait. Que lui arrivait-il ? Elle avait toujours été si douce, si bien élevée…

— Elle s'appelait Phoebe. Je veux que quelqu'un prononce son nom. Vous m'entendez ?

Elle se leva.

— Je veux qu'on se rappelle son nom !

On l'aida à s'allonger sur le canapé et on lui appliqua un linge froid sur le front. Ses larmes coulaient continûment. Des voix résonnaient autour d'elle, tourbillonnant comme des flocons de neige dans une bourrasque. Mon Dieu, mon Dieu, que faire ? Du calme, il n'y avait pas lieu de s'alarmer : ce genre de crise nerveuse n'était pas rare après un accouchement. Surtout chez une jeune maman. Peut-être vaudrait-il mieux appeler son mari, quand même ? Puis, soudain, Bree surgit, calme, efficace, charmante. Elle les rassura, les raccompagna jusqu'à la porte, promettant de leur donner des nouvelles. Le silence retomba et Norah ouvrit les yeux : sa sœur ramassait la couverture tricotée par Flora Marshall, tombée sur le sol. Elle avait noué un tablier autour de sa taille mince.

Norah essuya ses joues trempées de larmes.

— David m'a dit qu'elle avait les cheveux bruns. Comme les siens, murmura-t-elle d'une toute petite voix.

Bree la dévisagea.

— Tu souhaitais commander un service religieux, Norah. Pourquoi attendre ? Pourquoi pas maintenant ? Cela t'aiderait peut-être à trouver la paix.

Norah secoua la tête.

— Tout le monde pense que je devrais m'occuper de mon petit garçon et m'estimer heureuse qu'il soit en bonne santé. Même David est de cet avis. Peut-être ont-ils raison.

Bree haussa les épaules.

— Sauf que tu n'y arrives pas. Plus tu essaies de ne pas penser à elle, moins ça marche. David n'est que médecin, ajouta-t-elle sèchement. Il ne détient pas toutes les réponses. Il n'est pas Dieu.

— Je le sais bien.

— Parfois, je me le demande.

Norah ne répondit pas. Des taches sombres mouchetaient le parquet ciré : l'ombre du feuillage dessinait des trous dans les flaques de lumière. La pendule tictaquait doucement sur la cheminée. La réflexion acide de sa sœur aurait pu la mettre en colère, mais non. L'idée d'un service religieux semblait avoir stoppé cet engourdissement qui s'était emparé d'elle sur les marches de la clinique et ne l'avait pas quittée depuis.

— Tu as peut-être raison, déclara-t-elle enfin. Je ne sais pas… Une cérémonie discrète. Quelque chose de très simple.

Bree lui tendit le téléphone.

— Renseigne-toi, ça ne t'engage à rien.

Norah se jeta à l'eau. Elle commença par contacter le nouveau pasteur et s'entendit lui expliquer qu'elle souhaitait organiser un service religieux. Un service religieux, oui, dehors, dans la cour de l'église. Oui, oui, même s'il pleuvait. *En mémoire de Phoebe, ma petite fille, mort-née*. Pendant les deux heures qui suivirent, elle répéta les mêmes mots, encore et encore : à la fleuriste, à la femme qui s'occupait des annonces dans le journal *The Leader*, à ses amies du club de couture, qui lui proposèrent aussitôt de s'occuper des fleurs. À chaque coup de téléphone, Norah sentait le calme la regagner petit à petit et la réconcilier avec l'univers, comme quand Paul pressait son petit visage contre son sein et se mettait à téter, la connectant de nouveau au monde.

Bree partit assister à son cours et Norah traversa la maison silencieuse, prenant la mesure du chaos. Jusqu'ici, elle avait évolué dans ce désordre sans s'en soucier, mais, pour la première fois depuis l'accouchement, elle sentit une nouvelle énergie prendre le pas sur son apathie. Elle fit les lits, ouvrit les fenêtres, passa un chiffon à poussière sur les meubles. Elle ôta sa robe de maternité et fouilla dans l'armoire jusqu'à ce qu'elle trouve une jupe et un chemisier qui ne la boudinent pas. Elle fronça les sourcils en apercevant sa silhouette lourde et disgracieuse dans la glace, mais elle se sentait mieux. Elle prit le temps de se coiffer, cent coups de brosse au moins. Les dents étaient couvertes de cheveux quand elle en eut fini, un nid épais de fils blonds emmêlés. Elle savait que c'était souvent le cas après un accouchement, question d'équilibre hormonal, mais elle faillit pleurer.

Assez, s'admonesta-t-elle sévèrement en se mettant du rouge à lèvres et en battant des cils pour refouler ses larmes. *Ça suffit, Norah Asher Henry !*

Elle enfila un pull avant de descendre et trouva ses sandales beiges. Ses pieds, Dieu merci, avaient enfin dégonflé.

Elle s'assura que Paul dormait toujours, son souffle léger mais perceptible contre ses doigts – puis descendit dans la cuisine, glissa un ragoût surgelé dans le four, mit la table et déboucha une bouteille de vin. Elle jetait les fleurs fanées dans la poubelle lorsque la porte d'entrée s'ouvrit et se referma. Son cœur battit plus vite quand elle entendit le pas de David approcher, puis il apparut sur le seuil, son pardessus sombre flottant sur sa silhouette mince, ses pommettes rougies par la marche. Il avait l'air fatigué et elle lut du soulagement dans son regard quand il remarqua la cuisine en ordre, son effort vestimentaire, l'odeur du dîner en train de cuire. Il tenait à la main un bouquet de jonquilles, cueillies dans le jardin. Ses lèvres étaient fraîches sous les siennes quand elle l'embrassa.

— Bonsoir, dit-il. Tu as eu une bonne journée, on dirait ?

— Oui. Très bonne.

Elle faillit lui dire ce qu'elle avait fait, mais au lieu de ça elle lui prépara un verre : un whisky sec, comme il l'aimait. Il s'adossa au comptoir pendant qu'elle lavait la salade.

— Et toi, ta journée ? demanda-t-elle en fermant le robinet.

— Pas mal. Bien remplie. Désolé pour hier soir. On m'a appelé en urgence pour une crise cardiaque. Il s'en est sorti, heureusement.

— Cela nécessitait l'intervention d'un chirurgien orthopédiste ?

— Oh, oui. Il est tombé dans son escalier. Fracture du tibia. Le bébé dort ?

Norah jeta un coup d'œil à la pendule et soupira.

— Je devrais probablement aller le réveiller. Il faut commencer tout de suite si je veux l'habituer à des horaires réguliers.

— Je m'en charge, dit David en emportant les fleurs.

Elle l'entendit passer de pièce en pièce à l'étage, et elle l'imagina penché au-dessus du berceau pour caresser doucement le front de Paul, tenir sa petite main. Il redescendit au bout de quelques minutes, seul.

— Il dort si paisiblement, expliqua David. Laissons-le tranquille.

Ils passèrent au salon et s'installèrent sur le canapé. Pendant un moment, ce fut comme avant : juste eux deux. Le monde redevint un lieu cohérent, riche de promesses. Norah avait prévu d'informer David de son projet au cours du dîner, mais soudain elle s'entendit lui raconter ses démarches auprès du pasteur, l'annonce qu'elle allait faire publier dans le journal. Tout en parlant, elle sentait son regard, rivé sur elle, de plus en plus intense, ce qui le rendait, lui, d'une certaine façon, terriblement vulnérable. Son expression la fit hésiter : c'était comme si un masque était tombé de son visage et qu'elle s'adressait à un étranger dont elle était incapable de prévoir les réactions. Jamais ses yeux n'avaient été aussi sombres, aussi impénétrables.

— Tu désapprouves, devina-t-elle.

— Ce n'est pas cela.

La souffrance était de nouveau palpable dans son regard, dans sa voix. Norah faillit tout annuler, mais l'engourdissement qu'elle avait eu tant de difficulté à chasser revint rôder autour d'elle.

— J'ai besoin d'agir, se défendit-elle. Je n'ai rien fait de mal.

— Non, tu n'as rien fait de mal.

Il parut sur le point d'ajouter quelque chose, se ravisa et se dirigea vers la fenêtre. Il contempla le petit parc plongé dans l'obscurité, de l'autre côté de la rue.

— Bon sang, Norah ! gronda-t-il tout à coup d'une voix sourde et âpre qu'elle ne lui avait jamais entendue.

La rage qui couvait sous ces mots la surprit.

— Pourquoi faut-il que tu sois aussi entêtée ? Tu aurais pu, au moins, me parler de cette annonce avant de la faire publier ?

— Elle est morte, riposta Norah, subitement en colère, elle aussi. Cela n'a rien de honteux. Il n'y a aucune raison de tenir la nouvelle secrète.

David resta face à la fenêtre, les épaules raides. Quand elle l'avait rencontré dans une allée du Wolf Wile, un peignoir corail sur le bras, il lui avait paru étrangement familier, un peu comme un ami qu'elle n'aurait pas revu depuis des années. Mais maintenant, après un an de vie commune, elle avait brusquement l'impression qu'elle ignorait tout de lui.

— David, que nous arrive-t-il ?

Il lui tournait toujours le dos sans répondre. Une odeur de viande et de pommes de terre flotta jusqu'à eux ; Norah se souvint du dîner qu'elle avait mis dans le four, et son estomac fut tenaillé par une faim qu'elle avait niée toute la journée. À l'étage, Paul commença à pleurer, mais elle ne bougea pas. Elle attendait la réponse de David.

— Il ne nous arrive rien, dit-il enfin.

Quand il pivota vers elle, la souffrance hantait toujours son regard, mais elle y décela aussi autre chose – une sorte de résolution – qu'elle ne comprit pas.

— Tu fais une montagne d'une taupinière, Norah. Mais je suppose qu'il fallait s'y attendre.

Froid. Dédaigneux. Hautain. Les pleurs de Paul redoublèrent. La colère traversa Norah de la tête aux pieds. Elle monta à l'étage comme une tornade, souleva son bébé dans ses bras et le changea, avec des gestes très, très doux, tout en continuant à trembler de fureur. Puis elle s'assit dans le rocking-chair, défit les boutons de son chemisier, ferma les yeux. Le soulagement, enfin. En bas, David passait d'une pièce à l'autre. Lui, au moins, il avait touché leur petite fille. Il avait vu son visage.

Ce service religieux aurait lieu, que cela lui plaise ou non. Elle le ferait pour elle-même.

Lentement, lentement, tandis que Paul tétait et que la lumière déclinait peu à peu, elle s'apaisa de nouveau. Elle redevint ce grand fleuve paisible qui accueillait le monde et le transportait. Dehors, la végétation poussait sans bruit ; les poches d'œufs des araignées se déchiraient ; les ailes des oiseaux palpitaient en vol. *C'est sacré*, songea Norah. Le bébé qu'elle tenait dans ses bras et cet autre bébé enseveli dans la terre la reliaient à tout ce qui vivait dans l'univers, de toute éternité. Quand elle rouvrit les yeux, elle fut surprise par la pénombre et par les petites merveilles qui l'entouraient : le rectangle de lumière, réfléchi par la poignée de porte en verre, qui dessinait un arc-en-ciel frissonnant sur le mur.

La couverture de Paul, tricotée à tout petits points, qui glissait jusqu'au sol comme une vague ondulée. Et sur la coiffeuse, les jonquilles de David, si finement dentelées et presque lumineuses, qui semblaient absorber la lumière du couloir.

IV

Lorsque l'écho de sa voix s'éteignit dans le parking désert, Caroline claqua la portière de la voiture et s'avança en trébuchant dans la boue glacée. Au bout de quelques pas, elle fit demi-tour et retourna chercher le nourrisson. Ses pleurs retentirent dans l'obscurité tandis qu'elle se hâtait vers les portes du supermarché. Fermées. Caroline appela, tapa, sa voix se mêlant aux cris du bébé. De l'autre côté des vitres, les allées éclairées étaient désespérément vides. Un seau de nettoyage était abandonné dans un coin ; les boîtes de conserve s'alignaient froidement sur les présentoirs. Pendant quelques instants, Caroline se sentit totalement désemparée, écrasée par son impuissance. Puis elle se ressaisit et se dirigea vers l'arrière du magasin. Les rideaux de fer de la plate-forme de livraison étaient baissés, mais peu importait. Elle continua à avancer. Des fruits et des légumes écrasés s'éparpillaient dans la neige fondue, dégageant une odeur de pourriture. Caroline martela le volet en fer de son poing, déclenchant un tel vacarme qu'elle reprit espoir et tambourina jusqu'à ce qu'elle n'en ait plus la force et laissa retomber son bras, épuisée.

— Même s'il y a encore quelqu'un, ma belle, ce dont je doute, ils n'ouvriront pas.

Caroline se retourna, le cœur battant. Un homme se tenait au pied de la rampe qui permettait aux semi-remorques de reculer vers la zone de chargement. Malgré la distance, elle fut frappée par sa stature. Il portait une grosse parka fourrée et un bonnet de laine. Ses mains étaient enfoncées dans ses poches.

— Mon bébé pleure, balbutia-t-elle. La batterie de ma voiture est à plat. Il y a un téléphone à l'entrée du magasin, mais je ne peux pas y accéder.

— Quel âge a votre bébé ? demanda l'homme.

— C'est un nouveau-né, avoua Caroline, incapable de mentir, paniquée, au bord des larmes.

— Nous sommes samedi soir, observa l'homme, sa voix paisible parvenant jusqu'à elle dans la pénombre glacée – tel un rocher dans la nuit. Les garages sont certainement fermés.

Il s'exprimait lentement, probablement pour la rassurer et lui permettre de se ressaisir, devina Caroline. Peut-être même la prenait-il pour une folle.

— J'ai laissé par erreur mes câbles de batterie dans le bahut d'un collègue, la semaine dernière, je ne peux pas vous dépanner. Mais il fait un froid de canard, alors… pourquoi ne pas venir vous asseoir un moment dans mon camion ? Au moins, vous serez au chaud. J'ai livré un chargement de lait dans ce magasin, il y a environ deux heures. J'attendais de voir comment allait évoluer le temps avant de reprendre la route. Bref, si vous voulez venir vous réchauffer un moment dans ma cabine, vous êtes la bienvenue. Vous pourrez réfléchir tranquillement à une solution.

Comme Caroline gardait le silence, il ajouta :

— Je pense avant tout au bébé.

Caroline tourna les yeux vers le semi-remorque, au fond du parking. Elle l'avait aperçu tout à l'heure, sans réellement y prêter attention. Dans ses bras, Phoebe reprit son souffle, puis recommença à pleurer de plus belle.

— D'accord, décida Caroline. Juste un petit moment.

Elle s'avança vers lui, contournant prudemment des oignons écrasés. Il lui tendit la main pour l'aider à descendre la rampe d'accès. Elle jeta un rapide coup d'œil à son visage : des joues mangées de barbe, un bonnet enfoncé jusqu'aux sourcils, des yeux marron, chaleureux. Je dois être devenue folle, songea-t-elle tandis qu'ils traversaient le parking côte à côte. Folle ou inconsciente. Cet homme est peut-être un psychopathe... Mais en vérité, elle était presque trop épuisée pour s'en soucier.

Il l'aida à prendre quelques affaires dans sa voiture puis tint Phoebe pendant que Caroline se hissait dans la cabine, avant de la lui tendre. Caroline versa un peu de lait de la Thermos dans le biberon. Phoebe était si énervée qu'elle mit plusieurs minutes avant de comprendre que la nourriture était là, à sa portée. Mais même alors elle refusa de téter. Caroline lui caressa tout doucement la joue pour l'apaiser et, finalement, elle happa la tétine et accepta de boire son lait.

— C'est plutôt bizarre, non ? déclara l'homme une fois que la petite se fut calmée.

Il s'était installé derrière le volant. Le moteur ronronnait dans l'obscurité, rassurant, comme un gros chat repu.

— Je veux parler de ces chutes de neige, dans le Kentucky.

— Oh, ça arrive parfois, tous les deux ou trois ans, répondit Caroline. Vous n'êtes pas d'ici ?

— Je suis d'Akron, dans l'Ohio. Mais je passe la majeure partie de mon temps sur les routes depuis cinq ans. Je me considère comme un citoyen du monde, désormais.

— La solitude ne vous pèse pas trop ? demanda-t-elle en songeant à ses propres soirées solitaires, dans son petit appartement.

Elle ne parvenait pas à croire qu'elle était réellement là, dans ce camion, à discuter de sujets intimes avec un parfait inconnu. C'était étrange, mais assez excitant également, comme se confier à un passager rencontré dans un train ou un autobus.

— Parfois, si, un peu, admit-il. Mais il m'arrive de faire des rencontres intéressantes. Comme ce soir.

Il faisait chaud dans la cabine. Caroline s'adossa confortablement contre le dossier du siège. La neige continuait à crépiter dans la lumière des réverbères. Sa voiture paraissait presque incongrue dans ce parking désert. Une forme sombre, abandonnée, saupoudrée de blanc.

— Où alliez-vous ? demanda-t-il.

— À Lexington. Il y a eu un carambolage sur l'autoroute, à quelques kilomètres d'ici. J'ai pris la première sortie, convaincue que j'allais gagner du temps et m'épargner bien des tracas.

Il sourit. À sa grande surprise, Caroline en fit autant et ils se mirent à rire tous les deux.

— Écoutez, reprit-il après un silence, si vous voulez, je vous emmène à Lexington. Le camion sera tout aussi bien là-bas pour la nuit. Demain… non, demain c'est dimanche, mais lundi, à la première heure, vous appellerez une dépanneuse pour votre voiture. D'ici là, elle ne risque rien sur ce parking.

La lumière du réverbère effleurait le visage minuscule de Phoebe. Il se pencha et sa grande main caressa son front minuscule avec une infinie douceur. Caroline aimait ses gestes un peu gauches et son calme.

— D'accord, acquiesça-t-elle. Si cela ne vous oblige pas à faire un trop gros détour…

— Pas du tout. Lexington est sur ma route.

Il descendit chercher le reste des affaires de Caroline dans la voiture, les emplettes qu'elle venait de faire dans le magasin, et des couvertures. Il s'appelait Al. Albert Simpson. Il plongea la main sous son siège et récupéra une tasse en plastique. Il l'essuya soigneusement avec une serviette en papier avant de lui servir du café de sa Thermos. Caroline le but à petites gorgées, appréciant qu'il fût noir et chaud, appréciant de partager ces moments avec quelqu'un qui ignorait tout d'elle. Elle se sentait en sécurité, étonnamment heureuse, même si la cabine sentait le renfermé et si un bébé qui n'était pas le sien dormait dans ses bras. Tout en conduisant, Al lui raconta sa vie sur la route, les relais routiers, et les kilomètres d'asphalte que ses roues dévoraient, jour après jour…

Bercée par le ronronnement du moteur, la chaleur et le tournoiement hypnotique de la neige se jetant dans la lumière des phares, Caroline flottait dans un demi-sommeil. Quand, finalement, ils se garèrent dans le parking de son immeuble, le semi-remorque occupa cinq places à lui tout seul. Al sauta à terre pour aider Caroline à descendre et laissa le diesel tourner au ralenti pendant qu'il transportait ses affaires en haut du perron. Caroline le suivit, tenant Phoebe dans ses bras. Un rideau s'écarta à l'une des fenêtres du premier étage : Lucy Martin épiait ce qui se passait dehors, comme toujours – à cette pensée, Caroline fut brusquement prise de vertige. Rien n'avait changé, et pourtant elle n'était plus la femme qui avait quitté son appartement au milieu de la nuit, progressant péniblement dans la neige pour monter dans sa voiture. Elle avait subi une telle transformation que, sûrement, la porte allait s'ouvrir sur un appartement différent, baigné par une lumière différente ? Et pourtant, non. Sa clé s'ajusta parfaitement à la serrure, puis tourna en accrochant un peu, au même endroit que d'habitude. Caroline franchit le seuil et porta Phoebe dans une salle de séjour qu'elle connaissait par cœur : la moquette marron, le canapé en tissu écossais et la chaise achetés d'occasion, la table basse en verre, le roman qu'elle lisait avant d'aller se coucher – *Crime et châtiment* –, corné à l'endroit où elle avait arrêté sa lecture. Elle avait abandonné Raskolnikov au moment où il se confessait à Sonya. Elle avait rêvé d'eux dans leur mansarde glaciale et, quand elle s'était réveillée, le téléphone sonnait et la ville était enfouie sous la neige.

La silhouette massive d'Al se dressa dans l'encadrement de la porte. Ce pouvait être n'importe qui, raisonna-t-elle. Un assassin, un violeur, un escroc. Absolument n'importe qui.

—Le canapé se déplie, dit-elle. Vous pouvez dormir ici si vous voulez.

Il marqua une hésitation, puis entra.

— Et votre mari, qu'est-ce qu'il va en penser ? demanda-t-il en promenant son regard autour de lui.

— Je ne suis pas mariée.

Elle se rendit compte immédiatement que ce n'était pas la chose à dire et tenta de se rattraper :

— Plus maintenant.

Il l'observa, son bonnet de laine dans la main, ses cheveux noirs, bouclés, un peu ébouriffés. De quoi devait-elle avoir l'air ? se demanda tout à coup Caroline du fond de sa fatigue : échevelée, son uniforme d'infirmière froissé, serrant ce bébé dans ses bras – ses bras las et douloureux.

— Je ne veux pas vous déranger, reprit-il.

— Me déranger ? Sans vous, je serais en train de grelotter sur un parking.

Il sourit, descendit chercher des affaires dans son camion, et revint quelques minutes plus tard, un sac de marin en toile vert sombre sur l'épaule.

— Il y a quelqu'un derrière une fenêtre du premier. Ma présence chez vous cette nuit ne va pas vous poser de problèmes, j'espère ?

— C'est Lucy Martin.

Phoebe s'était réveillée. Caroline prit le biberon qu'elle avait mis à chauffer, testa la température du lait sur sa main et s'assit dans le fauteuil.

— Une affreuse commère. Elle doit être aux anges : vous lui avez fourni un sujet de conversation pour les jours à venir.

Phoebe refusa de boire son lait et se mit à pleurnicher. Caroline se leva et marcha dans la pièce tout en lui murmurant des mots apaisants. Pendant ce temps, Al ne resta pas inactif : il ouvrit le canapé pliant et fit son lit au carré avec une aisance qui trahissait une longue habitude. Phoebe enfin calmée, Caroline souhaita bonne nuit à son invité et se retira dans sa chambre en ayant soin de refermer rapidement la porte derrière elle : Al aurait pu remarquer qu'il n'y avait pas de berceau dans la pièce.

Caroline avait tout calculé dans sa tête pendant le trajet en camion : elle ouvrit un tiroir de la commode, le vida de son contenu, tapissa le fond avec deux serviettes de toilette, puis plia un drap par-dessus avant d'y coucher Phoebe, emmitouflée dans une couverture. Quand elle se glissa enfin dans son propre lit, la fatigue la submergea comme une vague et elle coula à pic dans un sommeil sans rêve. Elle n'entendit ni Al ronfler dans la salle de séjour, ni le chasse-neige déblayer le parking, ni le camion des éboueurs remonter bruyamment la rue. Pourtant, quand Phoebe se réveilla, au milieu de la nuit, Caroline fut debout dans l'instant. Elle s'activa dans le noir comme si elle évoluait sous l'eau, avec des gestes engourdis mais vigilants, changeant la couche de Phoebe, faisant chauffer son biberon, toute son attention tournée vers le nourrisson et sur les tâches à exécuter – des tâches qu'elle était la seule à pouvoir accomplir.

Il faisait grand jour et une odeur d'œufs au bacon flottait dans l'air quand Caroline se réveilla. Elle se leva, enfila sa robe de chambre puis se pencha pour caresser tout doucement la joue du bébé endormi.

Dans la cuisine, Al beurrait des tranches de pain grillé.

— Bonjour, lança-t-il en levant les yeux vers elle.

Il s'était peigné, mais ses cheveux rebiquaient quand même. Un médaillon en or pendait à son cou, au bout d'une chaîne.

— J'ai fait comme chez moi, j'espère que vous ne m'en voudrez pas. Je n'ai pas dîné, hier.

— Ça sent bon. J'ai faim, moi aussi.

— Alors, dans ce cas...

Il lui tendit une tasse de café.

— ... j'ai eu raison de prévoir un petit déjeuner copieux. Vous avez un joli petit appartement. Bien aménagé.

— Vous trouvez ?

Le café était plus noir et plus fort que celui qu'elle buvait habituellement.

— En fait, j'ai l'intention de déménager.

Elle fut stupéfaite de s'entendre prononcer ces mots, mais à l'instant où ils résonnèrent dans la pièce, ils lui apparurent comme une évidence. Une lumière terne éclairait la moquette marron et l'accoudoir de son canapé. De la neige fondue gouttait du toit. Elle avait économisé pendant des années, dans l'espoir de partir vivre un jour une grande aventure, et au lieu de ça, un bébé dormait dans sa chambre, un inconnu était installé à sa table et sa voiture était en panne sur un parking.

— Je pense m'installer à Pittsburgh, reprit-elle, se surprenant de nouveau.

Al détacha les œufs de la poêle avec une spatule et les fit glisser dans deux assiettes.

— Pittsburgh ? C'est une belle ville. Pourquoi là-bas ?

— Oh, ma mère y avait de la famille, mentit Caroline comme il posait les assiettes sur la table et prenait place en face d'elle.

— Je suis désolé pour le père de votre bébé, dit Al.

Ses yeux sombres brillaient de compassion.

— Ça ne doit pas être facile pour vous.

Caroline avait presque oublié qu'elle s'était inventé un mari. Mais au ton de sa voix, il était évident qu'il ne l'avait pas crue. Il la prenait pour une fille mère, comprit-elle, stupéfaite. Ils parlèrent peu pendant le déjeuner, échangeant juste quelques considérations sur le temps, la circulation, et la prochaine destination d'Al : Nashville, dans le Tennessee.

— Je ne suis jamais allée à Nashville, avoua Caroline.

— C'est vrai ? Eh bien, montez à bord avec votre fille, je vous y emmène.

C'était une boutade, bien sûr, mais derrière la plaisanterie se profilait une main tendue. Non pas vers Caroline en tant que personne, mais plutôt vers une fille mère qui traversait une période difficile. L'espace d'un instant, Caroline s'imagina franchissant la porte de son appartement, Phoebe dans ses bras, une valise à la main, et montant dans le camion d'Al sans un regard en arrière.

— Une autre fois, peut-être, répondit-elle sur un ton léger en se resservant du café. J'ai encore quelques petites choses à régler ici.

Al hocha la tête.

— Bien sûr. Je comprends.

— Mais merci quand même. J'apprécie l'attention.

— Tout le plaisir aurait été pour moi, répondit-il avec sérieux.

Et il se leva pour partir.

Caroline le regarda par la fenêtre pendant qu'il traversait le parking, puis se hissait dans son camion et se retournait pour lui faire signe. Elle agita la main en retour, savourant une dernière fois son sourire, chaleureux et spontané, étonnée d'éprouver un petit pincement au cœur. Dans un flash, elle revit l'étroite couchette au fond de la cabine, où il dormait parfois, la douceur avec laquelle il avait effleuré le front de Phoebe, et elle fut brusquement tentée de courir vers lui. Elle était sûre qu'un grand solitaire comme lui saurait préserver ses secrets, apprivoiser ses rêves et ses peurs. Mais au même instant, le moteur gronda, un petit panache de fumée jaillit en tourbillonnant du tuyau argenté fixé verticalement sur le toit, et le semi-remorque démarra. L'instant d'après, il avait disparu dans la rue.

Pendant vingt-quatre heures, Caroline vécut au rythme de Phoebe. Elle qui s'était toujours montrée stricte sur le chapitre des repas, considérant le grignotage comme une forme de laisser-aller, mangeait maintenant à n'importe quelle heure : des céréales directement dans la boîte, de la crème glacée à même le pot, debout devant le plan de travail de la cuisine. C'était comme si son esprit s'était mis en semi-sommeil afin de n'avoir à réfléchir ni aux conséquences de ses actes, ni au destin du bébé qui dormait dans le tiroir de sa commode, ni à son propre avenir.

Le lundi matin, tôt, elle appela la clinique pour prévenir qu'elle ne viendrait pas travailler. Ce fut Ruby Centers, la secrétaire médicale, qui décrocha.

— Est-ce que ça va, mon petit ? demanda-t-elle. Vous avez une voix affreuse.

— C'est la grippe, je pense, mentit Caroline. Je crains de ne pas être sur pied avant plusieurs jours. Rien de nouveau à la clinique ? enchaîna-t-elle en essayant d'avoir un ton naturel. La femme du Dr Henry a eu son bébé ?

— Ma foi, je l'ignore, répondit Ruby.

Caroline visualisa son froncement de sourcils pensif, son cahier de rendez-vous et ses stylos parfaitement alignés sur son bureau, l'éternel bouquet de fleurs artificielles dans un angle.

— Pour l'instant, personne n'est encore arrivé – à part une bonne centaine de patients. On dirait que la ville entière a attrapé votre virus.

Caroline n'avait pas plus tôt raccroché qu'on frappa à la porte. Lucy Martin, à n'en pas douter. Caroline était même étonnée qu'elle ait réussi à tenir aussi longtemps.

Lucy portait une robe rose à grosses fleurs, un tablier de même couleur orné d'un petit volant, et des mules assorties en faux angora. Elle entra dans la pièce brandissant solennellement un cake « maison ».

De l'avis unanime, Lucy était la gentillesse faite femme, mais Caroline n'était pas dupe. Ses cakes, ses quiches et ses petits plats lui servaient d'alibis pour s'inviter partout : décès, accidents, naissances, mariages, veillées mortuaires... Son empressement à mettre le nez dans les affaires des autres et à guetter les mauvaises nouvelles avait quelque chose de morbide. Caroline la fuyait comme la peste.

— J'ai vu votre invité, susurra Lucy en tapotant le bras de Caroline d'un air entendu. Seigneur Jésus, quel bel homme ! Je n'ai pas pu attendre plus longtemps pour venir aux nouvelles.

Elle prit place sur le canapé et Caroline dans le fauteuil.

— Vous n'êtes pas malade, au moins ? poursuivit-elle. Je vous demande ça parce que, d'habitude, vous êtes partie depuis longtemps à cette heure-ci...

Son regard brûlait de curiosité. Caroline ne se faisait aucune illusion : d'ici à deux jours, trois au maximum, tout le quartier saurait qu'un inconnu avait passé la nuit dans son appartement.

— C'est mon cousin que vous avez aperçu la nuit dernière, répondit-elle tranquillement.

La facilité avec laquelle elle enchaînait les mensonges ne laissait pas de l'étonner. Ils coulaient tout seuls de ses lèvres, déjà formés. Elle ne cillait même pas en les proférant.

— Ah ? J'avoue que cette visite nocturne m'intriguait, avoua Lucy, visiblement très déçue.

— J'imagine, répondit Caroline.

Puis, avec un aplomb qui la stupéfierait plus tard quand elle y repenserait, elle soupira :

— Pauvre Al. Sa femme est à l'hôpital.

Elle se pencha vers sa commère et baissa la voix.

— C'est terrible, Lucy. Elle n'a que vingt-cinq ans, mais elle est probablement atteinte d'une tumeur au cerveau. Al l'a amenée jusqu'ici pour consulter un spécialiste. Je lui ai dit de rester à l'hôpital avec elle jour et nuit s'il le fallait, que je m'occuperais du bébé. Ses pleurs ne vous ont pas dérangée, au moins ?

Pendant quelques instants, la stupeur rendit Lucy muette, et Caroline savoura le plaisir – le pouvoir – de détenir une information secrète.

— Mon Dieu, mais c'est affreux ! Quelle tragédie pour votre cousin et sa femme... Un bébé, dites-vous ? Quel âge a-t-il ?

— Elle vient d'avoir trois semaines, répondit Caroline.

Puis, sur une impulsion, elle se leva.

— Attendez, je vais la chercher.

Elle entra dans la chambre et souleva délicatement Phoebe dans ses bras en veillant à la laisser enveloppée dans la couverture.

— N'est-elle pas magnifique ? demanda-t-elle en venant s'asseoir près de Lucy sur le canapé.

— Oh, quelle merveille ! Elle est adorable ! s'extasia Lucy en touchant l'une des petites mains de Phoebe.

Caroline sourit, envahie par un sentiment de fierté qui la surprenait. Les signes caractéristiques qu'elle avait remarqués à la clinique – les paupières fendues obliquement, le visage légèrement aplati – lui étaient devenus si familiers qu'elle n'y prêtait presque plus attention. Pour une personne non avertie, comme Lucy, il était impossible de soupçonner quoi que soit : Phoebe ressemblait à n'importe quel autre nourrisson – minuscule, attendrissant, exigeant.

— J'adore la regarder, avoua Caroline.

— Oh, sa pauvre maman, chuchota Lucy. Les médecins ont-ils bon espoir ?

— Ils ne peuvent pas se prononcer pour le moment. Il faut attendre.
— Ils doivent être effondrés.
— Ils sont tellement anéantis qu'ils en ont perdu l'appétit, répondit Caroline pour le cas où Lucy se mettrait en tête de leur concocter un de ses petits plats alibis.

Pendant deux jours, Caroline ne mit pas le nez dehors. Le monde extérieur lui apportait tout ce dont elle avait besoin – le journal, le lait, le pain –, pour le reste, il ne l'atteignait que par le grondement de la circulation. Le temps tourna et la neige disparut aussi vite qu'elle était apparue, formant de petits ruisseaux sur les toits et dans les caniveaux. Pour Caroline, ces quarante-huit heures se fondirent dans une sorte de brouillard ponctué çà et là d'images éparses : sa Ford Fairlane, batterie rechargée, entrant dans le parking de son immeuble sur le plateau d'une dépanneuse ; la lumière du soleil traversant les carreaux opaques ; l'odeur prenante de la terre mouillée ; un rouge-gorge perché sur la mangeoire du balcon. Elle avait des moments d'angoisse, mais quand elle s'asseyait sur le canapé, Phoebe dans les bras, elle était gagnée par un extraordinaire sentiment de paix. Ce qu'elle avait dit à Lucy Martin était vrai : elle adorait regarder ce bébé. Elle adorait le tenir contre elle, même si une petite voix lui disait de ne pas trop s'attacher à lui, lui rappelant qu'il n'était que de passage dans sa vie. Caroline avait eu trop souvent l'occasion d'observer David Henry à la clinique pour douter de sa compassion. Quand il s'était redressé, le fameux soir où elle l'avait trouvé endormi dans son bureau, elle avait lu dans son regard une humanité sans limites. Elle avait foi en lui : dès qu'il aurait surmonté le choc, il prendrait la bonne décision. Il suffisait d'attendre.

Au bout de trois jours, il n'avait toujours pas donné signe de vie.

Puis, le jeudi matin, on frappa à la porte. Caroline se précipita, rajustant la ceinture de son peignoir, remettant fébrilement de l'ordre dans ses cheveux. Mais c'était seulement un livreur, apportant un bouquet de fleurs rouge sombre et rose pâle dans un nuage de gypsophile. *Merci pour votre hospitalité,* avait écrit Al sur la carte jointe. *Nous nous reverrons peut-être lors de mon prochain passage dans la région.*

Caroline emporta les fleurs au salon et les disposa sur la table basse, dans un vase. Nerveuse et désœuvrée, elle s'assit dans le fauteuil, jeta un coup d'œil au journal. Elle ne l'avait pas ouvert depuis des jours. Elle parcourut les articles sans réellement prêter attention ce qu'elle lisait. Tensions grandissantes au Viêt Nam, le carnet mondain des grands de ce monde, les collections de chapeaux du printemps… Caroline allait replier le journal quand son regard tomba sur un encadré.

Service religieux
En mémoire de notre fille chérie
Phoebe Grace Henry
Née et décédée le 7 mars 1964
Vendredi 13 mars 1964 à 9 heures
Église presbytérienne, Lexington

Caroline relut les mots une deuxième fois, puis une troisième. Elle les toucha même avec son doigt, comme si ce geste avait le pouvoir de leur donner un sens, de les rendre plus acceptables. Le journal toujours serré dans ses mains, elle se leva et marcha jusqu'à la chambre. Phoebe dormait dans le tiroir de la commode, un petit bras pâle dépassant de la couverture. *Née et décédée*. Caroline regagna la salle de séjour et appela la clinique. Ruby décrocha à la première sonnerie.

— Je suppose que vous n'appelez pas pour m'annoncer votre retour ? gémit-elle. C'est de la folie, ici. Toute la ville semble avoir attrapé la grippe.

Elle baissa la voix.

— Vous avez appris, pour le Dr Henry ? Sa femme attendait des jumeaux, en fin de compte. Le petit garçon va très bien, mais sa sœur est mort-née. C'est tellement triste !

— Je… je viens de l'apprendre dans le journal.

Caroline avait du mal à s'exprimer. Ses mâchoires étaient crispées, sa gorge contractée.

— Ruby, pourriez-vous demander au Dr Henry de me rappeler aussi vite que possible ? Dites-lui que c'est important. Dites-lui que j'ai vu le journal, insista-t-elle. Je compte sur vous.

Elle raccrocha et resta assise sans bouger, le regard dans le vide.

Une heure plus tard, il frappait à la porte.

— Entrez, dit-elle en s'effaçant.

David Henry s'assit sur le canapé, et fit tourner son chapeau entre ses mains, les épaules voûtées. Caroline prit place dans le fauteuil, en face de lui.

Elle le dévisagea comme si elle le voyait pour la première fois.

— C'est Norah qui a fait passer l'avis dans le journal, murmura-t-il.

Il leva la tête et Caroline fut émue malgré elle en voyant ses traits creusés et ses yeux cerclés de rouge. Il donnait l'impression de ne pas avoir dormi depuis des jours.

— Elle a pris cette décision sans me consulter.

— Mais elle croit que sa petite fille est morte, articula Caroline. C'est ce que vous lui avez raconté ?

Il acquiesça.

— Je voulais lui dire la vérité. Mais au moment de parler, je n'ai pas pu. J'ai pensé… À ce moment-là, il m'a semblé que je lui éviterais… de souffrir.

Caroline songea à ses propres mensonges, s'enchaînant les uns aux autres.

— Je n'ai pas pu la laisser à Louisville, déclara-t-elle d'une voix douce.

Elle désigna sa chambre d'un petit signe du menton.

— Elle est là. Elle dort.

David Henry leva son regard vers elle. Son visage était livide. Caroline en fut décontenancée. Elle ne l'avait jamais vu aussi bouleversé.

— Pourquoi ? demanda-t-il d'une voix sourde où perçait la colère. Pourquoi l'avez-vous ramenée ?

— Vous êtes déjà allé là-bas ?

Elle se remémora la jeune femme en chemise de nuit, ses magnifiques cheveux noirs jonchant le sol.

— Vous vous êtes déjà rendu sur place ?

— Non.

Il fronça les sourcils.

— Cet établissement a une excellente réputation. Je n'ai jamais entendu le moindre écho négatif.

— C'est un endroit horrible, avoua Caroline, soulagée d'un poids – au moins, il n'avait pas pris sa décision en connaissance de cause.

Elle aurait voulu pouvoir le détester, mais elle se rappelait toutes les nuits où il était resté à la clinique pour soigner des patients qui n'avaient pas les moyens de payer leurs consultations. Des patients venus souvent de très loin, les poches vides, mais le cœur habité par l'espoir. Ses collègues avaient ouvertement signifié leur désaccord, mais le Dr Henry avait tenu bon. Il n'était pas mauvais. Il n'était pas un monstre. Mais *ça* – organiser un service religieux funéraire pour une enfant vivante – *ça*, c'était vraiment... révoltant.

— Vous devez dire la vérité à votre femme.

Il secoua la tête. Il était toujours livide, mais déterminé.

— Non. Il est trop tard, maintenant. Faites ce que vous voulez, Caroline, mais je ne lui dirai pas.

C'était étrange. Elle aurait dû le haïr pour ces mots, et cependant elle se sentait plus proche de lui qu'elle ne l'avait été de quiconque. Ils étaient unis par quelque chose qui les dépassait eux-mêmes, et quoi qu'il arrive désormais, ni lui ni elle n'y pourraient plus rien changer. Il lui prit la main, la porta à ses lèvres.

S'il y avait eu le moindre calcul dans le regard qu'il leva vers elle, Caroline aurait fait son devoir. Elle serait allée tout droit vers le téléphone, elle aurait appelé le Dr Bentley ou la police, et elle leur aurait tout révélé. Mais les yeux de David Henry étaient remplis de larmes.

— Je m'en remets à vous, murmura-t-il d'une voix étouffée. Je suis convaincu que la place de cette enfant est dans cette institution de Louisville. Elle aura besoin de soins médicaux qu'elle ne pourra trouver nulle part ailleurs. Mais quelle que soit votre décision, je la respecterai. Et si vous choisissez d'appeler la police, j'assumerai la pleine responsabilité de mes actes. Vous ne serez pas inquiétée, je vous en fais le serment.

Pour la première fois, Caroline se projeta par-delà le présent immédiat, par-delà le bébé qui dormait dans la pièce à côté. Avant cette minute, il ne lui était même pas venu à l'esprit que leur avenir professionnel pourrait être compromis.

— Je ne sais pas, répondit-elle lentement. Il faut que je réfléchisse. Je ne sais pas quoi faire.

Il ouvrit son portefeuille et déposa tout son contenu devant elle : trois cents dollars. Caroline fut stupéfaite et choquée qu'il puisse transporter une somme pareille sur lui.

— Je ne veux pas de votre argent.

— Ce n'est pas pour vous mais pour l'enfant.

— Phoebe. Elle s'appelle Phoebe, riposta-t-elle en repoussant les billets.

Elle songea au certificat de naissance que, dans la précipitation, il avait signé sans le remplir. Ce serait si facile d'y inscrire son nom à elle, et celui de Phoebe.

— Phoebe, répéta-t-il.

Il se leva, laissant l'argent sur la table.

— Tout ce que je vous demande, c'est de ne rien faire sans m'en parler avant. C'est ma seule requête.

Prévenez-moi, quelle que soit votre décision, lui demanda-t-il avant de partir.

La vie reprit son cours, inchangée en apparence : la pendule sur le mur, le rectangle de lumière sur la moquette marron, l'ombre austère des branches dénudées. Dans quelques semaines, les premières feuilles apparaîtraient, ébouriffant les arbres, dessinant de nouveaux motifs sur le sol. Caroline connaissait ce décor par cœur, et cependant elle eut l'impression, tout à coup, qu'elle n'avait jamais vécu ici. Au cours des années, elle s'était acheté très peu de choses, d'abord parce qu'elle avait un tempérament économe, et ensuite parce qu'elle avait toujours imaginé que sa « vraie » vie se jouerait ailleurs. Le canapé écossais, le fauteuil assorti – elle aimait ses meubles, elle les avait choisis elle-même, mais elle n'aurait aucune peine à s'en séparer, elle s'en rendait compte maintenant. Non, aucune peine, songea-t-elle en contemplant les gravures de paysages au mur, le porte-revues en rotin près du canapé, la table basse. Son appartement lui semblait soudain aussi impersonnel que la salle d'attente d'un cabinet médical. Mais, après tout, qu'avait-elle fait d'autre pendant toutes ces années, si ce n'était attendre ?

Elle essaya de bâillonner ses pensées. Il y avait sûrement une autre solution, moins dramatique. Caroline eut l'impression d'entendre sa mère : *Ne fais pas ta Sarah Bernhardt !* Si Caroline s'était longtemps demandé qui était cette dame, en revanche elle avait parfaitement compris le sens de sa remarque : exprimer tout haut ses sentiments était mal parce que cela troublait la tranquillité de ses parents. Elle avait donc mis ses émotions sous clé, comme on remise un vêtement dans un placard, persuadée qu'elle pourrait les ressortir un jour. Malheureusement, l'occasion ne s'était jamais présentée... jusqu'à ce que le Dr Henry dépose sa fille dans ses bras. Quelque chose s'était déclenché, alors, un mécanisme qu'elle ne pouvait plus arrêter.

Elle promena de nouveau son regard autour d'elle, partagée entre la peur et l'excitation. Rien ne l'empêchait de partir aujourd'hui même, si elle le décidait, de commencer une nouvelle vie ailleurs. De toute façon, elle y serait obligée. Lexington était une petite ville : la nouvelle se répandrait comme une traînée de poudre. Elle imaginait d'ici Lucy Martin, gonflée de son importance, révélant à tout le monde les mensonges de Caroline, son affection pour ce bébé dont personne ne voulait. *Ça ne m'étonne pas, c'était une vieille fille désespérée,* dirait-elle d'un air entendu. *Elle était prête à n'importe quoi pour devenir mère.*

Le visage bouleversé de David Henry. *Je m'en remets à vous, Caroline.*

Le lendemain matin, Caroline se leva de bonne heure. Il faisait un temps magnifique : elle ouvrit les fenêtres, laissant entrer une brise fraîche où flottait une odeur de printemps. Phoebe s'était réveillée à deux reprises pendant la nuit. Pendant qu'elle dormait, profitant de l'obscurité, Caroline avait empaqueté et porté ses affaires jusqu'à la voiture. Elle ne possédait pas grand-chose, en réalité, juste de quoi remplir quelques valises qu'elle avait pu loger sans peine dans le coffre et à l'arrière de la Fairlane. Elle aurait pu s'envoler pour la Chine, la Birmanie ou la Corée du jour au lendemain. Cette pensée lui plaisait. Et elle était assez satisfaite de l'efficacité avec laquelle elle avait tout organisé. Une association caritative viendrait chercher ses meubles dans l'après-midi et une entreprise de nettoyage ferait le ménage demain matin. Elle avait résilié l'eau, l'électricité, le téléphone, et écrit à sa banque pour fermer son compte.

Caroline se prépara une tasse de café puis attendit tranquillement de voir Lucy traverser le parking, monter dans sa voiture et démarrer. Alors elle prit Phoebe dans ses bras, glissa son sac sur son épaule. Avant de sortir, elle se retourna pour regarder une dernière fois l'appartement où elle avait passé tant d'années à espérer, puis elle claqua résolument la porte et descendit l'escalier.

Elle installa Phoebe dans la boîte en carton, sur la banquette arrière, et traversa le centre-ville, passant successivement devant la clinique, la banque, le pressing et la station-service. Parvenue à la hauteur de l'église, elle se gara et traversa la rue, laissant Phoebe endormie dans la voiture. Le petit groupe réuni dans la cour était plus important qu'elle ne l'avait supposé. Elle resta à l'écart, en retrait du cercle, mais assez près cependant pour apercevoir les épaules voûtées de David Henry et les cheveux blonds de Norah Henry, relevés en chignon.

La voix du pasteur s'élevait dans l'air froid et paisible.

Tes jours auront plus d'éclat que le soleil à son midi,
Tes ténèbres seront comme la lumière du matin…

Caroline s'était réveillée toutes les heures. Au milieu de la nuit, elle avait mangé des crackers devant la fenêtre de la cuisine. L'ombre et la lumière étaient mêlées dans sa tête, tous ses repères avaient volé en éclats.

Norah Henry essuya ses larmes avec un mouchoir bordé de dentelle. Caroline se remémora sa main, agrippant la sienne, tandis qu'elle poussait pour donner naissance au premier bébé, puis au second. *Cela la détruirait*, avait affirmé David Henry. Que se passerait-il si Caroline s'avançait vers elle, tenant dans ses bras sa petite fille prétendument morte ? Si elle mettait un terme à ce moment de souffrance pour en créer une multitude d'autres ?

Un jour, nous nous retrouverons. Que cette espérance nourrisse notre recueillement et notre prière…

David Henry baissa la tête. Pour la première fois, Caroline prit physiquement conscience de ce qu'elle s'apprêtait à faire. Sa gorge se contracta, et un poids lui comprima la poitrine. Sa vision se brouilla et elle crut un instant qu'elle allait défaillir. Les longues jambes gracieuses de Norah Henry ployèrent, et elle s'agenouilla dans la boue. Le vent chahuta la petite voilette de son chapeau.

Nous ne perdons pas courage… parce que nous regardons, non point aux choses visibles, mais à celles qui sont invisibles ; car les choses visibles sont passagères, et les invisibles sont éternelles.

La main du pasteur esquissa un mouvement vers le ciel, et, quand sa voix retentit à nouveau, Caroline eut le sentiment que ses paroles scellaient définitivement son destin.

— Nous avons confié son corps aux éléments, la terre retourne à la terre, la cendre à la cendre, la poussière à la poussière. Seigneur, reçois-la dans Ta maison, à la place que Tu lui as préparée ; ouvre-lui les bras et donne-lui le bonheur que rien ne peut détruire.

Le silence retomba, le vent souffla dans les arbres. Caroline battit des cils pour dissiper ses larmes, se détourna et regagna sa voiture, Phoebe dormait comme un ange, le visage caressé par un rayon de soleil.

Toute fin porte en elle un commencement. Elle démarra, tourna à l'angle de l'entreprise de pompes funèbres, puis roula en direction de l'autoroute. Une fois sur la bretelle, elle prit sans hésiter la direction du nord, vers Cincinnati puis Pittsburgh, la ville où le Dr Henry avait vécu une partie de son mystérieux passé. L'autre route, celle qui conduisait à Louisville et à l'institution pour déficients mentaux, s'éloigna dans son rétroviseur.

Caroline conduisait vite, le cœur frémissant d'impatience et d'excitation. Elle avait l'impression d'être libre et légère, comme si la voiture elle-même volait au-dessus des champs paisibles de l'Ohio. Plus elle y pensait, plus elle avait la sensation que l'avenir s'ouvrait à elle. Pourquoi pas ? Après tout, l'enfant qui dormait sur la banquette arrière était déjà morte aux yeux du monde. Et Caroline Gill était en train de disparaître de la surface de la terre. Si le pire leur était déjà arrivé, alors, sûrement, *sûrement*, c'était le pire qu'elles laissaient derrière elles en cet instant.

1965

Février 1965

En équilibre sur un tabouret, Norah attachait des serpentins roses aux chandeliers en cuivre de la salle à manger. Des guirlandes de cœurs en papier, roses et magenta, décoraient la table, décrivant de ravissantes arabesques sur la nappe en dentelle, s'enroulant autour du service en porcelaine de son mariage, les verres en cristal et les serviettes parme, en lin. La chaudière se mit en marche en ronronnant et des filaments de papier crépon se soulevèrent en ondoyant avant de se retomber tout doucement sur le sol.

Paul, onze mois, était assis dans un coin, à côté d'un vieux panier en osier rempli de cubes en bois. Il commençait tout juste à marcher, et avait passé l'après-midi à tester son pouvoir tout neuf d'un bout à l'autre de leur nouvelle maison, équipé de sa première paire de chaussures. Maintenant, les yeux écarquillés, il contemplait les serpentins qui ondulaient, aussi beaux et insaisissables que des papillons. Il s'agrippa à une chaise pour se mettre debout et se lança à leur poursuite en vacillant. Sa petite main attrapa un filament rose et tira dessus, ébranlant le chandelier. Puis il perdit l'équilibre et tomba brutalement sur le derrière. Surpris, il se mit à pleurer.

— Oh, mon pauvre amour, dit Norah en descendant de son tabouret pour le prendre dans ses bras. Là, là, ce n'est rien, murmura-t-elle en caressant ses doux cheveux bruns.

Les phares d'une voiture balayèrent la fenêtre puis disparurent. Une portière claqua. Au même instant, le téléphone sonna. Norah passa dans la cuisine, Paul dans ses bras, et décrocha juste comme on frappait à la porte.

— Allô ?

Elle pressa ses lèvres sur le petit front moite de Paul tout en tendant le cou pour voir à qui appartenait la voiture dans l'allée. Qui cela pouvait-il bien être ? Bree n'était pas censée arriver avant une heure.

— Bébé d'amour, chuchota-t-elle en frottant doucement sa joue contre celle du petit garçon.

Puis elle se détourna de la fenêtre et répéta :

— Allô ?

— Madame Henry ? Sharon Smith à l'appareil.

C'était l'infirmière en chef du service où David travaillait désormais – il avait rejoint l'équipe de l'hôpital un mois plus tôt. Norah ne la connaissait pas, mais sa voix était enjouée, bien timbrée : elle se représenta une femme d'âge moyen, assez rebondie, les cheveux permanentés. Caroline Gill, la femme qui lui avait tenu la main pendant l'accouchement et dont les yeux bleus étaient associés dans l'esprit de Norah à cette nuit de tempête, avait disparu du jour au lendemain – un mystère au léger parfum de scandale.

— Le Dr Henry a été appelé au bloc au moment où il allait partir. Il s'est produit un grave accident sur la route de Leestown. Une voiture a percuté un pylône ; les passagers sont grièvement blessés. Le Dr Henry m'a demandé de vous prévenir qu'il serait en retard.

— Vous a-t-il précisé de combien de temps ? demanda Norah.

Une odeur de rôti de porc, de brocolis et de pommes de terre flottait dans l'air : le plat préféré de David.

— Non, mais le choc a été extrêmement violent. De vous à moi, mon petit, il en a probablement pour plusieurs heures.

Norah hocha la tête. Au loin, la porte d'entrée s'ouvrit et se referma. Un pas familier traversa successivement l'entrée, la salle de séjour, la salle à manger : Bree venait plus tôt que prévu chercher Paul afin de permettre à Norah et à David de passer la soirée en amoureux.

Une surprise concoctée en secret par Norah. Son cadeau, pour leur anniversaire de mariage.

— Merci d'avoir appelé, murmura-t-elle avant de raccrocher.

Bree entra dans la cuisine, apportant avec elle l'odeur de la pluie. Elle portait des bottes noires montantes sous son long imperméable, et ses cuisses pâles interminables disparaissaient sous la jupe la plus courte que Norah ait jamais vue. Ses pendants d'oreilles en argent, incrustés de turquoises, accrochaient la lumière. Elle était venue directement de son travail – elle travaillait pour un institut de sondage téléphonique – et son sac débordait de livres et de notes prises pendant ses cours.

— Bonjour, toi ! s'exclama-t-elle en tendant les bras vers Paul après avoir posé son sac sur le comptoir. Norah, ta maison est magnifique. Je n'arrive pas à croire que tu aies réussi à faire tout ça en si peu de temps !

— Je me suis donné du mal, acquiesça Norah en repensant aux longues semaines passées à décoller les tapisseries et à repeindre chaque pièce.

David et elle avaient décidé de déménager afin de tourner la page. Nouvelle affectation pour David, nouvelle maison, nouveaux projets... Norah s'était beaucoup investie dans les travaux de décoration, et, cependant, elle n'avait pas vraiment trouvé la paix ; souvent, son chagrin s'attisait comme des flammes qu'un tisonnier arrache aux cendres. Le mois dernier encore, à deux reprises, elle avait fait venir une baby-sitter pour garder Paul et elle était partie, laissant en plan ses rouleaux de papier peint et ses frises à moitié peintes. Elle avait roulé à toute vitesse sur les petites routes de campagne, jusqu'au cimetière privé, signalé par une grille en fer forgé, où sa fille était enterrée. La plupart des pierres tombales étaient très vieilles et presque effacées par le temps. Celle de Phoebe était toute simple, en granit rose, les dates de sa courte vie gravées sous son nom. Dans le sinistre paysage hivernal, les cheveux malmenés par le vent, Norah s'était agenouillée sur l'herbe glacée et cassante qu'elle voyait en rêve. Elle était restée prostrée là plusieurs heures, paralysée par le chagrin, suffoquant trop de douleur pour pouvoir pleurer.

À présent, Paul jouait avec sa tante, essayant d'attraper ses cheveux.

— Tu as une maman géniale, lui expliquait Bree. Une vraie petite fée du logis. Non, pas les boucles d'oreilles, mon cœur, ajouta-t-elle en saisissant la menotte de Paul.

— Une fée du logis ? répéta Norah, la colère montant en elle comme une vague. Qu'est-ce que tu insinues par là, exactement ?

— Rien du tout, répondit Bree.

Elle s'amusait à faire des grimaces à Paul. Elle leva les yeux vers sa sœur, surprise.

— Je t'assure. Ne fais pas cette tête-là.

— J'ai voulu que la maison soit jolie pour notre anniversaire de mariage. Qu'y a-t-il de mal à cela ?

— Je t'ai dit que je la trouvais magnifique.

Bree soupira.

— Et je suis ici pour faire du baby-sitting, je te rappelle. Pourquoi es-tu en colère ?

Norah esquissa un geste vague de la main.

— Pour rien. Pour rien du tout. David est au bloc.

Bree se figea une seconde.

— D'accord. Ça m'aurait étonnée.

Norah ouvrit la bouche pour le défendre, s'arrêta, et secoua la tête.

— Oh, Bree, pourquoi ce soir ? gémit-elle.

— Oui, ce n'est vraiment pas de veine. Je suis désolée pour toi, murmura Bree d'une voix douce.

Son visage s'éclaira.

— Hé, attends ! J'avais apporté un cadeau pour vous deux. Ça te remontera peut-être le moral.

Bree cala Paul au creux de son bras, et fouilla dans son immense sac de toile, sortant pêle-mêle des livres, une barre chocolatée, une pile de prospectus annonçant une manifestation, des lunettes de soleil dans un étui en cuir râpé, et, enfin, une bouteille de vin qui scintilla comme des grenats quand elle remplit deux verres. Elle en tendit un à Norah, leva l'autre.

— À l'amour, dit-elle. Au bonheur et à la félicité éternels !

Elles rirent et burent. Le vin avait un goût de chêne et de fruits rouges. La pluie cascadait dans les gouttières. Des années plus tard, Norah se rappellerait l'atmosphère étrange de cette soirée : sa déception mêlée de tristesse ; Bree rayonnante dans ses bottes d'un noir luisant, ses boucles d'oreilles scintillantes, et son énergie semblable à une fontaine de lumière. Norah trouvait tout cela magnifique mais loin, très loin d'elle, inaccessible. Avec le recul, elle comprendrait que cette tristesse qui ne la laissait jamais tranquille était de la dépression, mais en 1965 on ignorait ce mot. On ne croyait pas à ce qu'il était censé signifier. Surtout pas chez une jeune femme comme Norah qui avait tout pour être heureuse : une belle maison, un bébé, un mari médecin…

— Au fait, vous en êtes où de la vente de votre maison ? demanda Bree en posant son verre sur le comptoir. Vous allez accepter l'offre qui vous a été faite ?

— Je ne sais pas, avoua Norah. Nous espérions en tirer davantage. David a envie d'accepter pour en finir, mais moi je ne suis pas encore décidée. C'était notre foyer. J'ai du mal à tourner la page.

Elle songea aux pièces sombres et vides, au panneau « À vendre » planté devant la façade, et elle eut le sentiment que son monde était devenu très fragile. Elle posa la main sur le comptoir pour garder l'équilibre et but une autre gorgée de vin.

— Et toi, comment vont tes amours en ce moment ? demanda-t-elle pour changer de sujet. Tu es toujours avec... euh... Jeff, c'est ça ?

— Oh, lui.

Le visage de Bree s'assombrit.

— Je ne te l'ai pas dit ? Je suis rentrée à la maison il y a deux semaines et je l'ai trouvé au lit – dans *mon* lit – avec la petite stagiaire qui travaillait avec nous à la campagne pour les élections municipales.

— Oh ! Je suis désolée.

Bree secoua la tête.

— Pas grave. Ce n'est pas comme s'il y avait eu des sentiments entre nous. On formait juste une bonne équipe tous les deux. Du moins, je le croyais.

— Vous viviez ensemble et tu ne l'aimais pas ?

Norah s'entendit parler avec les intonations pincées de sa mère et en fut atterrée. Mon Dieu, elle ne voulait surtout pas devenir comme elle – une femme rigide, bourrée de principes, qui buvait du thé à longueur de journée dans une maison silencieuse, impeccablement rangée. Mais elle ne voulait pas non plus devenir l'inconnue qui était en train de prendre sa place, hébétée et perdue dans un monde qui ne lui offrait aucun repère.

— Non, je ne l'aimais pas, même si j'ai pu le penser au début, répondit Bree. Mais peu importe, le problème n'est pas là. Le problème, c'est qu'il a réduit notre relation à un cliché. Et je ne supporte pas l'idée qu'on puisse m'associer à un cliché !

Elle posa son verre vide sur le comptoir et fit passer Paul sur son autre bras. Son visage, vierge de tout maquillage, était délicatement ciselé, ses pommettes et ses lèvres d'un rose tendre.

— Je ne pourrais pas vivre comme toi, réfléchit Norah.

Depuis la naissance de Paul, et la mort de Phoebe, elle se tenait constamment sur le qui-vive, de peur qu'un drame ne surgisse à la moindre faute d'attention.

— Briser toutes les règles, faire table rase des conventions..., j'en serais incapable.

— La terre ne va pas s'arrêter de tourner pour autant, déclara paisiblement Bree. Notre vieux monde est solide.

Norah secoua la tête.

— Pas forcément. Tout peut arriver, n'importe quand.

— Je sais, chérie. Je sais.

Norah éprouva soudain un élan de gratitude pour sa sœur. Bree était toujours là pour lui prêter une oreille compréhensive et la rassurer.

— Mais tu ne peux pas non plus passer tes journées dans l'angoisse, à guetter quelque chose qui ne se produira probablement jamais. Tout ce que tu vas réussir à faire, c'est à gâcher ta vie.

Norah ne trouva rien à lui répondre et se pencha pour récupérer Paul qui se tortillait dans les bras de sa tante.

Bree servit à nouveau du vin et prit une pomme dans le compotier, sur le comptoir. Pendant ce temps, Norah découpa de petits morceaux de fromage, de pain et de banane, les éparpillant sur le plateau de la chaise haute de Paul. Elle buvait son vin à petites gorgées tout en s'activant et, progressivement, le monde qui l'entourait devint plus clair, plus lumineux.

— J'ai acheté un appareil photo à David pour notre anniversaire, déclara-t-elle. Il travaille si dur depuis qu'il a accepté ce poste à l'hôpital. Il a besoin de se distraire un peu. Je n'arrive pas à croire qu'il passe la soirée au bloc.

— Tu sais quoi ? décréta Bree. On ne va rien changer à notre programme : je vais emmener Paul à la maison, comme prévu. Avec un peu de chance, David rentrera assez tôt pour dîner. Et si jamais il n'arrive pas avant minuit, vous n'aurez qu'à sauter le repas, pousser les assiettes dans un coin et faire l'amour comme des bêtes sur la table.

— Bree !

Bree s'esclaffa.

— S'il te plaît, Norah. Laisse-moi emmener Paul.

— Mais il doit prendre son bain…

— Pas de problème. Je ne le laisserai pas couler au fond de la baignoire, promis.

— Ce n'est pas drôle, dit Norah. Pas drôle du tout.

Mais elle finit par céder à l'insistance de sa sœur et prépara un sac avec les affaires de Paul. Il fixa sur elle ses grands yeux bruns pendant que Bree franchissait le seuil en le tenant dans ses bras. L'instant d'après il avait disparu. Norah regarda par la fenêtre Bree monter dans sa voiture et démarrer, emportant son bébé. Elle dut prendre sur elle pour ne pas se précipiter dehors. Comment laisser sans trembler un enfant grandir et s'aventurer dans un monde aussi dangereux et imprévisible ? Elle garda les yeux rivés sur l'obscurité pendant de longues minutes. Puis elle regagna la cuisine où elle couvrit le rôti d'une feuille de papier d'aluminium et éteignit le four. Il était dix-neuf heures. La bouteille de vin de Bree était presque vide. Norah en déboucha une autre – du vin importé de France, très cher, qu'elle avait acheté pour le dîner.

La maison était si calme. S'était-elle retrouvée seule, ne serait-ce qu'une fois, depuis la naissance de Paul ? Elle ne le pensait pas. Elle avait évité ces moments de solitude, d'immobilisme, où le souvenir de sa petite fille disparue risquait de surgir sans prévenir. Le service religieux, dans la cour de l'église, sous la lumière froide du pâle soleil de mars, l'avait aidée à faire son deuil, mais, parfois, Norah avait l'impression étrange, inexplicable, que sa petite fille n'était pas loin, comme si, en tournant la tête, elle allait l'apercevoir tout à coup dans l'escalier ou dehors, sur la pelouse.

Son verre à la main, elle parcourut la maison, le bruit de ses pas résonnant sur le parquet ciré. Dehors, la pluie tombait doucement, brouillant les lumières, de l'autre côté de la rue. Norah songea à une autre nuit, où la neige tourbillonnait derrière les fenêtres. David l'avait aidée à enfiler son vieux manteau vert foncé – il n'avait plus de forme aujourd'hui, mais elle ne pouvait se résoudre à s'en débarrasser. Le vêtement était resté ouvert sur son ventre énorme et leurs yeux s'étaient rencontrés. Le regard de David reflétait une inquiétude mêlée de gravité et d'excitation nerveuse, et, à cette minute, Norah avait eu le sentiment de le connaître aussi bien qu'elle se connaissait elle-même.

Il était vingt heures passées. Elle regagna la cuisine et grignota un peu de rôti de porc desséché, debout devant la cuisinière. Elle mangea une pomme de terre directement dans le faitout, l'écrasant dans le jus avec sa fourchette. Le gratin de brocolis s'était racorni ; Norah en goûta aussi un morceau, se brûla la langue et tendit la main vers son verre. Il était vide. Elle le remplit d'eau, le vida d'un trait, puis le remplit de nouveau, tout en se tenant au rebord du comptoir parce que le sol, sous ses pieds, était devenu tout à coup terriblement instable. *Je suis saoule*, comprit-elle, surprise et vaguement contente d'elle. Elle n'avait jamais été ivre, contrairement à Bree qui était rentrée en titubant, un soir après le bal du lycée, et avait vomi sur le linoléum de l'entrée. Quelqu'un avait versé en douce de l'alcool dans son punch, avait-elle expliqué à leur mère. Mais à Norah, elle avait avoué la vérité un peu plus tard : la bouteille de whisky dans le sac en papier marron, ses copines et elle derrière les buissons, leur respiration formant de petits nuages de vapeur dans la nuit.

Le téléphone lui parut à des kilomètres. Elle se sentait bizarre en marchant, comme si elle flottait à l'extérieur de son corps. Elle se retint au chambranle d'une main et composa le numéro de l'autre, serrant le combiné entre son épaule et son oreille. Bree décrocha à la première sonnerie.

— J'étais sûre que tu m'appellerais. Paul va bien. Nous avons lu un livre, il a pris son bain et maintenant il dort à poings fermés.

— Oh, bien. C'est… c'est parfait.

Elle avait eu l'intention de parler à Bree de ce monde qui ondoyait autour d'elle, mais cela lui semblait trop personnel, brusquement. Un secret en quelque sorte.

— Et toi ? demandait Bree. Est-ce que ça va ?

— Très bien, répondit Norah. David n'est pas encore rentré, mais je vais bien.

Elle raccrocha rapidement, se servit un autre verre et sortit sur le porche, le visage levé vers le ciel. Un léger brouillard était suspendu dans l'air. Le vin circulait dans ses veines comme une boule de feu ou de lumière, la parcourant de la tête aux pieds. Quand elle se détourna, son corps parut flotter de nouveau pendant quelques secondes, comme si elle glissait à l'extérieur d'elle-même. Elle se remémora leur voiture progressant dans les rues verglacées puis dérapant doucement avant que David ne reprenne le contrôle. Ce qu'on disait était vrai : elle ne se rappelait pas la douleur de l'accouchement. Mais elle se souvenait très bien de ce trajet en voiture, le monde qui glissait et tournoyait autour d'eux, ses mains agrippées au tableau de bord glacé pendant que David, méthodique et prudent, s'arrêtait à chaque feu rouge.

Où était-il en ce moment ? se demanda-t-elle, les yeux soudain remplis de larmes. Et pourquoi l'avait-elle épousé ? Pourquoi avait-il voulu avec tant de force qu'elle devienne sa femme ? Après leur rencontre, il était venu chez elle tous les jours, lui offrant des roses, l'emmenant dîner et se promener dans la campagne, l'emportant dans un tourbillon. La veille de Noël, on avait sonné à la porte et elle était allée ouvrir dans sa vieille robe de chambre, persuadée qu'il s'agissait de Bree. Mais c'était David, le visage rougi par le froid, des cadeaux dans les bras. Il était tard, il s'en excusait, mais accepterait-elle de venir faire une balade avec lui ?

Mais vous êtes fou ! Tout en disant ces mots, elle n'avait pu s'empêcher de rire de cette folie délicieuse, reculant pour le laisser entrer avec son bouquet de fleurs et ses cadeaux. Elle était abasourdie, ravie, étonnée. À force de voir les filles de son âge participer à des réunions de clubs d'étudiantes ou, plus tard, ses collègues de travail organiser leurs mariages dans les moindres détails, Norah, si paisible et réservée, avait fini par penser qu'elle resterait vieille fille. Et pourtant David était là, devant elle. Il était médecin, il était beau, et il disait : *S'il vous plaît, venez. Je veux vous montrer quelque chose de spécial.*

La nuit était claire, les étoiles lumineuses. Norah était assise sur le siège en vinyle de la vieille auto de David. Elle portait une robe en laine rouge et elle se sentait extraordinairement vivante. L'air vivifiant, les mains de David sur le volant, la voiture qui roulait dans l'obscurité, fendant le froid, sur des routes de plus en plus étroites, dans un paysage qu'elle ne reconnaissait pas. David s'était arrêté à côté d'un ancien moulin à farine. Ils étaient descendus, accueillis par un bruit de cataracte. L'eau noire reflétait le disque pâle de la lune et se précipitait en bouillonnant sur les rochers, faisant tourner la grande roue du moulin. L'édifice ressemblait à une ombre dans le ciel plus sombre encore, masquant les étoiles.

— Vous n'avez pas froid ? demanda David en criant pour couvrir le fracas de l'eau.

Et Norah rit, frissonnante, et répondit que non, non, tout allait bien.

— Et vos mains ? cria-t-il. Vous n'avez pas mis de gants.

— Ça va !

Mais il pressait déjà ses paumes contre son torse pour les réchauffer, les couvrant avec les siennes, les gardant serrées contre la laine sombre de son manteau.

— C'est magnifique ici ! lança-t-elle, et il rit.

Puis il inclina son visage vers le sien et l'embrassa, lâchant ses mains pour enrouler ses bras à l'intérieur de son manteau, le long de sa taille et de son dos. L'eau continuait à bouillonner sur les rochers.

— Norah, dit-il d'une voix forte pour couvrir le fracas du torrent. Norah, voulez-vous m'épouser ?

Elle renversa la tête en arrière, et rit tandis que l'air froid lui sautait au visage.

— Oui ! s'écria-t-elle en pressant à nouveau ses mains contre son torse. Oui, oui !

Il glissa alors une bague à son doigt : un diamant taillé en marquise monté sur un anneau en or blanc, parfaitement ajusté à son doigt, et serti de deux petites émeraudes. Assorties à ses yeux, lui dirait-il plus tard, et au manteau qu'elle portait le jour où ils s'étaient rencontrés…

Immobile sur le seuil de la salle à manger, Norah faisait tourner sa bague autour de son doigt, les yeux fixés sur sa table de fête. Les serpentins ondoyaient. L'un d'eux effleura ses cheveux ; un autre trempait dans son verre de vin. Norah regarda, fascinée, la tache s'étendre lentement le long de la petite bande de papier. Elle était de la même couleur que les serviettes, presque ton sur ton. Une vraie fée du logis.

Même en cherchant pendant des jours, elle n'aurait pas pu trouver une teinte plus assortie. Du vin avait giclé sur la nappe, éclaboussant le papier jaune à fines rayures qui enveloppait son présent pour David. Elle s'en empara et, sur une impulsion, déchira l'emballage. *Je suis vraiment saoule,* songea-t-elle.

Norah avait cherché une idée de cadeau pendant des semaines, jusqu'à ce qu'elle tombe en arrêt devant cet appareil photo, dans la vitrine d'un magasin, à Sears. Il était noir, compact, avec une multitude de cadrans, de boutons et de chiffres gravés sur des bagues. Le vendeur, jeune et enthousiaste, l'avait bombardée d'informations techniques, lui parlant d'ouvertures, de diaphragmes, d'objectif à grand angle et de Dieu sait quoi encore. Elle n'avait pas retenu grand-chose de ses explications, mais elle aimait le poids de l'appareil dans ses mains, sa texture froide, et la façon dont le monde était enfermé dans un rectangle bien net quand elle le tenait devant ses yeux.

Norah leva l'appareil et, d'un geste incertain, appuya sur le bouton argenté. Il y eut un déclic suivi d'un petit claquement quand la lentille se rouvrit. Elle tourna la molette pour faire avancer la pellicule – elle se rappelait ces mots, dans la bouche du vendeur : *tourner la molette pour faire avancer la pellicule,* sa voix dominant le brouhaha du magasin. Elle regarda dans le viseur, cadrant de nouveau la table tachée de vin, puis tourna deux bagues différentes pour trouver la netteté. Cette fois, quand elle appuya sur le bouton, un éclair de lumière se réfléchit contre le mur. Cillant, Norah retourna l'appareil photo et contempla l'ampoule, noircie et boursouflée. Elle la changea, se brûlant les doigts, mais, d'une certaine façon, insensible à la douleur.

Elle jeta un coup d'œil à la pendule : 21 h 45.

La pluie était douce et régulière. David était parti travailler à pied, et elle l'imagina, regagnant la maison d'un pas las dans la nuit. Sur un coup de tête, elle enfila son manteau et prit les clés de la voiture. Elle allait le chercher à l'hôpital et lui faire la surprise.

La voiture était glaciale. Elle recula dans l'allée, tripotant les boutons pour activer le chauffage, et tourna par habitude dans la mauvaise direction. Quand elle prit conscience de son erreur, elle continua à rouler dans les rues étroites jusqu'à leur ancien quartier. David et elle avaient pris ensemble la décision de déménager, mais en réalité elle ne supportait pas l'idée de vendre cette maison. Elle y revenait presque tous les jours. C'était ici que sa petite fille avait grandi en elle. Ici que Phoebe avait vécu sa courte vie.

Le vaste porche soutenu par quatre colonnes se détacha dans l'obscurité. Dans la maison voisine, Mme Michaels faisait la vaisselle derrière la fenêtre de sa cuisine ; M. Bennett, quant à lui, regardait la télé dans sa salle à manger, assis dans son fauteuil, rideaux ouverts. Norah aurait presque pu croire qu'elle habitait encore ici quand elle gravit les marches du perron. Mais la porte d'entrée s'ouvrit sur des pièces nues et vides, étrangement exiguës.

Tout en s'avançant, Norah essaya de s'éclaircir les idées. Les effets du vin semblaient s'être accrus et elle avait désormais des difficultés à connecter un moment avec un autre. Elle serrait l'appareil photo de David dans une main. Une constatation, pas une décision. Il restait quinze photos et une plaquette d'ampoules de flash. Elle en prit une du lustre, et ressentit une vive satisfaction quand la lumière du flash crépita : maintenant, elle était sûre que cette image ne s'effacerait jamais ; elle ne se réveillerait pas au milieu de la nuit, dans vingt ans, incapable de se remémorer le détail de ces gracieux entrelacs dorés.

Elle parcourut toutes les pièces, toujours ivre mais déterminée, photographiant les fenêtres, les luminaires, les lattes du parquet. Il lui semblait vital d'enregistrer chaque détail. À un moment, une ampoule de flash grillée et boursouflée glissa de sa main et se brisa sur le sol ; quand elle recula, des débris de verre s'enfoncèrent dans son talon. Elle contempla ses pieds pendant un moment, amusée et impressionnée par son degré d'ivresse : elle était en collant – elle avait dû laisser ses chaussures mouillées devant la porte d'entrée, par habitude. Elle refit deux fois le tour de la maison, immortalisant les interrupteurs, les fenêtres, les tuyaux par où le gaz montait autrefois à l'étage. Ce fut seulement en redescendant l'escalier qu'elle se rendit compte que son pied saignait et qu'elle avait laissé des traces ensanglantées partout dans la maison.

Elle récupéra ses souliers près de la porte et sortit. Des élancements de douleur lui traversaient le talon quand elle monta dans la voiture, l'appareil photo toujours suspendu à son poignet.

Plus tard, elle ne se remémorerait pas grand-chose du trajet, à part les rues sombres, le vent dans les feuilles, la lumière des réverbères scintillant dans les flaques. Elle ne se rappellerait pas non plus le fracas du métal contre le métal, seulement l'apparition soudaine d'une poubelle dans les phares, sa masse sombre voltigeant dans les airs, puis atterrissant violemment sur le toit, faisant exploser le pare-brise. La voiture escalada le trottoir puis s'arrêta sous un faux platane. Le pare-brise ressemblait à une immense toile d'araignée, chaque ligne brisée dessinant une mosaïque complexe et délicate. Norah n'avait pas conscience de s'être cogné la tête, mais quand elle pressa la main sur son front, il y avait du sang sur ses doigts.

Elle resta hébétée sur son siège. La poubelle roulait avec fracas dans la rue. Des lumières s'allumèrent dans une maison, sur sa droite, et un homme sortit, en robe de chambre et pantoufles. Il se précipita vers elle.

— Vous êtes blessée ? demanda-t-il comme elle baissait lentement la vitre.

L'air froid caressa son visage.

— Qu'est-ce qui s'est passé ? Vous allez bien ? Vous avez une coupure au front.

— Ce n'est rien.

Elle appuya délicatement sa paume sur sa blessure. L'appareil photo, toujours pendu à son poignet, cogna le volant. Elle l'enleva et le posa délicatement sur le siège, à côté d'elle.

— C'est mon anniversaire de mariage, déclara-t-elle à l'inconnu. Mon pied saigne aussi.

— Vous voulez que j'appelle un médecin ?

— Mon mari est médecin.

Elle remarqua l'expression soupçonneuse de l'homme. Elle se rendait compte qu'elle n'avait peut-être pas été très cohérente dans ses réponses.

— Il est médecin, répéta-t-elle fermement. Je suis en route pour aller le chercher à l'hôpital.

— Je suis pas sûr que vous devriez conduire, dit l'homme. Pourquoi ne pas laisser votre voiture ici ? Je vais appeler une ambulance.

Norah eut les larmes aux yeux devant tant de sollicitude. Puis elle imagina la scène : les lumières, les sirènes, des mains la manipulant doucement, David se précipitant aux urgences et la trouvant échevelée, ensanglantée et visiblement ivre : un scandale doublé d'une humiliation.

— Inutile, articula-t-elle en s'appliquant pour ne pas bafouiller. Je vais bien. Un chat a déboulé devant mes roues et j'ai perdu le contrôle, mais je vais bien, sincèrement. Je vais juste rentrer à la maison, maintenant. Et mon mari soignera cette coupure. C'est trois fois rien, vraiment.

L'homme hésita, puis il lui adressa un petit signe de tête et recula. Norah démarra lentement, enclencha son clignotant avant de s'engager de nouveau dans la rue déserte. Dans son rétroviseur, elle aperçut l'homme sur le trottoir, bras croisés. Il continua à la regarder jusqu'à ce qu'elle tourne à l'angle et disparaisse.

Elle retrouva peu à peu ses repères tandis que lui revenaient à l'esprit les méandres familiers de son quartier. Les effets de l'alcool commençaient à se dissiper. En arrivant devant chez elle, Norah constata que les fenêtres étaient éclairées au rez-de-chaussée comme au premier. La lumière se répandait dans la nuit comme un liquide, une substance qui aurait débordé des murs et qu'on ne pourrait plus retenir. Norah se gara dans l'allée, descendit de voiture et resta un moment immobile tandis que la pluie se déposait comme des perles minuscules sur ses cheveux et son manteau. Derrière la fenêtre du salon, elle aperçut David, sur le canapé. Paul dormait dans ses bras, la joue appuyée contre son épaule. Dans un éclair, elle revit son départ précipité, le vin renversé sur la nappe, les serpentins souillés, le rôti desséché. Elle serra le col de son manteau et gravit rapidement les marches.

— Norah !

David la rejoignit à la porte, Paul dans les bras.

— Norah, que s'est-il passé ? Tu saignes, tu es blessée ?

— Tout va bien, je vais bien, marmonna-t-elle, refusant la main que David tendait pour l'aider.

Elle avait très mal au pied, mais elle était heureuse de cette douleur lancinante : elle faisait contrepoint à son mal de tête, traçant une sorte de ligne verticale qui la traversait de haut en bas et l'aidait à se tenir droite. Paul dormait à poings fermés, sa respiration lente et régulière.

— Où est Bree ? demanda-t-elle.

— Partie à ta recherche.

Il tourna les yeux vers la salle à manger et elle suivit son regard : la table de fête abîmée, les serpentins tombés au sol.

— Quand j'ai vu que tu n'étais pas à la maison, j'ai paniqué et je lui ai téléphoné. Elle a ramené Paul, et elle a décidé de sillonner les rues pour essayer de te retrouver.

— J'étais dans notre ancienne maison. J'ai heurté une poubelle avec la voiture.

Elle pressa la paume de sa main sur son front et ferma les yeux.

— Tu as bu.

Il fit ce constat d'une voix calme.

— Du vin, avec le dîner. Tu étais en retard.

— Il y a deux bouteilles vides, Norah.

— Bree est restée longtemps à t'attendre avec moi.

Il hocha la tête.

— L'accident qui m'a retenu à l'hôpital, tu sais ? C'était des gamins. Ils avaient les vêtements imbibés de bière. Tu m'as fait très peur, Norah.

— Je n'étais pas ivre !

Le téléphone sonna. C'était Bree, sa voix aussi rapide et fluide que de l'eau, qui demandait ce qui s'était passé.

— Il n'y a pas de problème, répondit Norah en s'efforçant de parler calmement et distinctement. Je vais bien.

David l'observait, les yeux fixés sur les traces de sang séché sur sa paume.

Norah ferma le poing et se détourna.

— Viens là, dit-il gentiment quand elle raccrocha. Viens avec moi.

Ils montèrent à l'étage. Pendant que David couchait Paul dans son petit lit, Norah ôta son collant déchiré et s'assit sur le rebord de la baignoire. Autour d'elle, le monde devenait peu à peu plus net, plus stable, et elle cilla dans la lumière vive tandis qu'elle essayait de remettre les événements de la soirée dans le bon ordre. David la rejoignit, repoussa ses cheveux en arrière pour dégager son front, puis entreprit de nettoyer la plaie avec des gestes doux et précis.

— J'espère que l'autre type est en plus mauvais état que toi, plaisanta-t-il.

Elle imagina qu'il devait dire ce genre de chose à ses patients : des propos légers, souriants, sans importance, juste destinés à détourner leur attention de ses soins.

— J'étais seule, répondit-elle en songeant à l'homme en robe de chambre, penché sur sa portière. Un chat s'est jeté sous mes roues et j'ai donné un coup de volant pour l'éviter. Mais le pare-brise… Aïe ! cria-t-elle comme il mettait de l'antiseptique sur sa plaie. Oh, David, ça fait mal !

— Ça va passer dans un instant, la consola-t-il en posant la main sur son épaule.

Il attendit un moment, puis s'agenouilla et prit son pied dans sa main.

Norah le regarda retirer délicatement les éclats de verre. Il était calme et minutieux, plongé dans ses pensées.

— Tu es si gentil avec moi, chuchota-t-elle.

Il s'interrompit et leva les yeux vers elle.

— Gentil ? répéta-t-il lentement. Pourquoi es-tu retournée là-bas, Norah ? Pourquoi refuses-tu de te séparer de cette maison ?

— Parce que ça couperait le dernier lien, répondit-elle aussitôt, étonnée par l'assurance et la tristesse qui perçaient dans sa voix. Parce que ce serait l'acte ultime qui refermerait la tombe sur elle, définitivement.

Pendant un très court instant, juste avant qu'il ne détourne les yeux, le visage de David se contracta, un éclair de colère vite réprimée.

— Je ne sais pas ce que tu attends de moi, Norah. Je pensais que cette nouvelle maison nous rendrait heureux. Beaucoup de gens le seraient, en tout cas.

Le ton de sa voix lui fit peur. Elle pouvait le perdre, lui aussi. Des élancements douloureux lui traversaient le pied et la tête. Elle ferma les yeux, bouleversée d'avoir provoqué cette scène. Elle ne voulait pas rester prisonnière de cette nuit sombre et solitaire, tandis que David serait loin, très loin d'elle, inaccessible.

— D'accord, souffla-t-elle. Je vais appeler l'agence demain. Je leur dirai que nous acceptons l'offre qui nous a été faite.

Une pellicule de froid – aussi fine et friable que de la glace en formation – gela les images du passé en même temps qu'elle prononçait ces mots. Mais elle s'épaissirait avec le temps, elle se solidifierait et deviendrait une barrière opaque, incassable, infranchissable. Norah le savait et cela lui faisait peur. Mais elle avait encore plus peur de ce qui se passerait si jamais la glace cédait. Alors, oui, elle irait de l'avant. Ce serait son cadeau, à David et à Paul.

Et Phoebe continuerait à vivre dans son cœur.

David enveloppa son pied dans une serviette de toilette et s'assit sur ses talons.

— Tu sais, je ne nous vois pas retourner vivre là-bas, reprit-il, plus conciliant maintenant qu'elle avait cédé. Mais si c'est vraiment ce que tu veux, entendu : nous vendrons cette maison et nous repartirons nous installer là-bas.

— Non. Nous habitons ici, désormais.

— Mais tu es si triste. S'il te plaît, ne sois pas triste. Je n'ai pas oublié, Norah. Ni notre petite fille. Ni notre anniversaire de mariage. Rien.

— Oh, David, j'ai laissé ton cadeau dans la voiture !

Elle songea à l'appareil photo, ses bagues et ses boutons de réglage si précis. *Le gardien du souvenir*, disait l'inscription sur la boîte, en italique blanc. C'était pour cela qu'elle l'avait acheté, comprit-elle tout à coup. Pour que David puisse conserver chaque instant de leur vie, afin de rendre l'oubli impossible.

— Attends, déclara-t-il en se levant. Attends-moi ici, je reviens.

Il descendit rapidement l'escalier. Norah resta assise un moment sur le rebord de la baignoire, puis elle se leva et traversa en boitant le couloir pour se rendre dans la chambre de Paul. Le tapis bleu nuit était épais sous ses pieds. Elle avait peint des nuages sur les murs bleu pastel et accroché un mobile d'étoiles au-dessus du berceau. Paul dormait sous cette constellation miniature, sa couverture défaite, ses petites mains de chaque côté de son visage. Norah se pencha pour l'embrasser et le borda de nouveau, caressant ses cheveux d'ange, effleurant sa paume de son index. Il avait tellement grandi – il marchait, il commençait à parler. Il était loin le temps où elle se levait la nuit pour l'allaiter, et où David remplissait la maison de bouquets de jonquilles. Elle se rappela l'appareil photo et la détermination avec laquelle elle avait parcouru leur ancienne maison afin d'y enfermer chaque détail. Un rempart contre la fuite du temps.

— Norah ?

David entra dans la chambre et s'arrêta derrière elle.

— Ferme les yeux.

Une sensation de fraîcheur se lova autour de son cou. Elle regarda : un long chapelet d'émeraudes frissonnait sur sa peau, relié par une chaîne en or. Pour aller avec sa bague, disait David. Pour aller avec ses yeux.

— Il est si beau, chuchota-t-elle en touchant les pierres contre sa gorge. Oh, David...

Il avait posé les mains sur ses épaules, et, l'espace d'un instant, elle se retrouva devant le moulin tandis que l'eau cascadait autour d'elle en bouillonnant, son bonheur aussi profond et infini que la voûte étoilée. *Ne respire pas*, songea-t-elle. *Ne bouge pas*. Mais c'était impossible. Dehors, la pluie crépitait doucement, et des graines invisibles germaient dans la terre humide et sombre. Paul soupira et remua dans son sommeil. Demain, il se réveillerait, et il grandirait, et il changerait. Ils continueraient à vivre, jour après jour, et chaque heure écoulée les éloignerait un peu plus de leur petite fille disparue.

Mars 1965

I

La douche crépitait et la vapeur tourbillonnait, couvrant de buée le miroir et la fenêtre, voilant le disque pâle de la lune. Caroline marchait de long en large dans la petite salle de bains violette, serrant Phoebe dans ses bras. Son souffle était léger, rapide, son petit cœur battait si vite.

— Respire, mon bébé, murmura Caroline en caressant ses doux cheveux bruns. Je t'en prie, respire, mon trésor.

Épuisée, elle s'immobilisa un instant, les yeux fixés sur la lumière brouillée de la lune, accrochée aux branches du sycomore. La toux de Phoebe reprit, profonde, caverneuse. Son petit corps se raidit dans ses bras tandis qu'elle expulsait l'air de sa gorge contractée avec un affreux bruit rauque et sifflant. Le croup, un cas d'école. Caroline caressa le dos de Phoebe, à peine plus large que sa main. La quinte de toux passée, elle recommença à marcher de long en large, de peur de s'endormir debout. Combien de fois au cours de l'année écoulée, dans les mêmes circonstances, s'était-elle réveillée en sursaut après avoir perdu conscience quelques secondes, Phoebe miraculeusement indemne dans ses bras ?

L'escalier craqua, puis le palier, et la porte s'ouvrit, propulsant dans la pièce un courant d'air froid. Dothy entra, un peignoir en soie noire sur sa chemise de nuit, ses cheveux gris dénoués sur ses épaules.

— Comment ça se passe ? demanda-t-elle. Elle a une toux affreuse. Voulez-vous que j'aille chercher la voiture ?

— Je ne pense pas que ce soit nécessaire. Pourriez-vous fermer la porte ? La vapeur la soulage.

Dothy obéit et s'assit sur le rebord de la baignoire.

— Nous vous avons réveillée, s'excusa Caroline, le souffle léger de Phoebe contre son cou. Je suis désolée.

Dothy haussa les épaules.

— Vous savez, le sommeil et moi... Je ne dormais pas, de toute façon. Je lisais.

— Une lecture intéressante ?

Caroline frotta le carreau de la fenêtre avec le poignet de sa robe de chambre. Le clair de lune baignait le jardin, ruisselant sur l'herbe comme de l'eau.

— Un journal scientifique. Soporifique au possible, mais c'était le but.

Caroline sourit. Dorothy était docteur en physique ; elle travaillait dans le département universitaire où son père, éminent physicien, avait autrefois exercé. Leo March avait aujourd'hui quatre-vingts ans et, bien que de constitution solide, il souffrait de troubles de la mémoire et du comportement. Onze mois plus tôt, Dorothy avait engagé Caroline comme dame de compagnie.

Une véritable bénédiction, ce travail. Quand Caroline avait émergé du tunnel de Fort Pitt, découvrant tout à coup Pittsburgh devant elle, vivante, immense, incroyablement belle au milieu des collines émeraude, elle n'avait pu retenir un cri d'émerveillement.

Ce bel enthousiasme n'avait malheureusement pas duré. Pendant un mois, elle avait logé dans un petit motel à la périphérie de la ville, épluchant les petites annonces, regardant avec angoisse ses économies fondre à vue d'œil. Quand elle s'était finalement rendue à cet entretien, son optimisme des premiers jours s'était depuis longtemps mué en panique. Elle avait sonné à la porte, puis avait attendu tout en observant les alentours. Des jonquilles jaune vif se balançaient dans le petit jardin ; dans la maison voisine, une femme en tablier à carreaux balayait la suie qui s'était déposée sur les marches de son porche. Ici, on ne s'était pas donné cette peine : le couffin de Phoebe reposait sur une épaisseur de plusieurs jours. On aurait dit de la neige noircie ; les pas de Caroline y avaient laissé des empreintes pâles et nettes.

Quand Dorothy March ouvrit la porte, grande, mince, vêtue d'un tailleur gris strict, Caroline fit mine de ne pas voir le regard contrarié qu'elle fixait sur Phoebe : elle souleva le couffin et entra. Une fois dans le salon, elle s'assit à l'extrême bord d'une très vieille chaise dont le revêtement en velours lie-de-vin avait viré au rose, sauf autour des clous de tapissier. Dorothy March prit place en face d'elle, sur un canapé en cuir râpé. Elle alluma une cigarette puis observa Caroline de son regard bleu et pénétrant. Elle ne parla pas tout de suite. Elle expulsa un nuage de fumée, s'éclaircit la gorge.

— Très franchement, je n'attendais pas un bébé.

Caroline lui tendit son curriculum vitæ.

— J'ai été infirmière pendant quinze ans. J'apporterai beaucoup d'expérience et d'humanité à cette fonction.

Dorothy March prit les papiers dans sa main libre et les examina.

— Oui, vous semblez avoir une solide expérience. Mais vous ne mentionnez nulle part le lieu où vous avez travaillé. Vos références sont on ne peut plus floues.

Caroline hésita. Elle avait donné toutes sortes d'explications lors de ses précédents entretiens, et toutes avaient abouti à un échec.

— Je me suis enfuie, avoua-t-elle avec la sensation de sauter dans le vide. Je suis partie loin du père de Phoebe. Voilà pourquoi je ne peux vous dire ni d'où je viens, ni vous fournir de vraies références. C'est l'unique raison pour laquelle je n'ai pas encore trouvé un emploi, d'ailleurs. Je suis une excellente infirmière, et vous auriez beaucoup de chance de m'avoir à votre service, surtout compte tenu du salaire ridicule que vous proposez.

Dorothy March lâcha un éclat de rire stupéfait.

— Voilà qui est direct ! Ma chère, il s'agit de soins à demeure. Pourquoi prendrais-je le risque de loger chez moi une parfaite inconnue ?

— Je suis prête à commencer aujourd'hui même, juste en échange du lit et du couvert.

Elle songea à sa chambre au motel – le papier peint qui se décollait, le plafond taché par l'humidité – une chambre qu'elle n'avait pas les moyens de louer une nuit de plus.

— Je travaillerai gratuitement pour vous pendant deux semaines, et ensuite vous déciderez si vous me gardez ou non.

La cigarette s'était consumée au bout des doigts de Dorothy March. Elle l'écrasa dans un cendrier débordant de mégots.

— Mais comment feriez-vous, avec un bébé ? réfléchit-elle d'un air songeur. Mon père n'est pas un homme patient. Et il ne sera pas un malade patient, vous pouvez me croire !

— Prenez-moi à l'essai pendant une semaine, rétorqua Caroline. Si, à ce moment-là, je ne vous donne pas entière satisfaction, je partirai.

Près d'un an s'était écoulé depuis cette conversation. Dothy se leva dans la salle de bains enveloppée d'un nuage de vapeur et tendit les mains vers Phoebe. Les manches de son peignoir en soie noire, imprimé d'oiseaux tropicaux aux couleurs vives, glissèrent jusqu'à ses coudes.

— Donnez-la-moi un peu, Caroline. Vous avez l'air épuisé.

Le sifflement au fond de la gorge de Phoebe s'était apaisé et ses joues avaient retrouvé quelques couleurs. Caroline la confia à Dorothy, et ressentit aussitôt son absence comme un manque.

— Comment avez-vous trouvé Leo aujourd'hui ? demanda Dothy. Vous a-t-il donné du fil à retordre ?

Caroline ne répondit pas tout de suite. Elle était vraiment fatiguée. Son existence paisible et solitaire avait connu de tels bouleversements au cours de l'année écoulée. Elle avait parcouru un si long chemin pour parvenir jusqu'ici, pour devenir celle qu'elle était aujourd'hui : une maman pour Phoebe, la dame de compagnie d'un vieux monsieur sénile et l'amie d'une femme exceptionnelle, rencontrée dans des circonstances exceptionnelles – Dorothy March.

— Il a refusé de manger, répondit-elle enfin. Il m'a accusée d'avoir mis de la poudre à récurer dans sa purée. En résumé : une journée tristement banale.

— Cela n'a rien de personnel, vous savez, déclara Dothy d'une voix douce. Il n'a pas toujours été ainsi.

Caroline ferma le robinet de la douche et s'assit sur le rebord de la baignoire.

Dothy montra la vitre embuée d'un petit signe du menton. Les mains de Phoebe ressemblaient à deux petites étoiles pâles sur la soie noire de son peignoir.

— Quand j'étais petite, je passais mon temps à jouer dans ces collines. Avant qu'ils construisent la quatre-voies. Des hérons faisaient leurs nids dans les arbres, vous vous rendez compte ? Un printemps, ma mère a planté des jonquilles là-bas, des centaines de bulbes. Mon père rentrait par le train tous les jours à dix-huit heures, et tous les jours, il allait lui cueillir un bouquet. Vous ne pouvez pas imaginer quel homme il était. Non, vous ne pouvez pas.

— Je sais, répondit gentiment Caroline. J'en suis consciente.

Elles gardèrent le silence pendant un moment. Le robinet de la douche gouttait, la vapeur tourbillonnait.

— Je crois qu'elle s'est endormie, murmura enfin Dorothy. Vous pensez que ça va aller ?

— Je crois, oui.

— Quel est son problème, Caroline ?

La voix de Dorothy était basse et déterminée.

— Ma chère, je n'ai pas une grande expérience des bébés, mais même moi, je me rends compte que quelque chose ne va pas. Phoebe est si belle, si douce, mais il y a un problème, n'est-ce pas ? Elle a presque un an et elle commence tout juste à s'asseoir.

Caroline contempla la lune à travers la vitre embuée, puis ferma les yeux. La placidité de Phoebe était d'abord apparue comme l'expression d'un tempérament calme et attentif, et Caroline s'était laissée aller à rêver que c'était un bébé comme les autres. Mais, après six mois, il lui avait fallu se rendre à l'évidence : Phoebe restait plus chétive qu'un enfant de son âge et n'avait aucune tonicité musculaire. Elle suivait la trajectoire d'un trousseau de clés qu'on lui passait devant les yeux, agitait parfois les bras, mais ne tendait jamais la main pour essayer de l'attraper. Et elle était incapable de s'asseoir toute seule. De ce moment, Caroline avait commencé à se rendre à la bibliothèque municipale, pendant ses heures de repos. Installée à l'une des tables en bois, au milieu d'une pile d'ouvrages et de journaux, elle avait entamé une longue plongée dans un univers cruel peuplé d'institutions sinistres, d'espérances de vie limitées, d'espoirs réduits à néant. C'était une expérience étrange, comme si un abîme s'ouvrait un peu plus sous ses pieds à chaque mot. Et pourtant, à côté d'elle, Phoebe souriait en babillant dans son couffin : un bébé, pas une statistique médicale.

— Phoebe est mongolienne, articula-t-elle avec effort.

— Oh, Caroline, murmura Dorothy. Je suis tellement désolée. C'est pour cette raison que vous avez quitté votre mari, n'est-ce pas ? Vous avez dit qu'il ne voulait pas d'elle. Oh, ma chère, je suis sincèrement navrée.

— Ne le soyez pas, répondit Caroline, tendant les bras pour reprendre Phoebe. Elle est magnifique.

— Oh oui, elle l'est, sans conteste. Mais Caroline, que va-t-il advenir d'elle ?

Phoebe était lourde et chaude dans ses bras, ses cheveux bruns tranchaient sur son teint pâle. Caroline, farouche, protectrice, caressa sa joue d'un geste extraordinairement doux.

— Comment savoir ce qu'il va advenir de chacun d'entre nous ? Sincèrement, Dothy, aviez-vous imaginé que votre vie tournerait ainsi ?

Une souffrance apparut fugitivement sur le visage de Dorothy. Il y avait bien longtemps, son fiancé s'était tué en sautant dans le fleuve depuis un pont pour relever un défi. Dorothy l'avait pleuré et ne s'était jamais mariée, elle n'avait jamais eu les enfants qu'elle rêvait tant d'avoir.

— Non, répondit-elle enfin. Mais c'est différent.

— Pourquoi ? En quoi est-ce différent ?

— Caroline, dit Dothy en lui touchant le bras, vous êtes fatiguée. Et moi aussi.

Caroline coucha Phoebe dans son berceau pendant que Dothy descendait l'escalier. Dans la lumière indécise du réverbère, elle ressemblait à n'importe quel autre enfant, son avenir tout aussi insondable que le fond des océans, tout aussi riche de possibilités. Des voitures passaient à vive allure sur l'ancien terrain de jeu de Dorothy, la lumière de leurs phares balayant le mur, et Caroline imagina des hérons s'envolant au-dessus des marécages, leurs lourdes ailes s'ébrouant dans la lumière jaune pâle de l'aube. *Que va-t-il advenir d'elle ?* Combien de fois Caroline s'était-elle réveillée au milieu de la nuit, hantée par cette question ?

Dans sa propre chambre, les rideaux – crochetés et suspendus aux fenêtres des décennies plus tôt par la mère de Dorothy – dessinaient des ombres délicates sur le sol ; le clair de lune permettait de lire sans qu'il soit besoin d'allumer la lumière. Sur le bureau, une enveloppe contenant trois photos de Phoebe reposait à côté d'une feuille de papier pliée en deux. Caroline l'ouvrit et relut les lignes tracées de sa main.

Cher docteur Henry,

Je vous écris pour vous informer que nous allons bien, Phoebe et moi. Nous sommes en sécurité et heureuses. J'ai un bon travail. Phoebe est en bonne santé, malgré de fréquents soucis respiratoires. Je vous joins des photos. Pour l'instant (je touche du bois), elle n'a pas eu de problème cardiaque.

Caroline aurait dû poster cette lettre depuis longtemps – elle l'avait écrite il y avait plusieurs semaines de cela – mais chaque fois qu'elle voulait l'envoyer, elle pensait à Phoebe, à ses petites mains si douces, à ses gazouillis rieurs, et elle ne pouvait s'y résoudre. Elle la reposa sur le bureau et se coucha, glissant rapidement dans un demi-sommeil. Elle revit la salle d'attente de la clinique, les plantes vertes qui s'étiolaient dans l'angle, la chaleur soulevant leurs feuilles jaunies, et se réveilla en sursaut, ne sachant plus très bien où elle était.

Ici, se dit-elle en touchant les draps froids. *Je suis ici.*

Quand Caroline se réveilla, le lendemain matin, la pièce était pleine de soleil et de notes de trompette. Dans son berceau, Phoebe tendait les mains, comme si les notes de musique étaient de petits animaux munis d'ailes, papillons ou lucioles, qu'elle pourrait attraper. Caroline s'habilla, prépara Phoebe, puis descendit l'escalier, s'arrêtant devant le bureau du deuxième étage, où Leo March était allongé sur le lit d'appoint, des livres éparpillés autour de lui, mains croisées sur la nuque, les yeux au plafond. Caroline l'observa depuis le seuil (elle n'était pas autorisée à entrer dans la pièce à moins d'y être invitée), mais il ne fit aucun cas de sa présence. C'était un vieux monsieur chauve, avec juste une couronne de cheveux gris. Il portait encore ses vêtements de la veille et écoutait avec une concentration intense la musique qui tonitruait dans les haut-parleurs, ébranlant la maison.

— Voulez-vous prendre votre petit déjeuner ? cria-t-elle pour se faire entendre.

Il agita la main, indiquant par là qu'il s'en occuperait lui-même. Parfait.

Caroline descendit au rez-de-chaussée, passa dans la cuisine et mit le café en route. Les trompettes résonnaient jusqu'ici, de façon assourdie. Elle installa Phoebe sur sa chaise haute et lui servit de la compote de pommes, un œuf et du fromage. À trois reprises, elle lui tendit la cuillère ; à trois reprises, elle tomba sur le plateau en métal.

— Ça ne fait rien, chérie, lui dit Caroline.

Mais, intérieurement, son cœur se serra. La voix de Dorothy résonna dans sa tête : *Que va-t-il advenir d'elle ?* Oui, qu'allait-elle devenir ? À onze mois, Phoebe aurait dû être capable de tenir de petits objets dans sa main.

Elle rangea la cuisine puis se rendit dans la salle à manger pour plier le linge qui avait séché sur la corde, dehors ; il sentait le vent. Allongée sur le dos dans son parc, Phoebe gazouillait, donnant de petits coups dans les anneaux et les jouets que Caroline avait suspendus au-dessus de sa tête. De temps à autre, Caroline s'interrompait dans son travail pour les remettre en place, dans l'espoir que Phoebe, fascinée par leurs couleurs vives, roulerait sur elle-même.

Au bout d'une demi-heure environ, la musique s'arrêta net, et les pieds de Leo apparurent dans l'escalier, chaussés de souliers en cuir parfaitement lacés et cirés. Son pantalon, trop court de plusieurs centimètres, découvrait ses chevilles nues. Progressivement, il entra en entier dans son champ visuel – un homme de haute taille, autrefois solidement charpenté et musclé, et dont la peau flasque pendait aujourd'hui sur son corps maigre.

— Oh, bien, dit-il en désignant le linge d'un signe du menton. Nous avions justement besoin d'une boniche.

— Vous voulez votre petit déjeuner ?

— Je le préparerai moi-même.

— Très bien.

— Je vous ferai virer avant le dîner, lança-t-il depuis la cuisine.

— Très bien, répéta-t-elle.

Il y eut un fracas de poêles et de casseroles tombant en cascade sur le sol et le vieil homme jura. Caroline l'imagina, se baissant pour enfoncer tant bien que mal les ustensiles dans le tiroir. Elle aurait dû aller l'aider – mais non, qu'il se débrouille tout seul. Pendant sa semaine d'essai, elle n'avait pas osé dire non et s'était précipitée chaque fois que Leonard March l'appelait, jusqu'à ce que Dorothy la prenne à part.

— Vous n'avez pas à lui obéir chaque fois qu'il claque des doigts. Vous n'êtes pas une domestique. Vous habitez ici, vous aussi.

Caroline avait alors compris que sa période d'essai était terminée.

Leo entra dans la salle à manger, portant une assiette d'œufs et un verre de jus d'orange.

— Inutile d'aller vérifier : j'ai éteint cette foutue cuisinière. Et j'emporte mon repas en haut pour avoir la paix.

— Restez poli, dit Caroline.

Il grogna en guise de réponse et monta bruyamment les marches. Caroline suspendit son travail, subitement au bord des larmes. Que faisait-elle ici ? se demanda-t-elle en regardant un rouge-gorge se poser dans le lilas, de l'autre côté de la fenêtre, puis s'envoler. Quel besoin l'avait poussée à prendre une décision aussi radicale, à venir s'échouer dans ce lieu de non-retour ? Et qu'allait-il advenir d'*elle* ?

Les trompettes claironnèrent de nouveau à l'étage, et la sonnette de la porte retentit deux fois. Caroline souleva Phoebe dans ses bras.

— Les voilà, lui dit-elle en s'essuyant rapidement les yeux. On va s'entraîner un peu, chérie.

Sandra attendait sur le porche. À la seconde où Caroline ouvrit la porte, elle s'engouffra dans la maison, tenant son fils Tim d'une main, un gros sac en toile de l'autre. Elle s'assit sans cérémonie au milieu du tapis, grande, blonde, énergique, et déversa le contenu de son sac en vrac sur le sol.

— Désolée d'être en retard, la circulation était complètement bloquée. Tu supportes de vivre aussi près de la quatre-voies ? Moi, ça me rendrait folle. Enfin, regarde plutôt ce que j'ai trouvé : des cubes en bois de couleurs différentes. Tim les adore.

Caroline s'assit à côté d'elle sur le sol. Tout comme Dorothy, Sandra était une rencontre improbable, quelqu'un avec qui Caroline ne se serait jamais liée dans sa vie d'avant. Elles avaient fait connaissance à la bibliothèque, un jour de janvier lugubre. Caroline venait de prendre connaissance d'un nouveau rapport médical accablant, émaillé de statistiques sinistres. Elle avait refermé le livre d'un geste empreint de désespoir et Sandra, assise deux tables plus loin au milieu d'une pile d'ouvrages dont les titres lui étaient par trop familiers, avait levé les yeux vers elle.

— Je sais ce que vous ressentez. Moi, c'est pareil. Je suis tellement en colère que je pourrais casser une vitre.

Elles avaient commencé à parler – prudemment, d'abord, puis passionnément. Tim, le fils de Sandra, allait sur ses quatre ans. Il était mongolien, lui aussi, mais Sandra n'en avait rien su. Elle avait bien remarqué qu'il se développait plus lentement que ses trois premiers enfants, mais ne s'en était pas vraiment formalisée. Après tout, quelle importance s'il mettait plus de temps que ses autres fils pour parvenir au même résultat ? Il avait commencé à marcher à deux ans, était devenu propre à trois. Le diagnostic avait provoqué un véritable choc dans sa famille ; la suggestion du médecin – le placement de Tim dans une institution – avait provoqué la colère de Sandra, la poussant à prendre les choses en main.

En écoutant son histoire, Caroline avait senti son courage renaître peu à peu.

En sortant de la bibliothèque, elles étaient allées boire un café. Caroline n'oublierait jamais cet après-midi-là, l'excitation qui s'était mise à frémir en elle, comme si elle émergeait d'un long sommeil noir, tandis qu'elles élaboraient une stratégie toutes les deux. Et si au lieu de raisonner en termes de statistiques, de courbes d'apprentissage et de limitation, elles partaient du principe que leurs enfants seraient capables de *tout* faire. Peut-être pas du jour au lendemain. Peut-être pas selon les règles. Mais à leur rythme. Elles suivraient toutes les étapes d'un apprentissage normal, mais en effaçant les contraintes liées au temps. Pourquoi pas ? Cela ne coûtait rien d'essayer, n'est-ce pas ?

Non, cela ne coûtait rien. Elles avaient donc pris l'habitude de se retrouver, tantôt ici, chez Dorothy, tantôt chez Sandra, avec ses trois autres garçons, de vrais petits diables. Chaque fois, elles apportaient des livres, des jouets, des informations ou des témoignages glanés çà et là – et leur propre expérience : Caroline comme infirmière, Sandra comme institutrice et mère de quatre enfants. Les exercices étaient le plus souvent dictés par le bon sens. Phoebe devait apprendre à rouler sur elle-même ? On posait un jouet de couleur vive à côté d'elle, juste hors de sa portée ; Tim avait besoin de travailler sa coordination ? On lui donnait des ciseaux à bout rond, du papier de couleur et on le laissait faire du découpage. Les progrès étaient lents, parfois même imperceptibles, mais pour Caroline ces séances étaient les points d'ancrage autour desquels tournait toute sa vie.

— Tu as l'air fatigué, remarqua Sandra.

Caroline hocha la tête.

— Phoebe a été malade toute la nuit. Le croup. C'est la deuxième fois ce mois-ci. Et Tim ? Comment s'est passée sa visite chez le médecin ?

— Le nouveau docteur m'a plu, répondit Sandra en s'installant confortablement sur le tapis.

Elle sourit à Tim et lui tendit un cube jaune.

— Il a eu l'air de compatir et il a pris le temps d'ausculter Tim longuement. Mais les nouvelles ne sont pas bonnes. Tim souffre d'une légère déficience auditive, ce qui explique qu'il ait mis aussi longtemps à parler. Ici, chéri, ajouta-t-elle en tapant légèrement le cube qu'il avait lâché. Montre à Caroline et à Phoebe ce que tu sais faire.

Tim n'était pas intéressé : les poils du tapis accaparaient toute son attention et il y enfonçait les doigts avec une fascination émerveillée. Mais Sandra était tenace. Finalement, il prit le cube jaune, le pressa contre sa joue pendant un moment, puis le posa sur le sol et se mit à en empiler d'autres par-dessus.

Pendant deux heures, elles jouèrent avec leurs enfants tout en discutant. Sandra avait une opinion tranchée sur tout et ne craignait pas d'exprimer son avis. Caroline adorait s'asseoir au salon et bavarder avec cette jeune mère de famille intelligente et décidée. Elles se faisaient de petites confidences, échangeaient points de vue et conseils sur l'art d'être maman, riaient de bon cœur quand Tim essayait d'empiler les cubes sur leurs têtes, partageaient le même sentiment de triomphe quand Phoebe tendait la main plus loin, toujours plus loin, pour attraper une balle orange vif et finissait malgré elle par rouler sur elle-même. Ce matin-là, Caroline agita à plusieurs reprises ses clés de voiture devant le visage de Phoebe. Elles scintillaient, captant la lumière, et les petites mains de Phoebe s'ouvrirent, les doigts écartés comme les branches d'une étoile de mer. Elle remua les bras, comme quand elle essayait d'attraper des notes de musique ou de petits ronds de soleil sur les murs. Mais elle eut beau essayer, elle ne réussit pas à saisir les clés.

— La prochaine fois, affirma Sandra. Sois patiente. Elle finira par y arriver.

À midi, Caroline aida Sandra à porter ses affaires dans la voiture, puis regagna le porche, Phoebe dans les bras, et agita la main tandis que Sandra disparaissait dans la rue au volant de son break.

Quand elle rentra dans la maison, le disque de Leo, rayé, répétait inlassablement les trois mêmes mesures.

Horrible bonhomme, songea-t-elle en montant l'escalier d'un pas rageur. *Vieux tyran.*

— Voulez-vous avoir l'obligeance de faire cesser ce vacarme insupportable ? commença-t-elle, exaspérée, en ouvrant la porte.

Mais le bras du tourne-disque sautait dans une chambre vide. Leo était sorti de la pièce.

Phoebe se mit à pleurer, comme si elle était équipée d'une sorte de radar interne qui captait les mauvaises vibrations. Leo avait dû filer en douce par la porte de derrière pendant qu'elle aidait Sandra à porter ses affaires dans la voiture. Oh, il était malin, même si, ces derniers temps, il lui arrivait de ranger ses souliers dans le réfrigérateur. Il adorait lui jouer ce genre de tour. Trois fois déjà, il avait pris la poudre d'escampette, dont une, complètement nu.

Caroline dégringola l'escalier, enfila en quatrième vitesse des mocassins de Dothy – trop petits d'une pointure et glacés. Un manteau pour Phoebe, emmitouflée dans sa poussette. Pour sa part, elle s'en passerait.

Le temps s'était couvert. Phoebe pleurnicha et agita ses petites mains tandis qu'elles passaient devant le garage puis remontaient l'allée.

— Je sais, mon cœur, je sais, murmura Caroline.

Elle repéra une empreinte de pas de Leo dans une croûte de neige à moitié fondue : la grande semelle gaufrée de ses bottes. Le soulagement l'envahit. Il était parti dans cette direction… et il était habillé.

Enfin, pour le moins, il avait ses bottes.

Au bout du deuxième pâté de maisons, elle atteignit les cent cinq marches qui descendaient par paliers jusqu'à Koenig Field. C'était Leo lui-même qui lui avait communiqué le chiffre exact, un soir où il était d'humeur civilisée, pendant le dîner. Il était là, en bas de la longue cascade de ciment, bras ballants, ses fins cheveux blancs ébouriffés par le vent. Il avait l'air si stupéfait, si perdu et angoissé, que la colère de Caroline s'évanouit. Elle n'aimait pas Leo March – il était impossible de l'aimer – mais l'animosité qu'il lui inspirait se mêlait de compassion. Car, dans des moments comme celui-ci, elle le voyait tel qu'il apparaissait aux yeux de tous : un vieil homme sénile qui avait perdu la tête, et non le grand érudit qu'avait été, qu'était toujours, Leo March.

Il se retourna, aperçut Caroline tout en haut, et, au bout de quelques instants, son visage perdit son expression égarée.

— Regardez ! cria-t-il. Regardez un peu de quoi je suis capable ! Et prenez-en de la graine !

Il monta les escaliers en courant, ses pieds avalant les marches à toute vitesse, poussé par un vieux reste d'adrénaline et de pugnacité.

— Je parie que vous n'aviez jamais vu ça ! dit-il en arrivant en haut, hors d'haleine.

— Non, c'est vrai, je n'avais jamais vu ça, acquiesça Caroline. Et j'espère bien ne jamais le revoir.

Leo éclata de rire, ses lèvres rose vif dans son visage d'une pâleur de craie.

— J'ai réussi à vous fausser compagnie, se vanta-t-il.

— Vous n'êtes pas allé bien loin.

— Si j'avais voulu, j'aurais pu ! La prochaine fois.

— La prochaine fois, mettez un manteau, lui conseilla Caroline.

— La prochaine fois, j'irai à Tombouctou !

— D'accord, acquiesça Caroline tandis qu'une chape de fatigue s'abattait sur ses épaules.

Des crocus pourpres sortaient la tête de l'herbe haute ; Phoebe pleurait à chaudes larmes, maintenant. Caroline était soulagée d'avoir retrouvé Leo sain et sauf, reconnaissante qu'un drame ait été évité. S'il lui était arrivé quoi que ce soit, elle aurait été responsable, parce qu'elle avait focalisé toute son attention sur Phoebe, qui tendait ses petites mains vers les objets depuis des semaines, maintenant, mais n'avait toujours pas acquis le réflexe de les attraper.

Ils marchèrent côte à côte en silence.

— Vous êtes quelqu'un de bien, lança tout à coup Leo.

Caroline se statufia, stupéfaite.

— Quoi ? Qu'avez-vous dit ?

Il la regarda, parfaitement lucide, ses yeux aussi bleus et perçants que ceux de Dorothy.

— Vous êtes quelqu'un de bien, répéta-t-il. Ma fille a engagé huit infirmières avant vous. Aucune n'a tenu plus d'une semaine. Je parie que vous ne le saviez pas.

— Non, murmura Caroline. Non, je ne le savais pas.

Cet après-midi-là, comme elle remettait de l'ordre dans la cuisine et sortait la poubelle, Caroline repensa aux paroles de Leo. Je suis quelqu'un de bien, songea-t-elle. L'air était humide et froid. Sa respiration formait de petits nuages de vapeur. Il lui sembla entendre la voix de sa mère, cassante : *Ce n'est pas comme ça que tu trouveras un mari.* Mais même le souvenir de cette remarque acide ne réussit pas à ternir le plaisir qu'avait ressenti Caroline à entendre pour la première fois Leo lui dire quelque chose de gentil.

Elle s'attarda un moment dehors, savourant le silence. Progressivement, elle prit conscience d'une présence au bout de l'allée : un homme de haute taille, vêtu d'un jean noir et d'une veste marron. Quelque chose dans son attitude – son immobilité, l'intensité du regard qu'il fixait dans sa direction – mit Caroline mal à l'aise. Elle referma la poubelle, croisa les bras sur sa poitrine. Il s'avança vers elle, massif, les épaules larges, en longues enjambées rapides. Sa veste n'était pas marron comme elle l'avait cru tout d'abord, mais écossaise, avec des lignes rouges. Tout en marchant, il sortit de sa poche un bonnet d'un rouge lumineux et s'en coiffa. Caroline se sentit vaguement rassurée par ce geste, encore qu'elle aurait été bien incapable de dire pourquoi.

— Salut ! lança-t-il. Pas de soucis de batterie ces temps-ci ?

Elle le connaissait. Caroline en eut la certitude, avant même de distinguer ses traits et de mettre un nom sur son soulagement. Puis il s'arrêta devant elle et un sentiment d'incrédulité l'envahit.

— Vous ? Mais... comment... ? balbutia-t-elle.

— Ah, ça n'a pas été facile ! avoua Al en riant.

Il s'était laissé pousser la barbe et ses dents luisaient, très blanches. Ses yeux sombres brillaient d'amusement. Caroline le revit dans sa cuisine, faisant glisser des œufs au bacon dans son assiette, puis agitant la main par la portière tandis qu'il s'éloignait au volant de son semi-remorque.

— Vous m'avez donné du fil à retordre, mais vous m'aviez parlé de Pittsburgh. Et il se trouve que je fais étape ici toutes les deux semaines. Je me suis lancé dans un vrai travail de détective.

Il sourit.

— Je me demande comment je vais occuper mon temps libre, maintenant que je vous ai retrouvée.

Caroline était incapable de prononcer un mot. Elle éprouvait un certain plaisir à le revoir, mais son esprit nageait en pleine confusion. Depuis un an, elle s'interdisait de penser à la vie qu'elle avait laissée derrière elle, et brusquement tout lui revenait avec une intensité incroyable : l'odeur du produit désinfectant dans la salle d'attente de la clinique, la flaque de soleil dans la petite entrée, le sentiment de paix qui l'envahissait quand elle rentrait chez elle à la fin d'une journée bien remplie, se préparait un dîner frugal puis s'installait avec un livre pour la soirée. Elle avait renoncé de plein gré à ces plaisirs simples ; elle avait accepté de rompre avec le passé afin de répondre à un besoin viscéral, longtemps ignoré. À présent, son cœur cognait à tout rompre et son regard fixait avec épouvante le bout de l'allée, comme si David Henry allait surgir à son tour. C'était pour cela qu'elle n'avait jamais posté la lettre, comprit-elle subitement. Elle avait eu peur qu'il veuille lui prendre Phoebe. Lui, ou Norah. Elle était terrifiée à cette pensée.

— Comment m'avez-vous retrouvée ? demanda-t-elle presque agressivement. Et pourquoi ?

Surpris, Al haussa les épaules.

— Je suis passé à Lexington pour vous dire bonjour. Vous aviez déménagé. Des ouvriers repeignaient votre appartement. Votre voisine m'a expliqué que vous étiez partie depuis trois semaines. Volatilisée. Je ne dois pas aimer les mystères parce que je n'ai pas cessé de penser à vous.

Il marqua un temps, comme s'il hésitait à continuer.

— Et puis... je m'étais pris de sympathie pour vous, Caroline, et j'ai pensé que vous deviez avoir de gros ennuis pour couper les ponts de cette façon. Pas besoin d'être bien malin pour comprendre que vous aviez des problèmes le jour où je vous ai rencontrée dans ce parking. Alors, je me suis dit que vous aviez peut-être besoin qu'on vous tende la main et que je pourrais être celui-là.

— Eh bien, vous vous êtes trompé : je vais très bien et je n'ai besoin de personne, rétorqua froidement Caroline.

Elle n'avait pas eu l'intention d'employer ce ton cinglant et dur. Il y eut un long silence.

— J'ai dû me tromper, murmura-t-il.

Il secoua la tête.

— Je pensais que le courant était bien passé entre nous.

— C'est vrai, reconnut Caroline. Je suis désolée. Je ne m'attendais pas à vous voir, c'est tout. Je pensais avoir réussi à disparaître.

Al plongea ses yeux bruns au fond des siens.

— Il m'a fallu une année entière pour vous retrouver. Et encore : je savais dans quelle ville vous chercher. Et j'ai eu beaucoup de chance. J'ai visité tous les motels pour demander s'ils avaient loué une chambre à une jeune femme avec un bébé. À chacune de mes escales, je tentais ma chance dans un établissement différent, et la semaine dernière, enfin, ma ténacité a été récompensée. La propriétaire se souvenait de vous. Et vous savez quoi ? Elle prend sa retraite dans huit jours.

Il enfonça ses poings dans les poches de sa veste.

— Vous voyez : il s'en est fallu de peu que je perde votre trace à tout jamais.

Caroline se remémora la vieille dame derrière son comptoir, ses boucles d'oreilles en perle, ses cheveux blancs permanentés. Le motel était dans sa famille depuis cinquante ans. Le chauffage faisait du bruit toute la nuit, le papier peint se décollait à cause de l'humidité. Le métier avait bien changé, avait soupiré la vieille dame en poussant une clé sur le comptoir. De nos jours, on ne savait jamais sur qui on risquait de tomber.

Al désigna du menton la Fairlane bleu pastel.

— J'ai su que je vous avais retrouvée à la seconde où je l'ai aperçue. Comment va votre petite fille ?

Caroline revit le parking désert, la douceur avec laquelle sa grande main s'était posée sur le petit front de Phoebe.

— Vous voulez la voir ? s'entendit-elle demander. Je m'apprêtais à aller la réveiller. Je vous servirai une tasse de thé.

Elle le laissa au salon puis gravit l'escalier, vacillante, en proie à une sensation de vertige. Elle changea Phoebe puis s'aspergea le visage d'eau froide pour tenter de recouvrer son sang-froid.

Al était assis à la table de la salle à manger, le regard fixé sur la fenêtre. Quand elle descendit l'escalier il se retourna, le visage fendu par un large sourire. Il tendit immédiatement les bras vers Phoebe, s'émerveillant de voir combien elle avait grandi, combien elle était magnifique. Caroline éprouva une bouffée de fierté, et Phoebe se mit à rire, ravie, ses boucles brunes effleurant ses joues. Al plongea la main à l'intérieur de sa chemise et en sortit une médaille en or au bout d'une chaîne. Un Saint Christophe. *Venez avec moi*, lui avait-il dit presque un an plus tôt sur le mode de la boutade. Quoique...

Et à présent il était là, après avoir fait preuve d'une constance incroyable pour la retrouver.

Phoebe babillait doucement, ses petites mains effleurant le cou d'Al, son col, sa chemise à carreaux sombres. Caroline ne se rendit pas compte tout de suite de ce qui était en train de se passer ; puis, brusquement, son regard se figea. La voix d'Al reflua dans un murmure lointain qui se mélangea au bruit des pas de Leo, au premier, et au grondement de la circulation, dehors.

Phoebe essayait d'attraper la médaille. Ses mains ne happaient pas le vide, comme ce matin. Ses petits doigts touchaient le bijou, le poussaient contre le torse d'Al pour s'assurer une meilleure prise. Elle le pressa contre sa paume jusqu'à ce qu'elle puisse refermer son poing dessus. Ravie par son succès, elle tira dessus de toutes ses forces, obligeant Al à porter la main à sa nuque, là où la chaîne le blessait.

La joie traversa Caroline comme une lame.

Oh oui, songea-t-elle. *Attrape la vie, ma chérie. Saisis-la à pleines mains !*

Mai 1965

Norah marchait devant lui, sa silhouette virevoltant comme un rayon de lumière entre les arbres. David la suivait à distance, se baissant de temps à autre pour ramasser une pierre : quelques géodes à l'enveloppe rugueuse, deux ou trois fossiles gravés dans un morceau d'argile schisteuse, et même une pointe de flèche. Il gardait quelques instants ses trésors dans le creux de sa main, savourant leur poids, leur forme, leur contact froid dans sa paume, avant de les glisser dans ses poches. Enfant, il conservait une collection de pierres et de cailloux sur les étagères de sa chambre. Aujourd'hui encore, leur mystère continuait à le fasciner, même s'il ne lui était pas facile de se pencher avec Paul, blotti contre sa poitrine dans un porte-bébé, et l'appareil photo qui ballottait sur sa hanche.

Loin devant, Norah se retourna pour lui adresser un signe de la main, avant de disparaître, comme avalée par une muraille de roche grise. Des promeneurs, tous coiffés d'une casquette de base-ball bleue, émergèrent les uns après les autres de ce même mur gris. En se rapprochant, David comprit pourquoi :

l'escalier permettant d'accéder au pont de pierre naturelle commençait ici, invisible de l'extérieur.

— Faites attention avec votre petit, l'avertit une dame en le croisant. La montée est raide, et les marches glissantes.

Elle marqua une pause, à bout de souffle, une main plaquée sur son cœur.

David s'arrêta, alerté par sa pâleur.

— Madame ? Je suis médecin. Est-ce que tout va bien ?

— Ce n'est rien, répondit-elle en secouant la tête. Ce sont des palpitations. J'y suis sujette.

David saisit son poignet potelé : son pouls, rapide mais régulier, ralentissait déjà. *Des palpitations*. Les gens employaient ce terme à tort et à travers, au moindre signe de fébrilité, mais cette femme n'était pas en danger. Aucune comparaison avec sa petite sœur, qui avait passé sa courte vie à chercher son souffle et devait s'asseoir au moindre effort, la respiration sifflante. Insuffisance cardiaque, avait diagnostiqué le médecin de Morgantown en secouant la tête. Il n'avait pas donné de détails, mais peu importait : de toute façon, il n'y pouvait rien. Des années plus tard, à la faculté de médecine, David avait compulsé des manuels, la nuit, pour faire son propre diagnostic : rétrécissement de l'aorte, ou peut-être une malformation de la valve cardiaque. Quelle que soit la nature exacte de son mal, June n'avait jamais pu mener une existence normale. Son état n'avait cessé de s'aggraver au fil du temps. Elle adorait les papillons, offrir son visage au soleil, les yeux clos, manger de la gelée de groseille sur de fines biscottes que leur mère achetait en ville. Elle chantait sans cesse, des airs de son invention qu'elle se fredonnait à elle-même. Ses cheveux étaient d'un blond très pâle, presque blanc. Des mois après sa mort, David avait continué à se réveiller la nuit, persuadé d'entendre sa voix douce chanter comme le vent dans les pins.

— Vous dites que vous êtes sujette aux palpitations ? demanda-t-il gravement en lâchant le poignet de la femme.

— Oh oui, acquiesça-t-elle. D'après les médecins, ce n'est pas grave. Juste gênant.

— Je crois qu'il n'y a pas lieu de s'inquiéter, en effet, mais ne dépassez quand même pas vos limites.

Elle le remercia, effleura les cheveux de Paul.

— Faites attention à ce petit bonhomme dans la montée.

David hocha la tête et poursuivit son chemin, protégeant la tête de Paul de sa main tandis qu'il progressait entre les parois de roches humides. Il était satisfait – il aimait secourir les gens dans le besoin, leur apporter du réconfort, un soutien que, malheureusement, il semblait impuissant à offrir aux personnes qu'il chérissait le plus. Les petits doigts de Paul se refermèrent sur le tissu de sa chemise, effleurant l'enveloppe dans sa poche de poitrine : une lettre de Caroline Gill, arrivée ce matin. Il l'avait lue une seule fois, très vite, la cachant précipitamment lorsque Norah était entrée, essayant de ne pas trahir son trouble. *Nous allons bien, Phoebe et moi*, écrivait-elle. *Jusqu'ici, elle n'a eu aucun problème cardiaque.*

David saisit la menotte de Paul dans la sienne d'un geste très doux. Son fils le regarda, les yeux écarquillés, et une vague de tendresse le submergea.

— Hé, souffla David en souriant. Je t'aime, petit homme. Mais ne le répète à personne, d'accord ?

Les grands yeux sombres de Paul le dévisagèrent gravement, puis il tourna la tête et appuya son petit menton contre le torse de son père. Il portait un petit bob blanc orné de canetons jaunes. Norah les avait brodés après son « accident » de voiture. David l'avait observée avec inquiétude pendant cette période, respirant un peu plus librement à l'apparition de chaque nouveau caneton. Il avait mesuré l'ampleur de son chagrin et de sa détresse au moment où il avait développé la pellicule à l'intérieur de son appareil photo neuf : une à une, les pièces désertes de leur ancienne maison s'étaient matérialisées sous ses yeux, les fenêtres, les lustres, les conduits de chauffage, l'escalier enveloppé d'ombre, les dalles de l'entrée, cassées par endroits. Et partout, les traces de pas de Norah, ensanglantées, hésitantes, perdues. Il avait jeté photos et négatifs, mais ces images continuaient à le hanter. Après tout, il avait menti. Il avait donné leur bébé, les conséquences seraient forcément terribles – mais trois mois avaient passé et Norah semblait être de nouveau elle-même. Elle jardinait, riait au téléphone avec des amies, serrait Paul dans ses bras fins et gracieux.

Quand il l'observait, David avait l'impression qu'elle était heureuse.

Les canetons jaunes tressautaient joyeusement au gré des marches. Ils accrochèrent la lumière quand David émergea de l'escalier étroit et déboucha à l'air libre. Norah, vêtue d'un short bleu et d'un chemisier blanc sans manches, se tenait au milieu du pont, face au vide, le bout de ses baskets blanches dans l'alignement de la roche. Lentement, avec la grâce d'une ballerine, elle écarta les bras et arqua le dos, les yeux clos, comme si elle s'offrait au ciel.

— Norah ! cria-t-il, effrayé. Ne reste pas au bord, c'est dangereux !

Paul pressa ses petites mains contre son torse.

— Da, répéta-t-il en reconnaissant le mot que ses parents employaient à tout bout de champ, généralement pour parler des prises électriques, des escaliers, des cheminées, des chaises, et maintenant de ce grand trou, là, sous sa maman.

— C'est magnifique ! cria Norah en laissant retomber ses bras.

Elle se tourna vers lui, écrasant des graviers qui basculèrent dans le vide.

— Viens voir !

David s'avança prudemment et vint se placer à côté d'elle, près du bord. Des silhouettes minuscules progressaient sur le sentier, tout en bas, où une rivière aujourd'hui disparue avait creusé son sillon dans la vallée. Des collines luxuriantes moutonnaient à l'infini, déclinant une dizaine de nuances de vert différentes contre le ciel bleu clair. David prit une profonde respiration, essayant de résister au vertige, effrayé de lancer ne serait-ce qu'un regard vers Norah. Il avait voulu la protéger, lui épargner la souffrance de perdre un être aimé ; il n'avait pas compris que cette douleur l'habiterait malgré tout, façonnant sa vie comme un torrent impétueux. Et il n'avait pas non plus anticipé son propre chagrin, tissé avec les fils sombres de son passé. Quand il imaginait la petite fille qu'il avait donnée, c'était le visage de sa sœur qu'il voyait, ses cheveux pâles, son sourire grave.

— Je vais te prendre en photo, dit-il en faisant lentement un pas en arrière, puis un autre. Recule vers le milieu du pont. La lumière est meilleure.

— Encore une minute, répondit-elle, les mains sur ses hanches. C'est tellement beau !

— Norah, je t'en prie, écarte-toi du bord. Tu me rends nerveux.

— Oh, David, soupira-t-elle en secouant la tête, sans le regarder. Pourquoi t'angoisses-tu en permanence ? Je ne risque rien.

Il garda le silence, conscient du poids qui lui comprimait la poitrine. Il avait éprouvé la même sensation en décachetant la lettre de Caroline, envoyée à son ancien cabinet médical. Le tampon indiquait qu'elle avait été postée de Toledo, dans l'Ohio. Elle y joignait trois photos de Phoebe, vêtue d'une petite robe rose. L'adresse mentionnée au dos de l'enveloppe était celle d'une boîte postale, située non pas à Toledo, mais à Cleveland. Cleveland, une ville où David n'avait jamais mis les pieds, et où Caroline Gill s'était apparemment installée avec sa fille.

— Avance vers moi, répéta-t-il. Je veux te prendre en photo.

Elle hocha la tête, mais quand il fut en sécurité au milieu du pont et qu'il se retourna, Norah n'avait pas bougé. Elle souriait, au bord du gouffre, bras croisés.

— Prends-moi ici. Cadre-moi pour qu'on ait l'impression que je flotte dans les airs.

David s'accroupit, tournant les bagues de réglage de l'appareil tandis que la chaleur irradiait des roches ocre. Paul se tortilla contre son torse et commença à pleurnicher. Plus tard, quand la photo apparaîtrait peu à peu dans le bac de révélateur, David se remémorerait chaque détail de cet instant. Il fit le point sur Norah – le vent dans ses cheveux blonds, sa peau bronzée, son visage éclatant de santé – en s'interrogeant sur tout ce que cette image lisse ne lui disait pas.

L'air était chaud et embaumé. Ils redescendirent dans la vallée, passant devant des grottes, des buissons de rhododendrons pourpres et des lauriers sauvages. Norah quitta le sentier balisé pour s'enfoncer sous les arbres, le long d'un petit ruisseau, jusqu'à une prairie baignée de soleil dont elle se souvenait à cause des fraisiers sauvages qui la tapissaient. Le vent agitait l'herbe haute, et les feuilles vert sombre des fraisiers chatoyaient. L'air était doux, imprégné du bourdonnement des insectes, de la chaleur.

Ils déballèrent leur pique-nique : du fromage, des crackers et des grappes de raisin. David s'assit sur la couverture et maintint délicatement la tête de Paul contre son torse pendant qu'il détachait le porte-bébé. Il songea à son propre père, à ses mains fermes et calleuses couvrant les siennes tandis qu'il lui apprenait à manier une hache, à traire la vache ou à enfoncer un clou dans des bardeaux en bois de cèdre. Son père sentait la sueur, la résine et la terre noire des mines où il travaillait l'hiver.

— *Da !* affirma Paul.

À peine libéré, il retira l'une de ses chaussures, l'examina avec attention, puis la lâcha presque aussitôt et rampa vers l'immense tapis vert, tout autour de la couverture. Il arracha une touffe d'herbe à pleines mains, la fourra dans sa bouche. Une expression stupéfaite se peignit sur son visage et une grimace tordit ses lèvres. Un regret poignant traversa David. Il aurait tant voulu que ses parents soient encore en vie pour pouvoir faire la connaissance de leur petit-fils.

— Pas terrible, hein ? murmura-t-il d'une voix douce en essuyant le filet de bave mêlé d'herbe qui coulait sur le menton de Paul.

Norah s'activait près de lui, silencieuse, efficace, sortant les couverts et les serviettes. David garda le visage tourné : il ne voulait pas qu'elle le voie ainsi, submergé par l'émotion. Il sortit une géode de sa poche, et Paul l'attrapa à pleines mains, l'explorant sous toutes ses faces.

— C'est bien recommandé qu'il porte ce caillou à sa bouche ? demanda-t-elle en s'asseyant à côté de lui, si près qu'il sentit sa chaleur, son odeur de savon et de transpiration mêlés.

— Probablement pas, répondit-il en échangeant la pierre contre un cracker.

La géode était chaude et mouillée. David la frappa d'un coup sec contre le rocher, l'ouvrant en deux pour révéler son cœur de cristal pourpre.

— Quelle merveille ! souffla Norah en la faisant tourner dans sa main.

— Un morceau d'océan, expliqua brièvement David. Emprisonnée à l'intérieur de la roche, l'eau de mer s'y est cristallisée au fil de centaines de millénaires.

Ils déjeunèrent tranquillement, puis cueillirent des fraises sauvages, sucrées et tiédies par le soleil. Paul en dévora des pleines poignées, le jus coulant sur ses poignets. Deux faucons tournoyèrent paresseusement dans le ciel bleu roi. *Didi*, gazouilla Paul, levant un petit bras potelé vers l'oiseau de proie. Plus tard, quand il s'endormit, Norah l'installa sur une couverture, à l'ombre.

— On est bien, murmura la jeune femme en s'installant confortablement, le dos appuyé contre un rocher. Juste nous deux, assis au soleil.

Elle était pieds nus. Il en prit un entre ses mains, massant tout doucement les os délicats cachés sous la peau fine.

— C'est trop bon, soupira-t-elle en fermant les yeux. Je vais m'endormir.

— Non, ne dors pas. Dis-moi à quoi tu penses.

— Je ne sais pas… Je me rappelais ce petit champ, à côté de la bergerie, je crois. Quand Bree et moi nous étions petites, nous allions souvent attendre papa là-bas. Nous faisions de gros bouquets de marguerites. Le soleil cuisait un peu, comme aujourd'hui. À notre retour, maman répartissait nos fleurs dans des vases, un peu partout dans la maison.

— C'est un joli souvenir, dit David, abandonnant son pied pour s'occuper de l'autre.

Il caressa du pouce la fine cicatrice blanche que l'ampoule de flash brisée avait dessinée sur son talon.

— J'aime bien t'imaginer petite fille.

La peau de Norah était si douce. Il se remémorait de chaudes journées de son enfance à lui, avant que la santé de June ne se détériore, quand ils partaient tous chercher du ginseng dans la forêt, une plante fragile, enfouie dans la pénombre, sous les arbres. C'était à l'occasion de l'une de ces expéditions que ses parents s'étaient rencontrés. David conservait pieusement la photo de leur mariage : sa mère, toute mince et menue, la peau claire, les cheveux ondulés, un doux sourire aux lèvres ; son père à ses côtés, barbu, son chapeau à la main. En sortant de la mairie, ils étaient partis s'installer dans la maison que son père avait construite à flanc de montagne, au-dessus de leurs terres.

— Mes parents adoraient la nature, reprit-il. Les fleurs poussaient comme par magie sous les doigts de ma mère. Un nuage de myosotis montait du torrent jusqu'à notre maison.

— Je regrette tellement de ne pas les avoir connus. Ils devaient être très fiers de toi.

— Je ne sais pas. Peut-être, oui. Ils étaient contents que mon avenir soit assuré.

— Sûrement, acquiesça Norah en ouvrant les yeux.

Elle jeta un regard à Paul qui dormait paisiblement, le feuillage des arbres dessinant des ombres mouvantes sur son visage.

— Mais ils devaient être un peu tristes aussi, non ? Moi, je le serais, si Paul partait au loin, une fois grand.

— C'est vrai, acquiesça David en hochant la tête. Ils étaient fiers et tristes en même temps. Ils n'aimaient pas la ville. Ils ne sont venus me voir qu'une seule fois à Pittsburgh.

Il les revit dans sa petite chambre d'étudiant, mal à l'aise, sa mère sursautant chaque fois que le sifflet d'un train retentissait au loin. June était morte, alors, et tandis qu'ils buvaient tous les trois un café fade autour de sa table bancale, David se rappelait avoir pensé avec amertume qu'ils ne devaient plus savoir quoi faire d'eux-mêmes maintenant que June n'était plus là. Elle avait été au centre de leur vie pendant si longtemps.

— Ils ne sont restés qu'une nuit, reprit-il. Après le décès de mon père, ma mère est partie vivre chez sa sœur, dans le Michigan. Elle a toujours refusé de prendre l'avion et ne savait pas conduire : je ne l'ai revue qu'une seule fois après son départ.

— C'est triste, murmura Norah en grattant une tache de boue sur son mollet.

— Oui.

Il songea à June, ses cheveux blonds, blanchis par le soleil, l'odeur de sa peau – mélange de savon, de paille chaude et de métal, comme une pièce de monnaie –, son rire adorable. Il l'avait aimée si tendrement. Il détestait revenir à la maison le week-end, et la trouver sur le porche, étendue sans force sur un matelas au soleil, pendant que leur mère, le visage creusé par l'inquiétude, décortiquait du maïs ou écossait des petits pois en fredonnant doucement.

David contempla son fils, profondément endormi sur la couverture, sa tête tournée sur le côté, ses cheveux bruns bouclant sur sa nuque potelée de bébé. Lui, au moins, il avait réussi à le protéger. Paul ne grandirait pas dans l'ombre de sa sœur malade. Il ne pleurerait pas sa perte. Il ne serait pas toujours obligé de se débrouiller tout seul parce que sa sœur nécessitait une attention de chaque instant.

Cette pensée, et l'amertume dont elle était empreinte, le choquèrent. Il était convaincu d'avoir pris la bonne décision en donnant sa fille à Caroline Gill. Ou tout au moins de l'avoir fait pour les bonnes raisons. Mais peut-être pas, finalement. Peut-être n'était-ce pas tant Paul qu'il avait cherché à protéger, cette nuit-là, que l'ombre du petit garçon qu'il avait été jadis.

— Tu as l'air très loin, tout à coup, observa Norah.

David s'adossa au rocher, près d'elle.

— De quoi sont faits tes rêves, Norah ? demanda-t-il. Que souhaites-tu pour notre fils ?

Elle ne répondit pas immédiatement.

— Je veux qu'il soit heureux, déclara-t-elle enfin. Je veux qu'il trouve le bonheur, quelle que soit la forme qu'il prendra à ses yeux. Peu m'importe, du moment qu'il devienne un homme droit, sincère avec lui-même. Et généreux et fort, comme son père.

— Non, intervint David, mal à l'aise. Pas comme moi.

Elle lui lança un regard insistant, surprise.

— Et pourquoi ?

Il garda le silence. Après un moment d'hésitation, Norah reprit la parole :

— Qu'est-ce qui ne va pas, David ?

Il n'y avait aucune agressivité dans sa voix, seulement une intonation pensive, comme si elle essayait d'imaginer la réponse tout en parlant.

— Je parle de nous deux. De notre couple.

Il ne répondit pas, luttant contre un brusque accès de colère. Quel besoin avait-elle de remettre le sujet sur le tapis ? Pourquoi ne laissait-elle pas le passé reposer en paix ?

— Plus rien n'est pareil depuis la naissance de Paul et la mort de Phoebe, reprit-elle. Et pourtant, tu ne parles jamais d'elle. C'est comme si tu voulais nier jusqu'à son existence.

— Que veux-tu que je te dise, Norah ? Évidemment, plus rien n'est pareil.

— Ne te mets pas en colère, David. C'est une stratégie, n'est-ce pas, pour que je renonce à parler d'elle ? Mais je ne me tairai pas. Ce que je dis est vrai.

Il soupira.

— Ne gâche pas cette magnifique journée, Norah, murmura-t-il enfin.

— Je ne la gâche pas, répondit-elle en s'écartant de lui.

Elle s'étendit sur la couverture, ferma les yeux.

— En ce qui me concerne, cette journée *est* parfaite.

Il l'observa pendant un moment, le soleil jouait dans ses cheveux blonds, sa poitrine se soulevait doucement à chaque respiration. Il aurait voulu avancer la main et suivre la courbe douce de ses côtes ; il aurait voulu presser ses lèvres sur son sternum, là où les os se déploient de chaque côté comme des ailes.

— Norah, je ne sais pas quoi faire. Je ne comprends pas ce que tu veux.

— C'est vrai, acquiesça-t-elle. Tu ne comprends pas.

— Tu pourrais m'éclairer.

— Probablement, oui, admit-elle sans ouvrir les yeux. Étaient-ils très amoureux l'un de l'autre ? Je parle de ton père et de ta mère.

Sa voix était toujours douce et calme, mais une tension nouvelle flottait dans l'air. David la sentait rôder entre eux.

— Je ne sais pas, répondit-il prudemment, tout en cherchant à deviner pourquoi elle posait cette question. Ils s'aimaient, oui, mais mon père était souvent absent. Ils n'avaient pas une vie facile.

— Mon père aimait ma mère plus qu'elle ne l'aimait, déclara lentement Norah, les paupières toujours fermées. Mais il ne savait pas comment exprimer ses sentiments. Ma mère le prenait pour un excentrique. Il y avait beaucoup de silence à la maison, quand j'étais petite... Il y en a pas mal aussi chez nous, ajouta-t-elle doucement.

Il songea à leurs soirées paisibles, à sa tête inclinée pendant qu'elle brodait des canetons jaunes sur le petit bob blanc.

— Un bon silence, précisa-t-il.

— Parfois, oui.

— Et le reste du temps ?

Elle tourna la tête vers lui.

— Je pense encore à elle, David, souffla-t-elle. À notre petite fille. J'essaie d'imaginer à quoi elle ressemblerait aujourd'hui.

Il ne répondit pas, et elle pleura silencieusement, couvrant son visage de ses mains. Au bout d'un moment, il lui toucha l'épaule ; elle essuya ses larmes.

— Et toi ? demanda-t-elle d'une voix farouche. Est-ce que tu penses à elle, parfois ?

— Tout le temps, répondit-il avec sincérité. Je pense à elle tout le temps.

Norah posa la main sur son torse, puis ses lèvres furent sur les siennes, et une chaleur aussi douce et enivrante que le désir envahit sa bouche. Il se sentit tomber. Le soleil caressait sa peau, ses seins palpitaient comme des oiseaux dans ses paumes. Elle déboutonna sa chemise à tâtons, et sa main effleura la lettre, cachée dans sa poche.

David ôta sa chemise, mais alors même qu'il l'enlaçait de nouveau, il songea : *Je t'aime. Je t'aime telle-*

ment, et pourtant je t'ai menti. Et tout à coup il y eut un gouffre entre eux, un abîme au bord duquel il titubait.

— Qu'y a-t-il ? demanda-t-elle en lui caressant le torse. Oh, David, qu'est-ce qui ne va pas ?

— Rien.

— David. Oh, David, je t'en prie.

Il hésita, à deux doigts de tout lui avouer, mais non, c'était impossible.

— Un problème à l'hôpital. Un patient. Je n'arrive pas à le chasser de mon esprit.

— Ton travail, toujours ton travail. Je suis fatiguée, David.

Des faucons tournoyaient dans le ciel. Le soleil cognait si fort. Tout tournait, revenant chaque fois exactement au même endroit. Il devait lui dire. Les mots remplirent sa bouche. *Je t'aime, je t'aime tellement, et pourtant je t'ai menti.*

— Je veux un autre enfant, David, dit Norah en s'asseyant. Paul est suffisamment grand maintenant, et je me sens prête.

David fut si stupéfait que, pendant un moment, il fut incapable de prononcer un mot.

— Paul n'a qu'un an, lui rappela-t-il.

— Et alors ? On dit que c'est plus facile de gérer les couches et tout le reste en même temps.

— Qui « on » ?

Elle soupira.

— Je savais que tu dirais non.

— Je n'ai pas dit non, rectifia prudemment David.

Elle garda le silence.

— Le moment me paraît mal choisi, c'est tout, reprit-il.

— Tu refuses, mais tu ne veux pas l'admettre.

David se tut. Il se remémorait la façon dont Norah s'était tenue tout au bord du précipice, sur le pont. Il se remémorait les photos incohérentes qu'elle avait prises dans leur ancienne maison, et aussi la lettre de Caroline Gill, dans sa poche. Il voulait préserver l'édifice de leurs vies. Il voulait que tout redevienne comme avant, que le monde autour d'eux ne change pas, que le fragile équilibre qu'ils avaient trouvé perdure.

— Notre vie est très bien comme elle est, souligna-t-il d'une voix douce. Pourquoi tout remettre en question ?

— Et Paul, tu y as pensé ?

Elle le désigna du menton, endormi, paisible, sur sa couverture.

— Sa sœur lui manque.

— Il ne peut pas se souvenir d'elle, rétorqua David d'une voix âpre.

— Crois-tu ? Ils ont grandi ensemble pendant neuf mois, David. Cœur contre cœur. Il se souvient forcément, d'une façon ou d'une autre.

— Nous ne sommes pas prêts. Moi, en tout cas, je ne le suis pas.

— Il ne s'agit pas seulement de toi. Tu n'es quasiment jamais à la maison, de toute façon. C'est peut-être à moi qu'elle manque, David. Parfois, j'ai le sentiment qu'elle est là, tout près, dans la pièce voisine, et que j'ai oublié d'aller la chercher. Je sais que ça peut paraître fou, mais c'est ainsi.

Il comprenait ce qu'elle voulait dire, mais ne lui en dit rien. Une odeur de fraises, lourde et entêtante, flottait dans l'air. Sa mère avait préparé de la gelée de groseille dans le four en pierre, à l'extérieur de la maison, remuant le mélange bouillonnant et le transformant peu à peu en sirop, ébouillantant les bocaux de verre puis les remplissant avec le liquide épais et coloré avant de les mettre à refroidir, comme des joyaux scintillants, sur une étagère. June et lui avaient dégusté ce petit nectar parfumé au cœur de l'hiver, enfonçant leurs cuillères dans la gelée transparente quand leur mère avait le dos tourné, puis se cachant sous la table de la cuisine pour les lécher, à l'abri de la toile cirée, jusqu'à ce qu'elles luisent de propreté. La mort de June avait brisé sa mère, et David ne pouvait plus se croire immunisé contre le malheur. Même s'il était statistiquement improbable qu'ils aient un autre enfant mongolien, cela restait possible. Tout était possible. Et il ne pouvait prendre ce risque.

— Avoir un autre bébé ne résoudrait rien, Norah. Ce n'est pas la solution.

Après un moment de silence, elle se leva, frottant ses paumes sur son short, puis s'éloigna dans le champ d'un pas rageur.

Sa chemise gisait en chiffon à côté de lui, laissant dépasser un coin de l'enveloppe blanche. David n'esquissa pas un geste pour la prendre. Ce n'était pas la peine. Le message était court, et même s'il n'avait vu les photos qu'une seule fois, elles étaient gravées en lui de manière indélébile. Phoebe avait les mêmes cheveux sombres et fins que Paul. Ses yeux étaient bruns et elle agitait ses petits poings potelés en l'air, comme si elle essayait d'attraper quelque chose situé derrière l'appareil photo. Caroline, peut-être. David l'avait aperçue pendant le service religieux, longue silhouette solitaire, vêtue d'un manteau rouge. La cérémonie terminée, il s'était rendu chez elle – il ne savait pas exactement pourquoi, mais il fallait qu'il la voie. Il avait trouvé l'appartement désert. Rien n'avait changé depuis sa précédente visite : le mobilier modeste, le papier peint uni sur les murs, mais un silence anormal pesait sur les lieux. Les tiroirs du bureau et les rayonnages des placards étaient vides. Les étagères nues. Il arrivait trop tard, elle était partie. Dans la cuisine, où une lumière blafarde tombait sur le linoléum blanc et noir, David était resté pétrifié, les battements incertains de son cœur résonnant dans sa tête.

Il s'adossa au rocher tandis que les nuages défilaient au-dessus de sa tête, alternant ombre et lumière. Il n'avait pas essayé de retrouver Caroline. Sa lettre n'indiquait aucune adresse d'expéditeur précise : même s'il l'avait voulu, il n'aurait pas su par où commencer. Mais il était saisi d'angoisse aux moments les plus inattendus : seul dans son nouveau cabinet, à l'hôpital ; quand il développait des photos et regardait les images apparaître, mystérieusement, sur les feuilles de papier blanc ; ou en cet instant, adossé à ce rocher brûlant pendant que Norah, furieuse et blessée, s'éloignait dans l'herbe haute.

Il était fatigué. Des insectes bourdonnaient dans le soleil. Les géodes, au fond de ses poches, pesaient sur sa cuisse. Le soir, parfois, son père s'asseyait sous le porche, dans le rocking-chair. Un jour, il lui avait tendu une pierre émoussée : une tête de hache qu'il avait trouvée en creusant une tranchée. *Elle a plus de deux mille ans, tu te rends compte, David ? D'autres mains l'ont manipulée, il y a de cela une éternité, et cependant c'était la même lune qui brillait dans le ciel.*

Parfois aussi, ils partaient ensemble capturer des serpents à sonnettes. De l'aube jusqu'au coucher du soleil, ils sillonnaient les bois, armés d'un bout de bois dont l'une des extrémités avait la forme d'une fourche, un sac en toile sur l'épaule, une boîte en métal à la main.

Ces jours-là, David avait toujours l'impression que le temps marquait une pause et que le soleil restait figé dans le ciel. L'univers se réduisait à son père, à lui et aux feuilles sèches sous ses pieds. Puis, soudain, il repérait un mouvement sur le sol, les motifs en forme de diamant devenant visibles uniquement quand le serpent se mettait à bouger. Son père lui avait appris à rester totalement immobile, le regard fixé sur les yeux jaunes, le va-et-vient rapide de la langue. À chaque mue, le bruit de grelot durait un peu plus longtemps, de sorte qu'il suffisait d'écouter pour déterminer l'âge de l'animal, sa taille et le prix que l'on pourrait en tirer. Les spécimens les plus grands, convoités par les zoos et les laboratoires, ou même par des montreurs de serpents, pouvaient rapporter jusqu'à cinq dollars pièce.

La lumière filtrée par le feuillage traçait des motifs changeants sur le sol. On entendait le murmure du vent, puis le grelot, et la tête du serpent se dressait tout à coup. Le bras de son père se détendait alors, vif comme l'éclair, et la fourche du bâton emprisonnait le reptile sous les mâchoires, le plaquant au sol. Les crochets se découvraient, mordaient la terre mouillée, et le grelot s'agitait, sauvage et furieux. Avec deux doigts, son père l'attrapait fermement à la tête, à l'arrière de la mâchoire béante, et le soulevait tandis qu'il se tordait comme un fouet. Puis il le jetait dans un sac en toile et le fermait très vite, en tirant d'un coup sec. Le sac devenait alors un objet vivant qui s'agitait sur le sol. Son père le lançait dans la boîte en métal, rabattait le couvercle. Et ils reprenaient leur marche, sans un mot, calculant mentalement combien leur rapporteraient leurs prises. Certaines semaines, pendant l'été et à la fin de l'automne, ils pouvaient gagner jusqu'à vingt-cinq dollars par sortie. L'argent servait à acheter à manger ; ou à payer le docteur, quand ils se rendaient au dispensaire de Morgantown.

David !

La voix de Norah pénétra son inconscient, traversa le passé et la forêt pour parvenir jusqu'à lui. David se leva d'un bond et aperçut sa femme, à l'autre bout de la clairière tapissée de fraisiers sauvages. Elle fixait un tronc d'arbre à ses pieds, comme paralysée. Une décharge d'adrénaline et de peur le traversa. Les serpents à sonnettes adoraient les souches gorgées de soleil comme celle à côté de laquelle elle se tenait ; ils déposaient leurs œufs dans le bois pourri et humide. Il jeta un regard à Paul toujours paisiblement endormi à l'ombre, puis s'élança, les chardons lui griffant les mollets, les fraises s'écrasant mollement sous ses pieds. Sa main s'enfonça dans la poche de son jean, se referma sur la plus grosse des pierres. Quand il fut assez près pour distinguer la forme sombre du serpent, il la projeta de toutes ses forces, visant la tête. Elle fila dans l'espace, tournoyant sur elle-même, puis atterrit à une quinzaine de centimètres de sa cible et explosa au sol, dévoilant son cœur pourpre et scintillant.

— Mais qu'est-ce que tu fais ? demanda Norah d'une voix effarée.

Il l'avait rejointe. Hors d'haleine, il regarda le sol. Ce qu'il avait pris pour un serpent était en réalité un simple bout de bois posé contre l'écorce sèche de la souche.

— J'ai cru que tu m'avais appelé, dit-il, en pleine confusion.

— Je t'ai appelé, oui.

Elle lui montra du doigt un petit coussin de fleurs bleu pâle, juste derrière la ligne d'ombre.

— Des myosotis. Comme ceux que ta mère faisait pousser devant chez vous. David, tu me fais peur.

— J'ai cru que c'était un serpent, expliqua-t-il en esquissant un geste vers le morceau de bois.

Il secoua la tête pour chasser les brumes du passé.

— Un serpent à sonnettes. Je me suis endormi, je crois. J'ai dû rêver. J'ai cru que tu avais besoin d'aide.

Elle avait l'air stupéfaite. Il se sentit idiot, tout à coup. Il s'agissait d'un simple bout de bois, de rien d'autre. La journée était bêtement normale. Les oiseaux chantaient, le feuillage des arbres remuait.

— Pourquoi rêvais-tu de serpents ? demanda-t-elle.

— Je les capturais, quand j'étais enfant. Pour de l'argent.

— De l'argent ? répéta-t-elle, sidérée. De l'argent pour quoi faire ?

Un gouffre s'ouvrait de nouveau entre eux, infranchissable. De l'argent pour manger et pour payer le médecin, à Morgantown. Elle venait d'un autre univers ; elle ne pouvait pas comprendre.

— Pour m'aider à financer mes études, répondit-il.

Elle parut sur le point de lui poser d'autres questions, mais se ravisa.

— Rentrons, soupira-t-elle en se frottant l'épaule. Allons chercher Paul et rentrons.

Comme ils regagnaient la voiture, David revit son père sortant l'argent de son portefeuille pour le déposer sur le bureau du médecin. Chaque fois qu'il dépliait un billet vert, David se remémorait les serpents, leurs queues fouettant l'air, leurs gueules béantes, le contact froid de leur peau sous ses mains, le poids de la boîte en métal. L'argent des serpents. Il avait huit ou neuf ans alors, et cela faisait partie des choses qu'il pouvait faire pour aider sa famille.

Capturer des serpents, et protéger June. *Surveille ta sœur*, l'avertissait sa mère, en levant les yeux du four. *Donne à manger aux poulets, nettoie le poulailler, désherbe le potager. Et surveille June.*

David obéissait. Pas très bien. Il gardait un œil sur June mais il ne l'empêchait pas de plonger les mains dans la terre et de s'en frotter les cheveux. Il ne la réconfortait pas quand elle trébuchait sur une pierre et tombait, s'écorchant les genoux. Son amour pour elle était si étroitement mêlé de ressentiment qu'il ne parvenait pas à dissocier les deux. Elle était constamment malade, à cause de son cœur, mais aussi en raison des rhumes qu'elle attrapait à chaque saison et qui la laissaient épuisée, la respiration sifflante. Et pourtant, quand il rentrait du lycée, le week-end, sa besace remplie de livres sur l'épaule, c'était toujours June qui l'attendait sur les marches du perron. June qui scrutait son visage et devinait aussitôt si sa semaine avait été bonne ou mauvaise, June qui voulait qu'il lui raconte tout.

Et puis, un week-end, il trouva la maison déserte. Il s'assit sur le porche et attendit, affamé et transi. La nuit tombait quand il aperçut sa mère qui descendait de la colline. Elle ne prononça pas un mot avant d'avoir atteint les marches, puis elle leva les yeux vers lui et dit :

— David, ta sœur est morte. June est morte.

Ses cheveux étaient tirés en arrière, ses yeux rougis par les larmes. Elle portait une fine veste grise, croisée sur sa poitrine.

— Elle est partie, David.

Et comme il la prenait dans ses bras, elle fondit en larmes.

— Quand ? demanda-t-il.

— Il y a trois jours, mardi. Il était tôt et je suis sortie chercher de l'eau. Quand je suis rentrée, la maison était calme et j'ai compris tout de suite. Elle était partie. Elle avait cessé de respirer.

Il continua à la serrer contre lui sans savoir quoi dire. Il éprouvait une sorte d'hébétude. Son chagrin était là, en dessous, mais ne voulait pas sortir. Il ne parvenait même pas à pleurer. Il posa une couverture sur les épaules de sa mère. Il lui prépara une tasse de thé, puis il sortit voir les poules, trouva les œufs qu'elle n'avait pas ramassés et les rassembla. Ensuite, il donna à manger aux poulets et s'occupa de traire la vache. Il accomplit mécaniquement tous ces gestes familiers, mais, quand il rentra, la maison était toujours plongée dans l'obscurité, remplie de silence, et l'absence de June toujours aussi suffocante.

—David, lui dit alors sa mère, je veux que tu fasses des études et que tu consacres ta vie aux autres.

Cela le mit en colère. Il voulait vivre sa vie à lui, sans être enchaîné à cette ombre, à cette mort. Il se sentait coupable parce que June était allongée sous la terre alors que, lui, il était toujours là. Il était vivant, l'air continuait à entrer et à sortir de ses poumons, son cœur continuait à battre.

—Je serai médecin, déclara-t-il.

Sa mère ne répondit pas mais, au bout d'un moment, elle hocha la tête et se leva, croisant de nouveau sa veste sur sa poitrine.

—David, prends la Bible. Je veux que tu m'accompagnes là-haut et que tu prononces les mots sur la tombe de ta sœur. Je veux qu'ils soient dits exactement comme ils ont été écrits.

Ils montèrent ensemble sur la colline. Il faisait nuit quand ils arrivèrent, et il resta immobile sous les pins, le vent chuchotant autour de lui, et à la lumière vacillante de la lampe à kérosène, il lut :

L'Éternel est mon berger : je ne manquerai de rien. Il me fait reposer dans de verts pâturages, Il me dirige près des eaux paisibles, Il restaure mon âme…

Sa mère pleura et ils redescendirent en silence de la colline. Rentrés chez eux, il écrivit à son père pour lui apprendre la nouvelle. Il posta la lettre le lundi, de la ville. Il se tint derrière le comptoir en chêne usé et patiné par des décennies de clients, et lâcha l'enveloppe blanche dans le panier du courrier.

Lorsqu'ils atteignirent la voiture, Norah examina son épaule, brûlée par un coup de soleil. Elle portait des lunettes noires, et quand elle leva les yeux vers lui, il fut incapable de déchiffrer son expression.

— Tu n'as pas besoin d'être un tel héros, déclara-t-elle.

Le ton était volontairement neutre, les mots choisis, et il comprit qu'elle les avait mûrement réfléchis, peut-être pendant qu'ils marchaient.

— Je n'essaie pas d'être un héros.

— Non ?

Elle détourna son regard.

— Je crois que si. Mais c'est ma faute, en partie. Pendant très longtemps, j'ai voulu être protégée, je m'en rends compte. Mais c'est fini. Tu n'as plus à jouer au preux chevalier. C'est fini, je ne le supporte plus.

Elle pivota alors vers la voiture et installa Paul dans le siège-auto. Le petit garçon tendit la main pour attraper les cheveux de sa maman et David fut envahi par un sentiment de panique, de vertige, presque. Il y avait tant de choses qu'il ignorait. Tant de choses qu'il savait, mais qu'il ne pouvait révéler. Il était saisi d'un sentiment de colère, aussi, une rage féroce, contre lui-même, mais également contre Caroline, qui n'avait pas fait ce qu'il lui avait demandé et qui avait aggravé par son insubordination une situation déjà insupportable. Norah s'installa sur le siège avant et claqua la portière. David plongea la main dans sa poche pour y prendre les clés, et en retira la dernière géode, grise et lisse, en forme de cœur. Il la réchauffa dans sa paume, songeant aux mystères de l'univers : des pierres ternes, sans attrait, dissimulant sous leur écorce rugueuse de petits cœurs pourpres et scintillants.

1970

Mai 1970

I

— Il est allergique aux abeilles, expliqua Norah à l'institutrice tandis que Paul s'élançait dans la cour de récréation.

Il escalada le toboggan, resta perché quelques secondes en haut, les manches de son T-shirt blanc flottant dans la brise, puis se laissa glisser joyeusement jusqu'en bas. Les azalées étaient en pleine floraison, et l'air tiède résonnait du chant des oiseaux et du bourdonnement des insectes.

— Son père est allergique, lui aussi. C'est extrêmement grave.

— Ne vous inquiétez pas, répondit Mlle Throckmorton. Nous veillerons bien sur lui.

Mlle Throckmorton était jeune, brune et dynamique. Elle portait une jupe ample, des sandales plates, et ses yeux ne quittaient pas les enfants qui jouaient dans la cour. Elle paraissait compétente, sérieuse, et cependant Norah n'avait pas totalement confiance.

— Il a ramassé une abeille sur le rebord de la fenêtre, insista-t-elle. Une abeille *morte*. Quelques secondes plus tard, il se mettait à gonfler comme un ballon.

— Ne vous inquiétez pas, madame Henry, répéta Mlle Throckmorton d'un ton un peu moins conciliant.

Elle s'éloignait déjà, volant au secours d'une petite fille qui venait de se mettre du sable dans les yeux.

Norah s'attarda quelques instants, le regard rivé sur Paul. Il jouait à chat, les joues roses d'excitation. Mis à part ses cheveux bruns, tout le monde s'accordait à dire qu'il était le portrait de sa mère : même ossature, même teint clair. Norah se retrouvait effectivement en lui, mais David apparaissait lui aussi çà et là, dans la courbe de sa mâchoire, le dessin de ses oreilles, ou tout simplement dans sa façon de se tenir debout, bras croisés, comme en cet instant, pour écouter l'institutrice. Mais Paul était aussi et surtout lui-même : un petit garçon qui adorait la musique et fredonnait toute la journée des airs qu'il inventait au fur et à mesure. À six ans, il chantait déjà en solo à l'école, avec une assurance stupéfiante, sa voix aussi pure et limpide que l'eau d'un torrent.

Il s'arrêta de courir pour s'accroupir à côté d'un autre petit garçon qui repêchait des feuilles dans une flaque avec un bâton. Son genou droit était écorché, le pansement se décollait. Le soleil scintillait dans ses cheveux bruns. Norah l'observa, si sérieux, si concentré sur sa tâche, émerveillée par le miracle de son existence. Paul, son fils. Un citoyen du monde.

— Norah Henry ! Quelle chance, j'espérais justement vous rencontrer !

Kay Marshall s'avançait vers elle, en pantalon fuseau rose, sweater assorti, sandalettes en cuir doré et boucles d'oreilles en or. Elle poussait sa petite dernière dans un landau tandis que son aînée, Elizabeth, marchait à ses côtés. Elizabeth, née une semaine après Paul pendant une accalmie aussi soudaine que l'épisode neigeux qui l'avait précédée. Ce matin, Liz était vêtue d'une robe rose et de chaussures blanches vernies. Impatiente, elle quitta sa maman pour courir vers les balançoires.

— Quelle journée magnifique, soupira Kay. Comment allez-vous, Norah ?

— Bien.

Norah résista à l'envie de se recoiffer, consciente de sa tenue toute simple – jupe bleue, chemisier blanc. À chacune de leurs rencontres, Kay Marshall lui offrait l'image d'une femme calme et posée, élégante jusqu'au bout des ongles, et d'une maman parfaitement organisée, dont les enfants étaient toujours impeccablement habillés et se comportaient toujours comme il fallait. Norah l'admirait et l'enviait. Parfois, même, elle se surprenait à penser que, si elle parvenait à ressembler à Kay, à gagner en assurance et en sérénité, cela profiterait à son mariage. David et elle seraient plus heureux.

— Je vais bien, répéta-t-elle tout en posant les yeux sur le bébé qui l'observait avec de grands yeux inquisiteurs. Oh, mon Dieu, c'est fou ce qu'Angela a grandi !

Norah se pencha impulsivement et prit le bébé dans ses bras. Elle était chaude et légère et gazouilla joyeusement tout en touchant la joue de Norah de ses petites mains. Une bouffée de plaisir l'envahit.

Elle se remémora Paul au même âge, son odeur de savon et de lait, sa peau si douce. Elle tourna les yeux vers la cour ; il jouait de nouveau à chat. Maintenant qu'il allait à l'école, il avait sa propre vie. Il ne venait plus s'asseoir sur ses genoux et se blottir contre elle, sauf s'il était malade ou s'il voulait qu'elle lui lise une histoire avant d'aller au lit. Il semblait impossible qu'il ait été un jour aussi minuscule, impossible qu'il soit devenu ce petit garçon avec un pansement sur le genou qui enfonçait des bâtons dans des flaques d'eau et chantait comme un ange.

— Elle a dix mois aujourd'hui, déclara Kay. C'est à peine croyable, n'est-ce pas ?

— Oui, acquiesça Norah. Le temps passe trop vite.

— Vous êtes allée du côté du campus ? demanda Kay. Vous avez appris la nouvelle ?

Norah hocha la tête.

— Bree m'a appelée hier soir.

Elle était restée pétrifiée, le téléphone dans une main, l'autre pressée sur son cœur, tandis qu'elle écoutait avec effroi les informations à la télé : quatre étudiants avaient été tués à l'université Kent State. Même dans une ville comme Lexington, la tension ne cessait de monter depuis des semaines. Les journaux ne parlaient que de guerre, de manifestations, de scènes de violence. Le monde vacillait, au bord du chaos.

— C'est épouvantable, reprit Kay, mais sa voix calme semblait plus désapprobatrice que consternée.

Elle reprit Angela dans ses bras, pressa ses lèvres sur son front, et la recoucha dans le landau.

— En effet, acquiesça Norah.

Elle s'exprimait avec le même calme, mais, à ses yeux, ce chaos avait une dimension plus personnelle, il était le reflet de ce qui se passait dans son cœur depuis des années. L'espace d'un instant, elle se surprit à envier Kay. Elle avait été épargnée par la souffrance et se croyait innocemment à l'abri. Le monde de Norah avait changé du jour où Phoebe était morte. Toutes ses joies étaient ternies par ce deuil et par la menace d'un autre drame. Sans cesse, David l'exhortait à se détendre, à ralentir le rythme, à ne pas se montrer aussi exigeante envers elle-même. Ses activités, ses réunions, ses multiples projets l'irritaient, elle le savait. Mais elle ne pouvait pas rester sans rien faire ; elle se sentait trop mal. Alors elle remplissait ses journées à ras bord, toujours avec le sentiment effrayant que, si elle baissait la garde, ne fût-ce qu'un instant, il arriverait un malheur. Son angoisse montait généralement en fin de matinée et elle se servait presque toujours un verre à ce moment-là – du gin, parfois de la vodka – afin de se détendre et d'embrayer en douceur sur l'après-midi. Elle aimait le calme qui se répandait alors dans ses veines comme une boule de lumière. Elle cachait soigneusement les bouteilles avant le retour de David.

— Quoi qu'il en soit, poursuivait Kay, je souhaitais vous remercier de votre gentille invitation. Nous viendrons avec plaisir. Que puis-je apporter ?

— Rien du tout, merci, répondit Norah. Tout est prêt, ou presque : je dois encore me débarrasser d'un nid de guêpes.

Les yeux de Kay s'écarquillèrent imperceptiblement. Elle appartenait à une vieille et riche famille de Lexington, et elle avait « des gens » pour tenir sa maison : des employés qui s'occupaient de la piscine, du jardin, de la cuisine. Kay avait probablement aussi « des gens » pour la débarrasser des insectes indésirables.

— Un nid de guêpes ? Oh mon Dieu…

— Oui. Il est accroché au-dessus de la porte du garage.

Elle savourait le plaisir de choquer Kay, même un tout petit peu. Elle aimait l'aspect concret de la tâche qui l'attendait. Des guêpes. Des outils. La destruction d'un nid. Norah espérait que cela la tiendrait occupée toute la matinée. Sinon, elle savait trop bien ce qui se passerait : elle se retrouverait une fois de plus au volant de la voiture, filant à toute vitesse sur les petites routes, un flacon de gin dans son sac à main. En moins de deux heures, elle pouvait atteindre la rivière Ohio. Louisville, Maysville ou même, c'était arrivé une fois, Cincinnati. Elle se garait au bord d'une falaise, descendait et contemplait l'eau qui bouillonnait à ses pieds.

La cloche retentit et les enfants rentrèrent à l'intérieur de l'école. Norah chercha des yeux la tête brune de Paul, et le vit disparaître dans le bâtiment.

— J'adore quand votre Paul chante avec mon Elizabeh, dit Kay en envoyant des baisers à sa fille. Paul a une si jolie voix. Un don du ciel.

— Il adore la musique, acquiesça Norah. Depuis toujours.

C'était vrai. Un jour, quand il avait trois mois, il s'était mis subitement à gazouiller pendant qu'elle bavardait avec des amies – une petite cascade de sons délicieux qui s'étaient répandus dans la pièce comme des pétales de fleurs tombant d'un rayon de lumière, stoppant net la conversation.

— En fait, c'était la deuxième chose dont je souhaitais vous entretenir, Norah, reprit Kay. Vous savez que j'organise une petite fête pour collecter des fonds, le mois prochain ? Il y aura un spectacle sur le thème de Cendrillon, et on m'a chargée de recruter le plus d'enfants possible pour jouer des domestiques. J'ai tout de suite pensé à Paul.

— Un domestique ? répéta Norah.

— Eh bien, en réalité, il ne serait pas un simple domestique : il chanterait en duo avec Elizabeth.

— Oh, je vois.

Elle voyait, en effet. Elizabeth avait une voix charmante, mais grêle. Elle récitait les notes avec un entrain forcé, ses yeux parcourant anxieusement le public. Si Paul ne venait pas en renfort, on ne l'entendrait pas.

— Nous serions tous tellement ravis de sa participation !

Norah hocha lentement la tête, déçue, et irritée de se sentir vexée. Paul avait une voix pure, céleste ; ça ne le gênerait aucunement de jouer un domestique. Et ce spectacle, comme le nid de guêpes, la tiendrait occupée durant quelques jours.

— Entendu.

— Formidable ! s'écria Kay. Je suis très contente. J'espère que vous ne m'en voudrez pas : j'ai pris la liberté de louer par avance un petit costume pour lui. J'étais certaine que vous accepteriez !

Elle jeta un coup d'œil à sa montre, efficace, déjà prête à partir.

— Cela m'a fait très plaisir de vous voir, ajouta-t-elle avant de s'éloigner avec le landau.

La cour de récréation était vide. Un papier de bonbon voltigea, et resta accroché à un buisson d'azalées rose vif. Norah regagna sa voiture, passant devant les balançoires colorées et les toboggans. Les eaux rapides de l'Ohio, leur miroitement hypnotique, l'attiraient comme un aimant. En deux heures de route, elle pouvait être sur place. L'ivresse de la vitesse, le vent tordant ses cheveux, la rivière écumant au pied des falaises – ce rituel était devenu si puissant, si irrésistible qu'elle avait été presque choquée, lors des dernières vacances scolaires, de se retrouver malgré elle à Louisville, échevelée par le vent, le flacon de gin presque vide à côté d'elle, Paul effrayé et silencieux sur la banquette arrière.

— Voilà la rivière, avait-elle dit, les yeux fixés sur l'eau boueuse et tourbillonnante, la petite main de Paul dans la sienne. Et maintenant, on va au zoo, avait-elle enchaîné, comme si c'était son intention depuis le début.

Norah démarra et prit la direction du centre-ville, longeant les rues bordées d'arbres, passant devant la banque, la bijouterie, son désir d'ailleurs aussi immense que le ciel. Elle ralentit en arrivant à la hauteur de l'agence de voyages. La veille, elle s'était présentée à un entretien d'embauche, ici même. Elle avait vu l'annonce dans le journal, et elle était entrée dans le bâtiment en brique, attirée par les affiches glamour dans les vitrines : plages scintillantes, villas luxueuses, couleurs lumineuses. Elle était venue sans conviction, mais une fois dans la place, vêtue de son petit tailleur en lin, son sac à main en cuir blanc sur ses genoux, elle avait voulu ce poste de toutes ses forces. Le propriétaire de l'agence s'appelait Pete Warren, il avait la cinquantaine, une large tonsure sur le dessus du crâne, et il avait discuté agréablement avec elle tout en tapotant son stylo sur son bureau. Elle lui avait plu, elle l'avait senti, même si elle ne parlait aucune langue étrangère et n'avait aucune expérience de la profession. Il était censé lui donner sa réponse aujourd'hui…

Derrière elle, quelqu'un klaxonna. Norah accéléra, mais comme elle approchait de l'université, le trafic devint tout à coup plus dense et elle dut ralentir de nouveau, avant de s'arrêter complètement : une foule compacte déferlait dans les rues, bloquant la circulation. Norah coupa le moteur et descendit, abandonnant sa voiture sur place. Au loin, dans les profondeurs du campus, une longue rumeur montait, une houle chargée d'énergie et de passion. Norah ressentait cette agitation pleine de ferveur comme un écho de son propre tumulte intérieur, et elle se mêla à la cohue.

Une odeur de sueur et de patchouli flottait dans l'air. Elle songea à l'école de Paul, à seulement trois kilomètres de là, au calme absolu qui régnait sur les lieux, au ton désapprobateur de Kay Marshall, mais elle continua à avancer. Le flot humain ralentit peu à peu puis fusionna au même endroit : un gigantesque rassemblement s'était formé devant le ROTC, le bâtiment de recrutement de l'armée sur le campus. Norah tendit le cou pour essayer de voir ce qui se passait. Deux jeunes gens se tenaient sur les marches. L'un d'eux brandissait un drapeau américain, les bandes claquant au vent. Comme Norah observait la scène, son camarade approcha son poing serré du bord de la bannière. D'abord invisibles, les flammes embrasèrent peu à peu le tissu, s'élevant vers le ciel et le feuillage des arbres.

À travers l'air ondoyant, Norah aperçut Bree qui distribuait des tracts aux premiers rangs de la foule. Elle portait une blouse paysanne et ses cheveux blonds relevés en queue de cheval virevoltaient sur ses épaules. Elle était si belle, songea Norah en captant la détermination et l'exaltation sur le visage de sa sœur, quelques secondes avant qu'elle ne disparaisse de sa vue. L'envie monta de nouveau en elle, telle une flamme : l'envie d'être Bree, de posséder son assurance, sa liberté. Norah se fraya un passage dans la foule.

Elle aperçut Bree à deux reprises – l'éclat lumineux de sa chevelure blonde, son profil rayonnant – avant de parvenir jusqu'à elle. Elle discutait avec un jeune homme roux, leur conversation si intense qu'elle tourna la tête d'un air absent quand Norah lui toucha le bras.

— Norah ?

Elle posa sa paume sur le torse de son compagnon, un geste si intime que le cœur de Norah tressaillit.

— Ma sœur, lui expliqua Bree. Norah, je te présente Mark.

Il hocha la tête sans sourire et lui serra la main tout en la jaugeant du regard.

Norah eut de nouveau conscience de sa tenue, aussi inadaptée sur ce campus qu'elle l'avait été dans la cour de l'école, pour des raisons totalement différentes.

— Ils ont brûlé le drapeau, déclara Norah pour dire quelque chose.

Les paupières de Mark se plissèrent et il haussa les épaules.

— Ils ont combattu au Viêt Nam. Je suppose qu'ils ont leurs raisons.

— Mark a perdu la moitié d'un pied au Viêt Nam, glissa Bree.

Norah ne put s'empêcher de baisser les yeux vers ses bottines, lacées jusqu'au-dessus des chevilles.

— La partie avant. Les orteils, précisa-t-il.

— Oh, je vois, murmura Norah, très embarrassée.

— Excuse-moi, Mark, tu peux m'accorder une minute ? demanda Bree.

Il jeta un coup d'œil à la foule surexcitée.

— Ça ne dépend pas de moi. Je suis le prochain orateur.

— J'en ai juste pour un instant.

Elle prit Norah par la main et l'entraîna à une dizaine de mètres de là, plongeant sous les branches d'un saule.

— Qu'est-ce que tu fais ici ? demanda-t-elle.

— Je n'en sais trop rien, dit Norah. J'ai vu la foule et je me suis arrêtée.

Bree hocha la tête, ses boucles d'oreilles en argent scintillaient dans la lumière.

— Incroyable, non ? Il doit y avoir cinq mille personnes au moins ! Nous en espérions seulement quelques centaines. C'est à cause de ce qui s'est passé à Kent State. C'est la fin.

La fin de quoi ? se demanda Norah tandis que les feuilles du saule frémissaient dans la brise. À quelques kilomètres de là, Mlle Throckmorton faisait cours à ses élèves, Pete Warren vendait des billets d'avion à des clients et, chez elle, des guêpes voletaient paresseusement au-dessus de la porte du garage. Le monde pouvait-il réellement prendre fin un jour comme celui-ci ?

— C'est lui, ton petit ami ? demanda-t-elle à sa sœur. Celui dont tu me parlais ?

Bree hocha la tête avec un sourire mystérieux.

Norah écarquilla les yeux.

— Oh ! Tu es amoureuse.

— Peut-être bien, avoua doucement Bree en lançant un regard en direction de Mark. Je crois que oui.

— J'espère qu'il est gentil avec toi, dit Norah, surprise de s'entendre parler exactement comme sa mère.

Mais Bree était trop heureuse pour s'en formaliser. Elle se contenta de rire d'un air insouciant.

— Il est très gentil avec moi. Hé, je peux venir avec lui à ta réception ?

— Bien sûr, affirma Norah, bien qu'en réalité elle n'en soit pas persuadée du tout.

— Génial. Au fait, tu as décroché le travail que tu voulais ?

Les feuilles du saule frémissaient comme des pétales dans la brise. Derrière ce rideau vert ondoyant, la foule grondait et tanguait.

— Je ne sais pas encore, répondit Norah en songeant au bureau de l'agence, coquet et décoré avec goût.

Ses aspirations lui semblaient si triviales, tout à coup.

— Mais comment s'est passé l'entretien ? insista Bree.

— Bien. Très bien, même. Je ne suis plus certaine d'avoir envie de ce travail, c'est tout.

Bree repoussa une mèche de cheveux derrière son oreille, les sourcils froncés.

— Qu'est-ce qui t'arrive ? Hier tu ne parlais que de ça, tu étais surexcitée. C'est David qui t'a fait changer d'avis ? Il ne veut pas que tu travailles, c'est ça ?

Norah secoua la tête, irritée.

— David n'est même pas au courant. Bree, c'est un petit bureau de la taille d'une boîte à chaussures. Bourgeois. Superficiel. Sans intérêt. Tu ne tiendrais pas deux secondes dans un endroit pareil.

— Je ne suis pas toi, lui rappela Bree d'un ton impatient. Et tu n'es pas moi. Tu voulais ce boulot, Norah. Pour le côté paillettes et pour… bon sang, pour ton indépendance !

C'est vrai, elle avait voulu ce poste. Mais c'était vrai aussi qu'elle sentait la colère monter en elle. C'était facile pour Bree de vouloir la consigner dans un bureau, huit heures par jour, alors qu'elle mettait en route une révolution !

— Je passerai mes journées à taper à la machine. Ce n'est pas exactement comme ça que j'imaginais ma vie, Bree.

— Tu préfères passer l'aspirateur ?

Norah songea au vent qui tordait ses cheveux sur la falaise, aux flots tumultueux de l'Ohio, à moins de cent kilomètres de là. Elle serra les lèvres sans répondre.

— Je n'arrive pas à te comprendre, Norah. Pourquoi as-tu si peur du changement ? Pourquoi ne te laisses-tu pas aller ? Vis ta vie, sans être perpétuellement à l'affût de ce qui *pourrait* arriver.

— C'est ce que je fais. Je *vis*. Tu ne sais rien de ce qui fait ma vie !

— Tu t'enfonces la tête dans le sable, c'est tout ce que je vois.

— Tu ne vois rien du tout, à part le prochain type après qui tu pourras courir !

— D'accord. Fin de la conversation.

Bree passa de l'autre côté du rideau de feuilles et fut aussitôt avalée par la foule : un flash de couleur, et plus rien.

Norah resta un moment sous les branches du saule, tremblant sous l'effet d'une colère qu'elle ne parvenait même pas à s'expliquer. Qu'est-ce qui n'allait pas chez elle ? Comment pouvait-elle envier Kay Marshall un instant, puis Bree l'instant suivant, pour des raisons totalement différentes ?

Elle se fraya un chemin dans la foule pour regagner sa voiture. Après l'agitation et la fièvre de la manifestation, les rues semblaient fades, dénuées de couleurs, étrangement ordinaires. Il lui restait seulement deux heures avant d'aller chercher Paul à l'école : pas assez pour pousser jusqu'à la rivière. Une fois chez elle, Norah se prépara un gin tonic. Le verre était solide et frais dans sa main, les glaçons émettaient un tintement rassurant. Dans le salon, elle s'arrêta devant la photo que David avait prise d'elle, sur le pont naturel en pierre. Quand elle se remémorait cette journée – leur promenade et le pique-nique –, elle ne revoyait jamais ce moment-là. Mais plutôt le monde béant à ses pieds, la brûlure du soleil sur sa peau. *Je veux te prendre en photo*, avait insisté David, et quand elle s'était retournée, elle l'avait vu, agenouillé, réglant la netteté, soucieux de conserver un moment qui n'avait pas vraiment existé. Elle ne s'était pas trompée de cadeau avec l'appareil photo, à son grand regret : passionné jusqu'à l'obsession, David avait construit une chambre noire au-dessus du garage.

David. C'était étrange : plus les années passaient, plus il devenait un mystère pour elle. Il avait laissé une paire de boutons de manchettes en ambre sur la console, à côté des photos. Norah les recueillit et les serra dans sa main tandis que la pendule tictaquait doucement. Les pierres se réchauffaient peu à peu dans sa paume, douces, réconfortantes. Elle trouvait des cailloux partout, au fond des poches de David, éparpillés sur la commode, sur le bureau. Parfois, elle apercevait David et Paul dans le jardin, leurs têtes inclinées sur une pierre de forme bizarre. Quand elle les voyait ainsi côte à côte, son cœur se gonflait de tendresse et de regret. Ces moments de complicité étaient trop rares ; David était si occupé ces temps-ci. *Stop*, avait-elle envie de lui crier. *Arrête-toi une minute. Accorde-lui un peu de temps. Ton fils grandit si vite…*

Norah glissa les boutons de manchettes dans sa poche et emporta son verre dehors. Elle s'immobilisa devant la porte du garage et regarda les guêpes voleter autour de leur nid puis disparaître à l'intérieur. De temps à autre, l'une d'elles bourdonnait près de Norah, attirée par l'odeur sucrée du gin. Norah buvait à petites gorgées sans cesser d'observer la scène. Chaque muscle, chaque cellule de son corps se détendait dans une réaction en chaîne, comme si elle avait absorbé toute la chaleur de la journée. Elle finit son verre, le posa par terre dans l'allée, puis alla chercher ses gants de jardinage et un chapeau, contournant le tricycle de Paul. Il était déjà trop grand pour s'en servir ; il faudrait qu'elle se décide à l'emballer avec d'autres affaires à donner : ses vêtements de bébé, ses premiers jouets. David ne voulait plus d'enfants et Norah avait cessé d'aborder le sujet, même si elle languissait souvent de tenir un autre bébé dans ses bras. Comme la petite Angela, ce matin : si douce, si chaude. Kay avait une chance folle et ne le savait même pas.

Norah enfila ses gants puis sortit de nouveau. Elle n'avait aucune expérience des guêpes ou des abeilles, excepté une piqûre au mollet quand elle avait huit ans. Elle avait eu mal pendant une heure, puis la douleur s'était apaisée. Quand Paul avait ramassé une abeille morte sur le rebord de la fenêtre et qu'il avait crié, Norah n'avait pas paniqué. Un peu de glace sur la blessure, un gros câlin, tout rentrerait dans l'ordre. Mais l'inflammation s'était rapidement propagée de sa main au reste de son corps. Quand son visage avait enflé et qu'il s'était mis à suffoquer, elle avait appelé David, la peur faisant trembler sa voix. Il avait compris tout de suite et avait su quel produit lui injecter. Peu après, Paul avait commencé à respirer plus facilement. *Tout va bien,* avait dit David. *C'est fini.* Oui, mais ce souvenir continuait à la hanter. Et si David n'avait pas été à la maison ce jour-là ?

Elle observa les guêpes pendant plusieurs minutes, puis étudia les outils qui étaient à sa disposition. Elle allait débarrasser elle-même le jardin de ces maudits insectes.

La binette pesait lourd dans ses mains. Elle la leva lentement et assena un coup vigoureux sur le nid. La lame entra aisément dans l'enveloppe, la déchirant comme du papier. Ce pouvoir lui procura un sentiment d'excitation, mais comme elle tirait le manche en arrière, des guêpes jaillirent du nid éventré et foncèrent sur elle, vengeresses et déterminées. L'une d'elles la piqua au poignet, une autre sur la joue. Norah lâcha l'outil et se réfugia en courant dans la maison, claquant la porte derrière elle et s'adossant au battant, hors d'haleine.

Dehors, l'essaim tournait en rond, bourdonnant rageusement autour du nid détruit. Quelques guêpes se posèrent sur le rebord de la fenêtre, leurs ailes délicates bougeant fébrilement. Groupées, furieuses – elles lui faisaient penser aux étudiants sur le campus ; elles lui faisaient penser à elle-même. Norah entra dans la cuisine et se prépara un autre verre, appliquant un peu de gin sur sa joue et son poignet, où les marques de piqûre commençaient à enfler. Le gin était fort, délicieux, il répandait dans ses veines une sensation de bien-être et de puissance. Il lui restait encore une heure avant d'aller chercher Paul.

— Très bien, saletés de guêpes, déclara-t-elle à voix haute. Cette fois, vous l'aurez voulu !

Il y avait des bombes insecticides dans le placard, au-dessus des manteaux, des chaussures et de l'aspirateur – un Electrolux bleu acier, flambant neuf. Norah se remémora Bree, repoussant ses cheveux blonds derrière son oreille. *Tu préfères passer l'aspirateur ?*

Norah était à mi-chemin de la porte quand l'idée germa dans son cerveau.

Les guêpes étaient en pleine effervescence, déjà occupées à réparer leur nid. Elles ne parurent pas remarquer Norah quand elle sortit dans le jardin, transportant l'Electrolux. L'appareil se dressa dans l'allée, aussi incongru qu'un cochon en acier bleu. Norah enfila de nouveau ses gants, son chapeau, sa veste, puis enveloppa son visage dans une écharpe. Elle brancha l'aspirateur et le mit en marche. Elle le laissa ronronner quelques instants, puis souleva le tuyau et enfonça vigoureusement l'embout dans ce qui restait du nid. Les guêpes jaillirent et bourdonnèrent avec colère, mais elles furent avalées en quelques secondes avec une sorte de crépitement, comme des grêlons tombant sur un toit. Norah agita l'embout dans les airs, telle une baguette magique, capturant les insectes furieux, déchirant le nid délicat. Bientôt, il n'en resta plus un seul. Elle laissa l'aspirateur fonctionner pendant qu'elle cherchait un moyen d'obturer l'embout – pas question de les laisser s'échapper. Il faisait doux, dehors, et l'alcool l'avait détendue. Elle l'enfonça dans la terre, mais le moteur de l'appareil se mit à vrombir poussivement. Son regard tomba alors sur le tuyau d'échappement de la voiture : oui, il s'y adaptait parfaitement ! Ravie de son ingéniosité, en proie à la satisfaction du devoir accompli, Norah coupa l'aspirateur et rentra dans la maison.

Une fois dans la salle de bains, elle se débarrassa de l'écharpe et ôta son chapeau, étudiant son image dans le miroir. Ses yeux vert sombre semblaient immenses dans son visage amaigri. Ses cheveux blonds étaient aplatis, sa peau recouverte d'une fine pellicule de sueur. Une cloque rouge gonflait sur sa joue. Elle se mordilla la lèvre en se demandant ce que David voyait lorsqu'il la regardait. Oui, qui était-elle réellement, elle qui aspirait à ressembler à Kay Marshall, puis l'instant d'après aux amis de Bree, et conduisait comme une folle sur la route de la rivière, sans jamais se sentir chez elle nulle part ? Laquelle de ces femmes David voyait-il ?

Elle se lava les mains, les sécha, puis regagna la cuisine pour appliquer de la glace sur sa joue enflée. Le nid de guêpes, en lambeaux et vide, pendait sur le mur du garage. L'Electrolux était toujours accroupi au milieu de l'allée, relié au tuyau d'échappement de la voiture par son long tuyau. Elle imagina David rentrant à la maison et découvrant qu'elle avait fait disparaître le nid, décoré le jardin, préparé la réception jusque dans ses moindres détails. Il serait surpris, sûrement, et très fier de sa femme.

Elle jeta un coup d'œil à sa montre. Il était temps d'aller chercher Paul. Elle s'arrêta sur le pas de la porte, chercha les clés de la maison dans son sac. Un bruit bizarre – une sorte de bourdonnement – lui fit lever les yeux vers l'allée. Pendant un instant, elle crut que les guêpes s'étaient échappées de l'aspirateur. Mais l'air transparent était vide. Puis le bourdonnement devint un grésillement et une odeur de brûlé flotta jusqu'à elle, une odeur de fils électriques qui grillent. Cela provenait de l'Electrolux, constata Norah avec une stupéfaction teintée d'hébétude. Elle se précipitait en bas des marches quand l'Electrolux explosa et s'envola dans les airs, littéralement. Il traversa la pelouse et heurta la palissade avec une telle violence qu'il fracassa une planche. Puis il retomba au milieu des rhododendrons, expulsant des nuages de fumée d'essence, gémissant comme un animal blessé.

Norah essaya d'analyser ce qui avait pu se passer, saisie d'effroi. Un morceau du tuyau d'échappement avait été arraché de la voiture et gisait dans l'allée. Elle comprit alors : les vapeurs d'essence s'étaient accumulées à l'intérieur du moteur encore chaud de l'aspirateur, et l'avaient fait exploser. Norah songea à Paul, allergique aux abeilles, un petit garçon à la voix d'ange, qui aurait pu être en train de jouer dans cette allée s'il n'avait pas été à l'école.

Son regard fixait le morceau de tuyau d'échappement calciné quand une guêpe en sortit et s'envola en zigzaguant.

Ce fut la goutte qui fit déborder le vase. Tout son travail, son ingéniosité, et ces maudites guêpes allaient quand même en réchapper ! Elle traversa le gazon. Sans une once d'hésitation, elle ouvrit l'Electrolux, plongea les deux mains dans le nuage de fumée, sortit le sac en papier rempli de poussière et d'insectes, le jeta au sol et le piétina, dans une danse sauvage. Le sac se déchira sur le côté et une guêpe s'en extirpa. Norah l'écrasa du pied. C'était pour Paul qu'elle se battait ainsi, mais aussi pour essayer de se comprendre elle-même. *Pourquoi as-tu si peur du changement ?* lui avait demandé Bree. *Vis ta vie.* Mais quelle vie était-elle censée vivre ? Norah s'était posé cette question toute la journée. *Quelle* vie ? Elle l'avait su, autrefois. Elle avait été tour à tour une fille respectueuse, une étudiante travailleuse et une employée modèle dans une société de sondage par téléphone. Puis elle avait été une fiancée radieuse, une épouse, une mère et elle avait découvert tout à coup que ces mots étaient beaucoup trop étroits pour contenir toute l'expérience qu'ils requéraient.

Les guêpes étaient mortes depuis longtemps, mais Norah continuait à écraser rageusement le sac sous ses pieds. Quelque chose venait de changer, dans le monde et dans son cœur. Cette nuit, pendant qu'un incendie détruirait le bâtiment du ROTC, les flammes gigantesques s'élevant dans le ciel noir, Norah rêverait de guêpes et d'abeilles, de bourdons indolents folâtrant au milieu des hautes herbes. Le lendemain, elle remplacerait l'aspirateur sans même en parler à David. Elle annulerait la participation de Paul au spectacle de Kay et elle accepterait ce travail dans l'agence de voyages. Elle dirait oui aux paillettes, oui à l'aventure, elle vivrait sa vie à elle.

Tout cela arriverait dans quelques heures, mais pour l'instant, elle ne pensait qu'à ses pieds qui martelaient farouchement le sol, et au sac qui se transformait peu à peu en une purée d'ailes et de dards. Au loin, la foule des manifestants grondait. Le sang battait à ses tempes. Ce qui se passait là-bas avait lieu ici aussi, dans le calme de son petit jardin, dans le secret de son cœur : un séisme profond, le commencement de quelque chose.

Une guêpe bourdonna près des azalées flamboyantes avant de s'éloigner rageusement. Norah abandonna le sac d'aspirateur en lambeaux. Hébétée, dégrisée, elle traversa la pelouse, monta dans la voiture et partit chercher son fils, comme tous les jours.

II

— Papa, papa !

La voix surexcitée de Paul retentit dans l'escalier, ses petits pieds martelèrent les marches à toute vitesse. David leva les yeux des photos qu'il venait juste de plonger dans le bac de révélateur.

— Attends ! N'entre pas maintenant !

Trop tard : la porte s'ouvrit à la volée, déversant un flot de lumière dans la pièce.

— Bon sang !

David regarda le papier qui brunissait, l'image détruite par l'intrusion du jour dans la chambre noire.

— Combien de fois faudra-t-il que je te dise de ne pas entrer quand le voyant rouge est allumé ?

— Pardon. Je suis désolé, papa.

David se radoucit. Paul n'avait que six ans, et il avait l'air si petit, pétrifié dans l'encadrement de la porte.

— Ça ne fait rien, Paul. Viens. Je suis désolé d'avoir crié.

Il s'accroupit, ouvrit les bras, et Paul s'y réfugia, nichant brièvement sa tête contre l'épaule de son père. Ses cheveux bruns, coupés en brosse, étaient tout à la fois piquants et soyeux contre son cou. Paul était un petit garçon turbulent et vif, mais aussi attentif et soucieux de plaire. David l'embrassa sur le front, regrettant son bref accès de colère, s'émerveillant des omoplates de son fils, lisses, parfaites, qui s'étiraient comme des ailes sous la peau et les muscles de son dos.

— Alors ? Qu'est-ce que tu avais de si important à me dire, au point de me gâcher mes photos ? demanda-t-il en s'asseyant sur ses talons.

— Papa, regarde ! Regarde ce que j'ai trouvé !

Il ouvrit son petit poing. Plusieurs pierres plates, de la taille d'un bouton, reposaient au creux de sa paume. De fins disques avec un trou au milieu.

— Elles sont magnifiques, acquiesça David en en saisissant une entre ses doigts. Où les as-tu ramassées ?

— Hier, quand je suis allé avec Jason dans la ferme de son grand-père. Il y a une crique, même qu'il faut faire attention parce que Jason a vu une vipère l'été dernier, mais il fait trop froid pour les serpents en ce moment, alors on s'est promenés et je les ai trouvées juste au bord de l'eau.

— Génial.

David manipula délicatement le fossile ; si frêle et fragile et cependant vieux de plusieurs centaines de millénaires. Un morceau du passé, mieux préservé que ne pourrait jamais le faire aucune photo.

— Ce sont des fossiles marins très anciens, Paul. Il y a bien, bien longtemps, une grande partie du Kentucky se trouvait sous la mer, tu sais.

— C'est vrai ? Tu crois qu'on les trouvera dans le livre des pierres ?

— Peut-être. On ira regarder dès que j'aurai fini de ranger ici. Comment ça se passe, en bas ? ajouta-t-il en s'avançant vers la porte pour jeter un coup d'œil dehors.

C'était une merveilleuse journée de printemps. L'air était doux et chaud, les cornouillers en fleur. Norah avait dressé des tables dans le jardin, recouvertes de nappes colorées. Elle y avait disposé des piles d'assiettes, du punch, des serviettes en papier, des vases de fleurs. Des rubans multicolores voletaient autour d'un peuplier, transformé pour l'occasion en arbre de mai. Norah avait tout fait toute seule. David lui avait proposé de l'aider, mais elle avait décliné son offre. *Si tu veux vraiment m'aider, reste hors de mon chemin*, avait-elle décrété. Et il avait obtempéré.

Il regagna la chambre noire, sombre et froide, baignée par une lumière rouge pâle, où flottait une odeur prenante de produits chimiques.

— Maman s'habille, déclara Paul. Et elle a dit que je ne devais pas me salir.

— Elle a raison, acquiesça Paul en rangeant les bouteilles de fixateur et de révélateur sur une étagère, hors d'atteinte du petit garçon. Va m'attendre à la maison, d'accord ? J'arrive tout de suite. On cherchera tes fossiles dans le livre.

Paul dévala joyeusement l'escalier. Il traversa la pelouse à toute vitesse, puis la porte de la maison se referma derrière lui.

David rinça les bacs sous l'eau et les mit à sécher. Il régnait un calme apaisant dans la chambre noire, et il s'y attarda quelques instants avant de rejoindre Paul. Dehors, les nappes frissonnaient dans la brise. De minuscules bouquets de fleurs printanières disposés dans des petits paniers ornaient chaque assiette. Hier, pour le 1er mai, Paul avait déposé un panier identique devant la porte de tous leurs voisins. Il avait frappé et il avait couru se cacher pour observer leur surprise. Une idée de Norah – un exemple parmi tant d'autres de sa créativité, de son énergie au service de son imagination.

Il la trouva dans la cuisine : un tablier noué sur son tailleur en soie corail, elle parsemait un plat de viande froide de tomates cerises et de persil.

— Tout a l'air magnifique. Je peux me rendre utile ?

— Tu pourrais t'habiller ? suggéra-t-elle en jetant un coup d'œil à la pendule.

Elle s'essuya les mains sur un torchon.

— Mais avant, porte ce plat dans le réfrigérateur du sous-sol, s'il te plaît. Celui-ci est déjà plein. Merci.

— Tu t'es donné un mal fou. Pourquoi n'as-tu pas fait appel à un traiteur ?

Il cherchait seulement à lui simplifier la vie, mais Norah serra les lèvres, sourcils froncés.

— Parce que c'est un plaisir. J'aime organiser des réceptions, cuisiner, recevoir des amis. Et il se trouve que je suis assez douée pour ça, ajouta-t-elle froidement, même si tu ne t'en rends pas compte.

— Ce n'est pas ce que j'ai voulu dire.

David soupira. Ces derniers temps, ils se comportaient comme deux planètes qui tournaient autour du même soleil, et si elles n'entraient pas en collision, c'était parce qu'elles n'avaient pas la même orbite.

— Je pensais seulement que tu aurais pu te faire seconder, engager quelques extras. Nous pouvons certainement nous le permettre.

— Ce n'est pas une question d'argent.

Elle secoua la tête avec irritation et sortit.

David descendit au sous-sol, déposa le plateau dans le réfrigérateur puis monta se raser. Paul le suivit et s'assit sur le rebord de la baignoire, parlant à la vitesse d'une mitraillette, cognant ses talons contre l'émail blanc. Il adorait aller dans la ferme du grand-père de Jason. Il avait aidé à traire une vache et le grand-père de Jason lui avait laissé boire du lait encore tout chaud, qui avait un goût d'herbe !

David étalait le savon à raser sur ses joues avec un blaireau tout en écoutant son fils. La lame du rasoir glissait sur sa peau en longs mouvements fluides qui projetaient des flashs de lumière au plafond. Pendant un moment, le reste du monde cessa d'exister. Il n'y eut plus que la brise qui entrait par la fenêtre, l'odeur du savon à barbe et la voix excitée de son fils.

— Moi aussi, quand j'avais ton âge, j'allais traire les vaches, révéla David.

Il sécha son visage avec une serviette puis tendit la main vers sa chemise.

— J'étais même capable de projeter un trait de lait directement dans la gueule du chat.

— C'est ce qu'a fait le grand-père de Jason ! s'écria Paul en écarquillant les yeux. J'aime bien Jason. Je voudrais qu'il soit mon frère.

David observa le reflet de Paul dans le miroir tout en nouant sa cravate. Dans le silence qui n'était pas un vrai silence – le robinet du lavabo gouttait, la pendule tictaquait, le tissu de sa cravate crissait doucement contre celui de sa chemise –, ses pensées dérivèrent vers sa fille. Tous les deux ou trois mois, quand il passait en revue le courrier à son cabinet, il tombait sur l'écriture serrée de Caroline. Alors que ses premières lettres avaient été postées de Cleveland, chaque enveloppe portait désormais un cachet de la poste différent. Parfois, Caroline indiquait un nouveau numéro de boîte postale – toujours dans une grande ville neutre. David lui faisait alors parvenir de l'argent. Ils n'avaient jamais eu d'autre relation que professionnelle, et pourtant les lettres de Caroline Gill étaient devenues plus personnelles au fil du temps. Les plus récentes semblaient arrachées à son journal intime. Elle commençait par *Cher David* ou simplement *David*, et lui livrait d'une seule traite ses pensées les plus secrètes. Parfois, David les jetait sans les ouvrir, mais il finissait toujours par aller les récupérer au fond de la corbeille et les parcourait rapidement. Il les gardait sous clé, dans un placard de sa chambre noire, afin de toujours savoir où elles étaient. Afin, aussi, d'empêcher Norah de les découvrir.

Au tout début, quand les premières lettres avaient commencé à arriver, David était parti pour Cleveland. Il y était resté trois jours, parcourant la ville, compulsant les annuaires, interrogeant le personnel des hôpitaux. Il s'était rendu à la poste centrale où il avait touché du bout des doigts la petite boîte aux lettres en cuivre portant le numéro 621. Mais le préposé avait refusé de lui livrer le nom de son propriétaire et son adresse.

—En ce cas, je vais rester ici et attendre, avait rétorqué David.

L'homme avait haussé les épaules.

— À votre guise. Mais préparez-vous à une longue attente. Il s'écoule parfois des semaines avant que l'une de ces boîtes soit relevée.

David avait finalement renoncé et il était rentré chez lui, laissant les jours s'écouler un à un, laissant Phoebe grandir loin de lui. Chaque fois qu'il envoyait de l'argent, il joignait un mot pour demander à Caroline de lui communiquer son adresse mais il ne la forçait à rien, pas plus qu'il n'avait engagé de détective privé, comme l'idée lui en avait parfois traversé l'esprit, pour la retrouver. La démarche devrait venir d'elle, se disait-il. Tôt ou tard, il en était persuadé, elle réapparaîtrait. Et ce jour-là, une fois la situation clarifiée, il pourrait révéler la vérité à Norah.

En attendant, il se rendait tous les matins à l'hôpital. Il recevait des patients, opérait, examinait des radios, rentrait chez lui, tondait la pelouse, jouait avec Paul… Sa vie était remplie. Et cependant, tous les deux ou trois mois, sans aucune raison particulière, Caroline Gill lui apparaissait en rêve. Elle le regardait fixement, immobile sur le seuil de son bureau ou dans la cour de l'église. David se réveillait en sursaut et s'habillait dans l'obscurité. Il se rendait alors à l'hôpital ou s'enfermait dans sa chambre noire, plongeant des photos dans leurs bains chimiques, regardant les images surgir peu à peu du néant.

— Papa, tu as oublié de chercher les fossiles dans le livre, lui rappela Paul. Tu avais promis.

— C'est vrai, acquiesça David tout en ajustant son nœud de cravate. Tu as raison, mon fils, une promesse c'est une promesse.

Ils se rendirent ensemble dans le bureau et étalèrent les livres sur la table de travail. Le fossile était un crinoïde, un petit animal marin au corps en forme de calice. Les pierres rondes percées d'un trou qui ressemblaient à des boutons étaient jadis les plaques formant la colonne de la tige. David avait posé une main sur le dos de Paul pendant qu'il lui montrait les illustrations. Il percevait sa chaleur, la vie qui courait en lui, les vertèbres délicates, juste sous sa peau.

— Je vais montrer mes crinoïdes à maman! s'écria Paul.

Il referma la main sur son trésor, traversa la maison en courant et sortit par la porte de derrière. David se prépara un verre et s'approcha de la fenêtre. Quelques personnes étaient déjà arrivées et déambulaient dans le jardin, les hommes en complet sombre, les femmes en robe printanière – jaune, bleu pastel ou rose. Norah évoluait au milieu de ses invités, serrant les mains, riant, faisant les présentations. Elle était si réservée quand David l'avait rencontrée, si calme et attentive. Jamais il n'aurait imaginé qu'elle deviendrait un jour cette jeune femme affable et détendue, donnant une réception qu'elle avait orchestrée de A à Z. En l'observant, David fut envahi par un sentiment de regret, dont il ne parvint pas à déterminer la cause. Nostalgie de la vie qu'ils auraient pu avoir, peut-être. Norah semblait heureuse, en cet instant, légère, insouciante. Mais David savait que ce succès ne suffirait pas à la satisfaire. Dès demain, elle passerait à autre chose. Et si cette nuit il lui caressait la hanche dans l'espoir d'éveiller son désir, elle murmurerait une protestation et lui tournerait le dos, sans même se réveiller.

Paul était assis sur la balançoire du portique, et s'élançait vers le ciel bleu. Il portait les crinoïdes autour du cou comme un collier, enfilés sur un long fil. Ils rebondissaient contre son torse à chaque oscillation, cliquetant parfois contre les chaînes de la balançoire.

— Paul ! cria Norah. Enlève ces cailloux de ton cou. C'est dangereux !

David emporta son verre et rejoignit Norah sur la pelouse.

— Laisse-le, murmura-t-il en posant la main sur son bras. Il l'a fabriqué lui-même.

— Je sais. C'est moi qui lui ai donné le fil. Mais s'il tombe ou qu'il s'accroche quelque part, il risque de s'étrangler.

Elle était si tendue. Il retira sa main de son bras.

— Il ne va rien lui arriver, Norah.

— Tu n'en sais rien.

— David a raison.

En se retournant, David découvrit Bree, belle à couper le souffle dans une robe légère taillée dans un tissu aérien qui semblait flotter autour d'elle à chaque mouvement. Elle tenait la main d'un jeune homme roux, plus petit qu'elle, portant des sandales et une chemise ouverte au col.

— Bree, sincèrement, il pourrait s'accrocher quelque part et s'étrangler, insista Norah en pivotant elle aussi vers sa sœur.

— Regarde-le, protesta Bree tandis que Paul se balançait de plus en plus haut, la tête renversée en arrière. Il est si heureux. Ne lui gâche pas son plaisir en l'obligeant à descendre. David a raison. Il ne lui arrivera rien.

Norah se força à sourire.

—Non ? Je croyais que la fin du monde était proche ? C'est toi-même qui l'as dit hier.

—C'était hier.

Elle toucha le bras de Norah et elles échangèrent un long regard, unies pendant quelques secondes par une complicité qui excluait le reste de l'humanité. David les observa avec envie et, l'espace d'un instant, il se rappela une scène avec sa propre sœur : ils étaient cachés sous la table de la cuisine et regardaient ce qui se passait à travers les franges de la toile cirée, étouffant leurs rires.

—Qu'est-ce qui s'est passé, hier ? demanda-t-il, chassant le passé de son esprit.

Mais Bree l'ignora.

—Je suis désolée, Norah. L'atmosphère était bizarre, hier. Je me suis laissé emporter.

—Je suis désolée, moi aussi, dit Norah. Je suis contente que tu sois là.

—Qu'est-ce qui s'est passé, hier ? répéta David. Tu étais sur les lieux au moment de l'incendie, Bree ?

Norah et lui avaient été réveillés au milieu de la nuit par le hurlement des sirènes, l'odeur âcre de la fumée et une étrange lueur dans le ciel. Ils étaient sortis dans le jardin, comme leurs voisins, la rosée mouillant leurs chevilles pendant que, sur le campus universitaire, le bâtiment du ROTC brûlait. Les mouvements de protestation avaient pris de l'ampleur au fil des jours, les tensions s'étaient aggravées pendant que, le long du Mékong, des bombes explosaient et des gens couraient, serrant leurs enfants agonisants dans leurs bras. De l'autre côté de la rivière Ohio, quatre étudiants étaient morts. Mais personne n'aurait imaginé une chose pareille, à Lexington, dans le Kentucky : un cocktail Molotov et un bâtiment en flammes, la police investissant les rues.

Bree se tourna vers son beau-frère, ses longs cheveux ruisselant sur ses épaules.

— Non, je n'y étais pas. Mais Mark, oui.

Elle sourit à son compagnon et glissa son bras sous le sien.

— Je te présente Mark Bell.

— Mark a combattu au Viêt Nam, renchérit Norah. Il dénonce la guerre.

— Ah, dit David. Un agitateur.

— Un protestataire, plutôt, rectifia Norah en faisant signe à un couple qui arrivait. Voilà Kay Marshall et son mari. Vous voulez bien m'excuser ?

— Un protestataire, donc, répéta David en suivant Norah des yeux.

— Exact, acquiesça Mark.

Il parlait de lui-même avec un détachement teinté d'humour et un très léger accent qui rappela à David la voix de son père, basse et mélodieuse.

— En quête perpétuelle d'équité et de justice.

David le reconnut tout à coup.

— Vous étiez aux nouvelles hier soir. Vous faisiez une sorte de discours devant le bâtiment qui a brûlé cette nuit. Vous devez être content du résultat.

Mark haussa les épaules.

— Ni content ni désolé. C'est arrivé, voilà tout. Le combat continue.

— Pourquoi es-tu aussi hostile, David ? demanda Bree, ses yeux verts rivés sur lui.

— Je ne suis pas hostile.

Mais alors même qu'il prononçait ces mots, il se rendit compte qu'il l'était. Et aussi que sa voix avait adopté malgré lui des inflexions légèrement traînantes, aussi familières qu'une petite musique lointaine et obsédante.

— Je m'informe, c'est tout. De quelle région êtes-vous ? demanda-t-il à Mark.

— De Virginie-Occidentale. Pas très loin d'Elkins. Pourquoi ?

— Simple curiosité. J'ai eu de la famille là-bas, autrefois.

— Première nouvelle ! s'étonna Bree. Je croyais que tu étais originaire de Pittsburgh ?

— J'avais de la famille près d'Elkins, répéta David. Il y a très longtemps.

Mark l'observa avec un intérêt soudain.

— Vraiment ? Ils travaillaient dans le charbon ?

— Parfois, l'hiver. Ils avaient une ferme dans les collines. Une vie dure mais pas autant que la mine.

— Ils étaient propriétaires de leurs terres ?

— Oui.

David songea à la maison qu'il n'avait pas revue depuis près de quinze ans.

— Sage précaution. Mon père, lui, a vendu la maison. Quand il est mort au fond de la mine, cinq ans plus tard, nous n'avions plus nulle part où aller.

Mark sourit avec amertume et médita quelques instants.

— Vous êtes retourné là-bas ? demanda-t-il à David.

— Pas depuis très longtemps. Et vous ?

— Non. Après le Viêt Nam, je suis allé à l'université de Morgantown. Une expérience bizarre. J'étais chez moi, et en même temps je n'y étais plus, si vous voyez ce que je veux dire. Je n'avais pas eu conscience de faire un choix en partant et pourtant, c'en était un.

David hocha la tête.

— Je comprends très bien.

— Et maintenant vous êtes ici, tous les deux, déclara Bree après un long silence. Et moi je meurs de soif. Mark ? David ? Vous voulez un verre ?

— Je t'accompagne, déclara Mark tout en tendant la main à David. Le monde est petit, n'est-ce pas ? J'ai été heureux de faire votre connaissance.

— David est un mystère pour chacun de nous, décréta Bree en l'entraînant. Demande à Norah.

David les regarda se mêler à la foule colorée. Une rencontre banale, et cependant il se sentait oppressé, vulnérable, le passé dressé tout à coup devant lui comme une vague gigantesque. Tous les matins, en arrivant à l'hôpital, il restait immobile sur le seuil de son cabinet, observant son petit univers parfaitement ordonné : les instruments bien alignés, le drap immaculé et lisse sur la table d'auscultation. Sur le plan professionnel, il avait réussi, et pourtant il n'en éprouvait ni fierté ni réconfort. *C'est ici que nos vies se séparent*, avait dit son père devant l'arrêt du bus le jour où David était parti pour Pittsburgh. *Je suppose que nous n'aurons plus de nouvelles, maintenant que tu vas vivre dans une grande ville. Tu n'auras plus de temps à perdre avec des gens comme nous*. Figé sur le trottoir, sa valise à la main, pendant que les feuilles jaunies pleuvaient autour de lui, David avait ressenti un profond désespoir parce que c'était vrai, il le savait. Malgré toute sa bonne volonté, malgré tout l'amour qu'il portait à ses parents, il savait que la vie les séparerait irrémédiablement.

— Est-ce que tout va bien, David ? demanda Kay Marshall.

Elle passait près de lui, portant un vase de tulipes rose pâle, chaque pétale aussi finement ourlé que le lobe d'un poumon.

— Vous avez l'air à des milliers de kilomètres.

— Ah, Kay, dit-il.

Il lui trouvait une certaine ressemblance avec Norah, peut-être à cause de cette solitude qui affleurait sous ses dehors sophistiqués. Un jour, alors qu'elle avait un peu trop bu à une réception, Kay l'avait suivi dans un couloir, lui avait enlacé le cou de ses deux bras et l'avait embrassé. Stupéfait, David lui avait rendu son baiser. Cela ne s'était jamais reproduit et même s'il repensait parfois à la fraîcheur de ses lèvres sur les siennes, chaque fois qu'il voyait Kay, David se demandait si cette scène avait vraiment eu lieu.

— Vous êtes ravissante, comme d'habitude, Kay.

Il leva son verre. Elle sourit, puis se mit à rire et poursuivit son chemin.

Il se glissa dans le garage, monta l'escalier conduisant à la chambre noire, prit son appareil photo dans le placard et y inséra une pellicule neuve. La voix de Norah dominait le brouhaha et il se rappela la douceur de sa peau quand il l'avait caressée ce matin, la courbe sensuelle de sa hanche. Il se remémora aussi le regard qu'elle avait échangé avec Bree, ce moment d'intense complicité qui les avait reliées l'une à l'autre, une complicité qu'il ne pourrait jamais partager avec elle, désormais.

Il redescendit au jardin et se déplaça de groupe en groupe, souriant, échangeant un mot gentil de-ci de-là, serrant des mains, mais ne se mêlant volontairement jamais aux conversations afin de se concentrer totalement sur les images de la fête qu'il voulait fixer sur la pellicule. Il s'arrêta devant le bouquet de tulipes de Kay et s'appliqua à prendre les pétales en gros plan, de nouveau frappé par leur ressemblance avec le tissu délicat d'un poumon. Il pourrait être intéressant de les placer côte à côte, afin d'approfondir la théorie selon laquelle le corps humain est, de manière mystérieuse, un parfait miroir de l'univers. David s'absorba dans sa tâche, le brouhaha de la réception refluant peu à peu. Il sursauta en sentant tout à coup la main de Norah sur son bras.

— Range cet appareil photo, s'il te plaît. C'est une fête, David.

— Ces tulipes sont si belles, commença-t-il.

Mais il fut incapable de poursuivre son explication, incapable d'exprimer avec des mots pourquoi elles le fascinaient autant.

— C'est une fête, répéta-t-elle. Soit tu décides de passer complètement à côté et tu continues tes photos, soit tu te sers un verre et tu y participes.

— J'ai déjà un verre, souligna-t-il. Je ne gêne personne en faisant quelques clichés, Norah.

— Moi, si. C'est mal élevé.

Ils parlaient tout bas. Norah souriait et adressait de petits signes enjoués à ses invités, mais David avait conscience de sa tension et de sa colère rentrée.

— Je me suis donné énormément de mal pour préparer cette réception, reprit-elle. J'ai tout planifié, tout prévu. Je me suis même débarrassée des guêpes. Tu pourrais au moins faire l'effort de t'intéresser à ce qui se passe.

— Quand as-tu détruit le nid ? demanda-t-il en levant les yeux vers la porte du garage.

— Hier.

Elle lui montra la petite marque rouge sur son poignet.

— Je voulais écarter tout risque concernant ton allergie, et celle de Paul.

— C'est une fête magnifique.

Sur une impulsion, il lui saisit la main et pressa doucement ses lèvres sur la trace de piqûre. Elle le dévisagea, ses yeux reflétaient un mélange de surprise et de plaisir, puis elle retira sa main.

— David, pour l'amour du ciel, pas ici. Pas maintenant.

— Hé, papa ! cria Paul.

David se retourna, essayant de localiser son fils.

— Maman ! Papa ! Regardez-moi !

— Il est dans le sorbier, constata Norah, une main en visière devant ses yeux, pointant du doigt un arbre, à l'autre bout du jardin. Mon Dieu, comment a-t-il fait pour monter là-haut ?

— Il a escaladé le portique, je suppose. Hé, ho ! répondit David en agitant la main.

— Paul, descends immédiatement ! ordonna Norah.

Elle se tourna vers David :

— Dis-lui de descendre. Il me rend nerveuse.

— C'est un enfant. Tous les petits garçons montent aux arbres. Il ne lui arrivera rien, Norah.

— Papa ! Maman ! Au secours ! hurla Paul.

Mais quand ils levèrent les yeux, il riait.

— Tu te rappelles quand il commençait à parler et qu'il s'amusait à crier « Au secours ! » au milieu du supermarché ? murmura Norah en souriant. Les gens pensaient que je l'avais kidnappé.

— Il m'a fait le coup à la clinique, une fois.

Ils se mirent à rire.

— Range l'appareil photo, insista Norah, la main sur son bras.

— D'accord.

Bree s'était approchée de l'arbre de mai et saisissait un ruban violet. Plusieurs invités l'entouraient. David se dirigea vers le garage. Il y eut soudain un froissement de feuillage, le craquement sec d'une branche qui se casse. Bree leva les mains et le ruban parut s'envoler de ses doigts. Puis Norah hurla et David se retourna à la seconde où Paul heurtait le sol avec un bruit sourd. Il rebondit légèrement sur le dos, le collier de fossiles cassé, les précieux crinoïdes éparpillés dans l'herbe. David se précipita, bousculant les invités, et s'agenouilla à côté de son fils. Les yeux bruns du petit garçon étaient remplis de larmes. Il agrippa la main de David, cherchant sa respiration.

— Tout va bien, le rassura David en lui caressant le front. Tu es tombé de l'arbre et tu as eu le souffle coupé, c'est tout. Détends-toi et inspire. Ça va passer.

— Il est blessé ? demanda Norah en s'agenouillant à côté de lui dans son tailleur corail. Paul, mon chéri, est-ce que tu vas bien ?

Paul haleta et toussa.

— Mon bras, balbutia-t-il quand il put de nouveau parler.

Il était livide et David se rendit compte qu'il essayait de ne pas pleurer.

— J'ai… j'ai mal à mon bras.

— Quel bras ? demanda David d'une voix calme. Tu peux me montrer ?

C'était le gauche, et quand David le leva tout doucement, en soutenant l'épaule et le poignet, Paul cria de douleur.

— David ! souffla Norah. Est-ce qu'il est cassé ?

— Je ne suis pas sûr, répondit-il tranquillement même s'il était convaincu qu'il l'était.

Il posa la main sur l'épaule de son épouse pour la réconforter puis se pencha vers son fils.

— Je vais te porter jusqu'à la voiture et t'emmener là où je travaille, à l'hôpital, d'accord ? Je vais te montrer comment marche la machine qui fait les radios.

Avec d'infinies précautions, il souleva Paul dans ses bras. Son fils était si léger contre son torse. Les invités s'écartèrent pour le laisser passer. Il installa Paul sur la banquette arrière, prit une couverture dans le coffre pour le couvrir.

— Je viens aussi, déclara Norah, en s'installant sur le siège avant.

— Et tes invités ?

— Ils ont à manger et à boire, ils se débrouilleront.

Ils se rendirent à l'hôpital. Norah évoquait souvent avec humour son comportement la nuit de l'accouchement, la lenteur avec laquelle il avait conduit dans les rues désertes, s'arrêtant scrupuleusement à chaque feu rouge. Mais aujourd'hui encore il ne put se résoudre à accélérer.

Ils passèrent devant les ruines encore fumantes du ROTC. De petits rubans de fumée montaient des décombres comme de la dentelle noire. Les cornouillers étaient en fleur, leurs pétales pâles et délicats offrant un contraste saisissant avec les pierres calcinées.

— Le monde est à l'image de cette bâtisse : en décomposition, murmura Norah.

— Pas maintenant, Norah.

David jeta un coup d'œil à Paul, dans le rétroviseur. Il ne se plaignait pas, mais des larmes barbouillaient ses joues blêmes.

Une fois aux urgences, David usa de son influence pour accélérer les formalités d'admission et le passage en radiologie. Puis il aida Paul à s'installer dans un lit, laissa Norah lui lire un livre pour enfants qu'elle avait attrapé dans la salle d'attente, et partit récupérer les clichés. Quand le technicien les lui tendit, il se rendit compte que ses mains tremblaient et longea les couloirs, étrangement calmes en ce samedi après midi, jusqu'à son cabinet. Après avoir refermé la porte derrière lui, il resta quelques instants immobile dans le noir, avant d'allumer. Le panneau lumineux, fixé au mur, clignota puis diffusa une lumière blanche qui effaçait les couleurs des objets. Des négatifs qu'il avait développés la semaine précédente s'y détachaient : des clichés d'une veine humaine, photographiée sous différents éclairages, le niveau de contraste variant subtilement d'une prise de vue à l'autre. Ce qui excitait David, c'était le niveau de précision qu'il avait atteint, et l'interprétation que l'on pouvait donner à cette même image : non plus une partie du corps humain mais un éclair transperçant le sol, un fleuve déroulant ses méandres, un estuaire...

Ses mains tremblaient toujours. Il s'obligea à prendre plusieurs respirations, puis retira les négatifs et glissa à la place les radios de Paul. David suivit du bout des doigts les contours de l'image. Ils étaient si beaux, les os de son petit garçon, opaques et cependant comme remplis de lumière. Des images translucides qui flottaient dans la pénombre de son bureau, aussi robustes et délicates que les branches entrelacées d'un arbre.

Le diagnostic était simple : fracture franche du radius et du cubitus. Le seul danger, c'était que ces deux os parallèles se soudent par calcification.

David récupéra les clichés, éteignit la lumière et regagna les urgences tout en songeant au monde merveilleux que recelait le corps humain. Quand il était petit, il était entré avec son père dans un magasin de chaussures, à Morgantown. Pendant que son père essayait des bottes de travail et fronçait les sourcils en lisant leurs prix, David était monté sur un drôle d'appareil : une plaque lumineuse qui avait aussitôt transformé ses orteils en figures fantomatiques, mystérieuses. Émerveillé, il avait contemplé les baguettes et les bulbes de lumière que formaient ses orteils et ses talons.

Il ne le savait pas encore, mais ce fut un moment décisif, une véritable révélation. Il existait d'autres mondes, invisibles, inconnus, des mondes qui repoussaient les limites de l'imagination ! De ce jour, chaque fois qu'il voyait un daim courir dans la forêt, ou un lapin jaillir de son terrier, David regardait de tous ses yeux, essayant de percer le mécanisme des os et des muscles sous la peau. Pareil avec sa sœur, quand elle écossait des petits pois ou égrenait du maïs, assise paisiblement sur les marches du porche. Il l'observait avec fascination, car elle était identique à lui et cependant différente, et cette différence participait du mystère.

Sa petite sœur June qui adorait le vent, riait quand le soleil caressait son visage et n'avait pas peur des serpents. Elle était morte à douze ans, et aujourd'hui elle n'était plus rien – juste un tendre souvenir et quelques ossements dans la terre.

Quand il rentra dans la chambre, Paul était blotti sur les genoux de sa maman, sa tête appuyée contre son épaule. Son bras traumatisé était parcouru d'un léger tremblement.

— Il est cassé ? lui demanda aussitôt Norah.

— Malheureusement, oui. Viens voir.

Il afficha les radios sur le panneau lumineux et lui montra du doigt les lignes sombres de la fracture.

— J'ai fait tellement attention, souffla Norah d'une voix étranglée en l'aidant à installer Paul sur la table d'auscultation. Je me suis débarrassée des guêpes, et malgré tout c'est arrivé.

— C'était un accident.

— Je sais, acquiesça-t-elle, au bord des larmes. C'est bien le problème.

David ne répondit pas. Il avait sorti son matériel et se concentrait sur ce qu'il devait faire. Il y avait très longtemps qu'il n'avait pas plâtré un patient – en général, il réduisait la fracture puis laissait l'infirmière se charger du reste – et il trouvait ces gestes apaisants. Le bras de Paul était petit et le plâtre progressait de manière régulière, aussi blanc qu'un coquillage lavé par le soleil et la mer, aussi doux et lisse qu'une feuille de papier. Cela ne durerait pas : d'ici à quelques jours, il virerait au gris et serait recouvert par les signatures et les graffitis de ses copains.

— Trois mois à patienter, expliqua David. Et ensuite, je te l'enlèverai.

— Il va le garder presque tout l'été, se désola Norah.

— Et le championnat de base-ball ? demanda Paul d'une toute petite voix. Et la piscine ?

— Pas de base-ball, répondit David. Et pas de piscine. Je suis désolé.

— Mais... mais, Jason et moi on doit participer au championnat...

— Je suis désolé, répéta David comme Paul fondait en larmes.

— Tu disais qu'il ne risquait rien, que tous les enfants grimpaient aux arbres, lui rappela Norah, et maintenant il a le bras cassé. Il aurait pu se rompre le cou. Ou le dos !

David était fatigué tout à coup, bouleversé par le chagrin de Paul, exaspéré par Norah.

— Il aurait pu, oui. Mais ce n'est pas arrivé. Alors arrête. D'accord ? Arrête, Norah.

Paul s'était figé, alerté par la tension dans la voix de ses parents. David l'imagina dans un avenir incertain, un monde où on pouvait aller à une manifestation pacifiste et mourir d'une balle dans la nuque. Norah avait raison. Il pouvait arriver n'importe quoi, n'importe quand. Il posa la main sur la tête de son fils, ses cheveux coupés en brosse lui chatouillèrent la paume.

—Je regrette, papa, souffla Paul d'une voix malheureuse. Je n'ai pas fait exprès de gâcher tes photos.

David resta un instant interdit, puis se rappela la silhouette pétrifiée de Paul sur le seuil de la chambre noire, sa main crispée sur le bouton de l'interrupteur, trop effrayé pour bouger.

—Oh non. Non, mon poussin, je ne suis pas en colère à cause de ça, ne t'inquiète pas.

Il caressa affectueusement la joue du petit garçon.

—Les photos n'ont aucune importance. J'étais fatigué ce matin, c'est tout.

Paul toucha du bout du doigt le rebord de son plâtre, les yeux baissés.

—Je ne voulais pas t'effrayer, reprit David. Je ne suis pas en colère.

—Est-ce que je peux écouter dans le stéthoscope ?

—Bien sûr.

David glissa les branches noires du stéthoscope dans les oreilles de Paul et s'accroupit. Il plaça le disque froid en métal sur son propre cœur.

Norah les observait. Loin du joyeux tourbillon de la fête, sa tristesse réapparaissait, comme une pierre noire serrée dans sa main. Il aurait voulu la réconforter, mais n'avait aucune idée de ce qu'il pourrait lui dire. Dommage qu'il n'ait pas un appareil pour radiographier le cœur humain – le sien, et celui de Norah…

—Je voudrais que tu sois heureuse, murmura-t-il. J'aimerais pouvoir t'aider à y parvenir.

— Tu n'as pas d'inquiétude à avoir, répondit-elle. Pas en ce qui me concerne, en tout cas.

— Non ?

David respira profondément, pour que Paul puisse entendre le passage de l'air dans ses poumons.

— Non. J'ai trouvé un travail, hier.

— Un travail ?

— Oui. Un emploi très intéressant.

Dans une agence de voyages. Le matin. Elle serait rentrée à temps pour aller chercher Paul à l'école. David l'écoutait, avec la sensation qu'elle s'envolait loin de lui.

— J'étais en train de devenir folle, ajouta Norah avec une véhémence qui le surprit. Je perdais complètement la tête avec tout ce temps libre entre mes mains. Maintenant, ce sera différent.

— D'accord, répondit-il. Si c'est si important pour toi d'avoir un travail, prends-le.

Il chatouilla Paul et tendit la main vers son otoscope.

— Tiens. Jette un coup d'œil dans mes oreilles. Vérifie que des oiseaux n'y ont pas fait leur nid.

Paul éclata de rire, et le métal froid glissa contre le lobe de David.

— Je savais que tu serais furieux, commenta Norah.

— Je viens de te dire que j'étais d'accord.

— Dommage que tu ne puisses pas t'entendre.

— Tu t'attendais à quoi ? demanda-t-il en s'obligeant à garder un ton égal, pour ne pas troubler Paul. Il m'est difficile de ne pas interpréter ce choix comme une critique.

— Ce serait une critique s'il s'agissait de toi, rétorqua-t-elle. Mais ma décision n'a rien à voir avec toi. Il s'agit de moi, de ma liberté. De mon droit à l'indépendance. J'aimerais que tu puisses le comprendre.

— Ta liberté ?

Sa sœur lui avait monté la tête, il en aurait mis sa main au feu.

— Tu crois qu'il existe des gens libres, Norah ? Tu crois que je le suis ?

Il y eut un long silence, et il fut soulagé quand Paul le rompit.

— Il n'y a pas d'oiseaux dans tes oreilles, papa. Seulement des girafes !

— Pas possible ? Combien ?

— Six !

— Six ? Saperlipopette ! Tu devrais vérifier l'autre oreille.

— Ce travail ne me plaira peut-être pas, reprit Norah. Mais au moins je serai fixée.

— Pas d'oiseaux, papa, annonça Paul. Et pas de girafes. Juste des éléphants.

— Des éléphants dans mon canal auditif ? s'écria David en récupérant l'otoscope. Nous ferions bien de rentrer tout de suite à la maison.

Il se força à sourire et s'accroupit pour soulever Paul dans ses bras. En sentant le poids de son fils contre lui, David se surprit à se demander ce qu'auraient pu être leurs vies s'il avait pris une décision différente, six ans plus tôt. La neige tombait derrière les fenêtres de la clinique, et il était resté immobile dans ce silence immaculé, effroyablement seul, et en l'espace d'une petite seconde, il avait changé le cours du destin. *David,* lui avait écrit Caroline Gill dans sa dernière lettre, *j'ai quelqu'un dans ma vie, maintenant. Il est très gentil et Phoebe va bien ; elle adore chanter et courir après les papillons.*

— Je suis content que tu aies trouvé un travail, reprit-il comme ils attendaient l'ascenseur dans le couloir. Mais tu ne me feras pas croire que je suis étranger à cette décision.

Elle soupira.

— Non, bien sûr. Pour toi, c'est tout simplement impossible, n'est-ce pas ?

— Qu'est-ce que je suis censé comprendre ?

— Tu te prends pour le centre de l'univers, David. L'axe autour duquel tourne le reste du monde.

Quand ils arrivèrent chez eux, les invités étaient partis. Seuls Bree et Mark étaient encore là, occupés à transporter les assiettes et les plats à l'intérieur. Les rubans de l'arbre de mai flottaient doucement dans la brise. L'appareil photo de David était posé sur la table, les fossiles de Paul soigneusement empilés à côté. David contempla le jardin, les chaises éparpillées sur la pelouse. Jadis, cette partie du monde était un gigantesque océan. Il porta Paul dans la maison, puis à l'étage. Il lui donna un verre d'eau et de l'aspirine sous forme de chewing-gum à l'orange, s'assit à côté de lui sur le lit et garda sa main serrée dans la sienne. Si petite, si chaude et vivante. Il se remémora les radios de son bras, ses os remplis de lumière, et fut envahi par un sentiment d'émerveillement. Voilà ce qu'il mourait d'envie de capturer sur la pellicule : ces moments rares où le monde semblait homogène, cohérent, circonscrit à l'intérieur d'une seule image fugace.

— Lis-moi une histoire, papa.

David s'allongea sur le lit, Paul blotti contre lui, et tourna les pages de *Georges le petit curieux*, un petit garçon hospitalisé avec une jambe cassée. En bas, Norah allait et venait, rangeant, nettoyant. La porte du jardin s'ouvrait, se refermait. David imaginait Norah, quittant la maison vêtue d'un élégant tailleur, prête à affronter sa première journée de travail, à se lancer dans une nouvelle vie dont il serait exclu. C'était la fin de l'après-midi. Une lumière dorée enveloppait la pièce. Il tourna la page du livre, passa son bras autour des épaules de Paul. Une brise légère soulevait les rideaux. Dehors, les fleurs du cornouiller dessinaient un nuage lumineux contre la barrière en bois sombre. David fit une pause dans sa lecture et regarda les pétales blancs tomber sur le sol en virevoltant. Leur beauté lui procurait un sentiment de réconfort et il essaya de ne pas remarquer qu'à cette distance on aurait dit de la neige.

Juin 1970

— Phoebe a indéniablement hérité de vos cheveux, observa Dothy.

Caroline considéra la remarque, les sourcils légèrement froncés. Elles se trouvaient dans un ancien bâtiment industriel reconverti en école maternelle. La lumière traversait les hautes fenêtres, dessinant de grands rectangles pâles sur le sol. Elle allumait des reflets auburn dans les tresses de Phoebe, six ans, occupée à puiser des lentilles dans un gros tonneau en bois et à les transvaser dans des pots. C'était une enfant joufflue, avec des genoux potelés, de petites mains et un sourire lumineux. Ses yeux en amande, étirés vers les tempes, étaient brun foncé. Elle portait une robe à rayures roses et blanches, qu'elle avait choisie et enfilée elle-même – à l'envers – et par-dessus un pull rose à l'origine d'une scène mémorable… *Pour sûr, elle a hérité de votre caractère !* Leo, décédé depuis près d'un an maintenant, ne manquait jamais une occasion de grommeler ces mots dans sa barbe, stupéfiant Caroline à chaque fois. Non pas parce qu'il voyait un lien génétique là où il n'y en avait pas, mais parce qu'elle ne parvenait pas à imaginer qu'on puisse la considérer comme une femme au caractère bien trempé.

— Vous trouvez, vraiment ? demanda-t-elle à Dothy.

— Cela ne fait aucun doute.

Phoebe enfonçait ses deux mains dans le tonneau, riant avec un petit garçon. Elle ramena deux grosses poignées de lentilles à la surface et les laissa couler entre ses doigts. Le gamin approcha un gobelet en plastique pour les recueillir.

Pour les enfants de cette maternelle, Phoebe était simplement Phoebe : une copine qui aimait la couleur bleue, les esquimaux, et tournoyer sur elle-même. Ici, sa différence passait inaperçue. Pendant les premières semaines, Caroline s'était tenue sur la défensive, redoutant d'avoir à supporter des réflexions trop souvent entendues – dans les jardins publics, les magasins, ou les cabinets des médecins : *Quel malheur ! Ma pauvre, vous vivez un vrai cauchemar !* Ou plus horrible encore : *Dieu merci, ces enfants-là ne vivent pas très longtemps !* Qu'elles soient dictées par l'inconscience, la cruauté ou simplement la stupidité, ces remarques avaient fini par creuser une plaie vive dans le cœur de Caroline. Mais ici c'était différent. Les enseignants étaient jeunes, ouverts d'esprit, positifs, et les parents avaient suivi leur exemple : Phoebe avait peut-être plus de difficultés, et elle progressait probablement plus lentement, mais elle apprenait, comme n'importe quel autre enfant.

Des lentilles rebondirent sur le sol tandis que le petit garçon lâchait sa pelle et s'élançait dans le couloir. Phoebe le suivit, ses tresses tressautant sur ses épaules.

— Cet endroit lui fait un bien fou, constata Dothy.

Caroline hocha la tête.

— Je voudrais que le conseil d'administration pédagogique puisse la voir en ce moment.

— Vous avez de solides arguments et un très bon avocat. Tout ira bien.

Caroline jeta un coup d'œil à sa montre. Son amitié avec Sandra avait donné naissance à un projet politique : leur association « Enfance sens dessus dessous », forte de plus de cinq cents membres, s'apprêtait à revendiquer aujourd'hui même le droit pour leurs enfants d'intégrer des écoles publiques. Bien que leur requête ait de bonnes chances d'aboutir, Caroline se sentait terriblement nerveuse. Tant d'espoirs étaient suspendus à cette décision !

Dothy rattrapa par les épaules une petite fille sur le point de tomber, emportée par sa course. Les cheveux de Dothy, désormais d'un blanc neigeux, faisaient ressortir ses yeux bleu roi et son teint olivâtre. Elle se rendait tous les matins à la piscine, s'était mise au golf et, depuis quelque temps, Caroline la surprenait à sourire toute seule, comme si elle avait un secret.

— Merci d'avoir accepté de me remplacer, soupira Caroline en enfilant son manteau. Vous me rendez un grand service.

— Bah, ça ne m'ennuie pas. Je suis beaucoup mieux ici que dans le bureau de mon père, à essayer de remettre de l'ordre dans ses papiers.

Sa voix était lasse, mais un léger sourire étirait le coin de ses lèvres. Encore ? Caroline plissa les yeux.

— Dothy, si je ne vous connaissais pas, je vous soupçonnerais d'être amoureuse.

Dorothy rit aux éclats.

— Quelle idée saugrenue. En parlant d'amour, aurons-nous la visite d'Al, ce soir ? Nous sommes vendredi, n'est-ce pas ?

Vendredi, oui, mais Al ne lui avait pas donné signe de vie de toute la semaine. D'habitude, il l'appelait toujours en route, de Columbus, d'Atlanta ou même de Chicago. Il lui avait demandé de l'épouser à deux reprises, cette année ; les deux fois, son cœur avait battu plus vite, et les deux fois elle avait répondu non. Lors de sa dernière visite, ils s'étaient disputés. *Tu refuses de me faire une place dans ta vie*, lui avait-il reproché, et il était parti en colère, sans même lui dire au revoir.

— Nous sommes juste amis, Al et moi, rectifia-t-elle. Ce n'est pas si facile.

— Ne soyez pas ridicule, rétorqua Dothy. Il n'y a rien de plus simple que l'amour.

Ainsi donc, elle avait vu juste : Dorothy était bel et bien amoureuse. Caroline embrassa la joue toute douce de Phoebe et s'éloigna au volant de la vieille Buick de Leo : noire, énorme, aussi inébranlable qu'un paquebot. Pendant les derniers mois de sa vie, Leo était devenu aussi frêle qu'une brindille et passait presque toutes ses journées dans un fauteuil près de la fenêtre, un livre sur ses genoux, à regarder la rue. Un jour, Caroline l'avait trouvé affaissé, le menton sur la poitrine. Mort. Elle l'avait su avant même de le toucher. Elle lui avait ôté ses lunettes, et lui avait fermé les yeux. Plus tard, quand on avait enlevé le corps, elle s'était assise dans son fauteuil, essayant d'imaginer ce qu'avait été sa vie – les branches des arbres remuant silencieusement de l'autre côté de la fenêtre, le bruit de ses pas et de ceux de Phoebe, dessinant des arabesques au plafond.

— Oh, Leo, avait-elle murmuré dans le silence. Je suis désolée. Vous étiez si seul.

Après son enterrement (dans une petite église remplie de professeurs de physique et de gardénias), Caroline avait proposé de partir, mais Dothy n'avait rien voulu savoir.

— Pas question. Je me suis habituée à vous, à votre compagnie. Restez. Nous aviserons au jour le jour.

Caroline traversa cette ville qu'elle avait appris à aimer, si belle et robuste avec ses buildings majestueux, ses ponts décorés, ses parcs immenses, ses faubourgs nichés dans chaque colline émeraude. Elle trouva à se garer dans la ruelle et entra dans le bâtiment. La salle était au deuxième étage, la porte en bois sombre, avec une vitre opaque et une petite plaque en cuivre terni portant un numéro : 304B. Caroline prit une grande respiration – elle ne s'était pas sentie aussi nerveuse depuis ses oraux d'examen – et tourna la poignée. La vétusté du local la surprit : la longue table en bois était couverte de rayures et les carreaux crasseux laissaient passer une lumière grisâtre et maladive. Sandra était déjà là, en compagnie d'une demi-douzaine de membres de l'association « Enfance sens dessus dessous ». Caroline sentit son cœur se gonfler d'affection à leur vue. Ils étaient venus un à un à leurs réunions – d'abord des parents que Sandra et elle avaient croisés dans des magasins ou dans la rue, puis des gens qui s'étaient manifestés spontanément, informés par le bouche-à-oreille. Ron Stone, leur avocat, était assis un peu en retrait. Caroline le salua d'un signe de tête puis se glissa sur la chaise restée libre, près de Sandra. Ses cheveux blonds étaient coiffés en arrière, ses traits pâles et tirés.

— Tu as l'air fatigué, chuchota-t-elle.

Sandra acquiesça brièvement.

— Tim a la grippe. Il a fallu que ça arrive aujourd'hui. Ma mère a dû venir en catastrophe de McKeesport pour le garder.

Avant que Caroline ait pu répondre, la porte s'ouvrit et les membres du conseil d'administration pédagogique entrèrent, détendus, plaisantant les uns avec les autres, se serrant mutuellement la main. Une fois tout le monde installé et la séance déclarée ouverte, Ron Stone se leva.

— Tout enfant doit avoir accès à l'éducation, commença-t-il.

Ses arguments étaient clairs et familiers : apprentissage progressif, mixité, émulation, résultats significatifs… Tout en l'écoutant, Caroline observait les hommes assis de l'autre côté de la table, leurs visages dénués d'expression, masqués. Elle revit Phoebe, la veille au soir, s'appliquant à écrire son prénom sur une feuille de papier, un feutre serré dans sa petite main, les lettres énormes, saccadées, leur tracé irrégulier, mais bel et bien tracées en travers de la page. Les représentants du conseil d'administration parcouraient des dossiers en toussotant. Quand Ron Stone termina son plaidoyer, un jeune homme aux cheveux bruns frisés prit la parole.

— Votre conviction est admirable, maître. Croyez bien que nous sommes sensibles à vos arguments, tout comme nous admirons l'engagement et le dévouement de ces parents. Mais il n'en demeure pas moins que ces enfants sont mentalement attardés ; leurs progrès, aussi encourageants soient-ils, ont été obtenus dans un environnement protégé, où ils faisaient l'objet d'une attention de chaque instant... On ne saurait faire une généralité d'un cas particulier.

Caroline croisa le regard de Sandra. Ces mots-là aussi leur étaient familiers.

— Mentalement attardé est un terme péjoratif, lui rappela Ron Stone après un silence. Ces enfants sont retardés, certes, personne ne met cette évidence en doute. Mais ils ne sont pas stupides. Et s'ils veulent avoir une chance de développer leur intelligence, ils doivent avoir accès à un environnement éducatif non restrictif, comme n'importe quel autre enfant. Ce que nous vous demandons aujourd'hui, c'est seulement l'équité.

— L'équité ? intervint un autre membre du conseil – un homme maigre et cassant, aux cheveux gris clairsemés. Mais pour être équitables, comme vous le dites, nous devrions les accepter en masse. Une invasion d'individus retardés qui submergerait le système ! Jetez un coup d'œil à ces chiffres, vous verrez que nous n'avons pas les moyens d'appliquer votre « équité ».

Il fit passer des copies d'un rapport et commença une analyse comparative des dépenses et des bénéfices. Caroline s'obligea à respirer profondément. Perdre son sang-froid ne servirait pas leur cause. Une mouche bourdonna, prise entre les panneaux vitrés des fenêtres. Caroline songea de nouveau à

Phoebe, une petite fille vive et adorable qui n'avait pas son pareil pour retrouver les objets égarés, savait compter jusqu'à cinquante, s'habiller toute seule et réciter l'alphabet ; une petite fille qui avait peut-être du mal à s'exprimer mais lisait dans le cœur de Caroline comme dans un livre ouvert.

— ... des êtres mentalement limités déferlant dans les écoles, poursuivait la voix. Un boulet pour la communauté et pour les enfants normaux...

Le désespoir envahit Caroline. Ces hommes ne verraient jamais Phoebe telle qu'elle était réellement. Comment leur faire comprendre la merveille qu'était sa fille : Phoebe, assise sur le tapis du salon, empilant des cubes les uns sur les autres, une expression intensément concentrée sur son visage ; Phoebe, posant un 45 tours sur le petit électrophone que Caroline lui avait acheté, et dansant sur le parquet ciré, envoûtée par la musique ; Phoebe posant la main sur le genou de Caroline, perdue dans ses pensées. *Ça va, maman ?* Ou simplement : *Je t'aime !* Phoebe, juchée sur les épaules d'Al dans la lumière douce de la fin d'après-midi ; Phoebe serrant dans ses bras tous les gens qu'elle croisait ; Phoebe piquant une colère et s'entêtant, le menton relevé ; Phoebe s'habillant toute seule ce matin, si fière de se débrouiller comme une grande...

Autour de la table, il n'était question que de chiffres, de logistique ! Caroline se dressa, tremblante mais déterminée. Une invasion d'attardés mentaux, vraiment ! Elle croisa les bras sur sa poitrine et attendit. Un à un, les hommes se turent et le silence se fit dans la pièce.

— Ce sont des êtres humains, pas des résultats statistiques, déclara-t-elle d'une voix posée. J'ai une petite fille de six ans. Il lui a fallu davantage de temps pour acquérir les mêmes savoirs qu'un enfant de son âge, c'est vrai, mais elle y est arrivée. Elle a appris à marcher, parler, se laver et s'habiller toute seule – ce qu'elle a fait encore pas plus tard que ce matin. Ce que je vois tous les jours, c'est une petite fille avide d'apprendre, qui aime tout le monde, sans discrimination. Et ce que je vois ici, c'est une assemblée de juges qui semblent avoir oublié que ce pays promet l'accès à l'éducation à tous ses enfants – quelles que soient leurs aptitudes intellectuelles.

Il y eut un long silence. Puis l'homme aux cheveux bruns reprit doucement la parole.

— J'éprouve – nous éprouvons tous – une très grande compassion pour ce que vous vivez, madame. Mais comment votre fille pourrait-elle assimiler un enseignement scolaire ? Vous savez bien que c'est impossible. Croyez-moi, le meilleur service à lui rendre, c'est de la préparer à un métier qui lui permettra de se rendre utile.

— Ma fille a six ans, monsieur. Elle n'est pas encore tout à fait prête à apprendre un métier.

Ron Stone avait suivi l'échange avec attention. Il prit la parole.

— En réalité, cette discussion est de pure forme. Nous ne réclamons rien de plus que l'application de la loi.

Il ouvrit sa mallette et en sortit une liasse de papiers.

— Voici une pétition, réunissant cinq cents signatures. Elle a été déposée auprès du président du conseil, en même temps qu'un recours en justice collectif, afin d'obtenir que ces enfants soient scolarisés dans les écoles publiques de Pittsburgh.

— Vous faites allusion à un article du droit civil, protesta l'homme aux cheveux gris. Vous ne pouvez pas l'invoquer. Ce n'est ni la lettre ni l'esprit de cette loi.

— Lisez attentivement ces documents, déclara calmement l'avocat en fermant sa mallette. Nous vous contacterons.

Une fois dehors, dans la rue, ils donnèrent tous libre cours à leur enthousiasme. Ron se disait assez satisfait de la réunion, mais préférait se montrer d'un optimisme prudent ; le reste du groupe, en revanche, ne cachait pas sa joie : ils étreignaient Caroline, la remerciant pour son intervention, la félicitant. Elle leur souriait en retour, émue par l'affection profonde qui la liait à chacun d'eux : Sandra, bien sûr, qui continuait à venir prendre le café à la maison une fois par semaine ; Colleen qui avait bataillé sans relâche avec sa fille pour obtenir les cinq cents signatures de la pétition ; Carl, dont le fils unique, atteint de mongolisme, était décédé à la suite de complications cardiaques et avait mis un bureau à leur disposition dans son usine de tapis. Il y avait encore quatre ans, Caroline ne les connaissait ni les uns ni les autres (à l'exception de Sandra) et cependant aujourd'hui, elle avait l'impression qu'ils formaient une grande famille. Ils avaient partagé tant de combats, tant de petites victoires et de grands espoirs !

Encore toute secouée, Caroline retourna à l'école de sa fille. Les enfants étaient assis en cercle sur le sol. Phoebe se leva d'un bond en l'apercevant, courut vers elle et lui enserra les genoux de ses deux bras. Elle sentait le lait, le chocolat, et il y avait une grosse trace noire sur sa robe. Caroline raconta brièvement à Dorothy ce qui s'était passé. Les mots horribles – *invasion, boulet* – continuaient à tournoyer dans sa tête. Dothy, en retard à son travail, lui tapota le bras.

— Vous me raconterez tout en détail ce soir, je me sauve.

Caroline roula lentement pour rentrer à la maison. La journée était si belle – les arbres habillés de feuillage, les fleurs des lilas formant de gros édredons blancs et pourpres sur le flanc des collines. Il avait plu pendant la nuit : le ciel était d'un bleu lumineux, comme lavé. Caroline se gara dans l'allée, déçue de constater qu'Al n'était pas là. Elle débarbouilla Phoebe, se recoiffa, puis s'assit sur les marches du perron, ôta ses souliers et alluma la radio. Phoebe tournoya sur elle-même, bras tendus, la tête renversée en arrière, le visage levé vers le soleil.

Caroline sourit tout en essayant de faire retomber la tension nerveuse de ces dernières heures. Elle avait des raisons d'espérer mais après tant d'années de lutte pour tenter de faire bouger les mentalités, elle préférait rester prudente.

Phoebe courut vers elle, arrondit ses petites mains en conque autour de son oreille et lui chuchota un secret. Caroline ne comprit pas les mots, juste le bruissement surexcité de l'air, puis Phoebe courut de nouveau vers le soleil, tournoyant dans sa robe rose pâle. Le soleil allumait des reflets ambrés dans ses cheveux sombres, et Caroline se remémora le visage de Norah Henry sous les lumières vives de la clinique. Pendant un instant, elle fut submergée par la fatigue et le doute.

Phoebe cessa tout à coup de tourbillonner, les bras à l'horizontale pour conserver son équilibre. Puis elle poussa un cri, traversa la pelouse et monta les marches en courant, jusqu'à l'endroit où venait d'apparaître Al, un long paquet dans une main, un bouquet de lilas dans l'autre.

La tristesse de Caroline s'envola. Al lui avait fait la cour avec une patience et une ténacité incroyables, revenant la voir semaine après semaine, chaque fois avec un bouquet de fleurs ou une babiole, son visage reflétant un plaisir si sincère qu'elle n'avait pas eu le courage de l'éconduire. Et cependant elle avait gardé ses distances, observant avec méfiance cet amour inattendu, venu d'un homme qu'elle n'attendait pas non plus. Elle se leva, le cœur battant. Elle avait eu si peur qu'il ne revienne pas !

— Bonjour, mon ange.

Al s'accroupit pour étreindre Phoebe qui jeta affectueusement ses petits bras autour de son cou.

Le paquet contenait un filet à papillons en gaze fixé sur un manche en bois sculpté. Phoebe s'en empara dans la seconde et courut vers un massif d'hortensias bleu foncé pour l'essayer.

— Comment s'est passée la réunion ?

Caroline lui raconta les objections formulées par le conseil d'administration et Al secoua la tête.

— Ma foi, j'avoue que je garde un assez mauvais souvenir de l'école et que je n'y suis pas resté longtemps. Mais Phoebe est une gosse adorable, qui ne demande qu'à apprendre. Je ne vois pas au nom de quoi on l'en empêcherait.

—Je veux qu'elle ait une place dans la société, affirma Caroline.

Comme elle prononçait ces mots, elle se rendit compte tout à coup que ce n'était pas de l'amour d'Al dont elle avait douté, mais de l'authenticité des sentiments qu'il portait à Phoebe.

—Ma douce, elle a déjà une place. Ici même, avec nous. Mais tu as raison de te battre pour elle.

—Et toi, comment s'est passée ta semaine? demanda-t-elle en remarquant les cernes sous ses yeux.

—Oh, toujours la même routine.

Il s'assit sur les marches, à côté d'elle, ramassa un morceau de bois et l'écorça. Au loin, des tondeuses à gazon bourdonnaient; la petite radio de Phoebe diffusait «Love Me Do».

—J'ai parcouru deux mille huit cent soixante-dix kilomètres. Un record, même pour moi.

Il va renouveler sa demande en mariage, devina Caroline. Le moment s'y prêtait: il était fatigué de la route, prêt à se fixer quelque part. Il allait lui demander de l'épouser. Elle regarda ses mains dépouiller le bois de son écorce, rapides, habiles, et son cœur battit plus vite. Cette fois, elle dirait oui. Mais Al ne parla pas. Le silence s'éternisa, au point qu'elle se sentit obligée de le rompre.

—C'est un très joli cadeau, déclara-t-elle en montrant d'un mouvement du menton Phoebe qui courait autour des hortensias, le filet à papillons décrivant dans l'air des courbes lumineuses.

—C'est un de mes amis de Georgie qui les fabrique, répondit Al. Un type très sympa, gérant d'une épicerie. Il en avait tout un stock en réserve pour ses petits-enfants. Oh, j'allais oublier.

Il plongea la main dans sa poche et en sortit une enveloppe.

— Ton courrier d'Atlanta.

Caroline la prit sans un mot. À l'intérieur, elle le savait, elle trouverait plusieurs billets de vingt dollars, soigneusement pliés dans une feuille de papier blanc. Al lui apportait des lettres en tout point identiques de Cleveland, Memphis, Atlanta, Akron : des villes où il effectuait régulièrement des livraisons. Caroline lui avait confié que l'argent était pour Phoebe, de la part de son père, et Al avait accepté cette explication sans faire de commentaire. En revanche, les sentiments de Caroline étaient plus complexes. Parfois, elle rêvait qu'elle s'introduisait dans la maison de Norah Henry : elle volait des objets sur les étagères et dans les placards, remplissant un gros sac en toile. Elle était très contente d'elle jusqu'à ce qu'elle découvre Norah Henry immobile dans l'embrasure d'une fenêtre, le regard lointain et triste. Si triste que Caroline se réveillait en sursaut. Chaque fois qu'une enveloppe arrivait, elle déposait l'argent sur un compte en banque et n'y pensait plus – jusqu'à la suivante. Elle procédait de cette façon depuis cinq ans maintenant, et avait mis de côté près de sept mille dollars.

Phoebe continuait à courir dans le jardin, essayant d'attraper les papillons, les oiseaux, les flaques de soleil, les notes de musique qui s'échappaient de la radio. Al monta le son et se mit à fredonner « Begin the Beguine ».

— Mes parents aimaient danser sur cette chanson, se souvint Caroline.

Elle se revit, cachée en haut de l'escalier, regardant sa mère, en robe longue, ouvrir la porte à ses invités.

— Parfois, le samedi soir, ils roulaient le tapis du salon, ils conviaient d'autres couples, et ils dansaient toute la nuit.

— Nous pourrions aller danser, de temps en temps, suggéra Al. Qu'est-ce que tu en dis ?

Caroline sentit alors quelque chose frémir en elle – une sorte d'excitation. Elle n'aurait su en définir la cause : un reste de colère, peut-être, mêlé à la douceur de cette belle journée, à la chaleur du bras d'Al près du sien. La brise jouait dans les branches des peupliers, dévoilant la face argentée des feuilles.

— Pourquoi pas tout de suite ? demanda-t-elle en lui tendant la main.

Il eut l'air stupéfait mais il se leva et ils dansèrent sur la pelouse aux accents nasillards de la radio, la circulation de la quatre-voies en fond sonore. Le soleil glissait dans ses cheveux, l'herbe était douce sous ses pieds nus, leurs corps s'accordaient parfaitement, virevoltant, s'éloignant, se rapprochant. Sa tension se dissipait un peu plus à chaque pas. Al sourit, resserra son étreinte ; le soleil caressait sa nuque.

Oh, songea-t-elle comme il la faisait tournoyer de nouveau, s'il me demande de l'épouser, je répondrai oui.

Le soleil, le rire de Phoebe, les mains d'Al dans son dos, tout contribuait à son plaisir. Un fil invisible semblait les relier à la musique. Le grondement continu des voitures était aussi apaisant que le murmure de l'océan. Un autre son, léger, se mêla peu à peu à la mélodie, mais Caroline n'y prêta tout d'abord pas attention. Puis Al la fit pirouetter, et elle se statufia. Phoebe était tombée à genoux dans l'herbe douce, à côté du massif d'hortensias, et se tenait la main. Elle sanglotait avec une telle violence qu'elle n'avait même pas la force d'appeler. Caroline se précipita et s'accroupit près d'elle, examinant la petite cloque rouge sur sa paume.

— C'est une piqûre d'abeille. Oh, chérie, ça fait très mal, je sais.

Elle pressa son visage contre les cheveux de Phoebe. Sa peau était si douce, si douce, et son petit cœur battait si fort. Voilà ce que les hommes de la commission pédagogique ne voulaient pas comprendre. Phoebe était elle-même. On ne pouvait pas réduire un être humain à des chiffres ni le faire entrer dans une case formatée. Personne n'avait le droit de décréter ce que c'était que la vie et à partir de quel modèle elle devait être taillée.

— Là, là, ça va aller, murmura-t-elle en lui caressant les cheveux.

Mais les sanglots de Phoebe avaient cédé la place à un sifflement rauque, comme quand elle était bébé et qu'elle souffrait du croup. Sa paume enflait ; ses doigts et le dos de sa main aussi. Le cœur de Caroline cessa de battre une fraction de seconde, puis elle se leva d'un bond.

— Oh mon Dieu ! Al, vite, elle est allergique !

Elle souleva la fillette dans ses bras et resta là, perdue, parce que ses clés de voiture se trouvaient dans son sac, sur le comptoir de la cuisine, et qu'elle ne savait pas comment ouvrir la porte. Puis, tout à coup, Al fut à ses côtés. Il attrapa Phoebe, courut vers la voiture et, sans même savoir comment, Caroline se retrouva derrière le volant, les clés à la main. Elle conduisit aussi vite que le permettait la réglementation mais quand ils atteignirent l'hôpital, la respiration de Phoebe n'était plus qu'un râle saccadé.

Ils se précipitèrent à l'intérieur, abandonnant la voiture devant l'entrée. Caroline agrippa la première infirmière qu'elle aperçut.

— Vite ! C'est un choc allergique. Nous devons voir un médecin, *tout de suite* !

L'infirmière avait des cheveux gris coupés à la Jeanne d'Arc. Elle les guida de l'autre côté d'une porte, dans un cabinet médical. Al déposa tout doucement Phoebe sur une table d'auscultation. Elle luttait pour respirer, maintenant, les lèvres bleuies. Caroline étouffait, elle aussi, la poitrine comprimée par la peur. L'infirmière repoussa les cheveux de l'enfant, prenant son pouls à son cou. Puis elle vit tout à coup ce que le Dr Henry avait vu la nuit de sa naissance : les yeux bridés, remontés vers les tempes, le visage légèrement aplati, les petites mains qui avaient agrippé si fort le filet à papillons quand elle courait dans le jardin, et ses paupières se plissèrent.

— Vous êtes sûre ? demanda-t-elle. Vous voulez vraiment que j'appelle un médecin ?

Caroline resta pétrifiée à sa place. En un éclair, tout lui revint : l'institution pour déficients mentaux, l'odeur de légumes bouillis qui flottait dans l'air, le visage arrogant et fermé des hommes du conseil d'administration pédagogique. Dans une alchimie fulgurante, sa peur se transforma en une colère froide, dévastatrice. Sa main se leva d'une détente pour gifler le visage flasque de l'infirmière, mais Al lui attrapa le poignet au vol.

— Allez chercher un docteur, ordonna-t-il à la femme. *Immédiatement*.

Puis il passa un bras autour des épaules de Caroline. Il la garda serrée contre lui pendant tout le temps que dura l'examen du médecin, jusqu'à ce que Phoebe commence à respirer plus librement et que son visage reprenne des couleurs. Ils sortirent alors dans le couloir et s'assirent sur des sièges en plastique orange pour attendre, main dans la main, pendant que des infirmières allaient et venaient autour d'eux.

— Elle aurait pu mourir, articula Caroline.

Son calme s'évanouit tout à coup et elle se mit à trembler.

— Tout va bien, maintenant, affirma Al d'une voix ferme.

Il s'était montré si patient pendant toutes ces années. Il était revenu vers elle, encore et encore, déclarant qu'il était prêt à l'attendre le temps qu'il faudrait parce qu'elle en valait la peine. Mais il ne l'avait pas appelée de la semaine, et même s'il lui avait apporté des fleurs, comme toujours, il n'avait pas renouvelé sa demande en mariage. Il pouvait repartir au volant de son camion et ne jamais revenir, ne jamais lui donner une autre chance de dire oui.

Caroline contempla cette main si forte, si robuste qui enserrait la sienne, et la porta à ses lèvres. Al tressaillit, arraché à ses pensées, aussi surpris que si une abeille venait de le piquer lui aussi.

— Caroline…

Sa voix était solennelle.

— J'ai quelque chose à te demander…

— Je sais.

Bouleversée, elle pressa la paume d'Al contre sa joue, les yeux brillants de larmes.

— Oh, Al, j'ai été une telle idiote… Bien sûr que je veux t'épouser !

1977

Juillet 1977

— Comme ça ? demanda Norah.

Le sable glissait et se dérobait sans cesse sous sa hanche. Chaque fois qu'elle respirait profondément, la dune s'enfonçait. Le soleil était si chaud, on aurait dit une assiette en métal incandescent. Elle était allongée dans la même position depuis plus d'une heure, posant et reposant – *reposant !* Voilà ce à quoi elle aspirait : se reposer. Il s'agissait de *ses* vacances, après tout. Elle avait gagné ces deux semaines à Aruba en récompense de son travail, parce qu'elle avait réalisé les meilleures ventes de forfaits croisières de tout l'État du Kentucky l'année passée. Et au lieu d'en profiter, elle était là, écrasée entre le soleil et la plage, le sable griffant ses bras et son cou en sueur.

Pour tenter de se distraire, elle tourna les yeux vers Paul qui courait le long de l'eau, tout là-bas, sa silhouette à peine plus grosse qu'un confetti à l'horizon. Il avait treize ans, et il avait poussé comme un jeune arbre au cours des douze derniers mois. Il était grand, gauche, et courait tous les matins comme s'il essayait d'échapper à sa propre vie.

Des vagues s'écrasaient doucement sur la plage. La marée montait. Bientôt, la lumière changerait et David devrait interrompre sa séance photo jusqu'au lendemain. Une mèche de cheveux se colla sur sa bouche, la chatouillant, mais Norah s'obligea à ne pas bouger.

— Bien, acquiesça David, courbé sur son appareil photo, prenant en rafale une série de clichés. Oh, oui, parfait, excellent !

— J'ai chaud.

— Encore quelques minutes. C'est presque terminé.

Il était à genoux, maintenant, ses cuisses pâles contrastant avec le sable doré. Il travaillait très dur à l'hôpital, et il passait aussi des heures dans sa chambre noire, à développer des photos qu'il suspendait ensuite sur les cordes à linge tendues d'un mur à l'autre, pour les faire sécher.

— Pense à la mer, Norah. Les ondulations de l'eau, les ondulations du sable : tu ne fais qu'un avec ces éléments. Tu t'en rendras compte quand tu verras la photo. Je te montrerai.

Norah se remémora les premiers temps de leur mariage quand ils partaient se promener, main dans la main, dans le soir imprégné du parfum des chèvrefeuilles et des jacinthes. Qu'imaginait-elle, alors, tandis qu'elle marchait à ses côtés dans la lumière feutrée du crépuscule, rêvant tout éveillée à son avenir ? Pas cette vie-là, assurément. Elle avait appris toutes les ficelles du métier de voyagiste au cours des cinq années écoulées. Elle avait repensé l'organisation interne de l'agence, constitué un fichier clients, vendu du rêve sur dépliant en papier glacé, décrivant dans les moindres détails des destinations paradisiaques où elle n'avait jamais mis les pieds. Elle était devenue experte dans l'art de résoudre les crises de dernière minute : bagages perdus, passeports égarés, rapatriements sanitaires... L'année dernière, quand Pete Warren avait décidé de partir à la retraite, Norah avait pris une grande respiration et s'était jetée à l'eau : elle avait racheté l'affaire. Ses journées étaient remplies, mouvementées, passionnantes – et tous les soirs elle rentrait dans une maison pleine de silence.

— Je n'arrive toujours pas à comprendre, soupira-t-elle lorsque David en eut terminé et qu'elle put enfin se redresser.

Elle s'ébroua pour faire tomber le sable collé à ses bras et à ses jambes. Elle en avait jusque dans les cheveux.

— Pourquoi veux-tu absolument me photographier, si tu espères qu'on ne me verra pas dans le paysage ?

— C'est une question de perspective, répondit David en levant les yeux de son matériel. D'attente.

Ses cheveux étaient ébouriffés, ses joues et ses avant-bras rougis par le soleil. Au loin, Paul avait fait demi-tour et revenait vers eux.

— En contemplant cette photo, les gens verront d'abord une plage, des dunes. Puis tout à coup, un détail étrange attirera leur attention : une courbe familière évoquant une silhouette féminine, par exemple ; ou bien ils découvriront le titre et ils scruteront de nouveau le paysage, à la recherche de la femme cachée... et ils te trouveront !

Sa voix avait des intonations passionnées. Il parlait de ses photos comme il parlait jadis de son métier, de leur mariage – et cette constatation emplit Norah de nostalgie et de regret. *Vous parlez de quoi quand vous êtes ensemble, David et toi ?* lui avait demandé un jour Bree. Et Norah avait été choquée de constater que la plupart de leurs conversations se limitaient à des sujets superficiels et mécaniques : les courses, les tâches ménagères, l'emploi du temps de Paul…

David rangeait soigneusement son matériel dans une mallette spéciale. Norah avait espéré que ces vacances seraient pour eux l'occasion de se rapprocher. C'était même ce qui l'avait convaincue de rester immobile des heures durant sous le soleil pendant que David prenait pellicule sur pellicule. Mais il y avait maintenant trois jours qu'ils étaient là et rien, à part le décor, n'avait réellement changé. Le matin, ils buvaient leur café en silence, puis David s'occupait de ses photos ou partait pêcher. Le soir, il lisait, étendu sous le porche, dans son hamac. De son côté, Norah se promenait, lézardait au soleil et allait faire du shopping en ville, dans une de ces boutiques pimpantes où l'on trouvait des produits hors de prix destinés aux touristes. Paul, lui, jouait de la guitare et courait sur la plage.

Norah mit sa main en visière devant ses yeux. La silhouette du coureur se détachait nettement, à présent : contrairement à ce qu'elle avait cru, ce n'était pas Paul, mais un homme grand, mince, dans les trente-cinq ou quarante ans. Il portait un short bleu en nylon avec une bande blanche sur le côté et il était torse nu. Ses épaules, déjà brunies, étaient marquées par un coup de soleil certainement douloureux. Il ralentit un peu avant de parvenir à leur hauteur, puis s'arrêta, les mains sur les hanches, le souffle court.

— Magnifique matériel, approuva-t-il, les yeux fixés sur la mallette.

Son regard effleura Norah.

— Photo intéressante.

Il perdait ses cheveux ; ses yeux étaient bruns, sombres, intenses. Norah sentit leur chaleur la transpercer et se détourna pendant que David expliquait sa démarche : la mer, le sable, la femme – les images se fondant les unes dans les autres pour n'en former qu'une seule.

Elle scruta la plage. Oui. Là-bas, à peine visible, une autre silhouette courait le long de l'eau. Son fils. Le soleil était si brillant. Pendant quelques secondes, elle se sentit comme étourdie, de petits éclats de lumière fourmillèrent derrière ses paupières, identiques à ceux qui dansaient sur la crête des vagues. Le promeneur s'appelait Howard. David et lui discutaient filtres et ouvertures du diaphragme avec la même passion.

— Ainsi, vous êtes l'inspiratrice de cette étude, déclara-t-il tout à coup en se tournant vers Norah pour l'inclure à la conversation.

— Il paraît, répondit-elle en frottant des grains de sable sur ses bras.

Elle se rendit compte subitement que son nouveau maillot de bain ne cachait pas grand-chose. Elle était presque nue.

— C'est un peu rude pour la peau, ajouta-t-elle, embarrassée.

— Allons donc, vous avez une peau magnifique, répondit Howard.

David plissa les paupières et la regarda comme s'il la découvrait. Norah éprouva un sentiment de triomphe. *Tu vois ?* faillit-elle s'exclamer. *J'ai une peau magnifique.* Mais l'intensité du regard d'Howard l'en empêcha.

— Vous devriez venir voir les travaux de David, suggéra-t-elle.

Elle montra leur cottage, niché sous les palmiers.

— Il a apporté son portfolio.

— Cela m'intéresserait beaucoup, acquiesça Howard en se tournant vers David.

— En ce cas, venez déjeuner à la maison, proposa David.

Mais Howard avait un rendez-vous en ville à treize heures.

— Ah, voilà Paul, annonça Norah, les yeux fixés sur la longue silhouette qui courait sur la plage à un rythme très soutenu.

Il redoubla d'énergie dans les derniers mètres, ses bras et ses jambes luisant au soleil.

— Notre fils, reprit-elle à l'attention d'Howard.

— Il a une bonne foulée, observa Howard en connaisseur.

Paul commençait à ralentir. Parvenu à leur hauteur, il s'arrêta puis se pencha en avant pour souffler, les mains sur ses genoux.

— Et son temps est excellent, enchaîna David en jetant un coup d'œil à sa montre.

David, arrête, songea Norah. Paul se fermait comme une huître chaque fois que son père faisait allusion à son avenir, mais David n'avait pas l'air de s'en rendre compte. *Tais-toi, s'il te plaît.* Mais David poursuivit :

— Ça me navre qu'il ne saisisse pas sa chance. Avec une taille pareille, il ferait un malheur sur un terrain de basket. Mais il ne veut rien entendre.

Paul fit la grimace et Norah réprima un mouvement d'exaspération. David ne comprenait donc pas que plus il insisterait, plus Paul se braquerait ?

— J'aime courir, déclara Paul en se redressant.

— Ça, mon garçon, ça se voit tout de suite, répondit Howard en lui tendant la main. Tu as la course dans le sang.

Paul lui serra la main, rouge de plaisir. *Vous avez une peau magnifique*, lui avait-il dit. Norah se demanda si les expressions de son visage étaient aussi transparentes.

— Puisque vous n'êtes pas libre à déjeuner, venez donc dîner à la maison, proposa-t-elle. Votre femme est également invitée, bien sûr. Et vos enfants. Nous ferons un barbecue sur la plage.

Howard fronça les sourcils, les yeux fixés sur la mer scintillante. Il croisa les mains derrière sa nuque, s'étira.

— En fait, je suis venu seul, répondit-il. Une retraite méditative, en quelque sorte. Je suis en instance de divorce.

— Oh, je suis désolée, dit Norah – même si ce n'était pas le cas.

— Venez quand même, insista David. Norah est une merveilleuse hôtesse. Je vous montrerai les différents thèmes sur lesquels je travaille – ils tournent tous autour de l'apparence et de la transformation.

— Ah, la transformation, approuva Howard en hochant la tête. Voilà qui s'annonce passionnant. Je viendrai avec plaisir, merci.

Ils se séparèrent. Un peu plus tard, alors qu'elle coupait un concombre en tranches dans la cuisine, Norah aperçut Howard qui marchait sur la plage en direction de la ville. Elle se rappela ses épaules brûlées par le soleil, son regard pénétrant. L'eau cascada dans les tuyaux : Paul prenait sa douche. Dans la salle de séjour, David classait ses photos. Sa passion était devenue une véritable obsession avec le temps. Il ne regardait plus le monde – et Norah – qu'à travers l'objectif de son appareil photo. Le souvenir de leur petite fille morte flottait toujours entre eux. Leurs vies s'étaient façonnées autour de son absence. Parfois, Norah se demandait même si ce deuil n'était pas la seule chose qui les reliait encore l'un à l'autre. Elle fit glisser les tranches de concombre dans un saladier, commença à trancher une tomate et jeta un coup d'œil par la fenêtre. Howard n'était plus qu'un point minuscule dans le lointain. Il avait de grandes mains, elle l'avait remarqué, des ongles courts, soignés. Ses paumes pâles tranchaient avec son bronzage. *Vous avez une peau magnifique*, avait-il dit, et ses yeux n'avaient pas quitté les siens.

Après le déjeuner, David fit la sieste dans le hamac et Norah s'étendit sur le lit, sous la fenêtre. Une brise océane entrait dans la pièce. Norah se sentait intensément vivante, comme reliée par ce vent au sable et à la mer. Howard était un homme quelconque, presque maigre, qui commençait à perdre ses cheveux, et cependant il l'attirait d'une façon mystérieuse. Peut-être parce qu'elle se sentait terriblement seule et insatisfaite. Elle imagina Bree l'applaudissant, ravie de la voir s'émanciper.

Franchement, Norah, pourquoi ne pas t'amuser un peu ? On ne vit qu'une fois !

— Je suis mariée, murmura Norah.

Elle se leva, se prépara un gin tonic avec du citron, puis s'assit sur la balancelle du porche et regarda David dormir. Il était devenu un tel étranger. Des notes de guitare vibraient dans l'air tiède. Elle imagina Paul, assis en tailleur sur son lit étroit, la tête inclinée, concentré sur sa guitare toute neuve – une Almansa, cadeau de David pour son dernier anniversaire. Un instrument magnifique : caisse en ébène, fond et éclisse en bois de rose, clés en cuivre. David faisait de réels efforts avec Paul. Il insistait trop lourdement sur le sport, oui, mais il prenait aussi le temps d'emmener Paul à la pêche ou en forêt, toujours à la recherche de leurs fameuses pierres. Il avait passé des heures à chercher cette guitare, il l'avait commandée tout spécialement à une entreprise de New York. Norah observa David, endormi dans le hamac, un muscle tressautant sur sa joue.

— David, chuchota-t-elle.

Il ne l'entendit pas.

— David, répéta-t-elle, plus fort – mais il ne bougea pas.

À seize heures, elle se leva paresseusement. Elle enfila une robe bain de soleil semée de petites fleurs et retenue aux épaules par de fines brides. Puis elle noua un tablier autour de sa taille et cuisina des plats simples, mais luxueux : un gratin de fruits de mer, du maïs en épi, une salade verte, de petits homards achetés ce matin au marché et conservés dans des seaux d'eau de mer. Elle plongea les mains dans l'évier rempli d'eau froide, lavant délicatement la salade, feuille après feuille. Dehors, Paul et David s'activaient pour allumer le vieux barbecue à moitié rouillé. Il y avait des assiettes en carton sur la table en bois, du vin dans des gobelets en plastique. Ils mangeraient le homard avec leurs doigts, le beurre fondu dégoulinant sur leurs paumes.

Elle l'entendit avant de le voir – un timbre de voix légèrement plus grave que celui de David, un peu plus nasal aussi. Norah s'essuya les mains sur un torchon et sortit.

Les trois hommes – cela lui causa un petit choc de penser à Paul en ces termes, mais il avait tellement poussé, il était aussi grand que David à présent – discutaient un peu plus loin, sur la plage. Le barbecue livrait ses arômes de fumée et de résine, et le charbon de bois dégageait une chaleur qui montait vers le ciel en ondulant. Ni David ni Paul ne remarquèrent la présence de Norah : ils lui tournaient le dos, le regard rivé sur l'océan, poli comme une plaque de verre opaque dans la lumière déclinante. Seul Howard l'aperçut et lui sourit.

Pendant quelques secondes, juste avant que David et Paul se retournent, avant qu'Howard avance d'un pas et lui tende la bouteille qu'il avait apportée, leurs regards restèrent soudés. Ce fut un échange fugitif mais chargé d'intensité, où leurs deux visages reflétèrent le même plaisir, la même attente, tandis que le monde s'agitait autour d'eux dans un fracas de vagues.

Puis David se retourna, souriant, et le moment se referma comme une porte qui claque.

— J'ai apporté du vin blanc, déclara Howard en lui tendant la bouteille. J'espère que j'ai fait le bon choix.

Norah fut subitement frappée par son physique ordinaire, la façon un peu ridicule dont ses pattes descendaient jusqu'au milieu de ses joues. Cette étrange complicité qui les avait unis un instant plus tôt avait disparu. Avait-elle seulement existé ?

— C'est parfait, répondit-elle. Il y a du homard au menu.

Une conversation banale. Elle était une maîtresse de maison enjouée et souriante, évoluant tout aussi aisément dans son rôle d'hôtesse que dans sa robe bain de soleil. Howard était son invité ; elle lui proposa un fauteuil en rotin et un verre. Quand elle revint, apportant une bouteille de gin, une autre de tonic, et un seau à glace sur un plateau, le soleil avait atteint la lisière de l'eau. Des nuages bruns dérivaient en volutes dans un ciel rose orangé.

Ils dînèrent sur le porche. La nuit tomba rapidement et David alluma des bougies le long de la rambarde. De l'autre côté de cette petite frontière lumineuse, la mer montait, les vagues s'écrasant sur le sable, invisibles. La voix d'Howard s'élevait doucement dans la lumière frémissante. Il évoquait une *camera obscura* : une boîte en acajou, étanche à la lumière, qu'il avait fabriquée lui-même. Seule l'une des faces était percée d'un trou tout petit. Une image miniature du monde extérieur pénétrait par cette ouverture minuscule et se projetait sur un miroir. La *camera obscura* était l'ancêtre de l'appareil photo ; certains peintres – Vermeer, par exemple – s'en étaient servis pour réaliser des détails d'une précision extraordinaire.

Dans l'obscurité de la nuit, Norah écoutait, fascinée par ces images : le monde projeté sur un mur dans une boîte sombre, des personnages minuscules pris dans la lumière mais toujours en mouvement. C'était tellement différent de ses séances photos avec David, lorsque l'appareil semblait la clouer sur place, arrêtant le temps. Tout en sirotant son vin dans l'obscurité, elle comprit que c'était exactement le cœur du problème. Quelque part en chemin, David et elle s'étaient enlisés. Ils se tournaient autour désormais, chacun sur leur orbite. Ils changèrent de sujet de conversation et Howard leur raconta les documentaires qu'il faisait lorsqu'il était au Viêt Nam en tant que photographe pour l'armée.

— C'était souvent très ennuyeux, en réalité, dit-il lorsque Paul lui fit part de son admiration. Il s'agissait simplement de naviguer sur le Mékong. C'est un fleuve des plus extraordinaires, cela dit. Un endroit fascinant.

Le dîner terminé, Paul regagna sa chambre. Quelques minutes plus tard, le son de sa guitare se mêla au bruissement des vagues. Paul n'avait pas voulu partir avec eux : il avait un concert important quelques jours seulement après leur retour et souhaitait se consacrer à ses répétitions. Mais David avait insisté. Il ne prenait pas les ambitions musicales de Paul au sérieux. Pour lui, la guitare était un passe-temps, on ne pouvait pas en faire un métier. Mais Paul était convaincu du contraire et rêvait d'étudier la musique à la prestigieuse Juilliard School. David, qui avait travaillé si dur pour leur assurer une vie confortable, se crispait dès qu'on abordait le sujet. La guitare de Paul continuait à résonner dans la nuit, chaque note ailée et délicate, mais aussi un peu tranchante, comme la pointe d'un couteau entaillant la peau.

La conversation passa de l'optique à la lumière exceptionnelle de la vallée de l'Hudson, où vivait Howard, et du sud de la France, où il aimait à se rendre. Il leur raconta les routes étroites, le fin nuage de poussière derrière la voiture, les champs de tournesols. Il n'était qu'une voix, sa silhouette à peine plus qu'une ombre à ses côtés, mais Norah avait la sensation que ses paroles résonnaient en elle comme les notes de la guitare de Paul – légères et entêtantes à la fois. David resservit du vin, changea de sujet, puis ils se levèrent de table et passèrent dans la salle de séjour vivement éclairée. David sortit son portfolio et se lança avec Howard dans une discussion passionnée sur la lumière et les contrastes.

Norah resta un moment avec eux dans la pièce. Elle était présente sur toutes les photos dont ils parlaient : ses hanches, sa peau, ses mains, ses cheveux… Et pourtant, elle était exclue de la conversation. Objet et non sujet. Son propre corps était devenu une abstraction, un concept. En posant pour David, elle avait espéré combler un peu le fossé qui s'était creusé entre eux mais en l'observant en cet instant, absorbé par ses explications techniques, Norah comprit qu'il ne la voyait pas réellement, qu'il ne la voyait plus depuis des années.

La colère l'envahit avec une telle violence qu'elle se mit à trembler. Elle pivota sur ses talons et quitta la pièce. Depuis le jour des guêpes, elle avait quasiment cessé de boire. Mais en entrant dans la cuisine, elle se servit un plein gobelet de vin. Tout autour d'elle s'amoncelaient des assiettes sales, du beurre figé, les carapaces rouge vif des homards comme des corps de cigales géantes. Tant de travail pour un plaisir si bref ! D'ordinaire, David se chargeait de la vaisselle, mais ce soir Norah noua un tablier autour de sa taille, empila la vaisselle dans l'évier et rangea le reste de gratin de fruits de mer au réfrigérateur. Dans la salle de séjour, David et Howard continuaient à discuter, leurs voix montant et descendant comme le ressac. Qu'est-ce qui lui avait pris de mettre cette robe décolletée, de se laisser hypnotiser par les discours d'Howard ? Elle était Norah Henry, la femme de David, la mère de Paul, leur petit garçon devenu aussi grand qu'un homme. Howard était venu parler photographie avec David, et c'était tout.

Elle sortit, portant le sac-poubelle jusqu'à la benne à ordures. La nuit était tiède, le sable presque frais sous ses pieds nus. Elle s'avança jusqu'à l'océan et contempla l'immense champ d'étoiles. Derrière elle, la porte du cottage s'ouvrit et se referma. David et Howard la rejoignirent.

— Merci d'avoir tout rangé, dit David.

Il posa la main sur sa taille et elle se raidit, prenant sur elle-même pour ne pas se dégager.

— Désolé de t'avoir laissée tomber. Je crains d'avoir perdu la notion du temps. Howard m'a suggéré quelques bonnes idées.

— En fait, j'étais envoûté par vos bras, déclara Howard, faisant allusion aux photos de David.

Il ramassa un morceau de bois et le lança au loin de toutes ses forces. Ils l'entendirent heurter l'eau, puis le bruit des vagues l'engloutit.

Derrière eux, la maison éclairée diffusait un cercle de lumière sur le sable, mais là où ils se tenaient, l'ombre était si épaisse que Norah distinguait à peine les visages de David et d'Howard. La conversation vagabonda un moment puis revint à des considérations techniques et Norah crut qu'elle allait se mettre à hurler. Elle était sur le point de se détourner pour rentrer quand une main lui caressa la cuisse. Elle ne bougea plus, pétrifiée. Il s'écoula quelques secondes, puis les doigts d'Howard remontèrent le long de sa hanche et se faufilèrent à l'intérieur de la poche de sa robe. Norah retint sa respiration, saisie par cette source de chaleur soudaine et secrète contre sa peau.

David continuait à parler de ses photos. Norah attendit un peu, puis se tourna légèrement et la main d'Howard s'ouvrit comme une fleur contre son ventre.

— C'est certain, déclara-t-il au même instant d'une voix parfaitement naturelle. En utilisant ce filtre, vous perdrez en luminosité, mais le résultat en vaudra sûrement la peine.

Norah relâcha son souffle tout doucement, tout doucement, en se demandant si Howard percevait les battements précipités de son cœur. Un désir presque douloureux la tenaillait. Les vagues déferlaient sur le sable, reculaient puis revenaient à la charge. Norah se tenait parfaitement immobile, attentive au flux et au reflux de sa propre respiration.

— Cela dit, avec la *camera obscura*, vous obtenez un niveau de précision incomparable, poursuivait Howard. Venez donc demain à la maison, je vous la montrerai. Je suis curieux de connaître votre avis.

— Demain, je pars pêcher en mer avec mon fils, répondit David. Mais après-demain, oui, pourquoi pas.

— Je vais rentrer, murmura faiblement Norah.

— Norah en a assez de nous entendre parler boutique, dit David.

— Je comprends ça, acquiesça Howard.

Il lui caressa le ventre à travers sa robe d'un geste rapide et insistant, comme un battement d'aile. Puis il retira sa main.

— Passez demain, si vous voulez, lui proposa-t-il. Je vous montrerai le fonctionnement de la *camera obscura*.

Norah hocha silencieusement la tête.

Howard partit peu après. L'obscurité l'engloutit presque instantanément.

— Je le trouve très sympathique, déclara David un peu plus tard tout en rangeant ses photos.

Norah écoutait le bruissement des vagues, debout devant la fenêtre, les mains enfoncées dans les poches de sa robe.

— Oui, acquiesça-t-elle. Moi aussi.

Le lendemain matin, David et Paul se levèrent avant l'aube pour se rendre dans le petit port, un peu plus haut sur la côte, où les attendait un bateau de pêche. Norah resta couchée pendant qu'ils se préparaient en essayant de faire le moins de bruit possible. Les portières claquèrent, la voiture démarra, et le silence retomba, troublé par le murmure des vagues. Norah paressa au lit un moment, tandis qu'une ligne de lumière se dessinait peu à peu à la lisière du ciel et de l'océan. Puis elle se doucha, s'habilla et se prépara du café. Elle mangea la moitié d'un pamplemousse et lava la vaisselle de son petit déjeuner avant de sortir. Elle portait un short et un chemisier bleu turquoise avec des flamants roses imprimés dessus.

Le cottage d'Howard, à un kilomètre de là, plus bas sur la plage, était à peu de chose près la copie conforme du leur. Lui-même était assis sur le porche, penché sur une boîte en bois sombre, vêtu d'un short blanc et d'une chemisette écossaise, ouverte sur son torse. Il était pieds nus, comme elle. Il se leva pour l'accueillir.

— Je vous ai vue approcher de loin. Je vous sers un café ?

— Non, merci.

— Vous êtes sûre ? C'est du café irlandais. Il ne contient pas que de l'eau, si vous voyez ce que je veux dire.

— Tout à l'heure, peut-être.

Norah gravit les marches et caressa la boîte en acajou luisant.

— Voilà la fameuse *camera obscura* ?

— Oui. Venez voir.

Norah s'assit sur la chaise qu'il venait de libérer et regarda à travers l'ouverture. La longue étendue de plage, la grappe de rochers, une voile blanche contre la ligne d'horizon, le léger frémissement des palmiers – tout était là, miniature, fourmillant de détails, emprisonné à l'intérieur d'une boîte minuscule, et cependant extraordinairement vivant, en mouvement. Norah releva la tête en cillant, et constata avec stupeur que le paysage avait changé : les ondulations du sable, les rayures lumineuses de la chaise longue, le couple qui marchait le long de l'eau. Tout était vif, tranchant, magnifique.

— Oh, souffla-t-elle en regardant de nouveau à l'intérieur de la boîte. C'est extraordinaire ! Le paysage est si précis, si contrasté. Je vois même la brise agiter les arbres !

Howard se mit à rire.

— Je savais que ça vous plairait.

Norah contempla l'image emprisonnée à l'intérieur de la boîte, puis leva les yeux pour la voir transformée. Même la lumière vibrait, rayonnante.

— C'est si beau, chuchota-t-elle. C'est incroyable.

— Allez-y, Norah. Entrez dans la lucarne magique, laissez-moi vous dessiner.

Elle se leva, s'avança sur le sable brûlant, puis se tourna face à Howard. Sa tête était inclinée sur la boîte. Norah regarda la pointe de son crayon bouger sur le cahier de croquis. Il faisait chaud, le soleil était déjà une grosse main bouillante sur sa nuque. Elle se remémora sa séance de pose, la veille, et le jour d'avant. Combien de fois était-elle restée ainsi, objet et sujet à la fois ? La brise caressait ses cheveux, et le crayon d'Howard bougeait rapidement, fixant son image sur la feuille. Elle se rappela le sable s'enfonçant sous ses hanches pendant que David la prenait en photo, puis la façon dont Howard et lui avaient parlé d'elle, pas comme d'une femme autonome et organisée, qui avait accompagné tout un groupe de touristes en Chine, mais plutôt comme une créature inconsistante que le moindre souffle de vent suffirait à emporter. Puis elle se rappela la main d'Howard dans la poche de sa robe, si chaude contre son ventre. Cette main-là qui, en cet instant, la dessinait sur une feuille de papier.

Norah saisit l'ourlet de son chemisier, puis sans l'ombre d'une hésitation, fit passer le vêtement par-dessus sa tête et le laissa tomber sur le sable. Sur le porche, Howard s'arrêta de dessiner, mais ne releva pas la tête. Les petits muscles de ses bras et de ses épaules avaient cessé de bouger. Norah baissa la fermeture à glissière de son short, le fit descendre sur ses hanches, sur ses cuisses, et l'enjamba. Jusque-là, rien d'extraordinaire : en dessous, elle portait le maillot de bain deux pièces dans lequel elle avait posé si souvent pour David. Elle détacha les agrafes du haut, puis fit glisser le bas le long de ses jambes, et l'envoya voltiger d'un petit coup de pied. Elle resta immobile, laissant le soleil et la brise caresser son corps nu.

Howard leva alors lentement la tête et la contempla.

Pendant quelques secondes, la scène ressembla à un cauchemar : ce sentiment de panique et de honte qui vous étreint en rêve quand on se rend compte au beau milieu d'un magasin ou d'un parc qu'on a oublié de s'habiller. Norah tendit précipitamment la main vers son maillot pour se rhabiller.

— Non, chuchota Howard – et elle suspendit son geste. Vous êtes si belle…

Il se redressa lentement, prudemment, comme si elle était un oiseau que le moindre geste brusque risquait d'effaroucher. Mais Norah ne songeait pas à bouger. Elle avait l'impression d'être une statue de sable qu'un feu brûlant allait transformer, modeler, polir. Howard franchit la petite distance qui les séparait encore. On aurait dit qu'il marchait au ralenti, l'empreinte de ses pieds s'imprimant dans le sable chaud. Une fois devant elle, il la contempla longuement, sans la toucher. La brise soulevait délicatement les cheveux de Norah, les rabattait sur son visage. Il les repoussa très doucement en arrière.

— Je ne pourrai jamais saisir cet instant, déclara-t-il. Ce que vous êtes en ce moment, je ne pourrai jamais le capturer et le reproduire sur le papier.

Norah posa en souriant la paume de sa main sur son torse, sentant les muscles et les os sous sa peau. Le sternum, se remémora-t-elle. Composé, en haut, du manubrium et, en bas, de l'appendice xiphoïde, effilé comme un glaive. À une époque, elle avait appris par cœur le nom des os du squelette afin de mieux comprendre le travail de David.

Howard prit doucement son visage en coupe dans ses mains. Ils se dirigèrent sans un mot vers le petit cottage. Norah abandonna ses vêtements en tas sur le sable sans se soucier que quelqu'un puisse les voir. Les planches du porche s'enfoncèrent légèrement sous ses pieds. En passant à côté du cahier de croquis, elle constata avec satisfaction qu'Howard avait commencé par dessiner la plage, l'horizon, les rochers, les palmiers : tous les éléments du décor, fidèlement reproduits. Pour le reste, il avait juste esquissé le contour de sa chevelure, tel un nuage vaporeux, c'était tout. Là où elle s'était tenue, la page était blanche. Elle avait ôté ses vêtements et il avait levé les yeux pour la contempler.

Pour une fois, c'était elle qui avait arrêté le temps.

La chambre lui parut sombre après la réverbération aveuglante de la plage. Norah s'assit au bord du lit.

— Allongez-vous, dit Howard en enlevant sa chemise. Je veux vous regarder.

Elle obéit et il resta debout devant elle, ses yeux parcourant son corps. Puis il s'agenouilla près d'elle et elle tressaillit lorsqu'il posa la tête sur son ventre, sa joue mal rasée lui piquant la peau. Elle sentait son poids à chaque respiration, son souffle parcourait sa peau. Elle avança la main, glissa ses doigts dans ses cheveux clairsemés et attira son visage à elle pour qu'il l'embrasse.

Plus tard, en y repensant, elle serait stupéfaite, non pas de son audace, mais d'avoir fait l'amour avec Howard devant la fenêtre grande ouverte. David était à la pêche en mer avec Paul, mais n'importe qui passant par là aurait pu les voir. N'importe qui.

Cela ne la freina pas pour autant, ni ce matin-là, ni les jours suivants. Il était une fièvre, une compulsion, une porte ouverte sur le monde du possible, sur ce qu'elle estimait être sa liberté. Étrangement, elle s'aperçut que son secret rendait la distance entre David et elle plus supportable. Elle retourna vers Howard encore et encore, même quand David finit par lui faire remarquer qu'elle partait se promener de plus en plus souvent, de plus en plus loin. Même quand elle ramassa le short d'Howard sur le sol alors qu'il leur préparait un verre, après l'amour, et qu'elle trouva dans une des poches une enveloppe contenant une photo de sa femme et de leurs trois enfants, ainsi qu'un mot disant : *Ma mère va mieux, tu nous manques. Nous t'attendons avec impatience la semaine prochaine.*

C'était un glorieux après-midi. Le soleil scintillait sur la mer, des colonnes de chaleur montaient du sable et le ventilateur tournoyait au plafond tandis que Norah contemplait le visage souriant de cette femme et de ses enfants. Dans la vraie vie, cette photo lui aurait transpercé le cœur comme un coup de poignard. Mais dans celle-là, elle ne ressentait rien. Elle remit la photo et la lettre en place, laissa le short retomber sur le sol. Non, ici, cela n'avait aucune importance. Seuls comptaient le rêve, la fièvre. Pendant chacun des dix jours qui suivirent, elle rejoignit Howard dans son cottage.

Août 1977

I

David monta les marches quatre à quatre, s'engouffra dans le hall de l'école de musique et s'arrêta quelques secondes pour reprendre son souffle. Il était en retard pour le concert de Paul, terriblement en retard. Il avait prévu de quitter l'hôpital exceptionnellement tôt, mais au moment où il allait partir, on leur avait amené un couple de personnes âgées en ambulance : le mari était tombé sur sa femme en chutant d'une échelle. Elle avait le bras cassé, et lui, une fracture de la jambe qui nécessitait la pose d'une plaque. David avait téléphoné à Norah pour la prévenir. Il avait perçu une colère sourde dans sa voix, comme si ça l'amusait d'être bloqué à l'hôpital, comme s'il faisait exprès de la contrarier. Elle savait qu'il était médecin quand elle l'avait épousé, non ? Un silence rageur avait vibré entre eux pendant plusieurs secondes avant qu'il raccroche.

David tendit l'oreille. Durant quelques instants il n'entendit que le bruit de sa propre respiration, puis un crépitement d'applaudissements le guida jusqu'à la double porte capitonnée de l'auditorium. Il tira l'un des battants et entra, laissant ses yeux s'accoutumer à la pénombre. La salle était pleine ; un océan de têtes sombres inclinées vers la scène vivement éclairée. Il fouilla l'obscurité, à la recherche de Norah. Une jeune femme lui tendit un programme et pointa du doigt le cinquième nom de la liste juste comme un jeune garçon en jean s'installait sur une chaise avec son saxophone. David exhala un soupir de soulagement. Paul était en septième position. Dieu merci, il était arrivé juste à temps.

Le saxophoniste commença à jouer avec enthousiasme, laissant échapper une fausse note qui fit grincer les dents de David. Il parcourut de nouveau le public du regard et repéra Norah, devant la scène, au milieu d'un rang. Le siège à côté d'elle était vide : elle lui avait gardé une place. Il ne l'aurait pas parié ; il n'était plus sûr de rien, désormais. Ou plutôt, si : il était sûr de la colère qui grondait en lui et de la culpabilité qui l'empêchait de révéler ce qu'il avait vu à Aruba.

Le joueur de saxo termina sa prestation et se leva pour saluer. David profita des applaudissements pour descendre l'allée et rejoindre Norah, se faufilant maladroitement devant les spectateurs pour accéder à la place vide, à côté d'elle.

— Tu as pu te libérer, finalement, déclara-t-elle sèchement en déplaçant son manteau.

— C'était une urgence chirurgicale, Norah.

— Oh, je sais. J'ai l'habitude. C'est à Paul que je pense.

— Je pense à lui, moi aussi, répondit David. C'est pour ça que je suis là.

— Oui. Tu es là.

Il sentait sa colère, sourde et rentrée, crépiter entre eux. Ses cheveux blonds, coupés court, étaient impeccablement coiffés, et elle portait un tailleur en soie crème rapporté de Singapour. Elle voyageait de plus en plus, accompagnant des groupes vers des destinations lointaines et exotiques. David était parti avec elle à deux ou trois reprises, tout au début, quand l'agence organisait des circuits plus courts et moins ambitieux : à Mammoth Cave, par exemple, ou lors d'une croisière sur le Mississippi. Chaque fois, il avait été saisi d'admiration pour la femme qu'elle était devenue. Les touristes venaient tous la trouver pour lui soumettre leurs problèmes et leurs petites contrariétés : le bœuf n'était pas assez cuit, la cabine trop petite, l'air conditionné glacial, les lits trop durs... Norah les écoutait avec attention, gérant chaque situation avec calme, hochant la tête, tapotant une épaule d'un geste rassurant, décrochant le téléphone pour trouver une solution. Elle était encore très belle, même si sa beauté s'était un peu émoussée, et elle était très compétente dans son travail. Plus d'une vieille dame avait pris David à part pour vérifier qu'il avait bien conscience d'avoir épousé une perle.

David se demandait ce qu'auraient pensé ces dames bien intentionnées si elles avaient découvert les vêtements de leur idole abandonnés en tas sur la plage.

— Tu n'as aucun droit d'être en colère après moi, Norah, chuchota-t-il.

Elle exhalait un très léger parfum d'orange et sa mâchoire était crispée. Sur scène, un jeune homme en costume bleu marine s'assit derrière le piano. Après quelques secondes de recueillement, il se mit à jouer et les notes virevoltèrent sous ses doigts.

— Absolument aucun droit, insista-t-il.

— Je ne suis pas en colère. Je suis simplement nerveuse à cause de Paul. C'est toi qui es en colère.

— Non, c'est toi. Tu es furieuse depuis les vacances à Aruba.

— Regarde-toi dans une glace, chuchota-t-elle en retour. On dirait que tu as avalé un de ces lézards qui couraient sur les murs.

Une main s'abattit par-derrière sur l'épaule de David. Elle appartenait à une femme corpulente, assise près de son mari et d'une ribambelle d'enfants.

— Excusez-moi. Vous êtes le père de Paul Henry, n'est-ce pas ? Il se trouve que c'est mon fils Duke qui est au piano. Si cela ne vous dérange pas trop, nous aimerions pouvoir l'entendre jouer.

David croisa le regard de Norah. Elle était encore plus gênée que lui.

Il ramena les yeux sur la scène. Le jeune Duke était un ami de Paul. Son jeu était un peu trop maniéré, mais sa technique était irréprochable et il interprétait son morceau avec panache. David regarda ses doigts voler sur les touches tout en se demandant de quoi Paul et Duke parlaient quand ils partaient ensemble à vélo. Quels étaient leurs rêves ? Quels secrets Paul confiait-il à ses amis, qu'il ne dirait jamais à son père ?

Les vêtements de Norah, abandonnés en tas sur le sable blanc, la brise soulevant un pan de son chemisier bleu et rose : voilà un sujet qu'ils n'aborderaient jamais, même si Paul les avait probablement vus, lui aussi, David en avait la quasi-certitude. Ce matin-là, ils s'étaient levés très tôt tous les deux pour aller à la pêche et ils avaient emprunté la route côtière avant même le lever du soleil. Ils n'étaient bavards ni l'un ni l'autre, mais il y avait toujours une atmosphère de communion aux petites heures de l'aube, dans le rituel paisible de la ligne qu'on lance puis qu'on ramène, et David était heureux d'avoir l'occasion de partager ces moments avec son fils. Il grandissait si vite – il était un mystère pour lui maintenant. Mais leur sortie en mer s'était terminée avant même d'avoir commencé : le moteur du bateau avait rendu l'âme et le propriétaire attendait qu'on lui apporte des pièces de rechange pour pouvoir le réparer. Désœuvrés, ils avaient traîné un moment sur la jetée, buvant un soda à l'orange pendant que le soleil se levait sur l'océan encore assoupi. Puis ils étaient rentrés au cottage.

La lumière était bonne ce matin-là et, bien que déçu par leur sortie manquée, David se sentait impatient de faire des photos. La veille, Howard avait mentionné un lieu qui pourrait faire symboliquement le lien entre ses différents clichés. Leur conversation lui avait trotté dans la tête toute la nuit. Il avait à peine dormi, et maintenant il avait hâte de rentrer et de réaliser une nouvelle série de photos de Norah allongée sur le sable. Mais à leur arrivée, le cottage était silencieux et désert. Norah avait laissé un saladier d'oranges au milieu de la table. Sa tasse à café séchait dans l'égouttoir de l'évier.

— Norah ? appela-t-il. Norah ?

Pas de réponse.

— Je crois que je vais aller courir un peu, annonça Paul.

David hocha la tête.

— Regarde si tu ne vois pas ta mère.

Une fois seul, David posa le saladier sur le comptoir puis étala ses photos sur la table. Elles frémissaient doucement sous la brise ; il dut les lester avec de petits verres à liqueur. Norah se plaignait que ses photos devenaient une obsession – sinon pourquoi aurait-il apporté son portfolio en vacances ? Peut-être avait-elle raison. Mais elle se trompait sur le reste. Il ne se réfugiait pas derrière son appareil photo pour fuir le monde. Parfois, quand il regardait les images apparaître peu à peu dans le bac de révélateur, il contemplait son bras, la courbe de sa hanche, et il restait muet devant l'immensité de son amour pour elle.

Il était toujours occupé à disposer les photos dans un ordre particulier quand Paul réapparut. La porte claqua violemment derrière lui.

— Ça n'a pas été long, s'étonna David en levant les yeux.

— Je suis fatigué.

Le garçon traversa la pièce et disparut dans sa chambre.

— Paul ?

David le suivit et tourna la poignée, mais il s'était enfermé.

— Je suis fatigué, c'est tout, grommela Paul de l'autre côté du battant. Tout va bien.

David attendit quelques minutes. Paul était si maussade ces derniers temps. Rien de ce que disait ou faisait David ne trouvait grâce à ses yeux. Le pire, c'était quand il essayait de discuter de son avenir. Paul avait un merveilleux potentiel, pourtant. Il avait un don pour la musique et pour le sport ; toutes sortes de possibilités s'ouvraient à lui. Souvent, David songeait que sa propre vie, les choix difficiles qu'il avait dû faire, trouveraient leur justification si Paul exploitait à bon escient l'énergie qu'il avait en lui. Il frappa à la porte de nouveau, tout doucement, mais Paul ne répondit pas.

David soupira et regagna la cuisine. Il admira le saladier d'oranges sur le comptoir, le contraste des fruits ronds et colorés avec le bois sombre. Puis, cédant à une impulsion qu'il aurait été bien incapable d'expliquer, il sortit et se mit à marcher sur la plage. Il avait parcouru à peu près un kilomètre quand il aperçut au loin une tache bleu et rose sur le sable. En approchant, il constata qu'il s'agissait des vêtements de Norah, abandonnés devant ce qui devait être le cottage d'Howard. David s'arrêta dans la lumière aveuglante, perplexe. Seraient-ils partis se baigner ? Il scruta la mer, mais ne les aperçut nulle part. Puis, comme il allait poursuivre son chemin, le rire de Norah, bas et musical, jaillit de la fenêtre du cottage, le stoppant net. Le rire d'Howard y fit écho. David comprit alors, et il fut transpercé par une souffrance aussi brûlante et mordante que le sable sous ses pieds.

Howard, avec sa calvitie et ses sandales, discutant photos avec lui dans la salle de séjour et lui donnant de précieux conseils.

Avec Howard. Comment pouvait-elle ?

En même temps, ce n'était pas vraiment une surprise : il s'y attendait depuis des années.

Le sable lui brûlait la plante des pieds et la réverbération lui faisait mal aux yeux. De nouveau, il était frappé par l'accablante certitude que ce qu'il avait fait autrefois, pendant cette nuit de neige, ne resterait pas impuni. La vie avait continué, pleine de satisfactions, riche d'expériences et de rencontres ; aux yeux du monde, il offrait l'image de la réussite. Et cependant, parfois, aux moments les plus inattendus – au beau milieu d'un acte chirurgical, quand il traversait la ville en voiture pour rentrer chez lui, ou au moment où il allait s'endormir – il sursautait tout à coup, écrasé par le poids de la culpabilité. Il avait donné leur bébé. Ce secret se dressait entre sa famille et lui comme un mur. Norah et Paul s'y heurtaient constamment, sans comprendre ce qui se passait, car il ne pouvait ni le voir ni l'abattre.

Duke Madison acheva sa prestation, se leva et salua le public. Norah l'applaudit avec chaleur puis se tourna vers ses parents, assis juste derrière eux.

— C'était merveilleux, dit-elle. Duke a énormément de talent.

Les applaudissements moururent et la scène resta vide. Un moment passa. Puis un autre. Un murmure s'éleva dans l'assistance.

— Où est-il ? demanda David en jetant un coup d'œil à son programme. Où est Paul ?

— Ne t'inquiète pas, il est là, dit Norah.

À sa grande surprise, elle lui prit la main. Sa paume fraîche toucha la sienne et il fut envahi par un soulagement inexplicable, convaincu, l'espace d'un moment, que rien n'avait changé ; il n'y avait pas de mur entre eux, finalement.

— Il sera là d'une seconde à l'autre.

Elle n'avait pas fini de parler que Paul entra sur scène – longue silhouette efflanquée, en pantalon noir et chemise blanche, manches roulées sur ses avant-bras. Il adressa au public un sourire d'excuse, teinté d'autodérision. David resta saisi. Comment est-il possible que ce garçon, presque adulte, qui se tenait avec autant d'assurance devant cette salle obscure remplie de monde, soit son fils Paul ? David, lui, aurait été paralysé par le trac. À cette pensée, une soudaine nervosité l'oppressa. Et si Paul échouait devant tous ces gens ? Il eut conscience de la main de Norah serrant la sienne tandis que Paul s'inclinait sur sa guitare et se mettait à jouer.

Le programme mentionnait deux courtes pièces de Segovia : « Estudio » et « Estudio Sin Luz ». David connaissait presque par cœur les deux études : il avait entendu Paul les jouer des centaines, des milliers de fois, avant ce soir. Pendant toutes leurs vacances à Aruba, ces mêmes notes s'étaient échappées de sa chambre, encore et encore, à un rythme plus ou moins rapide, chaque mesure, chaque enchaînement répété à l'infini. Elles lui étaient aussi familières désormais que les longs doigts agiles de Paul, qui effleuraient les cordes avec assurance, tissant la mélodie dans l'air. Et cependant David avait la sensation de les entendre pour la toute première fois. Peut-être voyait-il aussi Paul pour la première fois. Où était le bébé qui retirait ses chaussures pour les porter à sa bouche ? Le petit garçon qui grimpait aux arbres et faisait du vélo en lâchant le guidon de ses deux mains ? Le diablotin malicieux d'autrefois était devenu ce jeune homme incliné sur sa guitare. Comment était-ce arrivé ? Le cœur de David se mit à cogner avec une telle violence dans sa poitrine qu'il se demanda un instant s'il n'allait pas avoir une crise cardiaque – il n'avait que quarante-six ans, mais ce ne serait pas impossible.

Lentement, lentement, David s'obligea à se détendre, fermant les yeux, laissant la musique – la musique de Paul – le traverser comme une succession de vagues. Des larmes lui montèrent aux yeux et sa gorge se contracta douloureusement. Il revit sa sœur, debout sur le porche de leur maison, chantant de sa douce voix claire. La musique était un langage céleste qu'elle utilisait depuis sa naissance, tout comme Paul. Une tristesse poignante l'envahit, émaillée de trop de souvenirs : la voix limpide de June, Paul claquant la porte de sa chambre derrière lui, les vêtements de Norah gisant sur la plage. Sa petite fille tout juste née, déposée entre les mains de Caroline Gill.

Trop d'émotions. Beaucoup trop. David sentit qu'il allait pleurer. Il ouvrit les yeux et s'obligea à réciter le tableau périodique des éléments – *hydrogène, hélium, lithium...* – pour empêcher le nœud au fond de sa gorge de se transformer en sanglots. Une astuce qu'il utilisait au bloc pour retrouver sa concentration, son attention. C'était infaillible. Il remisa toutes ses émotions dans un coin de son esprit : June, la musique, l'amour profond qu'il vouait à son fils. Les doigts de Paul s'immobilisèrent sur les cordes. David dégagea sa main de celle de Norah et applaudit à tout rompre.

— Est-ce que ça va ? demanda-t-elle en lui lançant un regard en coin. Tout va bien, David ?

Il hocha la tête. Il n'était pas encore sûr de pouvoir parler normalement.

— Il est bon, lâcha-t-il enfin d'une voix rauque. Il est vraiment bon.

— C'est pour cela qu'il veut aller à la Juilliard School.

Elle applaudissait toujours et quand Paul regarda dans leur direction, elle lui envoya un baiser.

— Ce serait fantastique, non ? Il a encore quelques années devant lui pour se perfectionner et, ensuite, s'il donne tout ce qu'il a... Qui sait ?

Paul salua puis quitta la scène avec sa guitare. Les applaudissements redoublèrent.

— Tout ce qu'il a ? répéta David. Et si ça ne marche pas ?

— Et si ça marche ?

— Je ne sais pas, répondit-il lentement. Je pense seulement qu'il est trop jeune pour fermer toutes les portes devant lui.

— Il a du talent, David. Tu l'as entendu. C'est peut-être une porte qui s'ouvre, au contraire ?

— Il n'a que treize ans.

— Oui, et il adore la musique. Il dit qu'il ne se sent jamais aussi vivant que quand il joue de la guitare.

— Mais c'est une vie tellement hasardeuse. Sera-t-il capable d'en vivre ?

Norah tourna vers lui un visage grave.

— Je n'en sais rien. Mais tu sais ce qu'on dit ? *Fais ce que tu aimes, et l'argent suivra.* Ne ferme pas la porte sur son rêve, David.

— Je n'en ai pas l'intention. Je m'inquiète, c'est tout. Je veux qu'il ait un métier sûr. Et la Juilliard School est loin d'être acquise, même s'il a du talent. Je ne veux pas que Paul aille au-devant d'une grosse déception.

Norah voulut répondre, mais le silence se fit dans la salle tandis qu'une jeune femme vêtue d'une robe rouge s'avançait, son violon à la main. Ils reportèrent leur attention sur la scène.

David la regarda jouer, ainsi que tous les solistes qui suivirent, mais c'était la musique de Paul qu'il continuait à entendre. Le concert terminé, Norah et lui se dirigèrent vers le hall, s'arrêtant ici et là pour serrer des mains, tout le monde saluant unanimement le talent de leur fils. Quand finalement ils aperçurent Paul, Norah se jeta dans ses bras. David croisa le regard de son fils, sourit, et, à sa grande surprise, Paul lui sourit en retour. De nouveau, David voulut croire que tout finirait par s'arranger. Mais déjà Paul semblait se reprendre. Il se dégagea de l'étreinte de sa mère, recula d'un pas.

— C'était sensationnel, avoua David.

Il tapota l'épaule de Paul, notant sa tension, son attitude raide, distante.

— Tu as été fantastique, Paul.

— Merci. J'étais drôlement nerveux.

— Ça ne s'est pas ressenti du tout.

— Tu as une présence extraordinaire sur scène, renchérit Norah.

Paul laissa ses bras pendre de chaque côté de son corps et secoua les mains, comme pour évacuer leur trop-plein d'énergie.

— Mark Miller m'a invité à jouer avec lui au festival des arts. C'est génial, non ?

Mark Miller était le professeur de David. Sa réputation de guitariste ne cessait de grandir. David ressentit un nouvel élan de fierté pour son fils.

— Absolument génial ! approuva Norah en riant. C'est le pied !

Elle leva les yeux vers son fils et surprit son expression peinée.

— Quoi ? Qu'est-ce qu'il y a ?

Paul enfonça ses mains dans les poches et regarda la foule rassemblée dans le hall.

— Rien. C'est juste que... enfin... tu t'exprimes d'une façon un peu ridicule, m'man. Je veux dire, tu n'es plus exactement une ado, OK ?

Norah se figea, rouge d'humiliation, et le cœur de David saigna pour elle. Elle ignorait les raisons de la colère de leur fils. Elle ignorait que ses vêtements abandonnés sur la plage continuaient de flotter dans un vent de tempête qu'il avait déclenché il y avait de cela treize ans.

— Ce n'est pas une façon de parler à ta mère, articula-t-il sèchement. Excuse-toi immédiatement.

Paul haussa les épaules.

— Désolé.

— Avec un peu plus de conviction, s'il te plaît.

— David...

La main de Norah se posa sur son bras.

— Laisse, je t'en prie. Nous sommes un peu sur les nerfs, voilà tout. Rentrons à la maison, et fêtons cette magnifique soirée. Nous pourrions inviter deux ou trois personnes. Bree m'a dit qu'elle viendrait, et aussi les Marshall – Lizzie était vraiment excellente à la flûte, non ? Et peut-être les parents de Duke. Qu'en penses-tu, Paul ? Je ne les connais pas très bien, mais ils aimeraient peut-être se joindre à nous ?

— Non, répondit Paul d'une voix distante, le regard fixé sur le hall bondé, par-delà sa mère.

— Tu ne veux pas inviter la famille de Duke ?

— Je ne veux inviter personne. Je veux juste rentrer.

Ils restèrent immobiles tous les trois, un îlot de silence au milieu de la pièce bourdonnante de conversations.

— Très bien, déclara finalement David. En ce cas, rentrons.

La maison était plongée dans l'obscurité à leur arrivée. Paul monta immédiatement à l'étage. Ils l'entendirent entrer dans la salle de bains, puis se diriger vers sa chambre. La porte se referma doucement, la clé tourna dans la serrure.

— Je ne comprends pas, murmura Norah.

Elle avait retiré ses souliers et elle lui parut toute petite et vulnérable, debout en collant au milieu de la cuisine.

— Il était si bon sur scène. Il avait l'air si heureux. Qu'est-ce qui s'est passé ? Je ne comprends pas.

Elle soupira.

— Je ferais bien d'aller lui parler, je crois.

— Laisse, j'y vais.

David monta l'escalier sans allumer la lumière. Une fois devant la porte de Paul, il attendit quelques instants dans le noir, se remémorant la virtuosité avec laquelle les doigts de son fils avaient virevolté sur les cordes de sa guitare, remplissant le vaste auditorium de musique. Il avait commis une erreur autrefois ; il avait pris la mauvaise décision en déposant sa fille dans les bras de Caroline Gill. Il avait fait un choix, et maintenant il était là, dans le noir, à attendre devant la chambre de Paul. Il frappa, mais n'obtint pas de réponse. Il frappa de nouveau, et comme Paul ne répondait toujours pas, il se dirigea vers la bibliothèque, prit un long clou qu'il conservait sur l'un des rayonnages, et le glissa dans la serrure. Il y eut un déclic et quand il tourna la poignée, la porte s'ouvrit sans résistance. Comme il s'en doutait, la pièce était vide. Une brise soulevait le voilage blanc.

— Il est parti, annonça-t-il à Norah.

Elle était toujours dans la cuisine, bras croisés, attendant que l'eau du thé soit chaude.

— Parti ?

— Par la fenêtre. Il est descendu le long de l'arbre, probablement.

Elle pressa ses mains sur son visage.

— Tu as une idée de l'endroit où il a pu aller ? reprit-il.

Elle secoua la tête. La bouilloire se mit à siffler, un son strident qui remplit peu à peu la pièce.

— Je ne sais pas, murmura-t-elle enfin. Chez Duke, peut-être.

David traversa la pièce et enleva la bouilloire du brûleur.

— Je suis sûr qu'il va bien, dit-il.

Norah acquiesça, puis se ravisa.

— Non. Je crois qu'il ne va pas bien, au contraire. C'est justement ça le problème.

Elle décrocha le téléphone. La mère de Duke lui indiqua l'adresse d'une soirée organisée après le concert. Norah attrapa ses clés de voiture.

— Non, l'arrêta David. J'y vais, moi. Je ne pense pas qu'il ait envie de te parler pour l'instant.

— Ni à toi ! siffla-t-elle.

Mais il vit qu'elle comprenait tout à coup, alors même que les mots finissaient de glisser de ses lèvres. Soudain, tout fut étalé, là, devant eux. La plage d'Aruba, ses longues heures d'absence, ses mensonges, ses excuses, ses vêtements en tas sur le sable. Ses mensonges à lui aussi. Elle hocha la tête une fois, lentement, et il eut peur de ce qu'elle pourrait dire, des conséquences que ses paroles pourraient avoir sur leur univers. Il voulait fixer ce moment, empêcher le monde de continuer à tourner.

— Je ne peux m'en prendre qu'à moi-même, déclara-t-il. Tout ce qui est arrivé est ma faute.

Il ramassa les clés et sortit dans la nuit printanière. Une lune pleine, magnifique, couleur de crème fouettée, brillait dans le ciel. David lui lançait des regards de temps en temps tandis qu'il roulait dans le quartier silencieux, le long des maisons cossues, le genre de maison dont il ne soupçonnait même pas l'existence quand il était enfant. Cela faisait partie des choses qu'il savait et que Paul, lui, ignorait : le monde était incertain et parfois cruel. Il lui avait fallu se battre pour obtenir ce que Paul considérait comme un dû.

Il aperçut son fils un pâté de maisons avant le lieu où se déroulait la fête. Il marchait sur le trottoir, tête basse, mains dans les poches. Il y avait des voitures garées de chaque côté de la rue, impossible de se garer : David ralentit et donna un petit coup de klaxon. Paul leva les yeux et, l'espace d'un instant, David eut peur qu'il ne s'enfuie en courant.

— Monte.

Et il obéit.

David redémarra. Ils ne parlèrent ni l'un ni l'autre. La lune répandait sur le monde sa lumière magnifique, et David avait conscience de la présence de son fils près de lui, de sa respiration paisible, de ses mains posées sur ses cuisses, et de son silence tandis qu'il regardait les propriétés défiler derrière la vitre.

— Tu étais réellement bon ce soir. J'ai été très impressionné par ta prestation.

— Merci.

Ils roulèrent en silence pendant deux pâtés de maisons.

— Ta mère dit que tu veux aller à la Juilliard School ?

— Peut-être.

— Tu es un garçon brillant. Tu es doué dans beaucoup de domaines, Paul. La vie t'offrira toutes sortes de choix, toutes sortes de possibilités. Il y a tant de choses que tu pourrais faire.

— J'aime la musique. Elle me rend vivant. Mais je ne m'attends pas à ce que tu comprennes.

— Détrompe-toi. Mais se sentir vivant est une chose, gagner sa vie en est une autre.

— Ouais, bien sûr.

— Tu te crois au-dessus de ce genre de considération parce que tu n'as jamais manqué de rien. C'est un luxe dont tu n'as pas conscience.

Ils n'étaient plus très loin de chez eux, maintenant, mais David tourna dans la direction opposée.

Il n'avait pas envie de rentrer tout de suite. Il voulait continuer à rouler avec son fils dans ces rues baignées par la lune où cette conversation, même contrainte et difficile, était possible.

— Qu'est-ce qui se passe entre maman et toi ?

Les mots avaient jailli brusquement, comme s'il n'en pouvait plus de les garder pour lui.

— Et d'ailleurs, qu'est-ce qui ne va pas chez toi ? À part ton travail, on dirait que rien ne t'intéresse. Ce type, là, Howard, tu t'en es fichu royalement ! Ça ne t'a fait ni chaud ni froid !

Donc, il savait.

— Je ne m'en suis pas « fichu ». Mais ce n'est pas aussi simple, Paul. Et je n'ai pas l'intention d'en discuter avec toi, ni maintenant ni un autre jour. Il y a un tas de choses que tu ne comprends pas.

Paul garda le silence. David s'immobilisa à un feu rouge. Ils restèrent assis sans parler, attendant que le feu passe au vert.

— Tu n'as pas à t'inquiéter pour ta mère et moi, reprit David au bout d'un moment. Ce n'est pas ton rôle. Ton rôle à toi, c'est de trouver ta voie, d'utiliser tes dons. Et pas uniquement de manière égoïste. Tu dois rendre un peu de ce que tu as reçu.

— J'aime la musique, déclara Paul d'une voix douce. Quand je joue, c'est ce que je ressens – j'ai l'impression de donner quelque chose en retour.

— Ce n'est pas qu'une impression. Mais imagine que tu aies en toi le potentiel pour découvrir, disons… un autre élément dans l'univers, ou le moyen de guérir une maladie rare et incurable ?

— Ce sont *tes* rêves, papa. Pas les miens.

David garda le silence. Ses rêves, oui. Jadis, il croyait pouvoir changer le monde, le rendre meilleur... Au lieu de quoi, il roulait sans but dans le clair de lune avec son fils devenu presque adulte, et ce soir sa vie tout entière semblait avoir échappé à son contrôle.

— C'est vrai, acquiesça-t-il. C'étaient mes rêves.

— Et si je devenais un jour le nouveau Segovia ? demanda Paul. Penses-y, papa. Si j'avais ce talent en moi et que je ne l'exploite pas ?

David ne répondit pas. Ils étaient de nouveau dans leur rue et, cette fois, il prit la direction de la maison. Il s'engagea dans l'allée, s'arrêta devant le garage, coupa le moteur. Pendant quelques instants, ils restèrent assis côte à côte sans bouger.

— Ce n'est pas vrai que je ne m'intéresse à rien, déclara tout à coup David. Viens. Je veux te montrer quelque chose.

Il précéda Paul dans l'escalier extérieur qui conduisait à son atelier et à sa chambre noire, au-dessus du garage. Paul resta debout devant la porte fermée, bras croisés, vibrant d'impatience, pendant que David installait le matériel, versait les produits chimiques dans les bacs, glissait le négatif dans le passe-vue de l'agrandisseur. Puis il appela Paul.

— Viens voir. Qu'est-ce que cette photo représente, selon toi ?

Après une courte hésitation, Paul le rejoignit et regarda.

— Un arbre ? On dirait la silhouette d'un arbre.

— Bien. Et maintenant, regarde de nouveau. J'ai pris ce cliché pendant une opération chirurgicale,

Paul. Je me suis installé au balcon du bloc opératoire avec un téléobjectif. Tu peux identifier ce que c'est ?

— Je ne sais pas. Un cœur ?

— Un cœur, oui. Tu ne trouves pas ça extraordinaire ? Je suis en train de réaliser toute une série de photos à double sens. Je montre les correspondances entre le corps humain et la nature. Parfois, j'ai le sentiment que l'univers tout entier est contenu à l'intérieur de chacun de nous. Ce mystère, et celui de la perception que nous avons du monde qui nous entoure – voilà ce qui m'intéresse. C'est pour ça que je te comprends quand tu parles de la musique.

David projeta l'image sur une feuille de papier sensible, puis la plongea dans le bac de révélateur. Il avait une conscience aiguë de la présence de Paul à ses côtés, dans la pénombre et le silence.

— La photographie est intimement liée au secret, reprit David au bout de quelques minutes en saisissant le papier avec une paire de pinces pour le passer dans l'eau avant de le déposer dans le bain de fixateur. Ces secrets que nous portons tous en nous et que nous ne dévoilerons jamais.

— La musique c'est tout le contraire de ça, articula Paul – et David perçut le rejet dans la voix de son fils.

Il leva les yeux, mais il lui fut impossible de déchiffrer l'expression de Paul dans la lumière rouge.

— La musique, c'est comme si tu entendais battre le cœur de l'univers. Elle flotte autour de toi et parfois tu réussis à la toucher. Et quand ça arrive, alors tu ne fais qu'un avec le monde. Voilà ce que c'est !

Puis il tourna les talons et sortit de la pièce.

— Paul ! cria David.

Mais son fils dégringolait déjà l'escalier d'un pas rageur. David passa dans l'atelier et regarda par la fenêtre : il courait sur la pelouse dans le clair de lune. Il disparut dans la maison, puis au bout de quelques secondes, la fenêtre de sa chambre s'alluma, et les notes douces et subtiles de Segovia s'égrenèrent dans la nuit.

David faillit le rejoindre mais il y renonça. Il avait voulu tisser un lien avec Paul, partager avec lui un moment de complicité, et il avait échoué. Il retourna dans la chambre noire. La lumière rouge lui procura un sentiment d'apaisement. Il réfléchit à ce qu'il avait dit à Paul – le monde était tissé de secrets. Charpenté par des os qui ne voyaient jamais la lumière. Dans quelques minutes, il rentrerait à son tour et il boirait un verre d'eau. Puis il monterait dans la chambre, il trouverait Norah endormie et il la regarderait – sa femme, ce mystère, blottie autour de ses propres secrets.

David s'approcha du mini-réfrigérateur où il conservait ses produits chimiques et ses pellicules. L'enveloppe était cachée tout au fond, derrière plusieurs bouteilles. Elle était remplie de billets de vingt dollars, des coupures neuves, craquantes et froides. Il en préleva dix, puis vingt, et remit l'enveloppe en place, derrière les bouteilles.

Habituellement, il envoyait l'argent enveloppé dans une feuille de papier blanc, mais ce soir la colère de Paul s'attardait dans la pièce, sa musique flottait dans l'air. David passa dans l'atelier pour écrire une lettre. Il laissa les mots couler tout seuls – ses regrets pour le passé, ses espoirs pour Phoebe. Qui était-elle, cette enfant qu'il avait abandonnée ? Il n'avait pas imaginé qu'elle vivrait aussi longtemps, ni qu'elle mènerait le genre de vie dont Caroline lui parlait dans ses lettres. Il songea à son fils, seul sur la scène de l'auditorium, à cette solitude qui semblait l'accompagner partout où il allait. Phoebe ressentait-elle intuitivement l'absence de son jumeau, elle aussi ? En quoi leur vie aurait été différente s'ils avaient grandi côte à côte, comme Norah et Bree, différents de mille et une façons et cependant étroitement liés l'un à l'autre ? Qu'est-ce que cela aurait changé pour David si June n'était pas morte ? *J'aimerais beaucoup rencontrer Phoebe*, écrivit-il. *Je voudrais que son frère et elle puissent se connaître*. Il plia la lettre sans la relire, l'enroula autour des liasses de billets, glissa le tout dans l'enveloppe, et inscrivit l'adresse. Il la scella, la timbra. Il la posterait le lendemain.

Une lumière opaline entrait par les fenêtres. Paul s'était arrêté de jouer. David contempla la lune, plus haute dans le ciel, maintenant. Il avait fait un choix, sur la plage. Il avait laissé les vêtements de Norah sur le sable, son rire s'éparpillant dans la lumière. Il était rentré au cottage et il avait travaillé à ses photos. Et quand elle était réapparue, une heure plus tard, il n'avait pas dit un mot à propos d'Howard. Il avait gardé le silence parce que ses propres secrets étaient plus noirs encore, et parce que c'étaient ses secrets à lui qui avaient provoqué les siens, il en était convaincu.

Il rentra dans la chambre noire et chercha ses rouleaux de pellicule les plus récents. Il avait pris quelques photos pendant cette fameuse soirée au cottage : Norah portant un plateau de verres, Paul devant le barbecue, des clichés pris çà et là tandis qu'ils bavardaient sur le porche. C'était la dernière photo de la pellicule qu'il voulait; quand il trouva le négatif, il le projeta sur le papier, puis plongea la feuille dans le bac de révélateur et regarda les formes émerger lentement du néant. C'était toujours pour lui une expérience profondément mystérieuse. Il regarda l'image apparaître : Norah et Howard sur le porche, levant en riant leurs verres pour porter un toast. Un moment tout à la fois innocent et chargé de sens. Un moment où un choix tacite avait été fait. David retira la photo du révélateur, mais au lieu de la plonger dans le fixateur, il la suspendit directement sur le fil pour la faire sécher. Son traitement inachevé, l'image ne vivrait pas. Au cours des prochaines heures, la lumière voilerait peu à peu le papier. La photo de Norah riant avec Howard s'obscurcirait progressivement jusqu'à ce que – d'ici à un jour ou deux – elle devienne complètement noire.

II

Ils marchaient le long de la voie ferrée, Duke Madison, les mains dans les poches de son blouson en cuir, Paul, shootant dans des cailloux qui ricochaient contre les rails avec un son métallique. Le sifflet d'un train retentit au loin. Sans même se concerter, les deux garçons montèrent sur le rail, en équilibre. La fonte vibra sous leurs pieds, puis la locomotive apparut – d'abord un petit point minuscule qui grossit peu à peu. Le conducteur actionna de nouveau son avertisseur. Paul regarda Duke : l'imminence du danger faisait briller ses yeux. Il sentit la morsure de l'excitation dans sa propre chair tandis que le train se rapprochait à toute vitesse et que le coup de sifflet résonnait, son écho se propageant dans les rues du quartier et même au-delà. Maintenant, il distinguait les lumières, la silhouette du conducteur dans la cabine, mais il ne bougeait toujours pas, surveillant Duke, debout en équilibre sur le rail à côté de lui, du coin de l'œil. La locomotive fonçait sur eux, de plus en plus vite, et ils attendaient toujours… Encore un peu, encore un peu.

Jusqu'à la dernière limite. Jusqu'à ce qu'il ne soit plus temps de sauter. Puis Paul se retrouva dans l'herbe et une grande gifle d'air lui fouetta le visage dans un fracas assourdissant. L'espace d'une seconde, il vit le visage du conducteur, choqué et blême dans sa cabine, puis les wagons défilèrent à toute vitesse – lumière, noir, lumière, noir – et ensuite plus rien, le silence. Même le vent retomba.

Duke s'assit dans l'herbe, le visage levé vers le ciel.

— Waouh ! C'était d'enfer !

Ils époussetèrent leurs vêtements puis se remirent à marcher. Duke habitait dans le coin, tout près de la voie ferrée. Paul avait vécu par ici, lui aussi, quelques rues plus bas, il y avait bien longtemps. Mais même si sa mère l'emmenait parfois voir le petit parc avec le belvédère et, tout au fond, la maison où il avait passé les premiers mois de sa vie, elle n'aimait pas qu'il traîne par ici ni qu'il aille chez Duke. Cependant, elle n'était pas là pour vérifier, et du moment qu'il avait fait ses devoirs – ce qui était le cas – et travaillé son piano pendant une heure – ce qui était également le cas – il était libre d'occuper son temps libre comme il l'entendait.

Et puis, ce qu'elle ne voyait pas ne pouvait pas lui faire de la peine. Ni l'effrayer.

— Tu as vu la tête du mec, dans le train ? gloussa Duke. Furax !

— Ouais, répondit Paul. Il était vert.

Il aimait la peur qui lui nouait le ventre avant de sauter, le vent brûlant sur son visage quand le train le frôlait à toute vitesse, et la façon dont il oubliait, pour un instant, sa rage. Il était parti courir sur la plage, ce matin-là, à Aruba. Il était détendu, insouciant, et ne pensait à rien d'autre qu'au sable mouillé, au bord de l'eau, qui s'enfonçait très légèrement sous ses pieds, forçant les muscles de ses jambes à travailler. Il était content, aussi, parce que sa sortie en mer avec son père était annulée. Son père adorait pêcher, assis des heures dans un bateau ou sur un ponton, lançant et relançant la ligne dans l'eau avec – de temps à autre – l'excitation que lui procurait une prise. Petit, Paul avait adoré ça, lui aussi. Moins le rituel de la pêche que la chance de passer la journée avec son papa. Mais en grandissant, leurs parties de pêche étaient apparues de plus en plus comme une obligation, une sortie que son père continuait à planifier simplement parce qu'il ne savait pas quoi faire d'autre avec lui. Ou parce que cela pourrait créer à la longue une forme de complicité entre eux, qui sait ? Paul l'imaginait très bien, puisant ce conseil dans un manuel d'éducation à l'usage des parents.

Bref, Paul était détendu et enchanté de courir sur la plage, et il n'avait tout d'abord rien pensé du petit tas de vêtements abandonné sur le sable, devant l'un des cottages qui s'égrenaient de loin en loin sous les palmiers. Il était passé à côté sans s'arrêter, concentré sur sa respiration, ses foulées régulières formant une sorte de musique qui l'avait accompagné jusqu'à la pointe rocheuse. Puis il s'était arrêté, il avait marché en décrivant des cercles pendant un moment, et il avait rebroussé chemin, plus lentement. Les vêtements s'étaient soulevés : la manche du chemisier battait dans la brise venue de l'océan. Les flamants roses semblaient danser sur le fond turquoise. Il avait ralenti un peu plus. Il pouvait s'agir du chemisier de n'importe qui mais sa mère en avait justement un comme ça. Ils avaient ri quand ils l'avaient trouvé sur le tourniquet d'un magasin de vêtements, en ville ; elle l'avait tendu devant elle, amusée, et l'avait acheté comme on fait une blague.

Il y avait sans doute une centaine, un millier de chemisiers comme celui-là dans le coin. Et pourtant il s'était penché pour le ramasser. Le maillot de bain de sa mère, couleur chair, aisément reconnaissable, était tombé de la manche. Paul était resté là, pétrifié, comme si on venait de le surprendre en train de voler, comme si le flash d'un appareil photo l'avait cloué sur place. Il avait lâché le chemisier, mais il était toujours incapable de bouger. Finalement, il s'était mis à marcher, puis à courir vers leur propre cottage. Son père avait posé le saladier d'oranges sur le comptoir et étalait des photos sur la table en bois. *Qu'est-ce qui ne va pas ?* avait-il demandé en levant les yeux, mais Paul ne pouvait pas lui dire. Il s'était réfugié dans sa chambre, s'était enfermé à double tour et n'avait pas répondu quand son père avait frappé.

Sa mère était rentrée deux heures plus tard, fredonnant, le chemisier aux flamants roses soigneusement rentré dans son short.

— J'ai envie d'aller me baigner avant le déjeuner, lui avait-elle dit comme si de rien n'était. Tu viens avec moi ?

Il avait secoué la tête et le secret, celui de sa mère et maintenant le sien, s'était déployé entre eux comme un voile opaque.

— Alors, qu'est-ce que tu as envie de faire ? demanda Duke, l'arrachant à ses pensées.

— Aucune idée, répondit Paul. Et toi ?

Ils avaient atteint le terrain vague, au bout de la voie ferrée. Duke s'arrêta et plongea la main dans la poche de son blouson en cuir. Il avait les yeux verts, parsemés de petites paillettes bleues. Comme la terre vue de la lune, songea Paul.

— Regarde ce que m'a filé mon cousin Danny, la semaine dernière, dit Duke.

Il lui montra un petit sac en plastique rempli de brins d'herbe séchés.

— Qu'est-ce que c'est ? demanda Paul. Du gazon ?

À la seconde où il posa la question, il comprit et rougit d'embarras. Quel abruti il faisait.

Duke éclata de rire.

— C'est ça, mon vieux, de l'herbe. Tu as déjà plané ?

Paul secoua la tête, crispé malgré lui.

— Tu ne deviens pas accro, si c'est ça qui te fait peur. J'ai fumé déjà deux fois. C'est vraiment génial.

— Je n'ai pas peur, dit Paul.

— Bon. Tu veux essayer ?

— Sûr.

Paul regarda autour de lui.

— Mais pas ici.

Duke éclata de rire.

— Qui veux-tu qui nous surprenne, ici ?

— On va aller chez moi. Mes parents ne sont pas là.

Il s'imagina, fumant de l'herbe sur le canapé en chintz flambant neuf de sa mère et se mit à rire. Ils passèrent chez Duke pour récupérer leurs vélos, puis traversèrent tout le quartier et décrivirent des méandres dans les rues pour se rendre chez Paul.

La maison était fermée, la clé cachée sous la dalle déchaussée, à côté du massif de rhododendrons. La salle à manger sentait le renfermé. Pendant que Duke téléphonait chez lui pour prévenir qu'il rentrerait tard, Paul ouvrit la fenêtre et la brise agita doucement les doubles rideaux de sa mère. Avant qu'elle se mette à travailler, elle refaisait la décoration de la maison tous les ans. Paul la revoyait, penchée sur sa machine à coudre, jurant tout bas quand une doublure se coinçait et gondolait. L'imprimé du tissu représentait des scènes champêtres bleu foncé sur un fond crème. Quand il était petit, Paul fixait ces rideaux du regard pendant des repas entiers, comme si tous les personnages allaient brusquement s'animer, sortir de leurs maisons avec leurs baluchons et s'en aller en lui faisant au revoir de la main.

Duke raccrocha le téléphone, regarda autour de lui et lâcha un sifflement admiratif.

— Dis donc, t'es friqué.

Il s'installa à la table de la salle à manger et déroula devant lui un rectangle de papier. Paul l'observa, fasciné, tandis qu'il y répandait un petit lit d'herbe séchée, et le roulait pour façonner un long tube.

— Pas ici, intervint Paul, subitement mal à l'aise.

Ils sortirent par la porte de derrière, s'assirent sur les marches et se passèrent le joint. L'extrémité flamboyait chaque fois qu'ils tiraient une bouffée. Tout d'abord, Paul ne ressentit rien. Il se mit à pleuvoir doucement, puis l'averse cessa, et, à un moment – il aurait été incapable de dire au bout de combien de temps –, il se rendit compte qu'il avait contemplé fixement une goutte d'eau qui sinuait sur le ciment, fusionnait avec une autre goutte, et glissait de la marche et s'écrasait dans d'herbe. Duke était tordu de rire.

— Dommage que tu n'aies pas pu te voir ! Complètement stone !

— Fous-moi la paix, abruti, grommela Paul, qui se mit à rire aussi.

Ils finirent par rentrer à l'intérieur, mais, entre-temps, la pluie avait repris et ils étaient trempés et glacés. Sa mère avait laissé du ragoût dans une casserole, sur la cuisinière, mais Paul n'y jeta pas un regard. À la place, il ouvrit un pot de pickles et un autre de beurre de cacahouète, puis Duke commanda des pizzas, Paul sortit sa guitare et ils s'installèrent au salon, où se trouvait le piano, pour faire un bœuf. Paul pinça les cordes de sa guitare et ses doigts égrenèrent les notes familières des pièces de Segovia qu'il avait jouées la veille : « Estudio » et « Estudio Sin Luz ». Les titres lui faisaient penser à son père, penché sur l'agrandisseur dans sa chambre noire. Les deux mélodies évoquaient tour à tour l'ombre et la lumière, et, peu à peu, les notes se nourrirent de sa propre vie, du silence dc la maison, des vacances à la plage et des hautes fenêtres des salles de classe de son lycée. Paul jouait, et la musique le portait comme une vague, toujours plus haut, toujours plus loin. Il devenait la musique elle-même, et la vague l'aspirait tout là-haut, vers les cimes…

Quand il s'arrêta de jouer, il y eut un silence pendant une bonne minute. Duke finit par hocher la tête.

— Mon vieux, c'était puissant.

Il fit courir ses doigts sur le clavier du piano, et attaqua le morceau qu'il avait joué pendant le concert : « La Marche des trolls » de Grieg – avec une joie sauvage et sombre. Duke joua, puis ce fut de nouveau au tour de Paul. Ils n'entendirent ni l'un ni l'autre qu'on sonnait et, tout à coup, le livreur de pizza se matérialisa à la porte du salon. Ils déchirèrent les emballages en carton pour les ouvrir plus vite et engloutirent leurs pizzas, sans même prendre le temps de les savourer, se brûlant la langue. Paul sentit la nourriture descendre en lui, le lester comme une pierre. Il tourna les yeux vers le ciel gris sombre, derrière la fenêtre, puis vers le visage pâle de Duke – ses cheveux noirs ébouriffés sur son front, sa bouche rouge de sauce tomate.

— Oh ! bon sang, articula-t-il.

Il posa les mains à plat sur le parquet en chêne, soulagé de le sentir là, sous lui, et de constater que la pièce autour de lui était intacte.

— Ça décoiffe, hein ? rigola Duke. Quelle heure est-il ?

Paul se leva et se dirigea vers l'horloge du couloir. Il y avait quelques minutes, ou des heures, ils s'étaient tordus de rire à cette même place pendant que les secondes tictaquaient, un gouffre de silence s'ouvrant entre chaque mouvement du balancier. Mais maintenant, Paul ne parvenait pas à penser à autre chose qu'à son père qui s'arrêtait tous les matins devant cette pendule pour régler sa montre, et une tristesse amère l'envahit. Il songea à son après-midi et se rendit compte qu'il s'était volatilisé, réduit à un souvenir aussi minuscule que cette goutte de pluie sur la marche. Dehors, le ciel était déjà presque noir.

Le téléphone sonna. Duke était toujours affalé sur le tapis du salon, et il parut s'écouler une éternité avant que Paul décroche. C'était sa mère.

— Chéri ? dit-elle par-dessus un brouhaha entrecoupé de bruits de couverts.

Il la visualisa dans son tailleur, peut-être le bleu foncé, sa main tapotant ses cheveux courts, ses bagues scintillant à ses doigts.

— J'ai dû emmener mes clients dîner dehors. Ce sont les gens de chez IBM, tu sais, un contrat très important. Ton père est rentré ? Tu vas bien ?

— J'ai fini mes devoirs, répondit-il en fixant la pendule qui lui avait paru tellement hilarante un peu plus tôt. J'ai travaillé ma guitare. Papa n'est pas rentré.

Il y eut une pause.

— Il m'avait promis d'être là.

— T'en fais pas, tout va bien.

Il se rappela la veille au soir, quand il s'était assis sur le rebord de la fenêtre de sa chambre en rentrant du concert. Il avait songé à sauter et l'instant d'après il avait atterri en bas avec un bruit étouffé, et personne n'avait rien entendu.

— Je n'ai pas l'intention d'aller où que ce soit ce soir, ne t'inquiète pas, la rassura-t-il.

— Je ne sais pas, Paul. Je me fais du souci pour toi.

Alors, rentre à la maison, faillit-il dire. Mais il y avait ces rires en fond sonore, comme des vagues.

— Je vais bien, répéta-t-il.

— C'est vrai ?

— Sûr.

Elle soupira, couvrit le récepteur avec sa main, parla à quelqu'un puis revint en ligne.

— Écoute, Paul, je vais appeler ton père et, d'une façon ou d'une autre, je serai là dans deux heures maximum. Je te le promets. Ça ira ? Parce que si tu as le moindre problème, je viens tout de suite, tu sais.

— Ça va. Tu n'as pas besoin d'appeler papa.

— Il m'avait dit qu'il serait à la maison ce soir. Il me l'avait promis, répéta-t-elle d'un ton froid, saccadé.

— Ces gens, de chez IBM, est-ce qu'ils aiment les flamants roses ?

Il y eut un silence, troublé par des rires lointains et des bruits de verre.

— Paul, est-ce que tu vas bien ? demanda-t-elle enfin.

— Oui, oui. C'était juste une plaisanterie. Ne t'inquiète pas.

Après qu'elle eut coupé la communication, Paul resta immobile un moment, écoutant la tonalité. Le silence de la maison se referma sur lui, oppressant. Aucun rapport avec le silence de l'auditorium, chargé d'attente et d'émotion. Non, ici, c'était un silence vide. Il tendit la main vers sa guitare en songeant à sa sœur jumelle. Si elle n'était pas morte, lui ressemblerait-elle ? Aimerait-elle la musique, elle aussi ? La course à pied ?

Au salon, Duke était toujours allongé par terre, un bras replié sur son visage. Paul ramassa les emballages vides des pizzas et sortit les jeter dans la poubelle. Il avait la gorge sèche comme un désert. Il prit une bouteille de lait dans le frigo, et la rapporta au salon, but directement au goulot puis la passa à

Duke. Il s'assit sur le tapis et joua de nouveau, plus paisiblement cette fois. Les notes s'envolaient de sa guitare et tourbillonnaient gracieusement dans les airs, comme des petits animaux ailés.

— Tu peux avoir encore de ce truc ? demanda-t-il.

— Tu as du fric ?

Paul hocha la tête et continua à jouer pendant que Duke se levait pour téléphoner.

Il avait dessiné sa sœur, une fois, quand il était tout petit. Sa mère lui avait parlé d'elle, alors il l'avait représentée sur son dessin intitulé « Ma famille » : son père, crayonné en marron, sa mère avec des cheveux jaunes, et lui-même main dans la main avec un petit personnage miroir. Il l'avait dessiné à l'école et offert à ses parents, entouré d'un ruban, pendant le petit déjeuner. Tout de suite, il avait vu sur le visage de son père une émotion sur laquelle un petit bonhomme de cinq ans ne pouvait pas mettre de nom, mais qu'il avait quand même associée à du chagrin. Sa mère avait eu la même expression quand il lui avait tendu le dessin, mais elle avait tout de suite plaqué un masque par-dessus, le même masque souriant qu'elle arborait en ce moment avec ses clients. Il se rappelait le geste qu'elle avait eu pour lui caresser la joue. *Oh, c'est magnifique. C'est un dessin vraiment merveilleux, Paul.*

Plus tard, quand il avait neuf ou dix ans, elle l'avait emmené dans le cimetière où sa sœur était enterrée. Paul avait lu le nom sur la dalle – PHOEBE GRACE HENRY – et sa propre date de naissance, envahi tout à coup par une impression de malaise, une oppression, impossible à expliquer.

— Pourquoi elle est morte ? avait-il demandé.

— On ne sait pas, avait répondu sa mère.

Puis elle avait vu son expression et elle avait passé son bras autour de ses épaules.

— Ce n'est pas ta faute, avait-elle affirmé avec force. Ça n'a rien à voir avec toi.

Mais il ne l'avait pas crue, et il ne la croyait toujours pas aujourd'hui. Si son père s'enfermait tous les soirs dans sa chambre noire, si sa mère restait travailler bien après l'heure du dîner presque tous les jours de la semaine et si, quand elle était en vacances, elle ôtait ses vêtements pour aller rejoindre des hommes dans leurs cottages, à qui la faute ? Sûrement pas à sa sœur mort-née qui avait laissé ce silence derrière elle. Chaque fois qu'il y pensait, Paul avait un nœud dans le ventre. Une boule qui ne cessait de grossir tout au long de la journée et lui broyait l'estomac. Il était en vie, lui. Il était là. Alors, sûrement, son rôle devait être de protéger ses parents.

Duke réapparut et Paul s'arrêta de jouer.

— Il s'appelle Joe, et il arrive. Mais il faut que tu aies du cash.

— D'accord. Suis-moi.

Ils sortirent par la porte de derrière, traversèrent la cour puis gravirent l'escalier menant à l'atelier de son père, au-dessus du garage. La pièce, percée de grandes fenêtres, laissait la lumière entrer à flots pendant la journée. Une chambre noire, pas plus grande qu'un cagibi, sans aucune ouverture, était encastrée dans la cloison, près de l'entrée. Son père avait construit cet endroit quelques années plus tôt, quand ses photos avaient commencé à acquérir une certaine notoriété. Désormais, il y passait presque tout son temps libre, développant ses pellicules, procédant à des essais d'éclairage. Il était quasiment le seul à venir ici – sa mère n'y mettait jamais les pieds. Occasionnellement, il invitait son fils à monter avec lui. Des moments rares, que Paul guettait avec une avidité douloureuse.

— C'est cool, commenta Duke en examinant les photos exposées aux murs dans des cadres.

— On n'est pas censés être ici, l'avertit Paul. Alors, on ne s'attarde pas, d'accord ?

— Hé, je la connais, celle-là ! s'écria Duke en s'arrêtant devant une photo montrant les ruines fumantes du ROTC, les fleurs délicates des cornouillers au premier plan offrant un contraste saisissant avec les murs calcinés.

C'était la photo la plus célèbre de son père, reprise à l'époque par une agence de presse et diffusée à travers tout le pays. *Elle a été le déclencheur*, aimait-il à répéter. *C'est elle qui m'a fait connaître.*

— C'est mon père qui l'a prise, expliqua brièvement Paul. Ne touche à rien, OK ?

Duke rigola.

— Relax, vieux. Pas de problème.

Paul entra dans la chambre noire. L'air y était plus chaud, plus confiné. Des épreuves séchaient sur un fil. Il ouvrit le petit réfrigérateur où son père conservait ses pellicules et sortit l'enveloppe matelassée glissée contre la paroi du fond. À l'intérieur, il y avait une autre enveloppe, remplie de billets de vingt dollars. Il en prit un, puis deux, et remit le reste en place.

Il venait parfois avec son père, et parfois aussi secrètement, tout seul. C'était comme ça qu'il avait découvert l'argent, un après-midi où il était venu ici jouer de la guitare, furieux parce que son père lui avait promis de lui apprendre à se servir de l'agrandisseur puis avait annulé à la dernière minute. En colère, déçu, et finalement affamé, il avait farfouillé dans le frigo et il avait trouvé cette enveloppe, remplie de billets tout neufs, froids, mystérieux. Ce jour-là, il avait pris une coupure de vingt dollars, davantage par la suite. Comme son père ne semblait jamais rien remarquer, il revenait se servir de temps en temps.

Cela mettait Paul mal à l'aise – cet argent, ses vols impunis. Il éprouvait la même sensation quand il se trouvait ici avec son père tandis que des images apparaissaient sous ses yeux. Un négatif ne contenait pas une seule photo, mais une multitude de photos différentes, lui avait-il expliqué. Et il n'y avait pas un moment unique, mais une infinité de moments à l'intérieur du même moment : tout dépendait de la personne qui regardait et du regard qu'elle posait sur la scène. En l'écoutant, Paul avait eu l'impression qu'un trou béant s'ouvrait dans sa poitrine : si c'était vrai, il ne saurait jamais réellement qui était son père, et cette pensée le terrifiait. Pourtant, il aimait être ici dans la lumière rouge et l'odeur des produits chimiques. Il aimait les étapes précises du développement : la lumière de l'agrandisseur, les bains successifs dans le révélateur et le fixateur, et finalement les images qui séchaient sur leur fil, brillantes et mystérieuses.

Paul s'arrêta pour examiner les derniers travaux de son père : d'étranges tourbillons, comme des fleurs pétrifiées. Des coraux, devina-t-il, photographiés pendant leurs vacances à Aruba. Des coraux dépourvus de leur chair, dont il ne subsistait plus que le squelette complexe. Les autres photos étaient identiques : des formes blanches, poreuses, criblées de petits cratères, comme un paysage lunaire. *Coraux/squelette humain*, disaient les notes de son père, soigneusement alignées sur la table, à côté de l'agrandisseur.

— Qu'est-ce que tu fabriques ? s'impatienta Duke en ouvrant la porte. Tu dors ou quoi ?

Paul fourra les billets dans sa poche et passa dans l'atelier. Deux garçons attendaient là, assis par terre, des grands du lycée qu'il voyait fumer dans le terrain vague en face du bahut pendant l'heure du déjeuner. L'un des deux avait apporté un pack de six bières et en tendit une à Paul. Il faillit leur dire *Pas ici, venez, on sort*, mais il s'était remis à pleuvoir et ils étaient plus âgés que lui, plus costauds aussi, alors il s'assit avec eux sans rien dire. Il donna l'argent à Duke et l'herbe circula de main en main. Paul était fasciné par les doigts de Duke, la délicatesse avec laquelle ils tenaient le joint. Il les revoyait, volant sur les touches du piano avec une précision diabolique. Son père était quelqu'un de très méticuleux, lui aussi. Il réparait les os des gens, il les guérissait.

— Alors, tu planes ? demanda Duke après un moment.

Sa voix lui parvint de loin, comme à travers de l'eau, mêlée au coup de sifflet lointain d'un train. Cette fois, pas de fou rire, de tête qui tourne comme dans un manège, seulement un puits noir et béant sous ses pieds dans lequel il tombait. Le puits se confondit avec la nuit, dehors, et il ne parvenait pas à voir Duke et il était terrifié.

—Qu'est-ce qu'il a ton pote? dit quelqu'un.

—Il devient parano, je crois.

Les mots étaient gigantesques, ils remplissaient tout l'espace et l'écrasaient contre le mur.

Des longues houles de rire secouèrent la pièce, déformant les visages. Paul avait la gorge sèche et ses mains devenaient trop grandes pour son corps. Il regardait fixement la porte comme si son père allait surgir d'une seconde à l'autre, sa colère s'abattant sur eux comme un cataclysme. Puis les rires cessèrent et il y eut un bruit de tiroirs qu'on ouvre et qu'on ferme. Ils fouillaient les meubles de rangement, cherchant à manger, mais ils ne trouvèrent que les dossiers soigneusement étiquetés de son père. *Non,* essaya-t-il de dire comme le plus âgé des deux garçons, celui avec la barbe, sortait les chemises cartonnées et les ouvrait. *Non!* Il hurlait à l'intérieur, mais aucun son ne sortait de ses lèvres.

—Hé! dit Duke en lui fourrant une photo sous le nez. C'est toi, là?

Paul était prostré, les bras enroulés autour de ses genoux, la respiration rauque. Il n'esquissa pas un mouvement – il en était incapable. Duke laissa la photo tomber par terre et rejoignit les deux autres. Ils étaient de plus en plus incontrôlables, et jetaient pêle-mêle les dossiers et leur précieux contenu sur le sol.

Il resta totalement immobile. Pendant un long moment, il fut trop effrayé pour bouger, puis il se leva, se réfugia à l'intérieur de la chambre noire et se recroquevilla dans un coin, contre l'armoire de rangement que son père gardait fermée à clé, écoutant ce qui se passait de l'autre côté de la porte : des objets qui tombent, des piétinements, des rires, et, enfin, le fracas d'une bouteille cassée. Le calme revint peu à peu. La porte s'ouvrit :

— Hé, tu es là-dedans ? Ça va ? demanda Duke.

Comme Paul ne répondait pas, il y eut un bref conciliabule, puis des pas dévalèrent l'escalier et le silence retomba. Paul se leva lentement, passa dans la pièce attenante, et s'approcha de la fenêtre. Duke avait enfourché son vélo et disparaissait dans la rue.

Il était si fatigué. Épuisé. Il se retourna et contempla l'atelier dévasté : le sol était jonché de photos piétinées, déchirées, de chemises éventrées. Des rouleaux de négatifs pendaient comme des serpentins des comptoirs et des lampes. Une bouteille de bière avait explosé – il y avait des éclats de verre partout et des éclaboussures sur les meubles, des graffitis et des dessins obscènes sur les murs. Il s'adossa à la porte, puis se laissa glisser lentement sur le sol. Dans un moment, il devrait nettoyer ce gâchis, tout remettre en place.

Il souleva la main, regarda la photo qui gisait dessous et la ramassa. Une maison délabrée sur une colline. Quatre personnes posaient devant : une femme vêtue d'une robe sombre, un tablier noué autour de la taille. Le vent avait rabattu une mèche de cheveux sur son visage. À ses côtés se tenait un homme, maigre, courbé comme une virgule, serrant un chapeau sur sa poitrine. La femme avait le visage légèrement tourné vers lui, et ils réprimaient un sourire, comme si l'un d'eux venait de faire une plaisanterie et qu'ils allaient éclater de rire d'une seconde à l'autre. La main de la mère était posée sur la tête d'une petite fille blonde, et entre eux se tenait un jeune garçon. Il devait avoir à peu près son âge et regardait droit vers l'objectif. Paul ferma les yeux, épuisé, au bord des larmes.

Il se réveilla en sursaut. L'aube se levait derrière les fenêtres et son père se dressait dans l'encadrement de la porte.

— Paul ? Bon sang, qu'est-ce que c'est que ce chantier ?

Paul s'assit, essayant de se remémorer où il était et ce qui s'était passé. Des photos déchirées et des pellicules tapissaient le sol, maculées d'empreintes de pas boueuses. Des rouleaux de négatifs étaient éparpillés dans tous les coins. Des éclats de verre jonchaient le parquet. La peur submergea Paul en même temps qu'une violente envie de vomir.

— Pour l'amour du ciel, Paul ! s'exclamait son père. Qu'est-ce qui s'est passé ici ?

Il avança dans la pièce, se pencha et ramassa quelque chose. La photo de cette famille inconnue, perdue au milieu du chaos. Il la contempla pendant un moment, puis s'assit par terre, à côté de Paul, le dos contre le mur, et promena son regard autour de lui.

— Que s'est-il passé ? répéta-t-il, plus calmement.

— Des amis sont venus. Le... La situation a dégénéré.

— Je vois ça. Duke était là ?

Paul hésita, puis hocha la tête. Il essayait de ne pas pleurer, et chaque fois qu'il regardait les photos détruites il avait l'impression qu'un poids lui comprimait la poitrine.

— C'est toi qui as fait ça, Paul ? demanda son père d'une voix étrangement douce.

Paul secoua la tête.

— Non. Mais je les ai pas arrêtés.

Son père contempla les dégâts.

— Il faudra des semaines pour nettoyer, déclara-t-il enfin. C'est toi qui t'en chargeras. Et tu m'aideras à reconstituer tous les dossiers. Ce sera un travail énorme. Très long. Tu devras renoncer à tes répétitions.

Paul hocha la tête, mais le poids qui lui oppressait la poitrine devint suffocant, insupportable, et il fut incapable de se contenir plus longtemps.

— Tu veux juste un prétexte pour m'empêcher de jouer.

— C'est faux. Bon sang, Paul, tu sais que ce n'est pas vrai !

Son père secoua la tête. Pendant un instant, Paul eut peur qu'il ne parte, mais il contempla la photo, dans sa main. C'était un cliché en noir et blanc, avec une petite bordure dentelée.

— Tu sais qui sont ces gens ? demanda-t-il.

— Non, murmura Paul.

Mais à la même seconde, il sut.

— Oh, souffla-t-il en pointant un doigt sur le garçon devant la vieille maison. C'est toi ?

— Oui. J'avais ton âge. Derrière moi, c'est mon père. Et à côté de moi, c'est ma sœur. J'avais une sœur, tu le savais ? Elle s'appelait June. Elle avait un don pour la musique, comme toi. C'est la dernière photo où nous sommes tous réunis. June souffrait de graves problèmes cardiaques, et elle est décédée l'automne suivant. Ma mère a failli mourir de chagrin.

Paul regardait la photo différemment, à présent. Ces gens n'étaient pas des étrangers, mais sa famille, son sang. La grand-mère de Duke vivait chez eux, dans une pièce à l'étage. Elle faisait des tartes et regardait des feuilletons à la télé tout l'après-midi. Paul étudia la femme sur la photo, le sourire qu'elle peinait à réprimer. Sa grand-mère.

— Est-ce qu'elle est morte ? demanda-t-il.

— Ma mère ? Oui. Des années plus tard. Ton grand-père aussi. Ils n'étaient pas très âgés, ni l'un ni l'autre. Mes parents ont eu une vie difficile, Paul. Ils n'avaient pas d'argent. Cela ne veut pas dire qu'ils n'étaient pas riches, mais souvent ils ne savaient pas de quoi serait fait le lendemain. Cela minait mon père, qui travaillait pourtant très dur. Et cela tourmentait ma mère, parce qu'ils ne pouvaient rien faire pour aider June. Quand j'avais ton âge, je travaillais dans un magasin pour pouvoir aller au lycée en ville. Et puis June est morte, et je me suis fait une promesse à moi-même. Je ferais des études afin de contribuer à rendre le monde meilleur.

Il secoua la tête.

— Naturellement, je n'ai pas réussi. Mais nous ne manquons de rien. Nous ne nous inquiétons jamais de savoir si nous aurons à manger demain. Tu es libre d'aller dans le lycée de ton choix. Et toi, tout ce qui t'intéresse, c'est de fumer avec tes petits camarades et tout flanquer en l'air.

Le nœud dans son ventre était remonté dans sa gorge, et Paul fut incapable de répondre. Il aurait voulu chasser la tristesse dans la voix de son père, effacer le silence qui habitait leur maison. Mais surtout, il voulait que son père continue à lui parler de sa famille, de son enfance – et que cela ne finisse jamais. Il avait peur de tout gâcher par une parole maladroite, comme quand on projetait un peu trop de lumière sur le papier et que ça détruisait la photo. Quand cela arrivait, c'était fini, on ne pouvait plus revenir en arrière.

—Je suis désolé, murmura-t-il.

Son père hocha la tête, les yeux baissés. Sa main caressa brièvement, légèrement, les cheveux de Paul.

—Je sais, acquiesça-t-il.

—Je nettoierai tout.

—Oui. Je sais.

—Mais j'aime la musique, poursuivit Paul avec force.

C'était la chose à ne pas dire, il le savait, la petite touche de lumière en trop, mais c'était plus fort que lui.

—Jouer est toute ma vie. Je ne renoncerai jamais.

Son père resta silencieux un moment, le visage baissé. Puis il soupira et se leva.

—Ne ferme aucune porte pour le moment, dit-il. C'est tout ce que je te demande.

Paul regarda son père disparaître dans la chambre noire. Puis il se mit à genoux et commença à ramasser les éclats de verre. Au loin, des trains passaient, et, derrière les fenêtres, le ciel n'en finissait pas de s'éclaircir, bleu et pur. Il releva la tête et écouta son père aller et venir dans la pièce voisine, remettant de l'ordre, récupérant ce qui pouvait l'être. Et il imagina ces mêmes mains palpant délicatement des blessés et ouvrant les chairs pour réparer ce qui avait été brisé.

Septembre 1977

Caroline recueillit le Polaroid entre le pouce et l'index au moment où il sortait de l'appareil photo. L'image commençait déjà à se dessiner : la table recouverte d'une nappe blanche flottant sur un océan de gazon ; Phoebe comme un brouillard pâle dans sa robe de confirmation. Caroline agita la photo pour la faire sécher. Un roulement de tonnerre gronda au loin. Un orage de fin d'été menaçait. Une brise souleva les serviettes en papier.

— Encore une, dit Caroline.

— Oh, maman ! protesta Phoebe.

Elle se leva d'un bond à la seconde où elle entendit le déclic et courut jusqu'à l'endroit où Avery Swan, leur petite voisine de huit ans, serrait dans ses bras un minuscule chaton de la même teinte orange foncé que ses cheveux. Phoebe, treize ans, était petite pour son âge, potelée, impulsive et passionnée, lente à comprendre, mais capable de passer de la joie à la tristesse et de nouveau à la joie à une vitesse stupéfiante.

— Je suis confirmée ! criait-elle maintenant en tournoyant sur la pelouse, bras levés, attirant sur elle le regard amusé des invités.

Sa longue jupe blanche tourbillonnant sur ses mollets, elle s'élança vers Tim, le fils de Sandra, l'enveloppa dans ses bras et l'embrassa avec exubérance sur la joue.

Puis elle se figea et lança un regard inquiet à Caroline. Les câlins avaient posé un problème à l'école, cette année. *Je t'aime !* clamait Phoebe en étreignant un petit enfant ; elle ne comprenait pas pourquoi il ne fallait pas. Caroline le lui avait répété encore, et encore : *Les câlins, c'est quelque chose de spécial, réservé à la famille.* Lentement, Phoebe avait fini par apprendre. Mais à présent, en la voyant contenir son affection d'un air coupable, Caroline se demandait si elle n'aurait pas mieux fait de se taire.

— Il n'y a pas de problème, chérie, la rassura-t-elle. Tu peux faire un câlin à tes amis pendant la fête, si tu veux.

Soulagée, Phoebe partit avec Tim caresser le petit chat. Caroline contempla le Polaroid dans sa main. Le jardin ensoleillé et le sourire de Phoebe : un moment fugitif qui appartenait déjà au passé. Un autre roulement de tonnerre gronda dans le lointain, mais l'après-midi restait merveilleusement tiède et embaumé. Les invités allaient et venaient sur la pelouse, discutant, riant, se servant à boire dans des gobelets en plastique. Sur la table, un gâteau à trois étages, recouvert d'un épais glaçage blanc, fêtait trois événements : la confirmation de Phoebe, son propre anniversaire de mariage et le départ à la retraite de Dothy.

— C'est *mon* gâteau !

La voix de Phoebe s'éleva au-dessus du brouhaha des conversations. Il y avait beaucoup de monde : des professeurs de physique, des voisins, des membres de la chorale, des camarades d'école, des familles de l'association « Enfance sens dessus dessous », et des ribambelles d'enfants qui couraient partout. Les nouvelles amies de Caroline, des infirmières de l'hôpital où elle travaillait à mi-temps depuis que Phoebe allait à l'école, étaient également présentes. Elle avait réuni tous ces gens ; elle avait organisé cette fête magnifique qui se déployait comme une fleur dans la lumière douce de la fin d'après-midi.

— C'est *mon* gâteau !

La voix de Phoebe flotta de nouveau dans l'air, vibrante de fierté.

— Je suis confirmée !

Caroline but une gorgée de vin, l'air chaud effleurant sa peau comme une caresse. Elle ne vit pas Al se frayer un passage au milieu des invités pour la rejoindre, mais tout à coup il fut là, son bras autour de sa taille, ses lèvres sur sa joue, sa présence, son odeur l'emplissant d'un sentiment de bien-être. Ils s'étaient mariés cinq ans plus tôt lors d'une fête comparable à celle-ci, un après-midi rempli de papillons et du parfum des roses. Cinq ans déjà, mais le plaisir de la nouveauté ne s'était pas affadi. La chambre de Caroline, au troisième étage de la maison de Dothy, était devenue un lieu aussi mystérieux et sensuel que ce jardin. Elle aimait se réveiller blottie contre le grand corps chaud d'Al, sa main posée sur son ventre. Elle aimait son odeur de savon et d'épices qui imprégnait lentement la pièce, les draps, les serviettes de bain. Il était là, si intensément vivant qu'elle ressentait sa présence dans chaque cellule de son corps. Il était là, et puis il n'y était plus, déjà reparti.

— Joyeux anniversaire, lui dit-il en l'étreignant doucement.

Caroline sourit, comblée. Le jour déclinait et les gens allaient et venaient, riant dans la tiédeur du soir, les pétales blancs des pâquerettes formant de petits motifs clairs dans l'herbe sombre. Caroline prit la main d'Al, solide et sûre, et faillit éclater d'un rire joyeux parce qu'il venait d'arriver et ne connaissait pas encore la nouvelle. Dothy partait un an, pour une croisière autour du monde, avec son amoureux, un homme prénommé Trace. Al était au courant : elle préparait ce voyage depuis des mois. Ce qu'il ignorait, en revanche, c'était que Dothy avait décidé de tirer symboliquement un trait sur son passé et avait remis à Caroline le titre de propriété de cette vieille maison.

Dothy descendait justement les quelques marches donnant dans l'allée, vêtue d'une robe en soie. Trace la suivait : soixante-cinq ans, cheveux gris, silhouette élégante et athlétique. Passionné d'opéras et de diététique, Trace était un ancien nageur de haut niveau. Il avait failli décrocher une médaille de bronze aux Jeux olympiques et n'hésitait pas, aujourd'hui encore, à traverser la Monongahela à la nage. Voilà comment un après-midi, il avait surgi de l'eau, pâle et ruisselant, au beau milieu du pique-nique annuel organisé par le département de physique de l'université. C'était ainsi qu'il avait rencontré Dorothy March et qu'ils étaient devenus inséparables. Trace était gentil et attentionné avec Dothy, visiblement en adoration devant lui.

Une bourrasque éparpilla une pile de serviettes en papier. Caroline se baissa pour les ramasser puis les lesta avec une pierre.

— Vous nous apportez le vent, plaisanta Al comme Dothy les rejoignait.

— C'est tellement excitant, dit-elle.

Elle ressemblait de plus en plus à Leo, ses traits s'étaient aiguisés avec le temps et ses cheveux, qu'elle portait courts désormais, étaient d'un blanc neigeux.

— Al est comme ces vieux capitaines de vaisseau, déclara Trace. Il flaire les changements atmosphériques... Oh Dothy, ne bouge plus ! ajouta-t-il d'un ton admiratif. Tu es magnifique : on dirait la déesse du vent.

— Dans ce cas, retenez votre souffle jusqu'à la fin de la fête, Dotty, dit Al en rattrapant au vol une assiette en carton.

— Cette réception est magnifique, soupira Dothy. Pouvait-on rêver plus jolie façon de se dire au revoir ?

Phoebe accourut, le chaton – aussi minuscule qu'une balle orange – dans ses bras. Caroline se pencha et le caressa en souriant.

— On peut le garder ? demanda Phoebe.

— Non. Tante Dothy est allergique, tu le sais bien.

— Maman, s'il te plaît..., se plaignit Phoebe.

Son attention fut distraite par la nappe qui frémissait dans le vent et la table de fête. Elle tira sur la manche en soie de Dothy.

— Tante Dothy. C'est mon gâteau !

— C'est le mien aussi, répondit Dothy en passant un bras autour des épaules de Phoebe. Je pars en voyage, ne l'oublie pas. Alors c'est aussi mon gâteau. Et celui de ta maman et d'Al, parce qu'ils sont mariés depuis cinq ans.

— Je pars en voyage avec toi, décréta Phoebe.

— Oh non, ma chérie. Pas cette fois. C'est un voyage pour les grands, trésor. Juste pour Trace et moi.

Le sourire radieux de Phoebe s'effaça en l'espace d'une seconde, remplacé par une expression de désespoir. Tout ce qu'elle ressentait, joies ou peines, était vécu instantanément, avec la fulgurance de l'éclair.

— Hé, trésor, dit Al en s'accroupissant devant elle. Tu ne crois pas que ce petit chat aimerait laper un peu de crème ?

Elle essaya de ne pas sourire, mais il lui fut impossible de résister longtemps et elle hocha la tête, son chagrin momentanément oublié.

— Allons-y, dit Al en lui prenant la main.

— Ne le fais pas entrer dans la maison, l'avertit Caroline.

Elle remplit un plateau de verres et passa au milieu des invités, émerveillée par sa vie. Elle était Caroline Simpson, la maman de Phoebe, l'épouse d'Al, une militante active des droits de l'enfant – elle n'avait plus grand-chose en commun avec l'infirmière timide qui, treize ans plus tôt, avait recueilli un nouveau-né au creux de ses bras, tandis que, dehors, la neige tombait à gros flocons. Caroline se retourna pour contempler la maison, dont la façade pâle se détachait sur le ciel grisâtre. *C'est ma maison,* songea-t-elle, faisant écho à la rengaine entonnée par Phoebe, un peu plus tôt. Elle sourit tandis que la petite phrase lui traversait malicieusement l'esprit : *Je suis confirmée.*

Sandra riait avec Dothy, près du chèvrefeuille, et Mme Soulard remontait l'allée, un vase de lis dans les mains. Les cheveux ébouriffés par le vent, Trace grattait une allumette au creux de sa paume, essayant d'allumer les bougies. Les flammes vacillèrent, se couchèrent, puis finirent par se stabiliser, illuminant la nappe blanche, les petites verrines transparentes, le vase de fleurs blanches, le gâteau nappé de crème immaculée. Le bruit de la circulation s'élevait en fond sonore, assourdi par le brouhaha des conversations et les rires, le frémissement des feuilles. Caroline contempla tout cela, songeant à Al, à ses mains qui la chercheraient dans l'ombre cette nuit. *Le bonheur*, se dit-elle. *Oui, c'est à cela que ressemble le bonheur*.

La fête dura jusqu'à vingt-trois heures. Dothy et Trace s'attardèrent après le départ des derniers invités, rapportant à l'intérieur des plateaux de gobelets vides, les restes du gâteau, les vases de fleurs, rangeant les tables et les chaises dans le garage. Phoebe s'était endormie ; Al l'avait portée dans sa chambre après qu'elle eut fondu en larmes, épuisée et surexcitée, désespérée par le départ de Dothy, sanglotant avec une violence qui lui avait coupé le souffle.

— Ne touchez plus à rien, ordonna gentiment Caroline, arrêtant Dothy en haut des marches. Je ferai la vaisselle et je rangerai demain. Vous avez un avion à prendre de bonne heure. Vous devez avoir hâte de partir.

— Oh oui.

Sa voix était si douce que Caroline dut tendre l'oreille pour l'entendre. Elle lui montra d'un petit signe du menton la cuisine éclairée où Al et Trace s'activaient, vidant les assiettes dans la poubelle.

— Mais c'est un sentiment doux-amer. J'ai passé toute ma vie ici. C'est étrange de quitter cette maison. Et en même temps, je suis très impatiente de commencer autre chose.

— Mais vous pourrez revenir aussi souvent que vous le voudrez, lui rappela Caroline, saisie par une émotion soudaine.

— J'espère que je n'en ressentirai pas le besoin. Sauf pour une courte visite, bien sûr.

Elle glissa son bras sous celui de Caroline.

— Venez. Allons nous asseoir sur le porche.

Elles passèrent sous la glycine et s'installèrent dans la balancelle. Une rivière de voitures s'écoulait sur la quatre-voies. Les hautes feuilles des sycomores, aussi grosses que des assiettes, frémissaient dans la lumière des réverbères.

— En tout cas, cette circulation infernale ne vous manquera pas, soupira Caroline.

— Non, c'est vrai. Cette maison était si calme, jadis. Ils fermaient la rue pendant l'hiver, vous savez. Nous faisions de la luge au beau milieu de la route, juste là.

Caroline poussa sur la balancelle, se remémorant cette nuit de pleine lune, il y avait bien, bien longtemps, quand Phoebe toussait dans la petite salle de bains embuée, et que des hérons s'envolaient des souvenirs d'enfance de Dothy.

La porte de la cuisine s'ouvrit derrière elles et Trace apparut sur le seuil.

— Tu es prête à partir, Dothy ?

— Dans un instant.

— Je vais chercher la voiture. Je t'attendrai devant le portail.

Il rentra dans la maison. Caroline contempla les lumières qui passaient au loin. Treize ans plus tôt, elle était venue sonner à cette porte, Phoebe dans les bras. Elle avait attendu qu'on lui ouvre, sans savoir ce que les minutes qui suivraient allaient lui réserver.

— Vous allez me manquer, soupira-t-elle. Et à Phoebe aussi.

Dothy hocha la tête.

— Je sais. Mais nous resterons en contact. Et je vous enverrai des cartes postales du monde entier.

Des phares trouèrent l'obscurité, puis la voiture s'arrêta au bout de l'allée et le long bras de Trace s'agita par la portière.

Elles se levèrent d'un même mouvement.

— Je vous souhaite beaucoup de bonheur, murmura Caroline.

Elle serra Dothy dans ses bras, sa joue toute douce effleurant la sienne.

— Vous m'avez sauvé la vie, il y a treize ans, vous savez.

— Chérie, vous avez sauvé la mienne aussi.

Dothy recula. Des larmes brillaient dans ses yeux bleus.

— C'est votre maison, maintenant. Profitez-en.

Puis Dothy descendit les marches, sa robe blanche flottant dans le vent. Elle monta dans la voiture, agita la main. Elle était partie.

Al rejoignit Caroline, apportant deux verres de jus de fruits. Ils s'assirent tous les deux sur la balancelle.

— C'était une belle fête, commença-t-il.

— Oui. C'était amusant. Je suis épuisée.

— Tu as encore assez d'énergie pour ouvrir ceci ?

Caroline prit le paquet maladroitement enveloppé et l'ouvrit. Un petit cœur en bois, lisse comme une pierre polie par l'eau, glissa dans sa paume.

— Il est magnifique, dit-elle en le pressant contre sa joue. Si chaud. On dirait qu'il est fait pour le creux de ma main.

— Je l'ai sculpté moi-même, répondit Al, une note de fierté dans la voix. La nuit, sur la route. J'avais peur que tu trouves ça ringard mais une serveuse à Cleveland m'a dit que ça te plairait. J'espère que c'est vrai.

— Oh, oui, dit Caroline en glissant son bras sous le sien. Je l'adore. J'ai quelque chose pour toi, moi aussi.

Elle lui tendit une petite boîte en carton.

— Je n'ai pas eu le temps de l'envelopper.

Il ouvrit la boîte et en sortit une clé en cuivre, toute neuve.

— Qu'est-ce que c'est ? La clé de ton cœur ?

Elle rit.

— Non. C'est la clé de cette maison.

— Pourquoi ? Tu as changé les serrures ?

— Non.

Caroline poussa sur la balancelle.

— Dothy m'a donné la maison, Al. C'est à peine croyable. Elle m'a remis l'acte de propriété. Elle a dit qu'elle souhaitait tourner la page, prendre un nouveau départ.

Il y eut une seconde de silence. Puis deux, puis trois, ponctuées par le grincement régulier de la balancelle.

— C'est une décision plutôt radicale, déclara enfin Al. Et si elle a envie de revenir ?

— Je lui ai demandé exactement la même chose. Il paraît que Leo lui a laissé un héritage très conséquent. Et Dothy s'est montrée économe toute sa vie, si bien qu'elle n'a pas besoin de l'argent que lui procurerait la vente de la maison. S'ils reviennent, Trace et elle achèteront un appartement.

— C'est très généreux de sa part.

— Oui.

Al resta silencieux. Caroline écouta le grincement de la balancelle, le vent, les voitures.

— Nous pourrions la vendre, déclara-t-il au bout d'un moment. Partir nous aussi. Aller où bon nous semble.

— Elle ne vaut pas grand-chose, répondit Caroline. À aucun moment l'idée de vendre la maison ne lui avait traversé l'esprit.

— Et puis, où irions-nous ?

— Je ne sais pas, Caroline. Tu me connais, j'ai passé ma vie à naviguer. Je réfléchissais simplement à voix haute.

La sensation de confort née de l'obscurité et du mouvement régulier de la balancelle s'effaça, remplacée par une impression de malaise. Qui était-il réellement ? s'interrogea Caroline. Cet homme qui partait toutes les semaines, partageait son lit le week-end, et auquel elle était mariée depuis cinq ans, qui était-il vraiment ? Que savait-elle de ses rêves, de ses aspirations secrètes ? Pratiquement rien, admit-elle. Et il en allait de même pour lui.

— Tu aurais préféré qu'elle ne me donne pas la maison ? insista-t-elle.

— Ce n'est pas ça. C'est extrêmement généreux de sa part.

— Mais tu te sens ligoté.

— J'aime revenir à la maison en sachant que je vais te retrouver. J'aime avaler les derniers kilomètres sur l'autoroute en vous imaginant, Phoebe et toi, en train de cuisiner ou de jardiner. Mais d'un autre côté, le choix de Dothy et de Trace est terriblement tentant. Boucler ses valises. Partir. Parcourir le monde, sans attaches. Ce doit être extraordinaire, ce sentiment de liberté.

— Je n'ai plus cet appétit d'ailleurs.

Caroline contempla le jardin enveloppé d'ombre et les lumières de la ville qui s'éparpillaient derrière le feuillage des arbres, comme une mosaïque.

— Je suis heureuse ici. Tu finiras par t'ennuyer avec moi.

— Non. C'est ce qui nous rend compatibles, chérie.

Ils restèrent assis en silence quelques instants, écoutant le vent, le flot ininterrompu des voitures.

— Phoebe n'aime pas les changements, reprit Caroline. Ça la perturbe.

— Justement.

Al attendit un moment, puis se tourna vers Caroline.

— Phoebe grandit, tu sais. Ce n'est plus une petite fille.

— Elle a à peine treize ans, protesta Caroline.

— C'est bien ce que je dis, elle a treize ans. Elle est… enfin, tu sais… elle commence à se développer. Je me sens mal à l'aise quand je la porte dans mes bras comme ce soir.

— Eh bien, ne le fais plus, trancha Caroline d'une voix sèche.

Mais elle revoyait Phoebe à la piscine, au début de la semaine, s'éloignant en nageant puis revenant vers elle et l'agrippant sous l'eau, les petits bourgeons de ses seins pressés contre son bras.

— Ne te mets pas en colère, chérie. Nous n'avons jamais abordé le sujet, mais il le faudra bien un jour ou l'autre. Que va-t-elle devenir plus tard ? Que ferons-nous quand le moment viendra pour nous de prendre notre retraite, comme Dothy et Trace ?

Il garda le silence quelques instants, et elle eut le sentiment qu'il choisissait soigneusement ses mots.

— J'aimerais pouvoir me dire que nous serons libres de voyager si nous le désirons. Ça me rend un peu claustrophobe, je l'avoue, de m'imaginer cloué à jamais dans cette maison. Et qu'adviendra-t-il de Phoebe ? Elle habitera à jamais avec nous ?

— Je ne sais pas, avoua Caroline, une chape de lassitude s'abattant sur ses épaules, aussi lourde que la nuit.

Elle avait déjà mené tant de combats pour que Phoebe ait une place dans ce monde indifférent. Jusqu'ici, elle avait réussi à trouver une solution à chaque problème. Mais prévoir où Phoebe travaillerait plus tard, comment elle vivrait sa vie d'adulte

– non pour l'instant, cela relevait encore de l'inconnu.

— Oh, Al, je n'ai pas la force d'y réfléchir ce soir, je t'en prie.

— Il faudra pourtant bien que nous en discutions un jour ou l'autre.

— Elle est encore si jeune.

— J'aime Phoebe, tu le sais. Mais toi ou moi nous pouvons mourir demain. Nous ne serons pas toujours là pour nous occuper d'elle. Et un jour viendra où elle ne voudra plus vivre avec nous. Je te demande simplement d'y réfléchir. Ce ne serait pas formidable si tu partais sur la route avec moi de temps en temps ?

— Si, dit-elle doucement. Si, bien sûr.

Mais elle n'en était pas vraiment persuadée. Elle essaya d'imaginer la vie d'Al – une chambre différente tous les soirs, une ville différente, et la route déroulant son ruban gris à l'infini. Sa réaction avait été celle d'un routard : vendre la maison, partir sur les routes, sillonner le monde.

Al hocha la tête, vida son verre et esquissa un mouvement pour se lever.

— Attends, dit-elle en posant doucement la main sur son bras. Il faut que je te parle de quelque chose.

— Ça a l'air sérieux.

Il se rassit avec un sourire nerveux.

— Tu n'as pas l'intention de me quitter, j'espère, maintenant que tu es une héritière ?

— Ça n'a rien à voir avec ça.

Elle soupira.

— J'ai reçu une lettre ce week-end. Une lettre étrange, j'ai besoin de t'en parler.

— Une lettre de qui ?
— Du père de Phoebe.
Al croisa sans un mot les bras sur sa poitrine. Il était au courant pour les lettres, bien sûr. Elles arrivaient depuis des années, renfermant une somme d'argent d'un montant variable et un petit mot d'accompagnement laconique, griffonné à la hâte, toujours le même : *S'il vous plaît, indiquez-moi votre adresse.* Caroline n'avait jamais accédé à cette demande, même si elle lui avait longtemps envoyé de véritables confessions où elle lui racontait tout, comme à un ami intime ou à un confident. Avec le temps, cependant, elle était devenue plus pragmatique : elle lui expédiait des photos auxquelles elle joignait simplement une ligne ou deux. Sa vie était si remplie, si riche et si compliquée à la fois. Il lui aurait été impossible de tout lui raconter par écrit, alors elle avait simplement cessé d'essayer. D'où son saisissement quand elle avait reçu une longue lettre de David Henry, trois pages pleines couvertes de son écriture serrée. Une lettre passionnée dans laquelle il commençait par lui parler de son fils Paul : son talent de musicien, ses rêves d'avenir, sa rage et sa colère...

Je sais que c'était une erreur. Ce que j'ai fait en vous donnant ma fille, je sais que c'était un acte terrible et que je ne peux plus l'effacer. Mais je voudrais la rencontrer, Caroline, je voudrais réparer, d'une certaine façon. J'aimerais apprendre à connaître Phoebe, en savoir davantage sur votre vie, à toutes les deux.

Caroline était troublée par les images qui défilaient devant ses yeux : Paul, adolescent, jouant de la guitare et rêvant d'aller à la Juilliard School ; Norah dirigeant sa propre entreprise, et David – dont le souvenir était gravé dans son esprit depuis toutes ces années –, David incliné sur une feuille de papier, le cœur rempli de regrets et d'espoir. Elle avait jeté la lettre dans un tiroir, comme pour la réduire au silence, mais ses mots l'avaient poursuivie d'un bout à l'autre de cette semaine pourtant bien remplie.

— Il souhaite la rencontrer, expliqua Caroline en jouant avec les franges d'un châle que Dothy avait posé sur l'accoudoir de la balancelle. Il veut revenir dans sa vie, en quelque sorte.

— Il est trop bon, lâcha Al d'un ton âpre. Au bout de treize ans, monsieur se réveille ?

Caroline hocha la tête.

— Mais il *est* son père.

— Et moi, je deviens quoi ?

— Je t'en prie, Al, murmura Caroline. Phoebe te considère comme son père et il en sera toujours ainsi, quoi qu'il arrive. Mais je t'ai caché certaines choses au sujet de la naissance de Phoebe. Et je crois que j'ai eu tort.

Il prit sa main dans la sienne.

— Caroline, après ton départ, je suis retourné à Lexington. J'ai parlé avec ton ancienne voisine, j'ai entendu un tas d'histoires. Je ne suis peut-être pas allé très longtemps à l'école, mais je ne suis pas stupide, et je sais que le Dr David Henry a perdu un bébé, une petite fille, à peu près à l'époque où tu as quitté la ville. Ce que je veux dire, c'est que ce qui s'est passé entre vous autrefois est sans importance. Pour moi, pour nous. Alors, je n'ai pas besoin de connaître les détails.

Elle garda le silence, contemplant sans les voir les voitures qui circulaient sur la quatre-voies.

— Il n'en voulait pas, déclara-t-elle enfin. Il voulait la placer dans un foyer – une institution pour déficients mentaux. Il m'a demandé de l'emmener là-bas, et je l'ai fait. Mais je n'ai pas pu l'y laisser. C'était un endroit horrible.

Al ne parla pas pendant un long moment.

— Tu as eu raison, Caroline. Tu as pris la bonne décision. J'ai peine à imaginer que Phoebe aurait pu grandir dans un lieu pareil.

Caroline hocha la tête, les yeux brillants de larmes.

— Je suis désolée, Al. J'aurais dû tout te dire depuis des années.

— Tout va bien, Caroline. Il n'y a pas de mal. Beaucoup d'eau a coulé sous les ponts.

— Qu'est-ce que je dois faire ? Au sujet de la lettre, je veux dire. Lui répondre ? L'autoriser à la rencontrer ? Cela m'a tourmentée toute la semaine. Et s'il décidait de la reprendre ?

— Je ne sais pas quoi te conseiller. Ce n'est pas à moi de décider.

Elle hocha la tête. Bien sûr, elle comprenait. C'était le prix à payer pour son silence.

— Mais quelle que soit ta décision, je te soutiendrai, ajouta Al en serrant sa main dans la sienne. Je vous soutiendrai toutes les deux, Phoebe et toi, à cent pour cent.

— Oh merci. J'avais si peur.

— Tu t'inquiètes trop pour des choses qui n'en valent pas la peine, Caroline.

Il se leva et s'étira.

— La journée a été longue. On va se coucher ?

— J'arrive dans une minute.

La porte de la cuisine s'ouvrit derrière elle, puis se referma dans un craquement. Une bourrasque de vent s'engouffra sous le porche.

Il se mit à pleuvoir, doucement tout d'abord, puis de plus en plus fort. Caroline ferma la maison – *sa* maison, désormais. Une fois à l'étage, elle jeta un coup d'œil à Phoebe. Sa peau était chaude et moite ; elle remua dans son sommeil, sa bouche forma des mots inarticulés, puis elle replongea dans ses rêves.

— Petit cœur, chuchota Caroline – et elle ramena doucement la couverture sur elle.

Elle s'attarda quelques instants dans la pièce bruissante de pluie, émue par la fragilité de Phoebe et par toutes les blessures de la vie dont elle ne pourrait pas la protéger. Puis elle regagna sa propre chambre et se glissa sous le drap, près d'Al. Elle songea à ses mains sur son corps, à la rugosité de sa barbe sur sa peau, à ses propres gémissements dans la nuit. Il était un bon mari, un bon père pour Phoebe. Lundi matin, il se lèverait, et il repartirait au volant de son camion pour toute une semaine, confiant dans la décision qu'elle prendrait au sujet de David Henry et de sa lettre. Caroline se blottit contre lui et écouta la pluie crépiter sur le toit, la main posée sur son torse.

Le pas d'Al dans l'escalier la réveilla à l'aube. Il avait l'intention de conduire le camion très tôt jusqu'au garage pour une vidange. La pluie ruisselait dans les gouttières, creusait de grandes flaques sur le sol, dévalait les flancs de la colline. Caroline descendit préparer du café, tellement absorbée par ses pensées qu'elle n'entendit pas Phoebe la rejoindre.

— Pleut, annonça Phoebe.

Sa robe de chambre ouverte flottait sur son pyjama.

— Des cordes.

— C'est vrai, acquiesça Caroline.

Elle avait passé des heures, un jour, à lui apprendre cette expression, à l'aide d'un dessin qu'elle avait fait elle-même : des nuages en colère et de grosses cordes qui tombaient du ciel.

— Tu veux une tartine grillée ?

— Veux un chat.

— Qu'est-ce que tu veux ? Forme tes phrases, chérie.

— Je veux un chat, s'il te plaît, articula Phoebe.

— On ne peut pas avoir un chat.

— Tante Dothy est partie. Je peux avoir un chat.

Caroline avait mal à la tête. *Qu'adviendra-t-il d'elle ?*

— Tiens, Phoebe, ta tartine. Nous parlerons du chat plus tard, d'accord ?

— Je veux un chat, insista Phoebe.

— Plus tard.

— Un chat.

— Ça suffit !

La paume de Caroline s'abattit sur le comptoir, les faisant sursauter toutes les deux.

— Je ne veux plus entendre parler de chat. C'est clair ?

— Sur le porche, grommela Phoebe, le visage renfrogné. Regarder la pluie.

— Qu'est-ce que tu dis ? Forme tes phrases.

—Je vais m'asseoir sur le porche et regarder la pluie.

—Tu vas prendre froid.

—Je veux…

—Oh, très bien ! trancha Caroline. Parfait ! Va dehors, assieds-toi sur le porche, regarde la pluie, fais comme tu veux !

La porte s'ouvrit puis se referma. Caroline jeta un coup d'œil par la fenêtre : Phoebe était assise sur la balancelle, son parapluie ouvert, sa tartine sur les genoux. Elle s'en voulait d'avoir perdu son calme. Phoebe n'y était pour rien. En réalité, elle ne savait pas comment répondre à David Henry, et elle avait peur.

Elle rassembla les albums et les photos en vrac qu'elle avait eu l'intention de trier, puis s'assit sur le canapé d'où elle pouvait garder un œil sur Phoebe, cachée par son parapluie. Elle étala les photos sur la table basse, puis prit une feuille de papier et écrivit à David.

Phoebe a été confirmée hier. Elle était adorable dans sa robe blanche. Elle a chanté un solo à l'église. Je vous joins une photo de la réception que nous avons donnée juste après. C'est incroyable de voir à quel point elle a grandi, et je commence à m'inquiéter pour son avenir. Je me suis battue pour elle sans relâche pendant toutes ces années, et parfois, je suis terrifiée à l'idée de ce qui va se passer maintenant. Cependant…

Caroline s'interrompit et s'interrogea sur ce qui la poussait à répondre à cette lettre. Ce n'était pas pour l'argent. Chaque dollar (près de quinze mille aujourd'hui) allait directement sur un compte ouvert au nom de Phoebe. Alors pourquoi ? Par habitude, peut-être. Ou pour maintenir le petit fil qui les reliait l'un à l'autre. Ou peut-être Caroline voulait-elle simplement lui montrer à côté de quoi il était passé. *Voilà*, avait-elle envie de s'écrier en agrippant David Henry par le revers de sa veste, *voilà votre fille : Phoebe, treize ans, un sourire comme un rayon de soleil !*

Elle reposa son stylo, revoyant Phoebe dans sa robe blanche, chantant avec la chorale, serrant le chaton dans ses bras. Comment lui raconter tout cela et lui interdire ensuite de rencontrer sa fille ? Mais s'il venait ici, après toutes ces années, que se passerait-il ? Elle ne pensait pas être encore amoureuse de lui, mais qui sait ? Et qui sait aussi si elle ne lui en voulait pas toujours des choix qu'il avait faits jadis, de ne pas avoir su voir qui elle était réellement ? Elle était troublée de se découvrir une telle dureté au fond du cœur. Il avait peut-être changé, après tout. Mais si ce n'était pas le cas ? Il risquait de blesser Phoebe tout comme il l'avait blessée autrefois, sans même s'en rendre compte.

Caroline abandonna la lettre et la poussa sur le côté. À la place, elle régla plusieurs factures, puis sortit les glisser dans la boîte aux lettres. Phoebe était assise sur les marches du porche, maintenant son parapluie bien droit pour s'abriter de la pluie. Caroline l'observa un instant avant de rentrer dans la cuisine se servir une autre tasse de café. Elle resta un long moment devant la fenêtre, le regard fixé sur le feuillage ruisselant, la pelouse détrempée, le petit ruisseau qui coulait entre les dalles de l'allée. Un gobelet en plastique s'était logé sous un buisson, une serviette en papier se transformait en bouillie informe, près du garage. Dans quelques heures, Al repartirait de nouveau. Pendant un instant, Caroline entrevit l'espace de liberté que ce mode de vie lui ouvrait.

La pluie redoubla brutalement, tambourinant sur le toit. Un instinct venu du plus profond de son être poussa Caroline à regagner la salle de séjour. Avant même de sortir sur le porche, elle sut qu'il serait désert, l'assiette posée sur le sol, la balancelle immobile.

Phoebe était partie.

Mais où ? Caroline scruta la rue dans les deux sens sous la pluie battante. Un train résonna dans le lointain ; à gauche, la route gravissait la colline en direction de la voie ferrée. À droite, elle donnait sur la rampe d'accès à la quatre-voies. *D'accord, réfléchis. Réfléchis ! Où a-t-elle pu aller ?*

En bas de la rue, les petits Swan jouaient pieds nus dans les flaques. Caroline se remémora Phoebe disant *Je veux un chat*, et Avery serrant la petite boule de poils orange dans ses bras pendant la fête. Phoebe était fascinée par le chaton, par ses miaulements ténus. Elle avait vu juste : quand elle demanda aux enfants Swan s'ils avaient vu Phoebe, ils lui montrèrent sans hésiter le bouquet d'arbres, de l'autre côté de la route. Le chaton s'était échappé. Phoebe et Avery étaient parties le récupérer.

Quand la circulation le lui permit, Caroline traversa la route comme une fusée. La terre était saturée d'eau, la pluie formait des flaques dans ses empreintes de pas. Caroline traversa le bouquet d'arbres en courant et parvint enfin dans la clairière.

Avery était là, accroupie devant le tuyau de canalisation qui drainait l'eau de la colline et la déversait dans une rigole en béton. Le parapluie jaune de Phoebe gisait sur le sol, à côté d'elle, ouvert.

— Avery !

Caroline s'accroupit à côté de la petite fille et posa la main sur son épaule trempée.

— Où est Phoebe ?

— Elle est allée chercher le chat, dit Avery, pointant un doigt vers le tuyau. Il est entré là.

Caroline jura tout bas et s'agenouilla devant l'entrée de la canalisation. De l'eau froide ruissela sur ses genoux, ses mains.

— Phoebe ! cria-t-elle, et sa voix résonna dans l'obscurité. Chérie, c'est maman, tu es là ?

Pas de réponse. Caroline progressa lentement à l'intérieur du tuyau. L'eau était glacée. Elle ne sentait déjà plus ses mains.

— Phoebe ! appela-t-elle, sa voix amplifiée par l'écho. Phoebe !

Elle tendit l'oreille et capta un bruit, à peine perceptible. Caroline continua à avancer en rampant, tâtonnant dans l'eau ruisselante. Puis sa main toucha un vêtement, un visage glacé, et Phoebe fut tout à coup dans ses bras, tremblant comme une feuille. Caroline la serra contre elle, se remémorant la nuit où elle l'avait portée dans la salle de bains en la suppliant de respirer.

— Viens. Il faut sortir d'ici, chérie.

Mais Phoebe ne bougea pas.

— Mon chat, dit-elle d'une voix claire et déterminée.

Caroline sentit une forme se tortiller sous le haut du pyjama de Phoebe, et perçut un miaulement étouffé.

— C'est *mon* chat.

— Chérie, ce n'est vraiment pas le moment, articula Caroline.

Elle tira doucement Phoebe dans la direction d'où elle était venue.

— Dépêche-toi, mon cœur.

— *Mon* chat, s'obstina Phoebe sans bouger.

— D'accord, gronda Caroline tandis que l'eau ruisselait de plus en plus fort autour de ses genoux. D'accord, c'est ton chat. Maintenant, viens !

Phoebe se déplaça très lentement vers le cercle de lumière. Finalement, elles émergèrent à l'air libre, l'eau cascadant autour d'elles pour se jeter dans la rigole en béton. Phoebe ruisselait, ses cheveux plaqués sur la tête. Le chaton était trempé, lui aussi. À travers les arbres, Caroline aperçut sa maison, solide et rassurante, comme un radeau sur un océan plein de dangers.

— Tout va bien, soupira Caroline en passant son bras autour des épaules de Phoebe.

Le chaton se tortilla, ses petites griffes lui égratignant le dos de la main. La pluie continuait à tomber, dégoulinant des feuilles sombres et luisantes.

— Le facteur, annonça Phoebe.

— Oui.

Il ouvrit la boîte, glissa les factures qu'elle y avait déposées dans sa sacoche en cuir.

Sa lettre pour David Henry était restée sur la table, inachevée. Caroline avait regardé la pluie tomber en songeant au père de Phoebe, et, pendant ce temps, sa petite fille se mettait en danger. Elle y vit un signe, tout à coup, et la peur qui l'avait saisie en découvrant que Phoebe avait disparu se mua en colère. Elle n'écrirait plus à David ; il exigeait beaucoup trop d'elle, et beaucoup trop tard.

— Oui, mon cœur, tu as raison, acquiesça-t-elle tout en caressant la petite tête mouillée du chaton. C'est le facteur.

1982

Avril 1982

I

Caroline attendait le bus, à l'angle de Forbes et de Braddock, tout en regardant les enfants s'amuser sur l'aire de jeux, de l'autre côté de la rue. Le jour commençait à décliner. D'ici peu, les parents commenceraient à battre le rappel des plus petits. Les autres, les « grands » qui avaient investi le terrain de base-ball, juste derrière, continueraient à s'envoyer la balle jusqu'à ce que l'obscurité devienne trop épaisse. Al et elle les regardaient jouer, parfois, quand ils sortaient pour la soirée. Ils allaient voir un film au Regent, ils dînaient et – si Al ne prenait pas la route le lendemain – ils buvaient une bière dans un bar.

Ce soir, il n'était pas là. Il roulait quelque part dans le soir tombant, en direction du sud, vers Cleveland, Toledo, puis Columbus. Caroline gardait son itinéraire affiché sur la porte du réfrigérateur. Quelques années plus tôt, peu après le départ de Dothy, Caroline avait engagé quelqu'un pour s'occuper de Phoebe et elle était partie en camion avec Al afin de partager un peu son quotidien. Les heures s'étaient écoulées, interminables ; elle avait passé son temps à somnoler et à se réveiller, perdant toute notion du temps tandis que la route défilait devant eux à l'infini – long ruban sombre partagé en deux par des bandes blanches régulières, hypnotiques. En fin de journée, quand la fatigue s'était faite trop pressante, Al s'était garé sur un parking pour routiers et ils avaient dîné dans un restaurant qui ressemblait comme deux gouttes d'eau à celui où ils avaient mangé la veille. Caroline avait accompagné Al à deux reprises. Mais l'expérience s'était arrêtée là.

Le bus tourna à l'angle de la rue et stoppa devant son arrêt. Caroline s'installa près d'une fenêtre et regarda le paysage défiler tandis qu'ils longeaient le cimetière, montaient à l'assaut de Squirrel Hill, puis s'engageaient dans les vieux quartiers jusqu'à Oakland, où Caroline descendit. Elle resta figée quelques instants devant le Carnegie Museum, les yeux levés vers l'imposante bâtisse, ses cascades de marches, ses colonnes ioniques. Une large banderole, déployée sur le fronton, frémissait dans le vent : IMAGES MIROIR : PHOTOGRAPHIES DE DAVID HENRY.

L'exposition ouvrait ses portes ce soir : David serait là en personne afin de présenter ses œuvres. Caroline sortit la coupure de journal de sa poche d'une main tremblante. Elle l'avait gardée sur elle pendant deux semaines, son cœur battant plus vite à chaque lecture. Elle avait changé d'idée une bonne dizaine de fois, au moins. Elle n'irait pas. Cela ne lui apporterait rien. Puis, l'instant d'après : Pourquoi pas ? Quel mal y aurait-il à cela ?

Si Al avait été là, elle serait restée à la maison. Elle aurait regardé l'heure tourner, jusqu'à ce que la soirée d'inauguration soit terminée et que David Henry soit reparti chez lui, vivre sa vie – quelle qu'elle soit.

Mais Al avait téléphoné pour l'avertir qu'il ne rentrerait pas ce soir, Mme O'Neill était libre pour venir garder Phoebe, et le bus était arrivé à l'heure.

Le cœur de Caroline battait à tout rompre, maintenant. Le public commençait à arriver – des femmes élégantes gravissaient les escaliers, accompagnées par des hommes en costume sombre. Caroline prit une grande respiration, puis monta à son tour les marches en pierre, se mêlant à la foule.

L'intérieur du musée était tout en hauts plafonds blancs et en parquets en chêne cirés. On remit à Caroline un programme en papier glacé, couleur crème, sur lequel était imprimé, en haut, le nom de David Henry. Suivait la liste de ses photos. « Dunes au crépuscule », « Un arbre dans le cœur ». Caroline entra dans la salle d'exposition et tomba tout de suite sur son cliché le plus célèbre : une plage de sable ondulante sous laquelle on devinait la courbe d'une hanche féminine, puis l'amorce d'une jambe, noyées au milieu des dunes. La première fois qu'elle l'avait vu, Caroline l'avait regardé fixement pendant un bon quart d'heure, elle savait que ce corps était celui de Norah Henry, elle s'était remémoré la colline pâle de son ventre se crispant sous les contractions, sa main serrant la sienne avec force. Pendant des années, le dépit avait poussé Caroline à considérer Norah Henry comme quelqu'un de superficiel, une pimbêche habituée à se faire servir, une femme qui aurait probablement placé Phoebe dans une institution. Mais cette photo anéantissait l'idée qu'elle s'en était faite. Elle montrait une femme que Caroline n'avait jamais connue.

Le public continuait à entrer, occupant peu à peu tous les sièges. Caroline s'assit et regarda autour d'elle avec attention. La lumière baissa, puis se ralluma et, soudain, des applaudissements crépitèrent : David Henry entra – grand, familier, un peu plus enrobé que dans son souvenir, souriant à l'assistance. Caroline eut un choc en découvrant qu'il n'était plus le jeune homme d'autrefois : ses cheveux bruns grisonnaient sur les tempes et ses épaules étaient légèrement voûtées. Il s'avança vers le podium, parcourut le public du regard et Caroline retint son souffle, certaine qu'il allait la voir, la reconnaître. Il s'éclaircit la gorge, fit une plaisanterie sur le temps, et des rires fusèrent. Puis il commença sa conférence, et Caroline comprit qu'elle n'était qu'un visage anonyme dans la foule.

Il s'exprimait d'une voix assurée et agréable, mais elle ne prêtait aucune attention aux mots qu'il prononçait. Caroline étudiait les gestes familiers de ses mains, les rides au coin de ses yeux. Ses cheveux étaient un peu plus longs qu'autrefois, épais et brillants malgré leur teinte grisonnante. Il avait l'air rangé, heureux. Elle songea à cette fameuse nuit, il y avait de cela presque vingt ans maintenant, où elle l'avait regardé dormir, éperdue d'adoration. Ils s'étaient dévoilés l'un à l'autre, ce jour-là. L'espace d'un instant, Caroline avait vu passer sur ses traits une émotion à fleur de peau, l'expression d'un rêve ou d'une attente impossible à partager parce que trop intime. Elle ne s'était pas trompée alors, et elle en avait la preuve aujourd'hui encore : David Henry avait un secret. Sa seule erreur avait été de croire que ce secret était lié en quoi que ce soit à des sentiments amoureux pour elle.

Des applaudissements nourris saluèrent la fin de sa conférence. Il s'éloigna du podium, but un verre d'eau et demanda s'il y avait des questions. Plusieurs mains se levèrent – un homme équipé d'un bloc-notes, une vieille dame, et une jeune femme brune, vêtue de noir, qui lui demanda sur un ton assez désagréable des précisions sur un problème de forme. La tension de Caroline monta peu à peu et son cœur cogna à toute volée dans sa poitrine, l'empêchant presque de respirer. Finalement, les questions cessèrent et le silence retomba. David Henry remercia le public en souriant et pivota sur ses talons. Caroline se leva alors, presque contre sa propre volonté, son sac à main serré contre elle comme un bouclier. Elle traversa la salle et se joignit au petit groupe qui faisait cercle autour de lui. Il lui lança un regard et esquissa un sourire poli, il ne l'avait pas reconnue. Il répondait à d'autres questions. Caroline attendit et retrouva progressivement son calme au fil des minutes. Lorsque, finalement, il y eut une pause dans la conversation, elle s'avança et posa la main sur son bras.

— David. Vous ne me reconnaissez pas ?

Il la dévisagea.

— Ai-je à ce point changé ? chuchota-t-elle.

Il changea brusquement de visage. Ce fut spectaculaire, comme si ses traits s'affaissaient d'un seul coup. Une rougeur remonta le long de son cou et un muscle tressauta sur sa joue. Caroline se crut revenue dans la clinique, à Lexington, pendant que la neige tombait derrière les fenêtres. Ils s'observèrent sans parler, comme si la salle et la foule avaient disparu.

— Caroline, articula-t-il, se ressaisissant enfin. Caroline Gill. Une vieille amie, ajouta-t-il à l'attention des gens qui se pressaient toujours autour d'eux.

Il porta la main à sa cravate et l'ajusta. Un sourire apparut sur ses lèvres mais ne gagna pas ses yeux.

— Merci d'être venus, déclara-t-il aux personnes présentes. Si vous voulez bien nous excuser…

Ils traversèrent la salle côte à côte. David la tenait légèrement mais fermement par le coude, comme s'il craignait qu'elle ne disparaisse si jamais il la lâchait.

— Entrons ici, murmura-t-il en l'entraînant derrière un panneau d'exposition, vers une porte à peine visible dans le mur blanc.

C'était un petit débarras. Une ampoule nue projetait une lumière blafarde sur des étagères remplies de pots de peinture et d'outils. Ils se tenaient face à face, séparés par quelques centimètres seulement. Caroline respira son parfum – une eau de Cologne ambrée, mélangée à une légère odeur médicinale. La petite pièce était surchauffée, et une sensation de vertige l'envahit.

— Caroline, murmura-t-il. Vous habitez donc ici ? À Pittsburgh ? Pourquoi ne m'avez-vous jamais indiqué où vous viviez ?

— Ce n'était pas très difficile de me retrouver. D'autres y sont parvenus, répondit-elle en revoyant Al s'avancer vers elle dans l'allée.

Pour la première fois, elle prenait conscience de l'opiniâtreté dont il avait fait preuve. Car s'il était vrai que David Henry ne s'était pas donné beaucoup de peine pour la localiser, il était vrai aussi qu'elle s'était arrangée pour disparaître sans laisser de trace.

Des pas résonnèrent derrière la porte. Un murmure de voix. Caroline scruta le visage de David. Pendant dix-huit ans, elle avait pensé à lui tous les jours, et maintenant qu'elle était face à lui, elle ne trouvait rien à dire.

— Je crois qu'on vous cherche, souffla-t-elle en regardant la porte.

— Ils attendront.

Ils s'observèrent en silence. Durant toutes ces années, Caroline avait conservé son souvenir comme un millier de photographies qu'elle aurait réunies dans un même album. Sur chacune d'elles, David Henry avait l'aspect d'un jeune homme habité par une énergie et une volonté infinies. Et maintenant, alors qu'elle contemplait ses yeux sombres, son visage épaissi et son élégante coupe de cheveux, elle se rendait compte avec un petit choc que si elle l'avait croisé dans la rue, elle ne l'aurait peut-être pas reconnu.

Lorsqu'il reprit la parole, le ton de sa voix s'était adouci même si un muscle continuait à tressauter sur sa joue.

— Je me suis rendu dans votre appartement, Caroline. Ce jour-là, après la cérémonie religieuse. Je suis allé chez vous, mais vous étiez déjà partie. Pendant toutes ces années…

Il laissa sa phrase inachevée. On frappa doucement à la porte. Une voix étouffée retentit derrière le battant.

— Je viens dans une minute, répondit David.

— J'étais amoureuse de vous.

Cet aveu spontané la stupéfia. Jamais elle n'avait prononcé ces mots tout haut. Même pas tout bas dans le secret de son cœur, bien que cette certitude l'ait habitée pendant toutes ces années. Une sensation de vertige l'envahit tandis qu'elle poursuivait très vite :

— Je rêvais de vous, je m'imaginais vivant à vos côtés. C'est seulement ce jour-là, dans la cour de l'église, que j'ai compris que vous ne m'aviez jamais prêté la moindre attention.

Il avait baissé la tête pendant sa confession. Maintenant, il se redressa et plongea son regard au fond du sien.

— Je le savais. Je savais que vous étiez amoureuse de moi. Sinon, jamais je ne vous aurais demandé votre aide. Je suis désolé. Je ne cesse de repenser à ce qui s'est passé, je me rends compte que j'ai eu tort, je…

Elle hocha la tête, les yeux brillants de larmes. La jeune femme naïve d'autrefois était toujours là, en retrait dans cette cour d'église, ignorée, invisible. Même aujourd'hui, après toutes ces années, elle était en colère qu'il n'ait jamais essayé de la connaître, de chercher à comprendre qui elle était. Il ne s'était jamais intéressé à elle, mais cela ne l'avait pas empêché de lui donner sa fille.

— Êtes-vous heureuse ? Avez-vous trouvé le bonheur, Caroline ? Et Phoebe ?

Sa question, la douceur de sa voix, la désarmèrent. Elle songea à Phoebe, bataillant pour apprendre à former ses lettres, pour lacer ses souliers. Phoebe, jouant dans le jardin pendant qu'elle se démenait au téléphone pour obtenir qu'on l'accepte dans un établissement scolaire. Phoebe jetant ses bras autour de son cou sans raison particulière et lui disant *Je t'aime, maman*. Elle songea à Al, trop souvent absent, mais qui revenait tous les week-ends à la maison, apportant des fleurs, ou un paquet de beignets, ou un petit cadeau, pour elle et pour Phoebe. À l'époque où elle travaillait avec David Henry, elle était si jeune, si seule et si crédule : elle se voyait comme une sorte de grande coupe vide qui attendait d'être remplie d'amour. Mais cela ne fonctionnait pas ainsi. Il fallait donner pour recevoir en retour. Et alors la coupe débordait.

— Cela vous intéresse réellement ? demanda-t-elle en le regardant droit dans les yeux. Parce que vous n'avez jamais répondu à mes lettres, David, à part une seule fois. Vous ne vous êtes jamais inquiété de savoir comment nous allions, vous n'avez jamais posé la moindre question. Jamais.

Au moment où elle prononçait ces mots, Caroline se rendit compte que c'était pour cela qu'elle était venue. Pas par amour, ni par allégeance au passé, ni même au nom d'un quelconque sentiment de culpabilité. Non, elle était venue poussée par la colère et le désir de mettre les choses au clair une bonne fois.

— Vous ne vous êtes jamais soucié de savoir comment nous nous en sortions, Phoebe et moi. Vous vous en fichiez éperdument, n'est-ce pas ? Et subitement, il y a eu cette lettre, celle à laquelle je n'ai pas répondu. Tout à coup, vous vouliez me la prendre !

David sursauta.

— C'est ce que vous avez cru ? C'est pour cela que vous avez cessé de m'écrire ?

— Que pouvais-je penser d'autre ?

Il secoua lentement la tête.

— Je vous ai demandé votre adresse. Encore, et encore – chaque fois que j'envoyais de l'argent. Et dans cette dernière lettre, je vous demandais simplement la permission de revenir dans votre vie. Que pouvais-je faire d'autre ? Je sais que vous l'ignorez, mais j'ai gardé toutes vos lettres. Et quand vous avez cessé de m'écrire, j'ai eu l'impression que vous me claquiez votre porte au nez.

Caroline songea à l'abandon avec lequel elle lui écrivait, à tout ce qu'elle lui confiait au fil de sa plume. Elle ne se souvenait plus de ce qu'elle lui racontait – des détails sur la vie de Phoebe, ses espoirs, ses rêves, ses angoisses.

— Où sont-elles ? demanda-t-elle. Où gardez-vous mes lettres ?

Il eut l'air surpris.

— Dans un placard de ma chambre noire. Il est toujours fermé à clé. Pourquoi ?

— Je pensais que vous ne les lisiez même pas, avoua Caroline. J'avais l'impression d'écrire dans le vide. Peut-être était-ce la raison pour laquelle je me sentais libre de tout vous raconter.

Il se passa la main sur la joue, un geste qui trahissait sa fatigue autrefois ou son découragement, elle s'en souvenait.

— Je les ai toutes lues. Au début, j'ai dû me forcer, je le reconnais. Mais ensuite, j'étais avide de savoir ce que vous deveniez, même si c'était douloureux.

Grâce à vous, j'apercevais des fragments de vos existences. J'attendais ces moments avec impatience.

Caroline garda le silence. Elle se souvenait de la satisfaction qu'elle avait ressentie, ce jour de pluie, quand elle avait envoyé Phoebe, trempée, se changer à l'étage avec son chaton, et qu'elle avait déchiré sa lettre en deux, en quatre, et finalement en un millier de confettis qu'elle avait flanqués à la poubelle. De la satisfaction, oui, et aussi un sentiment de joie à la pensée que la question était réglée. Elle s'était réjouie sans se soucier de ce que David pourrait éprouver, sans même s'en préoccuper.

— Je n'aurais pas supporté de la perdre, déclara-t-elle enfin. J'étais en colère contre vous depuis très, très longtemps, mais à ce moment-là, j'avais surtout peur de recevoir votre visite et que vous décidiez de me la prendre. C'est pour cela que j'ai cessé de vous écrire.

— Je n'ai jamais eu l'intention de vous la prendre.

— Vous ne vouliez pas non plus ce qui est arrivé, et pourtant...

David Henry soupira, et elle l'imagina, découvrant son appartement désert, les placards vides, et comprenant qu'elle était partie pour toujours. *Prévenez-moi, quelle que soit votre décision,* avait-il dit. *C'est ma seule requête.*

— Si je ne l'avais pas emmenée, ajouta-t-elle doucement, peut-être auriez-vous choisi une autre option.

— Mais je ne vous en ai pas empêchée, répondit-il en croisant de nouveau son regard.

Sa voix était âpre.

— J'aurais pu. Vous portiez un manteau rouge, ce jour-là, devant l'église. Je vous ai vue et je vous ai regardée partir en voiture.

Caroline se sentit tout à coup à bout de forces, presque chancelante.

— Vous m'avez vue ? balbutia-t-elle.

— Je suis allé directement à votre appartement après le service religieux. Je pensais vous y trouver.

Caroline ferma les yeux. Elle filait déjà sur l'autoroute à ce moment-là, vers sa nouvelle vie. Ils s'étaient manqués de quelques minutes. Tant de choses s'étaient jouées pendant ce petit laps de temps. Tant de choses auraient été différentes. Son existence tout entière.

— Vous ne m'avez pas répondu, reprit David. Êtes-vous heureuse, Caroline ? Et Phoebe ? Est-elle en bonne santé ? Son cœur ?

— Elle va bien.

Caroline songea à l'inquiétude permanente où l'avait tenue la santé de Phoebe quand elle était petite – les visites incessantes chez les médecins, les dentistes, les cardiologues, les services ORL. Mais Phoebe avait franchi les obstacles les uns après les autres et, oui, elle allait bien.

— Si l'on en croit les ouvrages que je lisais quand elle était encore un bébé, elle devrait être morte, aujourd'hui, mais grâce au ciel elle se porte bien. Elle a eu de la chance, je suppose ; elle n'a jamais eu de problème avec son cœur. Elle adore chanter. Elle a un petit chat qui s'appelle Giboulée. En ce moment, elle apprend à se servir d'un métier à tisser.

Caroline secoua la tête.

— Elle va à l'école. Une école publique, comme n'importe quel autre enfant. J'ai dû me battre comme une lionne pour arriver à ce résultat. Mais maintenant, elle est presque adulte, et je ne sais plus quoi faire. Je suis employée à mi-temps dans un hôpital. Mon mari... est très souvent en déplacement. Phoebe se rend tous les jours dans un atelier où on lui apprend diverses tâches administratives. Elle s'y est fait beaucoup d'amis. Que vous dire d'autre ? Vous vous êtes épargné bien des angoisses, c'est certain. Mais vous êtes aussi passé à côté d'un grand bonheur.

— J'en suis conscient. Plus que vous ne l'imaginez.

— Et vous ? demanda-t-elle, de nouveau frappée par les marques que le temps avait laissées sur son visage. Êtes-vous heureux ? Et Norah ? Et Paul ?

— Je ne sais pas, répondit-il lentement. Autant qu'on peut l'être, je suppose. Paul est très brillant. Il pourrait faire de hautes études, mais la seule chose qui l'intéresse, c'est d'aller à la Juilliard School et de jouer de la guitare. Je pense qu'il a tort, mais Norah n'est pas d'accord avec moi. Cela crée une certaine tension à la maison.

Caroline songea à Phoebe, le plaisir qu'elle prenait à ranger et à nettoyer, ces airs qu'elle aimait se fredonner à elle-même tout en faisant la vaisselle ou en lavant par terre. Elle adorait la musique mais n'aurait jamais la chance de jouer un jour de la guitare.

— Et Norah ? demanda-t-elle.

— Elle dirige une agence de voyages, dit David. Elle est très souvent au loin, comme votre mari.

— Une agence de voyages ? répéta Caroline, stupéfaite. Norah ?

— Je sais. Cela m'a surpris, moi aussi. Mais elle a repris l'affaire depuis plusieurs années maintenant, et avec succès.

La porte s'ouvrit de quelques centimètres. Le conservateur du musée passa la tête dans la pièce. Ses yeux inquiets se fixèrent sur David.

— Docteur Henry ? Beaucoup de gens vous réclament. Est-ce que tout va bien ?

David tourna son regard vers Caroline. Il hésitait, mais il était impatient de rejoindre son public, Caroline le devina. D'ici un instant il s'éloignerait, et une page se tournerait, définitivement. *Ne partez pas*, eut-elle envie de crier. Mais le conservateur toussota, lâcha un rire un peu embarrassé, et David dit :

— J'arrive tout de suite.

Puis il saisit Caroline par le coude.

— Vous restez, n'est-ce pas ?

— Il faut que je rentre. Phoebe m'attend.

— Je vous en prie.

Elle croisa son regard et y lut la même tristesse et la même compassion qu'autrefois.

— Nous avons tellement de choses à nous dire, tellement de temps à rattraper. Promettez-moi que vous allez m'attendre. Ce ne sera pas très long.

Elle avait une impression pénible, une boule dans l'estomac dont elle ne parvenait pas à s'expliquer la cause, mais elle acquiesça d'un petit signe de la tête et David Henry sourit.

— Bien. Dînons ensemble, voulez-vous ? Tout ce blabla, je ne peux pas y couper. Mais j'ai eu tort, il y a dix-huit ans. Et je veux avoir une chance de réparer – un peu.

Il la tenait par le coude tout en traversant la salle avec elle. Caroline ne parvenait pas à parler. Les gens regardaient dans leur direction, chuchotant entre eux. Elle plongea la main dans son sac et tendit à David l'enveloppe qu'elle avait préparée, avec les dernières photos de Phoebe. David la prit, croisa son regard et hocha la tête. Puis une femme vêtue d'une robe noire glissa d'autorité son bras sous celui de David et l'entraîna. Caroline la reconnut : c'était celle qui lui avait posé des questions après la conférence sur un ton assez désagréable.

Il s'était arrêté devant une photo évoquant un arbre et la montrait d'un geste tout en discutant avec la femme en noir. Il était resté très beau. À deux reprises, il jeta un coup d'œil en direction de Caroline puis se replongea dans sa discussion. *Attendez-moi*, avait-il dit. *Je vous en prie, attendez*. Il n'avait même pas imaginé qu'elle puisse refuser. Le sentiment de malaise reparut, clairement identifié, cette fois : elle ne voulait pas attendre. Elle avait perdu beaucoup trop de temps à attendre quand elle était jeune – la reconnaissance, l'aventure, l'amour. Il avait fallu qu'elle quitte l'institution de Louisville, Phoebe dans les bras, et qu'elle boucle ses valises pour que sa vie commence réellement. Attendre ne lui avait jamais rien apporté de bon.

David écoutait la femme aux cheveux noirs, l'enveloppe serrée dans sa main. Il finit par la glisser dans la poche de sa chemise, comme s'il s'agissait d'un papier encombrant, sans intérêt – une facture d'électricité, un ticket de parking…

L'instant d'après, Caroline dévalait les marches du musée et se fondait dans la nuit. Elle était trop énervée pour attendre le bus : elle marcha d'un pas rapide, carrefour après carrefour, indifférente à la circulation, aux gens qu'elle croisait et même au danger potentiel de se retrouver seule dans la rue à cette heure-ci. Des images passaient devant ses yeux, de menus détails sans lien les uns avec les autres. Ses cheveux bruns, striés de fils argentés, ses ongles coupés ras, presque à vif. De longs doigts aux extrémités carrées, elle s'en souvenait très bien. Sa voix, en revanche, avait changé, plus rocailleuse. C'était troublant : tous les souvenirs qu'elle avait gardés précieusement en mémoire pendant toutes ces années avaient été brouillés à l'instant où elle l'avait revu.

Et elle ? Comment lui était-elle apparue, ce soir ? Qu'avait-il vu, qu'avait-il jamais su de Caroline Lorraine Gill ? De ses aspirations secrètes ? Rien. Absolument rien. Elle l'avait compris dans cette cour d'église, quand le cercle de ses proches s'était refermé autour de lui, la laissant à l'extérieur, et elle était partie. Dans un repli de son cœur, Caroline avait conservé cette idée romantique et absurde que, d'une certaine manière, David Henry avait lu en elle ce que personne d'autre n'avait jamais su déceler. Mais c'était faux. Il ne l'avait même jamais regardée.

Il s'était mis à pleuvoir. Son visage était trempé, et aussi son manteau, ses chaussures. Le froid de la nuit semblait l'avoir pénétrée tout entière. Elle s'apprêtait à traverser la rue quand un bus s'arrêta quelques mètres plus loin dans un soupir et elle courut pour l'attraper, repoussant ses cheveux mouillés en arrière, s'asseyant sur le siège en vinyle fendillé. Les lumières, les néons, les feux de stop rouges des voitures formaient un brouillard flou sur la vitre ruisselante.

Elle descendit à Regent Square et regarda autour d'elle, un peu hébétée. L'afflux d'adrénaline provoqué par sa rencontre avec David Henry était subitement retombé, et elle sentait tout à coup sa solitude de façon poignante. Des larmes lui montèrent aux yeux.

Elle avança, bousculant sans le vouloir un passant, écrasant un emballage vide de fast-food que quelqu'un avait jeté sur le trottoir. Elle suivit la rue en pente qui descendait la colline, puis s'engagea dans l'avenue menant à sa maison, les lumières de la ville cédant la place à celles, familières, de son quartier : la maison des O'Neill, celle des Soulard, celle des Margolis et, finalement, la sienne.

Caroline descendit les marches qui menaient à son jardin et s'arrêta dans l'allée, les yeux levés vers la façade étroite, tout en hauteur. Elle avait fermé les stores avant de partir, elle en était certaine. Et pourtant ils étaient grands ouverts sur la salle à manger illuminée. Le lustre brillait au-dessus de la table où Phoebe avait disposé ses écheveaux. Elle était inclinée sur le métier à tisser, actionnant la navette d'avant en arrière, calme, concentrée. Giboulée était roulée en boule sur ses genoux comme une petite pelote de laine orange. Caroline contempla la scène, pétrifiée de voir sa fille ainsi exposée, en pleine lumière, face au monde mystérieux et ténébreux qui se pressait derrière les vitres. Elle fronça les sourcils, tentant de se rappeler la scène – sa main tournant la poignée en plastique et le store roulant descendant peu à peu devant la fenêtre. Puis elle capta un mouvement au fond de la pièce, une ombre derrière la porte vitrée qui séparait la salle à manger du salon.

Caroline retint sa respiration, mais, avant même qu'elle ait eu le temps d'avoir peur, l'ombre devint une silhouette familière et le soulagement l'envahit. Ce n'était pas un étranger, mais Al, rentré plus tôt que prévu de sa tournée. Sa surprise se mêla d'un étrange sentiment de réconfort. Al avait accru son rythme de travail ces derniers temps et il était absent parfois deux semaines d'affilée. Mais ce soir il était là. Il était revenu et il avait ouvert les stores afin de lui offrir ce moment, ce regard sur sa vie, circonscrite entre les murs de cette maison. Phoebe leva les yeux de son travail et contempla la nuit d'un air absent tout en caressant la fourrure de son chat. Al entra dans la pièce, une tasse de café à la main. Il la rejoignit et esquissa un geste vers la couverture qu'elle était en train de tisser.

Il pleuvait à verse, maintenant, ses cheveux ruisselaient, mais Caroline ne bougeait pas. Le sentiment de désarroi et de solitude qui l'avait saisie à sa descente du bus s'évanouissait, effacé par le tableau formé par sa famille. Les voitures défilant sur la quatre-voies éclairaient fugitivement les grappes pourpres du lilas qu'elle avait planté il y avait bien longtemps. Sa vie était là. Non pas celle dont elle avait rêvé autrefois mais celle qu'elle vivait aujourd'hui, avec toutes ses complexités. C'était sa vie, construite avec patience et minutie, et c'était bon de la retrouver.

Elle gravit les marches du perron, ouvrit la porte et entra chez elle.

II

Elle était professeur d'histoire de l'art à Carnegie Mellon et elle le questionnait sur la forme et le fond. *Qu'est-ce que la beauté ?* lui demandait-elle, une main sur son bras, tout en l'entraînant de l'autre côté de la salle, entre les grands panneaux blancs d'exposition. *La beauté réside-t-elle uniquement dans la forme ?*

David lui lança un regard absent, notant vaguement son visage pâle, la raie qui dessinait une ligne livide dans ses cheveux noirs.

— Je travaille sur les glissements de sens, répondit-il poliment tout en jetant un coup d'œil anxieux en direction de Caroline.

Elle n'avait pas bougé, constata-t-il avec soulagement. Elle l'attendait près d'une photo de Norah étendue dans le sable. Au prix d'un effort, il reporta son attention sur son interlocutrice.

— Les points de convergence, voilà ce qui m'intéresse. Je ne recherche pas une approche théorique. Je photographie ce qui me procure une émotion, c'est tout.

— Mais on ne peut faire abstraction de la théorie ! protesta la femme.

Elle réfléchit néanmoins à ce qu'il venait de dire en se mordillant la lèvre, les paupières plissées. Il ne voyait pas ses dents, mais il les imaginait blanches, régulières, parfaites. La pièce tournoyait lentement autour de lui, le brouhaha montait et descendait par vagues. Pendant un silence, il se rendit compte qu'il serrait toujours l'enveloppe de Caroline dans ses doigts. Il lança un coup d'œil de l'autre côté de la salle – oui, elle était toujours là – et glissa le pli dans la poche de sa chemise ; ses mains tremblaient légèrement.

Elle s'appelait Lee, lui expliquait maintenant la femme aux cheveux noirs. Elle était critique pour un journal local. David hochait la tête, n'écoutant qu'à moitié. Caroline vivait-elle à Pittsburgh, ou bien était-elle venue d'une autre ville après avoir lu dans le journal un article annonçant l'exposition ? De Morgantown, peut-être ? Columbus ? Philadelphie ? Elle lui avait posté des lettres de chacune de ces villes. Elle avait surgi de cette foule anonyme et s'était avancée vers lui, la même qu'autrefois, les traits juste un peu plus sévères, la douceur de sa jeunesse effacée par les années. *David, vous ne me reconnaissez pas ?*

Il la chercha des yeux, ne la trouva pas, et un sentiment de panique s'insinua en lui. Elle était venue jusqu'ici ; elle avait promis de rester. Elle ne pouvait pas être partie. Quelqu'un passa près de lui, portant un plateau de coupes de champagne, et il en prit une. Le conservateur du musée se matérialisa à ses côtés et le présenta aux sponsors de l'événement. David trouva en lui-même la ressource de discuter avec eux de manière pertinente, mais il ne cessait de penser à Caroline, scrutant la foule dans l'espoir de l'apercevoir quelque part dans la salle. Il s'était éloigné, persuadé qu'elle l'attendrait, mais tout à coup il se remémorait avec un sentiment de malaise la silhouette solitaire de Caroline pendant la cérémonie religieuse. Il se rappelait le froid sec, le ciel bleu, Paul qui donnait de petits coups de pied dans la couverture de son landau. Il se rappelait qu'il l'avait laissée partir...

— Excusez-moi, murmura-t-il, interrompant son interlocuteur.

Il se dirigea vers le vestibule pour prendre du recul, puis se retourna et parcourut les lieux d'un regard fébrile. Sûrement, il ne pouvait pas l'avoir perdue de nouveau ? Pas alors qu'il venait de la retrouver après toutes ces années ?

Mais elle était partie. Derrière les fenêtres, les lumières de la ville scintillaient, éparpillées comme des sequins sur les flancs ondulants des collines. Un sentiment de perte irréparable mêlé de souffrance l'engloutit comme une lame de fond, si violent qu'il s'adossa au mur et baissa la tête, luttant pour réprimer une nausée. Ses émotions étaient excessives, totalement disproportionnées. Il avait vécu des années sans voir Caroline Gill, après tout. Il prit une grande respiration, récita mentalement le tableau périodique des éléments – *argent, cadmium, indium, étain* – mais il ne parvenait pas à se ressaisir.

Il plongea la main dans sa poche et en retira l'enveloppe ; peut-être lui avait-elle laissé une adresse ou un numéro de téléphone. À l'intérieur, il y avait deux Polaroid aux couleurs ternes, voilées de gris.

Caroline, souriante, tenait par les épaules une adolescente vêtue d'une robe bleue serrée à la taille par une ceinture. La photo était prise à l'extérieur, devant la façade en brique d'une maison, et la lumière écrasante du soleil absorbait les couleurs. La fille était solidement charpentée ; la robe était jolie mais ne parvenait pas à lui donner de la grâce. Ses cheveux tombaient en vagues douces sur ses épaules et un sourire radieux illuminait son large visage. Ses paupières étaient plissées de joie, et un observateur non averti aurait pu penser que c'était l'angle de vue qui leur donnait cet aspect légèrement étiré vers les tempes. *Phoebe, le jour de ses seize ans,* avait écrit Caroline au dos du cliché.

David glissa la photo sous la seconde, plus récente. On y voyait de nouveau Phoebe, jouant au basket. Elle s'apprêtait à marquer un panier, les deux pieds en apesanteur au-dessus du sol. Le basket, ce sport que Paul avait toujours refusé de pratiquer. David regarda au dos du cliché, puis à l'intérieur de l'enveloppe, mais il n'y avait pas d'adresse. Il vida sa coupe de champagne et la posa sur une table en marbre. La salle d'exposition était noire de monde, bourdonnante de conversations. David resta quelques instants sur le seuil, regardant autour de lui avec une sorte de curiosité détachée, comme s'il se trouvait là par hasard et que cela ne le concernait pas. Puis il se détourna et sortit dans la nuit humide. Il glissa l'enveloppe de Caroline dans la poche de sa chemise et il se mit à marcher sans même chercher à savoir où il allait.

Oakland, le quartier de son ancien lycée, avait changé mais pas tant que ça, finalement. Forbes Field, en revanche, le stade où il avait passé tant d'après-midi, assis sur les gradins écrasés de soleil, criant pour encourager les joueurs de son équipe de base-ball, avait disparu. À la place se dressait un bâtiment universitaire, carré et trapu.

David continua à avancer dans les rues sombres, croisant sans les voir des gens qui sortaient des restaurants et des théâtres. Tout s'était figé au moment précis où il avait tendu sa fille à Caroline, il s'en rendait compte, maintenant. Sa vie entière tournait autour de ce geste : un nouveau-né dans ses bras – dont il se débarrassait en le déposant dans d'autres bras. C'était comme si, depuis ce jour-là, il avait pris des milliers de photos pour essayer de trouver un autre moment d'une substance comparable, d'un poids similaire. Il avait tenté d'arrêter le cours du temps, le flot des événements, mais, bien sûr, il n'y était pas parvenu.

Il continuait à marcher, agité, marmonnant de temps à autre dans sa barbe. Ce qui était resté pétrifié en lui pendant toutes ces années avait brusquement été remis en mouvement par sa rencontre avec Caroline. Il songea à Norah, devenue une femme puissante et indépendante, qui démarchait des entreprises avec une assurance rayonnante et revenait de ses dîners d'affaires, des traces de rire et de succès encore visibles sur son visage. Elle avait eu des amants, il le savait, et ses secrets à elle, comme le sien, avaient dressé un mur entre eux. Parfois, le soir, il entrevoyait, l'espace d'un court instant, la femme qu'il avait épousée : Norah, tenant Paul bébé dans ses bras ; Norah, nouant un tablier autour de sa taille ; Norah, toute nouvelle propriétaire de son agence de voyages, veillant tard le soir pour arrêter ses comptes. Mais elle s'était dépouillée de ces différentes personnalités au fur et à mesure, comme un serpent de ses mues successives, et désormais ils n'étaient plus que deux étrangers dans leur vaste maison.

Paul en souffrait, il le savait. David s'était donné tellement de mal pour qu'il ait tout. Il avait essayé d'être un bon père. Ils avaient ramassé des fossiles ensemble, ils les avaient identifiés et exposés dans la salle de séjour. Il l'avait emmené à la pêche chaque fois qu'il en avait eu l'occasion. Oui, David avait tout fait pour procurer à son fils une vie agréable et douce. Mais il n'en demeurait pas moins que cette vie était bâtie sur un mensonge. Il avait tenté de lui épargner tout ce dont lui-même avait souffert enfant : la pauvreté, l'incertitude du lendemain, la douleur de perdre un être cher. Mais en voulant le protéger, il avait éveillé d'autres souffrances, plus dévastatrices encore. Le mensonge avait grandi entre eux, déformant leur existence, comme deux arbres qui poussent tordus pour contourner un obstacle.

Les rues se resserraient, formant des angles bizarres tandis que la ville s'effilait peu à peu jusqu'à la pointe où les deux rivières – la Monongahela et l'Allegheny – se réunissaient pour former l'Ohio. David marcha jusqu'à l'extrême bout de la jetée. Quand il était étudiant, il venait souvent ici regarder les deux rivières se rejoindre. Plus d'une fois, il s'était tenu à cet endroit, tout au bord, en se demandant avec détachement si cette eau noire était vraiment froide et s'il aurait la force de nager jusqu'à la rive si jamais il tombait. Il s'avança plus près du bord encore, contempla l'eau qui bouillonnait entre ses pieds. Un regret le traversa : cela aurait fait une bonne photo, mais il avait laissé son appareil dans le coffre de l'hôtel.

Tout en bas, l'eau tourbillonnait et formait une écume blanche contre les piliers de la jetée. David sentait l'arête du rebord en béton sous sa voûte plantaire. S'il tombait par accident et qu'il ne réussissait pas à nager jusqu'à la rive, on trouverait quelques objets sur lui : une montre avec le nom de son père gravé au dos du cadran, son portefeuille contenant deux cents dollars, son permis de conduire, un petit galet, ramassé dans le torrent à côté de la maison de son enfance, et qu'il gardait pieusement sur lui depuis trente ans. Et les photos de Phoebe, dans l'enveloppe qu'il avait glissée dans sa poche de poitrine, contre son cœur.

Il y aurait énormément de monde à son enterrement. Le cortège s'étirerait sur deux pâtés de maisons, au moins.

Mais la nouvelle de sa mort ne dépasserait pas les frontières de la ville. Caroline elle-même n'en saurait peut-être jamais rien. Et en aucun cas l'information ne remonterait jusqu'au lieu où il était né.

Et quand bien même : personne là-bas ne ferait le rapprochement.

La lettre l'attendait, appuyée contre la boîte de café vide, quand il était rentré du lycée, ce jour-là. Personne ne parlait, mais tous les regards étaient rivés sur lui. Ils savaient bien ce que contenait ce courrier : le logo de l'université de Pittsburgh figurait en toutes lettres sur l'enveloppe. David l'avait emportée à l'étage et l'avait posée sur la table de nuit, à côté de son lit, trop angoissé pour l'ouvrir.

Pendant deux heures, il n'avait pas eu le courage de la décacheter. Puis il s'était jeté à l'eau et il apprit deux bonnes nouvelles : il était admis à l'université et on lui octroyait une bourse qui financerait entièrement ses études. Il était resté assis sur son lit, presque trop abasourdi pour oser se réjouir. *J'ai le plaisir de vous informer que…*

C'est alors qu'il avait remarqué l'erreur. Le nom mentionné dans le courrier n'était pas le sien. L'adresse était exacte, de même que tous les autres détails, depuis sa date de naissance jusqu'à son numéro de Sécurité sociale. Ses deux premiers prénoms : David, comme son père, et Henry, comme son grand-père, étaient parfaitement dactylographiés par une secrétaire qui avait peut-être été interrompue à cet instant par un coup de téléphone ou un visiteur. À moins qu'elle n'ait simplement levé les yeux de sa machine à écrire pour contempler le ciel bleu de l'autre côté de la fenêtre, songeant à son amoureux qui, ce soir-là, sonnerait à sa porte avec un bouquet de fleurs et mettrait son cœur en émoi. Puis une porte avait claqué, des pas s'étaient approchés – son chef. Elle avait sursauté et s'était remise au travail.

David Henry. Ses deux prénoms, elle les avait déjà tapés, sans la moindre faute.

Mais son nom de famille, McCallister, elle l'avait tout simplement oublié.

Il n'en avait rien dit. Il s'était laissé inscrire sous ce nom à l'université et personne n'avait jamais rien su. Après tout, il n'y avait pas vraiment tricherie : il s'appelait bien ainsi. Et pourtant, David Henry était différent de David McCallister, aucun doute là-dessus. Mais il se disait que c'était le destin qui avait voulu qu'il devienne étudiant sous le nom de David Henry : un garçon sans histoire, sans passé. Un jeune homme à qui la vie, d'une certaine façon, offrait la chance de repartir de zéro.

L'eau brune tourbillonnait sous ses pieds, frangée d'une écume blanchâtre. Le vent se levait, transperçant ses vêtements, sa peau, s'insinuant à l'intérieur de ses veines. Le flot brun virevoltait devant lui, bondissait vers son visage, puis un goût amer lui remplit la bouche et il s'effondra brusquement à genoux, vomissant dans la rivière tumultueuse, le corps secoué par de longs spasmes. Il vomit jusqu'à ce qu'il ne sorte plus rien, puis il se redressa, s'essuya la bouche du dos de la main, et reprit la direction de la ville.

Il passa la nuit sur un siège du terminus de la station de cars, somnolant par intermittence. Au matin, il embarqua dans le premier car pour la Virginie-Occidentale. Au bout de sept heures de route au milieu des collines, le car s'arrêta là où il s'était toujours arrêté, à l'angle de Main et Vine, puis il repartit, laissant David Henry devant le magasin d'alimentation. Il y avait travaillé autrefois pour payer sa pension et sa chambre, juste au-dessus – il était le gentil garçon qui quittait ses collines pour étudier, étonné par le fracas de la circulation, les mères de famille qui entraient faire leurs courses, les écoliers agglutinés devant la fontaine de jus de fruits, les hommes qui se réunissaient le soir pour chiquer du tabac et jouer aux cartes. Mais cette époque-là était révolue. Aujourd'hui, les fenêtres étaient bouchées par des panneaux de contreplaqué et couvertes de graffitis rouges et noirs, délavés par la pluie, illisibles.

La soif brûlait la gorge de David comme du feu. De l'autre côté de la rue, deux hommes d'une cinquantaine d'années, l'un chauve, l'autre les cheveux grisonnants, jouaient aux dames sur le pas de leur porte. Ils levèrent les yeux, curieux, vaguement soupçonneux. L'espace d'un instant, David se vit à travers leur regard : hirsute, son pantalon taché et froissé, sa chemise moite, l'air hagard. Il n'était pas à sa place, ici. Il ne l'avait jamais été. Dans sa mansarde exiguë au-dessus du magasin, ses livres de classe éparpillés sur son lit, il était si malheureux loin de chez lui qu'il ne parvenait pas à se concentrer. Et cependant, quand il rentrait à la maison, le week-end, sa nostalgie persistait. Dans la maison en bardeaux de ses parents, solidement agrippée à la colline, les heures s'étiraient lentement, rythmées par le bruit de la pipe que son père tapotait contre sa chaise, les soupirs de sa mère, les mouvements las de sa sœur. Il y avait une vie au pied de la colline, une vie en haut de la colline, et la solitude qui s'épanouissait partout, comme une fleur sombre.

Il adressa un petit signe de tête aux deux hommes, puis se détourna et s'éloigna, sentant leurs regards plantés dans son dos.

Une pluie fine, délicate comme de la brume, se mit à tomber. Il marcha malgré ses jambes douloureuses. C'était la fin de l'après-midi. Norah devait être encore à l'agence et Paul dans sa chambre, exprimant sa solitude et sa colère en musique. Ils l'attendaient ce soir, mais il ne viendrait pas. Il lui faudrait leur téléphoner, plus tard, quand il y verrait plus clair.

À la sortie de la ville, le trottoir inégal fut peu à peu remplacé par de l'herbe. De profonds fossés s'ouvraient de chaque côté de la voie. David glissa ses mains sous ses bras pour les réchauffer. Le climat avait une saison de retard, ici. Des croûtes de neige craquaient sous ses pieds.

Il avait atteint la route principale. Des voitures le frôlaient à vive allure, l'obligeant à monter sur le talus, projetant sur lui un fin brouillard de boue. Autrefois, il y avait si peu de passage qu'on entendait les autos des kilomètres avant de les apercevoir, et il y avait presque toujours un visage familier derrière le pare-brise. Le véhicule ralentissait, s'arrêtait, puis la portière s'ouvrait pour l'inviter à monter. On le connaissait, on connaissait sa famille, et après les questions d'usage – *Comment va ta maman ? Ton papa ? Qu'est-ce que donne le potager, cette année ?* –, le silence retombait. Un silence pendant lequel le conducteur et les autres passagers réfléchissaient à ce qu'ils allaient bien pouvoir dire à ce garçon si intelligent qu'il avait obtenu une bourse d'études, à ce garçon dont la petite sœur était trop malade pour aller à l'école. Dans les montagnes, comme peut-être partout ailleurs dans le monde, on croyait à la loi de la compensation : ce que la nature donnait d'une main, elle le reprenait toujours de l'autre. *Il est intelligent, mais qu'est-ce qu'il est laid ! Elle est jolie, mais elle n'a rien dans le crâne*. La compensation, l'équilibre de l'univers. David percevait une accusation dans chaque regard, chaque remarque qu'on lui faisait – il avait été trop gâté par la nature, il avait tout eu –, et le silence s'épaississait jusqu'à ce qu'il semble impossible qu'une voix humaine puisse jamais le rompre.

La route tourna, puis tourna de nouveau : c'était « la route qui danse » de June. Le flanc des collines devint plus abrupt, des torrents cascadèrent et les maisons se firent plus rares, plus rustiques. Le sycomore apparut, puis le rocher en forme de cœur, et le virage où trois croix blanches, garnies de fleurs fanées et de rubans, avaient été plantées dans le sol. David continua à monter jusqu'au torrent suivant, *son* torrent. La végétation avait pris possession du sentier ; il avait presque disparu.

Il mit près d'une heure pour atteindre la maison. La façade en bois, décolorée par les intempéries, avait viré au gris ; le toit s'était affaissé au niveau de l'arête et plusieurs bardeaux manquaient. David s'immobilisa, submergé par des images du passé. Il s'attendit presque à voir sa mère descendre les marches pour aller puiser de l'eau, un broc en fer à la main, sa petite sœur assise sur le porche tandis que, derrière la maison, retentissait le bruit de la hache de son père, fendant du bois. Il était parti étudier au lycée, puis June était morte, et ses parents étaient restés ici aussi longtemps qu'ils avaient pu parce qu'ils ne voulaient pas quitter leur terre. Puis son père était décédé, beaucoup trop jeune, et sa mère était finalement partie dans le Nord, chez sa sœur, où l'attendait un travail dans une usine automobile. David était rarement revenu après son départ pour

Pittsburgh, et il avait complètement cessé de venir après la mort de sa mère. L'endroit lui était aussi familier que son reflet dans un miroir mais aussi éloigné de sa vie actuelle que la planète Mars.

Le vent se leva. David gravit les marches. La porte, faussée, ne fermait pas. Il faisait froid à l'intérieur, l'air sentait le renfermé. C'était une pièce unique, la mezzanine rendue inutilisable par l'affaissement du toit. Il aperçut le ciel pâle à travers les brèches. Il avait aidé son père à construire ce toit, la sueur ruisselant sur leurs visages, leurs marteaux se levant dans le soleil, dans l'odeur acide du cèdre fraîchement coupé.

Personne n'était venu ici depuis des années. Et cependant une poêle sale était abandonnée sur le vieux fourneau, de la graisse figée dans le fond. Un lit en fer recouvert d'un vieux plaid était installé dans un coin. Le tissu était froid, légèrement humide sous sa main. Il n'y avait pas de matelas, seulement une couche épaisse de couvertures posée sur le sommier. Le plancher avait été balayé et il y avait trois crocus dans un bocal, devant la fenêtre.

Quelqu'un vivait ici. Une brise traversait la pièce, agitant les guirlandes de papier découpé suspendues un peu partout – au plafond, devant les fenêtres, au-dessus du lit. David les examina avec un sentiment d'émerveillement. Elles composaient de véritables petits décors d'une délicatesse incroyable : là, c'était une foire aux oies, ici, une salle à manger devant une cheminée allumée, là encore un pique-nique sur l'herbe avec un feu d'artifice en toile de fond. Il toucha le bord festonné d'une composition représentant une scène de fenaison, les jeunes filles coiffées de bonnets de dentelle et les garçons aux pantalons retroussés jusqu'aux genoux. Des grandes roues, des carrousels frémissants, des voitures à cheval descendant des routes : tout un univers frémissait doucement dans l'air, aussi fragile que des ailes de papillon.

Qui était l'auteur de ces merveilles ? Il songea à ses propres photographies : il essayait si ardemment de capturer chaque instant, de le fixer, de le faire durer, mais quand les images émergeaient dans la chambre noire, elles étaient déjà périmées.

Il s'assit sur le lit dur. Sa tête était douloureuse. Il s'allongea et rabattit le plaid humide sur lui. Une douce lumière grise baignait les fenêtres. La table en bois, le vieux fourneau : une odeur de champignon imprégnait tout. Les murs étaient tapissés d'une couche de journaux qui commençaient à se décoller. Sa famille avait été si pauvre ; tous les gens qu'ils connaissaient étaient pauvres. C'était pour cela qu'on conservait tout – les vieux moteurs, les boîtes de conserve vides, les bouteilles de lait s'éparpillaient sur les collines : un talisman contre le besoin, une protection contre la misère. Quand David était petit, un garçon du nom de Daniel Brinkerhoff s'était enfermé dans un vieux réfrigérateur et y était mort asphyxié. David se rappelait les conversations chuchotées, puis le corps de ce garçon de son âge étendu dans une maison à peu près identique à celle-là, dans la lumière des bougies. La mère sanglotait, mais David n'avait pas vraiment saisi la gravité de l'événement : il était trop jeune pour comprendre le deuil, l'irrévocabilité de la mort. En revanche, il se rappelait la voix désespérée du père, dehors, à portée d'oreille de sa propre mère :

— Pourquoi lui ? Pourquoi mon garçon ? Il était fort, en pleine santé. S'il en fallait un, pourquoi pas cette petite fille malade ?

David ferma les yeux. Il régnait un tel calme, ici. On n'entendait que le bruissement du vent dans les feuilles mortes et, au loin, le doux murmure de l'eau du torrent sous la glace. Une branche cognait le mur extérieur. Il avait froid. Il se souleva légèrement de façon à pouvoir rabattre le plaid sur lui et replia les jambes en chien de fusil. Il continua à grelotter pendant de longues minutes, et ferma les yeux.

Derrière l'odeur de moisissure et de renfermé, il sentait autre chose, un parfum doux et sucré. Sa mère avait acheté du sucre en ville, et il retrouvait sur sa langue la saveur du gâteau d'anniversaire, jaune et épais, si riche et doux qu'il fondait dans la bouche. Les voisins étaient tous montés chez eux, les femmes en robe colorée, les hommes en pantalon sombre et en bottes, et des enfants couraient dans l'herbe en riant aux éclats. Ensuite, ils s'étaient tous rassemblés sur le porche et sa mère avait rempli des bols de crème, qu'elle avait mise à durcir dans un récipient rempli de saumure glacée.

Il ne se souvenait plus à quelle époque cela s'était passé. Après le baptême de June, peut-être. June était comme tous les autres bébés, ses petites mains s'agitaient dans l'air et effleuraient son visage quand il se penchait pour l'embrasser. Dans la chaleur de ce jour d'été, tandis que la crème refroidissait sous le porche, ils avaient fêté joyeusement l'événement. Puis l'automne était arrivé, et l'hiver, mais June ne parvenait toujours pas à s'asseoir ; à un an, c'était à peine si elle pouvait faire quelques pas. L'automne était revenu, et une cousine leur avait rendu visite avec son fils, presque du même âge. Non seulement il marchait, mais il galopait d'une pièce à l'autre et commençait à parler, alors que June se contentait de promener sur le monde son regard paisible, assise sur une couverture. Ils avaient su, alors, que quelque chose n'allait pas. David se rappelait sa mère, contemplant ce petit garçon plein de vie, tandis que des larmes coulaient silencieusement sur ses joues. C'était cette souffrance qu'il avait essayé d'épargner à Norah et à Paul, sans savoir qu'il en provoquerait tant d'autres.

— David, lui avait dit sa mère ce jour-là tout en s'essuyant les yeux d'un geste brusque pour qu'il ne la voie pas pleurer. Enlève ces papiers sur la table et sors chercher du bois et de l'eau. Rends-toi utile.

Et il avait obéi. Et ils avaient tous continué à vivre, jour après jour. Ils s'étaient repliés sur eux-mêmes, et n'étaient plus sortis de chez eux, sauf occasionnellement, pour un baptême ou un enterrement. Puis Daniel Brinkerhoff était mort, étouffé dans un réfrigérateur. Ce soir-là, ils étaient rentrés chez eux à la nuit noire, trouvant leur chemin à tâtons, de mémoire, June dans les bras de son père. Sa mère n'avait plus jamais descendu la colline après cela, jusqu'à son départ pour Detroit…

— Je suppose que vous ne me servirez à rien, disait la voix.

David, encore à moitié endormi, ne sachant pas s'il rêvait ou si c'était le vent qui sifflait, remua un peu et passa sa langue sur ses lèvres sèches.

Leurs vies étaient difficiles, leurs journées longues et harassantes. Il n'y avait de place ni pour le deuil ni pour les larmes. Il fallait continuer à avancer, quoi qu'il arrive, et puisque pleurer ne la ramènerait pas, ils n'avaient plus jamais parlé de June. David se tourna et une douleur lui cisailla les poignets. Stupéfait, il ouvrit les yeux.

Elle se tenait devant le fourneau, à quelques pas de lui, en pantalon de jogging vert olive. Elle portait un pull rouille parsemé de fils orange lumineux et, par-dessus, une chemise d'homme en flanelle à carreaux verts et noirs. Elle avait découpé le bout de ses gants de laine et elle s'activait devant le fourneau avec dextérité, remuant des œufs dans une poêle à frire. La nuit était tombée dehors – il avait dormi longtemps – et des bougies disséminées ici et là diffusaient une lumière blonde dans la pièce. Les délicates guirlandes de papier remuaient doucement.

David resta immobile pendant un long moment, observant chaque détail de la scène : les poignées noires du fourneau que sa mère astiquait autrefois avec amour, les ongles rongés de cette fille, le reflet frissonnant des bougies dans les fenêtres. Elle prit la salière et le poivrier sur l'étagère au-dessus du fourneau, et il fut frappé par la façon dont la lumière jouait sur sa peau et ses cheveux, par la fluidité du moindre de ses gestes.

Il avait laissé son appareil photo dans le coffre de l'hôtel.

Il essaya de s'asseoir, mais il fut à nouveau stoppé dans son mouvement par ses poignets. Stupéfait, il tourna la tête : un foulard en mousseline rouge le ligotait à l'un des montants du lit ; un morceau de fil de corde à linge à l'autre. La fille l'entendit bouger et se retourna.

— Mon copain va arriver d'une minute à l'autre, l'avertit-elle.

David laissa retomber lourdement sa tête sur l'oreiller. Elle était toute menue et devait avoir à peu près le même âge que Paul – peut-être même plus jeune. Que faisait-elle ici, dans cette maison abandonnée ? Il s'interrogea sur le copain auquel elle venait de faire allusion, prenant conscience, brusquement, qu'il devrait peut-être avoir peur.

— Comment vous appelez-vous ? demanda-t-il.

— Rosemary, répondit-elle – puis elle eut l'air contrarié. Mais vous n'êtes pas obligé de le croire, ajouta-t-elle avec une pointe de défi.

— Rosemary.

Il songea au pied de romarin que Norah avait planté au soleil, à ses petites branches hérissées d'aiguilles parfumées.

— Rosemary, pourriez-vous avoir la gentillesse de me détacher ?

— Non.

Sa réponse fusa, sans l'ombre d'une hésitation.

— Pas question.

— J'ai soif.

Ses yeux bruns l'observèrent quelques instants avec méfiance, puis elle sortit. Une bouffée d'air froid pénétra dans la pièce, faisant danser toutes les guirlandes en papier. Elle réapparut un moment plus tard avec une timbale en métal remplie de l'eau du torrent.

— Merci, dit-il, mais je ne peux pas boire en position allongée.

Elle s'activa rapidement devant le fourneau, retournant les œufs, puis elle farfouilla dans un tiroir et en sortit une paille coudée, provenant d'un quelconque fast-food, salie à une extrémité, et la plongea dans la timbale.

— Si vous avez vraiment soif, vous vous en accommoderez.

Il tourna la tête et but, trop assoiffé pour s'arrêter au goût terreux de l'eau. Elle fit glisser les œufs dans une assiette et s'installa à la table en bois. Elle mangea rapidement, poussant les œufs sur une fourchette en plastique avec l'index de sa main gauche, délicatement, sans réfléchir, comme s'il n'était pas là. À cet instant, il comprit que le copain en question était une invention. Elle vivait seule ici.

Il but jusqu'à ce que la paille n'aspire plus que de l'air.

— Mes parents vivaient ici autrefois, déclara-t-il alors. En fait, la maison m'appartient. Techniquement parlant, vous êtes sur une propriété privée.

Elle sourit à ces mots et posa sa fourchette au milieu de l'assiette.

— Vous êtes venu porter plainte ? Techniquement parlant ?

Ses cheveux captaient la lumière frémissante des bougies. Elle était si jeune, et cependant il y avait en elle quelque chose de farouche et de fort. De déterminé.

— Non.

Il songea à tout ce qui s'était passé depuis ce matin banal à Lexington – Paul enfermé dans la salle de bains depuis des heures, Norah fronçant les sourcils pendant qu'elle épluchait sa comptabilité sur le comptoir de la cuisine, le pot de café fumant sur la table – puis l'exposition de photos, la rivière, et finalement cet endroit.

— Alors pourquoi êtes-vous venu ? demanda-t-elle en poussant son assiette au milieu de la table.

Ses mains étaient abîmées, ses ongles rongés. Il s'étonnait qu'elles aient pu réaliser les décors délicats qui ornaient la pièce.

— Je m'appelle David Henry McCallister.

Son vrai nom. Il ne l'avait pas prononcé depuis si longtemps.

— Je ne connais pas de McCallister, répondit-elle. Mais je ne suis pas d'ici.

— Quel âge avez-vous ? Quinze ans ?

— Seize, rectifia-t-elle.

Elle se reprit aussitôt et haussa les épaules.

— Seize, vingt, ou quarante, faites votre choix.

— Seize ans, répéta-t-il. J'ai un fils plus âgé que vous, Paul.

Un fils, songea-t-il, et une fille.

— Ah oui ? commenta-t-elle d'un ton indifférent.

Elle reprit sa fourchette et comme il la regardait manger, il eut tout à coup l'impression de voir June, l'année de sa mort. Il lui était très pénible de rester assise à table, et cependant elle se joignait à eux tous les soirs. La lumière de la lampe se reflétait dans ses cheveux blonds, ses gestes étaient lents et pleins de grâce.

— Vous ne voulez pas me détacher ? demanda-t-il doucement, la voix rauque d'émotion. Je suis médecin. Vous ne risquez rien.

— C'est ça.

Elle se leva et porta l'assiette en métal bleu dans l'évier.

Elle était enceinte, découvrit-il, choqué, en la voyant de profil prendre le savon sur l'étagère. Sa grossesse n'était pas encore très avancée, peut-être quatre ou cinq mois.

— Écoutez, je suis vraiment médecin. Il y a une carte dans mon portefeuille. Jetez-y un coup d'œil.

Elle lava l'assiette et la fourchette sans répondre, s'essuya soigneusement les mains sur un torchon, avant de traverser la pièce pour s'approcher de lui. Elle sortit le portefeuille de sa poche et vida tout son contenu sur la table, posant un à un les objets devant elle : argent liquide, cartes de crédit, tickets divers...

— Il y a écrit photographe, dit-elle en déchiffrant sa carte dans la lumière vacillante.

— C'est exact. Je suis également photographe. Regardez le reste.

— D'accord, admit-elle un moment plus tard en étudiant sa carte d'identité. Donc, vous êtes médecin. Et alors ? En quoi ça devrait me rassurer ?

Ses cheveux étaient noués en queue de cheval et des mèches folles lui tombaient dans les yeux ; elle les repoussa derrière ses oreilles.

— Cela signifie que vous n'avez rien à craindre de moi, Rosemary. *Premièrement, ne pas faire de mal.* J'ai prêté serment.

Elle lui lança un bref regard incisif.

— Vous diriez ça de toute façon, même si vous étiez malintentionné.

David l'observa, ses cheveux coiffés à la diable, ses yeux noisette.

— Il y a des photos dans la poche de ma chemise…

Il essaya de se redresser.

— S'il vous plaît, regardez. Ce sont des photos de ma fille. Elle a à peu près votre âge.

Quand elle glissa la main dans sa poche, il sentit sa chaleur et respira l'odeur de sa peau.

— Comment s'appelle-t-elle ? demanda Rosemary en étudiant la première photo, puis la deuxième.

— Phoebe.

— Phoebe. C'est joli. Elle est mignonne. C'est le prénom de sa mère ?

— Non.

David se remémora la nuit de l'accouchement, Norah lui annonçant le prénom qu'elle avait choisi si c'était une fille. Caroline l'avait entendue et avait respecté son souhait.

— Il lui vient d'une grand-tante, du côté de sa mère. Quelqu'un que je n'ai pas connu.

— Moi, on m'a donné le prénom de mes deux grands-mères, dit doucement Rosemary.

Ses cheveux bruns lui tombèrent de nouveau dans les yeux et elle les ramena en arrière de ses doigts gantés. David aurait voulu passer son bras autour de ses épaules, la ramener chez lui, la protéger.

— Rose, du côté de mon père, et Mary, du côté de ma mère, poursuivit-elle.

— Votre famille sait-elle où vous êtes ?

Elle secoua la tête.

— Je ne peux pas revenir, dit-elle, sa voix reflétant un mélange d'angoisse et de colère. Je ne peux pas rentrer chez moi.

Elle avait l'air si jeune, les poings serrés, le visage sombre et amer.

— Pourquoi ? demanda-t-il.

Elle secoua la tête et tapota du doigt la photo de Phoebe.

— Vous dites qu'elle a mon âge ?

— À peu près, je pense. Elle est née le 7 mars 1964.

— Moi, je suis de février 1966.

Ses mains tremblaient légèrement quand elle reposa les photos.

— Ma mère projetait d'organiser une grande fête pour mes seize ans. Un truc ridicule avec plein de fanfreluches roses.

Elle avala sa salive, repoussa de nouveau ses cheveux derrière son oreille, puis tourna les yeux vers la fenêtre. Il aurait voulu la consoler, comme il avait si souvent voulu réconforter ceux qu'il aimait – June, sa mère, Norah – sans y parvenir. Il n'avait pleuré June qu'une seule fois, debout sur la colline à côté de sa mère, giflé par le vent glacial, la Bible dans une main pendant qu'il récitait le psaume vingt-trois devant la terre fraîchement retournée. Il avait pleuré avec sa mère puis ils avaient enfoui leur chagrin au fond de leur cœur et ils avaient continué à vivre. C'était ainsi et il n'y avait pas à discuter. Ils n'y avaient même pas songé, d'ailleurs.

— Phoebe est ma fille.

Il fut étonné de s'entendre parler, et cependant il ressentait tout à coup le besoin viscéral de raconter son histoire, ce secret qu'il avait gardé en lui pendant toutes ces années.

— Mais je ne l'ai pas revue depuis le jour de sa naissance.

Il hésita, puis s'obligea à aller jusqu'au bout.

— Je n'ai pas voulu la garder. Elle est mongolienne. Je l'ai donnée à quelqu'un. Je ne l'ai jamais dit à personne.

Le regard de Rosemary était outré, accusateur.

— Je croyais que vous étiez censé ne pas faire de mal ?

— Oui. Moi aussi.

Ils restèrent silencieux pendant un long moment. Tout dans cette pièce lui rappelait sa famille : le souffle tiède de June contre sa joue quand ils se cachaient sous la table pour manger de la confiture, sa mère fredonnant tout en pliant le linge, les histoires que leur racontait leur père le soir en fumant sa pipe. Ils avaient tous disparu, et sa fille aussi. Il se blinda contre le chagrin par un vieux réflexe, mais les larmes ruisselèrent sur ses joues ; impossible de les arrêter. Il pleura sur June, sur le moment fatidique où il avait déposé Phoebe dans les bras de Caroline Gill, sur celui où il l'avait regardée partir pendant la cérémonie religieuse. Rosemary était toujours assise derrière la table, le visage grave, dénué d'expression. Leurs yeux se rencontrèrent et il soutint son regard pendant quelques secondes d'une grande intensité. Il se remémora ce jour où Caroline l'avait observé pendant qu'il dormait, le visage rayonnant d'amour. Il aurait pu quitter le musée à ses côtés et revenir dans sa vie, mais il avait manqué ce moment-là aussi.

— Je suis désolé, articula-t-il en essayant de se ressaisir. Je n'étais pas revenu ici depuis très longtemps.

Elle ne répondit pas et il se demanda si elle le prenait pour un fou. Il respira profondément.

— Le bébé est prévu pour quand ?

Ses yeux s'écarquillèrent de surprise.

— Cinq mois, je suppose.

— Vous l'avez quitté, n'est-ce pas ? murmura David. Votre copain. Il ne voulait pas de l'enfant ?

Elle détourna la tête mais il avait eu le temps de voir ses yeux se remplir de larmes.

— Désolé, dit-il aussitôt. Je ne voulais pas être indiscret.

Elle secoua imperceptiblement la tête.

— Ça ne fait rien. Pas de problème.

— Où est-il ? demanda-t-il en s'appliquant à parler doucement. Où vivez-vous ?

— En Pennsylvanie, répondit-elle après un long silence.

Elle prit une grande inspiration et David comprit que ses aveux, son désespoir, l'autorisaient à lui révéler son histoire.

— Près d'Harrisburg. Une de mes tantes habitait ici, en ville, poursuivit-elle. La sœur de ma mère, Sue Wallis. Elle est morte, maintenant. Mais quand j'étais petite nous allions souvent nous promener dans les collines. Cette maison était déjà inhabitée. Nous venions y jouer quand nous étions enfants. C'était formidable. Je ne pouvais pas songer à un meilleur abri.

David fronça les sourcils. Sue Wallis. Une image un peu floue se dessina dans sa mémoire – une femme gravissant la colline, une tarte aux pêches sous un torchon de cuisine.

— Détachez-moi, dit-il toujours très doucement.

Elle rit avec amertume, s'essuyant les yeux.

— Pourquoi prendrais-je un risque pareil, alors que nous sommes seuls et loin de tout ? Je ne suis pas complètement idiote.

Elle se leva, et alla chercher des ciseaux et une pile de papiers sur l'étagère, au-dessus du fourneau. De minuscules échardes blanches se répandirent sur le sol tandis que les lames argentées scintillaient dans la lumière des bougies. Le vent souffla derrière les vitres, et la flamme vacilla. Son visage était appliqué, déterminé, comme Paul quand il jouait de la guitare, arc-bouté contre le monde de son père, cherchant refuge dans sa musique. Ses ciseaux cliquetaient et un muscle jouait sur sa joue. Il ne lui était pas venu à l'esprit avant cet instant qu'elle pourrait lui faire du mal.

— Ces décors que vous créez, ils sont magnifiques.

— C'est ma grand-mère Rose qui m'a appris. Ce sont des *Scherenschnitte*. Elle avait grandi en Suisse, où ce doit être un passe-temps très répandu, je suppose.

— Elle doit s'inquiéter pour vous.

— Elle est morte. L'année dernière.

Elle laissa passer quelques instants, concentrée sur son travail.

— J'aime faire ce genre de chose. Ça me rappelle ma grand-mère.

David hocha la tête.

— Vous visualisez la scène, avant de commencer ?

— Tout est déjà à l'intérieur du papier, répondit-elle en haussant les épaules. Je n'ai pas besoin d'inventer quoi que ce soit, les formes viennent à moi.

— Elles viennent à vous. Oui. Je comprends. Quand je prends des photos, c'est la même chose. Les images existent déjà. Je me contente de les découvrir.

— C'est ça, acquiesça-t-elle en tournant sa feuille de papier. C'est exactement ça.

— Que comptez-vous faire de moi, Rosemary ?

Elle l'observa quelques instants, puis retourna à son découpage.

— Comment avez-vous pu vous débarrasser d'elle ? demanda-t-elle.

La lumière se refléta dans la lame des ciseaux. David se remémora l'éclat du scalpel pendant qu'il pratiquait l'épisiotomie, la façon dont son esprit s'était en quelque sorte détaché de son corps pour regarder la scène d'en haut. Ce qui était arrivé cette nuit-là avait déterminé toute sa vie, une chose en entraînant une autre, des portes s'ouvrant alors qu'elles paraissaient condamnées, d'autres se fermant devant lui, jusqu'à ce qu'il parvienne ici, à cet instant particulier, face à une inconnue qui cherchait des formes cachées à l'intérieur d'une feuille de papier en attendant qu'il réponde à sa question.

— C'est pour cela que vous êtes angoissée ? demanda-t-il. Parce que vous allez donner votre bébé ?

— Jamais ! Je n'abandonnerai jamais mon enfant ! affirma-t-elle farouchement, les mâchoires serrées.

Donc, c'était ce qui lui était arrivé. On l'avait jetée, en lui laissant une chance sur deux – survivre ou couler.

— J'ai fini par comprendre que j'avais commis une erreur, murmura David. Mais à ce moment-là il était trop tard.

— Il n'est jamais trop tard.

— Vous avez seize ans. Parfois, croyez-moi, il est trop tard.

Son visage se tendit et elle continua ses découpages sans un mot. David se remit alors à parler. Il lui raconta la neige, le silence de la clinique, le scalpel luisant dans la lumière froide. Comment il était sorti de son propre corps et s'était regardé agir. Comment, depuis ce jour-là, il se réveillait presque tous les matins de sa vie en songeant que c'était peut-être aujourd'hui qu'il allait pouvoir réparer ce qu'il avait fait. Mais Phoebe n'était plus là et il ne parvenait pas à la retrouver, alors comment avouer à Norah ce qu'il avait fait ? Ce secret s'était insinué dans leur mariage comme une plante rampante, déroulant ses tentacules ; Norah s'était mise à boire et puis elle avait commencé à prendre des amants. Il avait essayé de ne pas y attacher d'importance, de lui pardonner, parce que le seul vrai coupable, c'était lui.

Maintenant qu'il avait commencé à parler, il ne parvenait plus à s'arrêter. Pas plus qu'il n'aurait pu stopper la pluie, le torrent dévalant la montagne ou les poissons se faufilant sous la glace des ruisseaux. *Corps en mouvement*, ce vieux sujet de physique qu'on étudiait à l'université. Il avait donné sa fille à Caroline Gill et cet acte l'avait conduit ici, dix-huit ans plus tard, jusqu'à cette femme-enfant, elle aussi en mouvement, qui avait dit *oui*, un jour, sur la banquette arrière d'une voiture ou dans une chambre, puis s'était rajustée sans savoir que ce moment était fatidique.

Elle découpait ses motifs en papier tout en l'écoutant. Son silence le libérait. Il parlait sans prendre le temps de respirer, avec l'impétuosité d'un torrent, les phrases se bousculant sur ses lèvres comme une déferlante. À un moment, il recommença à pleurer, et là encore, il lui fut impossible de s'arrêter. Il parla jusqu'à ce que le rythme de ces mots se ralentisse peu à peu, progressivement, et finalement se tarisse.

Alors le silence le submergea.

La feuille de papier à moitié découpée glissa sur le sol quand elle se leva, ses ciseaux à la main. David ferma les yeux parce qu'il avait décelé de la colère dans son regard, parce qu'il était responsable de tout ce qui était arrivé.

Elle s'immobilisa à côté de lui, puis le métal, froid comme de la glace, glissa sur ses poignets.

Il ouvrit les yeux. Elle recula, son regard rivé sur lui avec méfiance, ses ciseaux scintillant dans sa main.

— Vous êtes libre, dit-elle.

III

— Paul !

La voix de sa mère retentit au rez-de-chaussée puis ses talons claquèrent dans l'escalier. Elle s'immobilisa sur le seuil de sa chambre, mince et élégante dans son tailleur bleu marine – jupe droite et veste à épaulettes. Elle serra les lèvres et, entre ses paupières mi-closes, Paul vit exactement ce qu'elle voyait : des vêtements pêle-mêle sur le sol, une montagne de disques et de papier à musique sur la commode et la chaise, sa vieille guitare appuyée contre le mur, dans un coin. Elle secoua la tête avec un soupir.

— Lève-toi, Paul. Tout de suite !

— Malade, marmonna-t-il en rabattant le dessus-de-lit sur sa tête.

À travers les mailles du tissu, il continuait à voir sa mère, poings sur les hanches. La lumière du jour se reflétait dans ses cheveux blonds, illuminés par des reflets dorés, presque cuivrés. Il l'avait entendue raconter à Bree sa séance chez le coiffeur, au téléphone, les petites mèches traitées une à une puis enveloppées dans du papier d'aluminium et séchées sous le casque. Elle s'exprimait sur un ton calme tout en faisant revenir de la viande hachée dans une poêle, les yeux rougis par les larmes. Son père avait disparu, et pendant trois jours personne n'avait su s'il était vivant ou mort. Puis la nuit dernière, il était rentré comme si de rien n'était, et leurs voix rageuses avaient résonné au rez-de-chaussée pendant des heures.

— Écoute, reprit sa mère en jetant un coup d'œil à sa montre. Je sais très bien que tu n'es pas plus malade que moi. Je resterais au fond de mon lit toute la journée si je pouvais, crois-le bien. Mais je ne peux pas, et toi non plus. Alors habille-toi, je te dépose au lycée.

— J'ai mal à la gorge, croassa-t-il d'une voix enrouée.

Elle hésita, soupira de nouveau, et il comprit qu'il avait gagné.

— Je te préviens, si tu manques les cours, ce n'est pas pour aller traîner dehors, l'avertit-elle. Et je veux que tu ranges cette porcherie. Je ne plaisante pas, Paul. Je ne suis pas d'humeur.

— D'accord, grogna-t-il. Ouais. Promis.

Il y eut un silence.

— C'est difficile, je sais, murmura-t-elle enfin. C'est dur pour moi aussi. Je resterais bien avec toi, mais j'ai promis à Bree de l'accompagner chez le médecin.

Paul sortit la tête de sous la couverture.

— Est-ce qu'elle va bien ?

Sa mère acquiesça d'un petit signe du menton.

— Je crois, oui. Mais elle a passé des examens et elle est anxieuse, ce qui est normal. C'est pour ça que je tenais à être à ses côtés aujourd'hui. Mais c'était avant cette histoire avec ton père.

— Pas de problème, répondit Paul en se rappelant de parler avec une voix rauque. Accompagne-la. Je me débrouillerai.

Il s'exprimait avec assurance, mais, au fond de lui, il espérait qu'elle resterait avec lui.

— Ça ne devrait pas être très long. Je rentrerai tout de suite après.

— Où est papa ?

Elle secoua la tête.

— Aucune idée. Pas ici. Mais ce n'est pas nouveau, n'est-ce pas ?

Paul se renversa sur les oreillers sans répondre et ferma les yeux. *Non*, songea-t-il. *Ce n'est pas nouveau.*

Il sentit la main de sa mère lui caresser la joue, puis elle partit. Des portes s'ouvrirent et se refermèrent. La voix de Bree s'éleva dans l'entrée. Ces dernières années, elles étaient devenues très proches, sa mère et elle, si proches qu'elles commençaient même à se ressembler : même couleur de cheveux, même tailleur de femme d'affaires. Bree était toujours celle qui prenait les risques, qui disait à Paul de foncer et de tenter sa chance à la Juilliard School si c'était ce qu'il voulait. Tout le monde aimait Bree : son exubérance, son tempérament aventureux. Sa mère et elle étaient des forces complémentaires, lui avait-elle expliqué un jour. Et c'était vrai. Elles se tiraient mutuellement vers le haut. Leurs voix se répondirent dans l'entrée, puis il y eut le rire sans gaieté de sa mère et la porte claqua. Paul s'assit dans son lit, s'étira. Libre !

La maison était silencieuse. Il descendit l'escalier et resta debout dans la lumière froide du réfrigérateur, mangeant des macaronis au fromage avec ses doigts, à même la barquette en plastique, tout en examinant les rayons. Rien de passionnant. Dans le congélateur, il trouva six paquets de fondants chocolat menthe. Il en engloutit une bonne dizaine, et les fit descendre avec du lait qu'il but à même la bouteille. Une autre poignée de biscuits, puis, la bouteille de lait à la main, il traversa la salle de séjour, passa devant le canapé où les couvertures de son père étaient soigneusement pliées, et se rendit dans le bureau.

La fille était toujours là, endormie. Il glissa un autre biscuit dans sa bouche, laissant le chocolat et la menthe fondre lentement. La nuit dernière, les éclats de voix de ses parents avaient résonné jusque dans sa chambre et, même s'ils se disputaient, la boule qui s'était logée dans sa gorge à la pensée que son père était mort ou agonisant quelque part s'était subitement dissoute. Paul s'était levé mais s'était immobilisé en haut de l'escalier en découvrant la scène : son père vêtu d'une chemise froissée, son pantalon de smoking maculé de boue, chiffonné, ses joues mangées de barbe et ses cheveux en bataille ; sa mère en peignoir et mules de satin pêche, bras croisés sur sa poitrine, les lèvres serrées de colère ; et cette fille, cette étrangère, vêtue d'un manteau noir trop grand, dont les manches lui recouvraient les mains. Pendant que le ton montait entre ses parents, la fille avait levé les yeux et découvert Paul, au milieu de l'escalier. Il l'avait dévisagée, notant sa pâleur, son expression hésitante. Il y avait une telle lassitude au fond de ses yeux noisette qu'il avait eu envie de descendre les marches et de prendre son visage dans ses mains.

— Trois jours ! s'indignait sa mère. Tu disparais pendant trois jours, et tu reviens à la maison comme un… Mon Dieu, mais regarde-toi, David ! Tu reviens dans cet état et avec une fille ? Enceinte, de surcroît ? Et tu voudrais que je l'accueille chez moi, sans poser de questions ?

La fille tressaillit et détourna les yeux pendant que le regard de Paul fixait sa silhouette, invisible sous l'ample vêtement noir. Mais comme elle portait la main à son ventre d'un geste protecteur, il devina le léger renflement sous le tissu molletonné. Il se figea. Ses parents continuaient à se disputer. Il lui sembla que cela durait depuis des heures. Finalement, sa mère avait sorti une paire de draps, des couvertures et des oreillers du placard, et les avait jetés sans un mot sur le canapé. Son père avait alors pris la fille par le coude pour l'emmener dans son bureau.

À présent, elle dormait sur le canapé-lit, la tête tournée sur le côté, une main près de sa joue. Paul étudia son visage, les petits tressaillements de ses paupières, sa respiration paisible. Elle était couchée sur le dos, son ventre dessinant une douce houle sous les draps. Le cœur de Paul accéléra ses battements. Depuis mars, il avait fait l'amour six fois avec Lauren Lobeglio. Pendant des semaines, elle était venue assister aux répétitions du groupe, le fixant du regard sans un mot. Un après-midi, elle était restée après le départ des autres, et il n'y avait plus eu qu'eux deux dans le garage, la lumière du dehors dessinant des ombres mouvantes sur le sol en ciment. C'était une fille bizarre mais sexy avec de longs cheveux sombres et des yeux noirs. Il était resté assis sur la vieille chaise de jardin, ajustant les cordes de sa guitare en se demandant s'il devait aller vers elle et l'embrasser.

Mais c'était Lauren qui s'était approchée. Elle s'était plantée devant lui pendant quelques secondes, puis elle s'était assise à califourchon sur ses genoux, sa jupe se retroussant sur ses longues cuisses blanches. C'était ce qu'on racontait à son sujet : on disait que Lauren Lobeglio faisait ce genre de chose quand un garçon lui plaisait. Paul n'y avait pas réellement cru et pourtant il glissait ses mains sous son T-shirt, goûtant sa peau si chaude, ses seins si doux sous ses paumes.

Il prenait des risques, il le savait, mais c'était comme tomber dans le vide : une fois qu'on était lancé, on ne pouvait plus s'arrêter jusqu'à ce que quelque chose nous stoppe. Elle continuait à venir aux répétitions, mais l'air était chargé de tension, désormais, et quand ils se retrouvaient seuls tous les deux, il traversait le garage pour l'embrasser, caressant la peau soyeuse de son dos.

Fais gaffe, lui disaient ses copains – en particulier Duke Madison, qui avait dû abandonner ses études pour épouser sa copine, l'an dernier. Il ne jouait quasiment plus du piano et avait une sorte de regard traqué vers la pendule quand ça lui arrivait. *Si jamais tu la mets enceinte, tu es foutu.*

Paul contempla la fille endormie, sa pâleur, ses longs cheveux bruns, ses petites taches de rousseur.

Qui était-elle ? Son père, cet homme méthodique, aussi prévisible et régulier qu'une horloge, s'était subitement volatilisé. Au deuxième jour, sa mère avait contacté la police. Ils s'étaient montrés rassurants et peu concernés jusqu'à ce que l'on retrouve l'attaché-case de son père dans le vestiaire du musée, à Pittsburgh, sa valise et son appareil photo dans son hôtel. L'affaire avait été alors prise au sérieux. Des témoins l'avaient vu discuter longuement avec une jeune femme aux cheveux noirs. En réalité, une critique d'art : son article sur l'exposition était paru dans les journaux de Pittsburgh et il n'était pas tendre.

Ses attaques n'avaient rien de personnel, avait-elle précisé à la police.

Et soudain, la nuit dernière, la clé avait tourné dans la serrure et son père était réapparu, accompagné par cette fille enceinte. Il venait de la rencontrer, affirmait-il, et refusait de justifier sa présence à ses côtés. Elle a besoin qu'on l'aide, avait-il conclu, laconique.

— Il y a d'autres façons de l'aider, avait tranché sa mère d'un ton glacial.

Elle se comportait comme si la fille n'était pas là, devant elle, dans ce manteau trop grand.

— Donne-lui de l'argent, conduis-la dans un foyer pour mères célibataires. Mais on ne disparaît pas comme ça, sans donner signe de vie, pour réapparaître avec une gamine enceinte. Bon sang, David, tu te rends compte que j'ai appelé la police ? Nous t'avons cru mort !

— Peut-être l'étais-je.

La bizarrerie de sa réponse avait stoppé net les protestations de sa mère, pétrifiant Paul dans l'escalier.

Et à présent, la fille était là, endormie devant lui, tandis qu'à l'intérieur de son corps, le bébé grandissait dans une mer sombre. Paul avança la main, lui caressa tout doucement les cheveux, puis laissa retomber son bras. Il mourait d'envie de se glisser dans le lit près d'elle, de la prendre dans ses bras. Ce n'était pas comme avec Lauren, ça n'avait rien de sexuel ; il voulait juste sentir sa chaleur, son corps contre le sien. Il voulait se réveiller près d'elle, caresser le renflement de son ventre, toucher son visage et lui tenir la main.

Découvrir ce qu'elle savait sur son père.

Elle ouvrit les yeux et le fixa un instant sans le voir. Puis elle se redressa d'un mouvement brusque. Elle portait l'un de ses vieux T-shirts, le bleu avec le logo des Kentucky Wildcats sur la poitrine, celui qu'il portait à l'époque où il courait. Elle avait de longs bras maigres, et quand elle passa les doigts dans ses cheveux il entrevit la courbe de ses seins.

— Qu'est-ce que tu regardes ?

Il secoua la tête, incapable de parler.

— Tu es Paul. Ton père m'a parlé de toi.

— Ah oui ? Qu'est-ce qu'il a dit ? marmonna-t-il, furieux de se rendre compte qu'il s'inquiétait de ce qu'elle allait répondre.

Elle haussa les épaules, repoussa ses cheveux derrière ses oreilles et se leva.

— Que tu es têtu. Que tu le détestes. Que tu joues de la guitare comme un dieu.

Paul sentit son visage s'enflammer. Le plus souvent, il avait l'impression que son père ne le voyait même pas. Ou qu'il ne voyait en lui qu'un sujet de déception.

— Je ne le déteste pas. C'est lui qui ne m'aime pas.

Elle se pencha pour plier ses couvertures, puis s'assit et regarda autour d'elle.

— C'est chouette ici. Un jour, j'aurai une maison comme celle-là.

Paul lâcha un rire incrédule.

— Tu es enceinte !

Elle incarnait sa peur. Celle qui lui nouait le ventre chaque fois qu'il traversait le garage pour rejoindre Lauren Lobeglio, poussé vers elle par le pouvoir tyrannique du désir.

— Je suis enceinte, oui, et alors ? Je ne suis pas morte !

Elle s'exprimait avec défi mais elle avait l'air terrifié, aussi terrifié que Paul quand il se réveillait au milieu de la nuit, rêvant de Lauren, de sa peau douce et chaude, de son souffle sur son visage, conscient qu'il allait au-devant d'un désastre, mais incapable de se raisonner.

— Ça vaudrait peut-être mieux.

Elle lui lança un regard aigu, les yeux remplis de larmes, comme s'il l'avait frappée.

— Désolé, grommela-t-il. Je n'avais pas l'intention de dire ça.

Elle continua à pleurer.

— De quel droit tu t'es installée ici, de toute façon ? lança-t-il, exaspéré par ses larmes, par sa seule présence. Ça ne te suffisait pas de mettre le grappin sur mon père, il a fallu que tu viennes parader ici ? Tu te prends pour qui ?

— Je ne me prends pour personne.

Elle s'essuya les joues, alertée par sa colère, brusquement plus dure et distante.

— Et je n'ai pas demandé à venir. C'était une idée de ton père.

— N'importe quoi. Pourquoi ferait-il ça ?

Elle haussa les épaules.

— Qu'est-ce que j'en sais ? Je m'étais réfugiée dans cette vieille bicoque où il a grandi, et il a décrété que je ne pouvais pas rester là. C'est chez lui, d'accord ? Qu'est-ce que je pouvais dire ? Le matin, on est descendus jusqu'à la ville et il a acheté des tickets de car. C'était un affreux vieux tacot. On a mis des heures avec toutes ces fichues correspondances.

Elle ramena ses longs cheveux en arrière, les attacha en queue de cheval, et Paul la regarda faire en se demandant si son père la trouvait jolie, lui aussi.

— Quelle vieille bicoque ? demanda-t-il avec la sensation qu'une lame acérée lui transperçait la poitrine.

— Je viens de te le dire. Celle où il a grandi. J'habitais là. Je n'avais pas d'autre endroit où aller, ajouta-t-elle en regardant le sol.

Paul fut envahi par une émotion à laquelle il ne parvenait pas à donner un nom. De la jalousie, peut-être, à la pensée que cette fille, cette étrangère maigre et pâle, avait vécu dans un lieu important pour son père, un lieu où lui-même n'était jamais allé. *Je t'y emmènerai un jour*, avait promis son père. Mais les années avaient passé et il n'en avait plus jamais reparlé. Pourtant, Paul n'avait jamais oublié ce matin où son père s'était assis à côté de lui au milieu de son atelier saccagé, ramassant les photos une à une, avec des gestes si délicats. *Ma mère, Paul. Ta grand-mère. Elle a eu une vie difficile. J'avais une sœur, tu le savais ? Elle s'appelait June. Elle avait un don pour la musique, comme toi.* Il se rappelait chaque détail de cette conversation, jusqu'à l'odeur de savon de son père, habillé pour aller à l'hôpital, et pourtant assis avec lui par terre, parlant comme s'il avait toute la vie devant lui. Racontant à Paul une histoire qu'il n'avait jamais entendue.

— Mon père est médecin, reprit-il tout haut. Il aime aider les gens, c'est tout.

Elle hocha la tête, puis le regarda droit dans les yeux, et il lut quelque chose qui ressemblait à de la pitié.

— Quoi ? demanda-t-il d'un ton agressif.

Elle secoua la tête.

— Rien. Tu as raison. J'avais juste besoin d'aide.

Une mèche de cheveux glissa de sa queue-de-cheval, lui balayant la joue, et il se remémora leur douceur sous ses doigts. Il dut se retenir de les repousser derrière son oreille.

— Mon père avait une sœur, lâcha-t-il pour vérifier si c'était vrai, si elle était réellement allée là-bas.

— Je sais. June. Elle est enterrée sur une colline, au-dessus de la maison. Il m'y a emmenée.

La blessure qui s'était ouverte dans la poitrine de Paul s'élargit, rendant sa respiration pénible et oppressée. Qu'est-ce que ça pouvait bien lui faire qu'elle sache ça ? Quelle importance ? Et pourtant, il ne pouvait s'empêcher de l'imaginer, gravissant cette colline inconnue au côté de son père, l'accompagnant jusqu'à cet endroit que lui-même n'avait jamais vu.

— Et alors ? Qu'est-ce que tu veux que ça me fasse que tu sois allée là-bas !

Elle faillit dire quelque chose, se ravisa et s'éloigna en direction de la cuisine. Sa queue-de-cheval se balançait dans son dos. Elle avait des épaules maigres et délicates et elle marchait lentement, avec une sorte de grâce prudente, comme une ballerine.

— Attends ! la rappela Paul.

Mais quand elle pivota vers lui, il ne sut pas quoi dire.

— J'avais besoin d'un endroit où me réfugier, dit-elle d'une voix douce. C'est tout ce qu'il y a à savoir à mon sujet, Paul.

Elle disparut dans la cuisine et il entendit la porte du réfrigérateur s'ouvrir et se refermer. Il monta alors dans sa chambre et sortit le dossier qu'il avait caché dans le tiroir du bas de sa commode, rempli de photos récupérées le fameux matin où il avait parlé avec son père dans son atelier.

Il prit les photos, sa guitare, et sortit sur le porche, pieds nus. Il s'assit sur la balancelle et joua tout en gardant un œil sur les allées et venues de la fille dans la maison : la cuisine, la salle de séjour, la salle à manger. Elle mangea un yaourt puis se posta devant la bibliothèque de Norah et étudia les livres pendant un long moment avant d'en prendre un et de s'installer sur le canapé pour lire.

Il continua à jouer. La musique l'apaisait plus que tout au monde. Elle l'emportait dans une autre dimension où ses doigts semblaient bouger d'eux-mêmes sur les cordes. Ils attrapaient une note, et puis une autre, et encore une autre, et ainsi de suite. Il joua la dernière, les yeux fermés, laissant la mélodie mourir dans l'air.

Plus jamais. Ce moment-là, cette musique-là, ne se reproduiraient plus jamais.

— Waouh.

Il ouvrit les yeux et l'aperçut, adossée au chambranle. Elle sortit sur le porche, un verre d'eau à la main, et s'assit à côté de lui.

— Ton père avait raison. C'était fabuleux.

— Merci.

Il baissa la tête pour dissimuler son plaisir, et fit vibrer une corde. La musique l'avait détendu ; sa colère était passée.

— Et toi ? Tu joues d'un instrument ?

— Je prenais des leçons de piano.

— On en a un, dit-il en montrant le salon d'un signe du menton. Vas-y.

Elle sourit, mais ses yeux restèrent graves.

— Merci. Je ne suis pas dans l'humeur. Et puis, tu es vraiment, vraiment bon. Tu joues comme un professionnel. J'aurais honte de saboter « La Lettre à Élise ».

Il sourit aussi.

— « La Lettre à Élise ». Je connais. On pourrait la jouer en duo.

— En duo, répéta-t-elle.

Elle fronça légèrement les sourcils puis leva les yeux vers lui.

— Tu es enfant unique ?

Il fut surpris.

— Oui et non. Je veux dire, j'avais une sœur. Une sœur jumelle. Elle est morte à sa naissance.

Rosemary hocha la tête.

— Tu penses parfois à elle ?

— Bien sûr.

Il se sentit mal à l'aise et détourna les yeux.

— Enfin, pas exactement à elle. Je ne l'ai pas connue. Mais plutôt à ce qu'elle aurait pu devenir.

Il rougit brusquement, choqué de s'être autant confié à cette fille, une étrangère qui avait bouleversé leurs vies, quelqu'un qu'il n'aimait même pas.

— D'accord, à ton tour, maintenant, déclara-t-il. Dis-moi un truc personnel. Quelque chose que mon père ne sait pas.

Elle réfléchit longuement.

— Je n'aime pas les bananes, avoua-t-elle enfin.

Il éclata de rire et elle en fit autant.

— Sincèrement, j'ai horreur de ça. Quoi d'autre ? Quand j'avais cinq ans, j'ai dégringolé de vélo et je me suis cassé le bras.

— Moi aussi. Je me suis cassé le bras quand j'avais six ans. Je suis tombé d'un arbre.

Il se rappela la scène : son père penché sur lui, puis le ciel qui basculait, rempli de soleil et de feuilles, tandis qu'il le portait jusqu'à la voiture. Il se remémorait les mains de son père, si douces et concentrées pendant qu'il appliquait le plâtre, puis son retour à la maison, dans la lumière dorée de la fin d'après midi.

— Attends, je veux te montrer quelque chose.

Il posa la guitare à plat sur la balancelle puis lui tendit l'une des photos en noir et blanc.

— C'est cet endroit ? La maison où tu as rencontré mon père, c'est celle-là ?

Elle examina le cliché et hocha la tête.

— Oui. Elle ne ressemble plus vraiment à ça, aujourd'hui. Il n'y a plus de rideaux aux fenêtres, plus de fleurs. Plus personne n'y habite. Elle est vide. Le vent la traverse parce que les carreaux sont cassés. Quand j'étais petite, je venais y jouer avec mes cousins. Ils prétendaient qu'elle était hantée, mais moi je l'aimais bien. Je ne sais pas vraiment pourquoi. C'était comme un refuge secret. Parfois, j'entrais, je m'asseyais, et je rêvais à ce que je deviendrais plus tard.

Paul reprit la photo et étudia chaque personnage, comme s'ils détenaient les réponses aux questions qu'il se posait sur son père.

— Tu ne rêvais pas à cette vie-là, reprit-il enfin en levant les yeux.

— Non, admit-elle doucement. Non, je ne rêvais pas à ça.

Ils ne parlèrent ni l'un ni l'autre pendant plusieurs minutes. Le soleil se faufilait entre les arbres et projetait des ombres sur le plancher du porche.

— D'accord. À toi, déclara-t-elle en se tournant vers lui.

— À moi ?

— Dis-moi quelque chose que ton père ne sait pas.

— Je vais aller à la Juilliard School, lâcha-t-il, les mots tombant de ses lèvres comme des pierres dans un lac.

Il n'en avait parlé à personne encore, sauf à sa mère.

— J'étais le premier sur la liste d'attente, et j'ai été accepté la semaine dernière. Pendant que mon père n'était pas là.

— Waouh.

Elle sourit avec un peu d'amertume.

— Je m'attendais plutôt à une confidence du genre « mon légume préféré » mais c'est formidable, Paul. J'ai toujours pensé que mon entrée à l'université serait le plus beau jour de ma vie.

— Tu voulais faire des études, murmura-t-il, comprenant tout à coup ce qu'elle avait perdu.

— Ce n'est que partie remise. Un jour, j'irai à l'université, affirma-t-elle en redressant le menton.

— En tout cas, je m'attends à des jours difficiles. Mon père veut à toute force que j'aie un métier stable et bien payé. Il ne comprend rien à ma passion pour la musique.

— Tu n'en sais rien, riposta-t-elle d'un ton incisif. Tu ne connais rien de l'histoire de ton père.

Paul ne trouva rien à répondre, et le silence retomba. Le porche était abrité des regards par un treillis tapissé de clématites de sorte que, lorsque deux voitures se garèrent coup sur coup dans l'allée – son père et sa mère rentrant au beau milieu de la journée, contrairement à leurs habitudes –, Paul eut juste le temps d'apercevoir le reflet du soleil sur les portières à travers les pétales pourpres et roses. Il entendait des pas approcher, puis la voix de ses parents résonna juste en bas du porche, basse et rageuse. Rosemary ouvrit la bouche pour signaler sa présence, mais Paul l'arrêta d'un geste.

— Tu ne te rends même pas compte de la peine que tu nous as causée, David !

— Je suis désolé. Tu as raison. J'aurais dû téléphoner. J'en avais l'intention.

— Tu es *désolé* ? Tu sais ce que je vais faire ? Je vais disparaître sans prévenir et revenir au bout de quelques jours avec un beau jeune homme. On verra comment tu réagiras.

Il y eut un silence. Paul se rappela les vêtements de sa mère, abandonnés en tas sur la plage. Il songea à tous ces soirs, après cela, où elle n'était pas rentrée à la maison avant minuit. Le travail, soupirait-elle en retirant ses souliers dans l'entrée et en montant se coucher sans plus d'explications. Il jeta un bref regard à Rosemary – crispée, les mains serrées l'une contre l'autre – et il continua à écouter, aussi immobile qu'une statue.

— C'est une enfant, répondit enfin son père. Elle a seize ans, elle est enceinte, et elle vivait dans une maison délabrée, toute seule. Je ne pouvais pas l'abandonner.

Sa mère soupira. Paul l'imagina, passant la main dans ses cheveux impeccablement coiffés.

— C'est la crise de la cinquantaine, c'est ça ? demanda-t-elle calmement.

— La crise de la cinquantaine ?

Son père s'exprimait d'une voix neutre, pensive, comme s'il étudiait sérieusement cette hypothèse.

— Je me suis fracassé contre un mur, Norah. Pendant que j'étais à Pittsburgh. Je suis retourné dans la maison de mon enfance pour réfléchir et faire le point sur ma vie. Et Rosemary était là. Je ne peux pas l'expliquer, mais je suis convaincu que ce n'était pas un hasard. Je t'en prie, crois-moi. Je ne suis pas amoureux d'elle. Ça n'a rien de sexuel. Absolument rien.

Paul tourna les yeux vers Rosemary. Elle avait baissé la tête pour qu'il ne puisse pas voir son expression, mais ses pommettes étaient rose vif. Elle se rongeait un ongle, évitant son regard.

— Franchement, je ne sais plus que penser, articula lentement sa mère. Il a fallu que tu me fasses ça juste cette semaine. Tu sais où j'étais, tout à l'heure ? Avec Bree, chez le cancérologue. On lui a fait une biopsie la semaine dernière : elle a une tumeur maligne au sein gauche.

— Je ne savais pas, Norah. Je suis désolé.

— Non, ne me touche pas, David.

— Qui est son chirurgien ?

— Ed Jones.

— Ed est brillant.

— Il vaudrait mieux qu'il le soit !

Paul eut soudain l'impression que le monde se mettait à tourner au ralenti. Il songea à Bree, à son rire éclatant. Elle pouvait l'écouter jouer pendant une heure, la musique tissant entre eux un lien si fort qu'ils n'avaient pas besoin de parler. Elle s'allongeait sur la balancelle, fermait les yeux, et se laissait porter. Paul ne pouvait pas concevoir la vie sans Bree.

— Qu'est-ce que tu veux que je fasse, Norah ? demandait son père. Parle. Si tu veux que je reste, je resterai. Si tu veux que je parte, je partirai, mais ne renvoie pas Rosemary. Elle n'a nulle part où aller.

— Et moi ? lança Paul, stupéfait d'entendre sa voix résonner, haut et clair. Pourquoi ne me demande-t-on pas ce que *je* veux ?

— Paul ? fit sa mère.

— Je suis là, assis sur le porche, répondit-il en empoignant sa guitare. Et Rosemary est avec moi.

— Oh mon Dieu, souffla son père.

Il apparut presque aussitôt en haut des marches. Il s'était douché et rasé depuis la veille et il avait enfilé un costume propre. Il était amaigri et il avait l'air fatigué – tout comme sa mère, qui se matérialisa à ses côtés.

Paul se leva et leur fit face.

— Je suis admis à la Juilliard School, papa. Ils ont appelé la semaine dernière : ma candidature a été retenue. Les cours commencent en octobre et j'y serai.

Il attendit que son père se lance dans sa tirade habituelle : des études musicales ne le préparaient pas à une carrière digne de ce nom. Tant de possibilités s'offraient à lui ; il pouvait exercer un métier sérieux tout en continuant à jouer de la guitare pour le plaisir... Il attendit que son père se montre inflexible, hostile, afin de pouvoir donner libre cours à la colère qui couvait en lui. Il était prêt, mâchoires serrées, muscles tendus, mais, à sa grande stupeur, son père hocha la tête.

— C'est une merveilleuse nouvelle.

Son visage soucieux s'adoucit et son front se décrispa. Quand il reprit la parole, ce fut d'une voix sincère et apaisée.

— Si c'est ce que tu souhaites, va jusqu'au bout de ton rêve, Paul. Écoute ton cœur et sois heureux.

Paul avala sa salive. Pendant toutes ces années, chaque fois qu'il avait essayé de parler avec son père, il avait eu la sensation de se jeter la tête la première contre un mur. Et voilà que le mur s'était mystérieusement volatilisé, mais il continuait à se jeter la tête la première dans le vide, hébété, perdu.

— Paul ? reprit son père. Je suis fier de toi, mon fils.

Tout le monde dévisageait Paul, maintenant, il avait les yeux pleins de larmes. Il ne savait pas quoi dire, alors il descendit les marches du perron et marcha. D'abord juste pour échapper à leurs regards, pour ne pas se donner en spectacle, puis, progressivement, il se mit à courir, sa guitare à la main.

— Paul !

Sa mère le rappela et quand il se retourna, il nota combien elle était pâle, les bras crispés sur sa poitrine, ses cheveux colorés remuant dans la brise. Il songea à Bree, à ce que sa mère avait dit, à la façon dont elles se ressemblaient maintenant, sa mère et sa tante, et il eut peur. Il se remémora son père dans l'entrée, ses habits sales et froissés, ses joues mangées de barbe, ses cheveux hirsutes. Même en cet instant, malgré ses vêtements impeccables, son visage rasé, il était différent, irrémédiablement changé. Son père – si organisé, si rigoureux et sûr de tout – était devenu quelqu'un d'autre. En retrait, à moitié cachée par les clématites, Rosemary assistait à la scène en spectatrice, muette, bras croisés, ses cheveux flottant sur ses épaules, et il l'imagina dans cette maison sur la colline, discutant avec son père, assise à côté de lui dans le car pendant des heures. D'une certaine façon, elle était responsable du changement qui s'était opéré chez son père et, de nouveau, il eut peur de ce qui était en train de leur arriver à tous.

Alors il pivota sur ses talons et recommença à courir.

C'était une belle journée ensoleillée, déjà chaude. M. Ferry et Mme Pool lui dirent bonjour depuis leur porche. Paul leva sa guitare pour les saluer et continua à courir. Il était à trois pâtés de maisons de chez lui, maintenant, puis cinq, puis dix. De l'autre côté de la rue, devant un bungalow, une voiture stationnait le long du trottoir, moteur allumé. Le propriétaire avait dû oublier quelque chose chez lui – un attaché-case ou une veste – et il était retourné le chercher. Paul s'arrêta. C'était une Gremlin jaune, la voiture la plus laide de l'univers, piquée de rouille. Il traversa la rue, ouvrit la portière côté conducteur et se glissa derrière le volant. Il n'entendit aucun cri, il ne vit personne jaillir de la maison. Il ferma la portière, recula le siège pour pouvoir étendre ses jambes, posa la guitare à côté de lui. La voiture était équipée d'une boîte automatique et elle était jonchée de papiers de bonbons et de paquets de cigarettes vides. Le propriétaire de ce tas de boue était un ringard absolu.

Toujours pas de cris ni de sirènes. Il poussa le levier sur la position « marche avant » et démarra.

Paul n'avait pas conduit souvent, mais apparemment c'était comme le sexe : si vous prétendiez savoir ce qui allait se passer, alors cela devenait très vite une réalité et ensuite c'était comme une seconde nature. En passant devant le lycée, il aperçut Ned Stone et Randy Delaney qui fumaient une clope dans le terrain vague. Il chercha du regard Lauren Lobeglio : elle se joignait à eux de temps à autre, et son haleine avait le goût du tabac quand il l'embrassait. Mais elle n'était pas là.

La guitare glissa. Paul se rangea sur le côté et l'attacha avec la ceinture de sécurité. Une Gremlin, merde. Il traversait la ville, maintenant, s'arrêtant prudemment à chaque feu. Il revit les yeux brillants de larmes de Rosemary. Il n'avait pas cherché intentionnellement à la blesser. Il s'était passé quelque chose pendant qu'elle était avec son père, un événement qui avait changé la donne, quelque chose dont il était exclu, même si le visage de son père s'était brièvement illuminé de joie quand il lui avait appris son admission à la Juilliard School.

Il atteignit l'embranchement où la route se scindait en deux et filait vers l'ouest, en direction de Louisville. La Californie miroitait dans son esprit. Il y avait de la musique, là-bas, et des plages sans fin. Lauren Lobeglio se trouverait un autre copain. Elle ne l'aimait pas, et il ne l'aimait pas non plus ; elle était comme une drogue. La Californie, oui. Bientôt, il serait sur la plage, il jouerait dans un orchestre, et il vivoterait tant bien que mal pendant tout l'été. L'automne venu, il trouverait un moyen d'aller à la Juilliard School. En stop, pourquoi pas. Il ouvrit la vitre en grand, laissant l'air printanier s'engouffrer dans la voiture. La Gremlin plafonnait péniblement à quatre-vingt-dix kilomètres à l'heure, même pied au plancher. Mais il avait quand même l'impression de voler.

Il était déjà venu par ici, à l'occasion d'une visite au zoo avec sa classe et, bien avant cela, pendant l'une de ces folles équipées où sa mère l'entraînait parfois quand il était petit. Assis sur la banquette arrière de la voiture, il regardait les branches des arbres et les fils des lignes téléphoniques défiler à toute vitesse derrière la vitre. Elle chantait à tue-tête avec la radio, sa voix un peu pâteuse lui promettant qu'ils s'arrêteraient manger une glace s'il était bien sage. Et pendant toutes ces années, il avait été sage. Mais cela n'avait fait aucune différence. Puis il avait découvert la musique et il avait fait vibrer son cœur à l'intérieur de chaque note, tentant de combler un peu le silence de cette maison, le trou béant que la mort de sa sœur avait laissé dans leurs vies, mais cela n'avait pas suffi non plus. De toutes ses forces, il avait essayé de capter l'attention de ses parents, de leur faire partager son émerveillement devant tant de beauté. Il avait tellement joué qu'il en était devenu un virtuose. Et cependant, pas une fois, ils n'avaient levé les yeux, pas une seule fois, jusqu'à ce que Rosemary apparaisse et bouleverse tout. Mais peut-être n'avait-elle rien changé, après tout. Peut-être était-ce juste sa présence qui projetait un éclairage neuf, révélateur, sur leur existence, déplaçant les zones d'ombre et de lumière. Une même photo ne recelait-elle pas une multitude d'images différentes en fonction de la personne qui la regardait ?

Paul posa la main sur la guitare, réconforté par la chaleur du bois. Il appuya sur l'accélérateur, s'élançant à l'assaut de la colline, puis il redescendit vers la courbe de la Kentucky avec la sensation de voler. Le pont chanta sous ses pneus. Paul continua à rouler, rouler, s'obligeant à ne pas réfléchir.

IV

L'agence bourdonnait comme une ruche. Neil Simms, chef du personnel chez IBM, franchit le seuil au moment où Bree sortait de son bureau pour récupérer des fax à l'accueil. Elle se porta aussitôt à sa rencontre. Elle était habillée d'un tailleur en lin jaune pâle et chaussée d'escarpins un ton plus foncé ; un fin bracelet en or étincela à son poignet quand elle lui serra la main. Son élégance ne parvenait pas à dissimuler sa maigreur et cependant son rire avait conservé une fraîcheur qui traversa la cloison comme une flèche de lumière, et parvint jusqu'au bureau où Norah s'efforçait de contenir son impatience, le combiné du téléphone dans une main, le dossier qu'elle avait passé des semaines à préparer posé devant elle, les lettres IBM écrites en noir sur la couverture.

— Écoute, Sam, je t'avais demandé de ne plus m'appeler, et je parlais sérieusement.

Il était analyste en placements, et elle l'avait rencontré six mois plus tôt, dans le parking souterrain de l'immeuble, près de l'ascenseur. Elle avait laissé échapper ses clés de voiture et il les avait rattrapées au vol.

— C'est à vous ? avait-il demandé avec un sourire rapide et décontracté.

Il s'agissait d'une plaisanterie, bien évidemment : ils étaient seuls dans le parking.

Norah avait acquiescé, traversée par un petit frémissement familier, une sorte de vertige sombre et délicieux. Ses doigts avaient effleuré les siens ; puis il y avait eu le contact froid des clés dans sa paume.

Ce soir-là, il avait laissé un message sur son répondeur. Quand elle avait entendu sa voix, les battements de son cœur avaient brutalement changé de rythme. Le message terminé, elle s'était obligée à s'asseoir et à compter le nombre d'amants qu'elle avait eus.

Quatre. Elle avait tracé le chiffre aux arêtes dures et froides dans un angle du journal du matin. Paul était dans sa chambre, jouant le même arpège sur sa guitare, encore et encore ; David travaillait dans sa chambre noire – ils étaient si loin l'un de l'autre, désormais, des étrangers. Norah s'était lancée dans chacune de ces aventures avec l'espoir d'un nouveau départ. Elle s'était jetée avec excitation dans le tourbillon des rendez-vous secrets et de l'inconnu. Après Howard, elle avait eu deux autres liaisons, transitoires et douces, suivies par une troisième, plus longue. Elles avaient toutes débuté à un moment où le silence assourdissant de sa maison était sur le point de la rendre folle, quand n'importe quelle présence lui paraissait être une planche de salut.

— Je voulais juste te demander si tu avais des nouvelles de Paul, insistait Sam.

À l'accueil, Bree se retourna pour lui lancer un regard interrogateur et impatient. Oui, lui fit signe Norah à travers la porte vitrée, oui, elle se dépêchait. Elles cherchaient à conquérir le marché IBM depuis près d'un an, c'était dire si elle allait se dépêcher.

— Je suis là si tu as besoin de moi, tu le sais ? Tu entends ce que je dis, Norah ? Je suis avec toi.

— Je t'entends, oui, articula-t-elle, furieuse contre elle-même.

Elle ne voulait pas que Sam parle de son fils. Paul avait disparu depuis vingt-quatre heures, maintenant, et une voiture avait été volée à trois pâtés de maisons de chez eux. Norah l'avait regardé partir après cette scène pénible sur le porche, atterrée de le voir aussi bouleversé, essayant de se remémorer ce qu'elle avait dit à David, ce qu'il pouvait avoir entendu. David avait parfaitement réagi en lui donnant sa bénédiction, mais d'une certaine façon, ce revirement inattendu avait causé encore plus de dégâts. Elle avait regardé Paul partir en courant, sa guitare à la main, tentée de s'élancer derrière lui. Mais elle avait horriblement mal à la tête et elle avait voulu croire qu'il valait mieux le laisser seul. De toute façon, il ne pouvait pas partir bien loin – où irait-il ?

— Norah ? insista Sam. Norah, est-ce que ça va ?

Elle ferma brièvement les yeux. Dans la chambre de Sam, les vitres à facettes produisaient un effet de prisme ; un matin lumineux comme aujourd'hui, les rayons du soleil devaient ricocher sur chaque petite aspérité, et se disperser en un miroitement coloré. *J'ai l'impression de faire l'amour dans une discothèque*, avait-elle soupiré un jour, mi-consternée, mi-ravie, tandis que de longues flèches irisées dansaient sur leurs deux corps. Ce jour-là, comme tous les jours depuis leur rencontre, Norah avait voulu mettre un terme à leur liaison. Puis Sam avait tracé du bout des doigts le contour des reflets diffractés sur sa cuisse et, lentement, elle avait senti ses émotions dessiner à leur tour des motifs changeants, se brouiller et se fondre les unes dans les autres, formant des séquences secrètes, de l'indigo au doré, sa réticence se muant, mystérieusement, en désir.

Mais le plaisir ne survivait jamais au trajet qui la ramenait chez elle.

— Peu importe comment je vais, je ne pense qu'à Paul pour le moment, répondit-elle avant d'ajouter, cinglante : Écoute, Sam, c'est fini. J'étais sérieuse l'autre jour. Ne m'appelle plus.

— Tu dis ça parce que tu es bouleversée.

— Je suis bouleversée, c'est vrai, mais je ne veux plus que tu m'appelles. Tu comprends ? *Plus jamais.*

Elle raccrocha. Sa main tremblait ; elle la pressa sur son bureau. On avait retrouvé la voiture que Paul avait volée dans une petite rue de Louisville, la nuit dernière, mais il n'y avait aucune trace de leur fils. David et elle avaient attendu des nouvelles, faisant les cent pas dans leur maison silencieuse. La fille dormait toujours sur le canapé pliant du bureau. David ne la touchait pas et ne lui parlait pas, sauf pour lui demander si elle avait besoin de quelque chose. Et, cependant, Norah sentait un lien très fort entre eux, une relation émotionnelle vivante, intense, qui lui transperçait le cœur autant – voire davantage – que s'ils avaient fait l'amour.

Bree tapa à la vitre, puis ouvrit la porte de quelques centimètres.

— Est-ce que ça va ? Parce que Neil est là, de chez IBM.

— Tout va bien, affirma Norah. Et toi ? Tu tiens le coup ?

— Moralement, c'est important pour moi d'être là, répondit Bree d'un ton ferme. Surtout avec ce qui se passe en ce moment.

Norah hocha la tête. Elle avait téléphoné aux amis de Paul, et David avait appelé la police. Toute la nuit, jusqu'au matin, elle avait marché de long en large dans la maison, avalant café sur café, imaginant le pire. Aller au bureau, avoir l'opportunité de concentrer ne fût-ce qu'une partie de ses pensées sur son travail, c'était comme une bouée de sauvetage.

— Dis à Neil que j'arrive tout de suite.

Le téléphone sonna au moment où elle se levait. Norah sortit de son bureau d'un pas rageur. Non, elle ne se laisserait pas harceler par Sam. *Plus jamais*, songea-t-elle en elle-même. *Cette fois, c'est vraiment terminé.*

Sally l'arrêta comme elle passait devant son bureau et lui tendit le téléphone.

— Vous devriez prendre la communication, dit-elle tout bas.

Norah comprit immédiatement ; elle saisit le combiné d'une main tremblante.

— On l'a retrouvé, annonça calmement David. La police vient d'appeler. On l'a arrêté à Louisville, alors qu'il venait de voler du fromage dans une grande surface.

— Il va bien ? souffla Norah.

— Oui, il va bien. Il avait faim, apparemment. Je pars le chercher. Tu veux y aller aussi ?

— Ça vaudrait peut-être mieux. Je ne sais pas, David. Tu risques de lui dire exactement ce qu'il ne faut pas.

Il soupira.

— Norah, il a dix-huit ans. Il a volé une voiture. Il doit assumer ses responsabilités.

— Tu en as cinquante et un, siffla-t-elle. Prends donc les tiennes.

Il y eut un silence. Elle l'imagina dans son cabinet, si rassurant dans sa blouse blanche, des reflets argentés dans ses cheveux châtains. En le voyant si maître de lui, si posé, personne ne pouvait imaginer dans quel état il était revenu à la maison : hirsute, barbu, ses vêtements froissés et sales, ramenant avec lui une gamine enceinte, fagotée dans un manteau noir trop grand.

— Donne-moi l'adresse, je te rejoindrai là-bas, reprit-elle.

— Il est au poste de police, Norah. Où pensais-tu le trouver ? Au zoo ? Mais je vais te donner l'adresse, bien sûr. Ne quitte pas.

Elle notait le renseignement quand elle vit Bree refermer la porte de l'agence derrière Neil Simms.

— Est-ce que Paul va bien ? demanda Bree.

Norah hocha la tête, trop bouleversée, trop soulagée, pour parler. La réalité prenait peu à peu corps dans son esprit. Paul était sain et sauf. Menotté, peut-être, mais vivant. *Vivant*. Les employés présents dans l'entrée applaudirent et Bree traversa la pièce pour serrer sa sœur dans ses bras. Elle était si frêle, songea Norah, les larmes aux yeux ; ses omoplates saillaient sous sa peau, délicates et aiguës, comme des ailes.

— Je vais conduire, décréta Bree en glissant son bras sous le sien. Viens. Tu me raconteras en route.

Elle prit la direction du centre-ville et se faufila dans la circulation pendant que Norah parlait sans parvenir à s'arrêter, le soulagement la parcourant comme une bourrasque.

— Je n'arrive pas à le croire. Je n'ai pas fermé l'œil de la nuit. Je sais que Paul est adulte, maintenant. Je sais que dans quelques mois il quittera la maison et que je n'aurai plus aucun contrôle sur sa vie. Mais je ne pouvais pas m'empêcher de m'angoisser.

— C'est normal, il est toujours ton bébé.

— Oui, toujours. C'est dur de le laisser partir. Plus dur que je ne le pensais.

Elles passèrent devant les bâtiments d'IBM et Bree leur adressa un petit signe malicieux de la main.

— Salut, Neil. À une autre fois.

— Tout ce travail pour rien, soupira Norah.

— Oh, ne t'inquiète pas. Nous ne perdrons pas le contrat, affirma Bree. Je me suis montrée très, très charmante. Et Neil est un homme qui a le sens de la famille. En plus, je le soupçonne d'être sensible aux damoiselles en détresse, ajouta-t-elle d'une voix souriante.

Norah garda le silence. Elles franchirent la Kentucky, boueuse et scintillante sous le soleil. Dans un champ, juste de l'autre côté du pont, une jonquille solitaire se balançait dans la brise, petite tache lumineuse dans un océan de verdure. Combien de fois avait-elle emprunté cette même route, le vent dans ses cheveux, la beauté impétueuse et tourmentée de l'Ohio l'attirant comme un aimant ? Norah avait renoncé au gin et à ses folles équipées sur la route.

Elle avait racheté l'agence de voyages et elle l'avait fait prospérer. Elle avait transformé sa vie. Mais, elle s'en rendait compte brusquement, elle n'avait jamais cessé de courir. De San Juan à Bangkok, de Londres à Anchorage. Dans les bras d'Howard et de ses successeurs, jusqu'à ceux de Sam aujourd'hui.

— Je ne peux pas te perdre, Bree, articula-t-elle tout haut. J'ignore comment tu fais pour rester calme parce que moi, j'ai le sentiment d'être entrée de plein fouet dans un mur.

Elle se remémora David, la veille, lui tenant les mêmes propos devant le porche, essayant de lui expliquer pourquoi il avait amené Rosemary à la maison. Qu'avait-il pu lui arriver à Pittsburgh pour qu'il en revienne à ce point transformé ?

— Je suis calme parce que tu ne vas pas me perdre, répondit Bree.

— Je l'espère. Parce que je ne le supporterais pas.

Elles roulèrent en silence pendant plusieurs minutes.

— Tu te rappelles ce vieux canapé bleu que j'avais chez moi à une époque ? demanda tout à coup Bree.

— Vaguement. Pourquoi ?

— Je le trouvais magnifique. Et puis un jour – c'était pendant une période vraiment sombre de ma vie – une lumière différente est entrée dans la pièce, peut-être à cause de la neige ou de je ne sais quoi, et je me suis rendu compte tout à coup qu'il était complètement décrépit, un vrai nid à poussière. J'ai compris alors que des changements s'imposaient.

Elle lança un regard à sa sœur en souriant.

— Et je suis venue travailler pour toi.

— Une période sombre ? répéta Norah, les sourcils froncés. Je ne savais pas que tu avais souffert, Bree. Que s'est-il passé ?

— Aucune importance, c'est de l'histoire ancienne. Mais cette nuit, je n'ai pas dormi non plus et j'ai ressenti la même impression : quelque chose est en train de changer. C'est drôle comme les choses peuvent paraître différentes, subitement. Ce matin, je me suis surprise à regarder la lumière qui entrait par la fenêtre de la cuisine. Elle traçait un long rectangle sur le carrelage, et l'ombre des feuilles y dessinait des motifs mouvants. C'était tout simple, mais magnifique.

Norah étudia le profil de Bree, se remémorant la jeune femme qu'elle avait été, libre, fière, passionnée, distribuant des tracts antiguerre sur le campus universitaire. Qu'était-il advenu d'elle ? Comment était-elle devenue cette femme si maigre et déterminée, si forte et solitaire ?

— Oh, Bree, soupira-t-elle enfin.

— Ce n'est pas une sentence de mort, Norah, trancha Bree d'un ton ferme. Plutôt un signal de réveil. J'ai lu pas mal d'articles sur le sujet, tu sais, et mes chances sont réellement très élevées. Je pensais justement ce matin que s'il n'existait pas de groupes de soutien pour des femmes atteintes de cette maladie, j'allais en créer un.

Norah sourit.

— Ça, c'est vraiment toi.

Elles entraient dans Louisville. Bree se mêla à la circulation puis chercha une place à proximité du poste de police. Elles remontèrent à pied la petite allée bordée par une série d'arbustes fatigués, puis franchirent la porte à tambour.

Paul était assis sur un banc, au fond de la salle, les épaules voûtées, les coudes appuyés sur ses genoux. Le cœur de Norah se serra. Elle traversa la pièce pour le rejoindre. Il faisait chaud, un ventilateur tournait lentement au plafond. Elle prit place à côté de son fils, sur le banc. Il ne s'était pas lavé, ses cheveux étaient poisseux et emmêlés, et il sentait la transpiration, la crasse et la cigarette. Des odeurs âpres, puissantes, des odeurs d'homme. Il avait sa propre vie, désormais, sa vie secrète.

— Je suis contente de te voir, déclara-t-elle simplement. J'étais inquiète, Paul. Nous l'étions tous.

Il leva la tête, le regard rageur et soupçonneux, puis se détourna brusquement, cillant pour refouler des larmes.

— Je te préviens, je pue.

— En effet, acquiesça-t-elle. Je m'en rends compte.

Ses yeux parcoururent la pièce, s'arrêtèrent brièvement sur Bree, devant le bureau, puis sur la porte à tambour.

— Je dois m'estimer heureux qu'il ne se soit pas donné la peine de venir, je suppose.

Il parlait de son père. Il y avait une telle souffrance dans sa voix. Une telle colère.

— Il est en route, répondit Norah en s'appliquant à s'exprimer sur un ton neutre. Il sera là d'une minute à l'autre. C'est Bree qui m'a conduite ici en voiture. Je devrais plutôt dire en fusée.

Elle espérait le faire sourire, mais il hocha simplement la tête.

— Elle va bien ?

— Oui, acquiesça Norah en songeant à leur conversation dans la voiture. Oui, elle va bien.

Il hocha à nouveau la tête.

— Tant mieux. Je suppose que papa est fou de rage ?

— Il y a des chances.

— Est-ce que je vais aller en prison ? demanda-t-il d'une voix douce.

Norah prit une respiration.

— Je ne sais pas. J'espère que non. Mais je ne sais pas.

Le silence retomba. Bree parlait à un policier, hochant la tête, expliquant quelque chose avec des gestes. Derrière elle, la porte à tambour tournait au gré des entrées et des sorties, puis David apparut et s'avança vers eux, le visage indéchiffrable. Norah se raidit et sentit Paul se crisper à son côté. À son grand étonnement, David se dirigea droit vers Paul et le serra contre lui avec force, sans un mot.

— Dieu merci, tu es sain et sauf, soupira-t-il.

Un policier, regard bleu et cheveux blancs coupés en brosse, les rejoignit, une planchette à pince sous le bras. Il serra la main de Norah, celle de David, avant de se tourner vers Paul.

— J'en ai vu des gamins comme toi, qui font les marioles en s'imaginant qu'ils sont plus malins que tout le monde, déclara-t-il sur le ton de la conversation. Et puis un jour ça tourne mal et ils se retrouvent en prison pour des années. C'est un beau gâchis. Personnellement, je te garderais bien quelque temps ici histoire de te remettre les idées en place. Mais tes voisins croient te rendre service en ne portant pas plainte pour le vol de leur voiture. Je vais donc te laisser repartir sous la responsabilité de tes parents.

Paul hocha la tête. Ses mains tremblaient ; il les enfonça dans ses poches. Le policier détacha un papier de sa planchette à pince, le tendit à David et retourna derrière le bureau.

— J'ai appelé les Boland, expliqua David en pliant le papier. Ils se sont montrés compréhensifs. Mais tu paieras de ta poche toutes les réparations de la voiture. Et ta vie risque de ne pas être très drôle pendant quelque temps. Plus de loisirs, plus de sorties.

Paul déglutit.

— Je dois aller aux répétitions. Je ne peux pas laisser tomber le groupe.

— Faux. Ce que tu ne peux pas faire, c'est voler la voiture des voisins et t'imaginer que les choses vont continuer comme s'il ne s'était rien passé.

Norah sentit Paul se raidir à ses côtés, vibrant de colère.

Ça suffit, songea-t-elle en voyant un muscle tressauter sur la mâchoire de David. *Ça suffit, tous les deux. Assez.*

— Très bien, gronda Paul. En ce cas, je ne rentre pas à la maison. Je préfère encore la prison.

— Oh, c'est certainement négociable, riposta David d'une voix dangereusement calme.

— Vas-y, qu'est-ce que tu attends ? Parce que suis un musicien, et un bon, et je préfère dormir dans la rue plutôt que de renoncer à ma musique ! Je préférerais mourir !

Comme David gardait le silence, Paul plissa les yeux.

— Ma sœur ne sait pas la chance qu'elle a eue ! cracha-t-il.

Norah s'était appliquée à ne pas intervenir mais ces mots la lacérèrent comme des éclats de verre, durs, tranchants, insupportables. La gifle partit toute seule. Paul se tourna vers elle, abasourdi, tandis qu'une marque rouge se dessinait lentement sur son visage.

— Ne rends pas les choses plus difficiles qu'elles ne le sont déjà, siffla-t-elle. Ne prononce pas des mots que tu regretteras toute ta vie.

La paume de Norah était douloureuse. Le sang fourmillait dans ses doigts.

— Rentrons, dit-elle. Nous réglerons ça à la maison.

— Je n'en suis pas sûr, rétorqua David. Une nuit en prison lui ferait le plus grand bien.

— J'ai déjà perdu un enfant, gronda-t-elle en pivotant vers lui. Je n'en perdrai pas un second.

Maintenant, c'était David qui avait l'air hébété, comme si elle venait de le gifler à son tour. Le ventilateur cliquetait au plafond et la porte à tambour continuait à tourner avec un *bang* régulier.

— Très bien, articula David. Tu as sans doute raison de me désavouer. Dieu sait que je regrette de vous avoir à ce point déçus tous les deux.

— David !

Norah le rappela mais il avait tourné les talons et ne répondit pas. Il franchit la porte à tambour puis disparut.

— Je ne voulais pas..., commença Paul.

Norah l'interrompit d'un geste.

— Tais-toi. Je ne veux plus entendre un mot.

Ce fut Bree, calme et efficace, qui les escorta jusqu'à la voiture puis conduisit dans les rues de la ville. Plongée dans ses pensées, Norah ne prêta aucune attention à ce qui se passait autour d'elle et il s'écoula un long moment avant qu'elle ne s'aperçoive qu'ils roulaient sur une petite route de campagne. Des champs verdoyants et des arbres bourgeonnants défilaient derrière les fenêtres.

— Où nous emmènes-tu ? demanda Norah.

— Surprise, répondit Bree. Tu verras.

Norah ne voulait pas regarder les mains de Bree, si maigres sur le volant, les veines bleues visibles sous la peau translucide. Elle jeta un coup d'œil à Paul dans le rétroviseur. Il était enfoncé dans la banquette, bras croisés, pâle, renfrogné, désespéré. Elle avait mal réagi tout à l'heure, en s'emportant contre David et en giflant Paul ; elle n'avait réussi qu'à aggraver la situation. Les yeux rageurs de son fils croisèrent les siens dans la glace, et elle se rappela sa main potelée de bébé contre sa joue, son rire joyeux résonnant dans la maison. Qu'était-il advenu de ce petit garçon heureux ?

— C'est quoi, la surprise ? grommela Paul.

— Eh bien, en fait, j'essaie de trouver l'abbaye de Gethsemani.

— Elle est dans le coin ? demanda Norah.

Bree hocha la tête.

— Normalement, oui. J'ai toujours eu envie de la voir, et je me suis brusquement rappelé qu'elle était tout près. Je me suis dit que c'était une bonne occasion, il fait si beau.

Le ciel était sans nuages, le feuillage vert tendre des arbres frissonnait dans la brise. Ils roulèrent sur la route étroite pendant encore une dizaine de minutes, puis Bree s'arrêta sur le bas-côté et se mit à farfouiller sous son siège.

— J'ai bien peur de ne pas avoir de carte, avoua-t-elle en se redressant.

— Tu n'as jamais eu de carte, lui rappela Norah.

À la seconde où elle prononçait ces mots, elle se rendit compte que c'était l'exacte vérité : toute sa vie, Bree avait navigué à vue. Mais au final, ce n'était pas si mal. David et elle avaient stocké toutes sortes de cartes au début de leur mariage, et voilà où ils en étaient.

Bree s'était arrêtée à proximité de deux fermes, d'allure modeste. C'était la saison des semailles. Au loin, des tracteurs progressaient dans les champs fraîchement labourés. Plus bas, sur la route, se détachait une petite église blanche, à l'ombre d'un vieux sycomore. Un cimetière jouxtait l'église, les vieilles pierres tombales s'égrenant derrière un portail en fer forgé. Il ressemblait tellement à celui où sa fille était enterrée que Norah retint son souffle, se remémorant ce lointain jour de mars : l'herbe mouillée sous ses pieds, le ciel bas, et David silencieux et distant à ses côtés. *La terre retourne à la terre, la cendre à la cendre, la poussière à la poussière*, et leur univers avait vacillé sous leurs pieds.

— Allons jusqu'à l'église, décida-t-elle. Quelqu'un pourra peut-être nous renseigner.

Ils se garèrent devant l'édifice religieux et elles descendirent de voiture, conscientes de détonner avec leurs tailleurs élégants. Le soleil se faufilait entre les feuilles. L'herbe paraissait presque noire à côté des escarpins jaunes de Bree. Norah posa la main sur le bras de sa sœur.

— Tu vas abîmer tes souliers.

Bree hocha la tête et les retira.

—Je vais aller me renseigner au presbytère, déclara-t-elle. La porte est ouverte.

—Entendu. On t'attend ici.

Bree s'éloigna, ses chaussures à la main. Il y avait quelque chose d'enfantin et de vulnérable dans sa frêle silhouette, ses jambes pâles et ses pieds nus. Norah la revit, tout à coup, courant dans un champ derrière la maison de leur enfance, son rire flottant dans l'air ensoleillé. *Ne meurs pas*, pria-t-elle tout bas. *Oh, Bree, ne meurs pas !*

—Je vais marcher un peu, annonça-t-elle à Paul, toujours avachi sur la banquette arrière.

Elle suivit l'allée gravillonnée qui menait au cimetière. Le portail en fer forgé s'ouvrit aisément sous sa poussée, et elle s'avança au milieu des pierres tombales grises. Elle n'était pas retournée sur la tombe de Phoebe depuis des années. Elle entendit une portière claquer et se retourna. Paul était descendu de voiture et s'étirait, les yeux masqués par des lunettes de soleil.

La porte de l'église était rouge. Elle pivota sans un bruit. Le sanctuaire était sombre et froid, et les vitraux flamboyaient, égrenant des images de saints, des scènes bibliques, des colombes et des flammes, comme des joyaux. Norah s'avança dans la lumière rouge, bleu, or. Les bancs en bois sentaient l'encaustique. Il y avait des prie-Dieu en velours bleu, un peu poussiéreux. Elle songea au vieux canapé de Bree, puis revit tout à coup les femmes qui étaient venues la voir après la naissance de Paul, des présents dans les bras. Les bénévoles de la paroisse. Norah les avait aidées un jour à nettoyer leur église ;

elles avaient ciré les bancs, puis elles les avaient fait briller en recourant au système D : elles s'asseyaient sur des chiffons et frottaient leurs postérieurs sur le bois. *C'est de loin la méthode la plus efficace*, s'étaient-elles esclaffées, leurs rires résonnant sous les voûtes. *Tout le secret réside dans la pression !* Norah s'était détournée d'elles après son deuil, elle n'était jamais retournée les voir. Mais elle se rendait compte maintenant que ces femmes avaient connu leur lot de souffrances, elles aussi. Elles avaient perdu des êtres chers, elles avaient été confrontées à la maladie, et elles s'étaient déçues elles-mêmes. Norah n'avait pas voulu leur ressembler, ni accepter leur réconfort, et elle leur avait tourné le dos. Ses yeux se remplirent de larmes à ce souvenir. Oh, c'était absurde. Son deuil remontait à si longtemps – près de vingt ans.

Son chagrin n'aurait pas dû être encore si vivace, prêt à jaillir, aussi impétueux qu'une source d'eau vive. Elle pleurait sans parvenir à se contenir. Elle avait couru si vite, si loin, pour lui échapper – et il l'avait quand même rattrapée. Chez elle, une étrangère dormait sur le canapé pliant, une petite vie grandissant en elle comme un secret. Norah savait que quand elle rentrerait à la maison, tout à l'heure, elle découvrirait que David était parti avec une valise et rien d'autre. Elle pleura sur son mariage mort, sur Paul et son regard rempli de rage et de détresse. Sur sa fille, qu'elle n'avait jamais connue. Sur les mains amaigries de Bree. Elle sanglota jusqu'à ce qu'elle soit épuisée, à bout de souffle, vidée.

Des moineaux nichaient dans les chevrons. Comme elle reprenait peu à peu pied dans la réalité, Norah perçut leur doux pépiement, le froissement de leurs ailes. Elle était à genoux, les bras appuyés sur le dossier du prie-Dieu. Des flèches de lumière entraient par les vitraux, dessinant de larges rosaces sur le sol. Gênée, elle se redressa et essuya les larmes sur ses joues. Tant de gens s'étaient assis ici au fil des ans, avec leurs secrets et leurs espoirs. Elle se demanda si, comme elle, ils avaient trouvé l'apaisement. Elle ne comprenait pas que ce lieu ait pu lui apporter un tel réconfort, et pourtant c'était le cas.

Quand elle sortit de l'église, cillant dans le soleil, Paul était assis sur une pierre, devant la grille en fer forgé.

Au loin, Bree marchait dans l'herbe, ses souliers se balançant au bout de ses doigts.

Paul désigna du menton les tombes éparpillées dans le cimetière.

— Je m'excuse. Pour ce que j'ai dit tout à l'heure. Je ne le pensais pas. J'essayais juste de mettre papa en colère.

— Ne redis jamais une chose pareille. Que ta vie ne mérite pas d'être vécue. Je ne veux plus *jamais* entendre ça.

— Je suis vraiment désolé.

— Je sais que tu es en colère, reprit Norah. Tu as le droit de choisir ta vie. Mais ton père a raison aussi. Il y aura des règles à respecter. Si tu les transgresses, il faudra que tu en assumes seul les conséquences.

Elle avait prononcé ces mots sans le regarder et quand elle se tourna vers lui, elle fut bouleversée de le voir pleurer. Le petit garçon d'autrefois n'avait pas complètement disparu, finalement. Elle l'étreignit comme elle put : il était si grand. Elle lui arrivait seulement à la poitrine.

— Je t'aime, soupira-t-elle, le visage pressé contre sa chemise. Je suis tellement heureuse de t'avoir retrouvé. Et tu sens vraiment le fauve, ajouta-t-elle en riant – et il se mit à rire lui aussi.

Elle abrita ses yeux avec sa main pour observer Bree qui revenait vers eux.

— L'abbaye n'est pas loin, cria-t-elle. Juste un peu plus bas sur la route. Il paraît qu'on ne peut pas la manquer.

Ils remontèrent dans la voiture et roulèrent à nouveau sur la route étroite, entre les collines ondulées. Puis, soudain, l'abbaye de Gethsemani se dressa devant eux, austère, magnifique dans le paysage vert et vallonné. Bree se gara sous une rangée d'arbres. Comme ils descendaient, les cloches se mirent à sonner, appelant les moines à la prière. Ils s'immobilisèrent tandis que le son très pur se dispersait dans un air plus pur encore. Des vaches paissaient au loin ; de petits nuages folâtraient au-dessus de leurs têtes.

— C'est magnifique, murmura Bree. Thomas Merton a vécu ici, tu le savais ? Il est parti pour le Tibet rencontrer le dalaï-lama. J'adore imaginer ce moment. Et j'adore imaginer tous ces moines accomplir les mêmes gestes jour après jour.

Paul avait retiré ses lunettes de soleil. Il plongea la main dans sa poche et déposa plusieurs petites pierres sur le toit de la voiture.

— Tu te rappelles ? demanda-t-il comme sa mère en recueillait une et faisait tourner entre ses doigts le disque blanc percé d'un trou. Ce sont des crinoïdes. Des fossiles marins. Papa m'a appris ce nom le jour où je me suis cassé le bras. J'ai marché un peu pendant que tu étais dans l'église. Il y en avait plein, dehors.

— J'avais oublié, murmura lentement Norah.

Tout lui revint d'un coup : le collier que Paul avait fabriqué avec ses pierres, sa crainte à elle qu'il s'étrangle avec. Le son des cloches mourut dans l'air transparent. Le fossile était léger et chaud dans sa paume. Norah revit David soulevant Paul dans ses bras et l'emportant dans la voiture, plâtrant son bras cassé. Il avait travaillé si dur pour leur assurer une vie confortable, pour qu'ils n'aient à s'inquiéter de rien, et cependant, tout avait été constamment difficile, pour chacun d'entre eux. Comme s'ils évoluaient dans la mer profonde qui avait recouvert jadis cette partie de la Terre.

1988

Juillet 1988

I

David Henry était assis à son bureau, au premier étage de la maison. De l'autre côté de la fenêtre, voilée et ternie par le temps, la rue ondulait, légèrement distordue. En bas, dans le jardin, Rosemary plantait des bulbes et des annuelles, sa longue chevelure glissant sur ses épaules. À ses côtés, Jack jouait avec son camion de pompiers. C'était un petit bonhomme vigoureux, enjoué et facile à vivre, avec des yeux bruns et des cheveux blonds, tirant sur le roux. À cinq ans, il faisait déjà preuve d'un sacré caractère et exigeait de tout faire lui-même comme un grand.

David raffolait de cet enfant. Il adorait lui lire des histoires, sentir son corps chaud contre lui, sa tête s'appesantissant sur son épaule quand il s'endormait. Il aimait tenir sa petite main confiante quand ils descendaient l'allée pour faire des courses au magasin. Cela le navrait que ses souvenirs de Paul au même âge soient aussi rares, aussi fugitifs. Bien sûr, à l'époque, il était accaparé par son travail et ses photographies… mais c'était surtout la culpabilité qui l'avait tenu éloigné de son fils. Il avait donné leur fille à Caroline Gill et ce secret avait pris racine dans le terreau de sa vie ; il avait grandi et s'était épanoui au centre de sa famille comme une fleur monstrueuse.

David tapa à la vitre et adressa un petit signe de la main à Jack et Rosemary. Il avait acheté cette maison (un duplex) à toute vitesse : à peine le temps d'une visite et il était rentré faire ses valises pendant que Norah était au travail. C'était une vieille demeure avec un étage, séparée presque exactement en deux dans le sens de la hauteur par de fines cloisons. David avait pris l'appartement le plus grand et donné les clés de l'autre à Rosemary. Ils cohabitaient ainsi depuis maintenant six ans. Rosemary insistait pour lui verser un loyer, au moins de temps en temps, mais David ne voulait rien entendre. Tout ce qu'il lui demandait, c'était de se concentrer sur ses études et de décrocher un diplôme ; pour le reste, on verrait plus tard. Ses motifs n'étaient pas purement altruistes, il le savait, et cependant il était incapable d'expliquer clairement pourquoi Rosemary était aussi importante à ses yeux. *Je comble le vide laissé par l'enfant que vous avez abandonnée jadis*, lui avait-elle dit un jour. David avait bien réfléchi à la question, mais non, ce n'était pas cela. En réalité, c'était plus probablement lié au fait qu'elle était la seule personne au monde à connaître son secret. Il lui avait tout avoué, il s'était mis à nu devant elle, et elle l'avait écouté sans le juger. Il pouvait être réellement lui-même avec Rosemary. Il lui avait ouvert son âme et elle ne l'avait pas trahi.

Assez bizarrement, une relation amicale avait vu le jour entre Paul et elle. Ils étaient aussi prompts l'un que l'autre à s'enflammer sur certains sujets comme la politique, la musique, la justice sociale, et pouvaient discuter pendant des heures, en se chamaillant comme des gosses. Des débats passionnés qui commençaient pendant le dîner, lors des rares visites de Paul, et se prolongeaient jusque tard dans la nuit. David soupçonnait son fils de se retrancher derrière des sujets généraux pour éviter toute conversation trop personnelle. Parfois, il tentait d'amorcer un dialogue avec lui, mais Paul choisissait toujours ce moment pour repousser sa chaise en bâillant, brusquement fatigué.

Rosemary leva les yeux vers la fenêtre du bureau, repoussa du poignet une mèche de cheveux qui lui tombait sur le front et répondit à son salut d'un petit signe de la main. David rangea les papiers des assurances dans la chemise cartonnée et quitta son bureau. Dans le couloir, il marqua un bref arrêt devant la porte qui communiquait avec la chambre de Jack. Normalement, l'accès aurait dû être condamné au moment où la maison avait été transformée en duplex, mais David avait essayé de tourner la poignée, un soir, et, à sa grande surprise, la porte s'était ouverte. Il l'entrebâilla pour jeter un coup d'œil dans la chambre du petit. Rosemary avait repeint les murs en bleu pastel, le lit et la commode, achetés dans une braderie, en laqué blanc. Une farandole de *Scherenschnitte,* représentant des enfants en train de jouer, ornait le mur du fond. Rosemary l'avait collée sur une feuille de carton bleu marine, et encadrée. Elle avait présenté plusieurs de ses œuvres dans une exposition d'artisanat, un an plus tôt, et, à son grand étonnement, des commandes avaient afflué. Elle s'installait parfois le soir à sa table de cuisine, sous l'éclairage d'une lampe, et composait ses tableaux, chaque pièce unique, différente de la précédente.

David resta immobile sur le seuil, à l'écoute des petits bruits de la maison : le craquement des boiseries, le bourdonnement du vieux réfrigérateur. David s'imprégna de cette atmosphère pendant quelques minutes, puis referma la porte et descendit l'escalier. Il n'avait jamais parlé à Rosemary de ce passage secret entre leurs deux appartements, mais il ne l'avait jamais emprunté non plus. Il tirait honneur de n'avoir jamais cherché à profiter de la situation, de n'avoir jamais franchi le seuil de sa vie privée.

Mais il aimait savoir que la porte pouvait s'ouvrir sans problème.

Ses chaussures de sport l'attendaient sous le porche, côté cour. Il les enfila, noua les lacets serré, puis fit le tour de la maison. Jack se tenait près du treillis et arrachait des pétales de roses. David s'accroupit et l'attira à lui, sentant son poids doux et familier contre son torse, sa respiration paisible. Jack était né un soir de septembre, juste au moment où la nuit commençait à tomber. David avait emmené Rosemary à l'hôpital, et il était resté assis à ses côtés pendant les six premières heures de travail, jouant aux échecs et lui apportant des granités. Contrairement à Norah, Rosemary ne tenait pas du tout à connaître les douleurs de l'enfantement et avait demandé une péridurale. David lui avait tenu la main lorsque les contractions s'étaient accélérées, mais quand on l'avait finalement emmenée en salle de travail, il était resté dans le couloir. Ces minutes-là étaient trop intimes, ce n'était pas sa place. Mais il avait été le premier, après Rosemary, à prendre Jack dans ses bras, et il s'était mis à chérir le petit garçon comme s'il avait été le sien.

— Tu sens bizarre, décréta Jack en plissant le nez.

— C'est ma vieille chemise de jogging, expliqua-t-il.

— Vous partez courir ? demanda Rosemary.

Elle s'assit sur ses talons, frottant l'une contre l'autre ses paumes maculées de terre. Elle avait maigri, et il s'inquiétait du rythme qu'elle s'imposait, aussi bien dans ses études que dans son travail. Elle essuya la sueur de son front avec son poignet.

— J'ai besoin de prendre l'air, répondit-il. Je me sens incapable de regarder ces papiers d'assurances une minute de plus.

— Vous n'aviez pas engagé quelqu'un pour s'en occuper ?

— Si. Mais cette personne ne peut pas commencer avant la semaine prochaine.

Rosemary hocha la tête. Ses cils pâles captaient la lumière. Elle était jeune, à peine vingt-deux ans, mais elle était déterminée, concentrée sur ses objectifs, et avançait dans la vie avec la maîtrise d'une femme beaucoup plus mûre.

— Vous avez cours, ce soir ? demanda-t-il, et elle acquiesça.

— Le dernier. Nous sommes le 12 juillet.

— Ah oui, c'est vrai. J'avais oublié.

— Vous avez été très occupé.

Il opina, troublé par la date. Le 12 juillet. Il ne parvenait pas à croire que le temps ait pu passer si vite. Rosemary avait repris ses études quatre mois après la naissance de Jack, ce même mois de janvier où il avait démissionné de l'hôpital parce qu'un homme, son patient depuis vingt ans, s'était brusquement vu refuser l'entrée au prétexte qu'il n'avait pas d'assurance maladie. Depuis, il avait ouvert son propre cabinet et il y soignait tous les malades qui s'y présentaient, assurance ou pas. L'argent ne le motivait plus. De temps à autre, comme les médecins de campagne d'autrefois, on le payait en fruits ou en légumes, ou en lui rendant de menus services. Il se voyait continuer ainsi pendant encore une dizaine d'années, réduisant peu à peu le nombre de ses patients, jusqu'à ce que le périmètre de sa vie se limite à cette maison, ce jardin, les allers-retours chez l'épicier, le coiffeur… Norah continuerait probablement à virevolter d'un bout à l'autre du globe comme un cerf-volant, mais cette vie n'était pas pour lui. Ses racines étaient bien enfoncées dans le sol; elles voyageaient, mais en profondeur.

— J'ai un dernier examen de chimie aujourd'hui, déclara Rosemary en retirant ses gants de jardinage. Et ensuite : hourra, vive la liberté !

Des abeilles bourdonnaient dans le chèvrefeuille.

— J'ai une nouvelle à vous annoncer, reprit-elle en venant s'asseoir à côté de lui sur les marches en ciment.

— Ça a l'air sérieux.

— En effet. On m'a offert un travail, hier. Un bon travail.

— Ici ?

Elle secoua la tête tout en adressant des gestes d'encouragement à Jack qui essayait de faire la roue sur la pelouse.

— Justement, non. À Harrisburg.

— Près de chez votre mère, conclut-il avec un serrement de cœur.

Il savait qu'elle cherchait du travail mais il avait espéré qu'elle resterait dans la région, même si l'éventualité d'un déménagement avait toujours été bien réelle. Il y avait deux ans, lorsque son père était brusquement décédé, Rosemary s'était réconciliée avec sa mère et sa sœur aînée. Depuis, elles n'avaient de cesse qu'elle revienne vivre près d'elles avec Jack.

— Le poste est fait sur mesure pour moi, acquiesça Rosemary. Quatre jours de travail par semaine et ils financent la fin de mes études. Je pourrai enfin décrocher mon diplôme de kinésithérapeute. Mais surtout, j'aurai plus de temps pour m'occuper de Jack.

— Et vous serez épaulée. Votre mère vous aidera. Et votre sœur aussi.

— Oui. C'est idéal, à tous points de vue. J'aime beaucoup le Kentucky, mais je ne m'y suis jamais sentie réellement chez moi.

David hocha la tête, trop bouleversé pour s'aventurer à parler. Il avait parfois imaginé la maison pour lui tout seul : les cloisons qu'il ferait abattre, l'espace qui s'ouvrirait, ce duplex redevenant l'élégante maison de famille qu'il avait été autrefois. Mais ces considérations pratiques avaient toujours été balayées par le bonheur simple de percevoir le bruit des pas de Rosemary de l'autre côté du mur ou de se réveiller au milieu de la nuit en entendant les pleurs assourdis de Jack.

Il avait les larmes aux yeux. Il rit, embarrassé.

— Eh bien, commenta-t-il en ôtant ses lunettes. Je suppose que cela devait arriver. Félicitations, bien sûr.

— Nous vous rendrons visite. Et vous viendrez nous voir.

— Absolument, acquiesça-t-il. Je suis sûr que nous nous verrons très souvent.

— J'y compte.

Elle posa la main sur son genou.

— Écoutez, c'est un sujet que nous n'avons jamais abordé et je ne sais même pas par où commencer, mais… ce que vous avez fait pour moi – la façon dont vous m'avez aidée –, je ne l'oublierai jamais. Je vous en serai éternellement reconnaissante. Vous m'avez sauvé la vie.

— Ma foi, si c'est vrai, tant mieux. Dieu sait que j'ai fait assez de dégâts par ailleurs. Norah n'a jamais été heureuse avec moi.

Le silence retomba entre eux, à peine troublé par le ronronnement lointain d'une tondeuse à gazon.

— Vous devriez tout lui dire, murmura Rosemary d'une voix douce. À Paul, aussi. Vous leur devez la vérité.

Jack était accroupi dans l'allée. Il façonnait de petits tas de graviers avec ses mains, laissant les cailloux glisser et cascader entre ses doigts.

— Cela ne me regarde pas, je le sais, reprit Rosemary. Mais votre silence est cruel pour Norah. Et il n'est pas juste, non plus, de lui laisser croire qu'il y a quelque chose entre nous.

— Je lui ai expliqué que nous étions seulement amis.

— Comment pourrait-elle le croire ?

David haussa les épaules.

— C'est vrai, pourtant.

Il ramassa une petite motte de terre et l'émietta entre ses doigts. Il songea aux lettres de Caroline, qu'il avait soigneusement brûlées avant d'emménager ici.

— Vous allez lui dire ? insista la jeune femme.

— Je ne sais pas, Rosemary. Je ne peux pas vous l'assurer.

Ils observèrent Jack qui tentait à nouveau de faire la roue dans l'herbe. Un petit garçon blond, agile, qui aimait courir et grimper partout. David était revenu de Virginie-Occidentale, libéré du chagrin qui l'étouffait depuis tant d'années. Quand June était morte, il n'avait pas eu la possibilité de faire son deuil, d'extérioriser sa peine. D'une certaine façon, retourner là-bas lui avait permis de refermer le livre du passé, de boucler la boucle. Il était revenu à Lexington vidé, mais apaisé. Après toutes ces années, il avait eu finalement le courage de rendre sa liberté à Norah et lui offrir la possibilité de refaire sa vie.

Peu après la naissance de Jack, David avait ouvert deux comptes, l'un au nom de Rosemary, l'autre à celui de Caroline Gill – pour Phoebe. La démarche n'avait pas été très compliquée : il connaissait le numéro de Sécurité sociale de Caroline depuis des années, et son adresse n'était désormais plus un mystère. Il avait fallu moins d'une semaine à un détective privé pour retrouver sa trace à Pittsburgh, dans une petite maison située tout près de la quatre-voies. David s'était rendu sur place en voiture puis s'était garé dans la contre-allée. Il avait résolu de tout dire à Norah, mais parce que son aveu aurait des conséquences en chaîne –, elle voudrait forcément voir leur fille – il devait d'abord informer Caroline de ses intentions.

Était-ce la bonne décision ? Il était resté assis dans la voiture, le regard fixé sur la façade en brique, tandis que dehors la nuit tombait peu à peu. Phoebe avait grandi ici, dans ce décor – le trottoir boursouflé par les racines d'un arbre, le panneau de limitation de vitesse qui bougeait légèrement quand le vent soufflait, le bruit incessant de la circulation. Un couple passa avec une poussette, puis une lumière s'alluma dans la salle de séjour de Caroline Gill. David descendit de voiture, se planta à côté de l'arrêt du bus, et essaya de regarder discrètement ce qui se passait derrière la fenêtre, de l'autre côté de la pelouse sombre. Caroline allait et venait dans le carré de lumière, rassemblant des magazines, pliant une couverture. Elle portait un tablier autour de la taille. Ses gestes étaient précis et efficaces. Elle se redressa, jeta un coup d'œil par-dessus son épaule et dit quelque chose.

David vit alors sa fille, Phoebe. Elle mettait la table dans la pièce voisine. Elle avait les mêmes cheveux bruns que Paul, le même profil, et l'espace d'un instant, jusqu'à ce qu'elle se tourne vers lui pour attraper la salière, David eut réellement l'impression de voir un double de son fils. Elle disparut tout à coup de son champ visuel, puis réapparut avec trois assiettes. Elle était petite, trapue, et ses cheveux étaient retenus de chaque côté par des barrettes. La ressemblance avec Paul restait frappante : même sourire, même expression attentive tandis qu'elle inspectait la table, mains sur les hanches. Caroline entra, passa un bras autour de ses épaules d'un geste affectueux, et elles se mirent à rire toutes les deux.

Il faisait nuit noire, à présent. David était rivé à sa place. Des feuilles mortes tourbillonnaient sur le trottoir, poussées par le vent. Il se remémora l'impression bizarre qu'il avait eue la nuit de l'accouchement, comme s'il se tenait à l'extérieur de sa propre vie et se regardait agir. Il ressentait exactement la même chose en cet instant. Pendant toutes ces années, Phoebe n'avait été pour lui qu'une ombre transparente, une abstraction. Et cependant elle était là, devant lui, bien réelle, occupée à poser des verres à eau sur la table. Elle leva les yeux et un homme aux cheveux grisonnants et bouclés entra dans la pièce. Il dit quelque chose qui la fit sourire, puis ils s'assirent à table, tous les trois, et attaquèrent leur dîner.

David imagina Norah, immobile à côté de lui dans l'obscurité, regardant leur fille vivre sa vie, inconsciente de leur présence. Il l'avait profondément blessée. Son mensonge lui avait causé une souffrance qu'il n'avait ni voulue ni même imaginée. Mais il pouvait lui épargner cette nouvelle torture. Il pouvait partir d'ici et laisser le passé reposer en paix.

Et c'est ce qu'il fit, roulant toute la nuit à travers les plaines de l'Ohio.

— Je ne comprends pas, reprit Rosemary en le dévisageant. Pourquoi ne pouvez-vous pas me le promettre ?

— Le remède serait probablement pire que le mal.

— Vous n'en savez rien, tant que vous n'avez rien dit.

— Ce n'est pas très difficile à deviner.

— Promettez-moi au moins d'y réfléchir.

— J'y pense chaque jour de ma vie.

Elle secoua la tête, troublée, puis esquissa un sourire triste.

— Très bien. Il y a encore une chose que je voulais vous dire.

— Oui ?

— Stuart et moi nous allons nous marier.

— Vous êtes beaucoup trop jeune pour vous marier, réagit-il aussitôt – et ils rirent tous les deux.

— Je suis aussi vieille que les collines, soupira-t-elle. C'est l'impression que j'ai la majeure partie du temps, en tout cas.

— Toutes mes félicitations, alors. Ce n'est pas une surprise, mais c'est quand même une bonne nouvelle.

Il visualisa Stuart Wells, un grand gaillard athlétique, orthophoniste de son métier. Il était amoureux de Rosemary depuis plusieurs années, mais elle l'avait fait attendre jusqu'à la fin de ses études.

— Je suis content pour vous, Rosemary. Stuart est quelqu'un de bien. Et il adore Jack. A-t-il trouvé un poste à Harrisburg ?

— Pas encore. Il cherche. Son contrat ici prend fin dans un mois.

— Quelles sont les perspectives professionnelles à Harrisburg ?

— Moyennes. Mais je ne suis pas inquiète. Stuart est un excellent praticien.

— Je n'en doute pas.

— Vous êtes en colère.

— Pas du tout. Mais votre départ me rend triste. Triste et vieux.

Elle rit.

— Aussi vieux que les collines ?

Il rit à son tour.

— Oh, beaucoup, beaucoup plus vieux !

Ils restèrent silencieux quelques instants.

— Tout s'est accéléré brusquement, expliqua Rosemary. Je ne voulais pas vous parler de ce travail tant que je n'étais pas sûre. Et dès que j'ai su, Stuart et moi avons décidé de nous marier. Je sais que cela doit vous paraître soudain.

— J'aime beaucoup Stuart. Je suis impatient d'avoir l'occasion de le féliciter, lui aussi.

Rosemary sourit.

— En fait, je me demandais si vous accepteriez de me conduire à l'autel.

Il l'observa, son visage fin et gracieux, le bonheur qu'elle ne parvenait plus à dissimuler dans ses yeux.

— J'en serais très honoré, répondit-il gravement.

— Le mariage aura lieu ici. Ce sera une cérémonie très simple, en tout petit comité. Dans deux semaines.

— C'est rapide.

— Je n'ai pas besoin de réfléchir. Pour moi, c'est une évidence.

Elle jeta un coup d'œil à sa montre et soupira.

— Il faut que j'aille me préparer.

Elle se leva, s'essuya les mains.

— Tu viens, Jack ?

— Vous voulez que je le garde, pendant que vous vous changez ?

— Oh, merci.

— Rosemary ?

— Oui ?

— Vous m'enverrez des photos de temps en temps ? De Jack, de vous deux, dans votre nouvelle maison ?

— Je vous en inonderai, acquiesça-t-elle en lui touchant l'épaule.

— Merci.

De nouveau, il était frappé par la façon dont il était passé à côté de sa propre vie, absorbé par ses remords et sa passion pour la photographie. Tout le monde était persuadé qu'il avait arrêté la photo à cause de l'article cinglant que cette critique d'art, présente à l'exposition de Pittsburgh, avait publié dans la presse. Il était tombé en disgrâce et ne l'avait pas supporté, pensait-on. La réalité était beaucoup plus simple : sa passion s'était éteinte. Il n'avait plus touché un appareil photo depuis le fameux soir où il s'était tenu au confluent des deux rivières. Envolée, son obsession des correspondances entre le corps humain et l'univers. Parfois, il tombait sur l'un de ses clichés dans un magazine d'art et, chaque fois, il était frappé par leur beauté glacée, leur précision technique et leur absence d'émotion – comme un appel au secours.

Il resta assis sur les marches, au soleil, pendant que Rosemary s'habillait. Jack jouait dans l'allée avec son camion. *Vous devriez lui dire*. Il secoua la tête. Après avoir espionné la maison de Caroline comme un voyeur, il avait contacté un avocat de Pittsburgh et lui avait donné des instructions pour transférer une grosse somme d'argent sur deux comptes joints au nom de Caroline et de Rosemary : la transaction s'activerait automatiquement à sa mort. Phoebe et Jack seraient à l'abri du besoin et Norah n'aurait pas à en être informée.

Rosemary réapparut, fleurant bon le savon, vêtue d'une jupe et de chaussures plates. Elle prit Jack par la main et hissa un sac à dos turquoise sur son épaule. Elle avait l'air si jeune, si résolue et si vulnérable à la fois, ses cheveux humides, son visage concentré. Elle déposerait Jack en chemin chez la baby-sitter.

— Oh, avec tout ça, j'ai failli oublier : Paul a appelé, dit-elle tout à coup.

Le cœur de David battit plus vite.

— C'est vrai ?

— Oui, ce matin. C'était le milieu de la nuit, pour lui. Il revenait d'un concert. Il est en Espagne, à Séville. Il étudie la guitare flamenco avec quelqu'un – je ne me rappelle plus qui, mais j'ai cru comprendre qu'il était célèbre.

— Est-ce qu'il va bien ?

— Apparemment, oui. Il n'a pas laissé de numéro. Il a dit qu'il rappellerait.

David hocha la tête, heureux que Paul soit en bonne santé. Heureux qu'il ait téléphoné.

— Bonne chance pour votre examen, lança-t-il en se levant.

— Merci. Tout ce que je demande, c'est d'être admise, pour le reste on verra.

Elle sourit, agita la main et s'éloigna avec Jack. David la suivit des yeux, essayant de graver cet instant à jamais dans son esprit – le sac turquoise, les cheveux de Rosemary flottant sur ses épaules, la main libre de Jack se tendant pour attraper des feuilles au passage. C'était impossible, bien sûr : l'image changeait à chaque seconde.

Il s'étira puis se mit à courir à petites foulées en direction du parc. Au bout d'un kilomètre, il se remémora cette autre chose importante qui l'avait perturbé quand Rosemary avait mentionné la date d'aujourd'hui. Le 12 juillet. L'anniversaire de Norah. Elle avait quarante-six ans.

Il avait peine à le croire. Il continua à courir, adoptant un rythme fluide et paisible, revoyant Norah le jour de leur mariage. Ils étaient sortis dans le froid soleil de février pour dire au revoir à leurs invités. Le vent s'était engouffré dans son voile, le rabattant contre sa joue, et la neige qui recouvrait le chèvrefeuille s'était émiettée sur le sol comme un nuage de pétales.

David bifurqua brusquement en direction de son ancien quartier tout en conservant la même vitesse de course. Rosemary avait raison. Il devait la vérité à Norah. Il allait se rendre chez elle, l'attendre, et il lui dirait tout, même s'il ne parvenait pas à imaginer comment elle réagirait.

Évidemment, vous ne pouvez pas, lui avait dit un jour Rosemary. *La vie est ainsi faite, David. Auriez-vous imaginé, des années en arrière, que vous habiteriez dans ce petit duplex ? Auriez-vous pu prévoir mon existence ?*

Elle avait raison, bien sûr. On ne pouvait jamais prévoir ce que vous réservait l'avenir. Quand il était arrivé dans cette ville, il ne connaissait personne, il était un étranger. Et aujourd'hui il n'y avait pas une façade, pas un carrefour qui ne soit associé à un souvenir. Il avait vu planter ces arbres, il les avait vus grandir. Il passait devant des maisons où on l'avait invité à dîner ou à boire un verre, des foyers où on l'avait appelé en urgence, où il était resté jusque tard dans la nuit, rédigeant des ordonnances, appelant une ambulance… Des milliers d'images, empilées les unes sur les autres et qui n'appartenaient qu'à lui.

David tourna dans son ancienne rue. Il n'y était pas venu depuis des mois, et fut surpris de trouver les piliers du porche démontés, le toit soutenu par des étais. Un problème de moisissure au niveau du plancher, apparemment. Pas de voiture dans l'allée : Norah n'était pas encore rentrée. David s'accorda quelques instants pour souffler, puis souleva la dalle sous laquelle était cachée la clé, près du massif de rhododendrons. Il entra et se servit un verre d'eau dans la cuisine. La maison sentait le renfermé. Il ouvrit une fenêtre. Le vent souleva les voilages blancs. Ils étaient neufs, tout comme le carrelage sur le sol et le réfrigérateur. Il but un autre verre d'eau et passa de pièce en pièce, curieux de voir ce qui avait changé. De petites choses, un peu partout : il y avait un nouveau miroir dans la salle à manger, les fauteuils et le canapé du salon avaient été retapissés et disposés différemment.

À l'étage, les chambres n'avaient pas bougé. Celle de Paul était toujours ce sanctuaire de l'adolescence incomprise, les murs recouverts de posters, des souches de billets de concert punaisées sur le tableau en liège, les murs badigeonnés en bleu nuit, comme une grotte. Il était entré à la Juilliard School, finalement, mais bien que David lui ait donné sa bénédiction et l'ait épaulé financièrement, la seule chose dont Paul voulait se souvenir, c'était de l'époque où son père ne croyait pas que son talent suffirait à le faire vivre. Dans chaque ville où il se produisait, il lui postait une carte postale accompagnée d'un programme, comme pour lui dire : *Tu vois ? J'ai réussi !* Parfois, David se rendait en voiture jusqu'à Cincinnati, Pittsburgh, Atlanta ou Memphis, pour assister à l'un de ses concerts. Il se glissait dans la salle obscure d'un auditorium et regardait Paul jouer. Sa tête inclinée sur la guitare, la musique s'échappant de ses doigts comme un langage mystérieux et magnifique, tout cela bouleversait David jusqu'aux larmes. Il était presque tenté de le rejoindre sur scène pour le serrer dans ses bras. Bien sûr, il n'en faisait jamais rien et s'éclipsait sans se faire voir.

Leur ancienne chambre, parfaitement en ordre, était inhabitée : Norah s'était installée dans celle, plus petite, qui donnait sur le devant. Le dessus-de-lit était froissé. David tendit la main pour le lisser et laissa son geste inachevé – trop intime. Il redescendit au rez-de-chaussée.

C'était étrange : Norah aurait dû être rentrée à cette heure-ci. Il allait l'attendre encore un peu, puis il partirait.

Il y avait un bloc sur le bureau, à côté du téléphone, couvert de notes sibyllines : « Appeler Jan avant 8 heures, revoir le planning. Tim pas sûr. Livraison, avant 10 heures. Ne pas oublier : itinéraire et billets. » Il détacha soigneusement la feuille, la posa en évidence au milieu du bureau, puis emporta le bloc à la cuisine, s'assit et écrivit :

Notre petite fille n'est pas morte. Caroline Gill l'a emmenée et l'a élevée dans une autre ville.

Il raya ces lignes.

J'ai donné notre bébé.

Il soupira et reposa le stylo. Impossible. Il ne parvenait même plus à imaginer ce que serait sa vie sans le poids de ce secret. C'était son châtiment. Il s'autodétruisait, il en avait conscience, mais n'y pouvait rien. Certaines personnes fumaient, d'autres buvaient de l'alcool puis prenaient le volant sans attacher leur ceinture de sécurité. Lui, son poison, c'était ce secret. Les voilages se soulevèrent, effleurant son bras. Le robinet de la salle de bains du rez-de-chaussée gouttait, une fuite qu'il s'était toujours promis de réparer. Il déchira la page du bloc-notes en mille morceaux et les glissa dans sa poche afin de les jeter plus tard. Puis il se rendit dans le garage et fouilla dans les outils qu'il y avait laissés jusqu'à ce qu'il trouve une clé anglaise et deux joints neufs. Il avait dû les acheter un jour, exprès pour ça.

Il mit plus d'une heure à réparer les robinets. Il les démonta, nettoya les filtres encrassés par le calcaire, les remit en place et serra les bagues. Le cuivre était terni. Il l'astiqua à l'aide d'une vieille brosse à dents dénichée dans un ancien pot à café, sous le lavabo. Il était dix-huit heures quand il termina. Il resta un petit moment dans la salle de bains, contemplant avec satisfaction les robinets rutilants et silencieux. Le téléphone sonna dans la cuisine et une voix de femme s'éleva, évoquant de façon pressante des billets pour Montréal, puis s'interrompant brusquement au milieu d'une phrase :

— Que je suis bête, j'ai complètement oublié que tu étais en Europe avec Frédéric !

David s'en rappela, lui aussi. Norah le lui avait dit, mais ça lui était sorti de la tête. Ou plutôt, il n'avait pas voulu se rappeler qu'elle était partie en vacances à Paris, qu'elle avait rencontré quelqu'un d'autre, un Canadien de Québec, un homme qui travaillait chez IBM et parlait français. Sa voix avait changé quand elle lui avait parlé de lui, une voix douce, qu'il ne lui avait jamais entendue.

Bon, au moins, elle serait contente pour les robinets. Il était satisfait, lui aussi – il avait fait du bon travail. Il s'empara du bloc jaune et écrivit :

J'ai réparé les robinets de la salle de bains. Joyeux anniversaire.

Puis il partit, ferma la porte à clé derrière lui, et il se remit à courir.

II

Norah était assise sur un banc, dans le jardin des Tuileries près du Louvre, un livre ouvert sur ses genoux. Des pigeons se dandinaient dans l'allée, à ses pieds, picorant des miettes çà et là, ébouriffant leurs plumes irisées.

— Il est en retard, signala-t-elle à Bree qui feuilletait un magazine à côté d'elle.

Bree, quarante-quatre ans, était très belle – longue, mince, des pendants d'oreilles en turquoise effleurant son ravissant visage, ses cheveux d'un blanc argenté très pur. Elle les avait coupés court au moment de sa radiothérapie, décrétant que la vie était décidément trop brève pour s'embêter avec la mode. Elle avait eu de la chance et elle le savait: sa tumeur avait été traitée à un stade très précoce et elle était débarrassée de son cancer depuis maintenant cinq ans. L'expérience l'avait changée, néanmoins. Elle riait encore plus qu'avant, et prenait de nouveau le temps de vivre. Elle travaillait les week-ends comme bénévole dans une association caritative destinée à venir en aide aux plus démunis. C'était à l'occasion d'une mission dans l'est du Kentucky qu'elle avait rencontré son futur mari, Ben : un homme chaleureux et drôle, pasteur de son état, qui débordait de projets et d'énergie. Ils s'étaient revus pendant une mission en Floride, puis de nouveau au Mexique où ils s'étaient mariés dans la plus stricte intimité.

— Ne t'inquiète pas, il va venir, répondit Bree. C'est lui qui a eu l'idée de ce rendez-vous, après tout.

— Oui, mais depuis, il est tombé amoureux. J'espère qu'il n'a pas oublié.

Norah ferma les yeux, revoyant ce matin d'avril où Paul lui avait rendu une visite éclair à l'agence. Il était juste de passage, entre deux concerts. Il s'était assis sur le bord de son bureau, toujours aussi grand, mince, un peu gauche, et il avait joué avec son presse-papiers tout en lui racontant ses projets pour l'été : un circuit en Europe avec à la clé six semaines en Espagne afin d'étudier sur place la guitare flamenco. De leur côté, Frédéric et Norah avaient prévu de séjourner trois semaines en France. En apprenant qu'ils seraient à Paris le même jour, Paul avait attrapé un stylo sur son bureau et inscrit « JARDIN DES TUILERIES » sur le calendrier mural. 21 juillet, 17 heures.

— Je t'emmènerai dîner.

Il s'était envolé pour l'Europe un mois plus tard. Il l'appelait de temps à autre d'un gîte rustique ou d'un petit hôtel près de la mer pour lui donner des nouvelles. Il était amoureux d'une flûtiste, le temps était splendide, la bière allemande fabuleuse. Norah essayait de ne pas s'inquiéter et de ne pas lui poser trop de questions. Paul était un grand garçon, maintenant, après tout. Elle l'imaginait, se promenant pieds nus sur une plage, se penchant pour chuchoter des mots doux à sa petite amie, son souffle comme une caresse sur sa joue.

Elle faisait preuve d'une telle discrétion qu'elle n'avait même pas demandé à connaître son itinéraire. Voilà pourquoi, quand Bree lui avait téléphoné de l'hôpital de Lexington, Norah avait été dans l'impossibilité de le joindre pour lui annoncer la terrible nouvelle: David était mort, terrassé par une crise cardiaque alors qu'il courait dans l'arboretum.

Norah rouvrit les yeux. Elle était rentrée seule aux États-Unis. Bree l'avait aidée à organiser les obsèques mais n'avait pas voulu la laisser repartir seule à Paris: elle l'avait accompagnée.

— Il a manqué l'enterrement de son père, murmura-t-elle tout haut. Je ne me le pardonnerai jamais. Ils n'avaient jamais vraiment fait la paix, tous les deux. Je ne pense pas que Paul ait jamais accepté le départ de David.

— Et toi, si?

Norah lança un regard à sa sœur – ses cheveux blancs, sa peau claire, ses yeux verts, calmes et pénétrants.

— Je ne sais pas, répondit-elle lentement.

Elle songea à la dernière fois qu'elle avait vu David: assis sur le porche, un verre de thé glacé à la main. Leur divorce avait duré six ans, leur mariage dix-huit. Elle l'avait connu pendant vingt-cinq ans, un quart de siècle, plus de la moitié de sa vie! Quand Bree lui avait téléphoné pour lui annoncer son décès, elle n'avait tout simplement pas pu le croire. Impossible d'imaginer le monde sans David. C'était seulement plus tard, après l'enterrement, que le chagrin l'avait submergée.

— Il y a tellement de choses que j'aurais voulu avoir le temps de lui dire. Parfois il passait à la maison, pour réparer une bricole, pour dire bonjour. Il se sentait seul, je pense.

— Il était au courant, pour Frédéric ?

— Non. J'ai essayé d'aborder le sujet, un jour, mais je ne crois pas qu'il ait saisi.

Elle avait rencontré Frédéric il y avait de cela un peu plus d'un an, par une chaude journée de mai. Le fameux contrat avec IBM, arraché au prix de tant d'efforts, constituait toujours l'une des plus grosses sources de revenus de l'agence : voilà pourquoi Norah s'était rendue au pique-nique annuel organisé par la firme, en dépit d'une migraine persistante et du tonnerre qui grondait au loin. Frédéric était assis à l'écart, le visage fermé, vaguement bougon. Norah s'était servi une assiette puis était venue s'installer à côté de lui. Tant mieux, s'il n'avait pas envie de faire la conversation. Cela lui convenait parfaitement. Contre toute attente, il s'était révélé un voisin de table charmant, avec une séduisante pointe d'accent français ; il était originaire de Québec. Ils avaient parlé pendant des heures tandis que l'orage grondait et que les autres convives rassemblaient leurs affaires et s'en allaient. Quand il s'était mis à pleuvoir, il l'avait invitée à dîner.

— Où est Frédéric, à propos ? demanda Bree. Il ne devait pas être là, aujourd'hui ?

— Si, mais il a été appelé à Orléans, pour son travail. Je l'ai encouragé à ne pas modifier ses plans.

Paul s'entend très bien avec lui, mais je préfère être seule avec lui quand je lui apprendrai la nouvelle.

— Je comprends. Je m'éclipserai dès qu'il sera là.

Norah prit la main de sa sœur dans la sienne.

— Merci pour tout. Pour m'avoir épaulée avant et pendant l'enterrement. Je ne sais pas comment j'aurais fait sans toi.

— C'étaient de très belles funérailles. Il y avait tellement de monde. J'ai été étonnée de voir à quel point David était estimé.

Norah hocha la tête. Cela l'avait surprise, elle aussi, de voir l'église aussi pleine. Les jours qui avaient précédé la cérémonie s'étaient déroulés dans une sorte de brouillard, Ben la guidant gentiment pour choisir la musique et les textes bibliques, le cercueil et les fleurs, l'aidant à rédiger l'annonce de décès. Norah s'était accrochée à ces tâches concrètes comme à une planche de salut – jusqu'à la cérémonie. Les gens avaient dû être étonnés de la voir sangloter avec un tel désespoir, mais les mots familiers se doublaient d'une résonance douloureuse : ce n'était pas seulement sur David qu'elle pleurait. Ils s'étaient tenus côte à côte pendant le service religieux qu'elle avait commandé en mémoire de leur petite fille, jadis. Et cependant leur deuil se dressait déjà entre eux.

— C'est à cause de la clinique, expliqua Norah. La plupart de ces gens avaient été ses patients.

— Je sais. Mais c'était incroyable. Ils avaient tous l'air de le considérer comme un saint.

— Ils n'étaient pas mariés avec lui.

Les feuilles des arbres frémissaient dans la brise. Norah scruta de nouveau les allées, guettant Paul, mais elle ne l'aperçut nulle part. Elle soupira.

— Je n'arrive toujours pas à croire que David soit mort.

Il s'était écoulé près de dix jours, mais ce seul mot continuait à circuler comme une onde de choc à travers tout le corps.

— Je me sens si vieille, brusquement.

Bree lui prit la main, et elles gardèrent le silence pendant de longues minutes. Norah sentit le moment présent s'étirer, repousser ses limites, comme s'il pouvait contenir l'éternité tout entière. Elle se souvenait d'avoir éprouvé une impression similaire quand Paul était enfant et qu'elle s'asseyait dans la pénombre douce, la nuit, pour l'allaiter. Il était né de sa chair et maintenant il poursuivait sa route sans elle sur le chemin de la vie. Elle songea à Frédéric qui, en ce moment même, prenait probablement la parole dans une salle de réunion. Il avait des avant-bras velus et de longs doigts carrés. Il se rasait deux fois par jour, et s'il oubliait, sa barbe lui piquait le cou quand il l'attirait à lui la nuit, l'embrassant derrière l'oreille pour éveiller son désir. Il ne mangeait jamais de pain ni de sucreries et il ne se mettait jamais en colère, sauf si le journal du matin arrivait en retard. Toutes ces petites particularités, à la fois attachantes et agaçantes, faisaient partie de lui. Ce soir, il la rejoindrait dans leur petit hôtel de charme, sur les quais de la Seine. Il voulait l'épouser, mais c'était une décision grave et elle n'était pas certaine d'avoir envie de sauter le pas.

Le livre glissa de sa main, et elle se pencha pour le ramasser. Une reproduction du tableau « La Nuit étoilée » de Van Gogh tourbillonnait sur la brochure du musée dont elle se servait comme marque-page. Quand elle se redressa, Paul traversait les jardins.

— Oh, s'écria-t-elle avec cette bouffée de bonheur qu'elle ressentait chaque fois qu'elle voyait son fils. Le voilà, Bree. Voilà Paul !

— Il est magnifique, commenta Bree en observant son neveu avec un sourire. Il tient de sa tante, c'est certain.

— Sûrement, acquiesça Norah. En revanche, je ne sais pas de qui il a hérité son talent. Ni toi, ni moi, ni David n'avons la moindre fibre musicale.

Paul leva la main, un sourire jusqu'aux oreilles, et Norah s'avança vers lui, abandonnant son livre sur le banc. Son cœur battait de joie tout autant que de chagrin et d'appréhension quand elle le serra dans ses bras. Il portait une chemise blanche dont il avait roulé les manches et un short kaki. Il sentait le propre, comme s'il venait juste de se doucher. Elle sentit ses muscles sous le tissu de sa chemise, sa chaleur, et elle comprit tout à coup le désir de David d'arrêter le mouvement inexorable de l'univers, de faire durer l'instant, de refuser la fuite du temps.

— Bonjour, maman.

Ses dents étaient blanches, droites, parfaites. Il s'était laissé pousser la barbe.

— C'est drôle de te rencontrer ici, déclara-t-il en riant.

— Oui, c'est vrai.

Bree les avait rejoints. Elle embrassa Paul, puis glissa son sac sur son épaule.

— Je vous laisse. Tu as l'air en pleine forme, Paul. La vie itinérante te réussit.

Il sourit.

— Tu ne peux pas rester ?

Bree lança un bref regard à sa sœur.

— Non. Mais on se revoit bientôt, d'accord ?

Paul se baissa pour l'embrasser.

— D'accord.

Bree s'éloigna.

— Qu'est-ce qu'il y a ? demanda Paul en se tournant vers sa mère. Qu'est-ce qui ne va pas ?

— Viens t'asseoir, répondit-elle en glissant son bras sous le sien.

Ils regagnèrent le banc, effarouchant un petit attroupement de pigeons qui s'envola.

— Paul, j'ai de mauvaises nouvelles. Ton père est décédé il y a neuf jours d'une crise cardiaque.

Ses yeux s'écarquillèrent sous le choc et il détourna son regard, contemplant l'allée qu'il avait empruntée pour la rejoindre, puis redescendre le temps jusqu'à ce moment.

— Quand a eu lieu l'enterrement ? demanda-t-il enfin.

— La semaine dernière. Je suis désolée, Paul. Je n'avais aucun moyen de te contacter. Je suis venue ici aujourd'hui, en espérant que tu m'y retrouverais comme prévu.

— J'ai failli rater le train, murmura-t-il tout bas. J'ai failli ne pas venir.

Elle lui prit la main.

— Mais tu es là.

Paul hocha la tête, le visage contracté. Quand il parla, sa voix était au bord de la rupture.

— Je n'ai jamais imaginé qu'il pourrait mourir. Je n'ai jamais imaginé que ça me toucherait à ce point. Nous n'avons jamais été particulièrement proches, lui et moi. On ne s'est pour ainsi dire jamais parlé…

— Je sais.

Oh oui, elle savait. Après le coup de téléphone de Bree, Norah avait pleuré sans retenue, en colère contre David qui était parti avant qu'elle ait eu la possibilité de mettre les choses au clair avec lui, une bonne fois.

— J'attendais toujours qu'il fasse le premier pas, articula Paul d'un ton amer.

— Je suppose qu'il attendait la même chose de son côté.

— C'était mon père. Il était censé savoir comment s'y prendre, non ?

— En tout cas, quoi que tu puisses penser, il t'aimait. J'espère que tu le sais.

Paul lâcha un éclat de rire bref, désabusé.

— Ce n'est pas vrai. Je suis allé le voir chez lui à plusieurs reprises pour essayer de discuter avec lui, mais ça n'a servi à rien. J'ai passé ma vie à le décevoir. Il aurait été beaucoup plus heureux avec un autre fils.

Sa voix était calme, mais des larmes coulaient sur son visage.

— Ne dis pas ça. Il t'aimait vraiment. Il trouvait que tu étais un fils extraordinaire.

Paul ne répondit pas et s'essuya les joues d'un geste brusque. Norah sentit son propre chagrin et son amertume lui serrer la gorge comme un nœud coulant et il s'écoula un long moment avant qu'elle pût parler de nouveau.

— Ton père ne parvenait pas à exprimer ses sentiments, Paul. J'ignore pourquoi. Il venait d'une famille très pauvre et il en avait honte, je crois. J'aurais voulu qu'il puisse voir la foule présente à son enterrement, c'était impressionnant. Beaucoup de gens l'aimaient.

— Est-ce que Rosemary était là ?

— Rosemary ? Oui.

Elle avait aperçu Rosemary à la fin de la cérémonie, assise au fond de l'église, dans une robe grise toute simple. Elle avait toujours ses longs cheveux mais elle avait l'air plus mature, plus posée qu'autrefois. David n'avait jamais cessé de clamer qu'ils n'étaient pas amants. Au fond de son cœur, Norah était convaincue que c'était la vérité.

— Ils n'étaient pas amoureux l'un de l'autre, déclara-t-elle. Ton père et Rosemary. Ce n'est pas ce que tu crois.

Paul hocha la tête.

— Je sais. Rosemary me l'a dit.

— Elle te l'a dit ? Quand ?

— Quand papa l'a amenée chez nous. Le premier jour.

Il avait l'air mal à l'aise, mais poursuivit :

— Je la voyais de temps en temps, quand je passais rendre visite à papa. Parfois on dînait ensemble tous les trois. Parfois aussi, papa n'était pas à la maison alors je restais un moment avec Rosemary et son fils, Jack. Elle avait un petit ami. Je l'ai aperçu une ou deux fois. C'était un peu bizarre comme situation, mais je m'y étais habitué. C'est une fille bien. Ce n'est pas à cause d'elle que je n'ai jamais réellement pu parler avec papa.

Norah hocha la tête.

— Moi aussi, j'ai ressenti cette distance, ce mur entre nous. Au fil du temps, j'ai fini par renoncer à l'escalader. Et, plus tard, j'ai cessé d'attendre qu'une porte s'ouvre. Mais, derrière ce mur, il nous aimait tous les deux, j'en ai la certitude. Ne me demande pas comment, c'est ainsi.

Paul ne dit rien. Les larmes continuaient à couler sur ses joues.

Des gens passaient devant eux, main dans la main, des couples avec des enfants, des promeneurs solitaires. Un couple âgé approcha. La femme était grande, les cheveux blancs, et l'homme marchait lentement, avec une canne. Elle le tenait par le coude et il hochait la tête pendant qu'elle parlait. Norah eut le cœur serré en les voyant. Autrefois, elle imaginait que sa vie au côté de David ressemblerait à cela, leurs deux destinées tissées ensemble, enroulées l'une autour de l'autre comme des ceps de vigne, leurs feuilles mêlées. Elle était tellement vieux jeu, alors. Elle se voyait comme une sorte de pistil délicat, blotti à l'intérieur du calice protecteur de la fleur, sa propre vie inscrite à l'intérieur d'une autre vie.

Au lieu de quoi, elle avait écrit son propre destin. Elle avait dirigé une entreprise, élevé Paul, voyagé d'un bout à l'autre du monde. Elle était tout à la fois pistil, pétale, calice, tige et feuille ; elle était la longue racine blanche qui courait sous la terre. Et elle était heureuse.

— Où est Frédéric ? demanda Paul.

— À Orléans pour son travail. Mais il doit me rejoindre ce soir.

L'image de Frédéric franchissant la porte de leur chambre d'hôtel, lâchant ses clés sur la commode, tapotant ses poches pour s'assurer qu'il avait bien son portefeuille, desserrant sa cravate en prononçant son prénom de sa voix grave, flotta devant ses yeux. C'était peut-être sa voix qu'elle avait aimée en premier. Ils avaient beaucoup de points en commun – un enfant adulte, un divorce, un travail prenant – mais le fait que Frédéric ait vécu dans un autre pays et qu'il ait conservé cet accent étranger avait quelque chose de fascinant aux yeux de Norah. Deux cultures dans un seul homme.

— Tu es contente de ton séjour ? reprit Paul. La France te plaît ?

— Beaucoup, répondit Norah.

C'était vrai. Frédéric pestait que la circulation automobile avait détruit Paris, mais Norah était sous le charme : les boulangeries, les salons de thé, les crêpes qu'on vendait au coin des rues, les flèches des églises, les ponts…

— Et toi ? Comment se passe ta tournée ? Tu es toujours amoureux ?

— Oh, ça oui.

Son visage s'éclaira un peu. Il regarda sa mère dans les yeux.

— Est-ce que tu vas épouser Frédéric ?

Cette question, Norah se la posait sans cesse. Était-elle prête à changer sa vie ? Elle aimait Frédéric, elle n'avait jamais été plus heureuse, même si elle voyait, par-delà ce bonheur, le moment où ses petites habitudes – en particulier sa maniaquerie – lui taperaient sur les nerfs, et réciproquement. Mais elle avait suffisamment de maturité et d'expérience, maintenant, pour savoir que rien n'était jamais parfait ni immuable. Tout le monde changeait, à commencer par elle-même. Pour l'instant, chaque fois que Frédéric entrait dans une pièce, une sorte de frémissement la parcourait, comme si l'air se chargeait soudain d'électricité. Et elle avait envie de voir où cela la mènerait.

— Je ne sais pas, répondit-elle enfin. Bree aimerait racheter l'agence. Frédéric est encore sous contrat pour deux ans, nous avons encore le temps avant de prendre une décision. Mais je m'imagine très bien vivre à ses côtés. Je suppose que c'est bon signe.

Paul hocha la tête.

— C'était pareil, la première fois ? Avec papa, je veux dire.

Norah réfléchit. Pas facile de répondre à cette question.

— Oui et non, déclara-t-elle enfin. Je suis beaucoup plus pragmatique, maintenant. À l'époque, je voulais juste qu'on prenne soin de moi. Je ne me connaissais pas très bien moi-même.

— Et papa aimait tout régenter.

— Oh, ça oui.

Paul poussa un soupir amer.

— Je n'arrive pas à croire qu'il est mort.

— Moi non plus.

Ils gardèrent le silence un long moment. Norah roulait la brochure entre ses doigts, se remémorant la fraîcheur des salles du musée, l'écho des pas sur les parquets cirés. Elle était restée près d'une heure devant ce tableau, étudiant le tourbillon des couleurs, l'énergie en mouvement qui se dégageait des coups de pinceau du peintre, entre réalisme et abstraction. Van Gogh avait réussi à peindre le flamboiement du cosmos, le mystère, l'indicible. David, lui, avait photographié de minuscules détails, obsédé par l'ombre et la lumière, essayant d'immortaliser des instants fugitifs. Et maintenant il était mort, et sa vision du monde avait disparu avec lui.

Paul venait de se lever et faisait signe à quelqu'un, un sourire rayonnant éclairant ses traits crispés. Norah suivit son regard : une jeune femme s'avançait dans l'allée, mince, élancée, les traits fins, la peau ambrée, ses cheveux noirs cascadant jusqu'à sa taille.

— C'est Michelle, s'exclama Paul. Je reviens. C'est Michelle !

Ils se rejoignirent à mi-chemin, comme attirés l'un vers l'autre par un aimant. Paul prit délicatement son visage entre ses paumes pour l'embrasser, puis elle leva la main et leurs doigts s'emmêlèrent brièvement, un geste si intime que Norah détourna les yeux. Ils firent ensuite quelques pas dans les jardins, tête baissée, en parlant. Ils s'immobilisèrent soudain, Michelle entoura la taille de Paul de son bras, et Norah comprit qu'il lui avait dit, pour son père. Peu après, ils revinrent vers Norah.

— Madame Henry, murmura la jeune femme en lui serrant la main. Je suis désolée pour le père de Paul.

Elle avait une pointe d'accent étranger : elle avait vécu de nombreuses années à Londres. Ils conversèrent pendant plusieurs minutes, puis Paul proposa d'aller dîner. Pendant un instant, Norah fut tentée d'accepter : elle avait envie de passer la soirée avec son fils, de bavarder avec lui. Mais elle hésita, consciente de la complicité qui l'unissait à Michelle, de leur impatience d'être seuls, tous les deux. Elle songea de nouveau à Frédéric, peut-être déjà de retour à leur hôtel, poussant la porte de leur chambre, desserrant sa cravate en l'appelant.

— Pourquoi pas demain ? suggéra-t-elle. Nous pourrions nous retrouver pour le petit déjeuner, par exemple ? Je veux tout savoir de ton voyage. Et des joueurs de flamenco, à Séville.

Comme ils la raccompagnaient jusqu'au métro, Michelle glissa son bras sous celui de Norah. Paul marchait devant, ses larges épaules un peu voûtées.

— Vous avez un fils merveilleux, souffla-t-elle. Je regrette de ne pas avoir connu son père.

— Je doute que vous ayez réussi à le connaître, même si vous l'aviez rencontré. Mais je comprends ce que vous voulez dire.

C'était une soirée très douce, les lumières vives de la station de métro leur parurent presque agressives, par contraste. Le cliquetis d'une rame retentit dans le lointain, amplifié par le tunnel.

— Rendez-vous demain, vers neuf heures, précisa Norah en se tournant vers Paul.

Comme la rame approchait, elle se dressa sur la pointe des pieds pour lui souffler à l'oreille :

— Il t'aimait ! Il était ton père et il t'aimait !

Le visage de Paul se crispa, laissant apparaître une souffrance nue mêlée de tristesse. Le métro entra dans la station dans un grand souffle d'air, s'arrêta et les portes hydrauliques s'ouvrirent dans un chuintement. Norah s'assit près de la fenêtre. Elle eut une ultime et brève vision de Paul marchant sur le quai, les mains dans ses poches, tête basse. Puis il disparut.

Le temps qu'elle atteigne sa destination, le jour déclinait. Elle marcha jusqu'à l'hôtel dont la façade jaune pâle accrochait les derniers rayons du soleil.

La chambre silencieuse était telle qu'elle l'avait laissée : Frédéric n'était pas rentré. Norah s'avança vers la fenêtre d'où elle voyait la Seine et resta là un moment, les yeux perdus dans le vide, revoyant David porter Paul sur ses épaules, puis le jour où il lui avait demandé de l'épouser, criant pour dominer le fracas de l'eau, et, enfin, les mains de Paul et de Michelle, leurs doigts mêlés.

Elle s'approcha du petit secrétaire et écrivit une ligne sur le papier à lettres de l'hôtel : *Frédéric, je suis au jardin.*

Le jardin, en réalité une petite cour entourée de palmiers en pots, donnait sur la Seine. Norah s'installa à une table et commanda un verre de vin. Elle avait oublié son livre quelque part – probablement dans le jardin des Tuileries. Un sentiment de regret l'envahit. Ce n'était pas le genre d'ouvrage qu'on rachetait si on l'avait perdu, juste une lecture légère, destinée à passer le temps. L'histoire de deux sœurs. Maintenant, elle ne saurait jamais comment le récit se terminait.

Deux sœurs. Peut-être un jour Bree et elle écriraient-elles un roman. Cette pensée la fit sourire, et un homme assis à la table voisine, un petit verre d'apéritif devant lui, lui sourit en retour. À une époque, elle lui aurait sûrement envoyé un petit signal d'invite – en croisant les jambes d'un air nonchalant ou en repoussant négligemment une mèche de cheveux derrière son oreille. Et tout aussi sûrement, il se serait levé et se serait approché pour lui demander s'il pouvait se joindre à elle. Elle avait adoré le pouvoir de cette parade amoureuse et le petit frisson de l'aventure. Mais ce soir, elle détourna les yeux. L'homme alluma une cigarette, la fuma, paya sa note et partit.

Norah contempla les passants qui déambulaient le long du fleuve scintillant. Elle ne vit pas Frédéric traverser la cour et tressaillit lorsque sa main se posa sur son épaule. Elle se retourna et il l'embrassa, d'abord sur une joue, puis sur l'autre, et enfin sur la bouche.

— Bonsoir, dit-il.

Et il s'assit en face d'elle. Il n'était pas très grand, mais musclé, avec de larges épaules développées par des années de natation. Il était analyste-programmeur et Norah aimait ses certitudes et son aptitude à se projeter dans l'avenir sans se laisser arrêter par de petits problèmes subalternes.

— Tu m'attends depuis longtemps ? demanda-t-il. Tu as dîné ?

— Non.

Elle désigna du menton son verre de vin auquel elle avait à peine touché.

— Je suis là depuis peu et je meurs de faim.

— Bien. J'aurais pu arriver plus tôt, mais le train a eu du retard.

— Cela ne fait rien. Comment s'est passée ta réunion ?

— Bien.

Norah l'écouta lui raconter sa journée, adossée à sa chaise. Il avait des mains vigoureuses et habiles. Elle se souvenait d'un jour où il lui avait construit une série d'étagères. Il avait besogné dans le garage tout le week-end, les copeaux de bois jaillissant de son rabot. Le travail ne lui faisait pas peur, et il n'hésitait pas non plus à l'interrompre quand elle cuisinait, glissant ses bras autour de sa taille, lui embrassant la nuque jusqu'à ce qu'elle se retourne et l'embrasse à son tour. Il fumait la pipe, ce qu'elle détestait, et il conduisait trop vite sur l'autoroute.

— Tu as parlé à Paul ? demanda-t-il. Il va bien ?

— Je ne sais pas. J'espère. Il vient prendre le petit déjeuner avec nous demain. Il est amoureux d'une jeune femme délicieuse : Michelle. Elle sera là aussi.

— C'est bien, acquiesça Frédéric en mêlant ses doigts aux siens sur la table. Il n'y a rien de mieux qu'être amoureux.

Ils commandèrent à dîner, des brochettes de bœuf sur du riz pilaf, et du vin. La Seine coulait à leurs pieds, sombre, silencieuse, et Norah songea au plaisir qu'elle avait à être là, à Paris, à boire du vin au bord du fleuve. Elle se remémora ses raids en voiture jusqu'à l'Ohio quand elle était jeune, la surface étrangement irisée de l'eau, les rives abruptes, le vent qui s'engouffrait dans ses cheveux.

Mais aujourd'hui, elle avait cessé de courir. Frédéric ralluma sa pipe et resservit du vin tandis que la nuit engloutissait peu à peu les façades des immeubles. Les fenêtres s'allumaient une à une. Norah plia sa serviette et se leva. Le monde tournoyait. Elle était étourdie par le vin, la nuit, l'odeur de viande grillée, après cette longue journée de larmes et de joie.

— Norah ? Est-ce que tout va bien ?

La voix de Frédéric lui sembla venir de très loin. Norah toucha la table d'une main, reprit son souffle. Elle hocha la tête, incapable de parler face à l'abîme scintillant du fleuve à ses pieds, l'odeur de ses berges sombres, et les étoiles qui palpitaient au-dessus de sa tête en tourbillonnant, vivantes.

Novembre 1988

Il se prénommait Robert et c'était un beau garçon aux cheveux bruns, un peu ébouriffés. Il arpentait l'allée centrale du bus, discutant avec tout le monde, enchaînant les commentaires sur le trajet, la conduite du chauffeur, la météo. Dès qu'il parvenait au bout de la rangée de sièges, il faisait demi-tour, et repartait en sens inverse.

— Je passe un moment formidable ! annonça-t-il en serrant vigoureusement la main de Caroline.

Elle lui adressa un sourire indulgent. La plupart des voyageurs évitaient de croiser son regard, feignant de lire leur journal, ou d'être absorbés par le paysage. Mais Robert continuait à soliloquer, imperturbable, comme s'il savait qu'il n'obtiendrait pas plus de réactions des passagers que des arbres, des rochers ou des nuages derrière les vitres et qu'eux aussi faisaient partie du décor. Derrière cette obstination à occuper le terrain, Caroline percevait néanmoins l'ardent désir de trouver quelqu'un qui saurait enfin l'apprécier pour lui-même.

Et cette personne, selon toute évidence, il l'avait trouvée en Phoebe. Son visage s'illuminait chaque fois que Robert s'approchait, et elle le regardait aller et venir dans ce bus comme une sorte de créature fabuleuse – un paon, peut-être – superbe, grandiose, fier. Quand il vint finalement s'asseoir à côté d'elle, tout en continuant à discourir, Phoebe lui sourit. Un sourire rayonnant, dans lequel elle se livrait tout entière, sans retenue, sans prudence, sans même s'inquiéter de savoir s'il partageait ses sentiments. Caroline ferma les yeux, gênée de voir les émotions de sa fille étalées aussi clairement sur son visage. Elle était tellement innocente, inconsciente du danger. Mais quand elle les regarda de nouveau, Robert contemplait Phoebe avec le même sourire émerveillé, comme si un arbre, soudain, venait de crier son nom.

Elle jeta un coup d'œil à Al qui somnolait. Il était rentré hier, et il repartait demain matin : il faisait des heures supplémentaires en ce moment afin de payer les réparations du toit et les gouttières. Parfois, Caroline repensait aux premiers temps de leur mariage : les lèvres d'Al sur les siennes, sa main sur sa taille, et une nostalgie mêlée de regret la gagnait. Comment en étaient-ils arrivés là ? Dévorés par le quotidien, minés par les soucis.

Le bus attaqua la côte de Squirrel Hill. Phoebe et Robert s'étaient mis sur leur trente et un pour assister au bal annuel organisé par l'association « Enfance sens dessus dessous ». Les souliers cirés de Robert brillaient comme deux sous neufs et il avait enfilé son plus beau costume. Sous son manteau d'hiver, Phoebe portait une robe à fleurs, rouge et blanc, et une petite croix blanche, datant de sa confirmation, pendait à son cou. Ses cheveux, plus fins et plus foncés qu'autrefois, étaient coupés au carré et retenus de chaque côté par une barrette rouge. Elle avait le teint clair, parsemé de quelques grains de beauté sur les bras et le visage. En cet instant, elle regardait par la vitre, un sourire aux lèvres, perdue dans ses pensées. Robert étudiait les affichettes au-dessus de la tête de Caroline – des publicités pour des cliniques et des cabinets dentaires, le tracé de l'itinéraire du bus. C'était un gentil garçon, toujours prêt à s'émerveiller de tout, même s'il oubliait une conversation quasiment à la seconde où elle se terminait et demandait le numéro de téléphone de Caroline à chacune de leurs rencontres.

Et cependant, il n'oubliait jamais Phoebe. Ni l'amour qu'il lui portait.

— On est presque arrivés, déclara Phoebe en tirant Robert par le bras. J'ai compté sept arrêts.

Le foyer se trouvait juste un peu plus loin. Ses lumières se répandaient doucement sur l'herbe et les plaques de neige.

— Al, souffla Caroline en le secouant par l'épaule. Al, chéri, c'est notre arrêt.

Ils descendirent du bus dans le froid humide de ce soir de novembre et s'avancèrent par deux dans la lumière trouble du soir. Caroline glissa son bras sous celui d'Al.

— Tu es épuisé, déclara-t-elle en essayant de briser le silence qui, de plus en plus, envahissait leur vie. Tu as passé deux semaines éprouvantes.

— Non, ça va, affirma-t-il.

— J'aimerais que tu ne sois pas obligé de partir aussi souvent.

Elle regretta ses mots à l'instant où elle les prononça. Le sujet de discorde n'était pas nouveau, un nœud sensible dans la chair de leur mariage. Et elle eut l'impression que sa voix avait résonné de manière dure, accusatrice.

La neige craquait sous leurs souliers. Al soupira, sa respiration se transformait en petits nuages dans le froid.

— Je fais du mieux que je peux, Caroline. J'ai presque soixante ans, je dois augmenter mes points de retraite pendant que je le peux encore.

Caroline hocha la tête. Son bras était ferme et solide sous le sien. Elle était si heureuse qu'il soit là, si fatiguée de cette cadence infernale qui le tenait éloigné pendant des jours et des jours. Elle aurait tellement voulu partager son petit déjeuner avec lui le matin, dîner avec lui le soir, et se réveiller la nuit en sachant qu'il était là, à côté d'elle dans le lit, et non dans une chambre d'hôtel anonyme, à des centaines de kilomètres.

— Tu me manques, murmura-t-elle en lui pressant doucement le bras. C'est tout ce que je voulais dire. Rien d'autre.

Phoebe et Robert marchaient devant eux, main dans la main. Phoebe voulait se marier avec Robert, vivre avec lui. Linda, la directrice du foyer, avait averti Caroline : *Phoebe est amoureuse. Elle a vingt-quatre ans, elle découvre sa sexualité. Nous devons en discuter, Caroline.*

Peu encline à admettre la réalité d'un changement dans la vie de sa fille, Caroline avait fui la discussion et remis l'entretien à plus tard.

Phoebe écoutait avec attention ce que lui disait Robert, la tête légèrement inclinée ; de temps à autre, son rire transperçait l'obscurité. En l'entendant, Caroline revit tout à coup la salle d'attente de la clinique de Lexington – ses fougères en cascade, le grincement incessant de la porte d'entrée. Appuyée contre le bureau de l'accueil, Norah Henry ôtait son gant pour montrer son alliance à la secrétaire médicale et un rire, le même que celui de Phoebe, jaillissait de ses lèvres.

C'était si loin, une éternité. Caroline avait réussi à chasser presque complètement ces souvenirs de son esprit, et puis, la semaine dernière, une lettre était arrivée, d'un cabinet d'avocats, en ville.

Veuillez nous contacter au sujet d'un legs vous concernant.

Interloquée, Caroline avait aussitôt appelé. Elle avait contemplé fixement le défilé des voitures sur la quatre-voies pendant que l'avocat lui annonçait la nouvelle : David Henry était décédé. Avant de mourir, il avait déposé une importante somme d'argent sur un compte dont elle était la bénéficiaire. En réalité, il s'agissait d'un compte joint, établi à leurs deux noms, donc en marge de ses autres dispositions testamentaires. Naturellement, il lui était impossible de lui indiquer le montant du legs au téléphone. Caroline devrait venir à son cabinet.

Après avoir raccroché, Caroline était sortie sur le porche et s'était assise sur la balancelle, essayant de reprendre ses esprits. Elle était choquée que David ait pensé à elle de cette façon. Plus choquée encore que par l'annonce de sa mort. Mais qu'avait-elle donc imaginé ? Qu'en dépit du temps, de la distance, ils s'étaient liés à jamais au moment où il avait déposé Phoebe dans ses bras ? Qu'un jour, lorsqu'elle le déciderait, elle l'autoriserait à rencontrer sa fille ? Elle était désemparée, perdue. Finalement, elle était rentrée se préparer pour aller travailler et avait glissé la lettre dans le tiroir de son bureau. Elle attendrait le retour d'Al pour prendre une décision. Al l'aiderait à y voir clair. Mais jusqu'ici, Caroline n'avait toujours pas trouvé le bon moment pour lui en parler – il était si fatigué – et la question, non résolue, restait suspendue au-dessus de leurs têtes.

Ils franchirent la double porte vitrée du foyer et entrèrent dans le hall. Une piste de danse avait été installée au fond de la salle et une boule à facettes projetait des éclats de lumière sur le plafond et les murs. Il y avait de la musique, mais personne ne dansait. Phoebe et Robert s'étaient faufilés au premier rang et regardaient, fascinés, les jeux de lumière qui virevoltaient sur la piste déserte.

Al suspendit leurs manteaux puis, à la surprise de Caroline, la prit par la main.

— Tu te rappelles le jour où nous avons dansé tous les deux dans le jardin ? Montrons-leur de quoi nous sommes capables.

Caroline sentit des larmes d'émotion lui monter aux yeux Si elle se souvenait ? Les feuilles bruissaient comme des pièces de monnaie, ce jour-là. Le soleil brillait et les abeilles bourdonnaient. Ils avaient dansé sur la pelouse, et, quelques heures plus tard, dans la salle d'attente de l'hôpital, elle avait pris la main d'Al dans la sienne, et elle avait dit : *Bien sûr, je veux t'épouser.*

Al passa son bras autour de sa taille et ils s'avancèrent sur la piste. Caroline avait oublié – il y avait si longtemps – à quel point leurs deux corps s'accordaient bien ensemble, à quel point elle se sentait libre quand elle dansait. Elle appuya sa joue sur son épaule, respirant son après-rasage épicé. La main d'Al se pressait dans son dos. Progressivement, d'autres couples les rejoignirent sur la piste en leur adressant des sourires. Caroline connaissait presque tout le monde : le personnel, les autres parents membres de l'association « Enfance sens dessus dessous », les résidents du foyer voisin. Phoebe avait été placée sur une liste d'attente pour obtenir une place là-bas, une résidence médicalisée où elle pourrait vivre avec d'autres adultes et un référent. Par certains côtés, ce serait idéal : Phoebe aurait plus d'indépendance, elle serait plus autonome. Cela pourrait même apporter un début de réponse à la question angoissante de son avenir, mais... Mais Caroline ne parvenait pas à imaginer Phoebe vivant loin d'elle, voilà. La liste d'attente lui avait paru très longue quand elle l'avait inscrite, mais au cours des douze derniers mois, le nom de Phoebe n'avait cessé de remonter vers le haut de la page. Bientôt, Caroline devrait prendre une décision, elle le savait. Elle aperçut Phoebe qui montait sur la piste de danse avec Robert, intimidée mais radieuse, ses fins cheveux retenus par les barrettes rouge vif.

Elle continua à danser, les yeux clos. Al était un excellent partenaire. Caroline avait la sensation que la musique se répandait dans ses veines. La voix de Phoebe produisait le même effet sur elle : quand elle chantait à la maison, Caroline stoppait net ce qu'elle était en train de faire et l'écoutait, chaque note traversant l'espace, aussi pure et limpide qu'un trait de lumière.

— Très agréable, murmura Al en l'attirant plus près, sa joue pressée contre la sienne.

Quand le slow prit fin, cédant la place à un rock endiablé, Al laissa son bras autour de sa taille et ils quittèrent la piste. Encore un peu étourdie, Caroline chercha par habitude Phoebe du regard, bientôt inquiète de ne l'apercevoir nulle part.

— Je l'ai envoyée au sous-sol chercher du punch, l'informa Linda derrière la table du buffet.

Elle montra d'un geste les boissons déjà largement entamées.

— Nous sommes victimes de notre succès. Je vais être également à court de petits gâteaux !

— Je vais en chercher, proposa aussitôt Caroline, heureuse d'avoir un prétexte pour aller voir ce que faisait Phoebe.

— Que veux-tu qu'il lui arrive ? protesta Al à voix basse en lui saisissant la main.

— Je vais juste m'assurer que tout va bien. J'en ai pour une minute.

Elle traversa les couloirs déserts, la chaleur de la main d'Al toujours perceptible sur sa paume. Elle descendit l'escalier et passa dans la cuisine, ouvrant d'une main la porte à battants, tâtonnant de l'autre pour trouver l'interrupteur mural. La soudaine fluorescence les surprit comme le flash d'un appareil photo : Phoebe, dans sa robe fleurie, le dos appuyé contre le comptoir, et Robert tout près d'elle, ses bras autour de sa taille. Juste avant qu'ils ne tournent la tête vers elle, Caroline se rendit compte qu'il s'apprêtait à l'embrasser et que Phoebe souhaitait ardemment ce baiser. Robert, son premier amour. Ses yeux étaient clos, son visage rayonnant de plaisir.

— Phoebe ! lança Caroline d'un ton sec. Phoebe et Robert, ça suffit !

Ils s'écartèrent l'un de l'autre, surpris mais nullement contrits.

— Il n'y a pas de problème, expliqua Robert. Phoebe est ma petite amie.

— Nous allons nous marier, renchérit Phoebe.

Caroline essaya de rester calme. Après tout, Phoebe était une adulte, maintenant.

— Robert, il faut que je parle à Phoebe, déclara-t-elle. Seule à seule, s'il te plaît.

Robert hésita, puis obtempéra, son enthousiasme retombé.

— On ne faisait rien de mal, insista-t-il avant de sortir. Phoebe et moi, on s'aime.

— Je sais, acquiesça Caroline comme les portes se refermaient derrière lui.

Phoebe resta immobile sous la lumière crue, tortillant la chaînette autour de son cou.

— On a le droit d'embrasser quelqu'un qu'on aime, maman. Tu embrasses bien Al.

Caroline se remémora la main d'Al sur sa taille et hocha la tête.

— C'est vrai. Mais ça avait l'air bien plus qu'un petit baiser, chérie.

— Maman !

Phoebe était exaspérée.

— Robert et moi on va se *marier* !

— Tu ne peux pas te marier, chérie, répondit Caroline sans prendre le temps de peser ses mots.

Phoebe planta son regard dans le sien, son visage arborant cette expression têtue que Caroline connaissait si bien.

— Pourquoi ?

— Mon cœur, le mariage…

Caroline se tut, songeant à Al, à la fatigue qui pesait sur lui depuis quelque temps, à la distance qu'il creusait entre eux chaque fois qu'il partait.

— Écoute, c'est compliqué, mon cœur. Mais tu peux aimer Robert sans être mariée avec lui.

— Non. Robert et moi on va se marier.

Caroline soupira.

— D'accord. Admettons. Où vivrez-vous ?

— On achètera une maison, répondit Phoebe avec conviction. On s'y installera et on aura des bébés.

— C'est beaucoup de travail de s'occuper d'un bébé. Je ne sais pas si Robert et toi vous mesurez bien la charge que cela représente au quotidien. Et ça coûte très cher, aussi. Avec quoi achèteras-tu cette maison ? Et de quoi manger ?

— Robert travaille. Et moi aussi. On a *plein* d'argent !

— Mais tu ne pourras plus travailler si tu dois t'occuper du bébé.

Phoebe réfléchit, les sourcils froncés, et le cœur de Caroline se serra. Des rêves tout à la fois si simples et si essentiels, et ils ne se réaliseraient jamais. Ce n'était pas juste.

— J'aime Robert, s'entêta Phoebe. Et Robert m'aime aussi. Et Avery, elle a un bébé.

Caroline revit Avery Swan poussant un landau sur le trottoir, s'arrêtant pour que Phoebe puisse se pencher et caresser tout doucement la joue du bébé.

— Oh, mon cœur.

Elle entoura les épaules de Phoebe de son bras.

— Tu te souviens du jour où Avery et toi vous avez sauvé Giboulée ? C'est ton chat et tu l'aimes très fort, mais c'est beaucoup de travail de s'en occuper. Tu dois changer sa litière, le brosser, nettoyer les saletés qu'il fait, lui donner à manger, le faire entrer et sortir, et tu t'inquiètes quand il ne revient pas. Avoir un bébé, c'est encore plus de travail, Phoebe. Avoir un bébé, c'est comme avoir vingt Giboulée.

Le visage de Phoebe se contracta. Des larmes roulèrent le long de ses joues.

— C'est pas juste, chuchota-t-elle.

— Non, ce n'est pas juste, acquiesça Caroline.

Elles gardèrent le silence pendant un long moment, immobiles sous la lumière blanche des néons.

— Tu veux bien me donner un coup de main ? demanda gentiment Caroline. Linda voudrait qu'on lui rapporte des petits gâteaux en plus du punch.

Phoebe hocha la tête tout en séchant ses yeux. Elles gravirent l'escalier, puis traversèrent le hall, portant des bouteilles et des boîtes de biscuits, sans parler.

Plus tard, ce soir-là, Caroline raconta à Al ce qui s'était passé. Il était assis à côté d'elle sur le canapé, bras croisés, déjà à moitié endormi. Des cernes creusaient ses yeux. Demain, il se lèverait à l'aube et repartirait au volant de son camion.

— Elle a tellement envie de vivre sa vie, Al. Et cela devrait être si simple.

— C'est peut-être plus simple que tu ne le crois, Caroline. D'autres personnes vivent dans cette résidence médicalisée et apparemment ça se passe très bien. Et puis au moindre problème nous serions là.

Caroline secoua la tête.

— Je ne la vois pas se débrouiller seule. Et encore moins se marier. Tu imagines, si elle tombait enceinte ? Il est hors de question que j'élève un autre enfant, et c'est pourtant ce qui se passerait.

— Je n'en ai aucune envie non plus.

— Nous devrions peut-être lui interdire de voir Robert pendant quelque temps.

Al la dévisagea, surpris.

— Tu penses que ce serait une bonne chose ?

— Je n'en sais rien.

Caroline soupira.

— Franchement, je n'en ai aucune idée.

— Chérie, murmura-t-il d'une voix douce. Depuis que je te connais, tu n'as jamais cessé de te battre pour qu'aucune porte ne se ferme devant elle. *Ne la sous-estimez pas*… Combien de fois t'ai-je entendue prononcer ces mots ? Le moment est peut-être venu de la laisser prendre son envol.

— Je n'imagine pas ma vie sans elle, avoua tout bas Caroline.

— Personne ne te le demande. Mais ce n'est plus une enfant. Pourquoi t'es-tu battue toute ta vie, si ce n'est pour permettre à Phoebe d'acquérir un jour une forme d'indépendance ?

— Je sais que tu aimerais être libre de partir, de voyager.

— Pas toi ?

— Bien sûr que si ! Mais même si Phoebe ne vit plus chez nous, elle ne sera jamais complètement autonome, tu le sais comme moi. Et j'ai peur que tu ne supportes plus cette situation. J'ai peur que tu finisses par en avoir assez et que tu nous quittes. Tu es de plus en plus distant avec moi ces dernières années.

Al resta silencieux un long moment.

— Qu'est-ce que j'ai pu faire pour te donner l'impression que j'allais partir ? articula-t-il enfin.

— Rien, répondit très vite Caroline en comprenant qu'elle l'avait blessé. Oh, Al, excuse-moi, je ne suis pas moi-même en ce moment. Attends, je veux te montrer quelque chose.

Elle se dirigea vers son bureau, ouvrit le tiroir et en sortit l'enveloppe de l'avocat.

— Voilà ce qui me rend nerveuse. J'ai reçu ce courrier, et je ne sais pas quoi faire.

Al prit la lettre et la parcourut rapidement, la retournant comme si son mystère pouvait être élucidé par un message écrit au dos.

— Tu les as appelés ?

— Oui.

Elle lui raconta brièvement leur conversation. La mort de David, le legs.

— Combien y a-t-il sur ce compte ? demanda Al en fronçant les sourcils.

Elle secoua la tête.

— Je l'ignore. Ils n'ont pas voulu me le dire au téléphone.

— C'est étrange comme procédé. Un compte secret.

— Il avait peut-être peur que je révèle la vérité à Norah si j'étais amenée à la rencontrer pour la lecture du testament.

Elle songea à Norah, qui avait vécu toutes ces années sans savoir que sa fille était vivante. Et à Paul – difficile d'imaginer ce qu'il était devenu, ce bébé aux cheveux bruns qu'elle n'avait vu qu'une fois.

— Qu'est-ce qu'il faut faire, selon toi ? demanda-t-elle.

— Savoir exactement en quoi consiste ce legs, pour commencer. Nous irons voir cet avocat dès mon retour. Je prendrai un jour de congé ou deux. Après, nous verrons bien. Rien ne nous oblige à décider quoi que ce soit maintenant.

— D'accord.

Le poids qui lui avait comprimé la poitrine toute la semaine disparut. Tout paraissait toujours si simple avec Al.

— Je suis contente que tu sois là.

— Je n'ai pas l'intention de partir.

Il lui prit la main.

— Sauf pour Toledo, demain matin, à six heures. Alors, je crois que je vais aller me coucher.

Il l'embrassa sur la bouche, longuement, et l'attira à lui. Caroline pressa sa joue contre la sienne, songeant à leur rencontre, sur le parking de ce supermarché. Sa vie avait commencé ce jour-là.

Il se leva.

— On y va ?

Elle hocha la tête et le suivit, sa main toujours serrée dans la sienne.

Caroline se leva très tôt le lendemain matin et prépara le petit déjeuner, disposant des œufs brouillés, du bacon, et des croquettes de pommes de terre dans les assiettes.

— Ça sent bon, déclara Al en entrant dans la cuisine.

Il l'embrassa puis jeta le journal sur la table, en même temps que le courrier de la veille. Les lettres étaient froides, un peu humides, dans ses mains. Il y avait deux factures, et une carte postale de la mer Égée avec un message de Dothy au dos.

Caroline le parcourut.

— Trace s'est foulé la cheville à Paris.

— Pas de chance.

Al jeta un coup d'œil aux principaux articles du journal, puis le replia.

— Tu sais, j'ai réfléchi cette nuit : pourquoi ne viens-tu pas avec moi ? Linda pourrait accueillir Phoebe chez elle le temps du week-end. Ce serait l'occasion de voir comment elle se débrouille toute seule. Qu'est-ce que tu en dis ?

— Là, tout de suite ?

— Pourquoi pas ?

— Oh, souffla-t-elle, rougissant de plaisir. Je ne sais pas. J'ai tellement de choses prévues cette semaine... La prochaine fois, peut-être, ajouta-t-elle très vite pour ne pas le froisser.

— On pourrait faire un peu de tourisme en cours de route, visiter des villes. Ce serait plus intéressant pour toi.

— C'est une excellente idée, acquiesça-t-elle en constatant, avec un peu d'étonnement, qu'elle était sincère.

Il sourit, déçu, et se pencha pour l'embrasser, ses lèvres rapides et froides sur les siennes.

Toute la semaine, Caroline repensa à l'invitation d'Al. Ainsi qu'au baiser qu'elle avait interrompu entre Robert et sa fille, et à la résidence médicalisée où Phoebe souhaitait s'installer. Al avait raison. Un jour, ils ne seraient plus là et Phoebe avait le droit de vivre sa vie.

Le vendredi soir, Caroline partit chercher Phoebe à son travail. Elle arriva en avance et patienta dans la voiture pour l'attendre, l'observant tandis qu'elle s'activait de l'autre côté de la vitrine, reliant des documents, plaisantant avec Max, sa collègue, une jeune femme brune, aux cheveux noués en queue-de-cheval, qui déjeunait tous les vendredis avec Phoebe et n'hésitait pas à la rappeler à l'ordre si elle faisait une bêtise. Phoebe était employée ici depuis maintenant trois ans. Elle aimait son travail et l'accomplissait avec beaucoup de sérieux. En la voyant aller et venir, Caroline repensa aux longues heures de formation, aux entretiens et à toute la paperasserie qu'il avait fallu remplir pour que Phoebe ait accès à un emploi. Et le combat était loin d'être terminé. Phoebe ne gagnait pas suffisamment d'argent pour subvenir à ses besoins et elle ne pouvait pas rester seule, même le temps d'un week-end : s'il y avait le feu ou une coupure d'électricité, elle serait terrifiée et ne saurait absolument pas quoi faire.

Et puis il y avait Robert. Pendant tout le trajet de retour, Phoebe parla de son travail, de Max, et de Robert, de Robert, de Robert… Caroline l'écoutait, soulagée que ce soit la fin de la semaine : demain, Al serait là.

Le téléphone sonnait quand elles arrivèrent à la maison. Giboulée les accueillit en miaulant et s'enroula autour des chevilles de Caroline qui manqua de trébucher, et se précipita pour décrocher.

— Allô ?

C'était la police. Le gendarme, à l'autre bout de la ligne, voulait parler à Mme Simpson.

— C'est elle-même, répondit Caroline en regardant Phoebe prendre Giboulée dans ses bras et la serrer contre elle. Je suis Caroline Simpson.

Son interlocuteur s'éclaircit la gorge et délivra son message.

Caroline eut soudain l'impression que le temps se distendait et que son cœur remplissait peu à peu toute la pièce, réduisant l'espace et l'écrasant sur sa chaise. Le camion d'Al avait quitté la route dans un virage, défonçant la glissière de sécurité. Il avait été hospitalisé pour une fracture de la jambe et des contusions multiples dans le service même où elle avait accepté de l'épouser autrefois.

Phoebe fredonnait en berçant Giboulée, mais elle dut sentir qu'il se passait quelque chose car elle se figea et posa sur sa mère un regard interrogateur. Caroline lui raconta ce qui était arrivé pendant qu'elles roulaient en direction de l'hôpital. Comme elle s'engouffrait dans le hall des urgences, elle fut submergée par des images du passé : Phoebe n'arrivant plus à respirer, inconsciente, le visage gonflé, Al s'interposant pour empêcher Caroline de gifler l'infirmière. Aujourd'hui, Phoebe était une jeune femme et Caroline était mariée avec Al depuis dix-huit ans.

Dix-huit ans !

Al était conscient, ses cheveux poivre et sel contrastant avec la blancheur de l'oreiller. Il essaya de se redresser quand elles entrèrent mais retomba en arrière avec une grimace.

— Oh, Al.

Caroline traversa la chambre et lui saisit la main.

— Ne t'inquiète pas. Je vais bien.

Il ferma les yeux quelques instants et prit une profonde respiration. Caroline sentit son cœur se glacer car elle ne l'avait jamais vu ainsi, tremblant, bouleversé, un muscle tressautant sur sa joue.

— Hé, tu commences à me faire peur, lança-t-elle en s'obligeant à parler sur un ton léger.

Il ouvrit les yeux et ils se regardèrent intensément, toute distance abolie entre eux. Sa grande main effleura la joue pâle de Caroline. Elle la couvrit de la sienne, les yeux remplis de larmes.

— Que s'est-il passé ? chuchota-t-elle.

Il soupira.

— Je n'en sais rien. C'était l'après-midi, il faisait clair, ensoleillé. Je traçais ma route en pensant que ce serait vraiment génial si tu étais là, à côté de moi, comme nous en avions parlé. La seule chose dont je me souvienne ensuite, c'est du camion percutant le rail de sécurité. Après, c'est le trou noir. Je me suis réveillé ici. Le camion est bon pour la casse. Les flics m'ont dit que j'avais eu de la chance : un kilomètre plus loin, j'y passais.

Caroline s'inclina vers lui et l'étreignit.

— Oh, Al.

— Je sais. Je sais, Caroline.

Phoebe se mit à pleurer, une main plaquée sur sa bouche pour étouffer ses sanglots. Caroline se redressa et passa un bras autour de ses épaules. Elle sentait la chaleur de son corps robuste contre le sien.

— Phoebe, murmura Al. Comment s'est passée ta journée, chérie ? Je suis désolé, je ne suis pas allé jusqu'à Cleveland, je n'ai pas pu te rapporter les petits pains fourrés à la crème que tu aimes tant. La prochaine fois, d'accord ?

Phoebe hocha la tête, essuyant ses joues mouillées du plat de la main.

— Où est ton camion ? demanda-t-elle.

Et Caroline se remémora l'époque où Al les emmenait en balade toutes les deux dans son semi-remorque, Phoebe enfant assise fièrement dans la cabine, applaudissant joyeusement quand ils dépassaient d'autres routiers.

— Chérie, il est cassé, j'en ai peur, soupira Al. Il est en miettes.

Al passa deux jours à l'hôpital, puis rentra à la maison. Commença alors pour Caroline une période difficile : elle devait conduire Phoebe à son travail, aller travailler elle-même, s'occuper d'Al, aller chercher Phoebe, préparer les repas, essayer d'avancer dans son repassage... Tous les soirs, elle se couchait épuisée, et au matin tout recommençait. Avec ça, Al était un malade insupportable, furieux d'être confiné entre quatre murs, désagréable, exigeant. Elle avait l'impression d'être revenue à l'époque où elle s'occupait de Leo, dans cette même maison. Comme si, au lieu d'avancer en ligne droite, le temps formait une boucle.

Une semaine s'écoula. Le samedi, Caroline, épuisée, chargea le lave-linge puis passa dans la cuisine pour s'occuper du dîner. Elle sortit des carottes du réfrigérateur pour préparer une salade, et fouilla dans le congélateur, cherchant l'inspiration. Rien.

Tant pis, Al ne serait pas content, mais elle commanderait une pizza. Il était déjà dix-sept heures et d'ici peu elle devrait aller chercher Phoebe à son travail. Elle s'interrompit, son couteau économe à la main, et regarda par la fenêtre, par-delà son propre reflet dans les carreaux, vers l'enseigne rouge du fast-food qui se détachait derrière les branches nues des arbres. Elle songea au bureau cossu, lambrissé de chêne du cabinet d'avocats. Elle était allée au rendez-vous, pris avant l'accident d'Al, afin de savoir combien David Henry lui avait légué. L'entretien lui avait trotté dans la tête toute la semaine, même si elle n'avait pas eu le temps d'y réfléchir ni d'en parler avec Al.

Il y eut du bruit dehors. Caroline se retourna, surprise, et aperçut Phoebe sur le porche. Elle était rentrée toute seule ! Caroline lâcha l'économe, s'essuya les mains sur son tablier et sortit. Comme elle ouvrait la porte, elle découvrit ce qu'elle n'avait pu voir de l'intérieur : Robert, aux côtés de Phoebe, son bras autour de ses épaules.

— Qu'est-ce que tu fais ici ? demanda-t-elle sèchement.

— J'ai pris ma journée, répondit Phoebe.

— Et ton travail ?

— Max me remplace. Je ferai des heures à sa place lundi pour compenser. Elle est d'accord.

Caroline hocha lentement la tête.

— Comment es-tu rentrée à la maison ? J'allais partir te chercher.

— On a pris le bus, expliqua Robert.

Caroline faillit se mettre à rire. Ils avaient pris le bus, naturellement.

— Je t'avais pourtant dit de ne pas le faire. C'est dangereux.

— Robert et moi, on ne risque rien, répliqua Phoebe, sa lèvre inférieure légèrement projetée en avant, comme chaque fois qu'elle était en colère. Robert et moi on va se marier.

— Oh, pour l'amour du ciel ! s'écria Caroline, à bout de patience. Comment pourriez-vous vous marier ? Vous n'avez aucune idée de ce qu'est le mariage, ni l'un ni l'autre !

— Si, on sait, affirma Robert. On sait ce que c'est que le mariage.

Caroline soupira, épuisée.

— Écoute, Robert, il faut que tu rentres chez toi. Tu as pris le bus pour venir jusqu'ici, tu peux prendre le bus pour repartir. Je n'ai pas le temps de te ramener en voiture. Je suis fatiguée. Rentre chez toi.

À sa grande surprise, Robert sourit. Il regarda Phoebe, puis s'éloigna de quelques pas et se baissa pour prendre quelque chose sous la balancelle. Il se redressa, brandissant un bouquet de roses rouges et blanches. Il le tendit à Caroline.

— Qu'est-ce que c'est ? demanda-t-elle, surprise, tandis qu'un parfum délicat se répandait dans l'air froid.

— Elles viennent du magasin. Je les ai achetées, répondit-il.

Caroline secoua la tête.

— Je ne comprends pas.

— On est samedi, lui rappela Phoebe.

Samedi – le jour de la semaine où Al revenait à la maison après ses tournées, toujours avec un cadeau pour Phoebe et des fleurs pour sa femme. Caroline les imagina tous les deux, prenant le bus jusqu'au magasin où Robert travaillait comme manutentionnaire, étudiant le prix des fleurs, comptant l'argent. Une petite voix en elle avait toujours envie de hurler, de flanquer Robert dans le bus, de le faire sortir de leur vie. Mais d'un autre côté, elle était si fatiguée. *Tant pis. Arrivera ce qui arrivera. Je n'en peux plus.*

À l'intérieur de la maison, la clochette qu'elle avait posée à côté d'Al sonna avec insistance. Caroline soupira, fit un pas en arrière et esquissa un geste en direction de la cuisine.

— D'accord. Entrez tous les deux avant d'attraper froid.

Elle monta rapidement à l'étage en s'efforçant de garder son calme. À quel moment avait-on décrété qu'elle devait servir d'esclave aux habitants de cette maison ?

— Une fracture ne guérit pas du jour au lendemain, lança-t-elle en entrant dans la chambre où Al était assis, sa jambe étendue sur une ottomane, un livre sur ses genoux. C'est frustrant, mais c'est ainsi. Jouer les tyrans n'y changera rien !

— Tu voulais que je passe plus de temps à la maison, grommela Al. Tu devrais être contente.

Caroline secoua la tête et s'assit au bord du lit.

— Non. Non, je ne suis pas contente. Je n'ai jamais voulu *ça*.

Il regarda par la fenêtre pendant plusieurs secondes.

— Je sais, acquiesça-t-il enfin. Désolé.

— Tu souffres beaucoup ?

— C'est supportable.

Derrière les vitres, les dernières feuilles du sycomore se détachaient sur le ciel violacé. Le mois dernier, Phoebe et elle avaient planté des chrysanthèmes bruns et mordorés dans les massifs. Caroline s'était assise sur ses talons pour admirer leur œuvre, se remémorant l'époque où elle jardinait avec sa mère, un de leurs rares moments de complicité. Elles n'avaient quasiment jamais eu de vraies discussions ensemble. Et il y avait tant de choses, aujourd'hui, que Caroline regrettait de ne pas lui avoir dites.

— C'est fini pour moi, lâcha tout à coup Al sans la regarder. Conduire un camion, je veux dire.

— Très bien, commenta Caroline en essayant d'imaginer les répercussions que cette décision allait avoir sur leur vie.

Elle était soulagée – sa gorge s'était nouée chaque fois qu'elle l'avait imaginé repartant sur les routes – mais elle était aussi un peu inquiète. Depuis leur mariage, ils n'avaient jamais vécu plus d'une semaine ensemble.

— Tu vas m'avoir sur le dos à plein temps, reprit Al, comme s'il lisait dans ses pensées.

— C'est vrai ?

Elle le dévisagea, notant sa pâleur, ses yeux graves.

— Tu as l'intention de prendre ta retraite, alors ?

Il secoua la tête.

— Je suis trop jeune pour ça. Mais je pourrais changer d'activité. Travailler dans un bureau, par exemple. Je connais par cœur le fonctionnement de l'entreprise. Ou alors devenir chauffeur de bus. Je ne sais pas, il faut voir. Mais il est hors de question que je reprenne la route.

Caroline mit sa main dans la sienne. Elle s'était rendue sur le lieu de l'accident, elle avait vu le rail de sécurité arraché, le flanc de la colline labouré là où le camion était tombé.

— J'ai toujours eu le sentiment que ça arriverait, poursuivit Al d'une voix sourde. Comme si ça devait finir comme ça, un jour ou l'autre. Et c'est arrivé.

— Tu ne m'as pas dit que tu avais peur.

— Je n'avais pas peur. C'était juste une impression. C'est différent.

— Mais tu aurais quand même dû m'en parler !

Il haussa les épaules.

— Ça n'aurait rien changé.

Quelques mètres de plus, et Al se serait tué, leur avaient répété les policiers. Toute la semaine, elle avait essayé de ne pas y penser. Et pourtant, c'était la réalité. Elle aurait pu être veuve à l'heure actuelle, seule pour affronter le reste de sa vie.

— Tu devrais peut-être prendre ta retraite, déclara-t-elle lentement. Je suis allé voir le notaire. David a laissé énormément d'argent à Phoebe.

— Ça ne me regarde pas. Ce n'est pas mon argent.

Caroline se remémora la manière dont il avait réagi quand Dothy leur avait donné la maison. Il avait manifesté la même réticence à accepter quelque chose qu'il n'avait pas gagné à la sueur de son front.

— C'est vrai, acquiesça-t-elle. L'argent est pour Phoebe. Mais c'est nous qui l'élevons, Al. Et si elle est prise en charge financièrement, nous pourrons respirer un peu. Nous avons travaillé si dur. Peut-être le moment est-il venu pour nous de nous arrêter.

— Je ne suis pas sûr de comprendre. Tu veux que Phoebe parte ?

— Oh non, loin de là. Mais c'est ce que Phoebe souhaite. Elle est en bas avec Robert, en ce moment.

Caroline esquissa un sourire en songeant au bouquet de roses qu'elle avait posé sur la table de la cuisine, à côté d'un petit tas de carottes à moitié pelées.

— Ils sont allés ensemble au magasin. En bus. Et ils m'ont acheté des fleurs parce que c'est samedi. Alors je ne sais pas, Al. Qui suis-je pour préjuger de l'avenir ? Peut-être se débrouilleront-ils très bien tous les deux.

Il hocha pensivement la tête, et elle fut frappée par la fatigue qui marquait son visage, par la fragilité de leur vie. Pendant toutes ces années, elle avait essayé de tout prévoir, de protéger sa famille, et cependant Al était là, devant elle, vieilli, une jambe dans le plâtre – un cas de figure auquel elle n'avait pas songé.

— Je te ferai du ragoût de mouton, demain, déclara-t-elle, sachant que c'était son plat préféré. Tu veux bien te contenter d'une pizza pour ce soir ?

— Entendu. Mais commande-la chez Braddock : ce sont les meilleures.

Caroline lui tapota tendrement l'épaule puis descendit l'escalier. Robert et Phoebe bavardaient en riant dans la cuisine. Elle s'arrêta un instant sur le palier pour les écouter. Le monde était un lieu imprévisible et parfois effrayant, mais en cet instant, il se montrait clément. Sa fille riait avec son petit ami, son mari somnolait, un livre sur les genoux, et elle n'avait pas besoin de cuisiner pour le dîner. Elle prit une profonde respiration. Un parfum de roses flottait dans l'air, pur et frais – comme la neige.

1989

1er juillet 1989

Personne n'était entré dans l'atelier depuis le déménagement de David, sept ans plus tôt. Mais maintenant que la maison était mise en vente, Norah n'avait plus le choix : il lui fallait libérer les lieux. Les photographies de David avaient retrouvé les faveurs de la critique et se monnayaient très cher. Un expert devait passer le lendemain évaluer la collection. Voilà pourquoi Norah s'appliquait depuis le matin à opérer un tri, ouvrant les cartons avec la pointe d'un cutter, sortant des chemises cartonnées remplies de clichés, de négatifs et de notes manuscrites. Il ne devrait pas y en avoir pour très longtemps, avait-elle estimé. David était incroyablement méticuleux, et tout était soigneusement classé, étiqueté. Elle en avait pour une journée, pas davantage.

Mais c'était compter sans la nostalgie du passé. Il était déjà midi, il faisait de plus en plus chaud dans la pièce, et elle n'avait exploré qu'un seul carton. Une fine pellicule de sueur mouillait son front ; les photos lui collaient aux doigts. Elles étaient à la fois si familières et si irréelles, les images de sa jeunesse.

Ici, c'était elle, un foulard noué dans ses cheveux coiffés à la mode des sixties, Bree à ses côtés, de gros anneaux aux oreilles, vêtue d'une jupe longue en patchwork. Là, c'était l'une des rares photos de David, si sérieux, les cheveux en brosse, Paul tout bébé dans ses bras. Les souvenirs affluaient, remplissant la pièce, entraînant Norah dans un long voyage dans le temps : l'odeur des lilas, de la peau de bébé de Paul ; les caresses de David, sa façon de toussoter pour s'éclaircir la gorge ; la lumière du soleil dansant sur un parquet sombre...

Une guêpe entra et bourdonna près du plafond. Tous les ans, elles revenaient construire un nid au-dessus de la porte du garage. Mais maintenant que Paul était adulte, Norah ne s'en inquiétait plus. Elle se leva et prit un Coca-Cola dans le petit réfrigérateur où David stockait autrefois ses produits chimiques et ses rouleaux de pellicule. Elle le but au goulot, le regard fixé sur le cornouiller. Elle avait toujours eu envie d'aménager l'arrière-cour, mais elle n'avait jamais mis son projet à exécution, et maintenant il était trop tard. Dans deux mois, elle épouserait Frédéric et quitterait cette maison pour toujours.

Il avait été muté en France. Par deux fois, le transfert avait capoté, au point qu'ils avaient décidé de vendre leurs maisons respectives et de s'installer à Lexington, dans un lieu neuf, où ils n'avaient de souvenirs ni l'un ni l'autre : un nouveau départ. Ils discutaient tranquillement de leurs projets pendant le dîner ou plus tard dans la soirée, étendus côte à côte dans l'obscurité de la chambre, la lune dessinant un disque pâle de l'autre côté de la fenêtre, au-dessus des arbres. Lexington, la France, Taïwan... Norah se souciait peu de leur destination finale : elle avait déjà le sentiment d'avoir découvert un pays neuf avec Frédéric. Parfois, la nuit, elle écoutait sa respiration paisible et un profond sentiment de contentement l'envahissait. Cela la peinait que David et elle aient à ce point dérivé loin de l'amour. Sa faute à lui, sans le moindre doute, mais la sienne aussi. Elle avait eu si peur de tout, après la mort de Phoebe. Elle s'était coupée du monde. Mais ces jours sombres étaient loin, aujourd'hui. Les années s'étaient enfuies, ne laissant qu'un fin sillage de souvenirs derrière elles.

Donc la France, ce serait parfait. Norah avait été enchantée d'apprendre que Frédéric était affecté à Orléans, près de Paris. Ils avaient d'ores et déjà loué un petit pavillon sur les rives du fleuve, à Châteauneuf-sur-Loire. Frédéric s'y trouvait en ce moment même : il construisait une serre pour ses orchidées. Norah pourrait se rendre aussi souvent qu'elle le souhaitait dans la capitale – elle n'était qu'à deux heures de train – tout en savourant les joies de la vie à la campagne. Elle irait faire ses courses au marché du village et rapporterait du fromage frais, du vin couleur rubis. Des petits plaisirs tout simples, mais au final un grand bonheur.

Elle finit son Coca et ouvrit un autre carton. À l'intérieur s'empilaient des chemises cartonnées, classées par année. La première contenait des photos de bébés, dormant dans leurs landaus, assis sur des pelouses ou blottis dans les bras de leurs mères. Tous les tirages étaient en noir et blanc, sur papier brillant ; apparemment, il s'agissait d'une série que David avait réalisée pour tester les performances de son appareil : certaines étaient si sombres qu'on distinguait à peine les silhouettes ; d'autres presque blanches.

Les autres chemises renfermaient des clichés de qualité tout aussi moyenne, à la différence que les sujets n'étaient plus des bébés mais des fillettes de deux, trois et quatre ans, dans leurs jolies robes du dimanche, courant dans le parc, mangeant une glace, dansant, jouant à la balle, riant, pleurant. Norah fronça les sourcils. Ces enfants étaient toutes des inconnues. Les images étaient soigneusement classées par tranche d'âge. La dernière chemise contenait des photos de jeunes femmes, marchant dans la rue, faisant leurs courses, discutant entre elles. La série se terminait par le portrait d'une demoiselle assise dans la bibliothèque, le menton appuyé dans sa main, regardant par la fenêtre d'un air absent.

Norah étala les photos sur le sol, perplexe. Qu'est-ce que cela signifiait ? Il aurait pu s'agir d'une sorte d'obsession maladive, mais Norah savait qu'il n'en était rien. Ce qui reliait ces photos entre elles, ce n'était pas la perversité du photographe, mais leur innocence. Même les modèles adultes reflétaient une sorte de pureté désarmante. Elles posaient sur le monde un regard pensif, à la fois candide et interrogateur. Les jeux d'ombre et de lumière mettaient en avant une forme d'absence... de manque ; ces photos exprimaient une nostalgie, un regret – et non pas une convoitise sexuelle.

Caroline repoussa le rabat du carton pour déchiffrer l'étiquette. Il n'y avait qu'un mot écrit dessus : « PERSPECTIVE ».

Indifférente au désordre qu'elle installait, Norah inspecta les cartons un à un, défaisant les piles, jusqu'à ce qu'elle en trouve un, sur lequel figurait la même inscription énigmatique : « PERSPECTIVE ». Elle l'ouvrit avec son cutter, sortit les chemises cartonnées.

Cette fois, ce n'était plus des visages inconnus qui défilaient sous ses yeux. Mais celui de Paul. Des dizaines, des centaines de clichés de Paul, enfant, adolescent, jeune homme. On assistait à sa transformation physique, à l'éclosion de sa rébellion, de sa rage. Et aussi à ce don pour la musique qui le transcendait, ses doigts volant sur les cordes de sa guitare.

Norah contempla ces photos pendant un long moment, rivée à sa place, le cœur battant, sentant frémir en elle l'amorce d'une révélation. Et tout à coup la lumière jaillit, aveuglante. Pendant toutes ces années de silence, alors qu'il ne parlait jamais de leur petite fille morte, David avait conservé ce témoignage bouleversant de son absence. Paul et un millier de petites filles inconnues évoluaient sous ses yeux, devenant peu à peu des adultes.

Paul mais pas Phoebe.

Norah avait envie de pleurer. Elle aurait tellement voulu pouvoir parler à David en cet instant. Pendant toutes ces années, il avait enfoui son deuil et sa souffrance au fond de lui. Toutes ces photos s'adressaient à leur fille disparue, comme un hurlement silencieux. Norah les examina de nouveau, étudiant ces portraits de Paul enfant – rattrapant une balle de base-ball, jouant du piano, bombant le torse sous l'arbre du jardin. Tant de souvenirs, tant d'images volées au temps dont Norah n'avait même jamais eu connaissance. Elle les contempla, encore et encore, essayant de se représenter le monde à travers le regard de David.

Pendant toutes ces années, Norah n'avait cessé de sentir la présence de sa fille près d'elle, invisible et cependant toute proche, comme si elle venait de se lever et de quitter la pièce, comme si son parfum, le déplacement d'air de son sillage, vibraient encore dans l'atmosphère. Elle n'en avait jamais rien dit à personne, craignant de passer pour une folle. Et aujourd'hui, elle était stupéfaite, bouleversée, de découvrir que David avait lui aussi souffert de la disparition de Phoebe. Il l'avait cherchée partout, dans chaque petite fille croisée dans la rue, puis dans chaque jeune femme – sans jamais la trouver.

À travers la spirale de silence qui s'était enroulée autour d'elle, Norah capta un bruit dehors : une voiture se garait devant la maison. Puis une portière claqua et quelqu'un gravit les marches du perron. La sonnette retentit mais Norah ne bougea pas. Son visiteur, quel qu'il soit, repasserait plus tard. Mais non, c'était impossible : il s'agissait probablement de l'expert, pour les meubles. Norah essuya maladroitement ses joues mouillées de larmes, descendit l'escalier et entra dans la maison par la porte de derrière. Elle prit quelques secondes pour s'asperger le visage d'eau froide dans la cuisine.

— J'arrive, lança-t-elle comme la sonnette retentissait de nouveau.

Elle traversa rapidement le salon et la salle à manger. Le mobilier était rassemblé au milieu des pièces, couvert par des bâches : des ouvriers devaient passer demain pour repeindre les plafonds.

Elle ouvrit la porte.

— Oui ?

La femme sur le porche avait quelque chose de familier. Elle portait une tenue confortable : pantalon bleu marine et T-shirt blanc, à manches courtes. Ses cheveux gris étaient coupés très courts. Au premier coup d'œil, on la sentait efficace, organisée. Le genre de personne qui prenait les problèmes à bras-le-corps et ne les lâchait pas avant de leur avoir trouvé une solution. Elle la dévisageait avec une telle insistance que Norah finit par croiser les bras sur sa poitrine comme pour se protéger.

— Oui ? répéta-t-elle sèchement en plongeant son regard dans les yeux bleus de sa visiteuse.

Au même instant, elle sut qui elle était. Son cœur manqua un battement.

— Caroline ? Caroline Gill ?

La femme hocha la tête et Norah se retrouva propulsée des années en arrière, jusqu'à cette nuit presque irréelle où David l'avait conduite à la clinique dans les rues enneigées, et où Caroline Gill lui avait fait respirer du gaz anesthésiant, lui tenant la main à chaque contraction, répétant : *Je suis là, à côté de vous. Tout va bien, madame Henry, vous vous débrouillez très bien.* Dans son esprit, ces yeux très bleus, cette main qui serrait la sienne, étaient aussi fortement associés aux événements de cette nuit que l'image de David conduisant méthodiquement dans les rues désertes, ou le premier cri de Paul.

— Que faites-vous ici ? demanda Norah. David est décédé il y a un an.

— Je sais. Je sais et j'en suis désolée. Écoutez, Norah – madame Henry –, il y a quelque chose dont je dois vous parler. C'est assez difficile. Je me demandais si vous accepteriez de m'accorder quelques minutes. Quand vous voudrez. Je peux revenir plus tard si le moment est mal choisi.

Elle s'exprimait sur un ton tout à la fois ferme et insistant et, presque malgré elle, Norah s'effaça pour lui permettre d'entrer. Des cartons, soigneusement étiquetés, s'alignaient le long des murs.

— Excusez le désordre, murmura-t-elle.

Elle montra d'un geste le salon où les meubles avaient été rassemblés au centre de la pièce.

— Je vends la maison. Je vais me remarier et partir m'installer en France.

— J'ai de la chance, alors. Un peu plus et je vous manquais.

De la chance pour quoi ? se demanda Norah. Mais elle ne fit aucun commentaire et invita Caroline à la suivre dans la cuisine, la seule pièce où l'on pouvait s'asseoir confortablement. Comme elles traversaient la salle à manger, Norah se rappela la soudaine disparition de Caroline autrefois, et le mini-scandale qui s'en était suivi. Elle lui jeta un regard en coin, incapable de dissiper l'impression de malaise que sa soudaine réapparition, après toutes ces années, éveillait en elle. Ses traits s'étaient accentués avec l'âge, son nez et son menton étaient plus affirmés que dans son souvenir. Elle ferait un chef d'entreprise formidable, décida Norah. Une femme qui saurait se faire respecter de tous.

Caroline s'assit à la table de la cuisine pendant que Norah servait deux verres d'eau avec de la glace. Le dernier message de David – *J'ai réparé la fuite de la salle de bains. Joyeux anniversaire* – était punaisé sur le tableau en liège, juste derrière l'épaule de Caroline. Norah songea avec impatience aux photos qui attendaient d'être triées dans l'atelier, à tout ce qui lui restait à faire dans un laps de temps limité.

— Vous avez des oiseaux bleus, observa Caroline en désignant le jardin d'un petit signe du menton.

— Oui. Il m'a fallu des années pour les attirer. J'espère que les prochains propriétaires les nourriront.

— Cela doit vous faire un drôle d'effet de quitter cette maison.

— Le moment était venu.

Norah posa les verres et s'assit en face d'elle.

— De quoi vouliez-vous me parler ?

Caroline but une gorgée d'eau, puis plaça ses mains à plat sur la table, comme pour les empêcher de trembler. Lorsqu'elle prit la parole, néanmoins, sa voix était calme, déterminée.

— Norah… Je peux vous appeler Norah ? C'est ainsi que j'ai pensé à vous, durant toutes ces années.

Norah hocha la tête, tout à la fois perplexe et agacée. Elle essaya de se rappeler quand elle avait pensé à Caroline Gill pour la dernière fois. Cela faisait une éternité. Et encore : uniquement parce que son image était associée dans son esprit à la naissance de Paul.

— Norah, reprit Caroline, comme si elle avait lu dans ses pensées, que vous rappelez-vous de la nuit où votre fils est né ?

— Pourquoi ?

La voix de Norah était ferme, mais elle ne put réprimer un léger mouvement de recul face à l'intensité du regard de Caroline.

Caroline Gill ne répondit pas tout de suite. Pendant quelques instants, le chant mélodieux des oiseaux bleus virevolta dans le silence comme de petites particules de lumière.

— Écoutez, Norah, je ne sais pas comment vous le dire, alors je vais aller droit au but, soupira-t-elle enfin. La nuit où vous avez donné naissance à vos jumeaux, Phoebe et Paul, il est arrivé quelque chose.

— Je sais, oui, trancha sèchement Norah.

Elle songea à sa détresse après l'accouchement. À ce sentiment de joie et de désespoir mêlés, et au long et difficile chemin qu'elle avait dû parcourir avant de trouver l'apaisement.

— Ma petite fille est morte. Voilà ce qui est arrivé.

— Phoebe n'est pas morte, déclara Caroline en la regardant droit dans les yeux.

Norah eut la sensation d'être brusquement déconnectée du moment présent. Tout comme cette nuit-là, dans la salle de travail, elle resta suspendue au regard bleu de Caroline tandis que le monde, son monde, vacillait sous ses pieds.

— Elle est trisomique – on disait communément mongolienne, à l'époque… David a pensé qu'elle avait peu de temps à vivre et il m'a demandé de l'emmener à Louisville, dans une institution où l'on accueillait les enfants comme elle. C'était une pratique fréquente à l'époque. Mais je n'ai pas eu le courage de la laisser là-bas. Je l'ai emmenée avec moi, je suis partie vivre à Pittsburgh et je l'ai élevée pendant toutes ces années. Phoebe est vivante, Norah, ajouta-t-elle tout doucement. Elle est en excellente santé.

Norah resta immobile, comme détachée de son corps. Les oiseaux pépiaient dans le jardin. Elle se rappela, bizarrement, un jour où elle était tombée dans un regard d'égout ouvert, en Espagne. Elle marchait tranquillement dans une rue ensoleillée, insouciante, et brusquement le sol s'était dérobé sous ses pieds. Elle s'était retrouvée coincée jusqu'à la taille dans un trou béant, une cheville foulée et de longues éraflures sanglantes sur ses mollets. *Je vais bien, je vais bien,* ne cessait-elle de répéter aux gens qui l'avaient aidée à ressortir puis avaient insisté pour la conduire chez le pharmacien. Elle souriait, détachée, tandis que le sang coulait de ses blessures : *Je vais bien.* Plus tard, seule dans sa chambre, elle avait fermé les yeux, revivant sa chute, ce trou béant qui l'avait engloutie, elle avait pleuré. Elle ressentait la même chose, en cet instant. Elle agrippa le bord de la table d'une main tremblante.

— Qu'est-ce que... Qu'est-ce que vous dites ?

Caroline répéta la même histoire insensée : Phoebe n'était pas morte, elle l'avait emmenée avec elle. Pendant toutes ces années. Phoebe avait grandi dans une autre ville. Elle était en très bonne santé, entourée, aimée, affirmait Caroline Gill. Phoebe, sa fille, la jumelle de Paul. Une enfant mongolienne. Une anomalie génétique. Appelée aussi trisomie 21. David s'en était rendu compte à sa naissance et l'avait envoyée au loin.

Il s'était débarrassé d'elle.

— Vous êtes folle, articula Norah.

Mais alors même qu'elle prononçait ces mots, des morceaux de sa vie s'assemblèrent subitement et elle comprit que Caroline devait dire la vérité.

Caroline fouilla dans son sac à main et fit glisser deux Polaroid sur la table en bois ciré. Norah fut incapable de les prendre, elle tremblait comme une feuille, mais elle se pencha pour les examiner : une petite fille joufflue en robe blanche, le visage illuminé par un grand sourire, ses yeux en amande mi-clos de bonheur. Puis la même petite fille quelques années plus tard, jouant au basket, photographiée à l'instant où elle sautait pour marquer un panier. Elle ressemblait à Paul sur celle-ci, un peu à Norah sur l'autre, mais surtout, elle était elle-même : Phoebe. Vivante, quelque part dans l'univers.

— Mais… pourquoi ?

Sa voix étranglée trahissait sa souffrance et son incompréhension.

— Pourquoi aurait-il fait cela ? Et vous ?

Caroline secoua la tête avec un soupir.

— Pendant des années, j'ai cru à mon innocence. J'étais persuadée d'avoir pris la bonne décision. Cette institution était vraiment horrible. David n'y était jamais allé, il ne pouvait pas savoir. Alors j'ai emmené Phoebe, je l'ai élevée, et je me suis battue de toutes mes forces pour qu'elle ait le droit d'aller à l'école, d'accéder à des soins médicaux et pour lui assurer une vie digne de ce nom. J'avais le beau rôle. Mais au fond de moi, je crois que j'ai toujours su que mes motivations n'étaient pas si pures. Je voulais un enfant, et j'étais amoureuse de David – un amour à sens unique, précisa-t-elle très vite. C'était uniquement dans ma tête, David ne m'a même jamais regardée. Mais quand j'ai lu dans le journal que vous alliez faire dire un service religieux pour votre petite fille morte, j'ai compris que je n'avais plus le choix : je devais quitter la ville. Et il m'était impossible de laisser Phoebe derrière moi.

Paralysée par le choc, Norah se transporta vingt-cinq ans en arrière, jusqu'à ce jour où Bree lui avait tendu le téléphone en disant : *Commande ce service religieux. Cela t'aidera peut-être à trouver la paix*. Alors elle avait appelé le pasteur et elle avait tout organisé, sans en parler à David, chacune de ses décisions l'aidant à reprendre peu à peu pied dans sa vie. Et quand David était rentré, ce soir-là, elle n'avait pas cédé.

Qu'avait-il pu ressentir, alors ? Et plus tard, pendant cette cérémonie funèbre ?

Et pourtant il avait laissé faire.

— Comment a-t-il pu garder le silence pendant toutes ces années ? souffla-t-elle.

Caroline secoua la tête.

— Je suis incapable de vous répondre. David a toujours été un mystère pour moi. Mais je sais qu'il vous aimait, et même si sa décision peut paraître monstrueuse, je crois qu'elle partait d'un bon sentiment. Il m'a parlé de sa sœur, un jour. Elle était atteinte d'une grave malformation cardiaque : elle est morte très jeune et sa mère ne s'en est jamais remise. Je sais que ce n'est pas une excuse, mais je crois qu'il a essayé de vous protéger.

— Me *protéger* ? gronda Norah d'une voix sourde. En me racontant que ma fille, la chair de ma chair, était morte ?

Caroline ne répondit pas et un long silence s'abattit dans la pièce. Norah songea à David. Il avait vécu à ses côtés pendant toutes ces années avec ce secret. Elle n'avait rien vu, rien deviné… Tant de choses inexplicables prenaient un sens désormais, tant de choses !

Finalement, Caroline ouvrit son sac et en sortit une feuille de papier sur laquelle elle avait inscrit son adresse et son numéro de téléphone.

— Nous habitons ici, mon mari, Phoebe et moi. C'est là que Phoebe a grandi. Elle a eu une enfance heureuse, Norah. C'est une maigre consolation, je le sais, mais c'est la vérité. Elle est devenue une adorable jeune femme. Le mois prochain, elle va emménager dans une résidence médicalisée. C'est son souhait. Elle est employée dans un magasin de photocopies. Elle aime son travail et elle est très appréciée.

— Un magasin de photocopies ?

— Oui. Elle se débrouille très bien.

— Est-ce qu'elle est au courant ? Pour moi, je veux dire. Et pour Paul ?

Caroline baissa les yeux.

— Non. Je n'ai pas voulu lui en parler avant de vous avoir vue. J'ignorais ce que vous décideriez, si vous voudriez la rencontrer. J'espère que oui, bien sûr, mais si ce n'est pas le cas, je comprendrai très bien. Vous savez où nous trouver. Passez-nous simplement un coup de fil. Dans une semaine ou dans un an, quand vous vous sentirez prête.

— Je ne sais pas, murmura Norah. Je suis sous le choc.

— On le serait à moins.

Caroline se leva.

— Puis-je garder les photos ? demanda Norah.

— Elles sont pour vous.

Sur le porche, Caroline se retourna et plongea son regard dans celui de Norah.

— David vous aimait, Norah. Il vous a toujours aimée.

Norah hocha la tête. Elle avait dit la même chose à Paul, à Paris, dans le métro. Elle resta immobile sur le porche bien après que Caroline se fut éloignée au volant de sa voiture. Phoebe était vivante. Elle avait l'impression qu'un trou béant s'était ouvert dans sa poitrine. « Entourée, aimée », avait dit Caroline Gill. Mais pas par elle, pas par Norah, qui avait fait un travail si difficile sur elle-même pour laisser sa petite fille morte monter au ciel rejoindre les anges. Ses rêves obsessionnels, ses recherches désespérées, ses réveils en pleurs, tout lui revenait en mémoire, lui transperçait le cœur comme autant de coups de poignard.

Elle rentra dans la maison, en larmes, passant à côté des meubles bâchés. L'expert serait là dans l'après-midi. Paul devait venir, lui aussi. Aujourd'hui ou demain. Il avait promis de téléphoner d'abord, mais parfois il débarquait à l'improviste. Elle lava les verres, les essuya, puis resta debout dans la cuisine silencieuse, songeant à David, à toutes ces nuits, durant toutes ces années, où il s'était levé à tâtons dans le noir pour aller soigner un blessé, un malade, un mourant. Un homme admirable, David, dévoué à son prochain. Il dirigeait une clinique ; il soulageait la souffrance des gens.

Et il s'était débarrassé de leur fille en lui racontant qu'elle était morte.

Norah frappa le comptoir de son poing serré, faisant tressauter les verres. Elle se prépara un gin tonic et monta à l'étage. Elle s'allongea sur son lit, se releva, appela Frédéric, et raccrocha en tombant sur le répondeur. Au bout d'un moment, elle retourna dans l'atelier de David. Elle retrouva l'atmosphère moite, paisible, les cartons empilés et les photos éparpillées sur le sol, exactement comme elle les avait laissées. Au moins cinquante mille dollars, avaient estimé les experts. Davantage s'il y avait des notes manuscrites de David commentant ses recherches.

Tout était resté tel qu'elle l'avait laissé, et cependant plus rien n'était pareil.

Norah empoigna le premier carton, le hissa sur le plan de travail et, de là, sur le rebord de la fenêtre. Elle prit le temps de retrouver son souffle, et le poussa des deux mains, de toutes ses forces, jusqu'à ce qu'il bascule à l'extérieur. Il s'écrasa en bas avec un bruit sourd. Norah fit subir le même sort au suivant et encore au suivant. En moins d'une heure, l'atelier fut vide. Elle rentra à la maison, passant à côté des cartons explosés. Des centaines de photos s'échappaient de leurs flancs éventrés, se répandant dans l'allée et jusque sur la pelouse.

Norah prit une douche, puis enfila une robe légère, se prépara un deuxième gin tonic et s'assit sur le canapé. Les muscles de ses bras étaient douloureux. Elle se servit un autre verre et retourna s'asseoir. Elle n'avait pas bougé quand la nuit tomba, des heures plus tard. Le téléphone sonna. Elle entendit son annonce enregistrée, puis la voix de Frédéric, douce et apaisante, comme un lointain rivage. Elle aspirait à s'y réfugier, à retrouver ce lieu où sa vie avait un sens, mais elle ne décrocha pas et ne rappela pas non plus. Un train passa au loin. Norah se blottit sous la couverture en laine et laissa l'obscurité l'engloutir.

Elle somnola par intermittence. De temps à autre, elle se levait pour se préparer un cocktail, traversant les pièces vides, baignées par le clair de lune, remplissant son verre à tâtons, ne se souciant même plus, au bout d'un moment, d'ajouter du tonic, du citron ou de la glace. Elle rêva que Phoebe était là, dans la pièce, émergeant du mur où elle était restée cachée pendant toutes ces années. Norah était passée devant elle jour après jour sans la voir. Elle se réveilla en larmes. Elle vida le reste de la bouteille de gin dans l'évier et but un grand verre d'eau.

Elle finit par s'endormir à l'aube. À midi, quand elle se réveilla, la porte d'entrée était grande ouverte et il y avait des photos partout dans le jardin : dans les branches des rhododendrons, contre le mur de la maison, accrochées à la vieille balançoire rouillée de Paul. Des négatifs s'éparpillaient comme des confettis sur la pelouse. Norah imagina la voix horrifiée des experts, des amis, des critiques d'art : *C'est l'œuvre de toute une vie que vous avez détruite !*

Ce n'est pas de la destruction, répondit-elle en elle-même, *c'est de la revendication.*

Elle but deux autres verres d'eau, avala de l'aspirine, puis entreprit de rassembler les cartons dans un coin du jardin. Elle mit à l'abri dans le garage celui qui contenait les photos de Paul. Il faisait chaud et elle avait mal à la tête.

Il y avait de grosses pierres, empilées dans un coin de la cour. Elle les traîna, une à une, et les disposa en rond. Puis elle déversa le contenu du premier carton à l'intérieur du cercle. Le papier glacé noir et blanc scintilla dans le soleil. Tous ces visages inconnus de jeunes femmes la regardaient fixement. Norah s'accroupit, approcha un briquet de l'une des photos. Quand la flamme prit peu à peu et l'embrasa, Norah la glissa au milieu des autres. Tout d'abord, on aurait pu penser qu'il ne se passait rien, puis une colonne de chaleur ondoyante monta vers le ciel, accompagnée d'un petit panache de fumée.

Norah rentra boire un verre d'eau, s'assit sur la marche et regarda les flammes danser. Un décret récent interdisait de faire du feu dans les jardins, et elle craignait que les voisins n'appellent la police. Mais il n'y avait pas un souffle de vent et les flammes montaient silencieusement dans l'air chaud, dégageant une très fine fumée bleutée, comme de la brume. De petits morceaux de papier calciné voletaient dans le jardin, ondulant sur les vagues de chaleur, comme des papillons. Quand les flammes grandirent et se mirent à crépiter, Norah jeta une nouvelle brassée de photos dans le brasier. Elle brûlait l'ombre, elle brûlait la lumière, elle brûlait les souvenirs de David, si précieusement capturés et conservés.

— Espèce de salaud, chuchota-t-elle en regardant les photos s'embraser, se racornir et se transformer en flocons calcinés.

La cendre retournait à la cendre.

La poussière à la poussière.

Enfin.

2-4 juillet 1989

— C'est facile à dire maintenant, Paul.

Michelle se tenait devant la fenêtre, bras croisés. Quand elle se tourna, ses yeux brillaient de colère.

— Tout est toujours très simple avec les mots, mais un bébé remettrait beaucoup de choses en question – surtout pour moi !

Paul était assis sur le canapé en velours rouge, terriblement chaud et inconfortable en cette matinée d'été. Ils l'avaient récupéré sur le trottoir au tout début de leur installation, à l'époque insouciante où gravir trois étages avec un meuble aussi lourd ne présentait pas de difficulté particulière. Seulement la perspective d'une bonne suée, d'une partie de fou rire et d'une nuit d'amour langoureuse sur son épais revêtement rouge.

Michelle pivota de nouveau vers la fenêtre, d'un mouvement rageur qui fit ondoyer ses longs cheveux bruns. Un poids comprima la poitrine de Paul. Depuis quelque temps, son univers était aussi fragile qu'une coquille d'œuf, prêt à se briser au moindre geste un peu brusque. Leur conversation avait pourtant commencé de façon banale, il s'agissait juste de décider qui allait s'occuper du chat pendant qu'ils seraient partis tous les deux : Michelle à Indianapolis, pour un concert, et lui à Lexington, pour aider sa mère à vider la maison. Et, tout à coup, ils s'étaient retrouvés sur le terrain mouvant de la discorde – un dérapage qui se produisait malheureusement de plus en plus souvent ces derniers temps.

Paul aurait dû changer de sujet, il le savait.

Au lieu de quoi il s'entêta :

— Se marier ne veut pas obligatoirement dire fonder une famille.

— Oh, Paul, je t'en prie, sois honnête. Tu ne tiens pas particulièrement à m'épouser. Non, ce que tu veux, c'est ce fichu bébé icône !

— *Notre* bébé icône, rectifia-t-il. Un jour, Michelle. Pas tout de suite. J'ai simplement suggéré que nous pourrions nous marier, c'est tout. Il n'y a pas de quoi en faire un drame.

Elle poussa un soupir exaspéré. Le parquet du loft était en pin, les murs blancs, et des coussins apportaient quelques touches de couleurs primaires. Michelle était en blanc, elle aussi. Paul souffrait en la regardant, conscient qu'elle avait déjà pris sa décision. Elle était sur le point de le quitter. Elle allait partir, emportant avec elle sa beauté sauvage et sa musique.

— C'est intéressant, commenta-t-elle d'un ton sarcastique, vraiment intéressant que le sujet surgisse précisément au moment où ma carrière commence à décoller. Pas avant, non. Juste maintenant.

— Ça n'a rien à voir.

— Non ?

— Non !

Le silence s'abattit entre eux, enfla, remplit tout l'espace, se pressa contre les murs. Paul avait peur de parler, et plus encore de ne rien dire, mais, finalement, il n'y tint plus :

— Nous vivons ensemble depuis deux ans. Soit notre relation change et évolue, soit elle meurt. Moi, je souhaite qu'elle évolue. J'ai tort ?

Michelle soupira.

— Ce n'est pas un morceau de papier qui changera quoi que ce soit. C'est ça que tu refuses de comprendre. Et je suis désolée de te contredire, mais le mariage n'est pas forcément une évolution dans un couple. Pas pour les femmes, en tout cas. Ce sont toujours elles qui doivent se sacrifier.

— Ce sont des mots. Dans la vraie vie, c'est différent.

— Oh ! Tu es exaspérant ! Pourquoi faut-il que tu sois toujours si… si catégorique !

Elle entra dans la salle de bains et ferma la porte derrière elle. Il y eut le bruit d'un tiroir qu'on ouvre, le ruissellement de l'eau. Paul tapa doucement contre le battant.

— Je m'en vais, annonça-t-il.

Un silence. Puis :

— Tu seras de retour demain soir ?

— Ton concert est à dix-huit heures, c'est bien ça ?

— Oui.

Elle ouvrit la porte de la salle de bains, enveloppée dans une serviette de toilette blanche. Elle appliquait une crème de jour sur son visage.

— Bon. J'y serai.

Il se pencha et l'embrassa, respirant son parfum.

— Je t'aime, murmura-t-il en reculant.

Elle l'observa un moment.

— Je sais. À demain.

Je sais. Il remâcha sa réponse pendant tout le trajet jusqu'à Lexington. Il lui fallut près de deux heures pour traverser le pont sur l'Ohio, puis se faufiler dans la circulation dense, aux abords de l'aéroport, avant d'apercevoir les splendides collines émeraude. Il traversa les rues paisibles du centre-ville, jalonnées d'immeubles vides, se remémorant l'époque où cette grande artère était le cœur de la vie sociale, le lieu où tout le monde venait faire ses courses, déjeuner, s'habiller… Ses parents s'étaient rencontrés ici, dans le grand magasin qui se dressait à l'angle. Sa mère avait emprunté un escalator, elle s'était élevée au-dessus de la foule comme le soleil, et son père l'avait suivie.

Il passa devant la nouvelle banque et l'ancien palais de justice. Une femme marchait sur le trottoir, ses cheveux noirs caressés par la brise. Pour la première fois depuis des années, Paul songea à Lauren Lobeglio, la détermination avec laquelle elle traversait le garage pour le rejoindre. Il avait cédé à son désir, encore et encore, se réveillant en sursaut au milieu de la nuit, redoutant de Lauren ce qu'il espérait si ardemment de Michelle aujourd'hui : le mariage, des enfants, leurs deux vies à jamais mêlées.

Il conduisait, tout en fredonnant sa dernière composition : « Un arbre dans le cœur ». Peut-être la jouerait-il, ce soir, au pub de Lynagh. Michelle désapprouverait à coup sûr, mais ça lui était égal. Peu après la mort de son père, il avait commencé à se produire dans des bars et des restaurants. Il jouait des pièces classiques mais aussi des œuvres plus populaires qu'il avait toujours dédaignées par le passé. Il était incapable d'expliquer ce besoin, il savait seulement qu'il avait à voir avec l'intimité de ces lieux, avec cette complicité immédiate qui l'unissait au public, si proche qu'il aurait pu le toucher rien qu'en tendant la main.

Il prit la direction des vieux quartiers, passant devant les demeures cossues et les jardins paisibles. Il tourna dans l'allée, se gara devant la maison et coupa le contact. Il resta assis derrière le volant, écoutant les oiseaux, le ronronnement lointain des tondeuses à gazon.

Un arbre dans le cœur. Son père était décédé depuis un an, sa mère allait épouser Frédéric et partir vivre en France, et lui il était venu ici pour trier son passé, pour choisir ce qu'il allait garder ou jeter. Il avait essayé d'expliquer à Michelle le sentiment de responsabilité qui pesait sur ses épaules : ce qu'il allait conserver de sa maison d'enfance deviendrait, un jour, l'héritage qu'il transmettrait à ses propres enfants. Autant de clés qui leur permettraient de comprendre comment il était devenu celui qu'il était aujourd'hui. En prononçant ces mots, il songeait à son père, dont le passé demeurait un mystère. Mais Michelle n'avait pas compris. Elle avait cru qu'il exprimait son désir de paternité et elle s'était crispée. *Ce n'est pas du tout ce que j'ai voulu dire*, avait-il affirmé, en colère. Et elle s'était mise en colère, elle aussi. *Tu ne t'en rends peut-être pas compte, mais c'est exactement ce que tu as voulu dire, au contraire !*

Paul descendit de voiture. Il faisait chaud. Et pourtant, des flocons gris pâle descendaient mollement du ciel bleu. De la neige ? Il leva la main et en attrapa un au vol. Quand il desserra les doigts une petite trace noire maculait sa paume. Il pleuvait des cendres dans la chaleur intense de juillet.

Il se dirigea vers le perron. La porte d'entrée n'était pas fermée à clé, mais la maison était déserte.

— Maman ?

Il traversa la salle à manger, découvrant les meubles rassemblés sous des bâches, les murs nus, prêts à être repeints. Il s'immobilisa dans le salon, dépouillé de tout ce qui lui avait donné sa personnalité. Combien de fois sa mère avait-elle redécoré cette pièce ? Et pourtant, c'étaient juste quatre murs, finalement.

— Maman ? appela-t-il à nouveau.

Pas de réponse. À l'étage, il s'arrêta devant la porte de sa chambre. Ici aussi, des cartons étaient empilés, remplis d'affaires qu'il lui faudrait trier. Sa mère n'avait rien jeté ; même ses posters étaient soigneusement roulés et maintenus avec des élastiques.

— Maman ?

Il redescendit l'escalier, traversa la cuisine et ouvrit la porte de derrière.

Elle était là, assise sur les marches, vêtue d'un vieux short bleu et d'un T-shirt blanc fripé. Paul contempla la scène, sans voix. Des braises rougeoyaient à l'intérieur d'un cercle de pierres. Des cendres grisâtres, mélangées à des morceaux calcinés, s'étaient déposées absolument partout : dans les branches des arbustes, sur les marches, dans les cheveux de sa mère. Des papiers jonchaient la pelouse, s'amassaient au pied des arbres, autour des montants rouillés de son ancien portique. Paul compris avec une brutalité qui le surprit que sa mère avait brûlé les photos de son père. Elle leva vers lui son visage barbouillé de cendres et de larmes.

— Ne t'inquiète pas, articula-t-elle d'une voix sans timbre. C'est fini. J'étais en rage contre ton père, Paul, mais je me suis ressaisie. C'est ton héritage, aussi. Je n'ai brûlé qu'un seul carton. Celui avec les photos de femmes. Je ne pense pas qu'elles avaient une grande valeur.

— Mais de quoi parles-tu ? demanda-t-il en s'asseyant à côté d'elle.

Elle lui tendit un portrait de lui, qu'il n'avait jamais vu. Il devait avoir quatorze ans et il était assis sur la balancelle du porche, penché sur sa guitare, captivé par sa musique. Cela le stupéfia que son père ait saisi cet instant – un moment intime, où il était totalement lui-même, un de ces moments rares où il se sentait intensément vivant.

— Je ne comprends pas. Pourquoi es-tu tellement en colère après lui ?

Sa mère pressa brièvement ses mains sur ses joues, puis soupira.

— Tu te rappelles ce que je t'ai raconté, à propos de la nuit où tu es né ? Le blizzard, le fait que nous avons bien failli ne pas arriver à la clinique à temps ?

— Bien sûr.

— Tu te souviens de l'infirmière, Caroline Gill ? Je t'ai parlé d'elle ?

— Oui. Enfin, pas son nom, mais tu as dit qu'elle avait les yeux bleus.

— D'un bleu intense, oui. Elle est venue ici, hier. Caroline Gill. Je ne l'avais pas revue depuis cette fameuse nuit. Elle est venue m'apprendre quelque chose. Quelque chose de terrible.

Elle lui prit la main. Sa sœur n'était pas morte à la naissance, comme ils l'avaient cru. Elle était trisomique et son père avait demandé à Caroline Gill de la placer dans une institution, à Louisville.

— Pour nous épargner, conclut sa mère – et sa voix s'étrangla. C'est ce qu'elle a dit. Mais elle n'a pas eu le courage de l'abandonner. Elle a emmené ta sœur, Paul. Elle a pris Phoebe. Pendant toutes ces années, ta sœur a grandi à Pittsburgh.

— Ma sœur ? répéta Paul. À Pittsburgh ? J'étais là-bas la semaine dernière pour un concert.

Ce n'était pas la réponse appropriée, mais il ne savait pas quoi dire d'autre ; il éprouvait un détachement bizarre, une sorte d'hébétude. Il avait une sœur. Elle était handicapée mentale, elle n'était pas parfaite, alors son père s'était débarrassé d'elle. Étrangement, ce qu'il sentait monter en lui ce n'était pas de la colère, mais de la peur. Une vieille angoisse née de la pression que son père avait toujours fait peser sur lui parce qu'il était enfant unique. Une peur que Paul avait transformée pendant toutes ces années, en rage et en rébellion.

— Caroline a refait sa vie à Pittsburgh, poursuivait sa mère. Elle a élevé ta sœur. Je suppose que cela a dû être un combat de chaque instant, surtout à l'époque. Je devrais lui être reconnaissante d'avoir pris soin de Phoebe, et je le suis, d'une certaine façon. Mais au fond de moi je ressens une telle colère…

Paul ferma les yeux. Pendant toutes ces années, il avait essayé un millier de fois d'imaginer sa sœur, le visage qu'elle aurait eu si elle avait vécu. Mais maintenant, il ne voyait plus rien. Aucune image. Rien.

— Comment a-t-il pu garder un secret aussi lourd ? articula-t-il enfin.

— Je ne sais pas, avoua sa mère. Je me pose la question depuis des heures. Comment a-t-il pu ? Et comment a-t-il osé mourir en laissant au hasard l'opportunité de nous apprendre la vérité ?

Elle se leva, entra dans la maison et en ressortit avec deux Polaroid.

— C'est elle, c'est Phoebe : ta sœur.

Paul examina les photos : une fillette souriante, posant en robe blanche devant l'objectif, puis en train de jouer au basket. Cette inconnue aux yeux en amande et aux jambes trapues était sa sœur jumelle.

— Vous avez les mêmes cheveux, dit doucement Norah en s'asseyant à côté de lui. Et il paraît qu'elle adore chanter.

Paul secoua la tête.

— Mais nous sommes allés sur sa tombe, articula-t-il d'une voix sourde.

Il revoyait sa mère franchissant un portail en fer forgé, les bras chargés de fleurs, lui disant d'attendre sagement dans la voiture. Il se rappelait sa silhouette agenouillée dans l'herbe pendant qu'elle plantait des pensées au pied de la dalle funéraire.

— Sur sa *tombe* ! Comment est-ce possible ?

— Je ne sais pas, soupira Norah. La propriété appartenait au Dr Bentley, il était probablement dans le secret, lui aussi. Ton père refusait obstinément de m'y conduire. J'ai dû batailler pour obtenir gain de cause. Oh cela me rendait folle – cette certitude qu'il avait de toujours savoir ce qui était le mieux pour moi !

Paul fut saisi par l'âpreté de sa voix et se remémora sa conversation avec Michelle, ce matin. Elle lui avait fait le même reproche.

— Cette infirmière – Caroline Gill –, pourquoi est-elle venue te voir après toutes ces années ? Qu'est-ce qu'elle voulait ?

— Me dire la vérité, répondit sa mère d'une voix douce. Rien d'autre. Elle souhaitait juste ouvrir une porte, Paul. C'était une invitation. Elle nous laisse la possibilité d'y répondre – ou pas.

— Qu'est-ce que tu comptes faire ?

— Me rendre à Pittsburgh. Je dois voir Phoebe. Mais ensuite… c'est l'inconnu. Dois-je la ramener ici ? Nous serons des étrangers pour elle. Il faut que j'en parle à Frédéric et…

Elle laissa tomber son visage dans ses mains.

— Oh Paul, comment puis-je partir pour la France et la laisser derrière moi ? Je suis perdue. C'est trop pour moi, d'un seul coup…

La brise fit frissonner les photos éparpillées sur la pelouse. Paul les regarda fixement, pris dans un tumulte d'émotions : il éprouvait de la colère, de la stupeur et de la tristesse à l'idée de toutes ces années gâchées. De l'inquiétude, aussi. Il n'avait jamais rencontré une personne handicapée mentale, et les images qui lui venaient à l'esprit, il s'en rendait compte, étaient toutes négatives. Et aucune ne correspondait à la gamine qui souriait sur la photo, ce qui ajoutait encore à son désarroi.

— Je suis perdu, moi aussi, avoua-t-il. Je crois que, pour l'instant, on ferait mieux de nettoyer le jardin et de récupérer ce qui peut l'être.

— Ton héritage, murmura sa mère.

— Pas seulement le mien. Celui de ma sœur, aussi.

Ils travaillèrent d'arrache-pied toute la journée ainsi que celle du lendemain, triant les photos, réparant les cartons, les rangeant à l'abri, dans le garage. Pendant que sa mère recevait les experts, Paul téléphona à Michelle pour lui raconter ce qui s'était passé et l'avertir qu'il ne pourrait pas assister à son concert. Il s'attendait à ce qu'elle se mette en colère, mais elle raccrocha sans un mot. Quand il rappela, il tomba sur le répondeur. Il faillit sauter dans sa voiture et rouler comme un fou jusqu'à Cincinnati, mais cela ne résoudrait pas le problème, il le savait. Et il savait aussi qu'il aimait Michelle plus qu'elle ne pourrait jamais l'aimer. Alors il resta et continua à trier et emballer les objets de la maison. Le soir venu, il fit un saut à la bibliothèque pour emprunter des ouvrages sur la trisomie 21.

Le mardi matin, sa mère et lui montèrent en voiture, silencieux et tendus, et prirent la direction de l'Ohio. Il faisait très chaud, les champs de maïs scintillaient sous la lumière écrasante. Le trafic était dense aux abords de Pittsburgh. Ils traversèrent le tunnel, empruntèrent le pont avec sa vue spectaculaire sur les deux rivières fusionnant pour n'en former plus qu'une. Ils se mêlèrent à la circulation du centre-ville, s'engouffrèrent dans un autre long tunnel et, finalement, arrivèrent devant la maison de Caroline Gill, dans une rue animée et plantée d'arbres.

Elle leur avait dit au téléphone de se garer dans la contre-allée, et c'est ce qu'ils firent. De l'autre côté d'une bande de gazon, quelques marches descendaient vers la maison où sa sœur avait vécu et grandi.

Paul contempla la bâtisse en brique, si différente de la demeure cossue de son enfance, dans un quartier huppé de Lexington.

Une femme s'activait dans le jardin, à genoux devant un plant de tomates. Elle portait un short bleu marine, un T-shirt blanc et des gants en coton fleuri. Elle s'assit sur ses talons, et se frotta le front du dos de la main. Des voitures passaient sans interruption dans la rue : elle ne les avait pas entendus arriver. Elle arracha une feuille de tomate et la porta à son nez.

— C'est elle ? chuchota Paul. C'est l'infirmière ?

Sa mère hocha la tête. Elle avait croisé les bras sur sa poitrine comme pour se protéger. Ses lunettes de soleil cachaient ses yeux, mais il avait conscience de sa tension et de sa nervosité.

— C'est Caroline Gill, oui. Paul, je... je ne suis pas sûre d'être capable d'aller plus loin, finalement. Nous devrions peut-être rentrer à la maison.

— Pas après avoir fait tout ce trajet pour venir jusqu'ici. Et puis elles nous attendent.

Dans le jardin, Caroline Gill se leva, s'essuya les mains sur son short, et tourna la tête vers la maison.

— Phoebe, tu viens ? appela-t-elle.

Paul sentit sa mère se raidir à ses côtés, mais il ne la regarda pas : ses yeux étaient rivés sur le porche. Les secondes s'égrenèrent une à une, très lentement, puis sa sœur apparut, apportant deux verres d'eau.

Elle était petite et elle avait les cheveux plus foncés, plus fins, coupés au carré. Elle avait la peau très blanche, comme sa mère, et, à cette distance, ses traits semblaient délicatement modelés dans un visage large, légèrement aplati. Ses yeux étaient étirés vers les tempes, ses membres courts. Ce n'était plus une gamine, comme sur les photos, mais une jeune femme adulte. Elle portait un short à fleurs, et elle était trapue, un peu grassouillette. Ses genoux se touchaient quand elle marchait.

— Oh, souffla sa mère.

Elle avait crispé une main sur son cœur. Ses lunettes de soleil dissimulaient ses yeux, protégeant l'intimité de ce moment.

— Tout va bien, maman, lui dit-il d'un ton rassurant. On va attendre là un moment.

Le soleil était brûlant. Derrière eux, les voitures passaient sans interruption. Caroline et Phoebe buvaient leur eau, assises côte à côte sur les marches du porche.

— Je suis prête, murmura enfin Norah.

Caroline Gill les aperçut la première ; elle abrita ses yeux avec sa main, les paupières plissées à cause du soleil, et se leva. Phoebe l'imita et, pendant quelques secondes, ils se regardèrent tous les quatre sans bouger, séparés par la pelouse. Puis Caroline glissa son bras sous celui de Phoebe et elles s'avancèrent. Ils se rejoignirent près des plants de tomates. Personne ne parla. Phoebe dévisageait Paul. Au bout d'un moment, elle avança la main et lui toucha la joue, doucement, gentiment, comme pour vérifier qu'il était bien réel. Paul hocha la tête. Son geste lui semblait juste, d'une certaine façon. Phoebe voulait simplement savoir qui il était. Lui aussi, il voulait apprendre à la connaître, mais que dire à cette sœur apparue soudainement dans sa vie, si intimement liée à lui et cependant inconnue ? Il était inquiet à l'idée de commettre un impair. Il n'avait jamais parlé avec une personne mentalement attardée et n'avait pas la moindre idée de la manière dont il devait s'y prendre. Les livres qu'il avait lus pendant le week-end ne l'avaient pas préparé à la réalité de la personne qui se trouvait devant lui.

Phoebe fut la première à se ressaisir.

— Bonjour, déclara-t-elle solennellement. Je suis Phoebe.

Toujours muet, Paul serra la main qu'elle lui tendait, remarquant combien ses doigts étaient petits.

— Enchantée de te rencontrer.

Son élocution était lourde, difficile à comprendre. Elle se tourna vers sa mère et prononça les mêmes mots.

— Bonjour, Phoebe, répondit Norah d'une voix altérée par l'émotion. Je suis très heureuse de te rencontrer, moi aussi.

— Et si nous allions à l'intérieur ? proposa Caroline. Phoebe a préparé du thé glacé, ce matin. Elle était très excitée à l'idée de votre visite. N'est-ce pas, chérie ?

Phoebe sourit et hocha la tête, subitement intimidée. Ils la suivirent dans la maison. Les pièces étaient petites, mais d'une propreté irréprochable, avec de belles boiseries. Le salon était inondé de soleil, le mobilier vieillot, tapissé de velours râpé, couleur lie-de-vin. Un métier à tisser était installé dans un angle de la pièce.

— Je tisse une écharpe, expliqua Phoebe.

— Elle est magnifique, dit Norah en traversant la pièce pour effleurer les pelotes de fils rose foncé, crème, jaune et vert pâle.

Elle avait ôté ses lunettes de soleil et ses yeux étaient remplis de larmes, sa voix chargée d'émotion.

— Tu as choisi ces couleurs toi-même, Phoebe ?

— Mes couleurs préférées, acquiesça Phoebe.

— Quand j'avais ton âge, c'étaient aussi mes couleurs préférées. Mes demoiselles d'honneur étaient habillées en rose foncé et crème et elles portaient des bouquets de roses jaunes.

Paul l'ignorait : toutes les photos du mariage de ses parents étaient en noir et blanc.

— Si vous l'aimez, elle est pour vous, dit Phoebe en s'asseyant derrière le métier à tisser. Je vous la donnerai quand elle sera terminée.

— Oh, souffla Norah – et elle ferma brièvement les yeux. Phoebe, c'est adorable.

Caroline apporta le thé glacé, et ils parlèrent d'une voix contrainte du temps qu'il faisait, de la reconstruction de Pittsburgh depuis la fermeture des aciéries. Phoebe travaillait à son métier à tisser, actionnant la navette d'avant en arrière, levant les yeux chaque fois qu'on prononçait son nom. Paul ne cessait de lui lancer des regards en coin. Ses mains étaient petites et potelées. Elle se concentrait sur sa tâche, en se mordillant la lèvre. Finalement, Norah posa son verre.

— Bien. Donc nous y voilà. Et je n'ai aucune idée de la suite des événements, je vous l'avoue.

— Phoebe, pourquoi ne viens-tu pas te joindre à nous ? déclara Caroline.

Phoebe s'approcha calmement et s'assit sur le canapé, à côté d'elle.

Norah se mit à parler, beaucoup trop vite, serrant nerveusement ses mains l'une contre l'autre.

— Je ne sais pas ce qui est le mieux. Il n'y a pas de chemin tout tracé pour ce genre de situation, n'est-ce pas ? Mais je veux que Phoebe sache que ma maison est la sienne. Si elle le souhaite, elle peut venir vivre avec nous. Je n'ai pas cessé d'y penser ces derniers jours. Il ne faudrait pas moins d'une vie entière pour rattraper le temps perdu, j'en ai peur.

Elle s'interrompit pour reprendre son souffle, puis se tourna vers Phoebe qui fixait sur elle un regard angoissé.

— Tu es ma fille, Phoebe, tu comprends ? Et Paul est ton frère.

Phoebe agrippa la main de Caroline.

— C'est elle, ma mère.

— Oui, bien sûr.

Norah lança un bref regard à Caroline et fit une nouvelle tentative.

— Mais je suis ta maman, moi aussi. Tu as grandi en moi.

Elle toucha son ventre.

— Ici. Mais ensuite tu es née, et ta maman Caroline t'a élevée.

— Je vais me marier avec Robert, déclara Phoebe. Je ne veux pas habiter avec vous.

Paul, qui voyait sa mère vivre l'enfer depuis trois jours, ressentit le refus de Phoebe physiquement, comme une gifle. À son expression pétrifiée, il se rendit compte que sa mère éprouvait la même chose.

— Tout va bien, Phoebe, intervint calmement Caroline. Personne ne va t'obliger à partir.

— Je… je n'ai pas voulu dire… je proposais seulement…

Sa mère s'interrompit et respira profondément. Ses yeux verts étaient assombris, troublés. Elle fit une nouvelle tentative.

— Phoebe, Paul et moi nous aimerions apprendre à te connaître. C'est tout. Tu n'as rien à craindre de nous. Je veux seulement que tu saches que ma maison te sera toujours ouverte. Où que j'aille tu seras toujours la bienvenue. Et j'espère que tu me rendras visite de temps en temps. Est-ce que cela te plairait ?

— Peut-être, concéda Phoebe.

— Et si tu montrais ta chambre à Paul, chérie ? suggéra Caroline. Comme ça, je pourrais bavarder un peu avec Mme Henry. Et ne t'inquiète pas, mon cœur, ajouta-t-elle en posant doucement la main sur le bras de Phoebe. Personne ne va nulle part. Il n'y a pas de souci.

Phoebe hocha la tête et se leva.

— Tu veux voir ma chambre ? demanda-t-elle à Paul. J'ai une platine toute neuve.

Paul lança un regard à sa mère et elle hocha la tête. Elle les suivit des yeux tandis qu'ils traversaient la pièce côte à côte. Paul suivit Phoebe dans l'escalier.

— Qui est Robert ? demanda-t-il.

— Mon petit ami. On va se marier. Tu es marié ?

Paul, transpercé par le souvenir de Michelle, secoua la tête.

— Non.

— Tu as une petite amie ?

— Non. J'en avais une, mais elle est partie.

Phoebe s'arrêta en haut des marches et se retourna. Ils se retrouvèrent face à face, si proches que Paul se sentit mal à l'aise. Elle le regardait fixement. Il baissa les yeux, et quand il les leva de nouveau, elle le fixait toujours.

— Ce n'est pas poli de dévisager les gens, dit-il.

— Tu as l'air triste.

— Je suis triste. En fait, je suis très, très triste.

Elle hocha la tête. Pendant un instant elle parut partager son chagrin, au bord des larmes. Puis tout aussi soudainement, elle retrouva son sourire.

— Tu viens ? l'invita-t-elle en le précédant dans le couloir.

Sa chambre était celle d'une petite fille : murs peints en rose, rideaux en vichy aux fenêtres, peluches d'animaux un peu partout. Ils s'assirent sur le sol. Paul songea à Robert et se demanda s'il était vrai que Phoebe allait se marier. Puis il s'en voulut de se poser la question. Pourquoi n'aurait-elle pas le droit de se marier ? Phoebe mit un disque sur la platine et monta le son, diffusant à plein volume « Love Me Do ». Elle se mit à chanter sur les paroles, les yeux mi-clos. Elle avait une jolie voix, constata Paul en baissant le son. Il examina les autres disques. Beaucoup de musique pop mais aussi quelques symphonies.

— J'aime le trombone, déclara-t-elle en faisant mine d'actionner une longue coulisse.

Paul éclata de rire et elle rit aussi.

— J'aime vraiment le trombone.

Elle poussa un soupir.

— Je joue de la guitare, glissa Paul. Tu le savais ?

Elle hocha la tête.

— Maman me l'a dit. Comme John Lennon.

Il sourit.

— Un peu, acquiesça-t-il, surpris de se retrouver au milieu d'une conversation avec elle.

Il s'était habitué à sa diction particulière, et plus ils bavardaient, plus elle était tout simplement elle-même, impossible à cataloguer.

— Tu as entendu parler d'Andrés Segovia ?

Elle secoua la tête.

— C'est mon compositeur préféré. Un jour, je jouerai sa musique pour toi, tu veux ?

— Je t'aime bien, Paul. Tu es gentil.

Il ne put s'empêcher de sourire, charmé et flatté.

— Merci. Je t'aime bien aussi.

— Mais je ne veux pas vivre avec vous.

— Pas de problème. Je ne vis pas avec ma mère non plus. J'habite à Cincinnati.

Le visage de Phoebe s'illumina.

— Tout seul ?

— Oui, acquiesça-t-il, sachant qu'à son retour Michelle serait partie. Tout seul.

— Tu as de la chance.

— Je suppose, oui.

Il se rendit compte, tout à coup, que c'était vrai. Tout ce qui lui semblait aller de soi relevait du rêve pour Phoebe.

— Tu as raison, j'ai de la chance.

— Comme moi, affirma-t-elle à sa grande surprise. Robert a un bon travail. Et moi aussi.

— Qu'est-ce que tu fais comme travail ?

— Des photocopies, répondit-elle fièrement. Des tas de photocopies !

— Et ça te plaît ?

Elle sourit.

— Il y a Max avec moi. C'est mon amie. On a vingt-trois sortes de couleurs de papier différentes !

Elle fredonna joyeusement tandis qu'elle enlevait soigneusement le disque de la platine et en choisissait un autre. Ses gestes n'étaient pas rapides, mais ils étaient appliqués et concentrés. Paul l'imaginait, faisant ses photocopies, plaisantant avec son amie Max, s'interrompant de temps à autre pour contempler l'arc-en-ciel formé par les différentes couleurs de papier. Paul se rendit compte avec un sentiment de honte que sa compassion pour Phoebe avait été aussi stupide qu'inutile. Phoebe aimait sa vie ; elle était heureuse. Tout le mal qu'il s'était donné, les concours, les récompenses, pour se prouver à lui-même qu'il valait quelque chose et pour impressionner son père – tout cela paraissait ridicule et vaguement dérisoire comparé à la vie de Phoebe.

— Où est ton père ? demanda-t-il.

— Il travaille. Il conduit un bus. Tu aimes « Yellow Submarine » ?

— J'adore.

Phoebe lui décocha un grand sourire et posa le disque sur la platine.

1er septembre 1989

La musique s'envolait de l'église et montait vers le ciel bleu. Paul avait l'impression de voir les notes tourbillonner dans l'air pur, se mêler aux feuilles des peupliers et s'éparpiller sur la pelouse comme des particules de lumière. L'organiste était une amie, une Péruvienne prénommée Alejandra. Elle était venue le voir presque tous les jours pendant la période douloureuse qui avait suivi le départ de Michelle, lui apportant de la soupe, du thé glacé et aussi quelques petits conseils salutaires.

— Allez, debout ! avait-elle lancé en ouvrant en grand les rideaux et les fenêtres. Tu ne vas quand même pas te laisser dépérir pour une flûtiste ! Crois-moi, elle n'en vaut pas la peine. Tu as déjà perdu deux ans avec elle. C'est largement suffisant !

La musique d'Alejandra continuait à s'élever vers l'azur comme une fontaine de lumière, puis soudain, sa mère apparut sur le parvis de l'église, sa main posée avec légèreté sur le bras de Frédéric. Ils s'avancèrent en riant sous une pluie de riz et de pétales de roses.

— C'est joli, commenta Phoebe, à côté de lui.

Elle portait une robe vert argenté et serrait dans sa main le bouquet de jonquilles qu'elle avait gardé contre elle pendant toute la cérémonie. Elle regardait avec émerveillement les grains de riz et les pétales de roses qui pleuvaient sur les mariés, les yeux plissés de joie, ses joues rebondies creusées par deux fossettes. Paul l'observa fixement : sa sœur jumelle, cette inconnue. Ils s'étaient avancés ensemble dans l'allée centrale de la petite église. Paul avait marché lentement, conscient de la présence de Phoebe à ses côtés, sérieuse et appliquée, déterminée à tout faire comme on le lui avait expliqué, sans se tromper. Des hirondelles avaient voleté sous les voûtes pendant l'échange des vœux, mais sa mère avait tenu à ce que la cérémonie ait lieu dans cette église et pas dans une autre, tout comme elle avait insisté pour que ses deux enfants soient présents.

Un autre nuage – de confettis, cette fois – tourbillonna au-dessus des mariés. Frédéric et sa mère baissèrent la tête et Bree épousseta les petits ronds de papier multicolores qui s'étaient déposés sur leurs épaules et leurs cheveux.

— Tu as raison, acquiesça Paul. C'est très joli.

Phoebe lissa sa jupe avec ses deux mains.

— Ta mère part pour la France.

— Oui, répondit Paul tout en relevant avec une crispation le choix des mots.

Ta mère. Comme si elle parlait d'une étrangère. Mais qu'était-elle d'autre ? Finalement, c'était cela le plus terrible : toutes ces années perdues qui se dressaient entre la mère et la fille, ce dialogue poli et hésitant là où il y aurait dû y avoir de la spontanéité et de la tendresse.

— Et dans deux mois, nous partons les rejoindre, toi et moi, reprit-il, rappelant à Phoebe ce qu'ils avaient décidé tous ensemble, au prix d'interminables discussions.

Une angoisse assombrit le visage de Phoebe comme un petit nuage noir.

— Mais après on revient, ajouta Paul d'une voix rassurante.

Elle hocha la tête, mais son expression resta inquiète.

— Qu'est-ce qu'il y a ? demanda-t-il gentiment. Qu'est-ce qui te préoccupe ?

— Manger des escargots.

Paul la dévisagea, stupéfait. Il avait plaisanté avec sa mère et Bree juste avant la cérémonie, blaguant sur le repas typiquement français qu'elle leur concocterait quand ils viendraient la voir à Châteauneuf-sur-Loire. Phoebe attendait sagement, à quelques pas de là. Il n'avait pas imaginé qu'elle les écoutait. En fait, tout ce qui touchait Phoebe – ce qu'elle comprenait, ressentait, analysait – relevait pour lui du mystère. Il savait si peu de chose à son sujet, il aurait pu les compter sur les doigts d'une main : elle aimait les chats, le tissage, écouter la radio, chanter à l'église. Elle souriait beaucoup, elle était la reine des câlins et... elle était allergique aux piqûres d'abeilles, comme lui.

— Tu sais, ce n'est pas si mauvais que ça, reprit-il avec un sourire. On dirait un peu un chewing-gum à l'ail.

Phoebe fit la grimace puis éclata de rire.

— Beurk, c'est dégoûtant !

La brise soulevait ses cheveux. Elle avait des taches de rousseur sur les joues, comme lui. De l'autre côté de la pelouse, sa mère et Frédéric levaient ensemble un grand couteau afin de découper le gâteau.

— Robert et moi, on va se marier aussi, déclara Phoebe en les observant.

Paul sourit. Il avait rencontré le fameux Robert lors de ce premier voyage à Pittsburgh ; ils étaient passés le voir dans le magasin où il travaillait : un grand gaillard au regard chaleureux, vêtu d'un uniforme marron, un badge avec son prénom sur la poitrine. Phoebe avait à peine terminé les présentations d'une voix timide que Robert avait serré vigoureusement la main de Paul en lui tapant dans le dos comme s'ils se connaissaient depuis toujours.

— Content de te voir, Paul. Phoebe et moi, on va se marier, alors bientôt, on sera frères toi et moi. Qu'est-ce que tu dis de ça ?

Puis, sans attendre sa réponse, il avait passé un bras autour des épaules de Phoebe et ils étaient restés là à se regarder en souriant, heureux.

— C'est vraiment dommage que Robert n'ait pas pu venir, remarqua Paul.

Phoebe hocha la tête.

— Robert aime les fêtes.

— Je n'en doute pas.

Paul regarda sa mère approcher un morceau de gâteau de la bouche de Frédéric pour qu'il morde dedans. Elle portait une robe couleur crème et ses cheveux blond cendré, coupés court, mettaient en valeur ses yeux verts. Il songea à son père et se demanda à quoi avait pu ressembler leur mariage.

Il avait vu les photos, bien sûr, mais ce n'était que la surface des choses. Il aurait voulu savoir si la lumière était aussi douce qu'aujourd'hui, les rires aussi légers; il aurait voulu savoir si, comme Frédéric en cet instant, son père s'était incliné pour embrasser sa mère après qu'elle eut enlevé une miette de gâteau accrochée au coin de ses lèvres…

— J'aime les fleurs roses, déclara Phoebe. Je veux plein, plein de fleurs roses à mon mariage.

Elle fronça les sourcils, le visage grave, et secoua la tête.

— Mais d'abord, Robert et moi, on doit mettre de l'argent de côté.

La brise se leva et Paul revit Caroline Gill, grande et déterminée, dans le hall de l'hôtel de Lexington, entourée de son mari, Al, et de Phoebe. Ils s'étaient retrouvés là-bas tous les six hier, en terrain neutre. La maison de sa mère était vide, un panneau À VENDRE planté dans le jardin. Dès ce soir, Frédéric et elle s'envoleraient pour la France. Caroline et Al avaient fait le trajet depuis Pittsburgh. Après avoir partagé avec eux un brunch dans une atmosphère polie mais gênée, ils leur avaient laissé Phoebe avant de partir pour Nashville, où ils avaient décidé de passer le week-end. Leurs premières vacances tous les deux, avaient-ils avoué, visiblement très heureux. Caroline avait néanmoins serré Phoebe dans ses bras à deux reprises, et elle s'était retournée encore deux fois pour agiter la main avant de monter dans sa voiture.

— Tu aimes Pittsburgh ? demanda Paul.

On venait de lui proposer un poste là-bas. Un travail intéressant, avec un orchestre; on lui offrait un poste similaire, également avec un orchestre, à Santa Fe.

— J'aime beaucoup Pittsburgh, affirma Phoebe. Maman trouve qu'il y a un peu trop d'escaliers, mais moi je l'aime.

— Il se pourrait que je vienne m'y installer. Qu'est-ce que tu en penserais ?

— Ce serait bien. Tu pourrais venir à mon mariage.

Elle soupira.

— Un mariage coûte beaucoup d'argent. Ce n'est pas juste.

Paul hocha la tête. Ce n'était pas juste, non. Ni les obstacles que Phoebe rencontrait dans un monde où elle n'était pas la bienvenue, ni l'aisance relative de sa propre existence, ni ce que leur père avait fait. Rien n'était juste.

— Vous n'êtes pas obligés de vous marier, remarqua-t-il.

Phoebe réfléchit à la question, tout en faisant tourner le bracelet en plastique vert autour de son poignet.

— Si. Sinon on n'aura pas de gâteau.

— Oh, je ne sais pas. Ce n'est pas incompatible.

Elle l'observa, le front plissé, pour vérifier s'il se moquait d'elle.

— Non, déclara-t-elle fermement. Ce serait tricher.

Il sourit, ému par sa certitude de la façon dont le monde fonctionnait.

— Tu sais quoi, Phoebe ? Tu as raison.

Des rires et des applaudissements crépitèrent de l'autre côté de la pelouse : Frédéric et sa mère avaient fini de couper le gâteau. Bree leva en souriant son appareil photo pour immortaliser la scène. Paul montra d'un signe du menton la table où des assiettes à dessert passaient de main en main.

— Il paraît que le gâteau a six étages, avec une couche de framboises et de crème au milieu. Ça te tente ?

Phoebe sourit jusqu'aux oreilles et approuva de la tête.

— Mon gâteau à moi aura *huit* étages ! décréta-t-elle tandis qu'ils traversaient la pelouse au milieu du brouhaha et de la musique.

Paul rit.

— Seulement huit ? Pourquoi pas dix ?

— Bêta. Tu es un gros bêta, Paul.

Ils arrivèrent près de la table. Des confettis multicolores saupoudraient les épaules de sa mère. Elle souriait tout en déposant des parts de gâteau dans les assiettes avec des gestes gracieux. Elle caressa les cheveux de Phoebe, les lissant en arrière comme si elle était encore une petite fille. Phoebe se dégagea et le cœur de Paul se serra. Cette histoire-là n'aurait pas une jolie fin heureuse. Bien sûr, elles se rendraient visite de temps à autre et elles se téléphoneraient, mais il n'y aurait jamais de complicité au quotidien.

— Tu as été parfaite pendant la cérémonie, reprit Norah. Je suis si heureuse que vous ayez été présents tous les deux, ton frère et toi. Tu ne peux pas imaginer à quel point c'était important pour moi.

— J'aime les mariages, déclara Phoebe en prenant une part de gâteau.

Sa mère sourit avec un peu d'amertume et Paul observa Phoebe en se demandant ce qu'elle comprenait à la situation. Elle ne donnait pas l'impression de se poser vraiment de questions. Pour elle, le monde était une sorte de lieu fascinant et magique où tout pouvait arriver. Où une mère et un frère que vous n'aviez jamais vus pouvaient frapper à votre porte un beau matin et vous inviter à un mariage.

— Je suis contente que tu aies accepté de venir nous voir en France, Phoebe, poursuivit sa mère. Nous en sommes très heureux, Frédéric et moi.

Phoebe leva les yeux de son assiette, de nouveau angoissée.

— Ce sont les escargots, expliqua Paul. Phoebe n'aime pas les escargots.

Sa mère éclata de rire.

— Ne t'inquiète pas. Je ne les aime pas non plus.

— Et après je rentre chez moi, ajouta Phoebe.

— Absolument, acquiesça gentiment Norah. C'est ce qui est décidé.

Paul les observait, incapable de déloger le chagrin qui lestait son cœur comme une pierre. Il était frappé par les marques discrètes que l'âge avait imprimées sur le visage de sa mère, les fils argentés dans ses cheveux blonds. Par sa beauté, aussi. Elle était charmante et vulnérable, et il se demanda, comme il l'avait fait un bon millier de fois au cours des dernières semaines, comment son père avait pu la trahir ainsi, les trahir tous.

— Comment a-t-il pu garder ça pour lui ? murmura-t-il tout bas. Comment ?

Sa mère posa sur lui un regard grave.

— Je l'ignore. Je ne comprendrai jamais, je crois. Mais imagine ce qu'a dû être sa vie, Paul. Porter ce secret pendant toutes ces années.

Paul tourna les yeux vers Phoebe, occupée à racler la crème au beurre de son gâteau avec sa fourchette, à quelques pas de là.

— Nos vies auraient pu être tellement différentes.

— C'est vrai. Mais ce qui est fait est fait. On ne peut pas réécrire l'histoire.

— Tu le défends, constata-t-il lentement.

— Non. Je lui pardonne. J'essaie, tout du moins. Ce n'est pas la même chose.

— Il ne mérite pas de pardon ! trancha Paul, surpris par la violence de son amertume.

— Peut-être pas. Mais Phoebe, toi et moi nous sommes face à un choix très simple : soit nous laissons la colère nous dominer, soit nous décidons d'aller de l'avant. Ce n'est pas facile et parfois il m'arrive d'avoir envie de hurler. Mais je m'y emploie de toutes mes forces parce que je veux regarder vers l'avenir.

Paul médita sur ses paroles, le visage absent.

— On m'a proposé un travail à Pittsburgh, déclara-t-il tout à coup.

— Vraiment ?

Les yeux de sa mère étaient rivés sur lui, presque noirs dans la lumière blanche.

— Et tu vas l'accepter ?

— Je crois, oui, répondit-il en prenant soudain conscience que sa décision était prise. C'est une proposition très intéressante.

— Tu ne peux pas réparer, murmura-t-elle doucement. Tu ne peux pas raccommoder le passé, Paul.

— Je sais.

Il s'était rendu à Pittsburgh persuadé d'être investi d'une mission. Il s'était inquiété de la responsabilité qui serait désormais la sienne, des changements qui allaient intervenir dans sa vie s'il avait une sœur handicapée à charge. Et il avait été surpris – non: abasourdi – d'entendre cette même sœur lui déclarer: *Je n'ai pas besoin de toi. Ma vie me convient très bien telle qu'elle est, merci.*

— Tu as le droit de vivre pour toi, poursuivit Norah avec insistance. Tu n'as pas à t'excuser de ce qui s'est passé. Et Phoebe est à l'abri, financièrement.

Paul hocha la tête.

— Je sais. Je ne me sens pas tenu à quoi que ce soit. Sincèrement. C'est juste que... j'aimerais apprendre à la connaître. Jour après jour. C'est ma sœur. Et puis, le poste qu'on m'offre est vraiment intéressant et j'ai besoin d'un nouveau départ. Pittsburgh est une ville magnifique. Alors... pourquoi pas?

— Oh, Paul.

Sa mère lui caressa les cheveux avec un soupir.

— C'est vraiment un bon travail?

— Vraiment, oui.

Elle hocha la tête.

— Ce serait formidable que vous viviez l'un près de l'autre, admit-elle lentement. Mais je t'en prie: prends le temps de réfléchir avant de te décider. Tu es si jeune, et tu commences tout juste à trouver ta voie. Assure-toi que c'est réellement ton choix à toi.

Avant qu'il puisse répondre, Frédéric les rejoignit, tapotant sa montre, expliquant qu'ils allaient devoir partir s'ils ne voulaient pas manquer leur avion. Ils bavardèrent quelques instants tous les trois, puis Frédéric partit chercher la voiture et Norah se tourna vers son fils.

— Tu ramènes Phoebe chez elle?

— Oui. Caroline et Al m'ont dit que je pouvais dormir chez eux.

— Merci, dit-elle doucement. Merci d'être là. Cela n'a pas dû être facile pour toi, pour toutes sortes de raisons. Mais cela représentait tellement pour moi.

— J'aime beaucoup Frédéric. J'espère que tu seras heureuse.

Elle sourit et posa la main sur son bras.

— Tu es un fils merveilleux, Paul. Sais-tu à quel point je suis fière de toi, à quel point je t'aime ?

Elle tourna son regard vers Phoebe, de l'autre côté de la table. Elle avait glissé le bouquet de jonquilles sous son bras pour manger son gâteau plus commodément et la brise faisait onduler sa robe scintillante.

— Je suis fière de vous deux.

— Frédéric te fait signe, l'avertit Paul pour masquer son émotion. Je crois qu'il est prêt à partir. Sois heureuse, maman.

Elle l'étreignit avec force, les larmes aux yeux, puis l'embrassa sur la joue.

Frédéric traversa la pelouse et serra la main de Paul pendant que Norah embrassait Phoebe. Puis les jeunes mariés montèrent dans leur voiture, souriant, agitant la main sous un nouveau déluge de confettis. La voiture disparut au bout de la petite route et Paul rebroussa chemin, s'arrêtant pour saluer des invités ici et là, sans cesser de surveiller Phoebe du coin de l'œil. Elle parlait de Robert et de leur futur mariage à l'un des invités. Sa voix était surexcitée, son élocution lourde, bizarre. Paul surprit l'expression gênée de son interlocuteur, son sourire contraint, et son cœur se serra. Parce que Phoebe voulait juste bavarder. Et parce qu'il avait réagi exactement de la même façon, quelques semaines plus tôt.

— Qu'est-ce que tu en penses, Phoebe ? l'interrompit-il. On rentre ?

— D'accord, acquiesça-t-elle – et elle posa son assiette.

Ils roulèrent dans la campagne verdoyante, touchée çà et là par quelques notes automnales. Il faisait chaud. Paul coupa la climatisation et baissa les vitres. Les cornouillers changeaient déjà de couleur, saupoudrant les collines de nuages d'un rouge lumineux. Le pollen lui piquait les yeux. Il éternua à plusieurs reprises, mais laissa les fenêtres ouvertes. Sa mère aurait remonté aussitôt les vitres et mis l'air conditionné jusqu'à ce que la voiture soit aussi froide que la boutique d'un fleuriste. Son père aurait ouvert sa sacoche et trouvé l'antihistaminique approprié. Phoebe, assise toute droite à côté de lui, sortit tranquillement un paquet de Kleenex de son sac et lui en tendit un. Ses veines dessinaient un fin réseau bleuté juste sous sa peau blanche, presque translucide. Il voyait son pouls battre sur son cou, calme, régulier.

Sa sœur. Sa jumelle. Que se serait-il passé si elle n'avait pas été atteinte de cette anomalie génétique ? Ou si elle était née telle qu'elle était, simplement elle-même, et que leur père n'eût pas levé les yeux vers Caroline Gill pendant que, dehors, la neige tombait à gros flocons et que le médecin accoucheur dérapait dans le fossé ? La chambre d'amis voisine de la sienne aurait été celle de Phoebe. Ils auraient joué à cache-cache dans la maison, à chat dans le jardin, leurs deux rires se faisant écho. Qui aurait-il été, alors ?

Mais sa mère avait raison : on ne pouvait pas réécrire l'histoire. Son père avait donné naissance à ses propres jumeaux au beau milieu d'une tempête de neige, suivant une procédure qu'il connaissait par cœur, recueillant le premier bébé dans ses mains. Un garçon. Respiration, tonicité de la peau, nombre de doigts, d'orteils. Un enfant parfait. Une petite musique s'était mise alors à résonner dans la tête de son père. Puis un moment plus tard, le second bébé s'était présenté. Et la musique s'était arrêtée net.

Ils n'étaient plus loin de la ville, maintenant. Paul attendit une pause dans la circulation, puis bifurqua en direction du cimetière de Lexington et passa devant la loge en pierre. Il se gara sous un orme qui avait survécu à un siècle de sécheresses et de maladies, et descendit. Il contourna la voiture, ouvrit la portière de Phoebe et lui tendit la main. Elle la regarda, surprise, puis leva les yeux vers lui et descendit sans son aide, le bouquet de jonquilles toujours serré dans son poing. Les tiges moites et à moitié écrasées pendaient mollement. Ils remontèrent l'allée, passant devant les monuments funéraires qui se dressaient de part et d'autre, puis Paul la guida sur la pelouse jusqu'à la pierre qui signalait la tombe de leur père.

Phoebe traça avec ses doigts le nom et les dates gravés dans le granit noir. Paul se demanda ce qu'elle pouvait bien penser. Al Simpson était l'homme qui l'avait élevée et qu'elle considérait comme son père. Cette dalle, ce nom, ne signifiaient rien pour elle.

— David Henry McCallister.

Phoebe lut les mots à voix haute, lentement. Ils glissèrent de ses lèvres et tombèrent un à un dans le silence.

— Notre père, dit Paul.

— Notre père qui es aux cieux, que ton nom soit sanctifié, récita-t-elle docilement.

— Non, rectifia-t-il, surpris. *Notre* père à tous les deux. Mon père. Le tien.

— Notre père, répéta-t-elle.

Il fut envahi par un sentiment de frustration car les mots étaient mécaniques dans sa bouche, dénués de sens.

— Tu es triste, observa-t-elle alors. Si mon père mourait, je serais triste, moi aussi.

Paul fut saisi. Oui, c'était cela – il était triste. Sa colère s'était envolée et soudain il voyait son père sous un autre jour. La présence de son fils avait dû être pour lui le vivant rappel du choix qu'il avait fait jadis et sur lequel il ne pouvait plus revenir. Pendant des années, il avait essayé de cacher cette minute terrible sous des centaines, des milliers de photos, mais le passé avait continué à surgir inexorablement, aussi obsédant qu'un souvenir, aussi envahissant qu'un cauchemar.

Phoebe, sa sœur, un secret gardé pendant un quart de siècle.

Paul s'éloigna de quelques pas. Des nuages défilaient dans le ciel, projetant des ombres mouvantes sur la pelouse. Le soleil se réverbérait sur les pierres tombales et le feuillage des arbres.

Tout d'abord, ce fut à peine perceptible, un murmure aussi léger que la brise dans les feuilles.

Puis Paul reconnut la mélodie d'un vieux cantique et se retourna. Phoebe chantait, les mains posées sur le granit noir. Les paroles étaient brouillonnes, mais sa voix d'une telle pureté que des visiteurs s'arrêtèrent pour écouter – pour écouter Phoebe qui chantait comme seul aurait pu le faire un ange, vêtue de sa robe de demoiselle d'honneur. Paul retint son souffle. Toute sa vie, il le savait, il serait déchiré ainsi. Conscient de la singularité de Phoebe, des difficultés auxquelles elle se heurterait à cause de sa différence, et cependant poussé vers elle, par-delà les obstacles et les préjugés, à cause de cet amour sincère et rayonnant qu'elle portait en elle.

Et aussi par l'amour qu'il ressentait pour elle, découvrit Paul. Un amour limpide, aussi clair qu'une évidence.

Son chant montait vers le soleil, caressait les feuilles des arbres, flottait au-dessus des tombes comme une vague de lumière, chaque note transperçant la surface invisible du monde. Son père avait essayé de figer la vie, de la transformer en une succession d'images statiques, mais l'univers était en mouvement perpétuel et ne pouvait être emprisonné.

Les paroles du cantique lui revinrent peu à peu. Il chanta l'harmonie et leurs deux voix se mêlèrent jusqu'à ne faire plus qu'une. Lorsque la dernière note résonna, ils restèrent immobiles dans la pâle lumière de l'après-midi. Une petite bourrasque ébouriffa les cheveux de Phoebe, fit tourbillonner des feuilles mortes dans l'allée.

Pendant un moment, le temps parut comme suspendu.

Puis Phoebe se détourna, lentement, et lissa sa robe froissée.

Un geste tout simple, mais qui suffit à remettre l'univers en mouvement.

Elle avait de petites mains, comme leur mère. Paul la rejoignit et lui toucha l'épaule pour la ramener chez elle.

Remerciements

Je voudrais d'abord exprimer ma profonde considération aux pasteurs de l'Église presbytérienne Hunter pour la grande sagesse dont ils font preuve tant vis-à-vis des choses terrestres que du monde spirituel. Un merci tout particulier à Claire Vonk Brooks, qui portait en elle le germe de cette histoire et me l'a confié.

Jean et Richard Covert m'ont généreusement fait profiter de leur expérience et ont lu le premier jet de mon manuscrit. Je les en remercie, ainsi que Meg Steinman, Caroline Baesler, Kallie Baesler, Nancy Covert, Becky Lesch et Malkanthi McCormick, pour leur franchise et leurs conseils avisés. Bruce Burris m'a invitée à enseigner dans un groupe de travail des Esprits à l'écoute ; merci à lui, ainsi qu'aux personnes présentes ce jour-là et qui ont écrit avec leur cœur.

Je suis très reconnaissante à la fondation Whiting de Mme Giles pour son appui et ses encouragements sans faille. Le *Kentucky Council on the Arts* et la *Kentucky Foundation for Women* m'ont également apporté leur soutien et leur caution pour cet ouvrage – qu'ils en soient ici remerciés.

Comme toujours, je tiens à exprimer mon immense gratitude à mon agent, Geri Thoma, pour sa perspicacité, sa chaleur, sa générosité et son soutien de chaque instant. Merci aussi à toute l'équipe de chez Viking, en particulier à mon éditrice, Pamela Dorman, qui a mis tant d'intelligence et d'engagement à éditer ce livre, et dont les questions pertinentes m'ont aidée à entrer plus profondément dans mon récit. Le flair professionnel de Beena Kamlani m'a été également d'une aide précieuse. Je n'oublie pas Lucia Watson, dont la bonne humeur et l'efficacité déplacent des montagnes.

Aux écrivains Jane McCafferty, Mary Ann Taylor-Hall et Leatha Kendrik, qui ont lu ce manuscrit avec des yeux attentifs et bienveillants, je dis merci du fond du cœur. Comme à mes parents, John et Shirley Edwards. Ma gratitude éternelle à James Alan McPherson, dont l'enseignement m'est précieux à chaque instant. À Katherine Soulard Turner et son père, William G. Turner, pour leur amitié si enrichissante, nos conversations sur la littérature, et leur connaissance de Pittsburgh, un joyeux merci.

Tendresse et gratitude à toute ma famille, proche et lointaine, en particulier à Tom.

Achevé d'imprimer par N.I.I.A.G.
en avril 2008
pour le compte de France Loisirs, Paris

N° d'éditeur : 51766
Dépôt légal : mai 2008
Imprimé en Italie